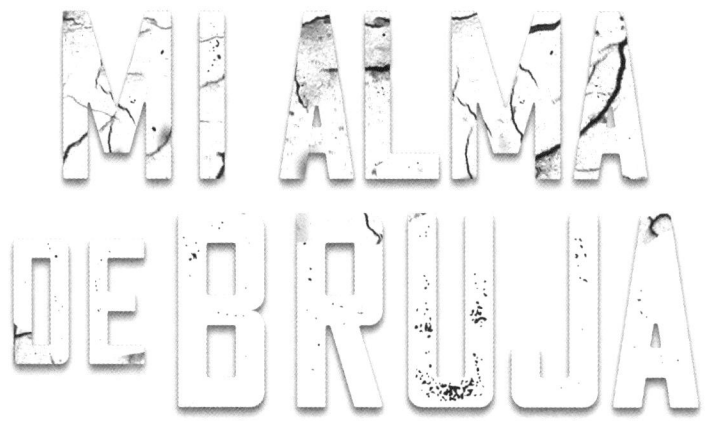

MI ALMA DE BRUJA

HARLEY LAROUX

Traducción de
Marta Carrascosa Cano

SIREN BOOKS

Primera edición: septiembre 2025

ISBN: 979-13-87864-01-9
Depósito legal: M-18243-2025
IBIC: FMR

Advertencia de contenido:

Algunas situaciones o elementos que aparecen en esta novela pueden alterar o perturbar a los lectores. Se recomienda encarecidamente al lector que tenga esto en cuenta a la hora de continuar con la lectura.

Este libro contiene ataques de ansiedad y de pánico, mención de la muerte/suicidio de un familiar, abusos religiosos, maltrato físico y psicológico por parte de uno de los padres a su hijo adulto, embarazo, mención del aborto espontáneo o la pérdida del bebé, violencia gráfica y elementos de terror, incluido el llamado *body horror*, en el que se usa el cuerpo humano como fuente de miedo o brutalidad.

Todos los personajes que aparecen en las escenas sexuales de esta obra son mayores de edad.

Esta novela no debe usarse como una referencia o guía para realizar prácticas sexuales seguras. Algunas de las actividades descritas conllevan un riesgo significativo de lesiones y daños corporales.

En este libro te encontrarás:

BDSM, *bondage*, azotes, ingesta de fluidos corporales, juegos sexuales en público, juegos sexuales con sangre y con cuchillos, consumo de drogas u otras sustancias durante la práctica de sexo consentido, ritual sexual, agujas, *piercings*, una polla monstruosa y *pegging*.

*Para todas las personas que me leen,
que han esperado este libro durante mucho
tiempo y con una paciencia infinita,
gracias por emprender este viaje conmigo.*

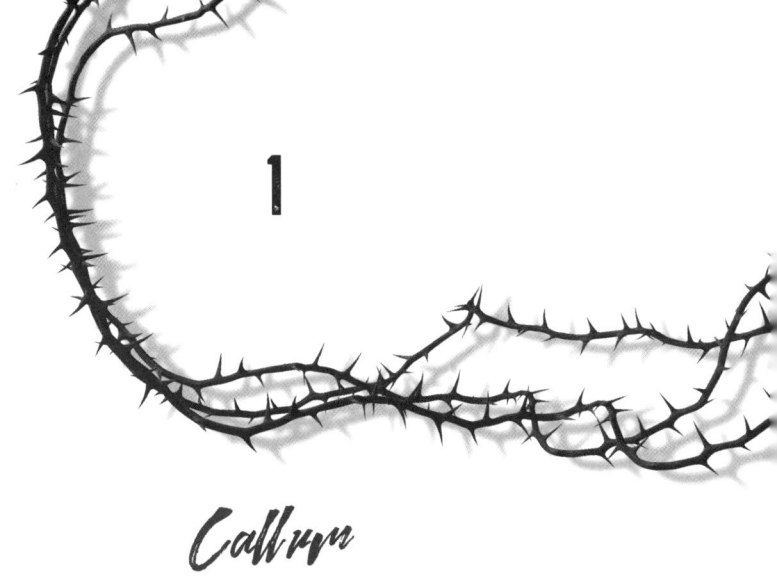

1

Callum

Una vez, un mortal me dijo que solo los muertos habían visto el final de una guerra. Sin embargo, yo, que era eterno, estaba condenado a verlos todos. Cada gran batalla y cada conflicto encarnizado. La caída de todo reino de la Tierra, del Cielo o del Infierno. La interminable pérdida de vidas en una máquina de derramamiento de sangre que no cesaba.

La maldición de los inmortales.

Había empuñado armas, había sido testigo de la destrucción de grandes ciudades y de la muerte de muchos… y, aun así, había seguido adelante. Los dominios de los inmortales eran el Infierno, pero hasta nosotros podíamos extinguirnos.

Ya habíamos perdido a muchos de los nuestros.

Cuando aparté la lona de la entrada de mi tienda, se escuchó un ruidito. Era mi segunda al mando, Kimaris.

—Ha vuelto un explorador, mi señor.

—¿Un explorador? —pregunté—. Enviamos a tres.

—Sí, dux. Solo ha vuelto uno. —Su voz no traicionaba el dolor que había en sus ojos dorados.

11

Los campos estaban cubiertos de cenizas. Las ciudades, arrasadas. Los jóvenes habían muerto. Y, pese a ello, habíamos seguido adelante. Eternos.

No recordaba la última vez que había llorado. No había tiempo para ceremonias con las que despedir a los muertos. No podíamos celebrar la libertad de sus seres, ni asumir el horror de sus destinos.

Morir a manos de un dios era convertirse en suyo para la eternidad. Absorbía tu esencia y el miserable sufrimiento de tu ser inmortal alimentaba su poder, que nunca se saciaba. Era un terror que iba más allá de las palabras, más allá de lo que los demonios podíamos imaginar.

—¿Cuánto tiempo tenemos? —inquirí.

—Llegarán antes del amanecer.

Entonces, lucharíamos por la noche. Éramos la última línea de batalla, la última defensa ante la ciudad de Dantalion. Si tomaban la Gran Ciudad, entonces el Infierno ya no sería nuestro. Se convertiría en el reino de los dioses.

—Callum… —vaciló Kimaris, con la mirada clavada en la hierba, pero viendo algo completamente distinto. Algo que hizo que su boca se frunciese al decir—: Tienen segadores.

Los fríos dedos del miedo se aferraron a mi pecho con sus afiladas uñas. Aunque me mantuve inexpresivo. Me imaginé como una piedra esculpida, inamovible, inalterable. Inquebrantable.

—Quiero a todos los guerreros preparados. Ve al campamento, haz que se les pase la borrachera. No tenemos tiempo para consuelos.

—Sí, dux. —Kimaris se dio la vuelta, pero había una última cosa que hacer.

—El explorador —solté—. ¿Está bien? ¿Puede viajar? —Asintió—. Llévalo aparte y elige a dos más. Quiero que se mantengan al margen de la batalla. Si atraviesan la línea de defensa, serán los encargados de regresar a Dantalion para avisar. Tener un poco de tiempo para huir es mejor que no tenerlo.

Kimaris parecía abatida.

—La Gran Ciudad nunca ha caído —comentó con dureza—. Nunca.

—El orgullo nos hace creer que somos intocables. No obstante, los dioses avanzan. Somos la última línea de defensa. Mientras yo siga con vida, Dantalion no caerá. —Me paseé por la tienda, chasqueando los dedos—. Díselo, Kimaris, pero que nadie más lo sepa. Habla con ellos en privado.

En el horizonte crecía una gran niebla blanca que venía hacia nosotros por las vastas llanuras. Los relámpagos iluminaban fugazmente las gigantescas formas de las bestias a medida que avanzaban.

Detrás de mí, a lo lejos, la Gran Ciudad brillaba en medio de la oscuridad y su luz se extendía más allá, hacia el cielo. Anhelaba su calor, sus calles serpenteantes, las resplandecientes torres de ónice de su fortaleza. Pero aparté los sentimientos y obligué a mi corazón a ser fuerte.

Si dudaba, si me permitía anhelar otra cosa que no fuera el derramamiento de sangre, Dantalion caería.

El ejército del Infierno estaba reunido a mis espaldas, demonios jóvenes y mayores. Unas nubes negras se cernían sobre mí, oscureciendo el cielo de la noche y la luz plateada de las lunas gemelas.

—Y ahora se pone a llover —se lamentó Kimaris cuando empezaron a caer unas gotas gruesas—. ¿Cuántos crees que son? —susurró.

Observamos la niebla acercarse. A esa distancia era una bruma, aunque podía oír los gritos. Eran los gritos de agonía y tormento de todos aquellos seres que los dioses habían consumido. Mortales o inmortales, daba igual. Sus almas estaban atrapadas en un calvario eterno a manos de los dioses, unas criaturas que se alimentaban del sufrimiento. Sus cuerpos eran enormes y cambiaban constantemente.

Detrás de ellos, como unas grandes sombras negras, volaban los segadores. Llevaban huesos colgados del cuello a modo de complementos y sus múltiples ojos brillaban bajo sus mortajas. Sus gritos atravesaban la noche, animales y hambrientos, y los aullidos de los eld se mezclaban con ellos. Las bestias menores se arrastraban tras los pasos de sus amos, haciendo rechinar los dientes.

—Da igual cuántos sean —respondí—. No pararemos hasta que no quede ninguno.

Le di la espalda a la niebla y miré a mis guerreros. Los colmillos chasqueaban ansiosos, el sonido de los dientes al chascar era nuestro grito de guerra. Muchos de esos demonios se habían afilado las garras o se habían colocado espuelas metálicas en los dedos. Algunos empuñaban armas enormes hechas de éter, metal o piedra, y sus hojas brillaban en medio de la noche.

Al observarlos, con las luces de la Gran Ciudad brillando a sus espaldas, podía ver el final de esa guerra.

No sabía si viviría para presenciarlo. Sin embargo, el final estaba allí.

—¡Demonios! —Mi voz rugió sobre el paisaje con la fuerza suficiente como para llegar incluso a la línea más alejada de los soldados—. Algunos de vosotros habéis vivido tanto como yo. Habéis visto el mundo cambiar, habéis visto estallar guerras y habéis visto caer ciudades. Pero algunos de vosotros estáis siendo testigos de la guerra por primera vez. Habéis visto morir a amigos y a parejas, habéis visto cómo se llenaban de sangre las calles de nuestros hogares.

—¡Honrad a los muertos! ¡Honrad a los muertos! —gritaron en respuesta, a modo de cántico.

¿Cuándo fue la última vez que había visto una pira fúnebre? ¿Cuándo fue la última vez que tuvimos la paz suficiente como para dejar ir las cenizas de nuestros muertos con el viento?

Al mirarlos, vi miedo y vi furia. No vi esperanza. Vi cientos de seres preparándose para morir.

—¡Dantalion confía en nosotros y no dejaremos que caiga! —exclamé, cuadrando los hombros—. Os he visto, he luchado con vosotros. —Me paseé por la fila, mirándolos a los ojos, tocándoles los hombros. Dejándoles claro que tenían un líder que no temía—. ¡Os he visto arrancar corazones a dioses, os he visto empapados de la sangre de los eld! He comprobado con mis propios ojos vuestra crueldad. Hoy, iremos a la batalla con los nombres de aquellos que perdimos grabados a fuego. ¡Honrad a los muertos! Pero no olvidéis a los vivos. No olvidéis las vidas de los que están a vuestro lado y de los que están detrás de vosotros. ¡Honradlos!

Se oyeron los golpes de las armas y los aullidos que recorrieron las filas. Levanté la mano y me pasé el filo de la espada por la palma, de modo que la sangre me corrió por la muñeca. Muchos guerreros siguieron mi ejemplo, pues ningún demonio quería darle a su enemigo la satisfacción de ser el primero en derramar su sangre.

—¡Veremos el sol salir por encima de sus cadáveres! —grité—. ¡Estos campos se alimentarán de su sangre! ¡Ninguna criatura, ningún dios les arrebatará el Infierno a sus auténticos dueños!

La cacofonía de sus rugidos y aullidos era ensordecedora, lo bastante fuerte como para ahogar los horrendos alaridos de nuestros adversarios. Desplegué las alas hacia el cielo cuando los vi llegar. La niebla blanca extendía sus largos tentáculos hacia nosotros y los gritos eran cada vez más fuertes. Unos seres enormes se movían en la oscuridad.

—¡La muerte nos llama! —vociferé—. ¡Pero hoy no responderéis! ¡Hoy lucharéis y la muerte se alimentará de vuestros enemigos! ¡El Infierno es nuestro!

Uní mis espadas y emitieron un chasquido que sonó parecido a un trueno, batí las alas y me lancé al aire. Los primeros tentáculos de niebla, fríos como el hielo, me rozaron la cara y trajeron consigo susurros de agonía.

Enseñé los dientes. Sobre mí se alzaba una figura muy grande.

—La muerte llama —murmuré—. La muerte llama.

Alcé las armas y me enfrenté a los dioses.

El sol pegaba con fuerza mientras caminaba entre los campos llenos de muertos. Parecía una yema de color rojo sangre que flotaba en un cielo gris pálido.

El hedor a piel quemada y a putrefacción persistía en el aire. Los cadáveres cubrían el paisaje y los charcos de sangre se filtraban en la tierra. Había dioses muertos por todo el terreno, cuyas enormes formas se deshacían en montones de carne temblorosa, rodeados de champiñones fluorescentes. Los segadores moribundos, con las alas destrozadas y los cuerpos hechos pedazos, me maldecían cuando pasaba por su lado.

A mi alrededor yacían los cadáveres de mis semejantes. Demonios que había conocido, junto a los que había luchado. Demonios que había amado, que llevaban metal y joyas, *piercings* que les había hecho con mis propias manos.

A medida que los iba encontrando me quitaba el metal que me habían puesto, uno detrás de otro. Me arranqué los *piercings* que me atravesaban las orejas, los labios y las cejas, cubiertos de brillantes joyas. No sentí el dolor. El dolor físico no era nada en comparación con esto.

Un ala se arrastró detrás de mí a medida que me arrodillaba ante otro cuerpo. Lo habían embestido, pero conocía ese rostro. Ryker. Llevaban mi metal atravesándole el labio y podía recordar lo contento que se había puesto cuando se lo coloqué. Habíamos pasado una noche de éxtasis antes de levantarnos por la mañana para luchar un día más.

Si aquello era lo necesario para salvar el Infierno, tal vez no debería haberlo salvado.

Le cerré los ojos, grandes y vidriosos. Luego reprimí el sufrimiento y me lo tragué entero, dejando que se asentara como un nudo de agonía en el pecho. No pararía hasta haberlos encontrado a todos. A cada uno de ellos. No permitiría que ninguno de mis guerreros se fuera al más allá sin haberlos visto a cada uno de ellos.

A través del humo que quedaba, pude ver la Gran Ciudad. Sus agujas y torres relucientes de ónice y esmeralda atravesaban el cielo como los dientes de una bestia. La gran ciudadela de Lucifer lo dominaba todo, y el más alto de sus torreones se perdía entre las nubes.

Me llamarían héroe. Se celebrarían banquetes, habría perversión y orgías. El licor abundaría durante días. El Infierno tenía el futuro asegurado, habíamos ganado la guerra.

Lucifer me concedería su favor. Me marcaría, como había deseado que hiciera durante tanto tiempo. Mi ascensión se completaría.

Sería un archidemonio.

De la realeza.

Venerado.

No quería nada de eso. Le di la espalda a la ciudad por la que tantos habían muerto y seguí adelante. Había una voz en mi cabeza que gritaba mi nombre, era como un eco interminable. Los gritos de mis guerreros se habían quedado atrapados en mi mente.

Entre el humo que se arremolinaba frente a mí, apareció una figura. Era una mujer. No era demonio, tampoco era una bestia. Era una mortal con el pelo largo y rubio, húmedo y sucio. Llevaba botas y pantalones; sin embargo, su ropa no se parecía a nada que hubiera visto en la Tierra o en el Infierno. Tenía la cabeza inclinada y los hombros encorvados mientras se agarraba el costado.

Olfateé el aire.

Sangre, algo dulce, bayas de la primavera y miel, néctar en mi lengua…

Era una bruja.

Las brujas solo buscaban a los demonios para una cosa: para controlarnos. Nos obligaban a someternos a su voluntad si descubrían nuestro verdadero nombre.

Algo en esa bruja me era familiar. Como el rostro de una vieja amiga, deformado por el tiempo. Aunque eso era imposible. Yo no me relacionaba con aquellos seres.

Entonces levantó la cabeza y me miró. Sus ojos resplandecían como si fueran zafiros, brillantes y hermosos entre tanta sangre. Nos miramos en silencio a través de aquel prado y su aroma me envolvió como si se tratase de un perfume de lo más embriagador.

Excitante, irresistible, la ambrosía más seductora.

Entonces dijo algo y todo mi mundo cambió.

—Callum… Por favor… Ayúdame…

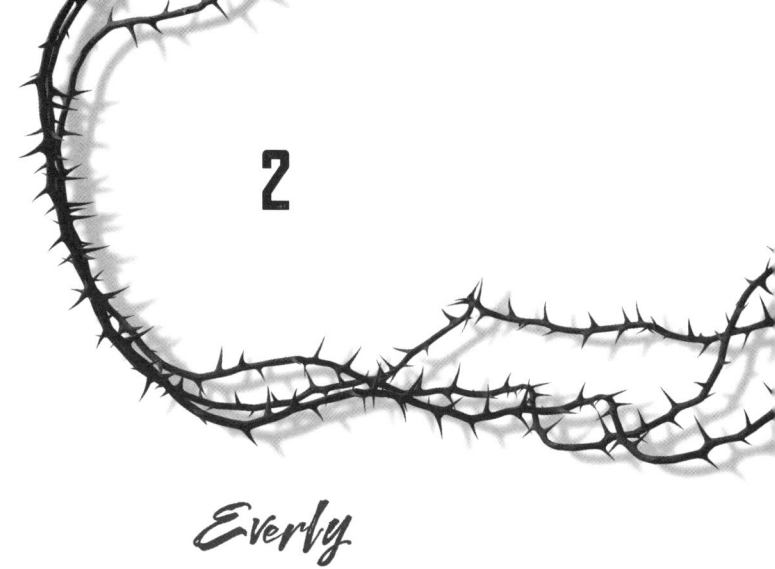

2

Everly

Habían pasado cuarenta minutos de la medianoche cuando un grito atravesó el bosque.

—¡La hemos encontrado! ¡Está viva! ¡Hemos encontrado a Juniper!

Los voluntarios de la partida de búsqueda aplaudieron y se abrazaron. Muchos de ellos corrieron hacia delante, ansiosos por ver a la chica desaparecida. El sonido de una ambulancia a lo lejos llegó a mis oídos, pero con él vino otro sonido.

Los gritos de Juniper llegaron mucho más lejos, conmocionando a los que llevaban dos días buscando por el bosque con la esperanza de encontrarla con vida.

Mi madre estaba cerca y abrazaba a un Marcus Kynes de trece años. Aunque la madre de Juniper no había salido a buscarla, su hermano pequeño sí. Tenía los ojos muy abiertos y las manos metidas en los bolsillos de su chaqueta cortavientos de color azul.

—¿Está herida? —Parecía dividido entre correr hacia donde provenían los gritos o huir en dirección contraria—. ¿Por qué grita así?

La mirada de mi madre se encontró con la mía. Sin embargo, volvió a apartarla, tragando saliva al darle un apretón en el hombro a Marcus. Me entraron ganas de vomitar y me obligué a cerrar los ojos y a contar hasta diez mientras respiraba despacio.

¿Mamá seguía teniendo la sangre de Juniper bajo las uñas? ¿O la había limpiado igual que había hecho con la del suelo de madera de la iglesia?

Juniper estaba envuelta en una manta gruesa y caminaba entre dos hombres, que la llevaban agarrada de los brazos para que no pudiera escapar. La gente murmuraba y observaba sus ojos muy abiertos y su pecho ensangrentado.

—Se ha cortado a sí misma —susurró alguien detrás de mí—. Siempre he dicho que la familia Kynes no está bien. Son unos drogadictos, todos ellos.

Ese era el rumor que nos habían ordenado difundir: Juniper se había hecho esto a sí misma. Era una loca de una familia que lo era aún más.

No se creerían ninguna de sus acusaciones.

—¡Monstruos! —chilló Juniper. Luchó contra sus salvadores como si fueran los mismos seres de los que hablaba, tirándose al suelo y con la vista puesta en los árboles—. ¡Hay monstruos! ¡En el bosque! ¡Han…! ¡Han salido de la tierra…! ¡De la mina! —volvió a gritar, arañándoles las manos para quitárselos de encima. La ambulancia había llegado y los paramédicos tenían una camilla lista. Uno de ellos preparó una jeringuilla y Juniper se resistió, mirando la aguja con un horror renovado—. ¡No! ¡Aleja esa cosa de mí! Parad… ¡Parad!

Apreté las manos con fuerza detrás de la espalda. Dios misericordioso, ¿por qué estaba viva?

Juniper bajó la mirada y sus gritos se volvieron más débiles. Entonces me miró. Levantó un dedo tembloroso y se me revolvió el estómago cuando me di cuenta de que tenía la uña arrancada.

—Tú estabas allí —me acusó. Intentó abalanzarse sobre mí, pero le fallaron las piernas. Los paramédicos tuvieron que levantarla del suelo. A pesar de que su cuerpo la traicionaba, Juniper siguió forcejeando—. ¡Tú estabas allí, Everly! Lo viste… Díselo… ¡Díselo, por favor!

Cuando su rostro empezó a cambiar de expresión, una mano cálida se posó sobre mi hombro, protectora.

—Deberías irte a casa, Everly. —La voz de mi padre era tranquila y me reconfortó en cuanto la oí. —Papá siempre sabía qué hacer, qué decir. Sabía que el camino correcto no siempre era el fácil. A veces era aterrador. A veces, requería hacer cosas malas.

—¡Fuiste tú! —exclamó Juniper, enseñando los dientes y moviendo la cabeza, débil, mientras la tumbaban en la camilla—. ¡Fuiste tú! ¡Me dejaste allí abajo! ¡Eres un monstruo, Kent Hadleigh! ¡Tú y la zorra de tu hija! ¡Victoria! —Juniper se echó a reír en cuanto gritó el nombre de mi hermanastra, la histeria se apoderó del terror. Empujaron su camilla hacia la ambulancia, aunque eso no impidió que volviera a mirarme y dijera con una voz salvaje—: Tú te quedaste mirado. Te quedaste mirando y no hiciste nada.

Aquella noche la sala estaba llena.

Desde que el antiguo palacio de justicia se convirtió en la Sociedad Histórica de Abelaum, la sala de juntas solo se utilizaba para las reuniones del personal y los benefactores de la sociedad. Al menos, esa era la farsa que manteníamos. Las dos docenas de personas allí reunidas eran benefactores de la sociedad. Todos habían donado tiempo, dinero y lealtad a los objetivos de mi padre.

Serle leal significaba ser leal al Libiri. Hijos del Dios Profundo, fieles a su gran poder. Nosotros seríamos los únicos que cosecharíamos los beneficios de su misericordia cuando fuera liberado. Cuando nuestros objetivos se cumplieran, nuestro dios sería libre, el mundo cambiaría y se nos concedería su favor.

Pero esa noche, esos objetivos se habían visto afectados. Destrozados.

A medida que los fieles se amontonaban en la sala de juntas, aterrorizados, mi familia se encontraba en el desván. La tensión en el ambiente era palpable, era como si pudiera sentir las manos que se retorcían, los pies que se arrastraban y los susurros incómodos que flotaban en el aire viciado de abajo. El retumbar de un trueno a lo lejos me hizo temblar y me quedé observando el techo, esperando que se derrumbara en cualquier momento.

No teníamos ni idea de lo terrible que podía ser la furia del Profundo. Todavía no.

Apartar los ojos y mirar hacia arriba me permitió evitar la horrible imagen que tenía a mis pies: el demonio cautivo de mi padre, Leon, retorciéndose en un círculo vinculante mientras la ira por el fracaso de esa noche caía sobre él.

Kent Hadleigh siempre había sido un hombre tranquilo. Comedido, centrado y elocuente. Eso hacía que la gente confiara en él y en su capacidad de liderazgo. No obstante, los que lo conocíamos bien sabíamos que la rabia hervía a fuego lento bajo esa fachada. Aquella era una ira que se desataba en cuanto se encontraba a puerta cerrada.

Los demonios podían curarse de casi cualquier cosa, pero Leon tenía la piel en carne viva, surcada por unos cortes profundos. Las palabras que mi padre usaba para infligir dolor me sonaban feísimas, llenas de muchísimo odio.

—*Scissa carne* —repitió, y Leon emitió un sonido parecido a un grito ahogado—. *Cum ardenti sanguine.*

El olor de la carne quemada me provocó náuseas.

Mi mirada se dirigió rápidamente hacia mi madre, que murmuraba junto al círculo vinculante del demonio. Ella misma lo había dibujado: anillos, líneas y runas cuidadosamente unidas para contener al poderoso demonio. El hechizo que pronunciaba reforzaba el poder de mi padre, que no tenía uno propio.

Hubo un silencio breve, en el que solo se escuchó la respiración agitada de Leon, antes de que mi padre hablara.

—¡Tiene quince años! ¡Se te ha escapado una puta cría! ¿Esperas que no vea esto como rebeldía?

A mi lado, mi hermanastro, Jeremiah, sonreía con una satisfacción sádica. Mi hermanastra, Victoria, parecía aburrida, al igual que su madre, Meredith. El sufrimiento que tenían delante no las impactaba, era como si los espantosos gritos ni siquiera llegaran a sus oídos.

—¡*Scissa carne*!

Al otro lado del círculo vinculante, me encontré con la mirada de mi madre. Llevaba el pelo rubio recogido y sus ojos azules se veían ensombrecidos por el poder que desprendía su magia. Mi madre podía crear hechizos sin usar palabras; con solo querer hacerlo y concentrarse, podía invocar los elementos, hacer que los objetos se movieran y encantarlos para que se comportaran como ella quisiera.

Por el contrario, para usar la magia, mi padre necesitaba el librito que sujetaba con fuerza entre sus manos. Un grimorio que había pasado de generación en generación en nuestra familia y que permitía a cada uno de nuestros patriarcas no solo acceder a la magia, sino también controlar al demonio cuyo símbolo había escrito en su interior.

Nadie, salvo unos pocos fieles de confianza, sabía qué era Leon en realidad. Parecía casi humano, como lo solían parecer la mayoría de los demonios. Si tuvieran la oportunidad, estos nos matarían en un santiamén y se deleitarían con nuestro dolor. O peor aún, engañarían a los humanos con ofertas irresistibles a cambio de hacerse con sus almas.

Y una vez vendías tu alma, no había vuelta atrás. Te convertías en su propiedad para toda la eternidad, quedabas atado a él y el Infierno se convertía en tu fin.

Padre decía que había un destino peor que la muerte.

Fuera de la familia, la gente pensaba mi padre había contratado a Leon en una empresa de seguridad privada. Habían pensado lo mismo cuando sirvió a mi abuelo, y a su padre, y así sucesivamente hasta llegar al origen de todo esto: Morpheus Leighman. El hombre que inició nuestro culto, quien descubrió la existencia del Profundo.

Al igual que mi padre, Morpheus tampoco había sido brujo. La magia no era algo inherente a su linaje. Mi madre podía usarla, pero yo había sido bendecida con simples susurros, hilos de poder enredados que apenas podía desenredar, y mucho menos controlar.

Aunque, como solía decir mi padre, una chica joven no necesitaba poder. Lo que necesitaba era una mente obediente y un corazón sumiso.

Por fin, mi padre paró. Respiró hondo y se pasó la mano por el cabello corto y grisáceo.

—Vuelve a tu habitación de inmediato —ordenó con la voz ronca, dirigiéndose al demonio que yacía hecho un ovillo en el suelo—. No saldrás del círculo vinculante a no ser que yo te diga lo contrario.

Los ojos dorados de Leon se cerraron antes de desaparecer en una nube de humo. Dejé caer los hombros y la tensión que no sabía que había acumulado se esfumó. Mientras mamá se arrodillaba y limpiaba con un trapo las líneas de tiza del círculo vinculante, Meredith la observaba con la nariz arrugada por el asco. Nos detestaba. Yo era la prueba de la infidelidad de su marido, una prueba que nunca podría ignorar.

Tener a la mujer de mi padre y a su amante en la misma habitación eran ganas de buscar problemas. Sin duda, el mal humor de mi padre fue lo único que impidió que Meredith dijera algo grosero.

—Arreglaos —espetó padre, y golpeó el hombro de Jeremiah, cabreado, antes de recolocarle la chaqueta con brusquedad—. En cuanto entremos en esa habitación, todas las miradas estarán puestas en vosotros. —Me miró directamente a mí, con tanta intensidad que me encogí—. Mantened la compostura. Tenemos que dejarles claro que lo tenemos controlado.

—Sí, padre. —Mi voz apenas fue un susurro y no estaba segura de si me había oído.

Lo seguimos y salimos del desván. Jeremiah iba pisándole los talones, detrás él iba Meredith, luego Victoria y, al final, mi madre y yo. Mamá tenía la mano fría cuando cogió la mía a la vez que bajábamos a la sala de juntas.

Esa noche deberíamos habernos reunido en St. Thaddeus. Fue la primera iglesia de Abelaum, se construyó hacía más de cien años y la habíamos elegido como lugar de culto a nuestro dios. No obstante, los bosques que rodeaban el edificio y el pozo de la mina de White Pine seguían llenos de policía estatal y local que buscaban pistas sobre lo que le había ocurrido a Juniper. Mi padre tenía a esta última metida en el bolsillo, pero los otros eran un peligro claro y presente.

Si daban con la iglesia, ¿encontrarían las manchas de sangre? ¿Se darían cuenta de que las velas habían estado encendidas hacía poco? ¿De que los bancos estaban cubiertos de túnicas blancas? ¿De que el aroma a hierbas del incienso aún flotaba en el aire? ¿Verían la culpa en la cara mi madre? ¿En la de mi padre? ¿En la de mi hermana? ¿En la mía?

Mamá tenía los ojos abiertos, aunque tenía la cabeza en otra parte. Las brujas poderosas como ella podían arrojar su yo espiritual más allá del Velo, en la inmensa extensión conocida como el Intermedio, un lugar que escapaba al tiempo y al espacio.

Una bruja capacitada como ella era capaz vagar por allí, pero era peligroso. Nunca me había dejado intentarlo.

En aquel lugar se podían observar y descubrir muchas cosas. Se podía caminar a través del tiempo, ver el futuro o el pasado, conectar con espíritus y seres de otros mundos, incluso con Dios.

Las puertas de la sala se abrieron de golpe y todos los fieles se estremecieron cuando mi padre avanzó por el pasillo en dirección al estrado. Los demás tomamos asiento en la parte de delante: Meredith, Victoria y Jeremiah a un lado, mi madre y yo al otro.

Cuando mi padre se volvió hacia ellos, la congregación enmudeció. Enseguida, el único sonido que quedó fue el golpeteo de la lluvia sobre el tejado del palacio de la justicia, interrumpido solo por los truenos.

Mi padre nos dirigió una mirada furtiva, tan intensa que hizo que se me revolviese el estómago.

—Esta noche habíamos planeado reunirnos aquí para adorar y dar las gracias —señaló—. En lugar de eso, lo hacemos con tristeza, arrepentidos, porque hemos fallado en el mayor de nuestros deberes.

Murmullos de horror y miedo recorrieron la estancia. Padre suspiró con fuerza, agarrando los bordes del púlpito mientras observaba a su familia, sus fieles.

Los truenos volvieron a retumbar con más fuerza que nunca. El edificio tembló y las manos de mamá se movieron. Las dos lo sentíamos:

una presencia en el fondo de nuestras mentes. Era como si tuviéramos unas serpientes enroscándose en nuestras columnas vertebrales, unos gusanos metiéndose en nuestros huesos. Dios lo veía todo en ese pueblecito, pero se sentía atraído por la magia que tanto mi madre como yo teníamos.

—Un día, nuestro dios se alzará —anunció padre con la mirada clavada en mí, firme—. Elegirá un recipiente bendito y caminará entre nosotros. Bendecirá a los que han permanecido leales e infligirá santo sufrimiento a los que se nieguen a creer. Pero primero, hemos de cumplir con nuestro deber. Debemos ofrecer tres almas.

Entre la multitud, alguien sollozaba y su respiración entrecortada hizo que me estremeciese.

—Se suponía que Juniper Kynes iba a ser el primer sacrificio —dijo padre, sombrío—. Mi fiel hija, Victoria, nos la trajo con la misma delicadeza con la que se guía a un corderito inocente. Aunque la naturaleza del hombre es fallar. Nuestra ofrenda escapó. Desafió a Dios, desperdició su sangre, malgastó su sufrimiento. Así que nos reunimos aquí para pedir perdón. Y para condenar, de todo corazón, la gran traición que ha caído sobre nosotros.

Se oyó un trueno tan fuerte que varias personas gritaron de desesperación. Algunos se llevaron la mano al pecho, aterrorizados. Otros cerraron los ojos.

—¿Quién es el traidor? —preguntó Meredith, y la mordacidad de su voz me puso los pelos de punta—. En Libiri no hay lugar para la deslealtad. Dios lo ve todo.

Asintió con determinación y, aunque no nos miró, mis hermanastros sí lo hicieron. Era imposible leer la expresión de Victoria, pero los ojos entrecerrados de Jeremiah estaban llenos de sospecha.

Sin embargo, mi madre y yo habíamos cumplido con nuestro deber. Mamá había guiado el sacrificio, yo había sido testigo.

Ninguna sabíamos que Juniper escaparía. La habían arrojado a una mina, a seis metros de profundidad por un pozo lleno de barro, la habían encerrado y la habían abandonado a su suerte.

Se me revolvió el estómago al pensar en los recuerdos más desagradables. En los gritos y en la sangre. Nos había suplicado que parásemos. Deberíamos haber parado. Mamá me apretó más la mano en señal de advertencia. No era adivina, como lo había sido mi abuela Winona, pero aun así poseía una extraña habilidad para percibir mis pensamientos. Mis miedos se entremezclaban con los suyos, supuraban entre nosotras como una infección.

—Encontraremos al traidor —afirmó mi padre mientras recorría a la multitud con la mirada—. El Profundo conoce su corazón, sabe de su deslealtad. El castigo llegará. Tened fe. No se puede parar la voluntad de Dios. Aunque puede que ahora mismo Juniper esté fuera de nuestro alcance, hay otras opciones en su linaje. —Los susurros se extendieron entre la multitud y el nombre «Marcus» salió de varios labios—. Ahora, os pido a todos que os vayáis directamente a casa. Sed cautos, que la fe esté cerca de vuestro corazón, pero no de vuestras lenguas. Esta noche hablaré con el *sheriff*. Si a alguno de vosotros os preguntan qué visteis, no digáis nada. Que el Profundo tenga piedad de todos nosotros.

—Que el Profundo tenga piedad —repitieron los fieles. Cuando repetí las palabras, tenía los labios entumecidos.

Una vez que la multitud se dispersó, mamá me sacó al pasillo. La Sociedad Histórica estaba a oscuras, todas las luces estaban apagadas salvo las de la antigua sala de juntas y la entrada. Mamá me empujó a través del gentío, moviéndose rápido, y me condujo a un almacén vacío.

Me soltó la mano para recorrer el diminuto y sombrío espacio. A pesar de que me quedé mirándola un rato, esperando a que dijera algo, se retorcía las manos sin hablar.

—Mamá, ¿qué…?

Me agarró de los brazos antes de que pudiera terminar.

—No hables de esto con nadie —susurró, con los ojos llorosos—. Necesito contarte… Everly, tienes que saber la verdad…

Dimos un respingo cuando la puerta se abrió de golpe. Mi padre estaba allí de pie, alternando la mirada de la una a la otra, con el ceño fruncido.

—Necesito hablar contigo, Heidi —dijo—. A solas. Ahora.

Siguió a mi padre por el pasillo hasta la sala de juntas, en ese momento vacía. El resto de los fieles se estaban marchando, pero el silencio solemne de la multitud decía más que las palabras. Nadie se atrevía a caminar solo hacia el coche. Iban de dos en dos y de tres en tres, apiñados, escudriñando las oscuras sombras que había entre los árboles. Mientras esperaba a que mamá volviese, un grito agudo e inquietante atravesó la noche. Los que aún no habían abandonado el edificio se quedaron helados, mirándose los unos a los otros con los ojos muy abiertos por temor a lo que acechaba en la oscuridad. El Profundo no era el único ser extraño que habitaba ese pueblo. Abelaum era como un vórtice, allí el Velo era muy fino y la presencia del Profundo atraía a todo tipo de seres extraños. Aquellas criaturas no eran buenas, no eran las bestias mágicas de los cuentos de mi infancia. Eran depredadores, con hambre infinitamente voraz y tenían una fuerza sobrenatural. Los humanos eran presas fáciles.

—Deberían habérsela comido.

La voz de mi hermana me hizo estremecer. Antes de que pudiera girarme, me rodeó la cintura con los brazos, abrazándome como si quisiera consolarme, con la barbilla apoyada en mi hombro. Aunque sus palabras estaban lejos de ser reconfortantes.

—Padre dice que esconder a Juniper de los eld requirió una magia poderosa. Ni siquiera Leon pudo encontrarla. —Olía a vainilla artificial, y sus uñas acrílicas repiqueteaban con suavidad sobre mi clavícula sin soltarme—. ¿Cómo puede ser eso, Ev? ¿Eh? Porque las únicas personas de la familia con una magia poderosa son papá… y tu madre.

Se echó a reír cuando me zafé de su agarre y me ceñí el jersey con más fuerza. Hacía menos de setenta y dos horas había llevado a Juniper al bosque. Le había dado LSD, había esperado a que las alucinaciones se apoderaran de ella y la había llevado directamente a St. Thaddeus.

Había traicionado a su mejor amiga por lealtad a Dios. Ni siquiera se había inmutado cuando Juniper gritó. No había llorado. Era sorprendente, aunque mi hermana siempre había sido buena interpretando su papel.

Era imposible saber quién era de verdad. Tenía quince años, pero usaba sus emociones como si fuesen máscaras, eligiéndolas a su antojo.

—¿Qué intentas decirme? —Incluso entre susurros, mi tono de voz era demasiado elevado. Siempre me oía hablar demasiado alto. Sin embargo, se suponía que tenían que verme, no oírme.

Me dedicó una sonrisa tensa, como si le doliera.

—Tal vez nada —respondió, inocente—. O tal vez esté intentando averiguar en qué narices metimos la pata. —Se acercó un poco más, con aquella extraña expresión aún congelada en su rostro—. Pero ¿sabes qué? Creo que lo he averiguado. Papá cometió un error, hace dieciséis años, cuando decidió follarse a la puta de tu madre.

Las palabras se me quedaron clavadas en el pecho. Victoria hizo un gesto con la mano para restarle importancia.

—No obstante, los errores ocurren y Dios los ve —añadió como si nada—. Él se asegurará de ponerles solución. —Levantó la mano y me acarició un mechón de pelo rubio, idéntico al de mi madre—. Nunca serás la hija que él quiere, por mucho que tu madre intente sabotearme. Quizá deberías empezar a pensar en quién va a protegerte cuando ella no esté. Porque mami no estará aquí para siempre.

—Hora de irse, chicas —interrumpió Meredith, brusca, haciéndonos señas con la mano desde el fondo del pasillo.

Victoria se echó el pelo castaño por encima del hombro al darse la vuelta, pero yo me quedé donde estaba. Mamá seguía hablando con mi padre y una parte de mí no quería dejarla a solas con él.

Las palabras de Victoria siguieron repitiéndose en mi cabeza.

«¿Quién va a protegerte cuando ella ya no esté?».

En dos años, tuve la respuesta. Cuando mamá se quitó la vida, me dejó sola.

Y no quedó nadie que pudiera protegerme.

3

Everly

La niebla me rodeaba los tobillos como si fuesen las olas del mar. El bosque estaba a oscuras, pero la luz de la luna se filtraba entre las agujas de los pinos. Notaba la tierra fría bajo mis pies descalzos mientras deambulaba entre los árboles.

Era una noche silenciosa. Las criaturas que habitaban allí huían a mi paso y el canto de los grillos cesaba.

Mi presa estaba cerca. Tenía la respiración agitada, acelerada por el miedo. Caminaba de manera torpe y ruidosa. Lanzaba miradas de pánico por encima del hombro, que se volvían más angustiadas cada vez que me veía.

Daba igual lo rápido que corriera, no sería suficiente.

Su bota se enganchó en la raíz de un árbol, tropezó y cayó al suelo.

—Por favor, Everly. Por favor, no lo hagas —susurró desesperada cuando se levantó y clavó sus ojos en mí.

Había perdido las gafas al caer. Tenía las palmas de las manos ensangrentadas cuando las levantó en señal de súplica.

Su pecho estaba hueco y frío. Algo me arañó el interior del cráneo, haciendo presión en la parte posterior de los ojos.

Mátala. Mátala. Mátala, me susurró en la cabeza una voz ronca y exigente.

El cuchillo que tenía en la mano captó la luz de la luna y brilló. Sabía lo que tenía que hacer.

—¡Everly, por favor! —Las lágrimas corrían por su rostro—. Tienes que recordar. Es importante, por favor, tienes que recordar.

Me puse a su lado, inclinando la cabeza hacia un lado, despacio. Su sangre pintaría ese bosque. Sería mi mayor obra de arte.

—Sybil conoce el camino —musitó. Y lo repitió. Una y otra vez.

Cada vez hablaba más rápido. Las palabras se mezclaban.

Me zumbaban los oídos. Me dolían los pulmones. El arañazo en mi mente no paraba. Tenía que parar.

Levanté el cuchillo y ella no reaccionó. Siguió susurrando.

—Tu sangre alimentará esta tierra, Raelynn —solté. No reconocía mi voz.

Se calló al instante. Tenía los ojos muy abiertos y estaba igual de quieta que una estatua.

Entonces, despacio, abrió la boca. Mucho. Demasiado. La mandíbula se le desencajó y gritó…

Me desperté de sopetón.

El cuaderno de dibujo se me resbaló del regazo y cayó al suelo de madera con un ruido sordo. Los lápices de colores rodaron lejos de mí por el escritorio, desparramándose a mis pies uno a uno antes de que pudiera intentar atraparlos.

—¡Mierda! ¡Joder!

Me golpeé la parte posterior de la cabeza contra la mesa mientras intentaba arrastrarme por debajo de ella para recoger todo. Por un momento, me quedé sentada en el suelo frotándome la zona dolorida y compadeciéndome de mí misma.

Era tarde. La biblioteca de la universidad cerraría en cualquier momento. Maldita sea, debía de llevar horas allí dormida. Con un suspiro, recogí los objetos que se me habían caído y me puse de pie antes de guardarlo todo en la mochila.

El lugar estaba en silencio, el único sonido que se escuchaba era el de la lluvia que caía por la gran vidriera que cubría la puerta principal. Aunque me dolía la cabeza, el recuerdo de la pesadilla ya se estaba desvaneciendo. Solo me quedé con ese nombre.

Raelynn. ¿Quién demonios era Raelynn?

El semestre no empezaría hasta dentro de un par de semanas, pero me había pasado la mayor parte del verano ahí encerrada. Adoraba el olor a vainilla y a libros polvorientos. Me encantaban los rincones ocultos, el techo abovedado y la tenue luz de los viejos apliques que cubrían las paredes.

Era mi refugio, mi ratito de libertad; una ventana a todas las maravillas del mundo que me estaban esperando.

Esperando a que escapara.

Estaba en la segunda planta, con vistas a la entrada, rodeada de estanterías altas y escritorios dispersos. Uno de mis lápices había rodado lejos de mi alcance y entrecerré los ojos, extendiendo la mano hacia él. Me lo imaginé rodando hacia mí, de vuelta a los pies de mi silla para que pudiera cogerlo.

Ni siquiera se movió.

Intentar usar la magia era como estirar un músculo que tenía agarrotado o escribir con la mano izquierda. Requería una concentración absoluta, e incluso así, apenas podía controlarla.

Apreté los dientes y curvé los dedos como si quisiera atraer el lápiz hasta mí.

Este salió volando por los aires. Se clavó en la pared que había a mi espalda y, al agacharme, me pasó muy cerca de la cabeza. Mierda. Me apresuré a arrancarlo de allí y me estremecí al ver el agujero que había dejado.

Con suerte, nadie se daría cuenta.

Era tan tarde que seguro que había perdido el último autobús. Me tocaría volver a casa a pie en medio de la noche. La mayoría de la gente de la zona nunca se atrevería a salir a solas después de la puesta de sol, sin embargo, a mí ya no me importaba. Si me mantenía en la calzada, estaría a salvo.

Si no… habría una última pesadilla antes de que todo acabara.

El sonido de unos pasos acercándose a mí me hizo dar un respingo, pero suspiré aliviada cuando William Frawley rodeó las estanterías con una mirada curiosa tras sus gafas. Era uno de los bibliotecarios y normalmente estaba sentado detrás del escritorio en forma de medialuna de la entrada con la nariz metida en un libro.

—¿Estás bien? —me preguntó—. He oído un ruido.

—Me he dado un golpe en la rodilla —le contesté, haciendo una mueca de dolor mientras me la frotaba para hacer que mi mentira fuese creíble—. Lo siento. ¿He molestado a alguien?

—No queda nadie a quien molestar. —Soltó una risita, mostrándome las llaves—. Estaba a punto de empezar a cerrar.

—Oh, mierda, me he vuelto a quedar hasta tarde. Lo siento. —Me puse a meter las últimas cosas que tenía por ahí en la mochila—. Tengo una serie de libros abajo también, si no es mucha molestia…

—En absoluto. —Sus ojos se posaron en mi bloc y lo cogió antes de que pudiera guardarlo. Había estado dibujando la vidriera, con los cristales de colores brillando a la luz del sol poniente—. ¿Esto es en lo que has estado trabajando aquí arriba? —Asentí y su sonrisa se ensanchó—. Es precioso.

—Mi madre solía hablar de lo mucho que quería dibujarla —comenté, quitándole el bloc de las manos—. Le encantaba esa ventana. La forma en la que el sol brilla a través de ella, los colores. Siempre decía que era como mágica.

La sonrisa de William se volvió tímida y se frotó la nuca.

—Lo siento, Ev. No pretendía…

—No me entristece hablar de mi madre —le aseguré, sonriendo un poco, guardando el cuaderno en la mochila—. Han pasado cinco años. No pasa nada.

Cinco años desde que había dejado ese mundo.

Cinco años desde que había desaparecido de mi vida.

Cinco años sola.

No pasaba nada, aunque la ansiedad que se revolvía en mi interior indicara lo contrario.

—Te dejo que cierres —dije, echándome la mochila al hombro—. ¿Puedo usar el cajero automático para los libros?

—Claro. Eh… ¿Everly?

—¿Sí? —Me detuve en la parte más alta de la escalera. Will carraspeó con cierta timidez.

—Unos amigos y yo vamos a coger el *ferry* a Seattle este fin de semana —comentó, con la voz un poco entrecortada. Se aclaró la garganta—. Vamos a un sitio que se llama Bar Unicornio. Creo que podría gustarte, así que… me preguntaba…

Se me revolvió el estómago. Esbocé una sonrisa de disculpa.

—Lo siento, Will. Este fin de semana voy a ayudar a mi padre en la Sociedad Histórica. Se lo prometí. —Me encogí un poco de hombros, impotente, y añadí—: ¡Espero que lo paséis bien!

—No te preocupes, no… No pasa nada. Sí, claro. Gracias. Eh, ¡nos vemos! —Se despidió de mí con un gesto con la mano, tenía la cara roja.

—¡Nos vemos!

Me despedí de él de la misma forma y bajé las escaleras a toda prisa. Mantuve la sonrisa hasta que desaparecí de su vista.

Tenía mucha experiencia poniéndome máscaras, encajando en cualquier papel que se me pidiera. A mis veintitrés años, me resultaba más fácil mentir que decir la verdad.

Will era amable, dulce y educado. El tipo de chico con el que me hubiera gustado hacer un viaje en *ferry* a Seattle.

Pero eso no podía ser. No tenía permitido hacer esas cosas.

Mientras que muchos jóvenes de mi edad planeaban marcharse de Abelaum y encontrar oportunidades mejores allí o en Tacoma, yo no había contemplado esa opción. No podía. Aunque empezase a caminar y nunca mirase atrás, Abelaum jamás me dejaría ir.

Mi padre y su dios no me dejarían ir.

Mamá me lo había advertido. Sus últimas palabras, garabateadas en una nota que encontré debajo de mi almohada la mañana en que encontraron su cadáver, me dijeron la verdad que no había sido capaz de decirme en vida.

Yo soy la traidora. Dejé escapar a Juniper y la protegí de la vista del demonio. No podemos permitir que esta podredumbre se extienda. Recupera tu poder o el Profundo consumirá todo lo que eres y te convertirás en su recipiente. Sybil conoce el camino.

Eso era lo único que había escrito. Parecían los delirios de una loca.

Las pesadillas empezaron después de su muerte. Su suicidio y la carta que me dejó me destrozaron la vida y me dejaron hecha polvo. Ya no me limitaba a temer el dolor que mi padre y su secta infligirían a otras personas; en ese momento, sabía exactamente cuánto sufrimiento me esperaba a mí.

El Profundo necesitaba un recipiente. Mamá me afirmó que ese sería yo. Mi magia, por salvaje e inexperta que fuera, le daría el poder que necesitaba cuando abandonara su lugar de reposo.

No iba a aceptar ese destino, ni de coña. Me costase lo que me costase, me doliese lo que me doliese o me aterrorizase lo que me aterrorizase, prefería seguir a mi madre hasta la tumba antes que convertirme en una marioneta de carne sin cerebro para una antigua deidad.

Por desgracia, no tenía ni idea de quién era Sybil y tampoco sabía cómo escapar del dios. Su nombre me perseguía, era un fantasma en mis pesadillas. Cada noche, estas se volvían más frecuentes y vívidas. A veces temía que no fueran simples sueños.

Parecían demasiado reales.

Un dolor agudo me atravesó la nuca, como si me hubiesen clavado una aguja en la columna. Con una mueca, cerré los ojos y avancé dando tumbos hasta que pude agarrarme a la barandilla de la escalera.

Tenía las palmas de las manos frías por el sudor frío. Moví los ojos rápido tras de los párpados cerrados, me temblaban y oscilaban sin que pudiese controlarlos.

Me rodearon murmullos. Unas palabras furiosas e imperceptibles que me provocaron escalofríos en los brazos. Una presencia oscura se cernía sobre mí, aterrorizándome.

Se me pasaría. Solo tenía que respirar, concentrarme en ese momento y en ese lugar. La madera lisa bajo mis dedos, la lluvia torrencial, el susurro de una conversación a lo lejos y el leve pasar de las páginas. Tenía que recordar dónde estaba. Quién era. Por qué estaba…

El móvil me vibró en el bolsillo y me sacó de la niebla. Abrí los ojos de golpe y jadeé. Parpadeé rápidamente para volver a enfocar la vista y vi un mensaje de Jeremiah.

Acaba. Los chicos y yo nos iremos pronto.

Mierda. Papá había tenido que decirle que hoy estaba en el campus. Estar atrapada en el diminuto coche de mi hermanastro con sus amigos y él era lo último que quería hacer. Papá llevaba todo el día fuera y tenía las llaves del coche guardadas en su despacho, así que había venido andando antes y pensaba coger el autobús para regresar a casa.

Cuando llegué junto a los escritorios del primer piso y a la pila de libros que había dejado allí, volví a sentir un hormigueo en la nuca.

—Hola, Everly.

Marcus Kynes me saludó con la mano, acercándose a mí con una pequeña sonrisa insegura en la cara.

—Se ha hecho tarde. ¿Quieres que te lleve?

Por entonces Marcus era el capitán del equipo de fútbol de la universidad, el mismo equipo en el que jugaba Jeremiah. Con los años, se habían hecho muy amigos. Cuando enviaron a Juniper a un hospital psiquiátrico, mi hermanastro tomó al chico bajo su ala.

Nuestro padre quería que lo mantuviésemos cerca. Dios no aceptaría otro fracaso.

A Marcus le habría ido mejor manteniéndose lejos de nuestra familia. Aun así, agradecí la oportunidad de evitar volver a casa con Jeremiah.

—Me vendría genial que me llevases, gracias. Solo tengo que registrar estos libros para poder llevármelos.

Mientras nos dirigíamos desde la biblioteca al aparcamiento para estudiantes, nuestro aliento formaba pequeñas nubes en el aire helado de la noche. La Universidad de Abelaum era una reliquia escondida entre los árboles, una belleza arquitectónica que se construyó cuando el pueblo minero estaba en pleno auge. Sus torres góticas eran tan altas como los pinos, los caminos de piedra estaban cubiertos de musgo y los muros grises, de hiedra. Cuando había clases, las ventanas de sus pasillos brillaban como faros en mitad de la oscuridad. Sin embargo, esa noche, los múltiples edificios antiguos que componían la universidad estaban en penumbra, a excepción de la biblioteca que teníamos detrás de nosotros.

Algún día, a pesar de todo, mis estudios serían mi billete de ida para salir de allí. Estudiar la carrera de Historia no era lo que solía verse como la fórmula del éxito, pero me daba igual. En un futuro, me marcharía de Abelaum, puede que hasta de Washington o incluso del país. Los susurros del dios en mi cabeza desaparecerían y el miedo constante al dolor y a las represalias se esfumaría.

Buscaría un trabajo. Quería investigar lenguas muertas, rodearme de la belleza y el horror de la historia. Nuestro pasado influía en la humanidad; todos nosotros éramos la última manifestación de una larga serie de elecciones del ser humano.

Algunos éramos la manifestación de algunas mucho más perversas que otras.

—La semana pasada fue el cumpleaños de Juniper —comentó Marcus de repente—. Quería llamarla, pero supongo que dio de baja su línea cuando le dieron el alta en el hospital.

Chapoteamos en los charcos mientras caminábamos, y me subí la capucha de la chaqueta para resguardarme de la lluvia.

Y para ocultarle mi rostro.

—Mi madre tampoco quiere hablar nunca de ello —añadió cuando no respondí—. Nadie quiere. Todos se ponen incómodos cuando saco el tema.

—Lo siento, Marcus —respondí despacio.

Él negó con la cabeza.

—Lo entiendo. Sobre todo después de las acusaciones que hizo en contra de tu familia. No debería hablar de esto. —Parecía muy triste. Confundido—. Últimamente la echo de menos. Nunca pude despedirme de ella antes de que se fuera.

Una voz que conocía nos llamó, provenía de delante. Marcus levantó la mano para saludar a los tres chicos que caminaban hacia donde estábamos y yo reprimí un gruñido.

—Mírate, todo un caballero protegiendo a mi hermana, Marcus —se burló Jeremiah mientras él y sus amigos, Sam y Nick, se acercaban a nosotros—. Pero no te preocupes por ella. Nadie va a intentar secuestrar a esta friki.

Marcus dejó de andar para hablar con ellos, pero yo ni me molesté. Me dirigí hacia la carretera, decidida a irme caminando a pesar del riesgo. Sin embargo, Jeremiah me agarró del brazo cuando intenté pasar por su lado y tiró de mí hacia atrás.

—Eh, guau, no tan rápido, hermanita —dijo ese término cariñoso como si fuera un insulto.

—Déjame —le pedí. Me hormigueaban las yemas de los dedos, una sutil advertencia de que podía perder el control—. Me voy a casa.

—Primero necesito que Marcus y tú me ayudéis con una cosa —comentó, y Nick y Sam asintieron, de acuerdo con él.

—Puedo ayudarte —aceptó Marcus—. Sin problema.

—Genial. —Jeremiah sonrió y clavó su mirada en mí en señal de advertencia.

Nadie diría que mi medio hermano era *amable*, pero había algo genuinamente malo en aquella sonrisa. Algo que me hizo sentir que tenía que salir corriendo.

Tiró de mi brazo y me acercó a él mientras caminábamos hacia el campus.

—Le dije al entrenador Shelby que le llevaría un par de cajas. Me dijo que están en el almacén del segundo piso de Calgary Hall. Casi se me olvida hacerlo.

Sam soltó una carcajada muy ruidosa; por el contrario, Nick llevaba la capucha puesta y las manos metidas en los bolsillos. Intenté zafarme del agarre de Jeremiah, aunque, en lugar de forcejear conmigo, me pasó el brazo por los hombros.

—Cumple con tu deber, Everly —siseó en mi oído en un susurro.

El pánico estaba ahogándome, no podía respirar. Tenía las manos calientes, como si el fuego estuviese intentando escapar de debajo de mi piel.

Me obligué a tranquilizarme. Tenía que mantener el control.

Si me rompía, si dejaba que el calor que crecía en mi pecho siguiera aumentando, no tenía ni idea del caos que podría desatar.

Subimos los escalones de Calgary Hall. El interior estaba oscuro y hacía frío, y nuestros pasos resonaban en el suelo de piedra. Las puertas se cerraron a nuestras espaldas, silenciando el canto de los grillos y acabando con la brisa que se movía entre los árboles.

El silencio era sepulcral.

Jeremiah me soltó y se llevó el dedo índice a los labios en señal de advertencia. Sentí que mi mundo se tambaleaba cuando Nick le entregó a Jeremiah un cuchillo que había sacado del interior de su chaqueta. A pesar de la poca luz, a mi alrededor todo brillaba, resplandecía con el fulgor violeta de la magia.

Sentía que cada vez tenía menos control. Era como un globo a punto de estallar.

Jeremiah se volvió hacia Marcus. Se me nubló la vista. El tiempo se ralentizó.

Había que cumplir con lo que pedía el Profundo. Había que entregar tres almas. Ese era nuestro deber. Era adoración. Era fe.

No obstante, cuando Jeremiah levantó el cuchillo, grité.

Todo pasó muy rápido. Sam me agarró, sujetándome mientras mi hermanastro y Nick tiraban a Marcus al suelo. Sam intentó taparme la boca, pero le mordí la mano hasta que noté el sabor de la sangre y me golpeó en la nuca.

—¡Joder, puta psicópata!

Continuó pegándome y yo seguí forcejeando, solo empecé a morderle con menos ímpetu cuando la fuerza de sus golpes me mareó.

—¡Jeremiah, para! —Mi voz se quebró al resonar en las paredes—. ¡Así no, por favor, para!

Jeremiah se sentó a horcajadas sobre Marcus mientras Nick le sujetaba los brazos por encima de la cabeza y le abrió la camiseta con la hoja, moviéndose con una lentitud aterradora y metódica a la vez que su víctima gritaba y pataleaba sin resultado.

Sus gritos se volvieron desgarradores por el dolor cuando Jeremiah le grabó las marcas rituales en el pecho. Jeremiah se reía como un niño con un juguete nuevo, su sonrisa se ensanchaba cada vez que Marcus forcejeaba, cada vez que sus chillidos de angustia se volvían más desesperados.

—¿Sabes que es lo mejor de todo esto, Kynes? —preguntó mi hermanastro, acercando su rostro al del chico y arrastrándole la hoja por la mejilla, despacio—. Que la loca de tu hermana tenía razón. Tenía razón en todo.

La desgarradora comprensión hizo que el dolor se desvaneciera del rostro de Marcus. Me miró y me ahogué en un sollozo. En sus ojos quedó una pregunta sin respuesta.

¿Por qué?

Jeremiah levantó el cuchillo por encima de su cabeza y lo clavó en el pecho de Marcus. Él emitió un sonido sordo. Forcejeé con más fuerza, revolviéndome contra el agarre de Sam hasta que mi zapato chocó con algo resbaladizo y me escurrí, haciéndonos caer a los dos al suelo.

El cuchillo volvió a bajar.

Otra vez.

Y otra más.

Iba a romperme.

La sangre se filtró por el suelo, manchándome el bajo del vestido. El aliento de Sam me llegaba a la cara con un olor nauseabundo, y me agarraba de los brazos con tanto ímpetu que iba a dejarme moratones.

El calor dentro de mí iba en aumento y cada vez se extendía más rápido. No podía controlarme.

Detrás de mis ojos aparecieron destellos de color púrpura y naranja y los cerré con fuerza. Aquello no estaba ocurriendo. No estaba allí. Estaba en otra parte, en un lugar tranquilo y seguro. No podía permitir que aquello volviera a pasar, no podía hacerlo, no podía, no podía...

La presión y el calor insoportable estallaron en mi interior. Durante un instante, no fui nada: flotaba, volaba, no tenía cuerpo. Era libre como el viento.

Me quedé con los ojos cerrados mientras una corriente de aire frío me recorría la espalda. Tenía la mejilla apoyada en algo que pinchaba y el olor a tierra húmeda me llenaba la nariz.

Y luego abrí los ojos.

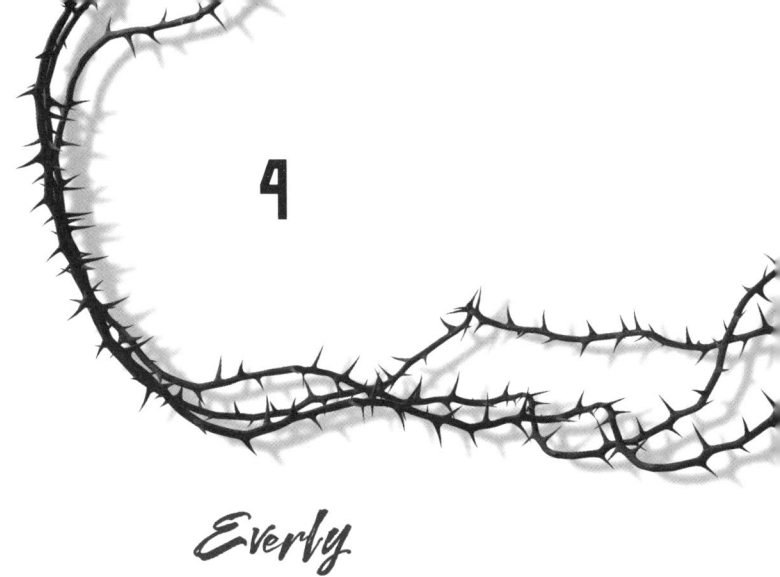

4

Everly

Cuando levanté la cabeza de la hierba, todo me daba vueltas. A mi alrededor había árboles y los densos zarcillos de las zarzamoras silvestres. Tenía la ropa empapada por la lluvia y las extremidades entumecidas por el frío. Mi mochila se había abierto y mi cuaderno de dibujo estaba hundido en el barro, completamente húmedo.

Recogí mis cosas a toda prisa y me puse en pie con las piernas temblorosas.

Ya no estaba en el campus de la universidad. El bosque me rodeaba con unas sombras densas e impenetrables. Unas siluetas borrosas aparecieron en ellas; no estaba segura de si eran árboles u otra cosa.

Despacio, me di la vuelta y me quedé sin aliento.

Había una casa ante mí, más grande y majestuosa que ninguna otra que hubiera visto antes. Estaba en medio de la oscuridad y parecía sacada de un cuento de hadas, como un castillo torcido que había encontrado su hogar entre la arboleda. Las tres angostas torres eran tan altas como los pinos, cuyas ramas rodeaban la piedra gris claro como si fuera el abrazo de un enamorado. Las ventanas estaban a oscuras y cubiertas de enredaderas, el musgo tapaba las paredes y del suelo sobresalían unas raíces gruesas que enmarcaban las puertas rojas principales de la casa.

Un hilo trenzado las tapaba como si fuese una telaraña y alrededor de la entrada pendían varios talismanes. Estaban hechos con ramitas, cuerdas y espinas de pescado, y se balanceaban con la brisa, repiqueteando al chocar entre sí.

Había visto esas baratijas antes, solían estar colgadas en las puertas de los ancianos supersticiosos que vivían en Abelaum. Se suponía que ahuyentaban al Profundo.

Aquello no podía ser real. Tenía que ser un sueño o una alucinación provocada por un trauma. Levanté la mano para pasármela por la cara, pero me detuve. Me temblaban los dedos, los tenía pegajosos por la sangre y también me había manchado la parte de delante del vestido con ella.

La sangre de Marcus.

Me escocieron los ojos y se me formó un nudo en la garganta. La magia tenía voluntad propia y la mía se había rebelado como una bestia salvaje. Intentó protegerme de la única forma que podía: teletransportándome espontáneamente lejos del caos. En ese instante, en Calgary Hall, Marcus se estaba muriendo, o ya estaba muerto.

Yo no podía hacer nada. No podía detenerlo.

Se suponía que no tenía que querer hacerlo.

El viento cambió, trayendo el repugnante aroma de la putrefacción a mi nariz. Me tapé la boca con la mano, a punto de vomitar, y me volví para observar el bosque sombrío. En medio de la oscuridad, entre el vaivén de las hojas, algo se movió.

Algo grande.

Un morro esquelético, blanco como los huesos, salió de ella. Los ojos lechosos de aquel ser me observaron y sus dientes afilados chasquearon entre sí cuando dio un paso adelante. Tenía unas extremidades largas y huesudas, y una piel gris podrida cubría su cuerpo deforme y canino. Una criatura retorcida, mitad araña, mitad lobo, que desprendía el hedor de la muerte.

Era un eld. Una especie de bestia antigua y deforme que aparecía en lugares que habían sido el escenario de grandes sufrimientos y derramamientos de sangre. La magia del dios siempre las había atraído allí en cantidades que daban miedo. Por la noche, el bosque era suyo y devoraban a cualquiera que fuera lo bastante tonto como para cruzarse en su camino.

Aquella noche, esa tonta era yo.

La bestia no estaba sola. Aparecieron más en la oscuridad, enseñando los dientes y con una saliva espesa y pútrida goteándoles de la boca. Con cada paso que yo daba hacia atrás, ellos avanzaban. Sus articulaciones chirriaban y crujían cuando se movían, encorvándose hacia mí. Si había un momento idóneo para que mi magia me teletransportara lejos de allí, era ese.

El fuego de mi interior echaba humo por el terror, pero lo único que conseguí lanzar fueron unas patéticas chispas.

Las criaturas bajaron la cabeza. Yo era débil, vulnerable. Una presa fácil con tanta magia que podrían darse un festín.

Sin otra opción, me di la vuelta y corrí hacia la casa.

Me pisaban los talones, gruñendo mientras corría a través de la hierba crecida. Subí los escalones a toda prisa y me abalancé sobre la puerta, aferrándome a ella y descargando todo mi peso contra la misma. Aunque el dolor me hizo retroceder enseguida. Unas púas invisibles en el dorso del pomo se habían clavado en mis dedos, dejando unas heriditas punzantes de las que brotaban gotas de sangre.

Con un destello de luz, los faroles que colgaban a ambos lados de las puertas de color rojo cobraron vida. En cuestión de segundos, todas las ventanas se iluminaron. Se oyó un aullido furioso y se rompieron varias ramas. Cuando miré hacia donde estaban las bestias, estas habían huido.

Se oyó un chirrido lento que duró mucho tiempo y entonces la luz se concentró alrededor de mis pies.

La puerta estaba abierta.

Cuando entré en la casa, mis pasos resonaron contra el suelo de mármol. Las puertas se cerraron a mi espalda ellas solas con un chasquido parecido al sonido de cuando se echaba la llave. Hacía una temperatura sorprendentemente agradable. Una gran lámpara colgaba del techo, sin telarañas, cosa que resultaba sospechosa. Todas las velas estaban encendidas, bañando la habitación con un suave resplandor.

Tenía ante mí una escalera imponente. Los peldaños de madera conducían a un rellano sobre el que se encontraba la estatua de una mujer con un puñal en la mano que tenía extendida. Las escaleras se dividían hacia la derecha e izquierda y las paredes estaban cubiertas de cuadros con unos marcos dorados muy recargados. Al avanzar, se levantaron nubes de polvo y eché la cabeza hacia atrás, admirando el techo abovedado.

Olía a viejo; el polvo, la humedad y el moho impregnaban el aire.

—¿Hola?

Solo me respondió el silencio. Alguien tenía que haber encendido todas esas velas; sin embargo, había demasiada calma. Demasiada. El repiqueteo de la lluvia torrencial parecía estar muy lejos.

Se me puso la piel de gallina. Había un zumbido en el aire, sutil pero evidente. Como el crepitar de la electricidad antes de una tormenta eléctrica.

Había magia en ese lugar.

Saqué el móvil del bolso y gemí de desesperación cuando no se encendió. Estaba mojado. ¿Qué demonios se suponía que tenía que hacer? El eld me comería viva si salía ahí afuera, aunque no tenía ni idea de los horrores que me esperaban allí dentro. Mi padre se pondría furioso si no volvía a casa esa noche. ¿Cómo iba a explicárselo?

Al menos, la puerta estaba cerrada con llave y me protegía de las criaturas del exterior. Tenía la chaqueta empapada, así que me la quité y me la colgué de la mochila. Deambulé por la estancia y pasé un dedo por la superficie de una mesa que había junto a la pared. Dejé un largo rastro en la densa capa de polvo. Era como si nadie hubiera estado en ese lugar en años.

Me llamó la atención el cuadro que colgaba sobre la mesa. En él había seis personas vestidas de negro que me observaban con expresión sombría. La mirada de ojos azules de una mujer rubia en el centro del grupo me llamó la atención y rocé con los dedos el viejo lienzo para quitarle la suciedad. Se parecía muchísimo a mi madre; era increíble.

En la parte inferior del retrato, se indicaban sus nombres con una elegante letra cursiva. Era difícil leerla y seguí el texto con el dedo mientras intentaba descifrar qué ponía.

Thomas Caroll, Rebeccah Anton, la gran maestra Sybil Laverne...

Mi dedo tembloroso se quedó inmóvil. Ese apellido era el apellido de soltera de mi madre, lo que significaba que Sybil...

Sybil era mi antepasada. La que mamá me había dicho que buscara, la que supuestamente sabía cómo podía escapar. Estaba allí, ante mis ojos. O al menos, su recuerdo lo estaba. Mirando el pie del retrato, leí las palabras que hicieron que mi corazón se estremeciera de miedo y asombro a la vez.

El aquelarre Laverne y su familia, 1902.

Las palabras se arremolinaron en mi cabeza como unas hojas atrapadas en un torbellino. La gran maestra... Sybil... Aquelarre Laverne...

Aquella era una casa de brujas, aunque no de unas cualquiera. Era la casa de mis antepasados.

¿Por qué mamá nunca me habló de ello? ¿Cómo había podido pasar todos esos años sin saber de su existencia?

—Ya era hora.

Me sobresalté y me di la vuelta. Pero no había nadie. Tenían que ser los nervios, que me hacían imaginarme cosas.

Me detuve un momento y me concentré en la falta de presión en el fondo de mi mente. La ausencia del dolor, el vacío que solía llenar mi ansiedad. Había desaparecido.

Allí no sentía la presencia del Profundo.

Me acerqué a la escalera y probé a apoyar mi peso en el primer peldaño. Crujió, mas me pareció sólido. A pesar de estar abandonada, la casa estaba increíblemente bien conservada.

—¿Hay alguien ahí?

Nadie respondió.

Así que subí.

Los pasillos de arriba eran largos y tenían tantas curvas y puertas que temí perderme. Comprobé cada picaporte en busca de más púas. No encontré ninguna, pero sí varias puertas cerradas y sujetas con cuerdas. Al igual que las de la entrada, tenían unos finos hilos negros por toda la superficie, unidos con unos elaborados diseños a los que no les veía el sentido.

Era algún tipo de magia antigua. Había runas talladas en ciertos marcos de las puertas e inscripciones en latín, aunque ninguna de ellas me dio una idea clara de a qué me enfrentaba. Era una casa tan grande que seguramente habría albergado a muchas personas.

¿Adónde habían ido?

Tap, tap, tap.

Un escalofrío me recorrió la columna vertebral. El ruido era suave pero claro, parecían unas uñas repiqueteando sobre la madera. Miré por encima del hombro y observé el pasillo vacío. Se escuchó un reloj en algún lugar cercano y las viejas paredes crujieron con el viento.

El sonido desapareció.

El tamaño del edificio hacía que fuese imposible saber si había alguien más. No obstante, tal vez podría encontrar una habitación donde descansar hasta por la mañana. Sería más seguro adentrarse en el bosque para encontrar el camino de vuelta cuando saliera el sol.

La idea de regresar con mi padre hizo que se me revolviera el estómago por el miedo. Lo que había ocurrido esa noche tendría graves consecuencias. No podía imaginarme el caos que provocaría mi ausencia, por no hablar de la confusión que se desataría cuando Marcus también desapareciera. O cuando se encontraran pruebas de su asesinato…

—Ten cuidado, querida.

Esa vez supe que no me lo había imaginado. Me di la vuelta y busqué de dónde venía la voz, desesperada. Había sonado muy cerca, como si hubiera alguien detrás de mí.

—¿Quién anda ahí? —pregunté, intentando sonar feroz y audaz.

La luz era tenue. Las llamas de las velas bailaban en los apliques de las paredes como si estuvieran rodeadas de brisa. Un olor extraño, como a piedra mojada, impregnaba el aire.

Entonces las sombras se movieron.

Crecieron, extendiéndose a lo largo de las paredes como si fueran unos dedos largos que se acercaban a mí. Se abultaron e hincharon, y la oscuridad se convirtió en unas extremidades ocultas por un manto que se agitaba para crear ondas.

Unas volutas negras y nebulosas se arremolinaron para crear una forma espectral con una espada brillante en una de las manos. Me quedé mirándola. Al principio no me atreví a moverme, con la esperanza que no me viera. Pero, bajo la capucha, unos ojos plateados se clavaron en mí. Unos labios arrugados se abrieron, dejando ver unos dientes ennegrecidos, y la criatura gritó, volando hacia mí con la espada en alto.

Me di la vuelta y salí corriendo. No tardé en perderme por los pasillos, que parecían un laberinto. Los retratos me miraban desde todas las paredes y mis pasos se oían aterradoramente fuertes mientras huía. Intenté abrir todas las puertas, pero fue en vano. Y a pesar de acelerar hasta que me dolió el pecho, los gritos de los espectros me siguieron. Cada vez que miraba hacia atrás, alguno volaba junto al grupo o se arrastraba por las paredes o por el techo.

Pese a que sus cuerpos parecían incorpóreos, las espadas que llevaban en las manos desde luego que no lo eran.

Me di cuenta de que estaba en un callejón sin salida con el peor de los horrores. Sin embargo, no podía detenerme. Al final del pasillo había un conjunto de puertas cubiertas con cuerdas negras trenzadas. Si estaban cerradas, me podía dar por muerta.

Me lancé contra ellas, agarré ambos pomos y empujé mirando hacia atrás con desesperación, ya que los espectros estaban casi encima de mí...

Estas se abrieron y me precipité al interior, caí con fuerza al suelo y me quedé sin aliento. Avancé a duras penas hasta que las puertas se cerraron de golpe, dejando a los monstruos gritando enloquecidos al otro lado, golpeándolas con tanta fuerza que las paredes de piedra temblaron.

No los iban a contener para siempre. Seguro que había otra forma de salir de esa habitación.

Tenía un sabor metálico en la boca y levanté la mano para encontrarme con que el labio me sangraba. Debía de habérmelo mordido al caer. No obstante, por muy extraño que pareciera, no solo notaba el gusto a hierro, también lo olía, como hierro y carbón, aunque también a algo dulce y penetrante. Como el intenso olor del tabaco.

Los espectros gritaban y arañaban la madera mientras contemplaba la habitación. Las estanterías repletas de libros estaban alineadas a un lado y había montones de tomos apilados en el suelo. Del techo colgaban plantas en macetas, de un verde vibrante, que se apiñaban en todos los huecos disponibles entre las estanterías. Unas grandes ventanas arqueadas ocupaban la pared que tenía justo enfrente, pero estaban cubiertas por unas cortinas muy gruesas. La luz era tenue, provenía de las brasas de una chimenea que había a mi izquierda. Junto al fuego, se encontraba una mesita con un gramófono encima.

Para mi sorpresa, estaba sonando. La crepitante melodía de un disco de *jazz* inundaba la habitación, un contraste un tanto extraño con los gritos de los monstruos de fuera.

Entrecerrando los ojos, incliné la cabeza con curiosidad, examinando el suelo de piedra en el que había marcas: dos círculos, uno dentro del otro, con runas grabadas entre ellos.

A medida que los gritos de los espectros se volvían más furiosos y mis ojos seguían con la mirada aquel extraño idioma que había a mis pies, una fría sensación de comprensión se apoderó de mí. Sabía qué eran esas marcas. Aunque no podía leerlas, era consciente de para qué servían.

Se trataba de un círculo de invocación. Hecho para llamar y contener a un demonio.

Sin embargo, si había uno, entonces…

Miré hacia el otro extremo de la habitación, hacia las sombras bajo la ventana, y apenas pude contener un grito. Allí, tumbado en una enorme cama cubierta de terciopelo rojo, había un hombre.

Tenía una pierna doblada y la otra extendida, la cabeza apoyada en un brazo doblado y los ojos cerrados.

¿Estaba dormido… o muerto?

Me atreví a acercarme un poco para poder verlo mejor. Su cuerpo era largo y esbelto y llevaba el pecho desnudo. Tenía un rostro anguloso y terso, y era muy pálido, cosa que resultaba poco natural, como si lo hubieran esculpido en mármol. El pelo oscuro ondulado le caía alrededor de las orejas, era lo bastante largo para acariciarle la curva del cuello. Parecía suave, como si fuera a deslizarse entre mis dedos como la seda. Estaba descalzo y unas gruesas garras negras le crecían de los dedos. También las tenía en los de las manos, que yacían inertes sobre las suaves mantas de terciopelo y cuero.

Entonces me di cuenta de que no era cuero, ni siquiera se acercaba. Eran unas alas de murciélago que estaban desplegadas sobre la cama. Las finas membranas grises estaban jaspeadas de venas negras, con unas púas diminutas en la parte superior.

No era humano. Era un demonio. Pero no era un demonio normal y corriente, no. Mamá me había hablado de su existencia: demonios ancestrales con alas enormes y una fuerza inmensa, miembros de la realeza entre los de su especie.

Era un archidemonio.

Padre solía hablar de querer invocar a uno, insistiendo en que tenía que sustituir al desobediente de Leon, que había servido a la familia Hadleigh durante casi un siglo. No obstante, mamá no tardó en quitarle la idea de la cabeza y, por una vez, la escuchó.

«A un archidemonio no se le invoca. Lo llamas. Y dependiendo de la mala suerte que tengas, puede aparecer uno», le había dicho.

Tal vez, después de todo, enfrentarse a los espectros del pasillo no estaba tan mal.

Sin embargo, el demonio no se movió. Ni siquiera percibí un cambio de postura, ni una sola respiración.

Los espectros estaban empezando a causar daños significativos en la puerta. Oí cómo la madera se resquebrajaba y el ruido metálico de sus espadas golpeaba la puerta una y otra vez. No había otra salida; ni puerta, ni escalera, ni trampilla en el suelo. Tal vez podría intentarlo por la ventana, aunque para ello tendría que subirme a la cama y molestar a la criatura que estaba allí tumbada.

Estaba atrapada ahí, entre monstruos.

¡CRAC!

La puerta estaba rompiéndose. Al menos una docena de pares de ojos plateados me miraban a través de una grieta y sus chillidos y gritos parecían los aullidos de unos perros salvajes. Unas manos despiadadas intentaban alcanzarme, empujándose, amontonándose unas sobre otras, aullando voraces.

Cuando la puerta finalmente cedió y los espectros entraron, una forma oscura voló sobre mi cabeza.

Un fuerte apretón en el hombro me hizo retroceder y aterricé sobre la cama. Hubo un revuelo, como el batir de unas alas, y lo que quedaba de las puertas reventó en una enorme explosión que hizo recular a aquellos seres. Los sonidos que salían de la masa de humo y sombras no se parecían a nada que hubiera oído antes: eran bestiales de una forma que resultaba inquietante, mas aterradoramente humanos. Se oyó un chirrido metálico, como el de unas planchas de hierro al hacerse pedazos.

De repente, todo el ruido cesó. Solo quedó el polvo y la oscuridad, arremolinándose y asentándose como la leche en el café. Los espectros habían desaparecido, los habían destruido o se habían esfumado, no lo sabía a ciencia cierta.

Solo quedó una figura alta. Me observó por encima de un ala extendida, mirándome con una intensidad que me dejó sin aliento.

Tenía los ojos negros. Completamente negros, como el vacío más profundo del espacio exterior, salpicados de diminutas pinceladas de estrellas plateadas.

Por un momento, todo se quedó quieto, excepto el polvo que se desplazaba despacio por el aire.

Entonces el demonio sonrió, mostrando una boca llena de dientes afilados y brillantes, y levantó la mano. Mis ojos la siguieron como si fuera un arma que pudiera disparar.

—No huyas —me pidió.

El profundo barítono de su voz retumbó en mi pecho. El corazón me latía a mil por hora, agitándose como las alas de un colibrí. Me quedé paralizada en la cama y no moví ni un músculo, salvo para parpadear con rapidez.

El demonio seguía observándome con una sonrisa amplia y llena de emoción. Su pecho se agitó mientras olfateaba el aire, con la barbilla levantada como un perro tras el rastro de un olor. Entornó los ojos y arañó el suelo con las garras, girándose hacia mí.

Dio un solo paso y yo me levanté de la cama de un salto. Mi repentino movimiento le hizo lanzarse hacia delante, más rápido de lo que mis ojos fueron capaces de seguir. Se detuvo, agazapado justo dentro de la puerta rota, jadeando y mirándome fijamente.

—Te lo advierto, Everly —me avisó. Pronunció aquellas palabras con los dientes apretados con fuerza—. No. Huyas.

Había mucha presión en el aire, como si me hubiera hundido en el fondo de una piscina muy profunda. Sin atreverme a apartar la vista de él, eché un vistazo rápido y frenético hacia la única salida que me quedaba.

—¿Cómo sabes mi nombre? —susurré, casi demasiado asustada como para hablar.

La expresión del demonio pasó de una excitación acelerada a una confusión llena de fastidio.

—¿Quién más podrías ser? —preguntó. Se balanceaba ligeramente sobre los talones, aún agazapado. Tardé un rato en darme cuenta de que estaba bailando, moviéndose al ritmo del gramófono—. Everly. La querida y dulce Everly —habló como si estuviera saboreando las palabras, consumiéndolas, deleitándose con la sonoridad—. Muy, muy dulce… —Separó los dientes y sacó una lengua bífida para pasársela por los labios—. La última bruja Laverne que queda. Solo tú… Tú eres la única que podría estar aquí, en esta casa. ¿No lo entiendes?

Extendió los brazos, como si me lo hubiera explicado todo. Pero yo no lo entendía. No entendía nada. Me acerqué otro palmo hacia la puerta.

El demonio bajó la cabeza, sin apartar la vista de mí mientras se erguía despacio hasta alcanzar toda su estatura. Yo no era una mujer baja, medía un metro setenta sin zapatos, aunque él me superaba en altura. Su presencia iba más allá de su forma física.

—Voy a irme —declaré con firmeza.

La mente me iba a mil por hora a medida que repasaba cada una de las posibilidades en las que podría desarrollarse aquel escenario. A menos que uno dominara una magia muy poderosa, no se podía escapar de un demonio. Nada de esconderse. Ni contraatacar. Pero un archidemonio… Nunca había visto uno. Ni siquiera me había atrevido a pensar que fuera posible encontrarme con uno.

Negó con la cabeza. Seguía balanceándose al ritmo de la música con los ojos entrecerrados.

—Mmm… No. No, creo que no.

En ese momento cerró los ojos por completo e inclinó la cabeza hacia atrás. Movía los dedos, jugueteando con ellos, como si volaran sobre las teclas invisibles de un piano. Me moví tan lenta y silenciosamente como pude hacia la puerta.

¿Adónde podía ir? ¿Dónde podría esconderme?

—Dulce como la miel —murmuró, aunque solo me llegaban fragmentos de lo que decía—. Sagrada ambrosía… Jodidamente dulce…

Una vez llegué allí, estuve más cerca de él que nunca. Intentar no perderlo de vista y, al mismo tiempo, estar atenta a los escombros que pudiera pisar me resultó imposible. Con un paso rápido, lancé un trozo de madera astillada por el suelo.

El demonio abrió los ojos.

—Empapada de sangre —comentó, como si fuese una plegaria—. Eres hermosa. Un pecado. Una maldición. Un puto veneno. —Inhaló con fuerza, hondo; fue una respiración tan profunda que me pareció físicamente imposible—. Eres una mujer peligrosa, ¿eh?

Volvió a sonreír cuando seguí retrocediendo. Era una sonrisa perversa. Juguetona. Como la de un gato a punto de abalanzarse sobre un pájaro herido. A pesar de que sus movimientos ininterrumpidos me inquietaban, me asustó mucho más cuando, de repente, se quedó quieto.

—Ahora creo que deberías huir, Everly —dijo—. Corre por tu puta vida.

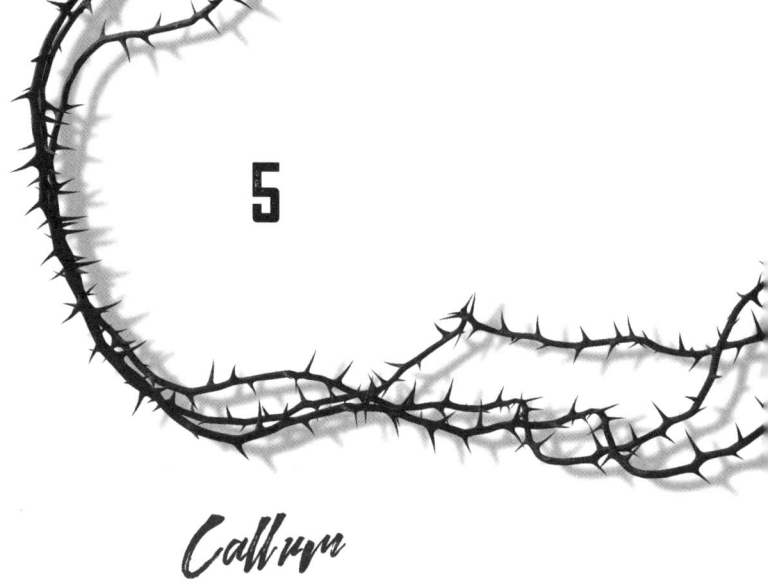

5

Callum

Qué puñetera mujer más hermosa e impía. Dulce y sabrosa. Sangre y miel haciéndome la boca agua y provocando que mi cerebro entrara en bucle, se volviera estúpido y se quedara mudo.

Había pasado mucho tiempo. Había pasado una maldita *eternidad* encerrado en esa habitación. Sin estímulos, sin placer, sin indulgencia.

Los demonios no nos limitábamos a desear cosas. Necesitábamos con voracidad, con violencia, sin tregua. Éramos criaturas miserables, teníamos gula, éramos egoístas, estábamos llenos de un deseo de consumir que podía destruirnos si lo ignorábamos. Para sobrevivir, un demonio tenía que disfrutar.

Y había pasado mucho tiempo sin darme ni un solo capricho.

Pero allí estaba ella, por fin. Mi festín, mi recompensa. Carne tierna y melosa.

Solo un bocado. Un poquito de nada. Un roce. Un toquecito en esa piel cálida y perfecta, tan empapada de magia que me mareaba. Solo necesitaba eso.

Su terror flotaba en el aire como un perfume intenso. Los latidos de su corazón eran música para mis oídos. Sus ojos azules, muy brillantes y perspicaces, se movían de un lado a otro como los de un zorro curioso. Era alta y delgada, y tenía el pelo rubio tan largo que le llegaba a la parte baja de la espalda. Tenía las botas llenas de barro y el vestido manchado de sangre.

Qué fácil sería atraparla. Aunque lo fácil no resultaba satisfactorio. Un juego que terminaba demasiado rápido no era un juego.

Estaba pensando, midiendo los riesgos, reflexionando sobre lo que yo le había dicho; por aquella hermosa cabecita se le pasaban mil soluciones para un millón de problemas. La sangre circulaba por su cuerpo, el corazón le latía con fuerza. Su pulso era un tambor que no quería que dejase de sonar nunca. Cada latido de aquel pequeño órgano frenético empeoraba mi necesidad.

—Corre, Everly —susurré, y ella se encogió por el miedo—. Vamos. Huye, brujita.

Bum, bum, bum. El corazón le iba a mil por hora. Era embriagadora, joder. Avancé hacia ella de golpe y retrocedió varios pasos. No iba a poder contenerme mucho más.

—Vete, huye. No dejes que te ponga las manos encima… —Riéndome ante la expresión cada vez más horrorizada de su rostro, levanté ambas manos y le hice un gesto con los dedos antes de taparme los ojos con las palmas de las manos. Era un gesto ridículo. Insignificante. Sabía exactamente dónde estaba—. Diez. Nueve. Ocho…

Salió disparada. El sonido de sus pasos apresurados era como un puño golpeándome directamente en el corazón, exigiéndome que fuera tras ella, que la persiguiera, que la atrapara.

—Cinco, cuatro, tres… —Desplegué las alas, temblando de pies a cabeza. Aquello era demasiado bueno para ser cierto, joder, era buenísimo—. Dos y…

Abrí los ojos y vi por el rabillo del ojo un destello de pelo rubio desaparecer de mi campo de visión cuando mis venas se volvieron negras como la tinta. Mi forma física perdió algo de su estabilidad, mi energía se disparó y solo pude prestar atención a una cosa: el dulce aroma de su poder mientras huía de mí.

Los demonios nos volvíamos un poco volátiles si dormíamos durante tanto tiempo. Tenía que haber pasado al menos un par de décadas ahí, perdiendo el tiempo. Esperando. Observando. Luchando contra la agonía de cada antojo.

Sin embargo, ya no tenía por qué contenerme. No quería hacerle daño, pero…

Pero sí quería. Solo un poquito. Lo suficiente como para quebrar esa hermosa mente mágica.

—Uno —dije, y me teletransporté por el pasillo, apareciéndome otra vez justo delante de ella.

Se detuvo en seco y estuvo a punto de chocarse conmigo. No obstante, me esquivó de un salto, se agarró a la pared y siguió corriendo, dejando un rastro de chispas a su paso.

—¡Eso es, chica! ¡Corre, joder!

Batí las alas, lanzándome tras ella. Mis pies apenas tocaban el suelo; salté de una pared a otra, con las garras clavadas en el friso de madera.

Cuando volví a teletransportarme ante ella, perdió el equilibrio y tropezó.

—¡Contraataca! —hablé demasiado alto, un ruido seco hizo que una ventana cercana estallase—. ¡Vamos, Everly, hazme daño!

Solo un poquito de dolor. Un poquito de sangre. Necesitaba algún estímulo antes de perder la cabeza por completo. Así que cambié de táctica. Dejé de perseguir y empecé a acechar.

Corrió hasta marearse. Tenía el azúcar bajo y le temblaba todo el cuerpo, pero seguía dando tumbos por los pasillos.

—No seas tímida —canturreé, haciendo que mi voz flotara por el aire y resonara a su alrededor. No tenía ni idea de mi paradero. Ni a qué distancia me encontraba. Pero era lo bastante cerca como para que pudiese notar dónde estaba: arrastrándome por el techo tras ella como un gran lagarto con la cabeza inclinada hacia abajo, observándola—. Me gustan los trucos de magia, bruja, así que regálame uno bueno.

—¡Aléjate de mí! —exclamó, girando en un círculo completo. Estaba justo encima de ella, envuelto en sombras—. Te lo advierto… Si me haces daño…

—Oh, sí, por favor, amenázame. —Estaba aturdido por la ira que se apoderó de su voz. Quería sacársela, era como un hilo perfecto del que tirar en la telaraña de su miedo—. ¿Me meteré en un lío? ¿Eh? ¿Qué me harás?

Volvió a echar a correr y yo salí volando tras ella.

—¡No me provoques! ¡Si vas a amenazarme, hazlo bien!

Había ido a parar hasta el cuarto piso, como si el instinto primitivo de su cerebro supiera exactamente adónde tenía que ir. Jadeaba, tropezaba cada pocos pasos y se tambaleaba. Me puse detrás de ella y sacudí la cabeza cuando miró a su espalda y gritó, presa del pánico.

—¿Dónde está tu fuego, bruja? —Llegó hasta otro callejón sin salida y se volvió hacia mí, con la espalda pegada a una puerta cerrada—. Vamos, que sea grande e intenso. ¡Intenta quemar la casa! Sobrevivirá, créeme. He visto cosas mucho peores que tú.

Negó con la cabeza.

—No sé qué te piensas que soy. Aunque te equivocas. No soy… No soy…

Enarcando una ceja, me acerqué más que nunca. Oh, solo con rozarle la mejilla… Inclinarme y respirar su dulce aroma… Acariciar con mis labios su delicada garganta… ¿Chillaría? ¿Ardería? ¿Por fin explotaría ese impresionante y vibrante cúmulo de magia que albergaba en su interior?

—No tengo ningún interés en lo que no eres. —Me agaché y apoyé los antebrazos en los muslos, mirándola a los ojos. Era imposible apartar la vista de ella. Era tan seductora como un cometa en el cielo nocturno o una vela que parpadea en la oscuridad—. Dime lo que eres. Dime lo que arde en tu alma, lo que prende ese fuego vicioso que corre por tus venas. Dime por qué huyes cuando sabes que no puedes escapar.

Su respiración agitada se ralentizó y su miedo se convirtió en una cautelosa curiosidad.

—¿Quién demonios eres? —preguntó en un susurro.

Qué chica más atrevida, evitando mis preguntas.

Sin embargo, aquella idea me llevó a pensar en torturarla con mucho gusto para sacarle las respuestas, y eso no podía ser. Si seguía divagando entre fantasías, me volvería completamente salvaje.

—Soy Callum —respondí—. Archidemonio. Gran guerrero de la Orden de la Piedra de Ónice, defensor de la Gran Ciudad, príncipe de los Nueve Círculos y guardián de la Casa Laverne. También me han llamado Magni Deicide, pero eso fue hace muchos siglos.

—Magni Deicide... el Gran Cazadioses —musitó, pálida.

—Correcto. Sabes latín.

Tragó saliva y empezó a mirar hacia todas partes en busca de otra salida. No obstante, estaba exactamente donde tenía que estar.

—Empuja esa puerta con más fuerza, brujita —la animé, haciendo un gesto con la cabeza hacia la puerta cerrada que había detrás de ella—. Esta casa llevaba años vacía. El poder que llena este lugar está oxidado, como suele ocurrir cuando no se utiliza. La magia estancada puede ser peligrosa. Como los espectros, por ejemplo. A pesar de que el hechizo que los creó pretendía proteger el lugar de los intrusos, reconocía a aquellos que tenían derecho a estar aquí y no les hacía ningún daño. Por desgracia, como no se los ha cuidado, los hechizos se han ido retorciendo. Pero muestra un poco de autoridad y empezarán a comportarse.

Me miró, incrédula.

—¿Has dicho que «muestre autoridad»?

—Por supuesto. Por eso estás aquí, ¿no? ¿Vienes a echar un vistazo a las tierras de la familia? ¿A ver si el techo se ha derrumbado? No ha pasado, por supuesto. Me he asegurado de ello.

Me animé un poco, aunque el mantenimiento de la casa no era cosa mía. Era un trabajo en equipo, aunque mi querida y preciosa Everly no tenía por qué saberlo. Necesitaba estar segura de mi absoluta e incondicional devoción a la protección de aquel lugar y de todo lo que hubiera en él.

Incluida ella.

Sobre todo, a la de ella.

Tal vez había enturbiado un poco las aguas con mi grave falta de autocontrol, pero ¿acaso se me podía culpar? ¿Cuando olía tan jodidamente bien? ¿Cuando corría por la casa como si fuera un faro atrayéndome con su dulce magia? Yo solo era un demonio, y, de la realeza o no, los demonios teníamos necesidades.

Unas necesidades cada vez más desesperadas.

—No sé por qué estoy aquí —soltó, furiosa. Esos pequeños destellos de su ira me provocaron escalofríos—. No lo sé, joder. Yo... Ay... Dios mío...

Abrió mucho los ojos, observando algo que había detrás de mí. Pese a que no había oído nada y tampoco había olido nada más allá de su embriagador aroma, aun así miré por encima del hombro.

Estaba perdiendo mi chispa depredadora. No había nada a mis espaldas; sin embargo, Everly aprovechó la oportunidad para intentar volver a escapar.

—¡Oh! Qué brujita más traviesa. —Chilló cuando volví a teletransportarme delante de ella y la señalé con el dedo—. Ha sido un juego muy emocionante, pero debo insistir en que pares. Tu nivel de azúcar está bajísimo y, aunque me encantaría seguir persiguiéndote, si continúas, podrías hacerte daño. —Suspiré cuando volvió a retroceder con las manos temblorosas y sin dejar de tomar malas decisiones provocadas por la adrenalina—. Si me permites... ¿Te acompaño a la cama?

No tenía sentido esperar su consentimiento. El miedo impedía a cualquiera pensar con claridad, y aunque yo tampoco estaba en mis cabales, me tomaba en serio mi deber.

Una vez oí a un humano decir que, si había que quitar una tirita, había que hacerlo rápido. Así dolía menos, o eso creía. A pesar de que no entendía muy bien por qué alguien desearía sentir menos dolor (por muy agradable y estimulante que fuese), supuse que la táctica también serviría para situaciones de miedo. Solo tenías que avanzar. Hacerlo y ya está.

Antes de que pudiese volver a escapar, la tomé en brazos. Con un movimiento rápido, abrí la puerta por la que había intentado entrar con tanta desesperación, me lancé hacia la gran cama con dosel y la arrojé sobre el colchón.

Todo había terminado en cuestión de segundos. El tiempo justo para que respirase y gritase.

Y por los huevos profanos de Lucifer, su grito ardió. Una tormenta de fuego brotó de ella, dirigiéndose hacia mí con una enorme explosión de calor. Fue rápido, desapareció en un instante, pero me quedé mirándola, atónito.

—¡No me toques! —Se subió a la cama y se pegó al cabecero. Tenía las manos temblorosas extendidas, mostrándome las palmas—. No… No te atrevas a volver a tocarme, joder.

Con las manos en alto, le dediqué una sonrisa petulante.

—Cuanto lo siento, señora bruja. Deberías castigarme por ello. Me lo merezco, de verdad que sí. Ya ves que ha pasado mucho tiempo desde la última vez que vi a un humano. Desde que vi… algo… vivo. Desde que toqué…

Esperé, con la intención de deleitarme con el dolor que me infligiera, aunque no llegó. Qué raro.

—Aléjate de mí —me pidió, bajó las manos y agarró a las mantas con los puños—. Sal de aquí. Vete.

No moví ni un músculo.

¿Por qué no usaba su magia? Estaba a punto de estallar; no me cabía duda de que era una de las brujas más poderosas que había conocido. No obstante, se estaba conteniendo a pesar del miedo que me tenía.

No tenía ningún sentido.

—Puedes hacerlo mejor —comenté, acercándome poco a poco al lugar en el que estaba.

Con cada paso que daba, su respiración se aceleraba. Curvó los dedos, hundiéndolos en las mantas, y apretó los dientes con tanta fuerza que se le tensó un músculo de la mejilla. Llegué al borde de la cama, extendí los brazos y me agarré a los altos postes de madera que había a ambos lados. Su expresión era cautelosa, pero no podía ocultar la curiosidad que sentía al observarme.

Aun así, no arremetió contra mí. No hubo magia, ni castigo, ni dolor.

Me subí al colchón y me arrastré hacia ella. Observó mis movimientos cada vez más horrorizada. Respiró agitadamente y sus ojos se abrieron tanto como los de un conejo que se sentía acorralado.

Sin embargo, ella no era un conejo, ni una criatura indefensa y asustada. Era una bruja que poseía tal cantidad de poder que su energía era como una hoguera comparada con todo lo que la rodeaba. Brillaba, su presencia hacía vibrar el aire.

Cuando estuve lo bastante cerca como para tocarla, me senté sobre mis talones. Ella había levantado las piernas, se las había doblado contra el pecho y me observaba con cautela. Pero yo estaba cautivado por el arco de cupido de sus labios, el rubor rosado de sus mejillas y la elegante curva de su cuello.

Al respirar, su aroma me invadió. Su magia olía dulce, como la miel. Me recordaba a la primavera en las tierras salvajes del Infierno. Era como hierba húmeda bajo los pies, como las bayas frescas rociadas con salvia azucarada, como las plantas recién cortadas. Era un aroma reconfortante al que era imposible resistirse, que me atraía como una caricia, y me incliné hacia ella, muy cerca, hasta que nuestros alientos se entremezclaron.

Sus ojos azules se abrieron de par en par y brillaron al observarme. La tensión desapareció de sus brazos, y, aunque su expresión seguía siendo suspicaz, en ese instante me miraba de otra manera. Como si tratara de resolver un acertijo imposible o de recordar algo importante.

—Si no puedes llegar a tu magia, una bofetada también vale —dije.

Cualquier cosa valdría si eso significaba que me tocaría por voluntad propia. No obstante, negó con la cabeza, al principio despacio, luego rápido.

—No quiero hacerte daño —contestó.

Aturdida, levantó la mano hacia mí y extendió sus largos dedos, delicados y finos, cerca de mi cara.

Me rozó la mejilla y me recorrió una corriente eléctrica. Era impresionante. Su poder era como un millón de soles atrapados en su interior, y, cuando se encontró con el mío, cobró vida. Soltó un suspiro tan largo que parecía llevar un siglo conteniéndolo. Su aliento desprendía chispas; el calor la inundó.

No era un dragón ni un monstruo que escupiera fuego. Era un fénix, tan grácil como el amanecer, tan delicada como inteligente, tan gentil como decidida.

Había esperado dos mil años ese roce.

—Estás temblando —susurró.

A pesar de ello, yo solo intentaba mantener la calma, evitar ponerme en plan salvaje otra vez y asustarla aún más.

Llevaba siglos esperando una sola mirada suya. Si me quedaba mirándola a los ojos mucho más tiempo, me perdería. Aparté la vista y me fijé en el brazo que tenía levantado, en la mano que seguía pegada a mi cara con delicadeza.

Entonces entrecerré los ojos y ella se apartó de inmediato. Tenía cinco moratones en la parte superior del brazo, unas marcas pálidas de color púrpura estampadas en el bíceps. Parecían dedos, como si alguien la hubiera agarrado con tanta fuerza como para herirla.

Mi visión se volvió borrosa.

—¿Quién te ha hecho daño? —siseé. Intentó apartarse de mí, aunque no tenía adónde ir. Se agarró la zona y la palma de la otra mano cubrió los moratones enseguida, pero los tenía grabados a fuego en la mente. Con los brazos apoyados a ambos lados para que no pudiera escapar, insistí—: ¿Quién cojones te ha hecho daño? Dime cómo se llama.

—Solo fue un chico…

—Dime cómo se llama, Everly.

—Sam —soltó—. Sam Hawthorne.

Abrió los ojos de par en par, como si se arrepintiera de haber hablado.

Salté de la cama y le dirigí una última mirada afectuosa antes de despedirme.

—Muy bien, mi señora. Es lo único que necesitaba saber. Mientras permanezcas en esta habitación, estarás perfectamente a salvo hasta mi regreso. No te preocupes. —Hice un gesto con la cabeza hacia la mesa baja que había frente a la chimenea y la fuente cubierta de claveles que había encima—. La casa proveerá.

Entonces, antes de que la rabia me dominara por completo, me teletransporté.

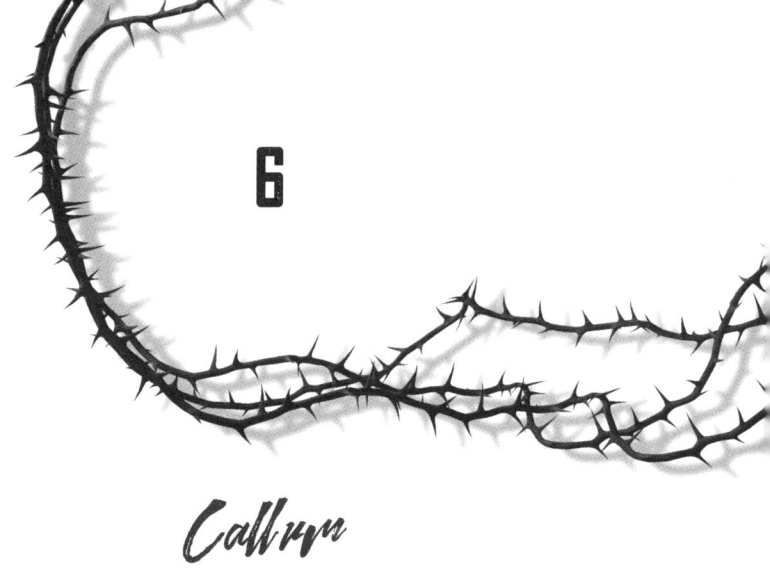

6

Callum

Los olores del bosque me dieron la bienvenida cuando salí de la casa. Los relámpagos centelleaban entre unas nubes ruines y el aire crepitaba con energía. La lluvia fría me salpicaba la cara y me resbalaba por las alas, pero seguí elevándome cada vez más entre las nubes hasta que estallé.

El cielo parecía suave como el terciopelo y brillaba, lleno de estrellas que eran como diamantes que captaban la luz de la luna llena.

Qué casualidad que la noche de mi liberación coincidiera con el momento en que la luna estaba en su máximo esplendor.

Me lancé en caída libre, atravesando las nubes, la lluvia y la vasta extensión de árboles antiguos. Cuando llegué a Abelaum, hacía veinte años, no había dedicado mucho tiempo a explorar el pueblo. En ese momento, después de dos décadas de crecimiento y cambio, estaba casi irreconocible. Sin embargo, no me hacía falta reconocerlo para orientarme. El olfato y el instinto eran más que suficientes para guiarme.

El olor de Everly me llevó hasta una casa en las afueras del pueblo; una monstruosidad de ingeniería moderna, metal y cristal, que se alzaba como un montón de basura abandonada en medio del bosque así como así. Encaramado a los árboles del exterior, observé la oscura construcción hasta el amanecer. Dentro había cuatro humanos y un demonio. Pero era joven, no más mayor que un chaval. Sería fácil ocultarle mi presencia.

Uno de los humanos, suponía que el padre de Everly, tenía cachivaches mágicos: un amuleto protector y un libro de hechizos, un grimorio. Aunque no era brujo; la magia no fluía a través de él, solo a través de los objetos que portaba.

Era una de las personas sobre las que me había advertido la abuela de Everly. Kent Hadleigh. El líder de los libiri, un humano que rezumaba arrogancia. Sería un placer acabar con él.

Sin embargo, el destino de Kent estaba entrelazado con el de muchos otros. Matarlo tendría un efecto muy grave en el equilibrio del mundo, lo que no complacería en lo más mínimo al Consejo del Infierno. Llamaría su atención, y eso era lo último que quería.

Si me encontraban, me alejarían de Everly. Lucifer podría ser un capullo y decir que lo hacía por mi propio bien, pero había hecho oídos sordos a la realidad durante siglos. Creía que, mientras los dioses estuvieran lejos del Infierno, los demonios estaban a salvo. Mas los dioses no dejaban de buscar poder tras una derrota, no estaba en su naturaleza. Eran tan peligrosos en la Tierra como cuando estaban en el Infierno.

Lucifer se había puesto como una furia cuando me marché de allí para cazar a los dioses que habían escapado. Habíamos ganado, así que ¿por qué había insistido en continuar con la lucha? Porque, a mi parecer, la guerra estaba lejos de acabar. Me pasé siglos rastreando a los dioses caídos por todos los confines de la Tierra para acabar con ellos. La mayoría de los que encontré estaban débiles. Se habían refugiado en los rincones más remotos del planeta: bajo tierra, en las profundidades del océano o en lo alto de las montañas más elevadas. Cuando acabé con su miserable existencia, apenas eran capaces de defenderse.

Pero el dios de Abelaum era diferente.

Alimentado por un flujo constante de adoración y sufrimiento humanos, el dios que se escondía en las profundidades de las viejas minas de Abelaum era poderoso. Aunque no lo suficientemente como para salir de su escondite, al menos no todavía.

No podía permitir que llegara a ese punto.

Sin embargo, tampoco podía luchar contra una criatura así yo solo. Necesitaba la fuerza de otra persona, necesitaba el tipo de magia que solo podía poseer una bruja.

El hombre que buscaba no estaba dentro de la casa, así que volví a alzar el vuelo. Atravesando la lluvia, olfateé continuamente el aire, buscando el sutil y extraño olor que había notado en la ropa de Everly.

Quienquiera que hubiese sangrado sobre ella no era quien le había hecho daño; encontré a ese chico en un edificio cerca de allí, muerto en un charco que había formado su propia sangre. ¿Lo había matado Everly? No parecía tan despiadada, pero me negué a subestimarla.

A medida que el sol se alzaba tras las nubes y el pueblo se despertaba, me asaltaron una avalancha de sonidos y olores. Había seres humanos por todas partes, llenando las calles y las tiendas y recorriendo las sinuosas carreteras en coche. Masas que apestaban, reían, sudaban y gritaban, que vivían a toda prisa sus cortas vidas, precipitándose hacia su inevitable muerte.

¿Dónde cojones estaba Sam Hawthorne? Mi rabia crecía como si fuese un tumor. Quería descargarla, dar rienda suelta a mi violencia.

—Paciencia, viejo amigo —murmuré para mí mismo.

Abriendo las alas para reducir la velocidad, me posé en el tejado de la torre del reloj y me oculté entre las sombras. Miré hacia las calles de Abelaum y observé a los humanos correr bajo la lluvia, escondiéndose bajo sus abrigos y chapoteando en los charcos.

Entonces el viento cambió de dirección y capté su olor. El chico cuyas manos habían dejado moratones en la piel de mi bruja, que se había atrevido a tocarla con brusquedad, que se había atrevido a tocarla y punto.

Sus amigos y él estaban haciendo botellón en el aparcamiento de una licorería cercana. Apestaban a cerveza y a tabaco, a sangre y a sudor. El grupo no tardó en separarse. Dos de ellos volvieron a un coche, pero Sam partió a pie.

Avanzó a trompicones por la acera hacia el lago. Llovía a cántaros, así que la mayoría de los humanos se habían encerrado en sus casas.

Sam tarareaba para sí mismo una canción soez. Cada palabra sucia que salía de su boca alimentaba mi instinto depredador. Podía oler su sangre, su sudor, el hedor de su aliento. Cuando desplegué las alas detrás de él, la brisa debió de alertarlo, porque se detuvo.

Se dio la vuelta, aunque ya era demasiado tarde para gritar. Le tapé la boca con la mano y ahogué su grito mientras le clavaba las garras en los ojos. Lo levanté y volé hacia la espesa y oscura extensión de los árboles.

Seguía gritando cuando lo arrojé al suelo, revolcándose en la tierra.

—¡Joder! —chilló cuando se llevó las manos temblorosas a sus ojos ensangrentados—. Joder… Mierda… Me cago en…

—Nadie puede oírte —le informé, y se quedó helado al oír mi voz, jadeando y girando la cabeza hacia mí a pesar de no poder ver—. Nadie volverá a oírte, Sam.

—¿Qué mierda es esto, tío? —Los mocos le caían por la cara y puse cara de asco—. ¿Qué cojones quieres…? ¿Dinero? ¿Quieres dinero? —Se tanteó el bolsillo, pero le agarré la mano, sujetándole la muñeca. Él chilló e intentó tirar de ella inútilmente.

—¿Conoces a Everly?

Apretó los dedos y tembló.

—¿Everly? Eh… Sí… ¡Sí! ¡Everly Hadleigh! Somos amigos, somos… Bueno…

Me reí al ver que no sabía qué decir.

—¿Estás seguro de que esa es la respuesta correcta, Sam? ¿Eres *amigo* de Everly?

—¿Cómo sabes mi nombre? ¿De qué conoces a Everly? ¿Eres su novio o algo así? —preguntó, resoplando, jadeando y lloriqueando como un poseso—. Tío, la verdad es que pensaba que no la dejaban salir con nadie. Ninguna de las bromas que hice sobre follármela iba en serio, ¡lo juro!

—¿Follártela? —Me agaché, todavía sujetándolo por la muñeca, alineándola con mi boca—. ¿Has pensado en follártela, Sam?

—Venga, tío… Venga, no es… No va en serio, ¿vale…?

Soltó un grito desgarrador cuando le arranqué el dedo de un mordisco. Había estado dudando entre empezar por el pulgar o por el meñique, pero el pulgar tenía un crujido muy satisfactorio. Escupí la sangre y el dedo con ella, aunque aún tenía su sabor en la boca. Mi emoción se duplicó cuando empezó a forcejear.

—¡Para! Por favor, para, haré lo que quieras… Haré… Por favor…

—Ay, venga, Sammy, que solo es un dedo —lo regañé—. No es tan grave. No es nada comparado con la mano entera.

Le clavé los dientes en la muñeca, saboreando sus alaridos cuando atravesé a mordiscos el músculo y el hueso. Sus chillidos atrajeron a las bestias del bosque; podía ver sus lechosos ojos blancos entre las sombras, sus afilados dientes chasqueando, hambrientos. No salían durante el día, pero los gritos de agonía de Sam eran demasiado buenos como para resistirse.

No se atreverían a acercarse más mientras yo estuviera ahí.

—Vale, aquí va la lección —dije tranquilo, dándole golpecitos en la mejilla con la palma de su mano amputada mientras se estremecía, todavía vociferando sin parar—. La lección es que no se toca lo que no es tuyo. Everly es mía. Mía. —Chasqueé los dientes cerca de su cara, provocando un sollozo que me dejó atolondrado.

—Por favor, déjame ir. Por favor, no volveré a acercarme a ella, lo juro.

Me puse en pie y arrojé su mano a la maleza. En unos segundos se oyeron aullidos y el crujido excitado de unos dientes a medida que las bestias saboreaban el pequeño tentempié. Sam movió la cabeza al oírlos, aunque sus ojos destrozados no le mostraron los horrores que acechaban.

—Puedes irte. De hecho, deberías correr —le aconsejé—. Corre lo más rápido que puedas.

Se levantó y se agarró el brazo contrario.

—No… No veo… ¿Cómo voy a…?

Ojalá me hubiera visto ponerle cara de asco; sin embargo, estaba seguro de que oyó el desprecio en mi voz.

—Pobre criatura indefensa. ¿Cómo vas a orientarte en medio de la oscuridad? —Me reí entre dientes al rodearlo, viendo cómo movía la cabeza de derecha a izquierda, intentando averiguar dónde me encontraba—. Aunque da igual adónde corras. Lo único que importa es que lo hagas. No llegarás a casa, pero al menos me entretendrás un poco.

Huyó, o lo intentó. Tropezó con los árboles, jadeó y gritó pidiendo ayuda con los brazos extendidos. Pensé que había sido bastante amable por mi parte darle treinta segundos de ventaja, pero no podía dejar que se alejara demasiado. Después de todo, no era la única criatura de ese bosque que quería matarlo.

No obstante, fui yo el que lo hizo.

7

Everly

La mañana se presentó con densos nubarrones grises y una lluvia torrencial. Las pocas esperanzas que tenía de adentrarme en el bosque y encontrar una carretera se esfumaron. Sin GPS y sin una brújula era casi imposible encontrar el camino hasta otro refugio antes del anochecer.

Me quedaría allí atrapada al menos un día más. A decir verdad, la idea no me disgustaba. De hecho, me vi deseando que la tormenta empeorase, que siguiera lloviendo hasta que todo se inundase y no pudiera salir.

A pesar del terror de la noche anterior, había dormido bien. La enorme cama sobre la que el demonio me había lanzado sin miramientos tenía el colchón más cómodo que cualquier otro que hubiera tocado en toda mi vida. El dormitorio era grande, con varios muebles de madera tallada: una mesa baja frente a la chimenea, un armario junto a la puerta y dos estanterías en un rincón.

Había un baño que daba a la habitación con una gran bañera con patas frente a un ventanal que iba del suelo al techo. Había macetas con plantas tanto en allí como en el cuarto. El váter era viejo, pero al menos funcionaba.

Después de haber dormido con la ropa sucia, necesitaba un baño desesperadamente para volver a ser persona. Aunque la bañera era rara, no se parecía a nada que hubiera visto antes. En lugar de un único grifo con un regulador para el agua caliente o fría, había seis y más manillas de las que debería tener una bañera cualquiera. Medio esperando que no funcionase, elegí un grifo y lo abrí.

Se oyó un estruendo y las tuberías emitieron un enorme gemido. Por el grifo salió agua caliente con aroma a flores. El siguiente olía a galletas recién horneadas; el siguiente vertía agua con burbujas de color rosa. Tardé unos minutos en conseguir que la bañera se llenara con agua caliente.

Se me escapó un suspiro de cansancio cuando me sumergí en ella. Cerré los ojos y dejé que mis extremidades flotasen durante varios minutos antes de limpiarme la suciedad de la piel. La mugre y la sangre cayeron al agua y desaparecieron, dejándola tan limpia como cuando había entrado.

Hasta el agua estaba encantada.

¿Por qué mamá me había ocultado ese sitio? Nunca me habló de ningún familiar, solo de mi abuela, Winona, a la que solo vi un par de veces cuando era pequeña.

Lo único que sabía de ella era que era bruja y adivina; podía ver destellos del futuro.

Murió unos años antes que mamá. No hubo funeral, o si lo hubo, mamá y yo no asistimos.

Ni siquiera el agua caliente de la bañera pudo ahuyentar el escalofrío que me recorrió. Me sentía como un barco perdido en medio del mar, azotado por la tormenta, incapaz de echar el ancla. Lo único que podía hacer era intentar mantenerme a flote, sobrevivir hasta que volviera a encontrar el rumbo.

Al salir de la bañera, rebusqué por los armarios hasta encontrar un montón de toallas. Para mi completo asombro, eran suaves y olían a limpio, como si las hubieran lavado hacía poco. Me envolví en una, dejé la ropa sucia amontonada en el suelo y fui a echar un vistazo al armario de la habitación.

La mayoría de las prendas estaban llenas de encaje y satén, con corpiños diseñados para ceñirse a la espalda, como si hubieran salido directamente de 1890. Después de husmear en los cajones, encontré una blusa blanca suelta y unos pantalones de tiro alto que me quedaban un poco cortos. Al igual que las toallas, la ropa olía a fresco y a limpio.

Por el momento, no me atrevía a salir de la habitación. El demonio me había dicho que allí estaría a salvo hasta que regresara. Sin embargo, no sabía cuándo volvería y me moría de hambre.

Si hubiese querido matarme, lo habría hecho la noche anterior. Aunque no confiase en él, sabía que no intentaría hacerme ningún daño. Parecía más juguetón que violento. Aunque sonara ridículo, me recordaba a un perro enorme que no era consciente de su propia fuerza. Desesperado por jugar, anhelando afecto, demasiado emocionado como para estarse quieto.

—Se te está yendo, Ev —comenté en voz alta mientras descorría las cortinas de las ventanas.

Me recibió un día gris y húmedo, y contemplé un enorme jardín rodeado de setos y repleto de plantas en flor.

Era una tontería pensar en el demonio como algo diferente a lo que era: un depredador sobrenatural que reclamaría mi alma con gusto y me ataría a él para toda la eternidad. Pero no podía olvidar la forma en que me había mirado. Hambriento de necesidad, de desesperación, de… ¿anhelo? La forma en que había temblado cuando lo toqué… Un monstruo poderoso que se estremecía como un cordero con el simple roce de mis dedos. Me produjo una sensación extraña en la barriga; cálida y nerviosa, aunque no desagradable.

Tenía que ir con cuidado.

Una vez resuelto el problema de la ropa, me centré en averiguar cómo conseguir comida. Había una bolsita de almendras pasadas en el fondo de mi bolso y, tras unos cuantos sorbos cautelosos, decidí que el agua del grifo del baño estaba lo bastante limpia como para bebérmela. A pesar de que lo que de verdad me apetecía era una mimosa y una buena tortilla con queso y verduras, tendría que conformarme con unos frutos secos rancios y agua fría.

Cuando volví a la habitación, algo había cambiado. Allí, en la mesa baja, junto a una bandeja de plata con tapa, había una copa… ¿llena de zumo de naranja? Con el ceño fruncido, cogí el vaso y lo olí, sorprendiéndome al comprobar que estaba frío.

—No puede ser… —Despacio, le di un sorbito—. Dios mío.

Era una mimosa. Una mimosa fresca, burbujeante y agridulce. Incrédula, me fijé en la elegante tapa plateada de la bandeja y me di cuenta de que un pequeño hilillo de vapor se filtraba por debajo. Agarré el asa y la levanté para descubrir una tortilla caliente, cubierta de queso y rellena de verduras, junto a dos salchichas y un cuenco con fruta fresca.

Durante un momento, me quedé empanada. Entonces me reí, aunque no estaba muy segura de si era gracioso de verdad o si mi sentido del humor estaba atrofiado. Nunca había visto una magia capaz de hacer aparecer comida de manera espontánea basándose en los pensamientos.

También estaba de muerte. Muy bien sazonada, con las verduras mantecosas y crujientes y los huevos tiernos y cremosos. La fruta estaba tan dulce que parecía una chuche, y cuando me terminé el vaso, vi cómo se rellenaba ante mis ojos.

«Vale, sí, a la mierda eso de volver a casa».

El champán me tranquilizó y me puse cómoda en el sillón acolchado cerca del fuego. No había reloj en el dormitorio, así que no sabía muy bien qué hora era, pero supuse que había anochecido hacía poco por el cambio de la luz.

Seguro que el demonio no tardaba en volver.

De repente, se oyó un ruido al otro lado de la puerta. Me tensé cuando el pomo giró despacio. Por si acaso uno de esos desagradables espectros había descubierto cómo abrir una puerta como era debido, cogí el atizador que había junto a la chimenea y lo sostuve en alto, preparada para atacar si era necesario.

La puerta se abrió y me relajé al ver a Callum ahí de pie. Sin embargo, enseguida volví a ponerme en tensión cuando me di cuenta de que seguía sin camisa y con los pantalones desabrochados.

¿Por qué demonios estaba en la puerta medio desnudo, sujetando una bandeja con una tetera grande y dos tacitas?

—Qué detalle anticiparte a mi regreso —soltó con una sonrisa que parecía más bien melancólica.

Era imposible saber dónde miraban exactamente aquellos ojos negros, pero podía notar cuando se deslizaban sobre mí. Acariciándome la piel como unas manos curiosas.

Bajé el atizador y lo dejé en su sitio. El demonio chasqueó la lengua, decepcionado, aunque en su rostro permaneció una sonrisa juguetona.

—Disfruto de una buena paliza, como cualquier otro sádico —añadió. Qué forma tan extraña de empezar una conversación. Entró en la habitación con la bandeja en las manos—. Sin embargo, te aseguro que, cuando se trata de defensa personal, tu magia será mucho más útil que un palo. No eres una simple mortal. —Se puso serio—. ¿Por qué no usas tu magia?

—¿Y a ti qué te importa? —respondí.

Se acercó, sus movimientos eran demasiado rápidos y fluidos como para parecer humanos. No retrocedí cuando se inclinó y dejó la bandeja sobre la mesa, entre los dos. Era increíblemente difícil no quedarse mirando sus pantalones desabrochados, la mata de pelo oscuro que había allí y el monstruoso bulto que se escondía bajo la tela.

—¿Por qué una loba elegiría no morder? —reflexionó, enderezándose y entrelazando las manos con garras en la espalda—. Quizá alguien ha convencido a la loba de que no tiene dientes.

—No me gustan los acertijos —repliqué, y él soltó una risita.

Tomó asiento en la silla de enfrente, se cruzó de piernas y se acarició la mandíbula con el pulgar mientras me observaba.

—¿Qué sabes de los demonios? Tu padre controla a uno. ¿Sabes cómo lo hace?

—Utiliza un sello: el verdadero nombre del demonio. Está escrito en un grimorio —tartamudeé, intentando comprender cómo es que aquel demonio sabía algo de mi padre, y especialmente de Leon—. Así es como se puede invocar y someter a uno.

Callum asintió. Inclinándose hacia delante, sacó las tazas y los platitos de la bandeja y puso uno delante de mí y otro frente a él.

—Exacto —afirmó sirviendo el té—. Los demonios tienen dos nombres. El nombre por el que se nos llama y el que no puede pronunciarse, salvo en lenguas muy antiguas. Nuestro símbolo. Todo demonio sabe que, si una bruja encuentra su marca, queda condenado a una vida de invocaciones continuas y esclavitud. Al menos hasta que seamos lo suficientemente fuertes como para oponernos. ¿Azúcar?

Levantó el azucarero, sosteniendo unas pinzas diminutas en la otra mano. ¿Seguía soñando?

Asentí y él dejó caer un terrón de azúcar en mi taza y cinco en la suya, seguidos de un generoso chorro de nata.

—Un símbolo confiere un poder increíble sobre el demonio a quien pertenece. Una bruja como tú podría hacerme bailar desnudo en el lago si así lo deseara. Ordenarme masacrar a miles de personas. Hacerme robar a los ricos y a los poderosos. —Removió el té y dio un pequeño sorbo. La delicada taza y el platito parecían ridículos en sus enormes manos—. Dime, Everly. Usa tu imaginación. Si tuvieras mi sello, ¿qué me ordenarías hacer?

Aquello parecía una trampa, pero no encontraba una salida. Dudé unos segundos sobre cómo responder, hasta que al final tiré la prudencia por la borda.

—Te ordenaría que hicieras honor a tu nombre —respondí. Mis palabras parecieron despertar su interés y enarcó una ceja—. Magni Deicide. Cazadioses. ¿Es cierto? ¿Has matado a un dios?

Dejó caer otro terrón de azúcar en su taza y removió despacio.

—Es cierto. He matado a muchos.

Sus palabras me dejaron sin aliento.

—¿Has matado… *a muchos*? ¿Cómo?

—Mmm, de repente tenemos muchas ganas de hablar, ¿eh? —Dio un sorbo a su té, mirándome con sus ojos negros por encima del borde pintado con flores—. ¿Por qué una bruja que apenas quiere acercarse a su magia quiere saber cómo maté a un dios?

—Para comprobar que no eres un mentiroso. —Aunque era difícil saberlo, parecía que había puesto los ojos en blanco—. Si es verdad, si no estás intentando engañarme, dime cómo lo hiciste.

La diversión desapareció de su rostro. Dejó la taza y se inclinó hacia mí, con los codos apoyados en las rodillas.

—¿Que cómo lo hice? —preguntó, y lo hizo de una forma que parecía que se había hecho la misma pregunta a sí mismo miles de veces y la respuesta fuese uno de los grandes misterios del universo—. Con las vidas de diez mil amigos y amantes. Con sangre. Con dolor y furia. Estés en la dimensión que estés, la guerra no es muy distinta. Los seres vivos renuncian a sus propias vidas para que los de su especie sobrevivan.

Suspiró y se reclinó en su asiento. Callum era muy distinto al monstruo desquiciado que había conocido la noche anterior. Tranquilo e introspectivo, aunque con una energía salvaje que acechaba bajo la superficie. Chasqueó los dedos una y otra vez, sin ritmo ni motivo.

—¿Era eso lo que querías saber? —Parecía que estaba tentándome—. ¿O querías otra respuesta? ¿Tal vez algo más simple? No hay nada simple en escapar de un dios. No una vez que te tiene en el punto de mira.

Fruncí el ceño y cogí mi taza de té. El vapor me llegó a la nariz y tenía un aroma a bergamota y vainilla. Estaba más amargo que dulce, justo como me gustaba.

—¿Qué sabes de mí? —inquirí, copiando su postura mientras me reclinaba en mi asiento—. Ya conocías mi nombre y quién es mi padre. ¿Qué más?

—Empiezo a sospechar que sé más de ti que tú misma. —El chasquido de sus dedos se volvió más fuerte—. Supongo que debería igualar el marcador. Eso es algo que los humanos aún decís, ¿eh? —Se levantó de su asiento, utilizando el pie para apartar el sillón de su camino—. Es difícil seguir el hilo de la lengua. Los humanos cambian las cosas muy rápido. Sobre todo, con vuestro internet, los foros, los móviles…

Se agachó y quitó el polvo y las pelusas del suelo. Luego presionó la punta de la afilada garra del pulgar contra la muñeca opuesta y la atravesó. De la herida brotó una sangre espesa y negra como la tinta.

—Los demonios se adaptan —continuó diciendo—, pero el Infierno cambia mucho más despacio que la Tierra. Supongo que para nosotros es más fácil. No nos molestamos en cumplir todas esas normas y reglas absurdas que os imponéis los humanos. Nosotros nos limitamos a vivir.

Mojó las yemas de los dedos en la sangre que manaba de su muñeca y trazó sobre el suelo con ella líneas, rayas y una media luna que resaltaban sobre la madera color caramelo.

—Lamento mi mal comportamiento de anoche, Everly. —Sus ojos seguían clavados en el dibujo—. Como ofrenda de buena voluntad, me gustaría recordarte que, en efecto, tienes dientes. Si lo deseas, puedes morder.

Cuando se levantó, lo que quedó allí fue un símbolo muy raro: un semicírculo con una serie de líneas y puntos en su interior. Me quedé boquiabierta y mi pulso volvió a acelerarse.

—¿Sabes lo que es? —quiso saber.

—Sí. Tu marca. Tu nombre.

—Puede que te ayude a sentirte más segura. Escríbelo en alguna parte o traza esa marca con los dedos y te será sumamente fácil obligarme a obedecerte.

—Eso no… No. —Negué con la cabeza y me esforcé por encontrar una respuesta—. No, eso es demasiado sencillo. Los demonios no obedecen sin más.

—Obedecemos sin problemas si estamos dispuestos a hacerlo. —Me miró como si no pudiera decidirse entre si quería reírse de mí o comerme. Quizás las dos cosas—. Y verás que estoy muy dispuesto.

—Un demonio no renuncia a su símbolo así como así. ¿Por qué lo haces?

La forma en que bajó la cabeza mientras me miraba hizo que se me revolviera el estómago.

—¿Tengo que tener un motivo?

—¡Sí! Siempre hay un motivo. Sé que soy débil, pero no soy una ignorante, joder. Quieres algo de mí. La gente siempre quiere algo. ¡Siempre hay un precio!

Asombrada por mi propio arrebato, inspiré con fuerza y me callé. Tal vez me matase en ese preciso instante. Tal vez ese era el momento en que iba a robarme el alma, a derramar mi sangre y a tomarme para sí mismo. De todas las suertes que podría haber corrido, por alguna razón, aquella era la que menos me asustaba. Una eternidad en el Infierno no podía ser peor que una eternidad como la marioneta de un dios. Tal vez eso era incluso preferible.

Mi vida nunca me había pertenecido, siempre había estado controlada y manipulada por otras manos. Tenía sentido que mi muerte fuese por el mismo camino.

Sin embargo, el demonio no se abalanzó sobre mí. No parecía enfadado. De hecho, en cuanto alcé la voz, pareció estar encantado.

—No eres una ignorante. Pero te han engañado a propósito. No eres débil. —Negó con la cabeza, riéndose por lo bajo—. No, señora bruja, eres todo lo contrario. Podrías matarme si quisieras, y no sé cómo convencerte de ello, aunque conozco a alguien que sí puede hacerlo. Tu abuela. Winona.

—Mi abuela está muerta —espeté, preguntándome si tenía alguna posibilidad de salir corriendo de esa casa antes de que pudiera matarme.

—Y la muerte la ha hecho más insoportable que nunca. —Hizo una mueca y se frotó la nuca con cierta timidez—. No le gusta mucho esa apreciación. Sin embargo, tú le caes muy bien. Y está deseando hablar contigo.

Dio un paso hacia mí, vaciló y extendió el brazo. Tenía la palma de la mano hacia arriba, como invitándome a tocarla, a estrecharla…

A confiar en él.

—¿Qué daño puede hacerte esto? —me preguntó. Mis ojos pasaron de su cara a la mano que me ofrecía—. Si hubiera querido matarte, lo habría hecho ya. Cuando dejas de luchar contra el destino, aceptas la muerte. Coge las riendas y elige tu camino.

Acepté su mano.

—Esto es de locos.

—Bueno, pues seremos unos locos juntos.

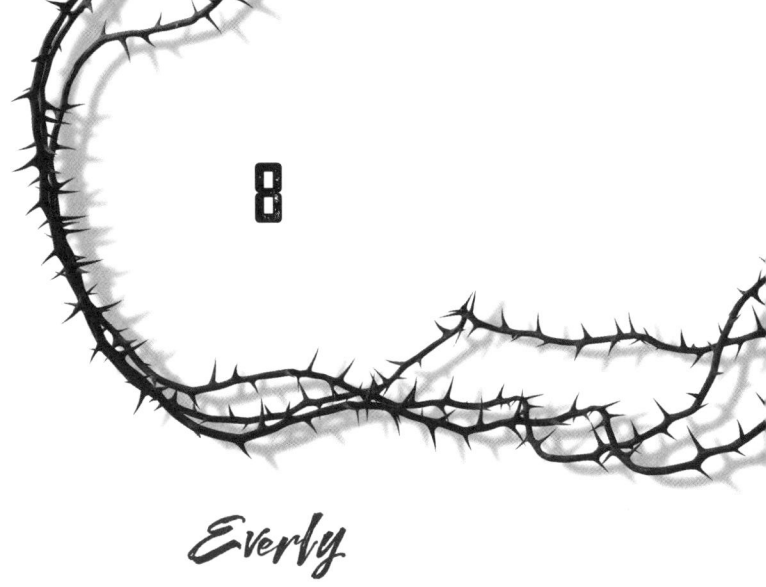

8

Everly

La mano de Callum sobre la mía era cálida. Solo era capaz de concentrarme en el contacto que había entre nosotros mientras me guiaba por los pasillos y bajaba varios tramos cortos de escaleras.

No recordaba la última vez que le había dado la mano a alguien. La última vez que me habían abrazado o besado.

Nunca había intimado con otra persona.

Lo normal era que me aislase. Con cualquier amistad que entablaba corría el riesgo de arrastrar a alguien inocente a un inframundo horrible que no merecía conocer.

Como si pudiera leerme la mente, Callum apretó sus dedos alrededor de los míos.

—No tengas miedo —me pidió—. Recuerda el símbolo. Si me porto mal, haz que me arrepienta.

Me guiñó un ojo y ese simple gesto hizo aumentar la temperatura de mi piel, ya sonrojada.

Había demostrado ser guapo y encantador. Tal vez no estaba muy cuerdo…, pero era un encanto.

Ay, Dios, ¿qué mosca me había picado? Los demonios no eran encantadores, eran depredadores, ¡más listos que el hambre! Por lo que sabía, ese estaba conduciéndome a mi muerte.

No nos encontramos con ningún espectro a medida que recorríamos la casa, aunque podía oírlos. En los pasillos resonaban unos alaridos a lo lejos que me ponían los pelos de punta.

—¿Cómo se mantienen vivas todas estas plantas? —pregunté, maravillada por la cantidad de macetas con las que nos habíamos topado.

Muchas de ellas eran tan grandes que se salían de los tiestos, las raíces se desbordaban y las ramas trepaban por las paredes, rodeando las ventanas en busca de luz solar.

—El terreno sobre el que está construida esta casa está protegido —me respondió Callum—. No solo por mí, sino también por otros seres que hicieron tratos con el aquelarre a lo largo de los años. Las plantas están conectadas al propio bosque. Forman parte de la barrera que oculta este lugar de ojos enemigos.

Llegamos a una parte de la vivienda que parecía distinta al resto. Las paredes y el suelo eran de piedra, no de madera, y el techo, alto y abovedado como el de una catedral antigua. Allí hacía más fresco y noté un ligero escalofrío dentro de mi blusa finita. Callum me llevó por otra sucesión de escaleras hasta un amplio pasillo que terminaba con unas puertas de cristal altas y estrechas.

Aflojó el agarre y se apartó. Lo cogí de la mano con más fuerza y me miró sorprendido.

—Ay, mierda… Lo siento.

Enseguida hice una mueca en señal de disculpa y la aparté. Pero lamenté la ausencia de su tacto.

Era ridículo. Incluso estúpido.

Sin embargo, por la forma en que me observaba, parecía que él también lo lamentaba. Era un pequeño atisbo del monstruo que había sido la noche anterior; de repente ansioso, de repente voraz. Me miraba como un hombre hambriento mira un festín que le han dicho que no toque.

Se acercó y se inclinó para verme la cara. Era desconcertante contemplar aquellos ojos negros, y lo fue aún más cuando me di cuenta de que no respiraba.

¿Los demonios necesitaban respirar? ¿Su corazón necesitaba latir y su sangre circular? ¿Los órganos le funcionaban? ¿O era todo una ilusión, un elaborado disfraz que se ponían en la Tierra y ya estaba?

En contra de mi buen juicio, bajé la mirada hacia sus pantalones desabrochados, hacia esa parte crucial de él que casi con toda seguridad necesitaba el flujo de la sangre para funcionar. O puede que siempre estuviese empalmado. Joder, eso de ahí abajo parecía una quinta extremidad. ¿Era normal?

Emitió un ruido suave, sonriendo con satisfacción. Me puso dos dedos debajo de la barbilla para animarme a levantar la mirada.

—Si vuelves a pedirme perdón, te comeré —susurró con la voz ronca. Se acercó aún más, tanto que noté el calor de su piel—. Te comeré despacio. Saborearé cada centímetro de tu piel y chuparé hasta el último rincón. Te saborearé como si fueras un puñetero postre.

Chasqueó los dientes al pronunciar la última palabra y se dio la vuelta, dirigiéndose hacia las puertas. Sin embargo, mientras el ardor de mil soles me cubría de un rubor que dejaría a la altura del betún a todos los rubores, fui incapaz de moverme, incapaz de pensar una sola cosa coherente.

El chasquido de sus dedos me devolvió a la realidad.

—No te quedes atrás, mi señora.

Apenas pude contenerme para no volver a disculparme. Troté tras él.

Al acercarnos, las altas puertas de cristal se abrieron dando paso a un patio. El espacio en forma de medialuna estaba flanqueado por piedras lisas de color gris y arbustos cubiertos de flores blancas y amarillas. En el otro extremo había un invernadero enorme, con los cristales tintados de azul cubiertos por unas enredaderas tupidas.

Seguía lloviendo a cántaros y la lluvia salpicaba las piedras y formaba pequeños charcos.

—Quédate cerca de mí —añadió Callum, y su brazo rozó ligeramente el mío.

El contacto fue fugaz, muy casual, pero a la vez tan impactante como si me hubiera dado una bofetada.

Salimos y me preparé para el aguacero, mas no llegó a caer. La lluvia se deslizó a nuestro alrededor como si tuviéramos un paraguas muy grande en la mano. Miré hacia arriba y vi una cúpula translúcida sobre nosotros con un tenue color púrpura e iridiscente. Las gotas la golpearon y se deslizaron por ella y yo me quedé boquiabierta.

—¿Es éter? —murmuré, casi sin creérmelo.

El éter era una sustancia invisible, mágica, natural y casi imposible de controlar. Era extraña, maleable y estaba llena de potencial. Con él, una bruja podía crear algo de la nada, era como sacar un conejo de una chistera.

—Sí.

El demonio me miró con una sonrisa burlona dibujada en los labios. Joder, sabía que estaba impresionada.

Me aclaré la garganta y asentí, concentrándome en el camino que tenía delante.

Un árbol enorme había crecido sobre la puerta del invernadero y sus raíces se extendían por encima de las piedras. El tronco estaba retorcido y curvado de tal forma que parecía que un hombre estuviera atrapado en la madera, con la cabeza apoyada en el vértice de las largas ramas.

—¿Hay otra forma de entrar? —pregunté.

Callum observó el árbol con el ceño fruncido.

—No. Si esta entrada está vigilada, la otra también lo estará.

—¿Vigilada? —Me acerqué y apoyé la mano en el tronco. Estaba sorprendentemente caliente—. ¿Quieres decir que el árbol lo protege a propósito? ¿No creció aquí sin más?

—Los espíritus del bosque no crecen sin un propósito, mujer.

Tenía una voz melódica pero grave, con un timbre que dejaba entrever una lengua astuta y una maldad perversa.

El árbol se movió. El rostro humano que había visto en su interior era real. Parpadeó, levantó la cabeza y un torso y unos brazos se fundieron con la madera. El hombre se inclinó hacia mí, con los ojos en forma de unos orbes cubiertos de savia y las pupilas hechas con unas minúsculas semillas todas muy juntas. No tenía piel, estaba hecho de la propia corteza, y la parte superior de su cuerpo sobresalía del tronco como una serpiente.

Callum lo miró con cara de pocos amigos, pero él solo tenía ojos para mí.

—Bueno, bueno —ronroneó, repitiendo la palabra casi una docena de veces antes de inspirar y dirigir su rostro hacia mí.

El brazo de Callum salió disparado y se apoyó en mi pecho, obligándome a retroceder varios pasos ante el repentino movimiento del hombre de madera. No sabía qué era más alarmante: si el ser del árbol o el contacto del demonio.

—¿Quién osa entrar aquí? —preguntó, recorriéndome con avidez con sus ojos color ámbar—. Una bruja y su demonio. Curioso, curioso, mmm… Hacía mucho tiempo que no había una bruja por aquí, ¿eh? ¿Verdad? —Miró a un lado, asintiendo como si alguien más le estuviera hablando—. Ah, sí, sí. Hace muchos años que no viene ninguna bruja… Diez, quince, veinte… —Volvió a deslizar la mirada hacía mí—. Excepto las muertas.

—¿Quién eres tú? —inquirí. ¿Cómo se había llamado a sí mismo? ¿Cómo se había hecho llamar? ¿Un espíritu del bosque?

—Algunos me llaman Darragh —contestó la criatura—. No eres una bruja muy lista, ¿no? Nunca has oído hablar de un espíritu del bosque. —Hizo un sonido parecido a como si hubiera chasqueado la lengua con brusquedad—. Terrible. ¿Qué enseñan hoy en día?

—Darragh, creo que olvidas lo raros que son los de tu especie en estos tiempos —soltó Callum, seco.

La criatura puso los ojos en blanco y le lanzó una mirada despectiva.

—Oh, sí, ¿cómo iba a olvidarlo? La masacre de mi especie. A los humanos les encanta matarnos. Nos cortan, nos queman, nos talan. Destruyen los bosques que una vez protegimos. Algún día los destruirán. Cuando muera el último espíritu del bosque, la Tierra también morirá. —Volvió a mirarme, con una expresión repentinamente más acusadora y sospechosa—. ¿Quién eres tú?

Respiré hondo. Era hora de ver si podía reclamar un poco de poder.

—Soy Everly Laverne —respondí, infundiendo en mi voz toda la confianza que pude reunir—. Soy la hija de Heidi Laverne, la nieta de Winona. Y necesito entrar, si me lo permite.

—Lo hará —intervino Callum.

Darragh movió la cabeza.

—Everly Laverne —repitió mi nombre despacio. Extendió la mano con la palma hacia arriba—. Muy bien. Vamos a ver. —No sabía muy bien qué quería hasta que añadió—: La mano, bruja.

Pensé que quería leerla, ver mi identidad plasmada en las frágiles líneas de mi piel. Puse mi palma sobre la suya, y mientras me acercaba lo noté cálido pero amable. Sus ojos ámbar eran muy extraños, líquidos y vidriosos. Bajó la cabeza y acercó la nariz a mi mano, olfateándome.

—Muy dulce. Una esencia de lo más embriagadora, ¿eh?

No sabía si me lo estaba preguntando o simplemente reflexionaba, así que no dije nada. Levantó la cabeza y sus labios se retrajeron, mostrando hileras de dientes… No, dientes no.

Eran espinas. Unas espinas blancas, gruesas y afiladas llenaban su boca.

Antes de que fuese consciente de lo que estaba pasando, se metió uno de mis dedos en la boca. Sentí un dolor agudo cuando me mordió e intenté apartarme, aunque no podía por lo fuerte que me agarraba. Callum gruñó a mi lado cuando algo parecido a una lengua se arremolinó sobre mi dedo, acariciándome la piel. Ya había olvidado el dolor cuando la boca de Darragh empezó a chupármelo.

Volví a sonrojarme, pero eso era algo más que un simple sonrojo. El calor me recorrió las venas y se instaló en mi abdomen cuando Darragh me miró a los ojos y retiró el dedo de su boca despacio.

—¿Qué ha sido eso? —pregunté en un susurro, sujetándome la mano en cuanto me soltó.

Tenía una pequeña herida en la punta del dedo, como el pinchazo de una aguja gruesa, y la sangre goteaba de ella.

—Tenía que probar un poco —murmuró, y tragó.

El árbol se estremeció, desde las ramas hasta las raíces, y Darragh jadeó. Cerró los ojos un segundo antes de volver a abrirlos, parpadeando con rapidez.

—Oh, es buena. Vaya, vaya, Everly Laverne. Eres quien dices ser. Puedes entrar. Y, por favor, no dudes en acudir a mí si necesitas más ayuda.

Volvió a sonreír y vi que mi sangre había manchado uno de sus dientes hechos de espinas. Se inclinó hacia atrás a medida que el árbol se movía, las raíces se deslizaban como serpientes y toda la estructura se desplazaba hacia un lado, abriéndonos paso hacia el invernadero.

—Gracias, Darragh —respondí, inclinando la cabeza en su dirección cuando pasé por su lado.

Callum estaba justo detrás de mí, pero en lugar de seguirme a través de la puerta, levantó la mano y agarró al espíritu del bosque por la garganta.

Las raíces del árbol se tensaron, retorciéndose sobre el suelo. Los arbustos crujieron, incluso la hierba y las flores temblaron. Cuando las garras de Callum se clavaron en la garganta de Darragh, desde lo más profundo del invernadero se oyó un crujido parecido al ruido de una viga de madera a punto de partirse.

—Vuelve a tocarla así y te arrancaré las raíces del cuerpo y te quemaré vivo. —La voz de Callum era un gruñido que reverberó por el patio y que vibró en las piedras bajo mis pies.

La cabeza me palpitaba; la presión atmosférica cambió rápidamente e hizo que me pitaran los oídos.

Darragh siseó.

—También puedo beberme tu sangre si quieres, demonio —comentó con tranquilidad—. No tienes por qué ponerte celoso.

Callum entrecerró los ojos.

—Considérate un afortunado porque lo haya disfrutado —replicó, soltando al espíritu del bosque con una risotada antes de adelantarse a mí y entrar en el invernadero.

Darragh siguió sonriendo con sus afilados dientes al descubierto mientras se fundía con el tronco de su árbol y desaparecía.

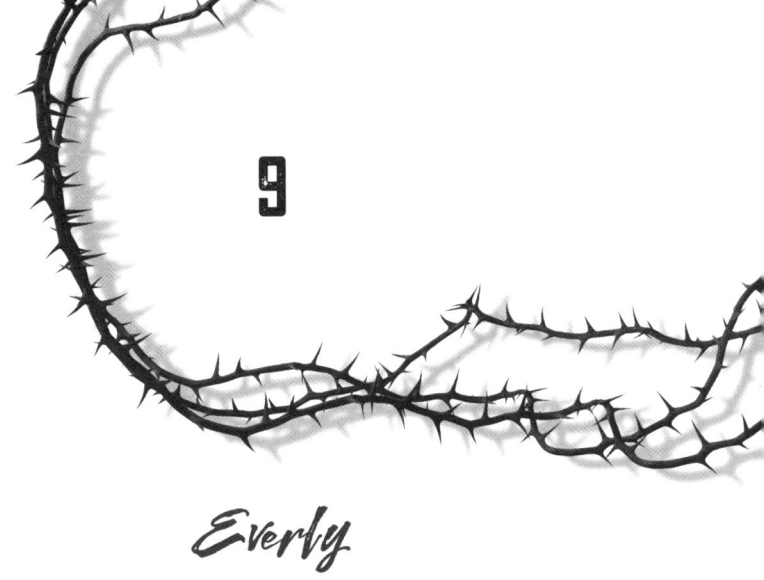

9

Everly

El invernadero era impresionante, era como entrar en otro mundo. Unos pinzones de colores brillantes piaban y revoloteaban por el aire, yendo de rama en rama. Había plantas enormes y flores de todas las especies y el camino de piedra estaba cubierto de un musgo suave y esponjoso bajo mis pies. Las enredaderas colgaban del techo y el aire era denso y húmedo.

—Esto es increíble —dije.

—Lo que es increíble es tu falta de prudencia.

Callum se había quedado quieto delante de mí, mirándome con el ceño fruncido. Había actuado con cautela desde que había llegado allí, así que ¿a qué demonios venía ese cabreo?

—¿Falta de prudencia? ¿A qué te…?

—La próxima vez que un ser extraño te pida la mano, quizá deberías pensártelo dos veces antes de dársela —espetó—. Los espíritus del bosque son criaturas fae y son increíblemente peligrosos. Y tú has dejado que este te saboreara sin dudarlo.

—Bueno, nunca había escuchado hablar de un espíritu del bosque —repuse—. Y no nos habría dejado pasar si no lo hubiera hecho. Además, creo que puedo decidir por mí misma a quién debo darle la mano. Después de todo, te la di a ti primero, ¿no?

En un abrir y cerrar de ojos, acortó la distancia que nos separaba. Jadeé sorprendida cuando me agarró por la muñeca con sus manos con garras.

—¿Crees que sabes lo que quieres? —gruñó—. Un poco de dolor hace que el placer sea más dulce, ¿a qué sí?

Me sujetó con fuerza y me clavó las garras en la piel. El pinchazo encendió el fuego que llevaba en las venas, pero entonces se llevó mi mano más cerca de su boca.

La abrió y sacó la lengua.

Era larga, roja y bífida.

La enroscó alrededor de mi dedo y lamió la sangre. Me quedé completamente paralizada cuando se llevó el dedo a la boca y lo chupó. La sensación de sus labios y su lengua envolviendo hizo que mi cerebro sufriera un cortocircuito. Solo podía pensar en el calor, la succión, la presión y en lo mucho que deseaba experimentar esa sensación *por todas partes*.

Estaba muy cerca, demasiado cerca, aprisionándome contra la pared de cristal. Notaba muchísimo su presencia, me pesaba como si tuviese su cuerpo aplastado contra el mío, aunque solo estuviese sujetándome por la muñeca.

Se sacó mi dedo de la boca haciendo un ruido que sonó parecido a ¡pop! cuando dejó de succionar. La vista se me emborronó un poco y fui incapaz de pronunciar palabra. Por dentro estaba gritando. No de dolor ni de horror, sino a causa de una excitación incontenible. La parte más primaria de mi cerebro babeaba como una bestia y movía las caderas como una perra en celo.

Madre mía.

Tenía que volver a hacer lo que me había hecho. Ya.

—Mmm, mi dulce brujita. —Movió la mano para acariciarme el rostro—. Han desatendido tus necesidades terriblemente. Estarías mucho más segura satisfaciendo tus perversos deseos conmigo que con ese fae miserable.

—Yo… Yo, eh…

¿Sabía que estaba cachonda? ¿Era obvio? Tal vez podía verlo en mi cara o…, Dios no lo quisiera…, ¿podía olerlo?

—Qué tímida estás de repente —comentó—. Pero esos pensamientos sucios siguen ahí, ¿eh? Exprésalos en voz alta, vamos. Tal vez consigas que se hagan realidad.

Algo me palpitaba entre las piernas, era una necesidad que no desaparecía con el simple hecho de apretar los muslos. Me atreví a mirarlo, a mirarlo de verdad. Paseé los ojos por su pecho desnudo, queriendo tocarlo, puede que lamerle la piel con la lengua como él había hecho conmigo.

¿Podría despertar en él la misma sensación que él había despertado en mí? ¿Ese mismo frenesí?

Se rio entre dientes y volví a dirigir la vista a su cara.

—No lo sé —solté—. Soy virgen, yo… No sé qué decir…

Se cernió sobre mí, el abismo negro y lleno de incógnitas de sus ojos era más profundo que nunca.

—Una virgen… —meditó—. Que se muere por que se la follen hasta caer rendida.

Quería que el suelo me tragase.

—Yo no he dicho eso. Nunca he dicho…

—¡No tengas miedo de hacerle saber lo que quieres, chica! ¡Tienes todo el derecho del mundo a disfrutar!

Abrí los ojos de par en par y me di la vuelta, buscando el origen del grito. Era la misma voz que había oído la primera vez que entré en la casa, pero, al igual que entonces, no podía ver a nadie más.

—¿Quién anda ahí?

Jadeé y, por fin, Callum dio un paso atrás.

Sin embargo, no me quitó los ojos de encima. Cuando señaló hacia adelante, al fondo del camino, la intensidad de su mirada me resultó desconcertante.

—Ve a verlo por ti misma.

Pasé junto a él, fingiendo indiferencia. No sabía lo que quería. No tenía ni la menor idea. Callum suponía que quería que…, joder…, que me follase hasta caer rendida.

Sus suposiciones eran ciertas, aunque no iba a dejar que lo supiera.

La senda se fue curvando entre la vegetación hasta que llegué a la base de un árbol grande. El tronco era enorme, fácilmente del ancho de dos coches aparcados uno al lado del otro. Las ramas se enredaban con la cúpula de cristal y en lo profundo de ellas se oía el canto de los pájaros. El agua se deslizaba por el tronco, y los riachuelos que se formaban se dividían en torno a una gran lápida de piedra. Había algo escrito en ella y me arrodillé para poder leerlo.

Las primeras frases estaban escritas en una lengua rúnica que nunca había visto. Pero en la parte inferior había una inscripción: «Que nuestros conocimientos fluyan como manantiales».

—Por aquí, querida. —Volvió a oírse la voz, clara y mucho más cerca.

Me giré, siguiendo otro sendero estrecho que circundaba del tronco del árbol. Allí encontré una alcoba rodeada de enredaderas en flor y pavimentada con baldosas de piedra clarita. Los ratones me miraban desde la hierba con sus ojillos negros llenos de curiosidad, parpadeando, y los pinzones revoloteaban por encima de mí posados en las ramas, observándome.

Había una mesita con dos sillas de hierro forjado. Encima de ella había una vieja radio, cuyo marco de madera y cuyos botones la hacían parecer una reliquia de los años cincuenta.

—Es un placer volver a verte, Everly. Han pasado muchos años, estrellita.

Los altavoces de la radio emitían una voz estática. Incrédula, me acerqué y giré uno de los botones para subir el volumen.

—Oh, sí, ¡así está mucho mejor! —exclamó la voz, y se carcajeó lo bastante alto como para hacer que una bandada de pinzones que había cerca huyese volando—. ¡Ja! Ahora puedo gritarte como es debido. ¡Has tardado siglos en venir! Debería haberte advertido sobre el viejo Darragh. Es un pervertido miserable, ¿a que sí?

A pesar de que la voz estaba distorsionada, incluso después de tantos años, la reconocí. Cuando volví a mirar a Callum, asintió con la cabeza hacia el aparato.

—Puede oírte —me informó—. Está cerca, la radio no es más que su conducto.

Me senté en una de las sillas y apoyé las manos temblorosas en el borde de la mesa.

—Hola… —saludé—, ¿te importaría decirme tu nombre?

—¿Que si me importaría? —volvió a reírse—. ¡Habla con más confianza, chica! Si quieres algo, será mejor que lo dejes bien claro. Esa es tu primera lección. Pero, desde luego, no me importa. Soy Winona Laverne. Estoy segura de que mi aspecto es muy diferente al de la última vez que me viste.

—Oh… Oh, y que lo digas. —Me pareció que me faltaba el aire—. Eres… eres mi abuela.

—Lo soy.

—Y estás… Estás muerta…

—Ya lo creo. No obstante, he descubierto que la muerte es un final muy apropiado para la vida. Es pacífica. Estoy sola, puedo hacer lo que me plazca y ninguno de los vivos se da cuenta. Es una oportunidad fantástica para estudiar.

Me vinieron a la mente un montón de preguntas, seguidas de otras tantas.

—¿Eres un fantasma?

—Me considero una bruja que por fin se ha despojado de su piel mortal —respondió y, detrás de mí, Callum se burló.

—Es un fantasma —afirmó—. Su cuerpo yace en una cripta aquí cerca, junto con los de muchas generaciones de tu familia.

—Considérate afortunada de no ser adivina —comentó—. ¡O un demonio, ya que estamos! Callum puede oírme todo el tiempo, no solo a través de la radio. Tiene suerte de que sea la única charlatana que se pudre ahí abajo.

—Llevo años escuchando sus graznidos —refunfuñó él con un fuerte suspiro.

No daba crédito. Había visto fantasmas antes, por supuesto. Mamá me había enseñado a prestarles atención para que no me asustase si veía u oía alguno. La mayoría de ellos se sentían solos o un poco confundidos. Por lo general, unas pocas palabras amables hacían que siguieran su camino.

Sin embargo, ese era el fantasma de mi abuela. La abuela que creí que nunca conocería.

De niña, soñaba con que viniera a llevarme lejos, a librarme de una vida rodeada de miedo y secretos. En mi mente infantil, era la mejor bruja del mundo, una maestra de la magia. Sabia, amable y llena de sabiduría.

—Callum, mi querido demonio monstruoso, tengo que pedirte que nos dejes un rato a solas —pidió Winona—. Tengo asuntos importantes que tratar con mi nieta y me temo que la distraes demasiado.

Aunque me negué a girar la cabeza, pude ver la sonrisa de Callum por el rabillo del ojo antes de que diera un paso atrás.

—Como quieras. Estaré por aquí cerca.

Se alejó, desapareciendo entre la vegetación.

—Entonces, ¿todo es verdad? —murmuré cuando dejé de oír sus pasos—. Esta casa… —Apenas me atrevía a decirlo—. ¿Esta casa pertenece a nuestra familia?

—A la familia Laverne —respondió, seria—. A la familia de tu madre. Este lugar lleva más de cien años dando cobijo entre sus muros a brujas de muchas religiones, culturas y países que una vez se reunieron aquí para formar una comunidad. Y ahora, por fin, volverá a ser el hogar de una. En cuanto al demonio, no tienes por qué temerle, querida. Te lo aseguro. —En ese momento hablaba con más calma, pero aun así soltó una carcajada suave—. Esa hermosa criatura no te haría daño, aunque le costase la vida. Todo es verdad. Esta casa es tu derecho de nacimiento, y toda la sabiduría y la magia que contiene es tu herencia.

Me quedé atónita, aunque la incredulidad acabó cediendo para convertirse en aceptación.

Ese lugar, y todo lo que había entre sus paredes, era mío.

Todo.

En toda mi vida, nunca había tenido algo que fuese mío de verdad. Todo venía con ataduras, y mi padre podía tirar de ellas cuando quisiera. La mera idea de que aquel lugar tan bonito, misterioso y mágico pudiera pertenecerme de verdad hizo que me emocionase tanto que me quedé sin palabras.

—Sé que ha pasado mucho tiempo, Everly —prosiguió mi abuela. Por un momento, su voz se impregnó del ruido de la estática—. Siento mucho no haber podido hacer más por ti en vida. Intenté llegar a ti. De verdad que esperaba poder salvarte de ese desgraciado, pomposo y egocéntrico capullo de padre que te endilgó tu madre. —Suspiró—. Tu madre era una estúpida y estaba enamorada de Kent. Ella realmente pensaba que había bondad en él, y cuando se dio cuenta de que no era así, ya era demasiado tarde. La manipuló de todas las maneras posibles. Pero sé que te quería mucho.

A pesar de mis esfuerzos por mantenerme impasible, me picaban los ojos por las lágrimas.

—¿Sabes que ella…?

—Sentí que su vida abandonaba este mundo —contestó—. Tenía la esperanza de que su espíritu regresara a la casa, aunque su alma estaba cansada y cargada de dolor. No quería quedarse. Al menos, ahora, descansa en paz.

Nos quedamos allí en silencio durante un buen rato. De luto por una madre, por una hija. Una vida que acabó en tragedia; un legado mancillado por la maldad.

—Los ayudó a sacrificar a una chica de quince años —murmuré. Las palabras salieron ahogadas por el sufrimiento y temblorosas por la rabia.

Nunca las había pronunciado en voz alta. Nunca había oído a nadie decir aquello. La pura verdad.

Mi amor por mi madre estaba lleno de espinas, aplastado por el peso de lo que había hecho.

Había visto a mi amable, dulce y paciente madre sujetar a una adolescente mientras gritaba de dolor.

Pese a que la abuela permaneció en silencio, tuve la sensación de que me escuchaba. Había un frescor en el aire que se arremolinaba a mi alrededor con suavidad, como unos brazos que me abrazaban.

—La chica se escapó —le conté—. La arrojamos a la mina, pero mamá volvió a por ella. La protegió con magia y le dijo que huyera. Intentó decírmelo. Intentó avisarme.

Se me formó un nudo en la garganta. Apenas podía hablar sin sollozar. Después de la muerte de mi madre, cuando sostuve su carta y la leí por primera vez, todo mi mundo dejó de girar.

Mi madre no podía vivir con el dolor que había causado. No podía perdonarse a sí misma.

—La chica se llamaba Juniper Kynes —añadí, sorbiéndome los mocos y tirando de los hilos sueltos de mi blusa—. Convencimos a todo el pueblo de que estaba loca. Destruimos su vida. Lo perdió todo. —Respiré hondo y me obligué a continuar con calma—. ¿Sabes cómo funciona? Nuestra… —Me detuve antes de decir algo que erróneo—. La fe de mi padre. ¿Sabes en qué cree?

—Sí —respondió con tristeza—. Las brujas de Laverne han estado al tanto de las actividades de los libiri desde el inicio del culto. Cuando el dios despertó, lo supimos. Estuvimos investigando cómo mantenerlo a raya. Pero a medida que la influencia de los libiri crecía, también lo hacía la fuerza del dios. Una a una, las brujas que una vez formaron este aquelarre fueron asesinadas. Algunas huyeron por miedo. Otras sencillamente envejecieron y murieron. —Soltó otra carcajada amarga—. Hice todo lo que pude antes de que la muerte viniera a por mí, y parece que mereció la pena porque por fin estás aquí. Otra vez en tu hogar, en el lugar a donde perteneces.

No podía saber el impacto que tendrían esas palabras.

«Hogar» era un concepto muy delicado para mí.

El hogar que había conocido toda mi vida (la casa en la que vivía con mi padre, mi madrastra y mis hermanos) nunca había sido un lugar reconfortante, un lugar seguro. Era una arena o un escenario: un lugar donde tenía que caminar, hablar y actuar con cuidado, temiendo hacer algo mal a todas horas. Solo me dejaban ir al apartamento de mi madre los fines de semana, aunque ni siquiera allí me sentía segura de verdad.

El dios siempre estaba observando, susurrando. Solo desde que había puesto un pie en esa casa, por fin había desaparecido la interminable sensación de que me acechaban.

—Dices que tu madre dejó ir a ese primer sacrificio —retomó el tema, hablando despacio—. Sin embargo, ayer sentí una gran corriente de energía en el aire. Algo cambió. El dios se revolvió.

Asentí y tuve que tomarme un momento para serenarme antes de responder.

—Juniper tenía un hermano, Marcus. Lo mataron ayer. Han hecho el primer sacrificio.

El dolor por el chico, por mi madre, por mi abuela, incluso por mí misma, me golpeó a la vez. Me dolía el pecho y lo único que pude hacer fue taparme la cara con las manos, ocultando las lágrimas calientes que me caían por las mejillas.

—Lo siento muchísimo, cariño. —Su voz era suave, y una ligera brisa susurró sobre mi espalda. De repente, volvía a tener ocho años y corría por la orilla del lago hasta los brazos de la abuela. Fue una de las pocas veces que pude verla—. Ya has presenciado demasiado de este mundo cruel, pero lo será mucho más.

—No sé qué hacer —confesé, usando la manga para secarme las lágrimas. Estaba hecha un desastre, aunque ¿qué más daba?—. Quiero detenerlos. Tengo que parar a mi padre, pero no sé cómo. Si me limito a esconderme aquí, en este lugar…

—Esta casa no puede protegerte para siempre —avisó—. No habrá ningún rincón donde esconderse si el Profundo es liberado, sobre todo tú, no podrás ocultarte. Tiene sus ojos puestos en ti desde el día en que naciste. Te quiere, Everly. Quiere tu magia, tu forma física. Advertí a tu madre de ello; sin embargo, se negó a verlo hasta que…, bueno, hasta que naciste y se dio cuenta de que a tu padre solo le interesaba tener otra herramienta, no otra hija. Utilizó a tu madre para parecer más poderoso, usando su fuerza como si fuera la suya. No puedes permitir que haga lo mismo contigo.

—¿Qué puedo hacer? —pregunté, desesperada, inclinándome hacia delante en la silla y agarrando la radio—. Apenas tengo poder. No sé cómo luchar contra esto.

Hubo un largo silencio.

—¿Apenas tienes poder? —repitió, incrédula—. Apenas… Cielo, no puedes estar más equivocada. El poder que hay en ti es mucho más grande que el de cualquier bruja que haya conocido.

—Eso no puede ser. Ni siquiera soy capaz de convocar una chispa. —Tragué saliva, avergonzada. Quizá esperaba que fuera fuerte, quizá pensaba que mi madre me había transmitido más conocimientos—. Soy débil.

—¡Y una mierda!

Me sobresalté por el volumen con el que maldijo.

—¡No eres débil, lo único que pasa es que no estás entrenada! Y te han mantenido así a propósito porque Kent te teme. Tiene miedo de lo que puedas llegar a ser. Vive aterrorizado por la amenaza que supones para todo lo que ha construido y no se detendrá ante nada para mantenerte callada y sumisa. Pero se acabó —soltó, orgullosa—. Aquí el poder no lo tiene él, sino tú. Y tienes las herramientas para demostrarlo.

—¿Cuáles? —inquirí.

Seguro que en cualquier momento se daría cuenta de que estaba equivocada. Yo no era fuerte, no era alguien a quien mi padre temiera. Era una cobarde cuyo mayor poder era huir antes que ayudar a un chico que estaba siendo asesinado.

—Esta casa —indicó—. Y todo lo que hay en ella. Ante todo, Callum será tu mayor aliado.

—Un demonio —comenté—. Pero los demonios son…

—Criaturas egoístas, conspiradoras, crueles, malvadas y autocomplacientes —aseveró—. Igual que nosotros, los humanos. Sin embargo, entre los humanos todavía se encuentra mucha bondad, ¿no? Llamé a

Callum hace muchos años y respondió. Te ha estado esperando desde entonces.

—No me había visto nunca. No me conoce, ¿por qué iba a esperarme? ¿Por qué iba a ayudarme?

—Me temo que no puedo responder a algunas de tus preguntas. Aunque te explicaré lo que pueda, en la medida en que lo entienda. El símbolo de Callum estaba entre una colección de nombres demoníacos reunidos a lo largo de los años por la bruja fundadora de nuestro aquelarre, Sybil Laverne.

Di un grito ahogado y estuve a nada de salir disparada de mi asiento. Golpeé la mesa con la rodilla y la radio se inclinó hacia atrás.

—¡Sybil! —exclamé—. ¡Sí! Mamá la mencionó. Dijo que Sybil conocía el camino.

—Sybil guardaba muchos secretos —me explicó la abuela—. Falleció cuando yo aún era una joven bruja, así que tu madre nunca la conoció. Sin embargo, Sybil era una demonóloga prolífica, una adivina con talento y muy hábil con los hechizos. —Hizo una pausa antes de decir—: Cuando naciste, tuve visiones de los muchos caminos de la vida que podrías elegir tomar. Fui testigo de horrores que dejaron a la altura del betún al resto. Vi destellos de nuestro mundo transformado, invadido por un dios cuya maldad ni siquiera podemos imaginar.

—Le tembló la voz y, por primera vez, fui consciente de que mi abuela tenía miedo—. Te vi a ti, pero tu alma y tu cuerpo ya no estaban. Obligada a bailar como una marioneta con cuerdas, te habían robado tu magia y la habían deformado. A pesar de que sabía que no me quedaban muchos años, tenía que hacer algo. Tenía que tomar medidas drásticas para cambiar el curso del destino.

Respiró hondo y yo me incliné hacia el aparato, impaciente por oír más.

—En los documentos de Sybil, encontré la marca de un archidemonio. Escribió que pertenecía al demonio más antiguo que había encontrado jamás y que lo había conocido por pura casualidad aquí en la Tierra. Afirmaba que había venido en busca de dioses caídos para masacrarlos dondequiera que los encontrara. No intentó ocultarle su sello, sino que se burló de la amenaza de que alguna vez lo invocarían por la fuerza. Escribió que era demasiado poderoso para recibir órdenes. Nunca se debía intentar invocarlo.

—Pero tú lo hiciste —dije—. ¿Por qué?

—Yo no lo invoqué. Lo llamé, respondió y tuve la suerte persuadirlo para que no me matase. Admitió que no era el único que intentaba cambiar el destino. De hecho, había estado persiguiendo un hilo del destino que vislumbró hace cientos de años: una visión que tuvo una vez.

—¿Una visión? ¿Los demonios pueden ser adivinos como las brujas?

Hizo una pausa.

—Nunca había oído hablar de ello. Callum tampoco. Lo que vio… Incluso en este momento, me cuesta creerlo.

—¿Qué vio? —quise saber. La emoción me invadió y me aferré a cada una de sus palabras.

—Tuvo una visión de una bruja. Una bruja que sabía su nombre y se hacía llamar Everly Laverne.

De todas las cosas que podría haber dicho, eso no era lo que esperaba.

—Callum tuvo una visión… ¿sobre mí?

—Eso parece. Acababas de nacer cuando me lo contó, pero afirmó que te había estado buscando. Había pasado siglos en la Tierra, esperando que su visión se manifestase. Así que cuando le di mi nombre fue como si el destino por fin hubiera empezado a alinearse. Le hablé del poder que sabía que tendrías. Le conté que algún día llegarías a una encrucijada y tendrías que tomar una decisión: someterte, huir o luchar. Hay un camino que puedes elegir y que te llevará al final de todo esto. Todo el dolor y la miseria que ha causado la presencia de esa deidad antinatural en el mundo pueden acabarse, Everly. Y tú eres quien puede hacer que eso ocurra.

—Esto tiene que ser un sueño —susurré recostándome en la silla—. Sí.

—Un sueño, una pesadilla o la realidad. En cualquier caso, tienes que tomar una decisión. Puedes intentar esconderte aquí, aunque no estarás a salvo. Pese a que Callum intentará protegerte, al final, lo vencerán. Puedes volver con tu padre, fingir que todo esto ha sido un sueño. Puedes seguir con tu vida como él dicta, esclavizada a su voluntad y, con el tiempo, a la voluntad de su dios. O puedes elegir luchar. Puedes abrazar tu poder. Puedes matar a un dios.

—Matar a un dios… ¿Se puede…?

—Oh, sí. No será fácil y tenemos muy poco tiempo, pero sé que podemos despertar tu poder. Ya está prácticamente a punto de estallar. Yo que tú tendría cuidado con cualquier otro teletransporte espontáneo. Pueden ocurrir cuando tu magia ha estado estancada durante demasiado tiempo.

Si aquello era un sueño, entonces ya estaba demasiado metida en él. No podía dar marcha atrás.

Me senté más recta en mi asiento.

—Dime qué tengo que hacer.

10

Everly

Con la radio bajo el brazo, seguí a Callum mientras me llevaba a la biblioteca. Al ir detrás de él, aproveché para observarlo más de cerca. Su piel, parecida al mármol, no era del todo perfecta; tenía cicatrices por todas partes, la mayoría eran muy pequeñas, pero algunas eran más grandes y estaban arrugadas y descoloridas. Había un par que parecían heridas hechas por un arma blanca, como si lo hubieran apuñalado.

Había sabido mi nombre siglos antes de que yo fuera siquiera un pensamiento. Me había estado buscando durante todos esos años. Había estado esperándome.

—Por la santa Hygieia, ¡esta casa necesita una buena limpieza! —exclamó la abuela—. ¡En menudo estado está! ¡El polvo! Lo primero que te vamos a enseñar son unos buenos hechizos de limpieza. No podemos permitir que vivas entre la mugre.

Callum se detuvo ante un conjunto de puertas rodeadas por un marco de madera elaboradamente tallada.

—Aquí es. La gran biblioteca de la Casa Laverne.

Chasqueó los dedos y las puertas se abrieron.

Cuando entré, me quedé boquiabierta.

Ante mí se alzaban tres pisos, protegidos por un techo arqueado cubierto con un mural de la flora y la fauna del bosque. Todas las plantas estaban cubiertas por estanterías etiquetadas con unas plaquitas doradas que indicaban la clasificación de los libros. Los candelabros se alineaban en las paredes y las llamas brillaban tras los cristalitos esmerilados, iluminando los ejemplares con una luz cálida.

—Las brujas de la Casa Laverne siempre fueron unas grandes estudiosas —comentó la abuela—. Es probable que nuestros parientes y compañeros hubieran dedicado todo su tiempo al descubrimiento de un saber más amplio si no hubiera sido porque el Profundo se dedicó a joder.

Riéndome de sus improperios, me detuve a observar una estantería llena de libros antiguos encuadernados en cuero.

Con toda la delicadeza que pude, cogí un gran volumen del estante y lo abrí. Las páginas estaban cubiertas por unas líneas manuscritas elegantes.

—¿Por qué este lugar se quedó abandonado? —pregunté—. ¿Por qué alguien querría irse?

—Que el poder del Profundo no dejase de crecer provocó que quedarse aquí fuese muy peligroso. Muchas de nuestras brujas jóvenes decidieron irse, creyendo que poner distancia de por medio entre ellas y el culto sería más seguro que luchar para mantener al dios contenido. —La abuela suspiró—. Tu madre fue una de esas brujas. Se marchó y nunca miró atrás. Temo que pude haberla conducido a ello. Tener una adivina como madre no fue fácil para ella. Me empeñé demasiado en controlarla, en cambiar el curso de su destino. El aquelarre estaba muriéndose y ella era una bruja joven, brillante y con talento. No quería pasar su vida escondida en un bosque.

Mientras subía por una escalera de caracol hasta el tercer piso, un objeto de lo más curioso me llamó la atención. De lejos, parecía un armario mecánico grande. Contaba con varios engranajes y resortes que giraban y se movían por toda la superficie, y sonaba como si en su interior hubiera mil relojes, cada uno con una hora distinta. Tenía al menos tres metros de altura, estaba empotrado y era de latón y hierro. Disponía de dos puertas, pero estaban selladas, sin picaporte ni cerradura a la vista.

—Este es el corazón de la biblioteca, la cámara acorazada —me explicó la abuela—. La gran maestra Sybil la construyó para proteger nuestros conocimientos más preciados. Toda su investigación sobre los dioses está guardada ahí dentro. Ni siquiera un fantasma como yo puede penetrar sus barreras mágicas.

—¿Cómo se abre? —Con cuidado, pasé los dedos por la superficie de bronce, fría al tacto—. No hay cerradura.

—La llave es el grimorio de Sybil. Se perdió cuando murió, los libiri se lo llevaron. Creo que actualmente lo tiene tu padre.

La desesperación se apoderó de mí.

Con razón mi padre guardaba ese grimorio con tanto recelo.

—Entonces, no podemos hacernos con él. Mi madre siempre decía que era imposible robar un grimorio.

—Eso no es del todo cierto, aunque sí que son difíciles de robar. No se le puede arrebatar a alguien un grimorio por la fuerza o mediante engaños. Aunque están ligados a la familia de la que proceden. Todas las reclamaciones de su propiedad quedan anuladas por el hecho de que eres una bruja Laverne y ese libro siempre nos ha pertenecido. Podrás robarlo si encuentras la manera de hacerlo de una forma segura.

Mi padre trataba el grimorio como si fuera lo más preciado que tenía. Nunca permitía que nadie más lo sostuviera, ni siquiera que lo tocara.

—A veces lo guarda bajo llave en un cajón —comenté con las manos temblorosas mientras contemplaba lo que tenía que hacer—. O en su maletín.

—Encontrarás la oportunidad —me animó la abuela—. Eres una joven inteligente. Kent te subestima y puedes usar eso a tu favor.

Sin embargo, apenas la escuchaba.

Los espectros de los pasillos y las bestias que acechaban en el bosque me daban menos miedo que mi padre. No me aterraban tanto como irme de allí y volver a notar los ojos del dios clavados en mí, husmeando en mi cabeza, tanteando en busca de debilidades.

¿Vería que era una traidora? ¿Sabría hasta qué punto había llegado mi blasfemia?

Me puse a sudar y noté unos escalofríos recorriéndome la espalda. Me faltaba el aire y me tambaleé. Apoyé una mano contra la pared.

Dejé la radio, temblando, descansé la espalda contra la pared y cerré los ojos, deseando que cesaran las náuseas que me estaban mareando.

—No puedo volver —solté, sin aliento—. No puedo. No lo entiendes, mi padre no… Él no…

De repente, con un estruendo que pareció un trueno, Callum se encaramó a la barandilla frente a mí. Pero yo seguía intentando respirar con normalidad, en lugar de jadear frenéticamente.

—No quiero volver. —Me disgustó lo desesperada y lo patéticamente asustada que sonaba mi voz—. No confiará en mí después de esto, sospechará. No me dejará ir, abuela, no me dejará ir *nunca*.

—No puede retenerte —intervino Callum.

La crueldad de su voz fue como un latigazo que me sacó del estado de pánico en el que me encontraba. Bajó de la barandilla y se acercó a mí con una gracia felina.

Alcé la mirada y lo observé con una mezcla de vergüenza y desafío. ¿Era eso lo que había tenido en mente cuando me esperó? ¿Una chica que hiperventilaba ante la idea de enfrentarse a su propia familia?

Alargó la mano y me rozó la mejilla con las garras, limpiándome una lágrima. Luego bajaron por mis brazos hasta que los separó. Me cogió de las manos, que tenía cerradas, y me abrió los puños despacio. Sus movimientos fueron tan delicados, tan inesperados, que mi pánico se convirtió en fascinación.

—Si necesitas volver, estaré esperándote —me dijo—. Estaré vigilando. Si tu padre intenta retenerte, me aseguraré de que escapes. Te traeré a casa.

—A casa… —susurré—. No sé si alguna vez he tenido una casa de verdad, un lugar al que llamar hogar.

—Tu hogar es dondequiera que pueda mantenerte a salvo —respondió. Aún sostenía una de mis manos, cobijada entre las suyas. Irracionalmente, deseé inclinarme hacia su tacto. Quería apoyarme en su pecho y que, por fin, después de tanto tiempo, alguien me abrazase.

Se suponía que no debía confiar en él. Sin embargo, cuando lo miré a esos ojos negros como el azabache…, confié.

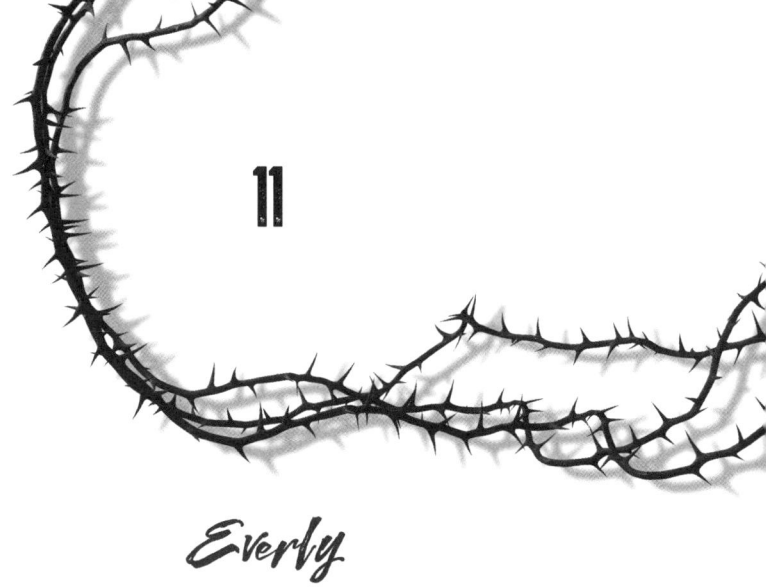

11

Everly

Me dediqué a explorar la biblioteca el resto de la tarde. El volumen de libros era asombroso y no tardé en reunir una pila de tomos interesantes. Me pasé horas acurrucada en uno de los mullidos sillones de terciopelo, devorando la literatura como si fuese lo único que necesitaba para vivir.

En algún momento, apareció comida y bebida en la mesa que tenía al lado: un bizcocho esponjoso, una taza de té y una jarra de agua. No sabía si lo había traído la casa o Callum, pero mi estómago estaba saciado y mi mente también.

El demonio aparecía cada dos por tres para ver qué tal iba, aunque decía poca cosa y no permanecía allí mucho tiempo. No obstante, se quedaba cerca, observando, acechando. Notaba su presencia en el aire, con una presión similar a un hormigueo que me subía despacio desde la nuca hasta la cabeza.

Tenía todo el conocimiento sobre la magia que pudiese desear al alcance de mi mano. Consumí libros de hechizos hasta que me dolió la cabeza y se me nubló la vista, pero no me detuve. Tenía la frenética necesidad de absorber toda la información que pudiese retener.

Cuando estuve demasiado cansada como para seguir sentada con la espalda recta, salí de la biblioteca para buscar a Callum con la esperanza de que me acompañara de vuelta a mi habitación. Sin embargo, apenas di un par de pasos por el pasillo con los brazos llenos de libros antes de que una puerta abierta me llamase la atención. En ese lugar había pocas que lo estuvieran, así que no pude evitar asomarme al interior.

Era un salón pequeñito. Abrí la puerta dándole un empujoncito con el hombro y pisé una elegante alfombra de lana que cubría el reluciente suelo de madera. A mi izquierda había una chimenea enorme, y en cuanto entré, la pila de leña prendió en llamas y el frío desapareció de la habitación.

Ante el fuego había muebles tapizados con terciopelo: una *chaise longue* y varios sillones. A mi derecha, en un estrado algo elevado delante de una ventana alta que estaba abierta, había un piano de cola.

Con cuidado, cerré la puerta detrás de mí y me senté con los libros en la *chaise longue*. Estaba cansada y los párpados no tardaron en pesarme; la lluvia constante me adormecía.

Solo abrí los ojos de par en par cuando un libro se me resbaló de los dedos y cayó al suelo con un fuerte golpe. Me di cuenta de que la habitación estaba en penumbra y el fuego ardía con poca intensidad. Debían de haber pasado horas, pero la luz no era lo único que había cambiado mientras dormía.

No estaba sola.

Giré la cabeza despacio para no hacer ruido. A pesar de que las cortinas estaban echadas, oía el golpeteo de la lluvia contra la ventana y el ruido de un trueno a lo lejos.

La silla junto a la chimenea estaba ocupada. En la oscuridad solo se veía la silueta de unas alas enormes.

Con los ojos entornados, lo miré fijamente, sabiendo que él me devolvía la mirada. Ninguno de los dos habló, ninguno se movió.

El demonio tomó aire despacio y resistí el impulso de encogerme y cerrar los ojos. El asiento crujió cuando se levantó y el corazón me latió con fuerza. Era como un espectro amenazante que parecía deslizarse hacia mí.

Estaba muy oscuro y no podía verle la cara. Cogió algo y, un segundo después, me cubrió con una manta suave y gruesa.

—Estás nerviosa, no consigues despejar la mente —habló entre susurros, poniéndome la piel de los brazos de gallina.

—Siempre estoy así. No suelo dormir mucho.

Estaba acostumbrada a las noches largas, a los ojos irritados y a los días somnolientos. Cuando el mundo dormía era cuando yo me sentía libre.

Hubo otro silencio largo.

—Cuando mi mente no se tranquiliza, la música me ayuda —añadió—. Si quieres, puedo tocar para ti.

Era posible que en realidad eso fuese un sueño. La diferencia entre estar despierta y dormida me parecía insignificante en mitad de la noche, en aquella pequeña habitación con un demonio a mi lado. Asentí en silencio y vi cómo su sombra cruzaba la habitación para sentarse en la banqueta frente al piano.

Sus dedos en forma de garra se deslizaron sin hacer ruido sobre las teclas, explorándolas, como si volviera a familiarizarse con algo que había olvidado hacía mucho tiempo.

Luego empezó a tocar.

La melodía que brotó de ellos podría haber sido obra de un viejo maestro del instrumento. Al principio, fue lenta y suave, después se elevó hasta alcanzar un complejo *crescendo*. Movía los dedos con una fluidez y una facilidad inhumanas. La canción no se parecía a nada que hubiera oído antes, aunque me resultaba familiar. Como un recuerdo de la infancia, imposible de recordar con claridad, pero grabado en mi mente.

No tardé en volver a quedarme dormida.

A la mañana siguiente cuando me desperté, estaba sola. No obstante, me cubría una manta y mis libros estaban apilados con cuidado en una mesa que había cerca de mí.

«No había sido un sueño».

Aunque era un poco reacia a vagar por los pasillos por mi cuenta, tenía que encontrar un baño urgentemente. Con cautela, me asomé al pasillo, mirando a un lado y a otro en busca de algún espectro errante. Había dejado la radio de la abuela en la biblioteca, aunque podía sentir su presencia cerca en forma de un persistente aroma a pachulí y una brisa fresca y sin rumbo. Me dio fuerzas.

—¿Callum? —Hice una mueca en cuanto lo llamé. No me gustaba alzar la voz, mas la casa era muy grande y aún no me veía capaz de encontrar el camino sola. No obtuve respuesta y di unos pasos cautelosos hacia la escalera—. ¿Callum? No sé muy bien como invocarte, pero, eh… ¿Aparece, por favor?

Un cosquilleo me subió por la nuca y eché un vistazo por encima del hombro. No había nada más que un pasillo largo y vacío. Sentí un hormigueo en las yemas de los dedos, un calor que me recorrió las venas. Mi magia estaba muy cerca, más accesible que nunca. Sin embargo, su peso me intimidaba, como si fueran las olas rompiendo contra las paredes de un dique, amenazando con atravesarlo.

Al darme la vuelta, me encontré cara a cara con unos ojos negros y unos dientes afilados.

Me salieron chispitas de la boca, solté un grito y me la tapé con la mano.

Retrocedí dando tumbos, incrédula, y respiré hondo durante unos segundos para calmar mi acelerado corazón.

—¿Me has llamado? —preguntó, dedicándome una sonrisa torcida que no tenía nada de inocente.

Me sorprendió no haberme meado encima.

—Deberías llevar un cascabel para que no me dé un infarto —refunfuñé, cruzándome de brazos.

—¿Un cascabel? ¿Cómo los que les ponen los humanos a sus gatos? —Inclinó la cabeza hacia un lado con curiosidad, como si se lo estuviera pensando—. Solo si prometes llevarme con correa. Entonces, llevaré tu collar.

Me puse roja.

No era el tipo de imagen que necesitaba imaginarme en ese momento, pero ya era demasiado tarde: había plantado la semilla y solo podía pensar en aquel ser monstruoso arrastrándose hacia mí sobre sus manos y sus rodillas mientras yo tiraba de la correa.

El demonio respiró hondo y de repente se apartó de mí.

—Deja de hacer eso, Everly.

—¿Qué? ¿Que pare de hacer el qué?

—Deja de fantasear. —Tenía la voz más aguda, aunque no por la ira. Era desesperación—. Te pones cachonda, y eso es muy… —Hizo una pausa y su garganta se movió visiblemente al tragar—. Es… una distracción.

Una parte de mí se avergonzó de que pudiera notarlo. Pero otra, una que estaba en un rincón más profundo y casi inexplorado de mi mente, sintió una repentina oleada de poder.

—¿Dónde estabas? —Tal vez la conversación me distraería de las fantasías que aún rondaban por mi cabeza.

—Limpiando la casa de espectros para ti, señora bruja. Ahora puedes pasearte por los pasillos sin problema. Te sugiero que te familiarices con la distribución, pero mantente alerta. Este lugar guarda muchos secretos y no todo es lo que parece.

Pensar en que por fin podría explorar esos pasillos a salvo, cuando me diese la gana, me hizo sonreír.

—¡Gracias! Lo haré, tendré cuidado. Tal vez debería hacer un mapa, si mi cuaderno de dibujo no está destrozado…

—No lo está —me interrumpió—. Pese a que tus libros están un poco mojados, se pueden leer. Tienes unos gustos interesantes en cuanto a literatura.

Lo dijo muy a la ligera, con una sonrisa pícara. Sacudí la cabeza, incrédula.

—¿Has hurgado en mi bolso?

Parpadeó despacio, como si mi cabreo lo desconcertase.

—Sí.

—Eso es privado. —Suspiré, exasperada—. No puedes hacer eso.

—¿Privado? —Se rio al repetir la palabra, aunque dejó de sonreír cuando vio que seguía de brazos cruzados—. Ya veo. No volveré a hacerlo.

Parecía no entender el concepto de intimidad, pero yo seguía meándome.

—¿Puedes indicarme dónde está mi habitación? —le pedí en vez de seguir explicándome—. Para encontrar mi... Oh, joder...

Lo siguiente que supe fue que me había echado a su espalda y me aferraba a sus alas para no morir a medida que corría por los pasillos. Más rápido de lo que podía chasquear los dedos, me encontré de pie, mareada, frente a la puerta del dormitorio.

—No sería muy amable dejar que vagues por ahí cuando necesitas hacer tus necesidades —comentó. Sus acciones, una vez más, habían estado peligrosamente cerca de hacer desaparecer mi urgencia de ir al baño—. Verás el desayuno en la mesa baja. Si me necesitas, llámame.

Y con eso, volvió a desaparecer igual que un perro guardián que de repente hubiera olido un gato cerca.

Después de ocuparme de mis necesidades y lavarme la cara, encontré otro plato de comida esperándome en la mesa, cerca del fuego. Mientras desayunaba —unos huevos poché con pan de trigo tostado y una taza de café—, me quedé observando distraídamente la marca ensangrentada de Callum que había dibujado en el suelo.

Su nombre era algo muy valioso, muy íntimo, y, sin embargo, me lo había dado sin vacilar.

A pesar de mi curiosidad, aún no tenía el valor suficiente para preguntarle por la visión que supuestamente había tenido sobre mí. ¿Cómo podía ocurrir algo así? ¿Cómo era posible que un demonio del Infierno tuviera una premonición sobre una bruja que no nacería hasta miles de años después?

Era algo que podía pasar en los libros, pero no en la vida real.

No me creía capaz de hacer gran cosa. Sin embargo, si había algo de lo que sí que no era capaz era de rendirme. Encontrar aquel lugar me había brindado oportunidades que antes creía imposibles.

Por mucho miedo que me diera, iba a luchar.

No obstante, sin saber cómo usar mi magia, duraría muy poco en la batalla. La noche anterior, antes de marcharme, la abuela me dijo que tenía que empezar a practicar magia siempre que tuviera la oportunidad. Que tenía que ganar confianza; que usar la magia tenía que ser como respirar.

Sí, claro. Me parecía igual de sencillo que hacerlo bajo el agua.

Dejé el desayuno en la mesa y caminé desde mi asiento hasta quedar agachada cerca del símbolo de Callum. Su sangre se había adherido a la madera, tiñéndola de un marrón oscuro. Lo más sensato sería guardar su marca cerca de mí, en un lugar seguro.

Saqué mi cuaderno de dibujo del bolso y fruncí los labios al ver la pila de libros hinchados que había a su lado. La mayoría eran inocentes libros de texto que había elegido para empezar a estudiar antes de que empezara el semestre.

Pero estaba claro que cuando Callum dijo que tenía unos gustos literarios muy interesantes se refería a un libro de bolsillo con una cubierta espectacular.

Atrapada por el duque de las sombras era el tipo de novela que leía a las tantas de la madrugada, escondida bajo las sábanas. Si no podía vivir mis fantasías en la vida real, entonces la lectura era lo que más se acercaba.

Victoria se había burlado de mí sin piedad cuando se enteró de que leía aquellos libros obscenos. Mientras ella tenía un novio diferente cada semana, yo soñaba despierta con hombres literarios bruscos y gruñones que solo podían tocarme en sueños.

Maldita sea, ¿por qué Callum había tenido que ver eso? Quería meterme debajo de la cama, avergonzada, y no salir jamás.

Soltando un gruñido, saqué un bolígrafo del bolso para recrear con cuidado el símbolo del demonio en mi cuaderno de dibujo. Me tomé mi tiempo para asegurarme de que cada línea y cada trazo estuvieran bien hechos y recorrí las marcas con los dedos, como si ya me las supiera de memoria.

El repentino e inesperado recuerdo de Callum acariciándome los brazos me produjo un escalofrío involuntario. Se me escapó un suspiro al pensar en cómo me había abierto el puño con delicadeza, en cómo sus manos cálidas y sus garras afiladas me habían tocado con ternura.

Se oyó un crujido al otro lado de la puerta y me detuve. Aunque había terminado de dibujar el sello, mi bolígrafo seguía trazando el diseño una y otra vez. Era un acto involuntario aunque reconfortante. Incluso cuando levanté la mirada hacia la puerta y divisé la sombra de alguien por debajo, mi mano siguió moviéndose.

Si había un momento para experimentar, para intentar ejercer mi poder, era aquel. Me parecía un acto prohibido, como si estuviera haciendo algo que no debía. Sin embargo, en lugar de ignorar el calor, en lugar de intentar ocultar la sensación de nerviosismo en mi pecho, dejé que se extendiera. Un escalofrío me recorrió la espalda y un aroma sutil pero dulce llenó el aire, como el de las fresas trituradas con azúcar.

Mientras delineaba el símbolo, puse en palabras mis intenciones con la mayor claridad y decisión posible.

«Abre la puerta. Ven a mí».

La puerta se abrió de golpe. Callum entró, tomándose su tiempo al cerrarla con cuidado. Se detuvo a medio camino de la habitación y se llevó las manos a la espalda.

—¿Me necesitabas? —preguntó, y se me secó tanto la boca que podría haberme bebido una botella de agua entera.

Había expectación en su voz. Seguía sin camiseta, y yo tenía la sensación de que simplemente nunca llevaba una puesta; tal vez era porque resultaba complicado que la ropa se adaptase a sus alas. Anque no me podía quejar de las vistas.

La intrincada lazada de sus pantalones parecía diseñada a propósito para hacerme mirar justo donde no debía.

—Quería hacer una prueba —respondí en un susurro, con el bolígrafo por fin quieto sobre la página—. Quería ver si funcionaba. Si vendrías de verdad.

Esbozó una sonrisita.

—Es un acierto que hayas empezado a practicar. Te aseguro que me resulta muy difícil ignorar tu voz. Incluso cuando no estás acariciando mi marca.

Aparté la mano de la página y miré, incómoda, hacia otro lado. En ese momento que estaba allí, no tenía ni idea de qué hacer con él. Bueno… Eso no era del todo cierto. Claro que tenía ideas de lo que podía hacer con él, pero eran descabelladas, un sinsentido…

—No entres en pánico ahora. —Su voz era un canturreo oscuro que hizo que se me revolviera el estómago—. Puedes ser mucho más dura conmigo, si es lo que te apetece.

Dios mío, de repente hacía mucho calor en ese cuarto. Estaba prácticamente sudando a través de la ropa. En mi cerebro aparecieron mil fantasías involuntarias, incómodas mezclas de mis propios sueños y de lo que había leído en libros. No me atrevía a decir lo que quería en voz alta.

¿Por qué se me cerraba la garganta como si estuviera teniendo una reacción alérgica a mis propios deseos? ¿Había pasado tanto tiempo alejándome de lo que quería que tener la oportunidad de disfrutar de algo me daba miedo?

No obstante, Callum se mostró paciente. De hecho, mis dudas parecían excitarlo más.

—Vamos, Everly. Toma el control o puede que acabe aprovechándome…

—De rodillas.

Fue la primera orden que se me ocurrió y, sinceramente, esperaba que se riera de mí. Pero en lugar de eso, aquel demonio enorme, con garras y colmillos, se tiró al suelo y se arrodilló ante mí.

—¿No tienes curiosidad? —inquirió. La forma en que sus labios se entreabrieron para dejar escapar esas suaves palabras fue hipnotizante—. ¿No quieres saber cuánto poder tienes? —Bajó la cabeza y apoyó las palmas de las manos en el suelo mientras se sentaba sobre sus talones—. ¿No quieres descubrir hasta dónde puedes dominarme?

—Cuando se arrastró hacia mí, sobre sus manos y rodillas, se me cortó la respiración—. ¿No quieres ver…, experimentar…, las cosas que puedes obligarme a hacer?

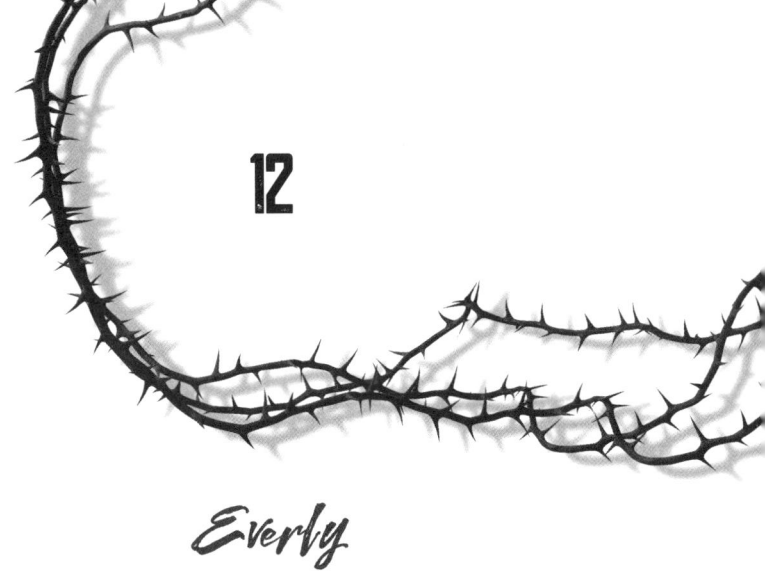

12

Everly

Tenía los ojos muy abiertos y la espalda pegada al sillón. Mi magia nunca había estado así de despierta, salvaje y viva.

El demonio llegó a mis pies y se quedó de rodillas. Se agarró a los brazos del asiento mientras se inclinaba hacia mí y su olor me envolvió, me embriagó. Hierro, parecido a la sangre, al metal fundido. Musgo de roble, parecido a la tierra húmeda, al rumor del humo en el viento. Olía a la vez a algo dulce y peligroso, y tenía una promesa perversa en los ojos.

Pero no tenía ni idea de si esa promesa significaba placer o dolor.

Movió los labios, sin apenas emitir sonido alguno.

—¿Qué quieres que haga?

Enseguida el calor que me subía por las mejillas se extendió al resto de mi cuerpo. ¿Cómo podía pedirle que hiciera algo cuando ni siquiera estaba segura de lo que quería que hiciera?

Se estremeció cuando tracé su sello con el dedo y perforó la tela del sillón con las garras al tensar el agarre.

—Quítate la ropa —le ordené.

Se levantó despacio, casi con desgana.

—Como mi señora quiera.

Cada músculo de su pecho estaba definido, tenía unos hombros anchos, unas venas oscuras que destacaban sobre su pálida garganta.

Parecía que su cuerpo había sido diseñado; era como si cada músculo y cada cicatriz estuvieran ahí intencionadamente.

Cuando se llevó la mano a los pantalones, desatando el cordón, se me puso la piel de gallina y olvidé cómo respirar. El bulto era evidente, era imposible ignorarlo. ¿Por qué parecía que era *enorme*? Tenía que ser una ilusión.

Se bajó la prenda. No era ninguna ilusión.

—Oh… Madre mía… Eso es…

No llevaba ropa interior. ¿Por qué iba a molestarse en llevarla un demonio? Como una estúpida, esperaba encontrarme con un pene de lo más normal, al menos con uno parecido al de un ser humano.

Sin embargo, eso no era lo que tenía delante. No se parecía ni en lo más mínimo.

Su miembro era grueso, por lo menos del tamaño de mi puño, y tenía una punta cónica y una especie de inflamación en la cabeza. Unas ondulaciones gruesas, que parecían venas hinchadas, recorrían toda su longitud. Además, la base era ancha y tenía dos bultos grandes, uno a cada lado.

—No cabes —balbuceé—. Joder, ni de coña vas a…

Su sonrisa se ensanchó.

—¿Esa era tu intención? ¿Qué cupiese dentro de ti?

Era un depredador, estaba hecho para cazar, para matar, para tomar. Aparte del dios mismo, nunca había conocido a un ser tan poderoso como Callum.

Acababa de decirle a un príncipe demonio que se quitara la ropa y él había obedecido. Sin vacilar, sin rechistar, sin enfadarse. Me dio tanto vértigo como miedo. Sentí un cosquilleo en la cabeza y se me revolvió el estómago por la emoción.

Me observaba embelesado. A la expectativa. Lleno de deseo.

—Me tienes miedo. —Su tono era divertido pero amable.

La sorpresa se reflejó en su rostro cuando negué con la cabeza.

—Mi madre me advirtió sobre los demonios. —Me atreví a levantarme y dar un paso más cerca. Luego otro. Y otro más—. Me informó que eran seres egoístas.

Crispó los dedos al ver que me aproximaba. Un autocontrol que apenas podía mantener.

—Tu madre tenía razón.

—Me dijo que sois peligrosos.

—Desde luego.

—Que sois unos asesinos. Que manipuláis a los humanos para conseguir lo que queréis. Nuestros cuerpos. Nuestras almas.

En ese instante estaba justo delante de él, lo más cerca que había estado nunca de un cuerpo desnudo. De repente, pensé en todas las veces que había apartado la vista, cada vez que había mirado hacia otro lado ante algo que anhelaba. Cada vez que me reprimía porque eso era lo que me decían que hiciera.

—Deberías creértelo. Todo.

Y me lo creía. La cosa era que me daba exactamente igual.

—Me dijeron que no jugase con cosas peligrosas —comenté, acercándome a él y poniendo los dedos a la altura de su pecho. No lo bastante cerca para tocarlo, aunque sí para sentir el calor que irradiaba su cuerpo, para notar la tensión que vibraba entre su piel y la mía, cada vez más violenta a medida que iba arrimándome—. Pero mi madre está muerta y mi padre es cruel. Así que creo que jugaré con lo que me dé la gana.

Se quedó inmóvil cuando le toqué la garganta. Recorrí con los dedos el contorno, las gruesas líneas de los músculos que enmarcaban su prominente nuez de Adán. Estaba tan cerca que podía olerlo, desprendía un aroma a calor y a tierra, a la sensación del sol en un día helado o a la suavidad del musgo verde que crece sobre las piedras. Era algo salvaje, algo que no encajaba con el mundo que lo rodeaba.

No pertenecía a ese mundo y, sin embargo, ahí estaba. Igual que yo.

Cuando le acaricié el hueco de la base de la garganta, emitió un sonido suave. No era un gemido, sino algo que iba allá de un simple suspiro.

Recogió las alas y las apretó contra la espalda. Curvó los dedos y sus labios se entreabrieron un poco. Esas sutiles señales eran las grietas de su monstruosa apariencia, y yo quería hundir los dedos en ellas y hacerlas más grandes.

—¿Por qué no respiras? —pregunté.

—Puedo olerte. *A todas horas.* Tu piel, tu sudor. Cada cambio en tus hormonas, cada reacción química que se produce en tu cerebro. Tu magia… No puedo escapar de ello. Es embriagador. Irresistible. Mi instinto me exige que me deje llevar. Así que aguanto la respiración.

—¿Y qué pasaría si te dejases llevar?

—Podría hacerte daño sin querer. Podría no ser capaz de controlarme.

Lo dijo como si nada, como si lo normal fuera sentirse así de abrumado por el olor de alguien hasta el punto de perder el control. Debería haberme aterrorizado, tendría que haber sido una *red flag* enorme para mi seguridad.

No obstante, cuando se quedó allí, temblando por el esfuerzo que le suponía contenerse, esperando a que le diera permiso antes de tocarme, me excité tanto que me sentí salvaje. Nada de lo que había leído, nada de lo que había visto en el porno me había resultado tan erótico como el simple hecho de saber lo mucho que me deseaba.

—Empieza a respirar —le ordené, y sus ojos negros se agrandaron—. Quiero que inspires todo lo que puedas y que contengas la respiración.

—Oh, eres mala, ¿eh? —respondió.

Sus fosas nasales se abrieron e inspiró mientras un escalofrío recorría su cuerpo desnudo. Su polla se movió, empalmándose cuando retuvo mi aroma en sus pulmones.

—¿Cómo es? —susurré.

Cerró los ojos y movió la cabeza de un lado a otro.

—Es como tener miel en la punta de la lengua —murmuró, y sus palabras crearon una vibración en el aire que hizo que me zumbaran los oídos—. Es como tener un cuchillo sobre la garganta. O como el primer trago de licor después de muchos años de sequía.

Abrió los ojos y volví a perderme en su belleza. Unos orbes de mármol negro con vetas doradas. Era como si lo hubieran decorado con joyas y piedras preciosas, como la máscara sepulcral de un rey antiguo.

—¿Puedes controlarte por mí, Callum? —Mi voz me sonaba extraña hasta a mí. La suavidad que normalmente impregnaba mis palabras había desaparecido.

El demonio asintió, sin apartar su mirada de la mía.

—Sí.

Me acerqué a él y me puse de puntillas para llevar mis labios a su oreja. Aquello era una locura. Aquella era yo mirando a la muerte a la cara y riéndome.

—Quiero que pierdas el control.

Se movió rápido. Lo siguiente que supe fue que me había tumbado en el sillón y que estaba inclinado sobre mí. Su pecho se agitaba cuando tomaba profundas bocanadas de aire y un temblor le recorrió los brazos, que estaban en tensión. Tenía las garras tan apretadas contra el reposabrazos que rasgaron la tela.

Tomó aire y negó despacio con la cabeza. Le pasé una mano por el brazo y sus venas se ennegrecieron como si la tinta se extendiera bajo su piel allá donde yo lo tocaba.

—Tienes que tener mucho cuidado con lo que me pides —dijo con tanta fuerza que parecía que las palabras le dolían.

—He tenido cuidado toda mi vida y mira adónde me ha llevado.

Le temblaba el brazo bajo mi contacto. Nunca había sentido algo así.

—Ya basta de tener cuidado —solté—. Odio quedarme callada y ser dulce y permisiva.

Me había pasado muchos años agachando la cabeza, siendo obediente y fiel. Ahogando cada deseo, reprimiendo mis propios miedos.

—¿Puedo confiar en ti? —le pregunté.

Tenía a Callum a escasos centímetros de mi boca.

—Sí —habló con los dientes apretados—. Mi lealtad es para contigo y solo contigo. Renuncié a la lealtad al Infierno por ti. Esperé mucho… Joder… Muchísimo tiempo…

Se oyó un chasquido que venía de la madera y, de repente, el respaldo del sillón se desprendió. Tenía la piel muy caliente, febril.

—¿Por qué? —Debía saberlo, quería entenderlo.

El corazón me latía con fuerza, sentía una espiral que ardía en lo más profundo de mi ser.

Con sumo cuidado, como si estuviese hecha del cristal más frágil, me tomó de la mano. Se llevó mis dedos a los labios y los besó. Inclinó la cabeza y apoyó la frente en el dorso de mi mano.

—El destino me lo quitó todo, pero me ofreció a ti a cambio —gruñó con fuerza—. ¿Quién soy yo para negar lo que me brinda? Sabes que te vi. Oí tu voz y gritabas mi nombre. Los demonios no sueñan con brujas, Everly. —Soltó un suspiró y continuó—: Sin embargo, tú te has apoderado de mis sueños. Una mujer que ni siquiera conozco. Torturándome como una ninfa que juega al gato y al ratón. Siempre a años de distancia de mí… hasta ahora.

Aparté la mano y, cuando levantó la cabeza, lo besé.

Se lanzó a mi encuentro, apretándome contra el sillón mientras me separaba los labios con la lengua y la deslizaba en mi interior. Los lados bífidos se movían por separado, consumiéndome, a la vez que me rodeaba la espalda con un brazo y tiraba de mí para acercarme a él. Su tacto era puro placer, su respiración se deslizaba en mi boca. Me rozó la mandíbula con las garras y me pasó los dedos por el pelo antes de agarrarme por la nuca y sujetarme con fuerza. Me echó la cabeza hacia atrás para poder profundizar el beso.

Cuando se apartó de mí, me sentí aturdida, era como si fuese masilla caliente entre sus manos. Había tenido besos fugaces antes. Había besado a desconocidos en bares, aunque inmediatamente después salía corriendo, demasiado tímida como para hacer nada más. Pero esa vez no quería parar. No iba a huir.

—Oh, mi querida señora bruja… —Su voz vibró contra mí con un estruendo satisfactorio mientras hundía la cabeza en mi cuello y me besaba detrás de la oreja—. Quiero hacerte cosas muy sucias. —Me estremecí al notar el contacto de sus dientes, esos colmillos afilados, rozándome con mucha sutileza—. Mmm, aunque nunca te han penetrado, ¿verdad?

—Yo… —La vergüenza me revolvió el estómago. La gente solo había reaccionado de dos maneras cuando les decía que era virgen: o con una extraña fascinación o burlándose. No quería que importara, pero siempre lo hacía. Al parecer, ni siquiera los demonios estaban exentos—. No, nunca. Nunca he… Nunca he tenido sexo, con nadie.

—Me gusta como lo dices. —Me echó la cabeza más hacia atrás y me recorrió la garganta con su lengua bífida, deslizándose por mi piel—. Como si fueras una rebelde. Como si fuera un desafío. A mí me da igual, cariño, pero… —Aflojó el agarre y me aproximó a él. Así de cerca, su tamaño era aún más evidente. Pensar que se suponía que eso tenía que caber dentro de mí era aterrador—. Tendré que tomarme mi tiempo contigo para no hacerte daño. Tendré que dilatarte despacio, dedo a dedo. Haré que ese dulce coño chorree para mí.

Abrí y cerré la boca como una estúpida, absolutamente estupefacta por lo que había dicho, como si mi cerebro estuviera a punto de sufrir un cortocircuito.

—Ya has probado un poco —susurró—. Has tenido tiempo para reflexionar. Te dije que te pensases bien las cosas. Entonces, ¿sigues igual de segura de dejar que un demonio te corrompa?

Asentí. Había un millón de dudas en mi cabeza, aunque ninguna era tan fuerte como la certeza. Había esperado una salida con desesperación, la libertad, y aquello… aquello lo era.

Me sujetó de las caderas y tiró de mí hacia delante, hasta el borde del sillón. Agité los brazos y me agarré con fuerza a los brazos del asiento mientras lo observaba entre mis piernas. Me bajó los pantalones, me los quitó y los tiró a un lado. Hacía siglos que no me depilaba (¿para qué si nadie iba a verlo?) y la vergüenza no tardó en aparecer.

—Eres muy suave —murmuró Callum, acariciándome los muslos con la mano.

El filo de sus garras me hizo estremecer, pero se movía con cuidado, inspeccionando cada centímetro de mí. Quizá, si hubiera planeado perder mi virginidad ese día, me habría puesto algo más sexi que unas bragas azul marino.

Callum bajó la cabeza, pasó la lengua por mi piel y me hizo temblar.

—Mmm, qué cosita más sensible. Te has masturbado antes, ¿verdad? —Hizo una pausa, con la boca a escasos centímetros de mis bragas, poniéndome la piel de gallina—. Dime cómo te gusta. Dime en qué piensas cuando te metes los dedos. Dime qué te da placer.

Nunca había manifestado esos pensamientos, nunca había intentado explicarle a nadie lo que quería, y mucho menos lo que me daba placer. Había leído descripciones en libros que parecían el paraíso, había visto porno que me había hecho hiperventilar de lo excitante que era. Sin embargo, expresarlo con palabras, decir esos deseos en voz alta era algo que no sabía cómo hacer.

Él no perdió ni un segundo.

—¿Suave o duro? —quiso saber mientras seguía tocándome con delicadeza y mi mente se convertía en un huracán de vergüenza e incertidumbre.

Observé, hipnotizada, cómo sus garras dejaban finas líneas rojas en mi piel.

—Duro.

Me agarró una pierna y la levantó, acercándola a mi barriga y apartando la otra, de tal manera que me quedé abierta para él, recostada en el sillón.

—¿Con delicadeza? ¿O salvaje?

Tragué saliva, aunque sabía lo que quería.

—Salvaje.

—Oh, Everly… —Se rio por lo bajo—. Esperaba que dijeras eso.

Me empujó la otra pierna hacia arriba, apretándome el muslo contra el pecho igual que había hecho con la otra. Pero cuando se levantó y ya no me sujetaba con las manos, y me quedé confusa al no saber por qué seguía sin poder bajar las piernas.

Tenía unas finas cuerdas negras alrededor de ellas, que me ataban las pantorrillas a los muslos para mantenerlas dobladas. También había otras alrededor de los reposabrazos, que me amarraban las piernas a ellos y me obligaban a mantenerlas abiertas. Callum apoyó las manos a ambos lados del asiento y me contempló, pasándose la lengua bífida por los labios.

—Envuelta como un regalito —comentó—. Solo para mí.

—¿Cómo has hecho eso? —Jadeé.

—Las he creado —contestó, sin más—. La magia no es más que influir en los compuestos químicos que te rodean, empujando los átomos para que hagan lo que tú quieras. Influir en el éter requiere práctica y tiempo. Y yo he tenido mucho tiempo.

—Enséñame —le pedí, de repente—. Quiero aprender a hacer eso.

Siguió sonriendo y me levantó la barbilla con una mano.

—Las lecciones de una en una. Algún día te enseñaré a atarme como más te guste, pero la lección de hoy es sobre el placer. Cómo el placer puede ser éxtasis, y también cómo puede ser una tortura.

Con una mano continuaba sujetándome la barbilla, y deslizó la otra más abajo, desapareciendo fuera de mi vista. Me acarició las bragas con las garras y posó un solo dedo sobre mi clítoris. Se me cortó la respiración cuando lo movió en un círculo lento y firme. La vergüenza me obligó a intentar cerrar las piernas, pero las cuerdas no lo permitieron. Las mantuvieron abiertas y el dedo que tenía en mi barbilla hizo que mis ojos se quedaran clavados en los suyos.

—Eres preciosa —dijo con la voz baja y ronca pero reverente. Presionó un poco más fuerte y se movió un poco más rápido—. Perfecta para que te arruine.

Siguió jugueteando con el dedo, acariciándome el clítoris con una determinación absoluta; iba a hacer que me corriera, y aún no me había quitado las bragas. Un segundo dedo se unió al primero, masajeándome, y la estimulación adicional provocó que mis piernas atadas se agitaran.

—Un pequeño aperitivo antes del plato principal —señaló, sin apartar sus ojos oscuros clavados de los míos mientras yo me quedaba boquiabierta—. No te quitaré las bragas hasta que las hayas empapado.

Gemí sin poder evitarlo. No me dejó mirar hacia otro sitio, ni siquiera un momento. Cuando se me curvaron los dedos de los pies y mis gritos se hicieron más urgentes, murmuró y bajó la mano que tenía en mi barbilla hasta la garganta.

—Déjame ver lo guapa que estás cuando te corres —me pidió—. Vamos. Córrete para mí.

La subida hasta el clímax había sido lenta y constante. Entonces fue como si mi cuerpo se hiciera añicos, se crispase, temblase y cada parte de mí se tensase hasta…, *joder*…, el éxtasis. Los músculos me flaquearon, mi cuerpo vibró y mis piernas se tensaron cuando me invadió el orgasmo. Ya me había corrido antes, aunque cuando era de la mano de otra persona, la experiencia era increíblemente diferente. Me dejó sin aliento.

—Eres exquisita, demasiado. Hueles de puta madre.

Aturdida, con la vista nublada, asentí sin pensar por culpa de las secuelas del orgasmo.

Me arrancó las bragas, tiró de mis caderas hacia él y se arrodilló entre mis piernas. Tenía la cara tan cerca que podía verlo todo y quise taparme la cara con las manos.

—¡Por favor! —jadeé, y él se quedó quieto, arqueando una sola ceja en señal de pregunta—. Por favor, quiero… —No me salían las palabras—. Lo siento, necesito…

—¡Eh! ¿Qué te he dicho? —Callum prácticamente vibraba de excitación y sus movimientos se volvieron más rápidos—. ¿No te he avisado sobre lo de pedir disculpas? ¿Hmm? —Volví a gemir, asintiendo—. Bueno, siento mucho tener que decir esto, pero soy un demonio de palabra. Tengo que castigarte por eso. —Las cuerdas se tensaron y una fuerza invisible tiró de mis brazos hacia arriba, extendiéndolos por encima de mi cabeza a lo largo del respaldo del sillón. Las cuerdas se deslizaron alrededor de mis muñecas como si fuesen serpientes, inmovilizándome.

—Si quieres que se acabe el castigo, pide piedad —indicó el demonio, ahora con más suavidad—. Repítemelo ahora, di la palabra.

—Piedad —susurré.

—Eso es, buena chica. Recuérdalo. —La luz se volvió más tenue, disminuyendo hasta que Callum no fue más que una silueta oscura que se cernía sobre mí—. ¿Qué te dije que pasaría si volvías a pedirme perdón?

—Que me comerías —respondí, tragando saliva con aprensión.

Su risa llenó el espacio, resonando en las paredes de forma antinatural.

—Oh, sí. Voy a comerte viva.

Entonces se arrodilló y su boca se cerró sobre mí. Me pasó la lengua por el clítoris, los labios, la vagina… y luego me la metió dentro. El calor y la succión de su boca, combinados con la sensación totalmente nueva de una lengua bífida retorciéndose en mi interior, me hicieron jadear.

—Ay, Dios… ¡Callum!

Se me curvaron los dedos de los pies al volver a experimentar un orgasmo perfecto. Las cuerdas brillaron un poco contra mi piel, clavándose en mí mientras luchaba contra ellas, incapaz de moverme. Su lengua penetró más hondo, tanteando dentro y fuera, acariciándome hasta que mis ojos se pusieron en blanco.

—Esto es lo que les pasa a las brujas traviesas que intentan jugar con cosas peligrosas. —Su voz retumbó a mi alrededor a pesar de tener la boca ocupada, como si hablara directamente en mi cabeza.

Grité, estremeciéndome de placer. Cuando por fin apartó su boca de mí, estaba jadeando y tenía la mente en blanco. Se alzó, se inclinó sobre mí y me apretó la cara con una mano, levantándome dos dedos con la otra.

Retrajo sus garras y luego deslizó la mano entre mis piernas…

Los ruidos que me arrancó fueron tan lascivos que me ardieron las mejillas. Me dilató despacio, con suavidad, y cuando sus dedos se hundieron hasta el fondo, los retiró y volvió a meterlos.

—Eso es, relájate.

Tenía el coño contraído, aferrado a ellos. Los músculos me temblaban, no podía controlarlos, y cuando añadió un tercer dedo, gemí a gritos con cada centímetro que introducía en mi interior.

—Está muy apretado —resoplé, y luego chillé cuando volvió a bajar la cabeza y me pasó la lengua por el clítoris. Adelante y atrás, una y otra vez, moviéndose desde todos los ángulos mientras sus dedos me penetraban.

Cuando volvió a levantar la cabeza, estaba medio atontada por el placer. Era tan alto que tuvo que arrodillarse otra vez para alinear su polla con mi entrada. Abrí mucho los ojos cuando frotó su gruesa punta sobre mi clítoris, arrancándome más ruiditos patéticos.

—Soy demasiado grande para ti —afirmó, y yo gemí, protestando por su apreciación, aunque era evidente que era cierto—. Te abriría en canal, cariño.

—Me da igual… —Sacudiendo la cabeza sin sentido, intenté que mi voz denotara autoridad, pero fracasé por completo—. Por favor, fóllame, no me importa si duele.

—A mí sí. —Me besó los muslos; primero el izquierdo, luego el derecho, y después justo por encima del suave vello entre mis piernas—. Tendremos muchas más oportunidades de abrir este hermoso cuerpo, Everly. Quiero saborear cada segundo.

Con lo mojada que estaba, su polla se deslizó con facilidad en mi interior. Al menos, la cabeza. Sin embargo, en cuanto presionó un poco más, el dolor hizo que se me acelerara la respiración. Un poco más y empecé a gemir, luego a gimotear.

—Mierda… —Apreté los dientes, observando embelesada cómo su monstruoso órgano se introducía un poco más en mí. Pero no había llegado ni a la mitad, y estaba empezaba a pensar que, si seguía, me partiría en dos—. Callum, no… No creo que…

—Lo sé. —Estaba tan tenso que temblaba, el pelo le cayó por la cara mientras me dedicaba una sonrisa mordaz y se deslizaba dentro de mí. A pesar de que eran embestidas superficiales, no dejaban de ser impactantes. La forma en que mi cuerpo se aferraba a él, la forma en que mis paredes internas se contraían con cada penetración—. No voy a romperte, ahora no. Hazlo por mí. Aguanta el dolor, aguanta el placer. Déjate llevar.

La intensidad de tenerlo en mi interior, de nuestros cuerpos juntos en una unión abrumadora hacía que pusiese los ojos en blanco cada vez que se movía.

—Voy a marcarte —anunció rápidamente, su tono de voz fue subiendo con una excitación que parecía fuera de su control—. Voy a correrme en esos bonitos labios… —Agarró mi blusa y la rasgó; la tela se rompió con facilidad entre sus manos—. Por todo este precioso cuerpo. —Gruñó mientras se estremecía, moviéndose erráticamente—. No voy a romperte, esta vez no. Pero tú me rompiste a mí en el momento en que te vi.

Salió de mí y se puso de pie, envolviendo con la mano su grueso pene. Se masturbó con violencia, deprisa y con fuerza, hasta que unos chorros de esperma nacarada gotearon sobre mi cara, mis tetas y mi coño. Sus ojos negros estaban ausentes, como si, por un momento, su esencia hubiera abandonado su cuerpo y hubiera flotado a otra realidad. Pero entonces regresó y se inclinó sobre mí como si rezara, con el cuerpo trémulo, murmurando sin aliento.

—Mi hermoso hilo del destino. Mi señora. Mi ama.

Las palabras me envolvieron igual que sus cuerdas, reconfortándome.

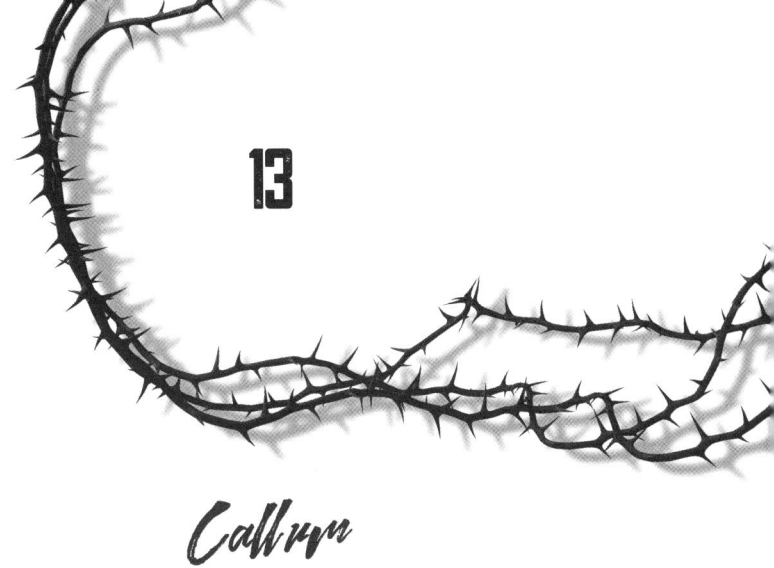

13

Callum

En cuanto hice que las cuerdas que sujetaban sus extremidades se desvanecieran, Everly desapareció.

Por suerte, no fue otro caso de teletransporte espontáneo. Se encerró en el baño, musitando algo sobre limpiarse. Al cabo de unos minutos, las tuberías rechinaron y el sonido de agua corriente emanó de detrás de la puerta.

Por lo general, era yo quien salía por patas. Aunque había descuidado mis deseos durante las últimas décadas, antes de eso era un fanático del placer. Pero los humanos tendían demasiado a apegarse y yo no tenía tiempo ni ganas. La piel húmeda, sus brazos alrededor de mí, que murmurasen palabras de elogio y afecto… Solo de pensarlo me daba escalofríos. Por eso siempre me aseguraba de marcharme enseguida después de un polvo, no fuera a ser que esos humanos creyeran que había algún tipo de vínculo entre nosotros inducido por el coito.

Sin embargo, cada vez que me acercaba a la puerta de la habitación de Everly, no me atrevía a marcharme.

El torrente de hormonas y sustancias químicas de la felicidad que la inundaron mientras nos enrollábamos estaba desapareciendo; podía oler cómo se desvanecía. Por experiencia, era consciente de que un cambio tan drástico en los niveles de hormonas podía hacer que un ser humano no se sintiera bien, lo que afectaba su estado de ánimo hasta que el cuerpo volvía a equilibrarse.

Necesitaba azúcar, alcohol y comida. Normalmente, esas cosas hacían que los humanos se sintieran mejor.

Con esa idea en mente, me teletransporté a la cocina. Allí había comida a montones, perfectamente conservada gracias a la magia. Debido a que volvía a haber una bruja en la casa, las hierbas de las macetas del alféizar crecían y, sin duda, el jardín de detrás del invernadero había vuelto a llenarse de frutas y verduras. Fruncí el ceño al estar frente a una gran variedad de tés, vinos, hidromiel, pociones y cataplasmas; había tantas opciones que hasta me mareaba.

—Winona —la llamé, y el aire se agitó cuando su fantasma vino—. ¿Qué le da uno a una mujer después de follársela?

—¿Qué le da uno...? ¡¿QUÉ?! —Unas manos fantasmales me golpearon la cabeza—. ¡Maldito demonio! ¡¿Has matado a la pobre chica?!

—¿Matarla? Nunca he matado a un compañero. —Fruncí el ceño, agitando las manos para ahuyentar las furiosas volutas de su espíritu—. Tú misma le dijiste que tenía que sentir el placer que quisiera. Y tengo que recordarte que la cavidad vaginal humana está hecha para estirarse y adaptarse...

—Te juro que si te atreves a intentar explicarle el parto a una abuela te maldeciré para que no vuelvas a empalmarte nunca.

Cerré la boca. Aunque no creía que los fantasmas pudieran maldecir, no iba a arriesgarme. Siguió refunfuñando; sin embargo, las cosas se movieron en las estanterías como si buscase algo, haciendo que botes y bolsitas de hierbas flotaran hasta la encimera.

—No entiendo tu cabreo —dije—. ¿Hubieras preferido que ella me penetrase a mí?

Por el aire flotaron insultos entre murmullos.

—Desde luego que sí.

Era justo. Seguía sin entenderlo, pero el funcionamiento de los humanos era un misterio.

—Bueno, pues lo intentaremos la próxima vez.

La sarta de maldiciones que siguió a mis palabras me indicó que tal vez debería mantener el pico cerrado.

A pesar de que Winona estaba cabreada, me dio lo que necesitaba. Siguiendo sus instrucciones, cogí una galleta crujiente de uno de los tarros y lo puse en un plato junto a frutas frescas variadas. Mientras tanto, ella estaba mezclando diversas hierbas en una olla que burbujeaba, y cuando vertió el contenido en una taza de té, el aroma era repugnante.

—El té huele a pis —solté.

Me dio otra colleja fantasmal.

—Asegúrate de que se lo bebe todo. —Una suave brisa susurró en el aire, enmascarando el asqueroso olor con el aroma algo más suave de la hierba limón—. Lo último que necesita esa pobre chica es quedarse embarazada.

—No es una bruja de sangre pura —comenté con sorna—. Su padre no tiene magia. Algo así es casi imposible.

—Sabes la cantidad de magia que hay en ella. Sangre pura o no, no podemos arriesgarnos.

—Como tú digas, pues.

Me encogí de hombros y la dejé seguir a lo suyo. Recogí el plato y el té, que olía fatal, y no pude evitar reírme mientras la vieja fantasma refunfuñaba una última queja.

—Demonio desgraciado, espera dos mil años a esa mujer y ni siquiera puede guardársela en los pantalones durante cuarenta y ocho horas. Típico.

Everly seguía en la bañera cuando volví a su dormitorio, pero la puerta no estaba cerrada. Se incorporó de un salto cuando entré en el cuarto de baño, mirándome fijamente con los brazos cruzados sobre el pecho desnudo y las piernas recogidas.

—¿Nunca te han dicho que hay que llamar antes de entrar? —preguntó.

¿Por qué demonios se molestaba en cubrirse? Ya la había visto entera, había estado dentro de ella.

Los humanos eran muy raros.

—Tienes que comer algo. —Puse el plato de fruta y la galleta en la mesita de cristal junto a la bañera—. Y tu abuela dice que te bebas esto. Cúlpala a ella por el sabor, no a mí.

Observó las cosas que le había traído con recelo. Sus ojos me recordaban a los de un conejo acorralado en busca de una salida. Aunque normalmente semejante muestra de miedo me ponía a mil, en ella me incomodaba de una forma a la que no estaba acostumbrado.

Debería haber corrido, libre, como si viviera en un verano interminable. Con las piernas desnudas y el pelo alborotado. Con sonrisas desenfadadas y risas demasiado fuertes. Debería haber estallado con toda la fuerza y la esperanza que llevaba dentro.

En cambio, estaba apagada. Era como un fuego que luchaba por sobrevivir bajo la lluvia, una obra maestra pintada en gris. Me hacía desear echar leña a sus llamas, proteger su calor hasta que fuera tan fuerte que nada pudiera vencerlo.

Atreverme a sentir aquello era peligroso. El destino me había enseñado que no tenía que sentir esas cosas.

—¿Esto es para mí?

Era obvio que estaba hambrienta, podía oír cómo le rugía el estómago cuando miraba la fruta.

—Tu cuerpo necesita sustento para recuperarse —respondí. Cogí un trozo de naranja y se lo ofrecí, acercándoselo a los labios para que el olor la tentase—. Venga, que estás temblando. La comida te irá bien.

Sin apartar los ojos de mi cara, se comió la fruta directamente de mis dedos. Sus labios los tocaron un segundo y una corriente eléctrica que hizo que se estremeciese se disparó entre nosotros. Entonces esbozó una sonrisita, masticando la comida.

Ojalá pudiera entrar en su mente, leerle los pensamientos como si fuera un libro. A pesar de que habían pasado muchos años desde que vi su rostro por primera vez, en todo ese tiempo había intentado no imaginarme cómo sería. Había transcurrido mucho tiempo escuchando su nombre, siglos y siglos, siendo testigo de cómo cambiaba el mundo humano y cómo pasaban innumerables generaciones, sin encontrarla nunca. Siempre haciéndome preguntas, aunque sin atreverme a tener esperanzas.

El primer bocado le abrió el apetito y comió con ganas. Me miró con incertidumbre cuando arrastré una silla desde el dormitorio, colocándola de modo que pudiera seguir observándola.

—No entiendes lo que es la intimidad, ¿verdad? —Sus labios se movieron, intentando reprimir una sonrisa.

—No ser observado o molestado por otra persona —respondí, recitando la definición con facilidad. Dominaba perfectamente la mayoría de las lenguas humanas. Las que no conocía podía aprenderlas con facilidad escuchándolas durante un par de días. Apoyando una pierna sobre la otra para estar un poco más cómodo, añadí—: Pero yo no soy una persona, soy tu guardián.

—Tú mismo te has otorgado ese puesto —replicó.

No obstante, no me ordenó que me marchase. Le dio un sorbo al té, puso cara de asco y volvió a dejarlo en la mesa.

—Tu abuela insiste en que te lo bebas —comenté—. Supongo que es un método anticonceptivo.

De repente, parecía que iba a vomitar el líquido que acababa de tragarse.

—Que es… ¿Qué? ¿Eso es posible? Que tú… Oh, Dios.

—Tranquilízate. Winona está siendo demasiado precavida. Puede que sea sensato por su parte, pero no dejes que te asuste. Ese tipo de embarazos son muy poco comunes.

A pesar de mis palabras, se bebió lo que quedaba de té. Mientras comía un poco de fruta para quitarse el sabor, me distraje con el brillo del zumo en sus labios. Aunque su rostro ocultaba sus emociones, sus ojos la delataban.

—Hay algo que sigue preocupándote —supuse.

Me invadió un malestar mayor que me exigía que arreglara lo que fuera que la estaba angustiando. Me puse nervioso y empecé a chasquear los dedos para mantener la calma.

Everly estaba mirando por la ventana, observando la lluvia caer, con el corazón latiéndole igual de rápido que se batían las alas de un pájaro asustado.

—Tengo que volver, ¿verdad? —habló con gesto sombrío—. Si queremos entrar en la cámara acorazada, tengo que volver con mi familia para robar el grimorio.

—No tienes que hacer nada que no quieras hacer. La decisión es solo tuya. Nadie va a obligarte. Quizá haya otras ocasiones para hacerse con él sin que tu familia se entere de tu presencia. Además, Winona solo supone que lo que sea que hay en la cámara acorazada nos ayudará. Ni siquiera ella sabe con exactitud lo que hay allí dentro.

Aunque no lo dije en voz alta, la situación era muy complicada. Estaba claro que su padre era un hombre precavido, y yo no podía robarle el grimorio. Tampoco podía matarlo, por mucho que lo deseara, gracias al puto talismán de hierro que portaba. Cualquier ataque que intentara contra él se volvería en mi contra.

Everly negó con la cabeza, llevaba la determinación grabada en la cara.

—Todo esto hará que mi padre se vuelva un paranoico. No creo que supiera que Jeremiah iba a matar a Marcus; nunca habría permitido un sacrificio así de desastroso. La gente hará preguntas, habrá una investigación. Odia esas cosas. —Tragó saliva y, por fin, volvió a mirarme—. Puede que deje de salir de casa con el grimorio. Puede que lo guarde bajo llave en algún sitio. Tengo que estar cerca de él para saber lo que hace. Necesito que baje la guardia para robárselo.

—Como he dicho, la decisión es tuya. Elijas lo que elijas, estaré contigo.

Me observó con curiosidad.

Ella y yo llevábamos armaduras similares, y no la culpaba por guardarse las espaldas.

Cuando dejé atrás el Infierno, hui del dolor que llegaba con cada noche larga y cada amanecer ardiente. Un dolor del que no podía escapar ni en las profundidades del alcohol ni en la euforia que proporcionaban los brebajes que alteraban la mente. Tuve amantes humanos, pero nunca reclamé sus almas. Evité a otros demonios y con los años mi nombre cayó en el olvido.

Hice todo lo que pude por desaparecer. No busqué amistades, no ofrecí amor. Y, sin embargo, con una mirada de ella, me quebré. Volvía a estar débil, dolorido. Todo el sufrimiento que había enterrado estaba saliendo a la superficie.

No necesitaba magia para destruirme; podía hacerlo con caricias delicadas y besos igual de ligeros que las plumas. Podía hacerme expulsar el dolor y luego infligirme más.

Aun así, la dejaría hacerlo. Aunque significara mi muerte. Si esa era la última jugarreta cruel del destino, entonces me reiría con ella.

—Elijo volver. —Le tembló la voz, pero sus palabras eran valientes—. Voy a robar el grimorio y a entrar en la puñetera cámara. Y entonces… —apretó el borde de la bañera con las manos— tú y yo vamos a matar a esa cosa.

La ferocidad que había en su tono hizo que quisiera volver a besarla. Cada segundo que pasaba sin tocarla me llenaba del anhelo más dichoso y agónico; sin embargo, por ella, lo sufriría de buena gana.

—Si mi señora así lo desea, así se hará —respondí, inclinando la cabeza.

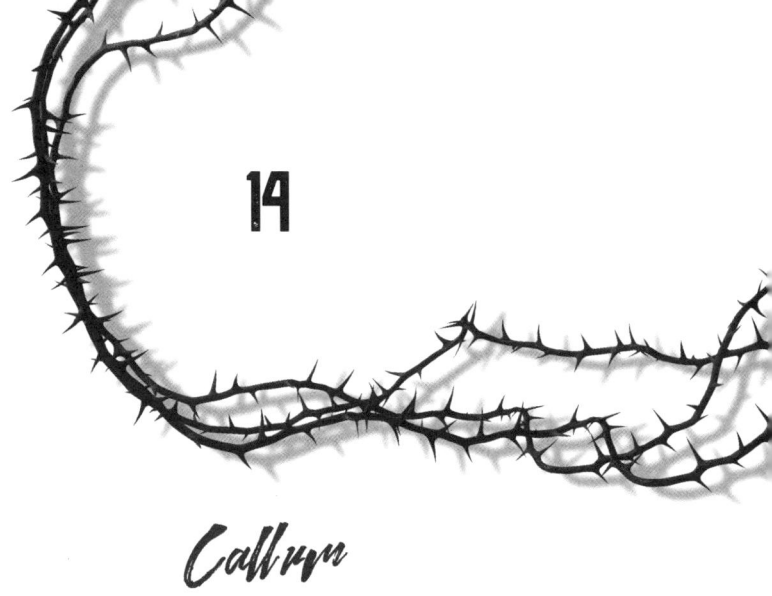

14

Callum

El plan era sencillo, aunque detestaba ejecutarlo. Llevar a Everly de vuelta con su familia me parecía mal.

—Sé cómo manejarlos —insistió, tratando de tranquilizarnos tanto a su abuela como a mí, a quien la idea tampoco parecía gustarle mucho—. Mi padre sospechará, pero me mantendrá cerca para que esté vigilada. Eso me dará la oportunidad que necesito.

—Y si no es así, puedo sacarte de allí enseguida —le aseguré—. Estaré cerca y vigilaré con cuidado.

—No la pierdas de vista, Callum —me pidió Winona—. No sabemos qué harán Kent o sus horribles hijos. El primer sacrificio está hecho, el dios se revuelve. Estará vigilando.

El recordatorio de la atenta mirada del Profundo me tenía en vilo. La miserable criatura seguía atrapada bajo tierra, demasiado débil para sobrevivir en el mundo exterior. Necesitaba la oscuridad, el agua fría y el barro de las minas para evitar que su enorme cuerpo antinatural se deshiciera.

Las criaturas de otras dimensiones no deberían haber sido capaces de sobrevivir en este mundo, y, aun así, aquellos dioses habían encontrado la manera de hacerlo.

Aunque su forma física estaba atrapada, su influencia psíquica no.

Podía seguir infiltrándose en las mentes débiles, adquiriendo conocimiento y consumiendo energía. Sin un entrenamiento adecuado, Everly era susceptible a sus ataques.

Sin embargo, estaba decidida, estaba segura de que podría robar el grimorio delante de las narices de su padre. Solo esperaba que pudiera hacerlo antes de que el dios le robara la mente.

En lugar de llevar a Everly directamente de vuelta con su familia, le mostré el camino a través del bosque. Aquella mañana había dejado de llover y el lugar estaba radiante tras el chaparrón. Utilizando su cuaderno de dibujo, anotó el trayecto que le enseñé, dibujando un mapa que la conduciría desde la casa del aquelarre hasta la carretera más cercana.

Parecía estar muy a gusto bajo la arboleda. Tarareaba mientras andaba y se detenía cada dos por tres para admirar una flor o ver a un ciervo y su cervatillo escabullirse entre los árboles.

Yo no compartía su sentimiento de calma.

En cuanto puse un pie fuera de la casa, me sentí observado. A pesar de que el aire estaba cargado del aroma de la tierra y los brotes de hierba, bajo los olores del bosque había otro, tenue pero familiar.

Me resultaba penetrante y punzante en el fondo de la garganta, como el hierro y el humo.

Seguimos caminando, atravesando un bosque frondoso lleno de flores silvestres. Su aroma inundaba el aire; era un perfume embriagador que enseguida podía adormecer a un humano si no tenía cuidado.

—Las flores están encantadas, ¿verdad? —preguntó Everly. Arrugó la nariz al olisquear el aire—. Tienen un aroma muy potente.

—No están encantadas, pero tienen algo de magia. Darragh domina este bosque. Conoce cada árbol, cada planta, cada raíz. Este sitio protege la casa y, a cambio, el aquelarre lo protege a él. Al menos cuando aún había un aquelarre presente.

Una violenta sacudida me recorrió la espalda y me detuve. En algún lugar detrás de mí, en lo más profundo del bosque, se partió una rama. Los pájaros guardaron silencio. No se movía ni una hoja.

Everly notó mi vacilación.

—¿Pasa algo?

—No, nada. Deberíamos movernos rápido, antes de que las flores te afecten. Si respiras sus toxinas durante mucho tiempo, harán que camines en círculos.

Aunque, sí, algo pasaba.

Antes de que nuestros caminos se separasen, Everly arrancó el mapa y mi símbolo de su cuaderno. Los dobló y los guardó en una pequeña bolsa de plástico que sacó de su bolso, y los enterró en el bosque cerca de la casa de su familia.

—Estarás vigilando, ¿verdad?

Se había inventado una historia muy simple para explicar su desaparición, pero no había ninguna garantía de que su familia la creyera. Sin embargo, en ese momento, la única prueba del engaño estaba enterrada a buen recaudo para cuando la necesitase.

Le pasé los dedos por el pelo, la agarré de esos mechones largos que tenía y tiré de ella para besarla en la boca. Se quedó paralizada, tensa e insegura durante un segundo, antes de derretirse contra mí.

—Recuerda esto, cariño. Incluso cuando no puedas verme, yo estaré ahí. Nadie te hará daño. Nadie más te tocará.

—¿Nadie más? —Esbozó una sonrisilla y quise volver a besarla—. Te refieres a aparte de ti, ¿no?

—Pues claro.

—¿Cómo si fuese tuya?

Sin retirar la mano de su cabello, eché su cabeza un poco más hacia atrás, dejando que sintiera el dolor de mi agarre.

—No podría poseerte más de lo que uno puede poseer el océano, una tormenta o un incendio forestal. No son cosas que se puedan tener;

su belleza y su poder no se pueden reclamar de ese modo. Pero se pueden perseguir. Y se pueden adorar.

Cuando exhaló, aparecieron unas chispas en el aire.

—Entonces, ¿te veré pronto?

—Te lo prometo.

Detesté verla marchar, y lo detesté aún más cuando oí los gritos de su familia al verla llegar. No obstante, lo mejor era que se fuera. Esa sensación punzante volvió a subirme por el cuello, y esa vez lo supe con certeza...

Me estaban cazando.

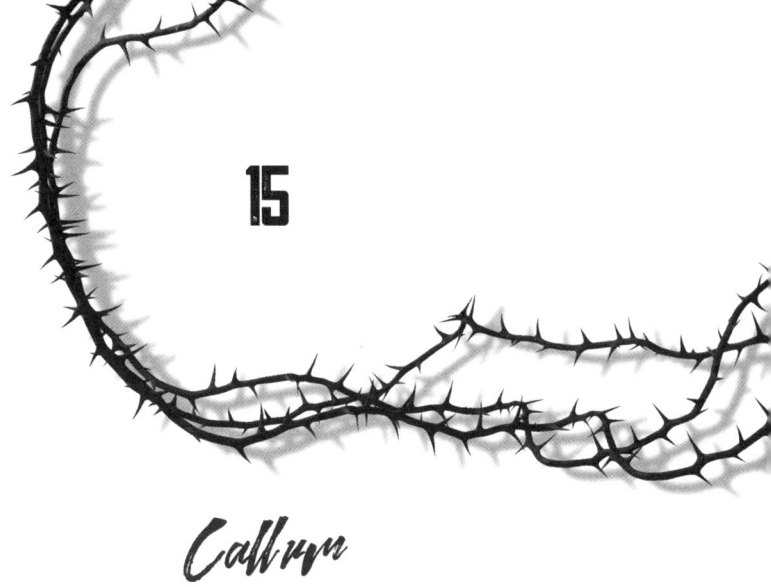

15

Callum

Mientras el sol se ocultaba en el horizonte, alargando las sombras y sumiendo el bosque en un crepúsculo ceniciento, yo estaba cazando.

Sin embargo, no era el único. En alguna parte entre esos mismos árboles había otro demonio cazándome a mí también. Era poco probable que quisiera hacerme daño. Aunque no me cabía duda de que merodear a su alrededor en círculos para enmascarar mi presencia y que así no pudiera saber exactamente dónde estaba iba a enfurecerlo hasta el punto de querer hacerme daño.

Nunca había jugado limpio con la autoridad. Ningún demonio había rechazado jamás una invitación para ser miembro del Consejo, ni la marca de Lucifer. Era un honor, un verdadero logro, algo que la mayoría de ellos envidiaría. Pero yo no. Decir que Lucifer se había enfadado conmigo sería quedarse corto. Aunque eso fue hace cientos de años. Seguro que el cabrón ya me había perdonado.

—Seguro que no. Lucifer no es de los que perdonan, ¿verdad? —comenté en voz alta después de reírme para mis adentros.

—En absoluto.

La voz sonó cerca, a mi espalda, mas no me giré. Me limité a sonreír, asintiendo con la cabeza y cambiando el peso de mi cuerpo de un pie a otro, pensando si debía ponérselo aún más difícil y salir corriendo.

Tal vez era mejor que me comportara. Después de todo, sabía lo de Everly. Al menos hasta que oyera lo que tenía que decir, debía intentar comportarme.

—Leaina, querida —la saludé—. He cabreado a Lucifer pero bien, ¿no?

No hizo ruido al salir de detrás de los árboles. Iba vestida de rojo, como de costumbre, un color muy llamativo que contrastaba con su piel morena. Su pelo, muy rizado, formaba un halo alrededor de su rostro, que se mantenía impasible; era toda una profesional. Llevaba un aro de plata en el centro del labio inferior, engastado con una piedra de ónice, y múltiples joyas en las orejas.

El aro del labio era la marca de Lucifer. Les hacía esa perforación a todos los miembros del Consejo, un acto de intimidad y lealtad, una forma de darles la bienvenida como uno de sus confidentes.

—Es un placer verte, Callum. Como siempre. —Su voz era perfectamente uniforme.

Negué con la cabeza y chasqueé la lengua.

—Por favor, deja de lado las cortesías. No te alegras de estar aquí ni de verme. Ni de lejos es un placer. No hace falta que mientas.

Suspiró y sus alas se estiraron en una posición cómoda antes de apoyarse en el árbol que había detrás de ella. Leaina: la mano derecha de Lucifer, la miembro del Consejo a quien más recurría. Después de que yo rechazara la oferta, ella ascendió con la firme determinación de demostrar su lealtad.

—Tienes razón —admitió. Sacó un grueso sobre negro que llevaba metido en alguna parte de su cuerpo y lo sostuvo en alto—. No me alegra estar aquí, Callum. Otra vez.

—Joder. —Exhalé con fuerza—. Tienes un expediente.

—Tu expediente. —Abrió el sobre y extrajo de su interior una carpeta con un montón de papeles—. Parece que cada vez es más largo.

—Mis disculpas por no ser más aburrido.

—Lo has sido bastante durante las últimas décadas. —Sacó un bolígrafo de su chaqueta y lo pulsó varias veces—. Pero eso ha cambiado rápido, ¿no? Has desaparecido del radar durante años y ahora vuelves con una maldita bomba.

Me enseñó una de las hojas. Un cartel de desaparición de Sam Hawthorne. Sonreí y ella volvió a guardarla.

—Entonces, ¿eres el responsable? —Su voz era aguda, cortante.

—No estarías aquí si no supieras que lo soy.

Golpeó el bolígrafo con rapidez en el reverso de la carpeta.

—Sabes que aún tengo que hacer los trámites pertinentes.

—Bien, bien. Pues adelante. Échame la bronca.

Me fulminó con la mirada, pero era ella la que quería seguir con el procedimiento.

—De acuerdo. Repasemos, ya que has asumido la responsabilidad. Torturaste y mataste a un humano. No intentaba invocarte ni estabas a su servicio. El asesinato no fue en defensa propia ni en defensa de otro…

—Fue en defensa de otro.

Me miró, sorprendida.

—¿En serio? ¿El señor Hawthorne iba a hacer daño a alguien cuando fuiste a por él?

Apreté los dientes. Me dolían las garras por querer hacer que se fuera. Sin embargo, no podía.

—No.

—¿Estabas obligado a matar al señor Hawthorne por orden de un invocador que tenía poder sobre ti? ¿O estabas obligado a hacerlo por los términos de un trato por un alma?

—Joder. No me insultes, Leaina.

—Te insultaré si hace falta —siseó—. Se te vio claramente en las cámaras de seguridad, Callum. Alas, garras, todo. Te grabaron sacándolo de la calle, arrancándole los ojos y marchándote de allí volando.

—Qué pena. —Uf, no había pensado en las cámaras de seguridad. No había tenido que preocuparme por ellas encerrado en la Casa Laverne—. Estoy seguro de que ya te has ocupado de ello.

—Pues claro. He estado de aquí para allá asegurándome de que no se te va de las manos. —Cada golpecito que daba con el bolígrafo acababa un poco más con mi paciencia—. Hablemos del aquelarre, Callum. Hablemos de tu bruja.

—No. Dile al Consejo que cierre los ojos y mire hacia otro lado. Son buenos haciendo eso con cualquiera de sus responsabilidades reales. No entiendo por qué es tan difícil hacer lo mismo cuando se trata de mí.

—Sabes muy bien por qué. Hemos sido indulgentes durante siglos. Te hemos dejado recorrer la Tierra en tu cruzada a la caza de los dioses. Hemos hecho la vista gorda mucho más de lo que deberíamos. Pero esta bruja… —Pasó unas cuantas páginas. Cuando vi la foto de Everly en la página a la que se dirigía, algo salvaje surgió en mi interior—. Everly Hadleigh, también conocida por el apellido de su madre, Laverne. Veintitrés años. Hija de Kent Hadleigh y Heidi Laverne, una bruja poderosa por sí misma, descendiente de Winona Laverne. La chica tiene un linaje impresionante. —Me observó fijamente—. Aún no has reclamado su alma.

Y ahí estaba.

—No. No lo he hecho.

—Pero obviamente tienes intención de hacerlo. Pronto.

Se hizo un silencio tenso entre nosotros. Tuve que elegir mis palabras con cuidado.

—No tengo prisa. Sinceramente, me preocupa más reclamarla para mí antes de reclamarla para el Infierno.

Leaina me dedicó una sonrisa breve y exasperada.

—Reclamarla para ti y reclamarla para el Infierno es lo mismo. Seguro que te interesa tener su alma unida a la tuya. El poder que eso te daría sería… —Hizo una pausa y, por primera vez en esa horrible conversación, oí algo que sonaba sincero de verdad—. Sería asombroso. Casi inaudito.

—Como he dicho, no tengo prisa.

Ya estaba harto de estar allí e intercambiar sonrisas tensas. El Consejo del Infierno estaba formado por seis de los demonios más viejos y poderosos. Yo casi había sido uno de ellos, invitado a unirme a él una vez terminada la guerra, cuando me llamaban «héroe».

No obstante, mientras el resto del Consejo quería que el Infierno olvidara los horrores de la batalla contra los dioses, a mí me resultaba imposible. Como tantos otros que habían luchado, no podía dejar de acordarme ni siquiera de las cosas que deseaba olvidar con desesperación. Lo recordaba todo. La sangre, el dolor, la tortura, los cientos de vidas perdidas. Demonios que había conocido, demonios que había amado yacían muertos a mi alrededor dondequiera que mirase.

Aquello no podía caer en el olvido, y no podíamos permitir que volviera a ocurrir.

No obstante, Leaina insistió.

—Ya conoces las normas, Callum. Sabes por qué existen, por qué esas pocas reglas que tenemos son necesarias. Lucifer está dispuesto a hacer una excepción contigo, pero solo si reclamas el alma de la bruja. No podemos correr el riesgo de que un ser mitad demonio nazca de una madre que ni siquiera está destinada a ir al Infierno. Sobre todo cuando esa madre es muy poderosa.

—Estás adelantándote un poco a los acontecimientos, ¿no? —pregunté—. Acabo de follármela, Leaina. Relájate. Dile a Lucifer que se preocupe más por su propia semilla que por la mía.

—Callum.

La advertencia en su voz era evidente, aunque la verdad era que me la sudaba. Después de todo, la profesional era ella.

—Aguafiestas. Lucifer tiene muchos lameculos, puede permitirse perder a una.

Se pasó una mano por la cara, pasándose las garras a lo largo de la mandíbula.

—Tienes que volver al Infierno. Ya.

—Va a ser que no.

—Tienes que volver. No estás bien.

—¿Que no estoy bien? ¿En serio? Después de todo este tiempo, ¿ahora el Consejo está preocupado por mi salud?

—Llevamos preocupados desde que empezaste con esta obsesión. Siglos de fijación por una bruja que viste solo unos minutos en tu imaginación. Una bruja que ni siquiera había nacido aún —resopló, exasperada.

Aquella conversación no iba a ninguna parte, pero ya lo sabía antes de que empezara.

—Dile al Consejo que aunque aprecio su preocupación, es innecesaria. Yo me ocuparé de mis cosas.

—Necesito algo más que eso, Callum. —A pesar de su evidente cabreo conmigo, también podía notar por su voz que estaba preocupada. Era un demonio feroz, leal a la que conocía desde hacía mucho tiempo. Sin embargo, nuestras lealtades se encontraban en mundos diferentes—. Lucifer no aceptará eso, y Bael y Paimon no interferirán si decide ir a por ti.

—Entonces, puede venir y enfrentarse a mí él mismo.

Tenía la misma cara que pondría si la hubiese abofeteado. Volvió a meterse el sobre dentro de la chaqueta con fuerza y sus garras rasgaron el papel al hacerlo.

—Como una cabra. Como una puta cabra. —Se alejó de mí, rozándome el costado con brusquedad al pasar por mi lado—. Marca a la bruja. Reclámala. Si quieres tener alguna posibilidad de conservarla, si de verdad significa tanto para ti, hazlo. Cuando Lucifer venga, no será tan amable como lo he sido yo.

16

Everly

Después de pasar los últimos días en la casa del aquelarre, el hogar de mi padre parecía una tumba. Era como si hubiesen dejado huesos descoloridos al sol hasta que se agrietaron, se volvieron quebradizos y se secaron.

Esperé a que mi padre me atendiese sentada en una silla de madera dura delante de su escritorio, con las manos sobre el regazo. Él estaba al otro lado de la mesa, mirando papeles, firmando una hoja allí y otra allá, consultando las notificaciones de su móvil.

No era más que otro molesto punto de su lista de cosas por hacer.

Cuando al final suspiró y su bolígrafo hizo un odioso clic antes de dejarlo, se me revolvió el estómago como si fuera a vomitar.

«Limítate a la historia. Simple. Fácil. No has hecho nada malo».

—Te lo preguntaré una vez más —dijo—. ¿Adónde fuiste?

Tenía la boca seca y la lengua rasposa cuando intenté hablar.

—Me desperté en el roble del parque. Cerca del antiguo piso de mamá. No sé cómo, papá. De verdad que no lo sé. Jeremiah me asustó y supongo que mi magia debió…

—¿Tu magia? Everly… —me interrumpió, mofándose. Se pellizcó el puente de la nariz con el índice y el pulgar y cerró los ojos un momento—. Ya hemos hablado de esto muchas veces, intentar usar magia podría matarte. No eres una bruja, no como tu madre. La magia que corre por tus venas es débil, prácticamente inútil. No solo te has puesto en peligro a ti misma, has puesto en peligro todo lo que hemos construido.

—Lo sé. Lo siento. No era mi intención. Ni siquiera sé cómo pasó. —Respiré entrecortadamente y me obligué a derramar algunas lágrimas—. Tenía mucho miedo. Me alegro de estar de vuelta en casa.

Se me erizó el vello de la nuca, tenía la incómoda sensación de tener unos gusanos retorciéndose bajo mi piel. Notaba la mirada de Dios sobre mí. Observándome. Juzgándome. Como si percibiera mis mentiras.

Mi padre me miró y entrecerró los ojos.

—En unos días será el funeral de Marcus —me informó después de un incómodo silencio—. Irás, igual que el resto de nosotros. Después, Leon llevará su cuerpo a White Pine, donde se lo entregaremos en sacrificio a Dios. —Se inclinó hacia mí por encima del escritorio, con las manos entrelazadas sobre la pila de papeles que tenía frente a él—. Si no mantienes la compostura, habrá graves consecuencias. Tenemos que asegurarnos de que no haya más accidentes.

Abrió un cajón, sacó algo y me lo puso delante. Eran un par de cilindros de cristal grueso, con los extremos abiertos y unas vetas tenues y brillantes que los atravesaban. Activó un mecanismo invisible y uno de ellos se abrió, con sus dos mitades unidas por una bisagra.

—Hay que controlar esa magia tuya —sentenció—. Extiende los brazos.

El miedo se apoderó de mí, pero obedecí. En el momento en que me puso uno en la muñeca y lo encajó en su sitio, algo afilado me perforó la piel, clavándose en el punto más sensible de la cara interna de mi muñeca. El dolor me recorrió el brazo, como si mis huesos se estuviesen convirtiendo en polvo. Grité aterrorizada e intenté apartarme, pero mi padre me tenía bien agarrada.

Me puso el otro brazalete. La agonía me invadió, tan intensa que perdí el conocimiento y me quedé encorvada sobre el escritorio. Puede que siguiera gritando, puede que estuviera callada… La verdad es que no sé qué pasó en los minutos siguientes.

Cuando volví en mí, estaba sentada en la silla, con la frente empapada en sudor y el pecho agitado. El dolor se había desvanecido y, cuando miré hacia abajo, las esposas me rodeaban las muñecas.

Bajo el cristal, se acumulaba sangre color rojo brillante.

—¿Qué cojones es esto? —inquirí, temblando y con la voz débil.

—Esa lengua —me regañó mi padre—. Mantendrán tu magia bajo control para que no haya otro incidente. —Hizo un gesto despectivo con la mano mientras una oleada de mareos casi me hacía volver a desmayarme.

—¿Cuándo podré quitármelas? —pregunté, intentando no caer presa del pánico.

—Cuando hayas demostrado ser de confianza. Hasta entonces, esto es lo mejor para tu seguridad y para la nuestra. Dios sabe que ya corremos suficientes riesgos, gracias a la imprudencia de Jeremiah. —Suspiró con fuerza—. Además, he anulado tu matrícula de la universidad.

Se me cortó la respiración y se me cerró la garganta. Me escocían los ojos y veía borroso.

—No, por favor. —La súplica brotó de mí antes de que pudiera detenerla, pero hacer cualquier otra cosa habría sido sospechoso.

Huir pondría fin a mis estudios, a mis esperanzas de obtener un título, aunque ¿qué importaba tener uno si la humanidad misma llegaba a su fin? Aun así, si no protestaba, él se preguntaría por qué. Había elegido quitarme eso porque sabía cuánto daño me haría.

—Me duele hacer esto, pero no podemos confiar en ti, Everly —se mofó mientras las lágrimas caían por mi cara—. Ya te he dicho más de una vez que es una frívola pérdida de tiempo. Tienes deberes de fe que atender. ¿Qué pensabas hacer exactamente con esa ridícula licenciatura? Encima, Historia.

Negó con la cabeza, como si la carrera que había elegido fuera un insulto contra su persona. Aunque la hubiera elegido por él. Aunque hubiera sido él quien había fomentado mi amor por las antigüedades.

Me enfurecía el hecho de que hubiera conseguido influir en mí de esa manera.

Las lágrimas me salían con demasiada facilidad, aunque eso era lo que él quería: verme herida, temblando, arrepentida, suplicando compasión. Ya casi no me importaba lo que tuviera que decir o hacer para calmarlo.

—Podría haber trabajado en la Sociedad Histórica —protesté. Me sorbí los mocos y cogí los pañuelos que había en su escritorio—. Contigo.

Me sonrió como si fuese una niña de lo más estúpida.

—No me hace falta otra secretaria, Everly.

Nada de lo que dijo debería haber sido capaz de herirme y, sin embargo, aquellas palabras fueron como cuchillos clavándose entre mis costillas.

Enterré la cara entre las manos y sollocé. No me costó mucho esfuerzo sonar auténtica; tenía muchas lágrimas contenidas que derramar.

—Estoy fallándole a Dios. —Lloré, con la cara todavía tapada—. Me siento muy débil, muy… ¡me siento una inútil! No puedo controlar mi magia y eso te está defraudando. —Levantando mi cara manchada de lágrimas, miré a mi padre a los ojos—. ¿No puedes enseñarme a ser mejor? Tú sabes magia, tienes el grimorio, podrías… podrías enseñarme a controlarla. Para que esto no vuelva a pasar.

La desesperación se convirtió en sinceridad y su rostro se suavizó. Metió la mano en la chaqueta y, a medida que mi corazón latía con fuerza, sacó el grimorio y lo sostuvo en alto.

Era un libro pequeño y delgado y estaba encuadernado en cuero. Tenía un texto elegante y discreto en la cubierta, palabras en latín que se traducían a grandes rasgos como «Trabajos mágicos y conjuros». Prácticamente se me hizo la boca agua al verlo y la cabeza se me llenó de fantasías salvajes. Me imaginé arrebatándoselo de las manos, saliendo de la habitación, corriendo por el pasillo, escapando por la puerta principal. Callum me estaría esperando, me protegería de Leon y de mi padre. Me sacaría de allí volando con sus enormes alas…

—Este grimorio es mi arma más preciada —declaró mi padre, sacándome de mis pensamientos—. Pero la segunda más valiosa,

Everly, eres tú. Una joven como tú no necesita acceder a la magia. Ese poder es para Dios.

—No lo entiendo. ¿Qué utilidad va a darme Dios a mí?

Mi padre se quedó mirándome en silencio unos segundos.

—Algún día —comentó, guardándose el libro—, cuando nuestro dios salga de las profundidades y reconstruya este mundo, necesitará un recipiente. Necesitará un cuerpo lleno de poder, una mente llena de fe. Te necesitará a ti.

El corazón me latió con fuerza. Aun sabiendo la verdad, oírlo en voz alta era impactante.

—¿Yo? ¿Se…? ¿Se supone que yo voy a ser el recipiente?

—Uno de tus hermanos entregará su vida para cumplir con nuestro juramento. Uno se quedará para liderar al Libiri cuando yo me haya ido. Y uno llevará al mismísimo Dios. Tu hermano, tu hermana y tú tenéis un cometido aún mayor en el plan del Profundo.

Se levantó de la silla y rodeó el escritorio para cogerme de las manos.

—Creo que ya es hora de que seas testigo de la grandeza de Dios. Cuando tu madre tuvo sus dudas, le sugerí que hiciera lo mismo. Y lo que Dios le mostró con su gran poder cambió completamente su perspectiva. Disipó sus temores.

¿De qué coño hablaba? ¿Qué quería decir con ser «testigo» de la grandeza de Dios?

—Cuando entreguemos a Marcus, tú y yo iremos a St. Thaddeus. Ya lo verás. —Me puso la mano bajo la barbilla y me levantó la cara. Había mirado a unos ojos mucho más oscuros que los suyos y había visto más luz de la que jamás vi en él—. Presenciarás la gracia de Dios.

17

Everly

Para ofrecer nuestro sacrificio, los libiri se reunieron en lo más profundo del bosque.

La condensación se acumulaba en las agujas de los pinos, y las gotitas fueron aumentando de tamaño hasta caer, creando un ritmo de lluvia inestable. La hoguera alrededor de la cual nos apiñábamos no servía de mucho para ahuyentar el aire gélido.

Dos docenas de fieles con capas blancas y máscaras con la forma de la calavera de un ciervo tiritaban de frío, juntos, bajo unos paraguas de color negro. Nuestra familia no llevaba máscaras, símbolo de inocencia y honor.

Teníamos que parecer cándidos como un cervatillo, ser fieles como una cierva y mostrarnos orgullosos como un ciervo.

Ya era tarde. Tenía la mente envuelta en una niebla de la que no podía deshacerme, pero di las gracias cuando el demonio de mi padre nos trajo el cadáver de Marcus. Su cuerpo ya había empezado a descomponerse y desprendía un inconfundible olor a formol y podredumbre.

Lo habían sacado de la tumba, aún vestido con un entallado traje fúnebre de color negro.

Me rodearon plegarias y murmullos de agradecimiento. Me zumbaban en la cabeza como si fuesen mosquitos revoloteando a mi alrededor.

Tenía que ser fuerte. Tenía que hacer mi papel y esperar a que llegara mi oportunidad.

Callum prometió que me observaría. Si lo necesitaba, podía llamarlo y vendría. Ese pensamiento fue mi único consuelo cuando Jeremiah y Leon llevaron a Marcus al pozo de la mina, donde arrojarían su cuerpo al Profundo.

Mientras los demás fieles se marchaban a sus casas, mi padre me llevó por otro camino. No hacia la carretera, donde estaban aparcados nuestros vehículos, sino hacia el interior del bosque, hacia St. Thaddeus.

La iglesia se alzaba ante nosotros. Era una belleza en ruinas, que se derrumbaba sobre sí misma aferrándose a su elegancia. Pese a que la enorme vidriera que había sobre las puertas estaba cubierta de mugre, en ella se veía la tenue imagen de una doncella con un cuchillo en la mano, de pie en medio del mar.

El ruido de nuestros zapatos sobre las viejas tablas pesaba tanto como mi corazón. El tejado derruido permitía que la lluvia se filtrara desde arriba, acumulándose entre los bancos destrozados. Delante de nosotros, el púlpito estaba rodeado de montones de cera: restos de velas que habían ido quemándose a lo largo de las décadas.

Apenas podía respirar. Quería huir hacia la oscuridad de la noche, aunque eso significara enfrentarme a monstruos. No obstante, tenía que resistir. Tenía que quedarme.

Necesitaba el grimorio.

Tragué saliva y me balanceé sobre mis pies mientras mi padre tomaba asiento en uno de los primeros bancos. El edificio crujió y gimió a nuestro alrededor a medida que la lluvia se colaba entre sus paredes. Me llamó la atención un rincón oscuro del techo, donde las sombras eran tan densas que parecían una nube negra.

Había un rostro en la oscuridad. Callum.

Se me cortó la respiración, aunque no me dio tiempo a alegrarme. Mi padre estaba hablando.

—Cuando tu madre y yo nos conocimos, ella ya sabía de la existencia del Profundo —explicó. Era la primera vez que le oía referirse siquiera de pasada a sus primeros días con mi madre. Meredith y él ya se habían casado—. Pero ella se resistía a su poder, no confiaba en que nuestro dios cumpliera las promesas que nos había hecho. Sin embargo, las brujas como tu madre y como tú están bendecidas. Tenéis la capacidad de comunicaros con Dios cuando el resto de nosotros no podemos. Puede ver a través de vosotras. Incluso hablar a través de vosotras.

Tuvo que ver el espanto en mi cara, porque chasqueó la lengua en señal de empatía.

—No tengas miedo. Llevas toda la vida preparada para esto.

Me tendió la mano y, sin más remedio, me acerqué a él. Aquella sensación espeluznante no desaparecía. Era como tener unos dedos rozándome la espalda, enredándose en mi pelo, apretándome la cabeza.

Déjame entrar, déjame entrar, déjame…

Mi padre agarró mi mano.

—Cierra los ojos —me pidió, y yo obedecí, temblorosa por la oscuridad—. Deja que Dios te hable.

De repente, capté un fuerte olor a agua de mar. El aire frío estaba pegajoso. Cuando me pasé la lengua por los labios, pude saborear la sal. Luego pude oler…

Se me revolvió el estómago. Había un hedor pútrido y empalagoso en mi garganta. Se me aceleró la respiración y un peso sofocante me oprimió el pecho. Me estaba dejando sin aire en los pulmones.

Había silencio… No, no era un silencio absoluto. Podía oír algo. Un sonido sutil, lento e inestable.

Una gota detrás de otra, cayendo.

Agua…, pero no era lluvia.

Todo se desvaneció. El tacto de la mano de mi padre, el aire frío que recorría la iglesia, la humedad que se pegaba a mi piel. Solo quedó el goteo, pausado y distante.

Luego… una respiración en mi nuca, fría y repentina.

—No —susurré la palabra como una plegaria desesperada—. No es real. Todo está en tu cabeza, Everly.

—Oh, sí, niña. Todo está en tu cabeza, igual que yo.

Abrí los ojos de golpe y retrocedí, presa del pánico. La luz del sol me cegó y mis sentidos se vieron asaltados por un montón de cosas nuevas a la vez.

Estaba en medio de un campo abierto, rodeada de hierba alta y verde. Flores de todas las formas, colores y variedades crecían a mi alrededor; cientos de ellas cubrían el paisaje como si se tratase de confeti. Su aroma flotaba, pesado y dulce, en el aire.

Una figura alta, vestida de blanco, me observaba desde allí.

Era guapísimo, de otro mundo. Muy elegante y tan perfecto que me sentí minúscula, pequeña, fea y estúpida. No soportaba levantar la vista, aunque por el rabillo del ojo pude ver que su cara se transformaba constantemente, cambiando de una forma sutil y despacio.

El rostro me resultaba desconocido, pero la sensación no. Era como si una mano me agarrara por la nuca, sujetándome y atrayéndome hacia él.

—Ven a mí, niña. No tengas miedo.

En contra mi voluntad, me arrastré por la hierba. Me acerqué al ser temblando y jadeando. Me daba mucho miedo hacer otra cosa que no fuese obedecer. El dios… *Mi* dios…

¿Cómo podía ser tan hermoso? Podría pasarme la vida arrodillada a sus pies, deleitándome en la gloria de su presencia, cortándome los dedos uno a uno solo para complacerlo.

Vi un destello, parecido al de la televisión cuando se apagaba después de un programa. Durante una fracción de segundo, el bello mundo que me rodeaba cambió por completo.

El campo se convirtió en unas brasas humeantes llenas de huesos. La hierba había desaparecido y los árboles estaban muertos. La tierra se llenó de gusanos que se retorcían y se alimentaban de la carne de los cadáveres. Y los cuerpos… Había cientos. Miles. Ojos lechosos en cabezas podridas. Unas bestias que arrancaban intestinos y vagaban por el lugar a plena luz del día. Y, sobre todo aquello, estaba Dios, pero Dios no era hermoso. Era…

El horror desapareció. Todo era perfecto. Tranquilo. Dios era misericordioso y me sonreía, y aunque no podía ver su sonrisa, podía sentir unos brazos amables a mi alrededor.

—¿Lo ves? ¿Ves cómo podría ser el mundo? —preguntó. Tenía una voz extraña, como si no fuera una, sino cientos de personas hablando al unísono—. ¿Ves el mundo como lo quiero rehacer?

Volví a notar un destello y grité. La deidad que tenía ante mí no era una bella criatura que parecía humana, sino una bestia: una monstruosidad enorme e indescriptible, con formas y colores que no tenía palabras para describir. Tenía un cuerpo colosal que se extendía por toda la tierra. Unos enormes tentáculos de color gris con ventosas recubiertas de dientes se enroscaron a mi alrededor, desprendiendo un penetrante olor a pescado podrido. Estaba cubierto de muchos globos oculares rojizos que rodaban en sus cavidades, con unas pupilas en forma de diamante…

Desapareció. Pero mi recuerdo no. Aquel lugar, aquella visión… todo era falso. Una mera ilusión creada por la deidad.

Ese hermoso lugar era lo que le habían mostrado a mi madre. Perfecto. Tranquilo. Un mundo en el que ella habría deseado criar a su hija.

Sin embargo, la verdad era muy distinta. Y no tenía ni idea de por qué podía verla, por qué mi mente era capaz de atravesar las alucinaciones causadas por el control de Dios…

No obstante, podía hacerlo. Y él lo sabía.

El cielo se oscureció. La hierba se marchitó. Volví a ver destellos rápidos hasta que ambas realidades fueron la misma. El deseo de hacerme daño, de infligir dolor a mi propio cuerpo me envolvió el cerebro y lo estrujó, exigiéndome que obedeciera.

—Te rendirás. Te someterás o sufrirás. La muerte no es el peor de los destinos, niñata insolente. Hay que eliminar esa desobediencia que hay en ti.

Volví a gritar y me hice un ovillo, apretándome la cabeza, segura de que se me iba a partir en dos.

Tenía que salir de allí… Tenía que volver a la realidad… Salir de mi mente… Pero ¿adónde…? ¿Adónde podía ir…?

Una luz plateada centelleó como un faro en mi vista sangrienta y en constante transformación. Estaba lejos…, muy, muy lejos…, pero podía llegar a ella. Podía arrastrarme…

—No escaparás de mí, bruja. Ya eres mía. No puedes exorcizar lo que ya forma parte de ti. Lo veo todo. Lo sé todo. Tu casa en el bosque no te protegerá. Tu demonio no te defenderá. Tu magia no te servirá.

La agonía era indescriptible. Sin embargo, me arrastré por la tierra podrida, arañándola para aferrarme a la superficie y con la mejilla contra el suelo.

—Todo está en tu cabeza —me repetí una y otra vez, aunque tenía la garganta en carne viva—. No puede pararte. Solo está en tu cabeza.

Cerré los ojos con fuerza. Me obligué a sentir la pesadez de mi cuerpo, como si intentara despertar de un sueño. Seguí buscando aquella luz plateada que brillaba y me atraía.

De repente, con un grito ahogado, me solté de la mano de mi padre. Perdí el equilibrio, caí de costado y me quedé jadeando, estremeciéndome de horror.

Sus pasos resonaron en el suelo, haciendo que el sonido me retumbase la cabeza. Se agachó a mi lado y me estrechó entre sus brazos.

Dejé de temblar. Me quedé tan quieta como un conejo cuando intentaba que no lo vieran, congelada ante la mirada de un depredador mientras él me abrazaba. Podía oler su colonia, el aroma empolvado del detergente de su ropa y el ligero tufillo del *whisky* que se había bebido antes de venir aquí.

Y la podredumbre. El agua salada y el moho. El dios se aferraba a él como una nube nociva.

¿También se aferraba a mí? ¿Ya estaba infectada? ¿Ya me había reclamado como insistía el Profundo?

¿No había otra salida para mí?

—Ya está, ya está, mi preciosa niña. Sé que es muy duro. —La mano de mi padre me acarició el pelo a la vez que hablaba con voz grave y tranquilizadora—. Tu madre reaccionó igual. Ella querría que disfrutases de un mundo nuevo.

No pude hacer más que asentir. Cualquier cosa para que me creyera.

Prosiguió más rápido, emocionado.

—Las cosas ya están en marcha. Ya se ha hecho el primer sacrificio, y el segundo llegará pronto. Raelynn Lawson está regresando a Abelaum. Tienes que conocerla. Dios tiene que fijarse en ella. Debe verla. —Por la forma en que me agarró parecía nervioso, era muy diferente a cómo solía comportarse. Parecía desesperado. Parecía que tuviera miedo—. Tiene que ver que no fallaremos.

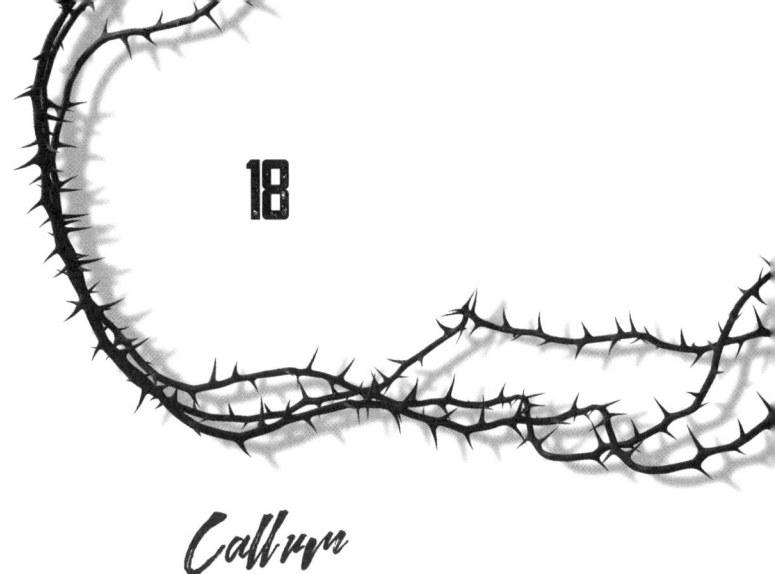

18

Callum

Lucifer venía a por mí. No tenía ninguna duda. Así que me mantuve alejado de Everly hasta esa noche, aunque el resto del tiempo me había limitado a observarla desde la distancia con cuidado.

Durmió durante horas, desde por la mañana hasta por la noche, para recuperar fuerzas. Tenía sueños intranquilos, pero yo empujé mi energía hacia su mente, calmando sus pensamientos agitados.

No se despertó hasta que su hermana aporreó la puerta, informándole de que iban a salir y volverían tarde.

—Será mejor que no vuelvas a escaparte —le advirtió.

Everly se las arregló para mostrarse amable y no decir nada. Sin embargo, cuando la chica se marchó, el aire desprendía un claro olor a chamusquina.

Mientras esperaba a que su familia se marchara en sus grandes y relucientes vehículos, me entretuve fantaseando con sus muertes. Arrancándoles una extremidad detrás de otra, esparciendo sus entrañas y follándome a mi bruja entre los restos. Everly estaría preciosa bañada con la sangre de sus enemigos, y esa gente con la que vivía lo eran.

En cuanto se fueron, volví a la ventana de su habitación Y ella corrió a la cocina y recolectó comida como si fuera una ardilla almacenando nueces para el invierno: fruta, bolsas de patatas fritas, un plato de sopa y un montón de galletas.

Tal vez su familia no le proporcionaba la suficiente. El impulso de perseguirlos y matarlos estuvo a punto de apoderarse de mí una vez más.

«Paciencia, colega, paciencia». Tendrían su merecido.

Despacio, abrí la ventana. Everly ni siquiera se dio cuenta de que me había metido por allí y había llegado hasta su cama. Estaba sentada en su escritorio con un pequeño lienzo delante de ella, pintando cuidadosamente sobre él con el pincel antes de meterse una uva en la boca.

No quería asustarla. La mayoría de los demonios tenían un poco de poder psíquico y podían influir en el cerebro de otros seres vivos para que experimentaran ciertas sensaciones, así que extendí la mano y le di un empujoncito en la mente, como había hecho la noche anterior.

Se sobresaltó y se levantó de su silla, tapándose la boca con la mano para contener el grito cuando se dio cuenta de que era yo el que estaba detrás de ella.

Vaya. Adiós a eso de no asustarla.

—Dios mío… —Se apartó la mano la boca—. Pensé que eras… Hostia…

Se acercó, se apretó contra mi pecho y soltó un suspiro cuando la abracé. Haber pasado unos días sin tocarla había sido demasiado difícil. La forma en que su cuerpo tenso se fundía con el mío era el paraíso.

Si hubiera podido tragármela entera, con tal de tenerla junto a mi corazón, lo habría hecho.

—Aún no he podido hacerme con el grimorio —comentó, temblorosa—. Están vigilándome muy de cerca. Sospechan. Y ya tienen el próximo sacrificio, o lo tendrán pronto. Es una chica que se llama Raelynn. —Se estremeció y negó con la cabeza—. No puedo ver morir a nadie más. No puedo hacerlo, no puedo.

—No te preocupes por lo que pueda pasar o no. —Estaba mucho más preocupado por los artefactos mágicos que maldecían su magia y que llevaba alrededor de las muñecas. Y también por qué narices había pasado en esa iglesia—. Los brazaletes estos, ¿te duelen?

—No mucho. —Se echó hacia atrás, mirándolos—. Al menos, ya no.

Me acerqué su brazo para poder observar mejor esas malditas cosas. El aire a su alrededor vibraba con una energía sutil y, a pesar de ser de cristal, los objetos olían raro, como a metal.

—Tienes que tener mucho cuidado con esto —le aconsejé—. Son un objeto vampírico. Cuanto más intentes hacer magia con ellos puestos, más poder te quitarán y más fuertes se volverán. Son cosas viles.

Me enfureció verla con ellos puestos. Nadie debería haber atado a mi bruja, excepto yo.

—Eso está chupado —dijo Everly; estaba claro que intentaba sonar esperanzada—. No intentaré usar magia, cosa que… no es que sea muy difícil para mí.

—Dice la chica que se teletransporta sin querer.

Volví a estrecharla entre mis brazos, y jadeó cuando la levanté y la llevé a la cama, que era bastante pequeña. Las sábanas y el edredón de color verde estaban bien colocados, ordenados igual que el resto de su habitación.

Por lo que había advertido, el resto de la casa era dolorosamente estéril. Paredes blancas, moqueta blanca, muebles blancos. Antinaturalmente brillante, nítida y limpia. Pero la habitación de Everly olía a pino y a pintura, a magia dulce y a piel suave. Sus pertenencias estaban esparcidas por las estanterías o apiladas en los rincones: libros y lienzos, cachivaches de madera y figuritas de cristal.

Se puso tensa al sentarse entre mis piernas. Se negó a inclinarse hacia mí y prefirió acurrucarse sobre sí misma, temblando un segundo. Cómo deseaba poder leerle la mente, aunque solo fuese para saber qué la perturbaba y poder eliminarlo al instante.

Si reclamaba su alma, entonces…

No, no. Aunque la tentación estaba ahí, atarme a otro ser vivo, sentir íntimamente su dolor y su terror en todo momento, percibir con certeza cuando muriera… No.

Cada atadura, cada conexión era una herida abierta, y no podía soportar ni una sola más.

—¿Qué pasó en la iglesia? —Estaba muy cerca de mí y, sin embargo, me parecía que se encontraba muy lejos—. ¿El dios te habló?

Everly asintió, levantó las rodillas y se abrazó a ellas.

—Se metió en mi cabeza. Creí que podría ignorarlo, aunque era demasiado fuerte. Era… —Se estremeció—. Todavía lo siento. Sigo oyéndolo. Es como si viviera en mi cabeza. Tengo miedo, Callum. ¿Y si nunca desaparece?

—No permitiré que eso suceda. La presencia de ese dios en tu mente es una ilusión. Está llegando a ti con poder psíquico, nada más. No pienses en él. No le dediques más pensamientos. Eso es exactamente lo que quiere.

¿Podría protegerla de verdad? ¿O le fallaría igual que les había fallado a los demás?

Esa habitación era un tesoro de información sobre ella. Muchos de sus libros eran enormes volúmenes sobre historia, idiomas o civilizaciones antiguas. Sin embargo, los que estaban más cerca de su cama tenían cubiertas coloridas y elaboradas, la mayoría con parejas abrazadas.

Balbuceó cuando cogí uno de los libros de bolsillo y lo abrí por la página que había marcado.

—E-espera, eh, eso es, eh…

—Pornografía novelada.

Sonreí complacido, leyendo el primer párrafo de la página que había marcado.

—¡No es pornografía!

Parecía escandalizada por que dijera esa palabra.

La agarré de la cara, la acerqué a mí y la zarandeé.

—No tiene nada de malo. Los humanos tienen la ridícula costumbre de avergonzarse por lo que les gusta. La erótica, el porno, el sexo, los fetiches poco comunes… Mientras los participantes estén dispuestos, no hay de qué avergonzarse.

Me miró confundida. Era como si el concepto de vivir sin vergüenza fuese nuevo para ella.

—¿Hay algo aquí que no quieres que vea? —Me acomodé contra el cabecero de su cama con el libro abierto entre las manos—. Las páginas huelen a ti. —Se sonrojó muchísimo al verme leer—. Ah, así que te gusta leer sobre una mujer al mando, ¿eh? ¿Te imaginas en esa posición o en el lado del que recibe?

—Eh, pues, eh… ¿En los dos? Eh, sí, supongo que en los dos. Nunca he estado con otra mujer, pero tengo curiosidad. —Se echó el pelo hacia atrás, retorciéndose incómoda mientras yo proseguía con la lectura—. Aunque no sé si se me daría bien. Me refiero a mandar yo.

Lo comentó encogiéndose de hombros y tan abatida que me eché a reír.

—Bueno, nunca lo has intentado, ¿a qué no, cariño? —Negó con la cabeza y dejé el libro a un lado—. ¿Te gustaría probar?

Sus ojos se abrieron de par en par.

—¿Probar? ¿Con-contigo?

—No hay nadie mejor.

Aunque intenté mantener la calma, estaba prácticamente salivando.

—El demonio de mi padre está abajo —susurró—. Sabrá que estás aquí.

—No lo sabrá. —Hundí la cara en su cuello, aspiré su dulce aroma y un gruñido profundo retumbó en mi pecho—. En todo caso, solo te olerá a ti. Pensará que te estás tocando.

Su respiración se entrecortó antes de ralentizarse y volverse más fuerte.

—No… No quiero que piense eso.

—Mmm, ¿estás segura?

No lo estaba. Arqueó la espalda, apretando el culo contra mí y dándome mejor acceso a su cuello. Joder, era una cosita muy inocente y a la vez estaba famélica. Llevaba años muriéndose de hambre y había bastado con que probara el placer que le habían negado para que despertara.

Everly estaba poniéndose cachonda solo con restregarse contra mí. No obstante, yo tenía un plan diferente para ella; por mucho que deseara sentir su cálido coño aferrándose a mi polla, su cuerpo ya estaba sufriendo bastante con esos brazaletes puestos. Le estaban quitando fuerzas.

—Tu abuela se cabreó conmigo por follarte —dije—. Esa vieja fantasma entrometida pensó que te haría daño.

—¡¿Se lo contaste?! —exclamó, y luego se tapó la boca rápido con la mano, horrorizada por el volumen de su tono—. Callum, eso es… Joder. ¡Eso es privado!

—Cariño, por favor. En una casa llena de fantasmas nada lo es realmente —comenté, riéndome de lo mortificada que estaba—. Además, le prometí que te daría la oportunidad de hacerme lo mismo. Aunque no es que no fuera a hacerlo.

¿Cómo iba a resistirme? La simple idea de que esta mujer me dominara era casi suficiente como para hacer que me corriese sin ni siquiera tocarme.

—¿Qué quieres decir exactamente con eso?

La curiosidad y la confusión inundaron aquellos hermosos ojos. La agarré por la cara y la besé, pero cuando me aparté, estaba sonriendo.

—Hoy te toca a ti llevar el mando —anuncié—. Yo te enseñé cómo hacerlo, y ha llegado la hora de que pruebes tú.

Se quedó mirándome desconcertada durante un momento.

—Joder, vale, quieres que… ¿Quieres que te folle? O sea, ¿ahora?

Era adorable verla tan nerviosa. Sonriendo, asentí.

—Hace días que no pienso en nada más.

Tuve cuidado de calibrar su reacción, y bajo sus nervios solo había deseo. Si no le hubiera interesado, habría desistido, sin rechistar; me conformaba con ser versátil. Aunque su excitación hizo que me apeteciese todavía más.

Se rascó la nuca.

—Callum, no tengo lo necesario para hacer eso.

—No muevas un músculo —le pedí, poniéndome de rodillas de un salto—. Enseguida vuelvo.

No tardé mucho. Sabiendo exactamente dónde iba, me teletransporté allí y regresé en cuestión de minutos. Lo único que me retrasó fue que tuve que esconderme un segundo para asegurarme de que los empleados de la tienda no me vieran. El Consejo solía disponer que los demonios que pasaban un tiempo en la Tierra tuvieran acceso al dinero de los humanos, pero a mí me habían cerrado el grifo hacía tiempo. Sin duda, por culpa de los mezquinos tejemanejes de Lucifer, que intentaba por todos los medios que regresara al Infierno.

Cuando volví, Everly se sobresaltó al verme aparecer de nuevo en su habitación con un golpe seco cuando mis pies tocaron el suelo. Le di la caja que había robado y observé las distintas fases por las que pasó en su rostro, desde la confusión hasta la sorpresa cuando se dio cuenta de lo que era.

—Esto es… Oh, vaya, vale, es un pene. Con… ¿un arnés? —No podía estar más sonrojada. Levantó el juguete con las correas ajustables, cuya longitud y tamaño se podían comparar con los de su antebrazo—. Es un arnés sexual. Vale.

Alternó la mirada del juguete a mí y viceversa, cada vez más ojiplática.

—¿Quieres que te folle… con esto? —Se le quebró la voz y no pude evitar reírme—. Esto… Callum, ¡esta cosa es enorme!

—¿Tienes miedo de hacerme daño? No tienes de qué preocuparte, cariño. Considera esto un pase libre para descargar frustraciones.

Bajó la vista.

—Nunca me he considerado muy, eh… —se pasó la lengua por los labios y tragó saliva al contemplarse en el espejo que colgaba de la pared—, muy dominante.

—Eso depende de ti —contesté, poniéndome detrás de ella—. Si no te llama la atención, dime que no.

—Sí que me llama.

Su murmullo me puso la piel de gallina. Seguía observándose en el espejo y, en el reflejo, su mirada se cruzó con la mía. ¿Se estaba imaginando cómo sería? ¿Me visualizaba debajo de su cuerpo?

Caí de rodillas ante ella.

—Solo te pido que me recuerdes lo que es sentir algo, mi señora. Cómo quieras hacerlo lo dejo a tu elección. —Sin embargo, yo ya sabía que la incertidumbre la paralizaba y no quería ponerla nerviosa. Así que le besé el dorso de la mano y le sugerí—: Si te preocupa hacerme daño, estoy más que dispuesto a demostrarte que ansío cualquier dolor que tengas la amabilidad de concederme.

Despacio, extendió la mano y me pasó los dedos por la cara.

—¿Quieres que te haga daño?

—Entiendes el deseo, ¿verdad? —Me incliné hacia su palma y le dirigí mi mejor mirada de «seré un chico bueno»—. Es más fácil abofetearme estando aquí abajo, ¿a qué sí? Inténtalo, vamos.

No se movió.

—Mataste a Sam, ¿verdad? —me preguntó después de tomarse su tiempo para darle una vuelta—. Vi los carteles de persona desaparecida.

—Sam fue a dar un paseo por el bosque —repuse, inocente—. Por la noche. Menudo estúpido.

Se mordió los labios por dentro, presionándolos en una línea, para reprimir una sonrisa.

—No deberías matar a la gente, Callum.

—Entonces, castígame por hacerlo.

Me dio un golpecito en la mejilla. Me negué a llamarlo bofetada. Para animarla un poco, chasqueé los dientes contra su mano, con los colmillos a escasos centímetros de sus dedos.

Esa vez, la bofetada resonó en toda la habitación.

En una fracción de segundo, el horror, el miedo y la excitación se reflejaron en su rostro. Cuando vio mi sonrisa, el fuego se encendió en ella igual que la gasolina al derramarse sobre una llama.

—Eso es, cariño. Más fuerte —gemí.

El golpe de su mano volvió a escucharse y el escozor me recorrió la mejilla.

Sentí aún más placer y me reí, deleitándome en el dolor y en el brillo de su mirada ante mis sonidos.

—No tienes que ser delicada. —Eché la cabeza hacia atrás, observándola—. Quiero todo el daño que mi señora sea capaz de infligir.

Se irguió, y cuando sus inteligentes ojos examinaron cada centímetro de mi cuerpo, no pude leer su expresión.

Luego levantó el pie descalzo y lo apoyó en mi torso.

—Túmbate —me ordenó, y obedecí.

Tenía la polla tan dura como una roca y me dolía; estaba mareado por la necesidad. Estaba al borde de la locura por complacerla. Se sentó a horcajadas sobre mi pecho y me rodeó la garganta con una mano. No tenía los dedos tan largos como para estrangularme, pero me bastaba con sentir su peso. Se metió la otra en los pantalones del pijama y sonrió cuando me salió un gruñido.

—Esto es lo que quieres, ¿verdad? —murmuró. Giró las caderas y yo salivé ante la idea de enterrar mi cabeza entre sus piernas—. ¿Me suplicarás por ello?

—Eres una chica cruel, ¿verdad?

Podría darle la vuelta a la tortilla muy fácilmente. Podría inmovilizarla y hacer que gritara mi nombre en cuestión de segundos. Sin embargo, resistirme para ganarme su aprobación y su permiso era mucho más placentero.

La culpa la tenía el haber llevado toda una vida viviendo como una máquina diseñada para matar, un guerrero al que se animaba a ser lo más despiadado y violento posible. El dolor era un consuelo familiar y aceptable. La vida requería control. Sin alguien que equilibrara mis deseos más viles, no era mejor que cualquier otra bestia salvaje.

—Detrás de esa cara bonita se esconde una pequeña sádica —comenté, moviendo mis caderas sin sentido.

Ella se echó a reír, y mi polla se agitó, desesperada, cuando me apretó la garganta con más fuerza.

—¿Cómo voy a resistirme cuando la desesperación te queda de lo más sexi?

No lo dijo como si fuera una frase trillada, como si intentara ligar. Lo dijo como si fuera un hecho, como si acabara de empezar a comprender cómo sus propios deseos se entremezclaban con los míos.

No podía hacer que fuese dominante. No podía obligarla a confiar en su poder. Solo podía guiarla en la dirección correcta y dejarle recorrer el camino.

—Eres tan poderoso como para matar dioses. —Su mano se movía despacio y sus ojos pestañeaban mientras se daba placer a sí misma—. Sin embargo, permites que te domine. ¿Por qué?

—Me das lo que nadie más puede darme —contesté.

Me perdí en el aroma de su excitación; la mente confusa, el cuerpo en llamas.

—¿Qué te doy, Callum? —Su voz era un canto de sirena en la confusión que se apoderaba de mi mente.

Cuando volví a menear las caderas, me clavó las uñas en la garganta.

—Alguien a quien complacer. Alguien a quien servir.

Sentí el movimiento de sus dedos, ocultos por la franela, entrando y saliendo de ella. Tenía los ojos entrecerrados y el aire a su alrededor brillaba tenuemente.

—Nunca he conocido a un demonio que quiera servir a un humano.

Lo más probable era que no hubiese conocido a muchos demonios, pero no iba a discutírselo.

—Cuando los demonios nos convertimos en guerreros, nos entrenan para ser violentos. —Me costó hilar frases lo bastante coherentes como para explicárselo—. Se nos anima a abandonar cualquier intento de civismo o domesticación. Vivimos para destruir. Aunque la destrucción exige límites. Toda arma precisa de alguien que la controle.

No esperaba ver tanta comprensión en sus ojos…

Justo antes de que levantara el brazo y me diera una bofetada en la cara.

—Joder, sí, cariño. Hazme daño.

Levanté las caderas y estuve a punto de desequilibrarla. Apretó las piernas contra mis costados y gimió cuando mi forcejeo hizo que metiera los dedos más adentro.

—Necesitas a alguien que te controle —dijo, y yo asentí enseguida—. ¿Las reglas te dan seguridad?

La pregunta me erizó el vello y mi orgullo quiso negarla. No obstante, aquella cuestión estaba cargada de inocencia y tenía razón. Las órdenes de Lucifer me habían hecho sentir seguro hasta que perdí mi fe en él como líder. El control de mis comandantes una vez me reconfortó, hasta que ascendí de rango más rápido de lo que estaba preparado y, de repente, todo el mando estaba en mis manos. El control conllevaba responsabilidad. No solo me convertía en líder, sino también en protector. Un maestro para mis guerreros, mas un siervo de su bienestar.

No quería pensar en eso. No quería pensar en todo en lo que había fallado.

—Callum.

La voz de Everly me devolvió a la realidad y recordé que me había hecho una pregunta.

—Nada da seguridad —murmuré—. Pero si no puedo estar a salvo, al menos puedo ser útil.

Había cosas de las que era mejor no hablar. Me preocupaba lo fácil que me resultaba contárselas.

Giró las caderas, apretándose contra mí. Cerré los puños para no agarrarla y darle la vuelta.

—Puedes ser útil siendo mi asiento mientras me corro. —Le temblaba la voz, ya al límite—. No me toques. No forcejees. Solo mira.

—Al menos déjame acariciarte, joder —gruñí, y me dio otra bofetada que me hizo saltar y sentir un éxtasis etéreo.

—Haz lo que te he dicho, Callum. Si te portas bien, quizá te folle como me has pedido.

Cada vez que pronunciaba mi nombre, me hacía temblar. No tenía que obligarme a acatar sus órdenes. Mi placer venía de mi sacrificio: de renunciar a lo que deseaba tan desesperadamente en aras de la obediencia.

Me quedé tumbado, salivando, borracho de placer mientras ella se ponía más cachonda. La observé con admiración, maldiciendo a la vez que suplicaba. Tenía las piernas apretadas a mi alrededor y la respiración agitada a la vez que yo me retorcía debajo de ella.

Acepté la tortura de buen grado, por suerte. Los únicos sonidos que brotaban de mí eran gruñidos animales llenos de desesperación.

Everly sacó la mano de entre sus piernas y levantó dos dedos, que brillaban con su excitación. Sin apartar sus ojos de mí, los acercó a mi boca y me los metió.

Cerré los labios en torno a ellos y chupé. Me observó fascinada y jadeó cuando apreté los dientes, no lo bastante fuerte como para hacerle daño, aunque sí para provocarla.

—Quiero probar —soltó—. Quiero follarte.

Era santidad y blasfemia, todo en uno. Una diosa del deseo y la inocencia.

Me dejó desnudarla despacio, tomándome mi tiempo para adorar cada centímetro de su cuerpo. Respondía a los besos con elogios, pero me daba una colleja cuando le mordisqueaba la piel y se reía cuando seguía haciéndolo de todos modos.

—Construiría un templo para ti si pudiera —le aseguré, arrastrando la nariz por su piel mientras aspiraba—. Te encerraría como a una diosa bañada en oro y te adoraría a tus pies por toda la eternidad.

—Apuesto a que se lo dices a todas las personas con las que te acuestas —replicó.

Agarrándola por las caderas, le planté un beso junto al ombligo.

—Llevo vivo demasiado tiempo como para hablar en vano —respondí—. No le he dicho esas palabras a nadie más.

Cogí el juguete de la cama y ajusté las correas alrededor de sus caderas, asegurándome de que estuviera bien sujeto. Ella lo balanceó juguetona, riéndose cuando me dio en la mejilla con la polla.

—¿Tienes lubricante?

—Lo crearé —comenté, con los labios presionados contra la punta del pene de plástico.

Tomó aire cuando me la llevé a la boca. Se me estiró la mandíbula a su alrededor y mi saliva se espesó a medida que chupaba, lubricando la superficie. No respiró ni una sola vez mientras me miraba, solo exhaló cuando me eché hacia atrás y le sonreí.

—Joder. —Apenas era capaz de hablar por encima de un susurro—. Eso ha sido… Eres… Madre mía.

—Fóllame, ama. Por favor —rogué, pasando los lados bífidos de mi lengua por la polla que llevaba puesta—. ¿Dónde me quieres? ¿En el suelo? ¿O en la cama?

Se irguió, pareciendo recordar quién mandaba allí.

—En el suelo —respondió.

Obedeciendo, le di la espalda y me tumbé en la moqueta. Ella se arrodilló entre mis piernas y me tocó con delicadeza, con cariño. La punta del juguete me rozaba, aunque era evidente que no se atrevía a presionar con más fuerza.

Echándome hacia atrás, me abrí con una mano y arqueé la espalda, metiéndome la polla. Soltó una palabrota por lo bajo cuando gemí, empujando el objeto más adentro.

Hacía siglos que no me penetraban. Era agonía y éxtasis a la vez, la catarsis más abrumadora.

—Hostia puta, me encanta.

—Esa boca —susurró, sentí un cosquilleo en la espalda al oír el tono. Tranquila pero autoritaria. Todavía un poco insegura, aunque con mucha más confianza de la que la había oído tener nunca—. No es muy respetuoso por tu parte soltar palabrotas, ¿verdad?

Decirle a un demonio que no maldijera era como decirle a un pez que no nadara. Gruñí ante su petición con evidente desafío y me sorprendió notar su mano enredada en mi pelo, agarrando los mechones y empujando mi cabeza hacia abajo. Presionó más hasta que sus caderas se pegaron a mí.

—No es muy respetuoso —repitió—. ¿A que no?

Sus palabras fueron acompañadas de una fuerte embestida, la sensación prácticamente hizo que se me pusieran los ojos en blanco.

—No, mi señora, es una falta de respeto. —Me dolía en el mejor de los sentidos, y si seguía moviéndose tan despacio, iba a convertirme en un auténtico puto desesperado pidiendo más—. Fóllame más duro, por favor, vamos…

Soltó una risita que provocó una oleada de calor en mí que me hizo temblar.

—¿Tanto lo quieres? Qué necesitado estás.

Sonaba tan dolorosamente dulce que gemí. Estaba prácticamente rabiando. Enseguida perdí todo decoro cuando movió las caderas, echándolas hacia atrás antes de empujar hacia delante. A pesar de que no tenía mucha destreza con el arnés, cada movimiento torpe y ansioso solo hacía que me excitara todavía más.

—Me gusta oírte gemir —comentó. Me alzó la cabeza con agresividad y bastante efusiva, y me presionó entre los omóplatos con la otra mano. Los latidos de su corazón empezaron a acelerarse cada vez más. Respiraba entre jadeos rápidos y agitados—. Si quieres que te dé más duro, pídemelo amablemente.

—Por todos los demonios, si sigues hablándome así vas a hacer que me corra en la puta moqueta, Everly.

La risa burlona que soltó en respuesta fue agradable.

—Oh, así que así de fácil es… —canturreó—. ¿Solo hace falta eso para que te corras? ¿Que te llene el culo la polla de una chica guapa?

No sabía dónde había sacado esa boca sucia, pero la dejé seguir hablando con mucho gusto.

Si arqueaba la espalda y levantaba las caderas hacia ella, el juguete tendría el ángulo perfecto para llevarme al límite en cuanto me diera permiso, cosa que dudaba que me concediera a menos que consiguiera controlar mi lengua incoherente.

Lo único que podía hacer era blasfemar sin aliento, prometiéndole de todo si por favor, *por favor*, me daba más.

—Por favor, haré lo que quieras. Cualquier cosa que pidas, joder, solo… fóllame más duro, por favor, mátame…

—Matarte sería piadoso —dijo—. No puedes sufrir si estás muerto. Pero vivo… —Tiró de mi pelo, sacudiendo mi cabeza de un lado a otro como si yo fuera la débil mortal y ella el demonio—. Vivo tienes que soportar lo que yo decida hacerte.

Me embistió, manteniendo un ritmo que hizo que mi polla gotease en el suelo. Me soltó el pelo y arrastró las uñas por mi espalda, me agarró por las caderas y encontró su ritmo.

En ese momento, podría haber muerto de verdad. Mi mente ascendió a otro plano donde solo era capaz de disfrutar de la intensa sensación de ella moviéndose dentro de mí. Mi pene rozaba la moqueta, la áspera abrasión de la tela me escocía lo suficiente como para contenerme.

—¿Quieres correrte? —me preguntó, inclinándose sobre mi espalda con la voz bajita, dulce y muy burlona.

—Sí —gruñí.

Me tiró del pelo.

—Sí, ¿qué?

Mis garras arañaron la moqueta, rasgándola aún más cuando soltó un gritito de desaprobación.

Aunque podría haber chupado aquella polla durante horas, también era un cabrón codicioso.

—Sí, ama, por favor, deja que me corra —supliqué, tan cachondo que me sentí más como un animal que como un demonio.

Siguió follándome. Estaba a punto de empezar a suplicar de verdad cuando por fin me lo ordenó.

—Córrete para mí, demonio.

Apreté los dientes contra mi brazo con tanta fuerza que sangré. No estaba seguro de si lo que salió de mi boca fueron palabras de verdad o solo gruñidos, pero cada sonido era una adoración que iba dirigida a ella.

No me parecía bien dejar a Everly sola, pero su familia llegaría en cualquier momento. Volver a salir por la ventana y verla acurrucarse en la cama, sola, hizo que notase una opresión en el pecho con un desagradable sentimiento de irritación y soledad.

—Estarás cerca, ¿verdad? —preguntó, inclinándose hacia donde me encontraba al hablarme—. Si algo va mal mañana, ¿estarás allí?

Se me erizó la piel. Un cosquilleo en la nuca me advirtió de que me estaban observando y eso me puso muy nervioso.

—Estaré cerca, cariño —prometí, apoyando la barbilla en el alféizar de la ventana.

Para mi sorpresa, me dio un beso en la frente. Desde luego, no era un gesto al que estuviera acostumbrado; nunca me había interesado por los compañeros cariñosos.

Los látigos, las cadenas y el dolor podían conmigo. Aunque las palabras y las caricias tiernas podían domarme con la misma eficacia.

—Nos vemos mañana en la Sociedad Histórica —le aseguré—. Distraeré a tu padre mientras coges el grimorio. Tal vez no pueda matarlo, pero te llevaré lejos de él con mucho gusto.

Se le iluminaron los ojos.

—¿Me llevarás a casa?

—Te llevaré adonde quieras ir.

Con una mirada audaz y decidida, me besó. Le acaricié la nuca y la atraje hacía mí. Cuando me separó los labios con la lengua, emití un gruñido y la polla se me tensó, preparada para un segundo asalto.

Sin embargo, esa persistente sensación de estar siendo observado me distrajo. Cuando Everly se separó de mí, no pude evitar echar un vistazo rápido por encima del hombro en dirección al bosque.

Nada. No se veía ni un alma.

No obstante, había un olor familiar en el viento. Uno que hizo que me saltaran las alarmas.

—Mañana nos vemos —me despedí, acariciándole la cara una última vez antes de salir corriendo hacia el bosque.

Estuvo a punto de decir algo y me maldije por no haberme quedado para oírlo. Pero estaba en alerta máxima.

Había alguien por allí y su presencia era lo bastante poderosa como para provocar un cambio en el ambiente. El viento se volvió más frío, las sombras se oscurecieron. Bajo los árboles, los grillos no cantaban y las criaturas de la noche se negaban a salir de sus madrigueras. Agazapado entre los arbustos, observé mi entorno con cautela.

Aunque no con la suficiente. Oí unos pasos detrás de mí en el mismo instante en que unas ataduras mágicas me rodearon las extremidades y la oscuridad se apoderó de mi vista.

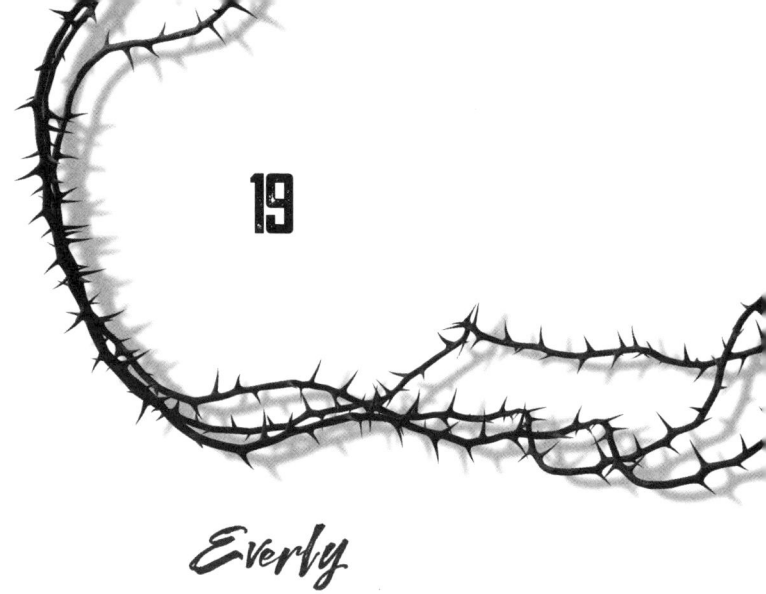

19

Everly

A la mañana siguiente, me desperté con la certeza absoluta de lo que tenía que hacer. Solo tendría una oportunidad. Si la cagaba, si me pillaban, no estaba muy segura de si alguna vez volvería a tener otra.

La verdad era que ni siquiera sabía si sobreviviría.

Si mi padre me pillaba robando su posesión más preciada, ¿me dejaría vivir? ¿O me mataría en el acto? ¿Pagaría a la policía, a los investigadores y haría pasar mi asesinato por una horrible tragedia?

Si dejaba que el miedo se apoderase de mí, que me controlase, entonces me quedaría allí dándole vueltas para siempre. Me quedaría atrapada en ese lugar hasta que el dios surgiera de las profundidades y me quitara la libertad de elegir.

Callum me había dado una confianza que jamás esperé tener. La forma en que se deleitaba con cualquier muestra de mi poder, la forma en que ansiaba y alababa cualquier autoridad que me atreviera a demostrar hacía que me sintiese fuerte.

Pero había un problema: papá había guardado bajo llave las llaves de mi coche, y yo tenía que poder huir rápido. Por desgracia, eso significaba que necesitaba la ayuda de mi hermana.

Llamé a la puerta de su habitación un poco más fuerte de lo que pretendía. Cuando Victoria la abrió de golpe, parecía muy cabreada.

—¿Qué coño quieres? —me espetó.

Tenía la plancha del pelo en una mano y una mascarilla puesta. En los altavoces sonaba una animada canción de pop.

—Oh, solo quería saber si vas a ir al pueblo hoy —le respondí, sin atreverme a poner un pie en su dormitorio.

Si tocaba algo, lo más probable es que le diera un patatús.

—Sí, estoy arreglándome para pasar la noche en casa, claro que sí —soltó, poniendo los ojos en blanco al sentarse frente a su tocador—. ¿Por qué te importa a dónde voy?

—Pensé que a lo mejor podrías llevarme allí —comenté, intentando de sonar lo más inocente y esperanzada posible.

—¿Has olvidado cómo conducir o qué?

—Eh… No. —«Paciencia, Everly, sé paciente y educada»—. Papá me ha quitado las llaves. Así que… bueno.

—¿Así que la has liado y ahora quieres que te lleve de aquí para allá? No, gracias. —Resopló, burlona.

—Venga, RiRi —supliqué, lanzándome a la piscina y atreviéndome a usar el apodo cariñoso con el que me dirigía a ella cuando era pequeña—. Solo quiero ir a tomar un café rapidito. Había pensado en llevarle uno a papá al trabajo.

Nuestro padre tenía varias reuniones en la Sociedad Histórica ese día. Había una conferencia ese fin de semana, algo sobre gestión de tierras y conservación de edificios históricos, así que, por supuesto, tenía que participar.

—¿Quieres llevarle un café a papá? Dios, eres una pelota. Buaaa, buaaa, papá me ha quitado las llaves del coche y ya no me deja ir a la universidad. ¡Qué triste es mi vida! —dijo con una voz burlona y aguda que no se parecía en nada a la mía, menos mal.

Se me pasó por la cabeza darle una bofetada con la misma fuerza con la que había golpeado a Callum la noche anterior. A pesar de la satisfacción que me daría hacer aquello, me resistí.

—Será un viaje rapidito —insistí—. Por favor… Hasta le diré que fue idea tuya.

—Mmm, no, gracias. No quiero que papá piense que me esfuerzo tanto. —Suspiró, agarró el pompón rosa que llevaba colgado de sus llaves y me las lanzó—. Coge el Mercedes. Me da igual. Devuélvemelo a las dos, Everly, ¿entendido? Te juro que si llegas un minuto más tarde, le diré a mamá que fuiste tú quien puso aceite de pimienta fantasma en su crema para el contorno de los ojos.

—A las dos lo tendrás aquí, ni un segundo más tarde —le prometí, marchándome antes de que pudiera cambiar de opinión.

Al final recuperaría el coche, pero no antes de las dos. Cuando la policía lo sacara del lago en el que yo pensaba meterlo, podría conducir por donde quisiera.

Mi plan era sencillo: ir a la Sociedad Histórica y, mientras papá estaba distraído yendo y viniendo de varias reuniones y atendiendo llamadas telefónicas, coger el grimorio y salir corriendo. Luego conducir hasta el bosque cerca de la Casa Laverne, esconder el automóvil y reunirme con Callum para volver a la casa al anochecer.

Perfecto. Simple. Nada aterrador.

Dios, estaba cagada de miedo.

Me alivió ver muchos vehículos en el aparcamiento cuando llegué al edificio de la Sociedad Histórica. Mucha gente significaba que habría muchos otros sospechosos. Esperé en el Mercedes unos minutos y mantuve los ojos abiertos, buscando a Callum. Aunque esperaba que no fuera necesario, él se aseguraría de que mi padre estuviera distraído durante el tiempo que yo me hacía con el grimorio.

Pero entonces pasaron cinco minutos. Luego diez.

Callum no apareció.

Con el ceño fruncido, salí del coche y susurré su nombre. ¿Había entendido mal el plan? Ese era el único día en que podíamos hacerlo, cuando mi padre estaba ocupado con sus reuniones. Miré a mi alrededor con impaciencia y volví a llamarlo.

Nada.

Se me acababa el tiempo, no podía seguir esperándolo. Quizá ya estaba dentro, llevando a cabo el plan. A pesar de que tenía las manos sudadas y sentía una opresión en el pecho, no podía dejar que el miedo me dominara.

Con dos cafés con leche en la mano, entré directamente por la puerta principal.

—¡Oh! ¡Hola, señorita Everly! —La secretaria, Janet, me saludó alegre desde detrás del escritorio. Se había licenciado en la Universidad de Abelaum, era rubia y tenía curvas. Justo el tipo de mujer que le gustaba a mi padre—. ¿Busca a Kent? Quiero decir, al señor Hadleigh. —Me dedicó una sonrisa dulce pero ligeramente nerviosa—. Creo que sigue en su despacho. Aunque será mejor que se apresure, tiene una reunión en cinco minutos.

—¡Oh, cielos, entonces me daré prisa!

Me despedí de ella rápidamente y me dirigí escaleras arriba hacia el despacho. Cuanto más apremio tuviera mi padre, mejor.

Toqué la puerta con suavidad y esperé a oírle murmurar que pasase antes de entrar.

Levantó la vista de su escritorio, claramente sorprendido de verme.

—Oh, Everly. No te esperaba. —Frunció el ceño—. ¿Cómo has llegado hasta aquí?

—Victoria me prestó su coche —contesté, y a continuación añadí—: Quería que fuera a buscarle un café, ya que todavía se está preparando para…, bueno, no sé para qué se está preparando. Sin embargo, pensé que, ya que estaba fuera, podía traerte un americano.

Le ofrecí la bebida con la sonrisa más inocente que pude esbozar. Parecía sorprendido, pero la tomó sin vacilar.

—Bueno, qué amable eres —me halagó—. Aunque, por desgracia, solo tengo… ¡Mierda!

Justo cuando se llevaba la taza a la boca, la tapa se aflojó y el líquido caliente se derramó y se le cayó en la parte delantera de la camisa y la chaqueta. Volvió a maldecir mientras yo me apresuraba a disculparme y le ayudaba a quitarse la chaqueta.

Sentí el peso del grimorio en un bolsillo cuando la coloqué sobre el respaldo de su silla.

—Se habrá roto la tapa —comenté con desolación a la vez que él intentaba en vano limpiar la mancha de su camisa blanca con pañuelos de papel—. ¿Quieres que vaya a casa y te coja ropa para cambiarte…?

—No, no, déjalo —espetó—. Le pediré a Janet mi… Bueno, creo que tengo un abrigo de repuesto en el armario de abajo. Voy a llegar tarde a la puñetera reunión. —Salió del despacho, instándome a imitarlo—. Dios, la mancha esta. Dame unos minutos, la reunión será rápida. Después podemos ir a comer algo juntos, ¿quieres?

—Oh… Vale… Sí, ¡claro!

Intenté no parecer muy aterrada mientras él se apresuraba hacia las escaleras. Mierda, lo último que necesitaba era que viniera a buscarme inmediatamente después de su reunión. Pensé que primero contaría con un poco de tiempo para escapar.

Tendría que hacer esto rápido.

En cuanto desapareció escaleras abajo, me apresuré a entrar en su despacho. El edificio solo tenía cámaras de seguridad alrededor del perímetro, en el exterior, así que no tenía que preocuparme por si me grababan. Cuando rebusqué en la chaqueta, encontré el grimorio en el bolsillo interior.

Apenas podía respirar cuando lo saqué. No esperaba semejante oleada de emoción, un sentimiento tan instantáneo e innegable de «lo correcto». Tenía en mis manos años de estudio de mis antepasados, su devoción por la magia, su sangre, su sudor y sus lágrimas. Sus dedos habían tocado esas páginas y habían garabateado estas palabras.

A toda prisa, me metí el libro en el bolso, le quité el seguro a la ventana y la abrí de golpe, con la esperanza de que pareciera que el ladrón había entrado y salido por allí. Después, cerré la puerta tras de mí y caminé lo más veloz que pude hacia las escaleras.

Solo me quedaba marcharme por la puerta principal y llegar al coche. Una vez al volante, conduciría hacia el norte, por todas las callejuelas que conocía. Callum estaría vigilando; me estaría esperando.

Por fin sería libre. Solo tenía que salir por la maldita puerta.

Pero ni siquiera llegué al final del pasillo.

—El cabrón ni siquiera se ha presentado a su propia reunión… —Mi padre se dirigía hacia mí subiendo los peldaños, más perturbado que nunca. Retrocedí con rapidez y me quedé helada cuando levantó la cabeza—. ¿Estás bien, querida? Estás pálida.

Mierda.

—¡Oh! No, estoy bien. Muy bien —asentí, obligándome a sonreír—. Solo iba a…, eh…, sentarme en el recibidor. Hasta que hubieras acabado.

—Bueno, ya casi estoy. Resulta que el señor Fedderman ni siquiera es capaz de aparecer en las reuniones que él mismo programa. —Me rodeó los hombros con un brazo y me dio un apretón antes de seguir hacia su despacho—. Déjame recoger mis cosas.

Dios mío, estaba muerta. Estaba muerta de verdad. Era el momento. Me arrojaría ante el dios, sabría que era una traidora. Sacudí la cabeza, considerando salir corriendo, pero entonces vi una pila de cajas de cartón apoyadas contra la pared con montones de libros viejos dentro.

No lo pensé ni un segundo más. Cuando mi padre desapareció en su despacho, dejándome fuera, metí el grimorio en una de ellas y retrocedí de un salto, con la esperanza de aparentar despreocupación cuando saliera.

—Everly —habló con frialdad, con los ojos entrecerrados—, ¿dónde está?

No estaba preparada para aquello. Me humedecí los labios.

—No sé de qué me hablas —tartamudeé.

Soné natural, incluso despreocupada. Sin embargo, el problema de ser una mentirosa con un padre desconfiado era que nada, ni siquiera la verdad, era suficiente.

Me agarró del brazo con fuerza y tiró de mí hacia su despacho. Cerró la puerta de un portazo y me empujó tan fuerte que tuve que agarrarme al escritorio.

—¿Dónde está mi grimorio? —gritó.

Tenía la cara roja y los puños cerrados.

—Yo no lo tengo, papá —insistí.

Estaba bloqueando la puerta y no había forma de esquivarlo. No había manera de que pudiera escapar sin intentar luchar contra él físicamente, y eso no iba a suceder.

Si pudiera usar mi magia…

Pero no podía. No podía, joder.

Como advirtiéndome de que no intentara nada, los brazaletes se tensaron, haciendo presión en mis muñecas hasta que temí que se me rompieran los huesos.

—Dame tu bolso —ordenó.

Se lo entregué y me lo arrancó de las manos. Me aparté de su camino mientras arrojaba el contenido sobre su escritorio. Un pintalabios y un bolígrafo rodaron por el suelo cuando extendió mis cosas sobre la mesa para inspeccionarlas.

Por suerte, me había asegurado de no dejar nada de valor dentro.

Tiró del forro del bolso y abrió todas las cremalleras antes de arrojarlo a un lado.

—Desnúdate —ordenó—. Ya.

Me quedé boquiabierta y lo miré, atónita.

—¿Quieres que… qué? Papá, no puedes…

—¡Ya, Everly! —Su voz llenó el pequeño despacho y me estremecí cuando dio un paso hacia mí.

Pero ni hablar. No. Y menos ese día precisamente, cuando mi cuerpo estaba cubierto de arañazos y moratones que me habían dejado las manos de Callum.

—No —respondí en voz baja—. Papá, por favor, estás exagerando…

—¡Esto no es una reacción exagerada! —exclamó—. ¡Ese grimorio es esencial para la continuación de nuestra sociedad y lo sabes, Everly! Haz lo que te digo. —Bajó la voz hasta hablar en un siseo que me heló por dentro—. Obedéceme o llamaré a Leon para que te obligue a hacerlo.

Dios, ¿dónde estaba Callum?

Tenía que salir de ahí. Todo había salido mal.

Mis ojos se desviaron hacia la ventana, con la esperanza de vislumbrar a mi demonio volando para salvarme.

Aunque no vino.

Cuando me llevé la mano al dobladillo de la camiseta, los dedos me temblaban de rabia e impotencia. Intenté no pensar en ello, intenté imaginarme que estaba en cualquier otro sitio que no fuera ese mientras me quitaba la prenda a toda prisa y me desabrochaba los vaqueros.

Con la ropa tendida sobre el escritorio, vestida solo con el sujetador, las bragas y los calcetines, extendí los brazos.

—Mira, ¿lo ves?

Me escocieron los ojos por la humillación que sentí cuando me observó, y me escocieron aún más cuando su boca se curvó en una mueca de desaprobación.

—¿Qué cojones es esto? —inquirió. Me retiró el pelo del cuello y yo me aparté de un tirón, con los brazos cruzados sobre el pecho. No obstante, sabía que lo había visto. Los moratones, los chupetones, los arañazos y las pequeñas ronchas rojas—. ¿Con quién has estado?

—No es asunto tuyo —susurré.

—¡Tengo derecho a saber con quién demonios se prostituye mi hija!

Volvió a agarrarme del brazo, clavándome los dedos. De repente me pregunté si me dejaría un moratón, uno que Callum pudiera ver.

¿Encontraría el demonio la forma de matarlo a él también?

—William Frawley —respondí.

Odiaba meter su nombre en todo eso, pero era lo único que podía hacer. Era la única persona que tenía sentido, alguien a quien mi padre no consideraría una amenaza.

Él se echó a reír. No era un sonido agradable, no era humor. Era una risa cruel.

—Ay, Everly. —Sacudió la cabeza—. No seas estúpida. ¿Te crees que tienes tiempo para estas tonterías? ¿Qué puedes perder el tiempo con algún… con algún chico? ¿Con un chico que ni siquiera te quiere? ¿Que ni siquiera te entiende o te conoce verdad? ¿De verdad crees que alguien de fuera de esta familia podría aceptar quién eres? ¿De lo que eres capaz? ¿Que podría aceptar lo que has hecho? —Me miró con cara de asco—. Vístete y vete a casa. Directa. Y no salgas de ahí bajo ningún concepto.

Una vez vestida, abrió la puerta de golpe y me acompañó escaleras abajo. Cuando pasamos junto a la caja de cartón en la que había metido el grimorio, todavía tenía la cara ardiendo y las manos me temblaban por la adrenalina.

Papá me guio hasta el exterior.

—Iré detrás de ti. Directa a casa —repitió cuando llegamos a mi coche.

20

Everly

A medida que mi padre registraba mi habitación, sacando ropa de los cajones y tirando libros de las estanterías, yo me repetía que era inocente.

No sabía dónde estaba el libro. Nunca lo había tocado.

Era buena. Era obediente. No era una mentirosa.

Papá se negó a contarle al resto de la familia lo que había pasado. Meredith estaba cada vez más irritada y empezó a seguir a mi padre por toda la casa, pidiéndole a gritos que le contara qué demonios estaba pasando. A mis hermanos les pareció divertidísimo, hasta que sus propias habitaciones fueron las siguientes en ser inspeccionadas.

Papá se marchó solo cuando la casa estuvo entera patas arriba, declarando que volvía a la Sociedad Histórica. Sin lugar a dudas, también destrozaría aquel lugar, pero, poco a poco, su furia se fue convirtiendo en miedo.

Si Leon descubría que ya no tenía el grimorio, lo más seguro es que nos matara a todos.

En cuanto se fue, me encerré en mi dormitorio. Tenía que irme, en ese instante, mientras tuviera oportunidad. El libro seguía ahí fuera. Tenía que volver a la Sociedad Histórica, encontrar la caja antes que mi padre y huir.

Sin embargo, había caído la noche y no tenía coche. Callum me había prometido que estaría cerca, aunque no había visto ni rastro de él en todo el día. Estaba segura de que iba a aparecer cuando mi padre me pilló; creía que de algún modo percibiría mi miedo y vendría.

—¡Callum! Callum, ¿dónde estás? —susurré después de abrir la ventana y asomarme.

Solo me respondió el canto de los grillos. Los árboles que se veían a lo lejos se movían con la brisa; la hierba se balanceaba. Fruncí el ceño.

—¡Callum! —repetí, esta vez más alto.

De repente, una figura apareció en la oscuridad y me sobresalté tanto que me golpeé la cabeza contra el marco de la ventana. Pero no era Callum. Era Leon.

Sus ojos prácticamente brillaban en la negrura mientras recorría el patio con pasos silenciosos. Mierda, ¿cuánto había oído?

Dejó de caminar y se tomó un momento para mirarme, despacio.

—¿Estás pensando en salir a hurtadillas por la ventana? —me preguntó. Me apresuré instantáneamente a negarlo, pero me interrumpió—. Yo no me molestaría, chica. Si no te atrapan los eld, tendré que hacerlo yo.

Me hundí en el colchón, observándolo a través del cristal. Entrecerró los ojos un segundo y se acercó a mí, con las fosas nasales abiertas, olfateando el aire.

¿Podía oler a Callum en mí? ¿En mi ventana? ¿En mi cama?

No obstante, lo único que hizo fue burlarse con cara de pocos amigos y retroceder.

—Putas brujas… —maldijo.

Siguió murmurando mientras se alejaba, desapareciendo en la oscuridad, y yo por fin respiré un poco más aliviada.

Aunque mi alivio duró poco.

¿Dónde cojones estaba Callum?

A pesar del riesgo que suponía, al día siguiente de mi intento de robo hice una llamada a la Sociedad Histórica. Le pregunté a Janet si las cajas de cartón de la segunda planta seguían allí.

—Ah, las donamos —respondió—. Un chico se las ha llevado esta mañana.

—¿Un chico? —Empecé a perder la esperanza. Quería gritar—. ¿Cómo se llamaba? ¿Para quién trabajaba? ¿Dónde estaba...?

—No lo sé —respondió Janet—. ¿He hecho algo mal?

—No. Todo bien. No te preocupes —dije a duras penas.

El grimorio había desaparecido, lo habían enviado quién sabe dónde, y cuantas más preguntas hiciera, más sospechas atraería sobre mí. Pero era la ausencia de Callum lo que más me preocupaba.

Quizá no debería haber confiado en él. Tal vez mi abuela estaba equivocada y todo ese tiempo el demonio había estado esperando la oportunidad para abandonarme.

Sin embargo, incluso para mí, que detestaba confiar en nadie, ese pensamiento no tenía sentido. Callum no tenía motivos para faltar a su palabra o hacer promesas vacías.

La forma en que me había abrazado... Las cosas que me había prometido... Quizá estaba siendo una ingenua, mas confiaba en él.

Pero eso hizo que mi temor empeorase aún más. Porque si no estaba allí, tal y como me había prometido, ¿qué demonios le había pasado?

Los días pasaron.

No hubo más conversaciones sobre el grimorio desaparecido, aunque estaba claro que mi padre no lo había encontrado. Meredith y él estaban constantemente en tensión, observándome con recelo cada vez que me atrevía a poner un pie fuera de mi habitación. Cuando no me vigilaban durante el día, Leon acechaba la casa por la noche.

No había forma de escapar. Desesperada, intenté por todos los medios quitarme los brazaletes de las muñecas. Tal vez sin ellos podría volver a teletransportarme. Sin embargo, fuera cual fuera la magia que contenían, eran irrompibles, incluso cuando me encerré en el baño, me envolví la muñeca en una toalla y golpeé las esposas con un martillo lo más fuerte como pude.

A pesar de que el dolor fue agonizante, el cristal no se rompió.

Aturdida, me tumbé en el frío suelo del cuarto de baño, hecha un ovillo. Esperaba a que se me pasara la angustia. El sonido del agua que goteaba del grifo del lavabo se escuchaba tan alto que hizo que me estremeciera y me tapé los oídos para que parara.

Pero no lo hizo.

Ploc, ploc, ploc.

¿Estaba volviéndome loca? Tenía las muñecas tan hinchadas y enrojecidas que parecía que estuvieran infectadas. Una sensación viscosa me subió por la nuca y cerré los ojos cuando sentí unas uñas desiguales arrastrándose por mi columna vertebral que me hicieron temblar.

Déjame entrar.

Algo húmedo me tocó la mejilla y abrí los ojos de golpe. Había agua fría por todo el suelo.

Ploc, ploc, ploc.

Levanté la vista.

El techo se *movía*. Había una masa de tentáculos gruesos y grises enroscados unos sobre otros mientras un líquido viscoso y gélido me goteaba en la cara. Intenté gritar, arrastrándome sobre mis manos y rodillas en dirección a la puerta, pero no pude emitir ningún sonido. Se me resbalaron los dedos del pomo de la puerta por la baba pútrida que me cubría las manos. Se me llenó la boca de sabor a podredumbre y tuve arcadas cuando algo se retorció en mi garganta.

Me doblé y vomité hasta que la bilis salpicó el suelo. Sin embargo, algo seguía allí, obstruyéndola, ahogándome, privándome de aire. Tenía la cabeza como si fuera un globo a punto de estallar y utilicé el lavabo para mantenerme en pie. Me miré al espejo. Me vi con los ojos desorbitados, ensangrentados y aterrorizados, y abrí la boca lo máximo que pude…

Un tentáculo grueso, cubierto de globos oculares que parpadeaban, se asomó por mi garganta.

Sin emitir sonido alguno, grité cuando salió de mi boca y se me enroscó alrededor de la cabeza. Las ventosas se aferraron a mí, perforándome la piel, apretando cada vez más fuerte hasta que…

—¡Everly! ¡Date prisa, joder! Quiero llegar a Main Street antes de que no haya hueco para aparcar.

La voz de mi hermano vino acompañada de un golpe con el puño en la puerta de mi habitación. De pie frente al espejo, agarrándome la cabeza con las manos, parpadeé despacio antes de respirar, temblorosa. La ilusión se había esfumado tan rápido como había aparecido. Abrí la boca, observé mi garganta vacía… y vomité en el lavabo.

Más aporreos, esa vez en la puerta del baño. El picaporte tembló.

—¿Qué coño estás haciendo? ¡Papá te quiere en el festival, así que espabila!

—¿Qué festival? —Apenas pude balbucear las palabras.

—¡El Festival de Arte, idiota! —respondió Jeremiah—. Ya sabes, esa gilipollez a la que nos has estado arrastrando cada puto año desde que empezaste la universidad.

Gruñí e intenté tranquilizar mi mente y mi estómago, pero mis pensamientos seguían alejándose de mí, arremolinándose como las hojas en medio de una tormenta.

El Festival de Arte era ya una tradición en Abelaum y se celebraba todos los años para presentar a los artistas de la universidad y a los artesanos locales. Había puestos que vendían de todo, desde joyas y pinturas hasta jabones hechos a mano. Siempre acudían muchas personas y las calles se llenaban de gente hasta bien entrada la noche.

Me obligué a ponerme recta y conseguí abrir la puerta. Jeremiah estaba allí, y su labio se curvó al verme.

—¿Qué te pasa? ¿Estás mala? Más te vale no pegármelo. Tengo fútbol toda la semana.

—No estoy enferma —respondí—. Dame cinco minutos y estaré lista.

A esas alturas, desaparecer entre la multitud podía ser la única esperanza de escapar. Como mínimo, era la primera oportunidad que tenía de salir de casa en días, y no podía desaprovecharla.

El Festival de Arte era una de las pocas formas que tenía de ganar dinero al margen de la paga de mi padre. Vendía mis lienzos o las cartas de tarot pintadas a mano que llevaba meses perfeccionando. Cada céntimo que ganaba lo ahorraba para mi futura libertad.

Aunque no estaba preparada en absoluto para vender nada ese día, recogí la mercancía que aún tenía del año pasado, así como mi mesa plegable, y la cargué en el coche de Jeremiah lo más rápido que pude. Aunque la chaqueta me cubría los brazaletes, no podía ocultar la palidez de mi rostro ni las ojeras. Todavía me tambaleaba, mareada por el ataque del dios, pero tenía que mantenerme alerta.

Si se presentaba la ocasión, tenía que estar preparada para huir.

No me gustó la cara que puso Jeremiah cuando se sentó en el asiento del conductor y subió el volumen de la música lo bastante como para que me dolieran los oídos y el cuero del asiento vibrara mientras conducía a mil por hora hacia el centro del pueblo.

Cuando se vio obligado a reducir la velocidad a medida que nos acercábamos a Main Street, se volvió hacia mí.

—Bueno, ¿esta vez estás preparada? —me preguntó.

—¿De qué estás hablando? —contesté sin mirarlo siquiera.

Los neumáticos chirriaron al entrar en un estrecho hueco para aparcar y la mujer que estaba estacionada junto a nosotros y que intentaba meter a su bebé, que lloraba, en un carrito, se sobresaltó. Mi plan era salir del vehículo en cuanto tuviera la oportunidad; sin embargo, antes de que pudiera alcanzar la manija de la puerta, Jeremiah me agarró de la cara.

—Jeremiah, ¿qué coño? Me estás haciendo daño…

Intenté apartarme, mas cuando se levantó de su asiento para invadir mi espacio personal, quedé atrapada entre él y la puerta. El coche tenía las ventanillas tan tintadas que nadie que pasara por allí podía ver lo que ocurría dentro.

—No sé qué cojones estás planeando —gruñó—, pero no vas a joderme esto. El segundo sacrificio está a punto de caramelo, Ev. Papá y yo tenemos un plan, y esta noche vamos a hacer que suceda. Raelynn

Lawson va a morir. —Tenía los ojos desorbitados, llenos de emoción, y su voz sonó cruelmente burlona cuando continuó—: Esta vez no me vengas con lloriqueos. Sé que tienes algo que ver con la desaparición del grimorio. No me creo tu historia de mierda sobre que te teletransportaste y te desmayaste durante días. —Clavó los dedos, apretándome las mejillas con tanta fuerza que los ojos se me llenaron de lágrimas furiosas—. Sea lo que sea lo que intentas, no va a funcionar. Cuando Victoria traiga al corderito a conocerte, será mejor que te calles y le sigas el juego. Cumple. Con. Tu. Deber.

Me empujó con fuerza, provocando que me golpeara la cabeza contra la ventanilla. Abrió la puerta de golpe, pero se quedó cerca, observándome como un halcón mientras sacaba la mesa y la mercancía del maletero.

Por eso me habían dejado venir. Para que pudiera servir de ojos y oídos del Profundo cuando el futuro sacrificio desfilara ante mí como un ternero en una subasta.

Si huía en ese instante, justo en ese momento, ¿hasta dónde llegaría antes de que me atraparan? ¿Conseguiría volver a casa, desenterrar el mapa y escapar? ¿Podría llegar a la casa Laverne antes del anochecer? ¿Podría…?

Un dolor repentino, agudo y estremecedor me atravesó la nuca. Por un momento, creí que iba a desmayarme cuando las visiones me asaltaron, cegándome por completo.

Sangre y vísceras y unos interminables gritos de dolor aparecieron en mi cabeza hasta que quise golpeármela contra el hormigón, aunque solo fuera para que pararan.

Se detuvo tan rápido como había empezado y tropecé, agarrándome al lateral del vehículo.

—¡Eh, cuidado! —gritó Jeremiah—. ¡Vas a rayar la pintura!

¿Qué me pasaba?

Incluso después de que se me pasara el dolor, seguía teniendo una sensación extraña: un picor en el interior del cráneo. Como si tuviera algo allí dentro.

Algo había cambiado la noche en que mi padre me llevó a St. Thaddeus, y me aterraba pensar lo que eso significaba.

Después de encontrar mi puesto y colocar mis cosas, las esperanzas de escapar se desvanecieron con rapidez. Incluso cuando Jeremiah se alejó, Leon pasó entre la multitud junto a mi mesa, lanzándome una mirada de advertencia. Ese día parecía humano, con los ojos verde pálido y sin garras.

—Callum, por favor —susurré, retorciéndome las manos sobre mi regazo—. Por favor, escúchame. Por favor, ven.

Cada grito me hacía sobresaltarme, cada cliente que se detenía y quería charlar hacía que me entraran ganas de gritar. Entonces, para mi horror, vi a mi hermana acercándose con sus «amigas».

Una de ellas se llamaba Inaya. Había tenido unas cuantas clases de arte con ella y probablemente era la única persona que era amiga de Victoria de verdad. O, al menos, amiga de la versión de Victoria que alguien podía llegar a ver. Inaya siempre había sido amable conmigo, muy simpática. Aunque no era ella la que me preocupaba.

Se me revolvió el estómago cuando me di cuenta de que el segundo sacrificio estaba de pie justo delante de mí.

Raelynn era una chica menuda, con unas enormes gafas de pasta negras y ropa que le quedaba demasiado grande. Entre las botas con plataforma, la camiseta con temática de terror y los pines del Club Oficial de Fans del Hombre Polilla que cubrían su bolso, parecía el tipo de persona de la que me gustaría ser amiga.

No obstante, cuando la miré, mi mente no se llenó de visiones de amistad.

La había visto antes, en mis pesadillas.

Un deseo aterrador e irrefrenable de hacerle daño se apoderó de todos mis pensamientos. Quería degollarla, verla ahogarse en su propia sangre. Quería abrirle la piel, oír la dulce música de sus gritos mientras…

Joder. No, no, no, eso no estaba bien, no era yo.

Lo único que pude hacer cuando se aproximaron a mi mesa fue intentar que no se me notara el horror en la cara. Raelynn abrió mucho los ojos al ver los cuadros que había traído —*sácaselos, sácale los ojos, reviéntalos como si fueran uvas*—, pero entonces se fijó en mi baraja de tarot y se le iluminó la cara.

—¿Las has pintado todas tú? —me preguntó y yo asentí, obligándome a sonreírle con ganas.

—Pinta todas y cada una de ellas —intervino Victoria, arrastrando las palabras con sarcasmo—. Por eso está encerrada en su habitación todo el tiempo. —Se apoyó en mi mesa y le dio un largo trago a una botella de plástico que llevaba en la mano. Estaba claro que eso que se estaba bebiendo con tanta ansia no era agua—. Everly, ella es Raelynn. Raelynn Lawson.

Aún podría salvarse.

Aunque debería morir agonizando.

Aún había tiempo, todavía tenía la oportunidad de escapar, de asegurarme de que nadie más saliera herido.

Pero no traicionarías a tu dios, ¿verdad, Everly? Cumple con tu deber, cumple con tu PUTO DEBER...

—Encantada de conocerte, Raelynn —dije, forzándome a hablar con calma y firmeza a pesar de la bilis que me subía por la garganta.

Esa pobre chica no tenía ni puta idea. ¿Y si se lo contaba todo? ¿Y si le gritaba que se fuera, que corriera y no mirara atrás? Aunque tenía la lengua tirante, como con un calambre muscular.

Era igual que con Juniper. Igual que con Marcus. Era la misma pesadilla una y otra vez.

—Deberías echarle las cartas, Ev —sugirió Victoria, lanzándome la baraja de muestra.

A pesar de que podría mentir, las cartas no lo harían. No entendía por qué Victoria quería que se las echara a Raelynn. ¿Se estaba burlando de mí? ¿Estaba poniéndome a prueba?

Estuve a punto de dejar caerlas varias veces mientras barajaba. Tal vez había una forma de advertir a la chica. Aunque no pudiera decírselo directamente, aunque el Profundo me tuviera sin poder mover la lengua, tenía que haber una forma.

—Acércate un poco más, Raelynn —le pedí con toda la entereza que pude.

Tenía una sonrisa ansiosa en la cara cuando lo hizo.

—Es Rae —aclaró—. Mis amigos me llaman Rae. Tú puedes llamarme Rae.

—Rae —repetí su nombre intencionadamente, con un propósito. Un nombre tenía poder, e incluso sin ser capaz de acceder a mi magia, esperaba que pudiera notar mi advertencia de algún modo—. Me gusta. Entre masculino y femenino.

Ojalá hubiera sido bendecida con el don de la telepatía o con algún tipo de poder psíquico. Si pudiera implantar en su cerebro la idea de que allí había peligro y que tenía marcharse, tal vez bastaría. Concentrando mis pensamientos en ella, traté de transmitirle el mensaje.

«Estás en peligro. Tienes que irte. No puedes confiar en Victoria. No puedes confiar en ninguno de nosotros. Márchate. Vete. Vete».

Sin embargo, en lugar de implantar telepáticamente un mensaje, recibí uno a cambio. Fue solo una fracción de segundo, la más breve de las visiones. Pero fue innegable.

Era una imagen de las manos de Raelynn, con su esmalte de uñas negro desconchado, sosteniendo el grimorio. Mi grimorio.

Casi jadeé, sin poder controlar apenas mi reacción. ¿Cómo era posible? ¿Por qué? ¿Cuándo? Esa chica que acababa de llegar al pueblo, que no tenía ni la más remota idea de lo que estaba pasando, ¿tenía mi grimorio?

Volví a poner las cartas sobre la mesa y despejé la mente, descartando el miedo y la confusión. En aquel momento, esos sentimientos no podían ayudarme y tampoco podían ayudarla a ella. Si iba a advertirla, necesitaba que las cartas fueran sinceras, aunque mi lengua no lo fuera. Respiré hondo y le di la vuelta a la primera.

La Torre.

Miré a Victoria, aunque no estaba prestando atención. Estaba demasiado ocupada bebiéndose el alcohol que llevaba en la botella de «agua».

—Cambio —le expliqué, colocándola boca arriba sobre la mesa—. La vida que conocías, tu fuerte torre, ha cambiado radicalmente. Ya no existe. —Quería hablarle del caos que esa carta podía significar, pero lo único que podía hacer era esperar que el fuego que consumía la torre fuera suficiente para transmitir el mensaje.

Cuando cogí la siguiente carta, noté un escalofrío en la espalda. ¿Un susurro? ¿O solo era el viento? Noté punzadas en el cuello. Me temblaron los dedos. El murmullo de la multitud creó un ruido de fondo constante de conversaciones y risas, así que volví a concentrarme en la baraja.

La segunda era el Diez de Espadas. ¿Cómo iba a atreverme a explicar eso con Victoria allí de pie?

Se avecinaba una traición. Alguien en quien Raelynn confiaba la apuñalaría por la espalda.

Al levantar la siguiente carta, otro escalofrío me invadió. Algo iba mal. Era como el principio de una intoxicación alimentaria; mi cuerpo sabía que había algo malo dentro de él.

Ábrela en canal, hunde las manos en sus entrañas calientes, deja que la sangre se filtre bajo tus uñas, igual que tu madre, ¡igual que la puta asquerosa de tu madre!

La carta casi se me cae de las manos.

Otra clienta me preguntó por un precio y me lancé a ayudarla de inmediato. No obstante, dejé la última carta boca arriba, con la profunda esperanza de que ver la Muerte fuera suficiente para advertir a Rae.

Las tres se marcharon mientras yo tanteaba la venta. El pánico iba en aumento a cada segundo que pasaba. ¿Qué demonios me estaba pasando? No importaba lo profundo que respirara, no sentía bien el aire. Tenía la piel húmeda y fría. Incluso cuando volví a sentarme en la silla, la cabeza no dejaba de darme vueltas.

Raelynn Lawson tenía el grimorio. Cuando me concentraba en ese pensamiento, me invadían imágenes de Rae sacándolo de una pila de libros, Inaya envolviéndolo en papel marrón y los dedos de Rae acariciando las páginas.

Nunca había experimentado una premonición psíquica como aquella.

Tenía que salir de ahí, tenía que irme ya. Tenía que averiguar dónde vivía Rae y recuperar esa maldita cosa. Tenía que advertirla, tenía que hacer algo.

La matarían. La sacrificarían y se llevarían el grimorio. Y luego no habría nada que impidiera a los libiri hacer el sacrificio final, nada que les impidiera liberar al dios y nada que se interpusiera en su camino para que infestara mi mente, se apoderara de mi cuerpo y reclamara mi poder para él.

Mi poder... Mi poder. Aunque no pudiera controlarlo, ahí estaba. Estaba dentro de mí, y el dios lo deseaba más que nada.

Volvieron. Los pensamientos intrusivos, las visiones, la sed de sangre.

¡Es mía, es mía, es mía! ¡Tráemela!

Jadeando, me puse en pie. Tenía la vista borrosa. Había murmullos por todas partes. Y los gritos... Dios, los gritos... Era como si una multitud de cientos de personas estuviera en el bosque, chillando hasta tener la garganta en carne viva.

Me sentí como si estuviera caminando con el agua hasta el cuello y me alejé dando tumbos. Casi sin ver nada, me abrí paso entre la multitud, intentando centrarme en mis ideas.

«Volver a la casa. Buscar el mapa. Caminar hasta la casa del aquelarre antes de que se haga de noche».

El sol se estaba poniendo. El crepúsculo ya estaba allí.

—Everly. ¡Everly!

Nadaba. El sonido de mi nombre quedaba muy lejos. Los rostros de la multitud se desdibujaban de un modo enfermizo a medida que tropezaba con ellos, con una determinación absoluta que mantenía mis pies en movimiento mientras mi cerebro se desconectaba.

—Callum —susurré, con el gentío desdibujándose ante mis ojos—. Por favor, Callum, por favor, encuéntrame...

Volver a casa. Coger el mapa. Correr.

Estaría oscuro. Los eld saldrían a cazar. No podía defenderme.

Casa. Mapa. Huir.

No tenía otra opción.

—¡Everly!

Una mano se cerró con fuerza alrededor de mi brazo, haciéndome retroceder, y grité alarmada antes de que el rostro de mi padre ocupase mi campo de visión.

—Ven conmigo.

Me arrastró, y mis pies se enredaron el uno con el otro cuando trastabillé intentando seguirlo.

Los gritos de mi cabeza no paraban y me resultaba imposible oír qué decía.

Algo sobre el sacrificio. Algo sobre Jeremiah.

Raelynn. Algo sobre Raelynn.

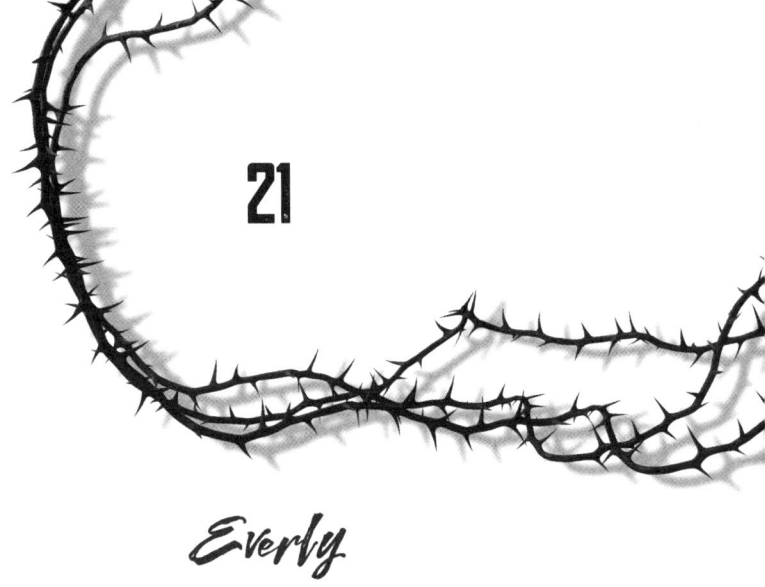

21

Everly

Cuando mi padre me arrastró hasta su todoterreno, las alucinaciones habían cesado. Pero dejaron tras de sí un agotamiento tan intenso que pensé que me desmayaría allí mismo, en el asiento del copiloto. Me pesaban los ojos y me dolía todo el cuerpo.

¿Qué me estaba pasando?

Gruñendo, me agarré la cabeza con las manos y apoyé la frente contra la ventanilla. Sentí el bendito cristal frío contra mi piel caliente.

—…intentes… No intentes luchar contra ello, Everly. Solo es… una bendición… El dolor…

Su voz iba y venía. Sin embargo, la serena aceptación de su tono hizo que mi pánico aumentara, acabando con mis ganas de dormir a pesar de lo exhausta que estaba.

Cuando llegamos a casa, el corazón me latía tan deprisa que me dolía. Era mi última oportunidad, tenía que huir, tenía que… De alguna manera…

—No te resistas. —Mi padre abrió la puerta del copiloto y me cogió antes de que pudiera caer. Mis músculos se negaban a trabajar como yo esperaba, mis brazos se bloquearon y mis piernas estaban casi flácidas—. Cuando se ofrezca el segundo sacrificio, sentirás la presencia de Dios con mayor intensidad. Deja que suceda.

Ya estaba ocurriendo. Me estaba superando. Y Raelynn… Jeremiah había dicho que iban a matarla est noche…

—Oh, no… —Se me entrecortó la voz cuando mi padre me hizo callar y me ayudó a entrar en casa.

Estaba demasiado desorientada como para resistirme mientras me guiaban hasta una silla en la barra de la cocina, desde donde pude ver a Meredith y Jeremiah sentados en el sofá del salón.

A mi alrededor se arremolinaron más palabras que no entendía. Mantuve la mirada clavada en la moqueta blanca hasta que la cabeza dejó de darme vueltas y dediqué todo mi agotado esfuerzo a despejar la mente. Miembro a miembro, músculo a músculo me recordé a mí misma que tenía el control. Doblé los dedos de las manos y de los pies y eché los hombros hacia atrás.

Un sutil aroma a leña quemada llenó el aire. Pensé que era Callum. Pensé que, después de todo, el demonio había venido a por mí. No era un mentiroso, no me había abandonado, no estaba sola…

Pero solo era Leon. Mi padre lo había llamado.

Algo había cambiado en la forma en que sus ojos dorados se movían sobre nosotros, examinando a los humanos que tenía delante, uno a uno. Mi padre le enseñó fotos de Raelynn y le ordenó que orquestara su desaparición. Que la secuestrara. Que abandonara su coche en la costa. Que hiciera que todo pareciera un accidente.

Me agarré al borde de la encimera hasta que el mármol se me clavó en los dedos e intenté no perder la concentración. Encontraría una salida. Los detendría antes de que la mataran.

Pero entonces Leon hizo algo que nunca había hecho. Algo que nunca había podido hacer porque mi padre llevaba el grimorio y le haría sufrir si se atrevía a pasarse de la raya.

—No —se negó, levantando la mirada para clavarla en mi padre después de contemplar las fotografías de la chica durante unos segundos, en silencio.

Abrí los ojos de par en par y me moví en mi asiento. Mi padre balbuceó y alzó la voz, exigiéndole a Leon que acatara sus órdenes. Sin embargo, no tenía poder para hacer que las cumpliera. Mi padre no podía usar la magia sin hechizos, su lengua no podía recordar las palabras para entretejer conjuros sin el grimorio en las manos.

No tenía poderes.

En ese momento solo lo protegía el talismán que llevaba colgado del cuello.

Los demás no teníamos tanta suerte.

El demonio sacó a Jeremiah del sofá, agarrándolo por el cuello y levantándolo en el aire. Meredith gritó y mi padre empezó a chillar mientras Leon apretaba, con las garras clavadas en la garganta de mi hermanastro. Su rostro solo mostraba crueldad; estaba lleno de furia y chasqueaba sus colmillos afilados.

—¡Bájalo! ¡Obedéceme! ¡Obedece de una vez! —gritó mi padre en estado de pánico.

—¿Obedecerte? Y si no lo hago, ¿qué? —La voz de Leon era lo bastante fuerte como para hacer que los cristales de las ventanas temblaran y que las paredes retumbasen—. ¿Qué vas a hacer? ¿Qué harás sin tu preciado grimorio? ¿De verdad creías que no me daría cuenta? ¿Que no lo notaría?

Jeremiah jadeó, arañando con debilidad las manos del demonio. La cara se le estaba poniendo roja y los labios, azules.

—Después de todo este tiempo, ¿de verdad pensabas que te dejaría meter la pata, aunque fuera un segundo, Hadleigh? —rugió León.

Me miró. A mí, a la única persona presente que teóricamente podía detenerlo, y también la única que no quería hacerlo.

Quizá era mejor que nos masacrara a todos. Quizá así podría acabar con todo eso. Incluso si no podía matar a mi padre, si nos mataba al resto…

Nos miramos a los ojos. Los suyos, brillantes por la furia; los míos, irritados por las lágrimas y el cansancio. Pese a que fue solo un instante, vi miedo en ellos, y supe que no era por él.

Era por Raelynn. ¿Tenía… miedo por Rae? ¿Se preocupaba por ella?

¿La estaba salvando?

—Échame. Ahora mismo. Y dejaré vivir a tu hijo —ordenó Leon, apartando la mirada de mí.

Jeremiah se retorcía sin fuerzas en su agarre. Meredith le gritaba a mi padre que hiciera algo. Así que lo hizo. Echó al demonio y Leon se desvaneció con el sonido que hacía una burbuja al estallar.

Cuando Leon desapareció, se hizo un largo silencio que solo se vio interrumpido por la respiración entrecortada de Jeremiah.

Me levanté con torpeza de la silla y fui dando tumbos hasta la cocina para coger un vaso de uno de los armarios y llenarlo con agua del grifo en el fregadero. Mientras me la bebía de un sorbo, tuve la certeza de que iba a vomitar.

Algo me golpeó en la nuca, sobresaltándome tanto que el vaso se me resbaló de los dedos y se hizo añicos en el suelo. Me di la vuelta, levanté los brazos a la defensiva y generé una explosión de calor que estalló en la cara de Meredith, haciéndola retroceder con un grito.

Tenía el brazo levantado para volver a pegarme y los ojos muy abiertos, prácticamente desorbitados por la furia. Jeremiah seguía en el sofá, agarrándose la garganta y gimiendo. Mi padre estaba en la puerta, mirándome con el ceño fruncido.

—Everly… —pronunció mi nombre como una advertencia, pero el zumbido de mi cabeza lo bloqueó.

Me dolían los brazos, me ardía la piel bajo los brazaletes. Apreté los dedos contra el cristal e intenté tirar de ellos hacia abajo, desesperada por encontrar alivio.

—Niñata desgraciada —siseó Meredith—. Ni siquiera eres capaz de defender a tu propio hermano. Te teletransportas por todas partes, ¿pero no levantas una mano para proteger a tu propia familia?

Como si pudiera. Como si yo, después de haber estado esposada en contra de mi voluntad, con mi magia reprimida y privada de mi poder, pudiera hacer algo para protegerlos, por no hablar de a mí misma. Con la mirada clavada en los cristales rotos del suelo, me obligué a no decir nada.

«Agacha la cabeza. No contestes. No discutas».

—¿No tienes nada que decir en tu defensa? Ingrata, egoísta y estúpida niñata de…

Alzó la mano hacia mí y fue a darme otra bofetada en la cara. Para sorpresa de Meredith, no dejé que me golpeara.

La agarré de la muñeca en el aire.

—No te atrevas a pegarme.

Le aparté la mano y me apoyé en la encimera, mareada, e intenté, en vano, volver a quitarme los brazaletes de las muñecas.

—Vete a tu cuarto, Everly —dijo mi padre. Estaba claro que intentaba permanecer neutral entre nosotros, aunque su voz estaba tensa por la impaciencia—. Hablaremos de esto más tarde.

—No hay nada… No hay nada que discutir. —Apreté los dientes, dispuesta a mantenerme consciente a pesar de la agonía que sentía en las venas—. Quítame estas… quítame estas cosas…

Sin embargo, Meredith no se detuvo.

—¡Te hemos dado un techo, te hemos alimentado! ¡Te dejé entrar en mi casa, zorra bastarda!

Intentó volver a golpearme. Esa vez, apenas logró levantar el brazo.

Salió despedida hacia atrás y su cuerpo chocó contra los armarios con tanta fuerza que rebotó en ellos antes de caer al suelo. Yo tenía los brazos extendidos, las palmas en su dirección y los dedos curvados. La sangre manaba de los bordes de las esposas.

Todos me miraban fijamente, con los ojos como platos y la boca abierta. Mi padre me tendió la mano y se acercó despacio, como quien se acerca a un animal asustado.

—Tranquilízate —me pidió—. Podemos hablar de esto…

—¡Dijiste que no podía usar su puta magia, Kent! —gritó Meredith, sentándose en el suelo y agarrándose el costado, como si estuviera gravemente herida—. Y ahora va… Profundo, ayúdanos… Sus ojos…

Cuando levanté la mano para frotarme los ojos con el dorso, esta se me llenó de sangre. Mierda, eso no era bueno…

—Vete —ordenó mi padre con calma, atreviéndose a dar otro paso hacia mí. Sin embargo, retrocedí a toda velocidad, tambaleándome hacia la puerta principal con las manos extendidas—. No tomes decisiones precipitadas. Cuanta más magia intentes usar, peor será.

Pero yo estaba más allá de sus órdenes. Moriría si me quedaba allí.

Mi padre no podía detenerme. En cuanto salí de la casa, corrí. A pesar de la sangre que me nublaba la vista, a pesar del frío punzante y mortífero que invadía mis pulmones, hui hacia la oscuridad.

Bajo los árboles que rodeaban el jardín, entre las raíces enredadas de un enorme arbusto de zarzamoras, desenterré mis pocas pertenencias. Arañé la tierra con las manos desnudas hasta que se me quedó bajo las uñas, y casi me eché a llorar de alivio cuando saqué el valioso contenido de la bolsa de plástico: el símbolo de Callum y mi mapa dibujado a mano de la Casa Laverne. Los apreté contra mi pecho y seguí avanzando.

A medida que me acercaba al borde de la carretera, mi aliento formaba nubes en el aire gélido. No llovía, pero unas gotitas de la humedad me salpicaban la cara, advirtiéndome de que se avecinaban más. Cada vez que veía acercarse los faros de un coche, me escondía entre las sombras de la arboleda.

Me llevaría toda la noche llegar a la casa. Horas y horas caminando en el frío, en la oscuridad. Me paré una y otra vez mientras me retorcía de dolor, cada vez más intenso.

Era una noche tranquila, con el aire cargado de rocío. La niebla se extendía bajo los árboles, espesa, y se arrastraba por la calzada llena de curvas. Según me acercaba al centro de Abelaum, me ceñí a ir por las carreteras de las afueras. Las farolas me tranquilizaban y me sentía a salvo entre los destellos amarillentos de la luz.

No obstante, cuando la vía se curvó a lo largo del lago y se adentró en el bosque, esa sensación de seguridad desapareció.

No se oía ni una mosca en mitad de la noche. El canto de los grillos había cesado. Ya no se escuchaba el ulular ocasional de los búhos, ni el chasquido de los murciélagos. Solo se oían el crujido de mis pasos sobre la tierra junto al camino y el sutil traqueteo del viento entre las hojas secas del otoño.

Crac.

Me quedé quieta. Unas nubes irregulares se cernieron sobre la luna, cubriendo la única fuente de luz que había. Los árboles se imponían sobre mí. El aire olía a pino, a tierra húmeda, a hojas mojadas…

Y a podredumbre. Un hedor empalagoso y dulzón me penetró en la nariz.

Un gruñido grave emanó de la oscuridad que me rodeaba. Me giré hacia el sonido. La negrura era impenetrable, pero no me hacían falta ojos para saber lo que me acechaba.

Me estaban cazando.

Hubo más crujidos, chasquidos de ramas y el ruido que hacían las hojas al pisarlas. Cuando retrocedí y me quedé de pie en medio de la carretera, la bestia salió de entre las sombras. Extendió sus largas y huesudas extremidades hacia mí, con las garras chasqueando y rechinando sobre el asfalto. De las fauces goteaba una saliva pútrida, y de la mandíbula podrida sobresalían unos dientes afilados en todos los ángulos; parecían fragmentos de cristal que crecían del hueso ennegrecido.

De entre las sombras aparecieron más de aquellos seres con las cabezas gachas y los ojos blancos clavados en mí.

Venían de todas partes, acorralándome, sin darme otra opción que retroceder hacia los árboles del lado opuesto del camino.

No podía luchar contra ellos. No podía esconderme.

Una de las bestias se abalanzó sobre mí y sus largas extremidades superaron con facilidad la distancia que nos separaba. Se oyó el crujido de sus fauces cuando me giré y estuve a punto de perder el equilibrio al esquivar su embestida. Mi momento de torpeza era exactamente lo que el resto de la manada estaba esperando.

Con un coro de aullidos horribles y chillidos, atacaron.

Oí el chasquido de sus dientes cuando me adentré en el bosque corriendo hacia la oscuridad; iban pisándome los talones. Los ruidos que emitían me inundaban, eran lo bastante altos como para que me impidieran oír mi respiración jadeante y lo rápido que me latía el corazón. Temía que si aminoraba el paso, aunque fuera un poco, perdería la energía y me desplomaría por completo.

Me comerían viva.

Las espinas de las zarzamoras me rasgaban la ropa y las ramas me azotaban la cara. Tenía el brazo extendido, era mi única defensa contra los árboles enormes que no podía ver hasta que estaban demasiado cerca.

Una de las bestias me arañó la pierna, haciéndome tropezar. Iba tan rápido que me precipité hacia delante, dando tumbos, y me quedé sin aire en los pulmones.

Jadeando y tosiendo, me puse a cuatro patas.

Estaba rodeada.

Los ojos de las bestias brillaban en las tinieblas con una antinatural luminiscencia de color verde pálido. Se relamían la saliva que les caía de las fauces con sus lenguas grises y putrefactas. Respiraban hambrientas y deprisa, olisqueando el aire.

Llevaba tanto tiempo sin que me circulase la sangre que mis extremidades parecían un peso muerto. Pero sentía las yemas de los dedos calientes y me hormigueaban. Tenía las venas hinchadas y parecía que estaban a punto de estallarme a través de la piel.

Los brazaletes debían impedir todo tipo de magia. Como si me estuvieran castigando por pensar en ello, la sangre se filtró por debajo del cristal.

Levanté las manos. Tenía los dedos en forma de garra, temblándome por el dolor.

Las chispas cayeron en cascada alrededor de ellos, iluminando los hocicos de las bestias a medida que se acercaban a mí.

No iba a morir así.

Una luz cegadora encendió la oscuridad. Me abrasó el cuerpo, desgarrándome, crepitando a través de mis brazos. Una cacofonía de gritos y chillidos animales me envolvió y se oyó un terrible chasquido.

La luz desapareció. Solo quedaron las brasas.

Un bosque ennegrecido se balanceaba ante mi campo de visión, aunque cada vez veía más borroso. Me desplomé, sintiendo la tierra caliente bajo la mejilla mientras contemplaba el cadáver carbonizado de uno de los monstruos. A mi alrededor llovían agujas de pino en llamas, una tormenta de brasas que ni siquiera sentí cuando aterrizaron sobre mi piel.

Me costaba respirar.

Nadie me oía. Nadie sabía dónde estaba. Nadie salvo…

Tenía los papeles a mi lado, cubiertos de ceniza. Arrastré el brazo por la tierra y los abrí. El papel se rasgó bajo mis manos débiles.

Su sello. Lo único que necesitaba para invocar a un archidemonio, *mi demonio.*

Me había prometido que me ayudaría. Me había prometido…

Apoyé la mano ensangrentada sobre la marca; tenía la garganta demasiado irritada y la boca demasiado seca como para pronunciar las palabras. Pero lo hice de todos modos.

—Callum, ven a mí.

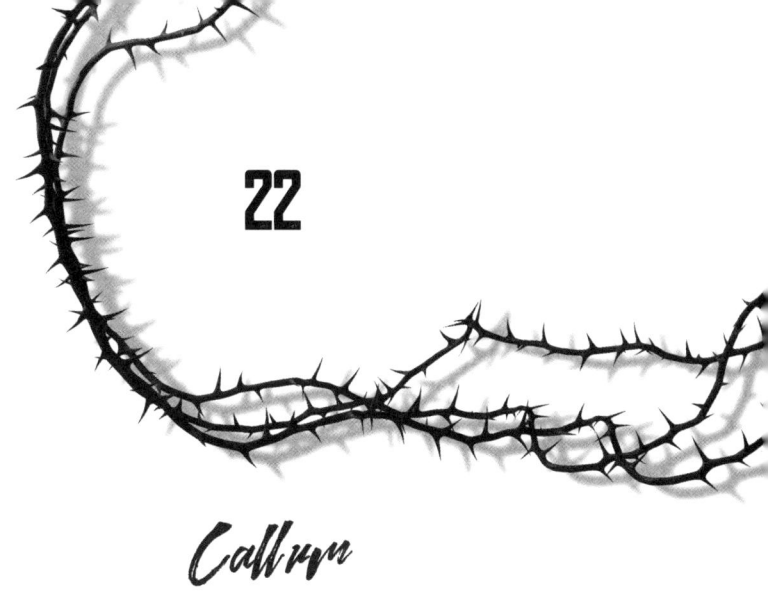

22

Callum

La celda en la que estaba metido era cómoda. No había ventanas, pero la caverna era espaciosa. La cama estaba cubierta con sábanas negras de seda que olían igual que la colonia de Lucifer: a canela y clavo, con un toque de pimienta negra y un fuerte olor a cobre. No había podido resistirse a recordarme quién era el responsable.

Había tanto silencio que no dejaba de silbar para mis adentros, chasqueando los dedos para no volverme loco en medio de aquel sigilo agobiante. Sinceramente, aquello era una crueldad. Lucifer sabía que amaba la música, el ruido. Quitármelo era un mezquino intento de hacer gala de su poder.

Mi celda estaba protegida con magia y diseñada a la perfección para contener a un ser tan poderoso como yo. Lucifer no era idiota, sabía lo que hacía. También sabía que no podría salirse con la suya por mucho tiempo.

Contener a un demonio en contra de su voluntad era un acto repugnante. Encarcelar a uno que no había hecho nada malo (y yo mantenía que no lo había hecho) era uno de los actos más atroces que un demonio podía cometer contra los de su propia especie. Sin un juicio ante el Consejo, Lucifer no podía tenerme encarcelado ahí por mucho tiempo.

Y ya había pasado demasiado.

Everly me estaba esperando. Atrapada en esos viles brazaletes, sola y, sin duda, confundida sobre por qué no había estado allí cuando dije que lo haría.

A cada hora que pasaba, mis emociones se volvían más erráticas. El tiempo transcurría de forma diferente en el Infierno que en la Tierra, mas llevaba días sin verla.

No podía sentirla, no podía olerla. ¿Y si le habían hecho daño? ¿Y si había intentado robar el grimorio sin mí y volver por su cuenta a la casa?

Lancé una elaborada esfera enjoyada al otro lado de la habitación y se hizo añicos contra la pared de piedra. Luego agarré una mesa de madera y la golpeé contra el suelo hasta que se hizo pedazos.

—¡Lucifer! Maldita sea, ¡aparece!

No lo dejaría en paz hasta que apareciera, me aseguraría de ello. Destruí todo lo que encontré en aquel sitio. Mis gritos fueron lo bastante fuertes como para hacer vibrar las paredes, pero para asegurarme de que me oía, agarré una gran estatua de metal que había cerca de la puerta sellada y la azoté una y otra vez contra ellas. Aunque el metal se dobló por el ímpetu con el que lo hice, no me detuve.

—¡Eres un puto cobarde, Lucifer! ¡Me aseguraré de que toda la ciudadela sepa que me tienes aquí! ¡Lucifer!

Aporreé las piedras con tanto vigor que se agrietaron, creando un agujero en el lugar donde aterrizaban mis puñetazos.

Por fin, noté su presencia. Sentí una presión en la cabeza similar a la de un globo hinchado, un signo claro de que estaba cerca.

—Eres un puto bastardo —gruñó desde la oscuridad—. ¿Lo sabías?

—Pues claro —le espeté, mirando hacia la puerta con los puños todavía cerrados—. Aun así, has cometido el maldito error de encerrarme aquí dentro. Enfréntame, Luci. Me lo debes.

Se oyó un bufido burlón.

—Has pasado demasiado tiempo entre humanos.

—Y tú has pasado demasiado tiempo rodeado de idiotas que lo único que hacen es besarte el culo. No puedes retenerme aquí. Esto va en contra del libre albedrío.

Su rugido hizo temblar las piedras bajo mis pies. Hubo un destello similar al de un relámpago y, de repente, se presentó ante mí, con cara de estar cabreado, pero tan hermoso como siempre. Llevaba el pelo oscuro corto, aunque en sus años mozos se había dejado crecer los rizos hasta formar una enorme melena en la que solía hacerse trencitas que decoraba con joyas de metal y piedras preciosas. Los tatuajes cubrían casi cada centímetro de su cuerpo, excepto la cara, y llevaba más *piercings* elaborados de los que podía contar. Su piel morena tenía un ligero brillo aceitoso, cuyo aroma me envolvió como si estuviera en la cocina de un panadero en Navidad.

—No puedes encerrarme —repetí mientras sus garras se flexionaban y sus ojos negros se entrecerraban—. A no ser que haya cometido un crimen.

—Eso es precisamente lo que has hecho —respondió, tajante—. ¿O ya has olvidado que mataste a un humano sin motivo?

—Yo no lo maté —contesté enseguida—. Lo hicieron los eld.

—¿De verdad creías que te saldrías con la tuya con ese tecnicismo? Le sacaste los ojos.

—Eso no lo mató.

—Le cortaste una mano.

—Una vez más, que eso no lo…

—¡Lo destripaste, Callum!

Cuando Lucifer alzó la voz, habría jurado que toda la Gran Ciudad podía oírlo. Qué bien. En ese instante todos sabían que andaba por la Tierra destripando gente.

—Cuando lo dejé, todavía estaba vivo —protesté, siendo siempre la mismísima imagen de la santa paciencia—. Gritando, sí, y un poco mareado por la agonía, pero, en cualquier caso, vivo. No puedo controlar lo que pasó cuando me fui.

Se cabreó todavía más.

—La guardia celestial se puso en contacto conmigo —comentó y, por primera vez, me alarmé un poco—. Están preocupados por una extraña actividad en el reino humano que amenaza seriamente su equilibrio.

—Al menos alguien presta atención —respondí—. ¿Tienes idea de lo que están haciendo esos humanos desgraciados…?

—Sí, Callum, lo creas o no, me tomo en serio mi posición. —Suspiró, situándose a varios metros de mí. No se atrevió a aproximarse más—. Esos humanos, los libiri, saben de la existencia de ese dios desde hace más de un siglo. Están al corriente de cómo actúan las bestias; no finjas que no lo sabes. ¿Crees que bastarán tres sacrificios para que el dios quede libre? No será más que carne temblorosa. Un dios caído ni siquiera es capaz de fabricar un cuerpo propio sin la energía de cientos de sacrificios, si no miles.

—No fabricará un cuerpo —le expliqué—. Ya le han preparado uno: una joven bruja.

Su boca se curvó en señal de burla.

—Ah, sí, claro. Tu preciosa bruja.

—Los celos no te sientan bien, Lucifer.

—Debería arrancarte la lengua.

—Me crecería una nueva, aún más sarcástica que la anterior.

Se lanzó hacia adelante con un gruñido. Sin embargo, no se acercó lo suficiente como para tocarme. Se contuvo en el último segundo.

—¿Tienes idea de lo cerca que estuve de enviar a un cazador a por ti? —estalló—. Te has pasado años encerrado en esa casa, hablando con fantasmas, esperando a que tu puta alucinación cobrara vida. Una locura. Estás como una puta cabra.

—No lo estoy.

Parecía como si quisiera matarme, y me hubiera encantado que lo intentara. Quizá había sido más fuerte que yo cuando me fui del Infierno, hacía muchos años, pero en ese momento había muy poquita diferencia entre nosotros.

—Hace dos mil años, viste a una bruja en medio de un campo plagado de los cuerpos de tus amigos muertos —siseó—. La has buscado desde entonces. Durante siglos, Callum. ¿Y para qué? ¿Para matar a otro dios? ¿Para volver a sentir la emoción de la masacre? Ni siquiera la reclamas para el Infierno.

—No estoy obligado a unirme a nadie —balbuceé las palabras, por amargas que fueran.

Tenía que salir de ahí. Llevaba demasiado tiempo lejos de Everly.

—Oh, sí, claro que no. El gran y terrible Callum, que no tiene amigos, que no tiene amantes. Que no atará, ni marcará, ni reclamará a otro ser vivo. —Lucifer negó con la cabeza y yo retrocedí al ver ternura en su rostro—. Esa guerra te mató. Lo sé. Todos estos siglos, debería haberte mantenido cerca, aunque pensé que conseguirías salir de esa…

—¡Deja de hablarme como si fuera un crío!

Me abalancé sobre él, pero saltó lejos de mi alcance con una suave risita llena de desaprobación.

—Sin embargo, sigues tomando las estúpidas decisiones de uno. Malgastando tu lealtad en una bruja sin entrenamiento, como si no fuera a perecer como cualquier otro humano. Como si alguna vez pudiera entender los miles de años que has visto, el dolor que has experimentado. Como si alguna vez pudiera ser algo más que una fascinación pasajera.

—¿Una fascinación pasajera? —repetí, riéndome por lo bajo—. Llevas demasiado tiempo sentado en tu torre de ónice; te ha atontado. Everly no es, y nunca ha sido, una mera fascinación. Ella es mi razón de ser, mi lógica. Ella es mi única diosa. Piensa que estoy loco si quieres. No me queda nada en esta existencia salvo ella, y acabaría conmigo mismo antes de permitir que tú o cualquier otro ser se interpusiera en su camino.

—No me arriesgaré a traer a la vida engendros híbridos sin una garantía de que son del Infierno y solo del Infierno —espetó—. ¿Lo entiendes?

—Como he dicho, los celos no te…

—Tienes que aprender a cerrar el pico.

Alzó la mano, me agarró de la cara y me clavó las garras. Y pensar que una vez lo amé. Pensar que una vez no quise otra cosa que aceptar su marca y entrar en el Consejo…

—Reclámala —añadió, feroz—. La quiero marcada, quiero que marques su alma. ¿Lo entiendes?

—No me convertirás en un peón en la competición de a ver quién la tiene más grande que te traigas entre manos con la guardia del cielo

—repliqué, aunque me costó un poco, dado lo fuerte que me tenía agarrado—. A quién reclamo es algo personal. Esa elección siempre lo ha sido.

—Quizá para los demonios comunes. Pero nosotros no lo somos,
¿verdad, Callum? La destrucción que criaturas como tú y yo podemos
provocar en el mundo no tiene precedentes, y el Cielo lo sabe. No querrás que los ángeles se involucren en esto, créeme.

Apreté la mandíbula. Sentí un extraño hormigueo en el abdomen,
la sensación de unos dedos que me agarraban la piel y tiraban de ella.
Me hizo pensar en los dedos de Everly, suaves y cálidos al acariciarme.
Darme cuenta hizo que los tirones se intensificaran.

Me estaban invocando.

—Los ángeles no la tocarán —afirmé—. Y tú tampoco, Lucifer. Me
has visto luchar. Me has visto ir a la guerra. —Temblando por la sensación de la invocación, le sonreí—. ¿Qué te hace pensar que dudaría en
provocar el mismísimo apocalipsis si eso significa mantenerla a salvo?

Enseñó los dientes.

—¿Me estás amenazando?

Bien podría haberme preguntado si estaba dispuesto a traicionar al
mismísimo Infierno. Sin embargo, lo estaba. Su pregunta no me asustó,
aunque él esperara que lo hiciera. Las manos que me arañaban tenían
cada vez más fuerza y tiraban de mí hacia atrás, alejándome de allí. Al
final, Lucifer se dio cuenta de lo que estaba pasando, mas ya era demasiado tarde.

No podía hacer nada para evitar que me invocaran.

—Te veré pronto, Callum —se despidió justo antes de que yo
desapareciera.

Arrancaron mi forma espiritual de allí y me enviaron volando al
mundo de los humanos.

Lo primero que noté fue el olor a ceniza. Lo siguiente, la sangre.

El bosque parecía haber sido alcanzado por una pequeña bomba.
Los troncos de los árboles más jóvenes se habían partido por la mitad

y sus cadáveres yacían quemados en el suelo chamuscado del bosque. La acumulación de hojas bajo mis pies aún humeaba cuando di un paso adelante, observando a través de la neblina. Los cuerpos calcinados de los eld yacían a mi alrededor, algunos aún retorciéndose, chasqueando los dientes.

Entonces la vi.

Everly estaba acurrucada en la base de un árbol, con los brazos extendidos para agarrarse a las enormes raíces. Estaba encorvada, hecha un ovillo, y temblaba con violencia. Tenía el pelo empapado por la lluvia y el barro, y los brazos…

Mierda.

Los brazaletes de cristal seguían en sus muñecas. La sangre se filtraba por debajo, espesa y oscura, putrefacta por el veneno mágico que se arremolinaba en su interior. Era imposible imaginar cómo había podido utilizar la magia a pesar de llevarlas puestas: la cantidad de poder, la fuerza bruta necesaria para superar el encantamiento de aquellas esposas era astronómica.

Debería haber sido imposible.

No obstante, cuanto más poder derrochaba, más ferozmente se lo arrebataban aquellos perversos artefactos. No solo sofocaban su magia, sino que la absorbían y la intoxicaban.

A juzgar por la destrucción a mi alrededor, Everly debería estar muerta.

Levantó la cabeza. Me miró con el pelo empapado cubriéndole la cara. Uno de sus ojos tenía tantos vasos sanguíneos reventados que el blanco estaba casi completamente rojo.

—Callum… —Tenía la voz ronca y apenas podía hablar por encima de un susurro—. Ayúdame…

La furia y el miedo me invadieron mientras corría a su lado y la rodeaba con los brazos, estrechándola contra mí. Quería gritar, montar en cólera, castigar a todos los responsables. Ella no decía nada, aunque tenía la respiración agitada y jadeaba. Cada movimiento la hacía gemir.

Me había necesitado y yo le había fallado. Mi hermosa bruja había luchado sola.

Le acaricié la cara y sentí la piel fría contra mi palma.

—¿Everly? —Apenas reconocía mi voz—. Sigue hablándome. Por favor.

No me miraba a los ojos. Movió los labios, pero estaba demasiado débil para emitir sonido alguno.

Era como si estuviera otra vez en el campo de batalla, rodeado de sangre y de los gritos de los moribundos. Viendo cómo se iban aquellos a los que amaba.

No. Otra vez no.

Con una concentración singular, me lancé al aire y sobrevolé los árboles lo más rápido que pude para regresar a la casa del aquelarre. Las puertas se abrieron para mí. Volando por los tortuosos pasillos, la llevé a la sala del piano, donde estaría calentita porque era una estancia pequeña y había una chimenea grande.

—¡¿Qué ha pasado?! —La voz de Winona crepitó desde la gran radio antigua del rincón. El fuego se encendió en cuanto entré y dejé a Everly con cuidado sobre la alfombra de piel de oso—. ¿Quién le ha puesto esos artefactos infernales? ¡Callum! En el nombre de Venus…

—La están matando —solté, arrancándole el abrigo y rasgándole la camiseta para ver mejor los brazaletes. Estaban muy ajustados y se le habían hundido en la carne. Se agitó con violencia, poniendo los ojos en blanco y susurrando cosas que no podía entender mientras el sudor le empapaba la cara—. ¡La están matando, Winona! ¿Cómo coño…?

—Necesitas la llave, Callum, ¡la llave! Están encantados, no podrás…

—¡No hay puto tiempo, joder! ¡Mierda! —Agarré lo que tenía más cerca (una pequeña mesa de madera pulida) y la lancé al otro lado de la habitación para que se hiciera añicos contra la pared. Luego volví a agacharme junto a ella, asimilando la sangre, el dolor, el olor a infección—. Tengo que romperlos. Pero podría partirle las muñecas… Tengo que… —Movió los ojos cuando le toqué la cara—. Everly. Escúchame. ¿Puedes oírme?

—Rompe... Rómpelos... —Casi no podía oírla—. Me da igual... Solo... Por favor...

—No está lo suficientemente fuerte —comentó Winona—. Ha perdido demasiada sangre, Callum. No le quedan energías.

Era un idiota, un puto idiota. La había dejado volver, la había dejado sola, no la había mantenido a salvo. Tendría que haber podido protegerla. ¿De qué coño servía mi fuerza si ni siquiera podía usarla para proteger a los que me importaban? ¿De qué servía mi poder si aquellos a los que debería haber protegido estaban muertos?

—Callum.

La suave voz de Everly me hizo regresar. Apenas consiguió levantar el brazo para tocarme.

—Has vuelto. Has...

—Te juro que nunca más me iré de tu lado —le prometí.

—Se está muriendo, Callum.

Rugí en respuesta a la voz de Lucifer, agarrando otro mueble que había cerca y lanzándolo en su dirección. ¿Se atrevía a seguirme hasta allí, se atrevía a entrar en esa casa e irrumpir en ese momento? Lo mataría, lo haría pedazos...

—Fuera —gruñí—. Antes de que te mate.

—¿Te alejarías de tu preciosa bruja moribunda para intentarlo? Sería una pérdida de tiempo. —Se burló—. Quieres salvarla, sabes cómo hacerlo. Ya tienes una solución.

Cerré los puños. La cabeza de Everly se inclinó hacia un lado. Sus hermosos ojos azules estaban vidriosos. Quería estallar. Quería gritar. El dolor de verla así era peor que cualquier herida que hubiera sufrido en una batalla.

—Quizá también estés huyendo de ella —musitó Lucifer, y cogí la silla que tenía al lado para lanzársela a la cabeza. La apartó con el brazo, haciéndola añicos en el aire, y luego se quitó unas pocas astillas del traje—. Estamos un poco sensibles, ¿eh? No fuiste el único que sobrevivió a la guerra. A pesar de que hubo otros, tu dolor fue mucho mayor que el de ellos, ¿verdad? Simplemente no podían entenderlo.

—¡Cállate!

No podía pensar. Sabía lo que tenía que hacer, lo sabía, pero pensar en ello me aterraba tanto que me quedé paralizado en el sitio, viéndola morir entre mis brazos mientras yo me acobardaba por el miedo.

—Tiene razón, Callum. —Winona sonaba muy tranquila, la voz de la razón—. Reclama su alma. Átala a ti. Le dará la fuerza que necesita.

Atarla a mí.

Era irrevocable. Inalterable. Un pacto entre almas no podía romperse. Solo la más extrema y violenta de las circunstancias podría hacerlo.

Su fuerza se convertiría en la mía. Y un poco de la mía sería suya. Desde ese día, hasta el fin de la eternidad, estaríamos unidos.

Ya había reclamado almas humanas antes. Muchas más de las que podía contar. Vivían, morían y las escoltaba al Infierno. Los humanos se adaptaban bien a la vida entre demonios. Después de unas décadas, eran casi imperceptibles para nosotros.

Ya ni siquiera sentía mi vínculo con esas almas humanas. No me daban miedo porque ya no podían hacerme daño. El tiempo y la distancia habían dejado esas relaciones prácticamente anuladas.

No obstante, si ataba a Everly a mí, sentiría su dolor. Sus miedos, sus preocupaciones, su sufrimiento. Su poder y su orgullo. Todo lo que ella era estaría conectado a mí, y cuanto más tiempo permaneciéramos juntos, más intensa sería esa conexión.

Reclamarla significaba abrir viejas heridas y derribar las defensas que había construido con tanto cuidado a mi alrededor. Significaba enfrentarme otra vez a la agonía. Al sufrimiento y al terror de tener a alguien a quien podía perder.

Pero si no lo hacía, la perdería ahí y en ese instante. El dolor ya estaba ahí. No había forma de esconderse de la agonía.

Solo los muertos veían el final de una guerra. Solo los muertos podían descansar.

Levanté el cuerpo inerte de Everly y la estreché contra mi pecho.

—Fuera —gruñí—. Los dos. Largaos de aquí y dejadnos solos.

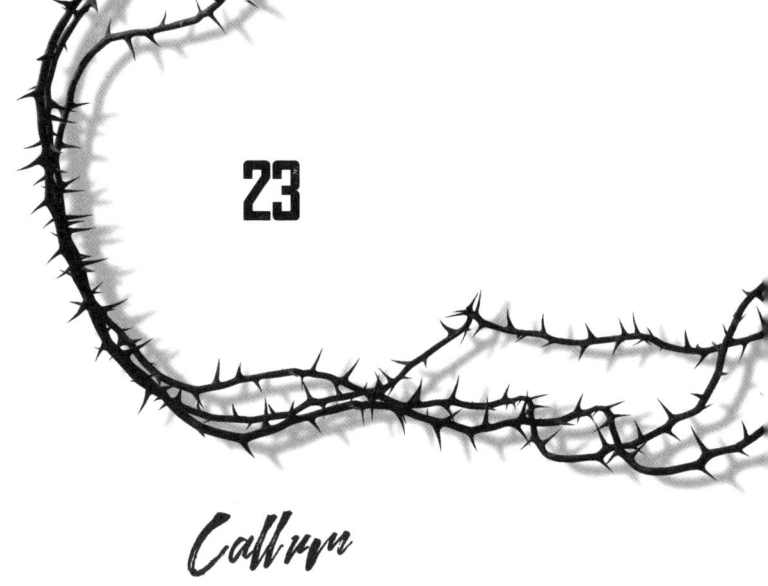

23

Callum

Un pacto entre almas requería el consentimiento de ambas partes. Sin embargo, Everly tenía la mirada perdida, respiraba con dificultad y esporádicamente y sus miembros habían perdido el calor. La acuné contra mi pecho y le aparté el pelo húmedo de la cara.

—Everly. Escúchame. —Le temblaron los ojos. Las pupilas se le movieron y me miró—. Te mataré si rompo los brazaletes, pero morirás si no lo hago. Necesitas fuerza.

—No tengo fuerzas suficientes —susurró.

Como si lo hubiera sabido todo ese tiempo, como si fuera la confirmación de lo que temía.

La agarré con más fuerza, zarandeándola.

—No, no, escúchame. Eres más fuerte que yo, pero tu cuerpo está fallándote. Puedo prestarte mi fuerza… —Pero me aterroriza. Pero es lo único que he temido por encima de todo—. Pero necesito que estés de acuerdo. Necesito que digas que sí, que quieres. —Asintió, con los ojos en blanco. Volví a sacudirla y le exigí que me mirara—. Di que estás dispuesta a ofrecerme tu alma. Tienes que decirlo con sinceridad, Everly. Por favor.

Movió los labios sin hacer ruido. No había más muebles cerca que pudiera destrozar, ninguna salida para ese miedo enfermizo que sentía.

Everly era lo único que me quedaba. Durante mucho tiempo, mi visión de ella fue lo único que me impulsó a continuar. Lo único por lo que seguí despierto y no sucumbí al dolor para toda la eternidad.

Era mi esperanza.

Era mi fe.

Lo era todo.

Incliné la cabeza, le sujeté las manos y me di cuenta de que era lo más cerca que estaría de una plegaria humana.

—Me ato a ti, desde este momento hasta el fin de la eternidad. Te ofrezco mi obediencia, mi lealtad y mi protección a cambio de tu alma. Te lo ofrezco de manera voluntaria. Te lo ofrezco desesperadamente. Quédate conmigo. —Le di una ligera palmada en la mejilla para mantenerla despierta y sus ojos se abrieron de par en par al respirar hondo—. Repítelo, cariño, vamos. Aún no estás muerta, joder. —Se retorció, un poco de la fiereza volvió a ella—. Vamos. Dilo. Te ofrezco mi alma…

Se humedeció los labios y parpadeó varias veces, como si no pudiese verme con claridad.

—Te ofrez… Te ofrezco… mi alma…

Ya había perdido demasiada sangre, mas no había otra forma de hacerlo. Manifesté un cuchillo de éter y bajé la hoja afilada, dándole unos ligeros golpecitos en el pecho con la parte plana. No se inmutó, no tembló.

—Tengo que marcarte —le expliqué, y no vi miedo en sus ojos—. Tengo que grabar mi símbolo en tu piel. Lo haré con cariño…

Sin embargo, ella negó con la cabeza.

—No te he pedido que seas delicado.

—Lo haré rápido y lo suficientemente profundo como para dejar huella —añadí, seguro de que deliraba.

Me puso la mano en el cuello, acercándome a ella con una presión exigente.

—Háblame… como la otra vez… Como aquella noche. —Inspiró de forma entrecortada y sus palabras se volvieron más firmes—. Dime que puedo hacerlo, por ti.

Abrí los ojos al darme cuenta de a lo que se refería. A aquella primera noche que follamos, cuando su fuerza floreció con un poco de estímulo.

La boca le sabía a sangre y ceniza cuando la besé.

—Si sientes el dolor, es porque estás viva —dije y ella asintió contra mí. Recorrí su cuerpo con las manos, sintiendo la ondulación de sus músculos bajo la piel, la suavidad alrededor de sus caderas y de su vientre—. Eres una guerrera, Everly. Puedes soportarlo, puedes aguantarlo, sé que puedes hacerlo. —Con los dedos enredados en su pelo, me acerqué los largos mechones rubios a la raíz y sonreí cuando hizo una mueca de dolor. Luego le ofrecí una sonrisita a cambio—. Eso es, muy bien. El dolor significa que estás viva.

Cuando presioné la punta del cuchillo contra su torso, la sangre de color rojo cereza brotó alrededor de la hoja y se esparció por su piel. El dulce aroma de su magia inundaba el aire, embriagador como el licor. Era increíble que todos los demonios en cien kilómetros a la redonda no se hubieran sentido atraídos por ella; aunque no tendrían ninguna oportunidad si la perseguían.

Era mía. Total, absoluta e irrevocablemente mía.

—Aguanta por mí —murmuré.

Su rostro se contorsionó por el dolor y puso los ojos en blanco, a punto de desmayarse. Pero cuando las antiguas runas demoníacas nos unieron, nuestras fuerzas se entremezclaron. Sentí la misma aflicción que ella y luego la felicidad. El placer más perfecto y deslumbrante. Un hormigueo de calor me recorrió las venas. Había un nudo de magia tan grande escondido en su cuerpo luchador que me hizo temblar.

Ella no era la única que se había hecho más fuerte con ese trato. Yo también.

La sangre le manchaba la piel, pero con cada corte sonreía un poco más, incluso cuando entrecerraba los ojos a causa del daño. Volvió a sentir calor. Los cortes eran lo bastante profundos como para dejar cicatriz, aunque solo un poco, y estaba preciosa con esas líneas rojas que le cruzaban el vientre.

—Ya está —le informé con delicadeza. El cuchillo desapareció de mi mano y dejé de manifestarlo.

Everly se estremecía con violencia y estaba febril, con gotas de sudor en la frente.

—Los brazaletes —gruñó—. Los putos brazaletes... Por favor... Mierda...

Me agaché sobre ella, entre sus piernas abiertas a ambos lados de mi cintura, y agarré uno de ellos.

—Va a dolerte —advertí.

Asintió, retorciéndose, con cada centímetro de su cuerpo tenso por la expectación.

—Lo sé. Significa que estoy viva.

Gritó cuando destrocé el cristal con las manos. Unas púas le desgarraron las muñecas cuando le arranqué los trozos de cristal de la piel. La zona estaba ennegrecida por los moratones y tenía manchas amarillas y moradas.

—Ya casi está —le dije, cerrando las manos alrededor del otro brazalete.

Odiaba oírla llorar. Tener que hacerle daño era una agonía, pero no tenía elección. Seguía pensando en el pasado, en todas las vidas que no pude salvar porque había llegado demasiado tarde. En todos los seres que había visto morir.

No quería perderla a ella también.

—No pasa nada —susurró—. Hazlo. Ya casi se ha acabado.

El ruido del cristal al romperse fue casi ahogado por el grito que se le escapó. Por fin, las viles púas de aquellos artefactos ya no estaban en ella y el color volvió a su rostro. Me abrazó sin aliento, acariciándome el cuello con las manos torpes mientras sus piernas temblorosas me rodeaban con más fuerza.

Parecía una criatura salvaje, algo indomable que se había arrastrado desde el bosque y en ese momento yacía mirándome como una súcubo. Ensangrentada, con la cara manchada de tierra, el cuerpo cubierto de moratones y aquellos cortes recientes en la barriga.

—¿Dónde estabas? —me preguntó—. Me dejaste… Te fuiste durante mucho tiempo…

—Me atraparon. —Hundí mi cara en su cuello, como si pudiera imprimir en su cuerpo cuánto lo sentía—. Lucifer me llevó al Infierno y no pude escapar hasta que me llamaste. Pero no puede alejarme de ti. Ya no. —Recorrí con mis dedos la sangre, las heridas que nos unían. Desprendía un aroma dulzón y, con toda la magia que había en el aire, no podía pensar con claridad.

—Tenía mucho miedo. —Su voz sonó débil por el cansancio.

Los ojos se le cerraron y, por fin, el corazón le empezó a palpitar con fuerza.

—Lo siento mucho, mi señora. —Apoyé la cabeza en su pecho y escuché cómo le latía, asegurándome de que seguía conmigo con cada latido.

Fue la primera vez que Everly durmió entre mis brazos.

Estaba sin fuerzas y caliente, tumbada contra mi pecho frente al fuego, con una manta cubriéndonos y la alfombra de piel de oso en el suelo, debajo de nosotros. Durmió durante horas, recuperando energías. Me limité a abrazarla, observando cómo el sol entraba por las ventanas abiertas y bañaba la habitación con una luz pálida.

Cuando se despertó, cambió de postura y levantó la cabeza para mirarme. Yo tenía el brazo doblado debajo de la mía para poder observarla.

—Háblame de la visión —me pidió—. Háblame de la primera vez que me viste.

Se echó hacia atrás cuando me puse tenso, como si quisiera separar su cuerpo del mío. En ese momento, la estreché con fuerza, pidiéndole que se quedara.

—Será más fácil contártelo si estás cerca—le aseguré.

A pesar de ser el único acontecimiento que había guiado mis acciones durante muchos siglos, no era un recuerdo que me gustara rememorar.

Me sentí mejor cuando Everly volvió a recostarse sobre mí, apoyó la palma de una mano en mi pecho y la barbilla encima de ella para mirarme a la cara. Dirigí la vista al techo e intenté perderme en los remolinos de madera tallada.

—El Infierno llevaba décadas en guerra con los dioses —empecé a contarle—. No sabemos de dónde vinieron ni cómo atravesaron el Velo para entrar en el Infierno. Siempre se ha sospechado que llegaron a través de otra dimensión. Era una especie depredadora que cazaba para alimentarse. Las criaturas más antiguas se sintieron atraídas por ellos debido a la inmensa magia que contenían, por lo que los dioses reunieron un ejército de miserables. Querían nuestra adoración; se alimentan de la atención y la devoción de otros seres vivos. Pero lo que ansiaban por encima de todo era nuestro sufrimiento. Nuestro dolor. Nuestro miedo. Un dios se sacia cuando tiene hordas de otros seres vivos que lo temen. Pero los demonios no adoran. Nosotros no obedecemos. Nuestra lealtad es hacia nosotros mismos. Así que luchamos.

Todavía recordaba lo que sentí cuando el Consejo convocó a los guerreros. Cuando amenazaron al Infierno y todo lo que conocíamos pendía de un hilo. Incluso la guardia celestial estaba convencida de que los demonios por fin habían encontrado a su rival.

—De eso hace muchos siglos —continué—. Entonces era un demonio diferente. Más joven y poderoso, a pesar de que aún no había ascendido. Así es como lo llamamos cuando uno de nosotros se convierte en archidemonio. Ascensión.

Deseaba aquello más que nada. Ya me había pasado varios siglos cazando almas en la Tierra, aumentando mi poder.

Tuve cientos de amantes. Pasaba mis días de una fiesta demoniaca clandestina a otra en la Tierra y abriéndome paso por los clubs del Infierno por la noche. Los recuerdos que tenía de aquellos días estaban muy borrosos en ese momento. Era como si hubiese sido una vida diferente.

Quienquiera que hubiera sido entonces había muerto en la lucha.

—La guerra duró años. Cada vez que un dios mataba a uno de nosotros, capturaba nuestro ser. Los demonios no tienen alma, no como los humanos. Al igual que los ángeles, tienen una energía que comprende nuestra conciencia, similar a un alma humana aunque más simple. Lo llamamos nuestro ser. El estallido de energía que nos hace estar vivos. Los dioses se lo llevaban cuando nos asesinaban. Las conciencias de aquellos a los que mataron fueron obligadas a experimentar un sufrimiento espiritual eterno.

Incluso en ese instante, me daba escalofríos. Se obligó a muchos a padecer durante demasiado tiempo después de la muerte. No había mayor tortura para un demonio que la pérdida de nuestra libertad.

—Me ofrecí voluntario para luchar en aras de demostrar mi valía. Para probar que era feroz y leal y que merecía la ascensión. Pero vi morir a mis guerreros. Primero a decenas. Luego a cientos. Después a miles. Perdí la cuenta. No era capaz de recordar todos sus nombres, sus caras. Y, joder, lo intenté.

Las palabras me irritaron la garganta y guardé silencio hasta que conseguí tranquilizarme.

—Estábamos acabando con ellos, aunque nos costó mucho. Nos dijeron que el final de la guerra estaba cerca. Que los dioses habían empezado a huir del Infierno y que se escondían en la Tierra. No obstante, aún quedaban bastantes, y se dirigían hacia la Gran Ciudad. Dantalion, la sede del Consejo, y la ciudadela de ónice, el hogar de Lucifer, Bael y Paimon, los más antiguos de los nuestros.

Se me hacía difícil darme cuenta de lo mucho que los había idolatrado entonces. Cómo había anhelado la atención de Lucifer, cómo me había esforzado por ser aún más despiadado, más sanguinario, más astuto, aunque solo fuera para tener su aprobación.

—Luché en esa batalla final. Me puse con mis guerreros entre los dioses y la ciudad. Éramos la última defensa. Ga… ganamos.

Decirlo sonaba a mentira.

—Más de la mitad de aquellos junto a los que luché murieron. Los demonios que pelearon a mi lado ese día estaban entre los más fuertes del ejército del Infierno. A muchos de ellos los conocía de toda la vida. Nos habíamos marcado unos a otros… —Al ver que fruncía el ceño, confundida, se lo expliqué—: Los demonios se marcan unos a otros con *piercings*, ofrendas de metal. Perforar la piel de otro y dejar una marca de tu afecto es uno de los mayores símbolos de devoción que tiene nuestra especie.

—Pero tú no llevas *piercings* —murmuró.

Clavé la mirada en el techo, sin atreverme a mirarla. Observar esos ojos significaba volver a ver aquel momento en todo su horror. Un campo de batalla cubierto de difuntos, y en medio de todo…

—Me los arranqué —respondí—. Cuando los encontré fallecidos, arranqué el metal que me habían dado. No podía vivir con el recuerdo.

—Sin embargo, aún los tenía: las joyas, los *piercings* ensangrentados. Los había guardado conmigo todos esos siglos, como el preciado tesoro de un dragón—. Ahí fue donde te vi, Everly, en la mañana después de la última batalla. Había sobrevivido, pero me sentía muerto. Me llamaste.

Después de tanto, seguía sin entenderlo del todo. Nunca se había visto que un demonio tuviera visiones del futuro. No estábamos bendecidos con el don de la premonición, como algunas brujas. Pero la había visto y la había oído, tan claro como el agua.

—¿Qué… qué te dije en la visión? —quiso saber.

—Me dijiste tu nombre y me pediste ayuda.

Se sentó a mi lado. Aún llevaba la manta sobre los hombros, mas yo ansiaba recuperar el contacto piel con piel. Le rodeé la cintura con el brazo para no dejar de tocarla.

—¿Qué clase de ayuda? —inquirió, hurgándose las cutículas de las uñas en lugar de mirarme. Vi la rojez alrededor de ellas, lo maltratada que estaba la zona.

Había pasado mucho tiempo, pero tenía grabadas a fuego en el cerebro todas y cada una de las palabras que me había dicho.

—Dijiste que tenía que seguir luchando. Y que me encontrarías.

Frunció el ceño y le cogí la mano. Sus dedos se curvaron hacia la palma, como un reptil asustado ocultándose en su caparazón.

—¿Y qué viste en mí que hizo que estuvieras tan decidido a ayudarme como para buscarme? Y durante siglos… Negó con la cabeza, burlona e incrédula, como si no lo creyera, ni siquiera en ese momento.

—No fue solo aquella visión lo que me convenció —contesté—. El día que te vi fue el día en que perdí todo lo que me quedaba. Casi todos mis seres queridos habían muerto. El demonio que había sido, que podía gastar su tiempo en fiestas frívolas, que no buscaba más que placer y poder quedó destruido. No, no me convencí enseguida. Pero te juro que me perseguiste. Dondequiera que mirara, veía tu cara. En multitudes, en rincones oscuros, ya estuviera en el Infierno o en la Tierra. El destino me había lanzado un salvavidas al que me había negado a agarrarme y no dejaba de recordármelo. Necesitaba un propósito, una razón para vivir. Tú me la diste. ¿Qué otra cosa podía hacer?

Se le iluminaron los ojos a la luz del fuego. Me apartó unos mechones de pelo de la cara y dejó su mano sobre mi mejilla un momento.

—No te culpo por no confiar en mí —le dije, y ella puso cara de asombro. Sin embargo, era cierto. Lo único que temía era ofenderme—. Dame tiempo, mi señora. Esto es lo único que tengo. Tú eres lo único que tengo. Sé que eso puede asustarte. —Recorrió mi rostro con la mirada, escudriñándolo—. Pero llevo dos mil años librando esta guerra, esperando a mi comandante. Si alguna vez he de volver a ver la paz, será gracias a ti. Si alguien puede llevar esta lucha a su fin…

—Gracias a mí —susurró. Unas palabras muy simples, llenas de mucho miedo, empapadas de incredulidad—. ¿De verdad crees que puedo…? —Negó con la cabeza, riéndose por lo bajo—. ¿De verdad crees que puedo matar a un dios?

La cogí por la muñeca y acaricié con los dedos los moratones y las heridas hinchadas que le habían causado los brazaletes.

—Los grilletes que llevabas se han utilizado durante cientos de años para incapacitar total y completamente a las brujas para que no puedan usar su magia. No solo seguiste usándola de mil maneras mientras los llevabas puestos, sino que arrasaste con toda una manada de elds. Quemaste un acre de bosque en unos segundos. —Acerqué sus muñecas a mí y le di besos en los moratones—. Eres mucho más poderosa de lo que te han hecho creer.

24

Everly

Me pasé todo el día siguiente durmiendo. Mis sueños se llenaron de visiones de fuego y recuerdos del dolor.

En los pocos ratos que me despertaba, tenía a Callum a mi lado. A veces, junto a mi cama. Otras veces, en una silla próxima del fuego o al lado de la ventana, contemplando la lluvia. Pero siempre cerca, y su presencia me reconfortaba.

A pesar de los salvajes esfuerzos del Profundo, mi alma ya no estaba destinada a una eternidad de crueldad. Con solo unas palabras y los cortes del cuchillo de Callum, mi hado había cambiado por completo.

Le pertenecía a él, y mi alma, al Infierno.

Despacio, me incorporé, sintiéndome como un cadáver que se levantaba de la tumba. La pálida luz del sol entraba por las ventanas abiertas. La radio de mi abuela estaba sobre la mesa, cerca de la chimenea, y crepitó con su voz.

—Me alegro de que por fin te hayas despertado —me saludó—. Callum ha salido al jardín a buscarme unas hierbas. Estoy preparando una infusión que te ayudará a que esas cicatrices se curen bien.

Inmediatamente, me llevé la mano a la barriga. Me habían puesto ropa limpia, de lino suave y suelto. Pero, bajo la tela, tenía la piel sensible. Conteniendo la respiración, me levanté la camiseta y miré hacia abajo. Unas líneas y unos círculos elaborados me cubrían el vientre, rodeando el familiar sello de Callum, grabado sobre el ombligo.

De repente, me bajé la prenda y me abracé. Mi abuela profirió un suave chasquido y sentí una mano frotándome los hombros.

—Ay, querida, no tengas miedo —me consoló—. Muchas personas a lo largo de la historia, brujas o no, han entregado su alma a un demonio. Una vida después de la muerte en el Infierno no es el terror que te han hecho creer. Es un mundo completamente nuevo; allí no abusarán de ti. Algunas brujas lo visitan incluso antes de fallecer. He oído que es un lugar fascinante.

—¿Has estado allí? —le pregunté, desesperada porque me tranquilizase.

Sentía que gran parte de mi vida estaba fuera de mi control; estaba atrapada en una montaña rusa sin frenos, incapaz de ver los giros y las curvas del camino que tenía por delante.

—No. Sin embargo, tu antecesora, nuestra gran maestra Sybil, sí que estuvo allí, muchas veces.

El recuerdo de mi antepasada me hizo soltar un gruñido.

—El grimorio. Perdí el grimorio, abuela, yo… —Suspiré, y de repente pensé en la ingenua de Raelynn, yendo a todas partes con ese libro—. Aunque sé dónde está.

—Entonces, no lo has perdido de verdad, ¿no? —dijo, manteniendo un optimismo feroz—. Ya has sufrido bastante estos últimos días. Tienes que descansar, y, por el aspecto de tu pelo, necesitas un baño. Cuando te hayas curado, volverás a intentarlo. Mientras estés viva, no hemos fallado. —Se escuchó un ruidito suave, parecido al movimiento de la hierba seca—. Callum ha regresado. Te dejaré descansar, pero seguro que pronto subirá a ver cómo estás.

—Había otro demonio aquí, ¿verdad? —quise saber antes de que se fuese—. Callum estaba enfadado…

Aunque mis recuerdos estaban borrosos, estaba segura de haber visto a otro de su especie, uno con unas enormes alas llenas con plumas, de pie sobre mí en tanto me retorcía de dolor.

—Nos visitó uno de los demonios más antiguos y poderosos del Infierno, Lucifer —respondió mi abuena, con voz sombría—. Le exigió a Callum que reclamara tu alma, y él intentó negarse… Hasta que no tuvo otra opción.

Miles de preguntas rondaban por mi cabeza, reclamando atención.

—¿Por qué iba a importarle a otro demonio lo que le ocurra a mi alma?

—Eres poderosa, Everly. Y el Infierno ansía poder. Entregar tu alma al Infierno ayuda a garantizar la seguridad y longevidad de ese mundo. —Parecía como si quisiera explicarme algo más, pero, en su lugar, añadió de repente—: Te prepararé la infusión. En el armario hay ropa limpia.

Con un último ruido de la estática de la radio, abandonó la habitación.

A pesar de que llevaba ropa limpia, el resto de mí no lo estaba. A pesar de que me habían lavado y vendado las heridas de las muñecas, tenía el pelo sucio y enredado y la piel manchada de barro. Cuando me levanté de la cama, me dolía el cuerpo y estiré las piernas y los brazos agarrotados. Para mi sorpresa, a pesar de estar somnolienta y dolorida, me sentía mucho más fuerte de lo que esperaba.

Mucho más fuerte de lo que me había sentido antes.

Me preparé un baño y llené la bañera de porcelana, que era muy grande, con agua que olía un poco a madera de cedro. El vapor me envolvió cuando entré en ella y me hundí en el agua, soltando un gemido. Con cuidado, me quité las vendas de las muñecas y dejé que las heridas respiraran. Tenía muchos hematomas, pero los desgarros de la piel ya se habían curado.

Después de limpiarme, vacié la bañera, volví a llenarla de agua limpia y cerré los ojos mientras me tumbaba. Sin embargo, no pasó mucho tiempo antes de que una extraña sensación me hiciera abrirlos de nuevo.

Era la sensación que tenías cuando te observaban, pero no era el dios quien lo hacía.

Fruncí el ceño y recorrí la habitación con la mirada, buscando el origen de mi inquietud. El gran ventanal que había junto a la bañera mostraba la imagen de un día gris y lluvioso y, al asomarme al patio, divisé una figura de pie bajo los árboles.

Estaba envuelta en un manto rojo que destacaba entre la vegetación oscura. Era alto, casi tanto como Callum, y en lugar de una cara...

Tenía la calavera de un caballo.

Cuando miré fijamente esos ojos vacíos, un escalofrío me subió por la espalda. El ser no se movió, aunque supe con absoluta certeza que me estaba observando.

La puerta del baño se abrió sin hacer ruido y el sutil chasquido de unas garras sobre el azulejo anunció la llegada de Callum. Ya estaba de pie en el cuarto cuando llamó a la puerta, desviando mi atención de la ventana.

—Hay alguien ahí fuera —comenté.

El demonio no parecía alarmado cuando asintió.

—Lo sé. Es un fae; Darragh me dijo que vendría. Ha pasado mucho tiempo desde que una magia como la tuya se desató en su bosque. Has llamado su atención, mi señora. Los fae son criaturas curiosas, mas también prudentes. El anciano tiene el deber de asegurarse de que no quieres hacer daño a los suyos.

—¿El anciano?

Volví a girar la cabeza hacia el ventanal, pero la calavera de caballo había desaparecido. Levantándome de la bañera, alarmada, me acerqué a la ventana y lo busqué por todo el jardín.

Sin embargo, la inquietante figura había desaparecido.

—Así lo llama Darragh —respondió Callum—. Supongo que también tiene otros nombres. Pero los demonios no nos metemos en asuntos de faes. Y, por supuesto, no intentamos averiguar cómo se llaman. Es de mala educación.

Fruncí el ceño y volví a sumergirme en el agua.

—Hay tantas cosas que no sé. Los fae. El Cielo y el Infierno. Los dioses. Me siento perdida.

Me frustraba ser así de ingenua, así de ignorante.

—El afán de aprender es mucho más valioso que el propio saber. La gente da por sentado lo que sabe.

Me aparté del cristal y lo miré. La noche que me rescató, trayéndome hasta allí a través de la oscuridad, a través de la lluvia, había visto un lado diferente de él. Algo más que el monstruo salvaje que me perseguía con un hambre voraz, que podía hacer temblar los muros de piedra con su voz.

Esa noche había tenido miedo. Miedo por mí. Incluso en lo más profundo de mi dolor, había notado su abrazo. Como si estuviera dispuesto a luchar contra la muerte para que no me llevara.

—No es la primera vez que reclamas un alma humana, ¿verdad? —En el momento en que mis palabras surgieron como una pregunta, me sentí como una tonta y negué con la cabeza—. Claro que no. Llevas vivo cientos de años… Miles…

El silencio se prolongó, denso y cargado de tensión.

—Ha pasado mucho tiempo desde la última vez que reclame una —terminó diciendo. Habló despacio y con cuidado, apartando la mirada—. Reclamar un alma une esa vida a la tuya. Con el tiempo y la distancia, ese vínculo puede desvanecerse, pero también fortalecerse. He reclamado más almas humanas de las que soy capaz de contar. Más nombres de los que puedo recordar. Sin embargo, hubo un tiempo en que esos lazos no me aterrorizaban. Hace mucho.

En esa bruma del dolor y el agotamiento, había oído la discusión. La figura sombría, Lucifer, exigía que reclamara mi alma. La voz de Callum se quebró cuando se dio cuenta de que era la única opción que tenía para salvarme.

—¿Te aterrorizaba? ¿Reclamarme?

Callum giró la cabeza hacia mí al oír mi pregunta y me estremecí.

—Sí —confesó tras una larga pausa.

—Entonces, ¿por qué lo hiciste?

Cambió de expresión y lo sentí. Una punzada de incertidumbre me atravesó el pecho como un rayo. Luego llegó la oleada del miedo, un terror desgarrador que apenas podía expresarse con palabras, tan intenso que me quedé sin aliento.

Las emociones me abandonaron tan de repente como habían aparecido.

—Es una parte… lo de las emociones —me explicó Callum—. Para la mayoría de los humanos, no sería más que un indicio de mis sentimientos, pero tu magia los amplifica. Lo que yo sienta puede llegar a ti y viceversa.

Aún no me había contestado, aunque estaba claro que le rondaba por la cabeza. Parecía estar intentando resolver un rompecabezas y su ceño fruncido no se borró hasta que volvió a mirarme a los ojos.

De repente, estaba de pie sobre mí, con las manos apoyadas en los bordes de la bañera.

Lo observé con admiración. Los músculos prietos, rígidos por la expectación. La mandíbula en tensión, la intensidad de sus ojos. Mi cerebro cortocircuitaba cada vez que veía aquel pecho firme y lamible…

¿Lamible? Por Dios, Everly, contrólate, tía.

—Sin ti, no tengo motivos para vivir —declaró, con los dientes afilados apretados—. Puede que lo que haya hecho sea increíblemente egoísta, pero volvería a salvarte la vida. Juré protegerte, y ahora estoy obligado a hacerlo por las exigencias de nuestro trato. Cueste lo que cueste. Sin importar lo que tenga que sacrificar. Sin importar a quién tenga que matar. Por ti, quemaría este mundo y el siguiente.

Sus palabras me arrancaron el aire de los pulmones. Era imposible no creer en la sinceridad y ferocidad de su voz. Apretó los bordes de la bañera y di un respingo cuando una grieta apareció en la porcelana. Hizo una mueca y se levantó despacio, cerrando y abriendo los puños.

—Tanto si eliges quedarte en esta casa como si decides marcharte, te seguiré —aseguró—. Tanto si eliges enfrentarte al dios como si no, estaré a tu lado. Tanto si confías en mí como si no, no te abandonaré. Esta obsesión puede suponer mi muerte, pero es un final que afrontaré con gusto. Los humanos tienen sus deidades, sus grandes y poderosos dioses, que los guían para vivir y morir. Yo te tengo a ti.

No sabía qué decir. Solo podía mirarlo fijamente, a ese ser poderoso que parecía mucho más grande que la propia vida y que vibraba con una energía profunda y ancestral. Mi demonio. Mi protector.

Callum se sacó un frasco de cristal con un tapón de corcho del bolsillo de los pantalones, lleno de un líquido de color miel.

—Lo ha preparado tu abuela. Dice que tienes que aplicártelo en las heridas para que cicatricen mejor. ¿Me permites hacerlo?

Asentí y salí de la bañera. Sus ojos negros me quemaron la piel mientras cogía una toalla y me secaba, escurriéndome el agua del pelo. La forma en que me contemplaba hizo que el calor se acumulara en mi abdomen.

Me miré en el gran espejo con marco que había en la pared junto a la bañera y me detuve. Intenté no prestar demasiada atención a mi aspecto. Nunca había tenido la gracia ni la belleza natural de Victoria. No tenía mucha habilidad con el maquillaje y, sinceramente, no me gustaba. Siempre había sido sencilla, dolorosamente normal. Demasiado alta y delgada, tal y como señalaba Meredith cada dos por tres. Jeremiah solía decir que parecía una jirafa, y ese insulto aún se asentaba en mis hombros encorvados, como si pudiera hacerme más pequeña.

En ese momento, con los cortes en el cuerpo y los moratones en los brazos, no sabía cómo Callum podía mirarme estando así. No cuando él parecía una estatua griega a la que habían dado vida; ni siquiera las cicatrices que tenía atenuaban su atractivo.

Mordiéndome el labio, me aparté de mi reflejo. Ese espejo tendría que desaparecer para no tener que verme cada maldita vez que entraba allí.

Callum se acercó por detrás, cogió la toalla y la tiró a un lado. Me rodeó con los brazos y luché contra el impulso de esconder la cara.

—¿Por qué te miras así? —preguntó, con un tono de verdadera confusión—. ¿Por qué te miras como si hubiera algo vergonzoso en ti?

¿Como si este precioso cuerpo no estuviera perfectamente diseñado para atraer cada uno de mis sentidos? Esta piel suave, tierna y cálida. —Me rozó la oreja con los labios y me acarició el brazo con las garras—. El sonido de tu voz, dulce como el de una sirena. Tu mirada es suficiente para convertirme en una bestia sedienta. Y tu olor… —me agarró con fuerza y se arrodilló conmigo en la gruesa alfombra que había frente al espejo. Cuando me quedé de rodillas ante él, se inclinó sobre mi espalda—, embriagador. ¿Tu sabor? —Me acarició el cuello con la lengua bífida y cerró los ojos un momento—. Divino.

Descorchó la botellita con el líquido dorado y vertió un poco sobre sus dedos. Me pasó las manos por el abdomen, despacio, aplicando el aceite sobre los cortes con costra. Era un tacto firme, pero lo bastante suave como para no hacerme daño.

—Estas cicatrices son nuestro vínculo —añadió. Me miró en el espejo, y la fascinación suavizó sus ojos oscuros—. Cuentan la historia de tu supervivencia. Son la insignia de una guerrera.

Era imposible apartar la vista de sus manos acariciando mi piel. Las movía con suma lentitud y reverencia.

—Eres hermosa, cada centímetro de ti es una preciosidad —murmuró—. Me encanta cómo reaccionas a mí, los sonidos que emites, cómo te sientes. Suave y fuerte a la vez.

Esas palabras me llenaron de una sensación de calidez y me estremecí, incapaz de seguir observándome en el cristal ni un minuto más. No obstante, enseguida levantó la mano, me agarró la cara e hizo que volviera a posar los ojos allí.

—No apartes la mirada —ordenó—. Eres exquisita.

Volvió a empaparse los dedos de aceite y levantó la mano, dejándola caer sobre mi pecho. Unas gotas brillantes se esparcieron por mis senos y sus dedos las persiguieron, agarrándome y apretándome. Aquel tacto suave, la ternura de su abrazo me resultaban tan desconocidos que me abrumaban.

Canturreó con dulzura y su cuerpo duro se meció contra el mío, pegándose a mi espalda. Sentí cómo se le abultaban los pantalones.

Ansiaba sentir ese dolor brutal suyo en mi interior, que destruyera cualquier pensamiento hasta que no quedara más que placer.

—Relájate —dijo—. Conmigo estás a salvo.

Me acarició el vientre, los pechos, los hombros y la espalda. Me sentía gelatina entre sus manos, casi flácida mientras me tocaba.

—Puedo notar tu ansiedad —me comentó, acercándose a mi oído—. Cómo se asienta dentro de ti como un nudo, cómo tu cerebro la alimenta con mentiras para mantenerla viva. Deja que te ayude.

Todo me parecía muy nuevo, poco familiar y extraño.

Y sin embargo…

—Confío en ti.

Su mirada se encontró con la mía en el espejo y sus ojos me hicieron pensar en el cielo justo antes del amanecer. Unos pozos besados por la luz y el calor.

—¿Confías en mí para darte placer? —preguntó—. ¿O para hacerte sentir dolor?

—Para las dos cosas.

Quería todas las experiencias que pudiera darme. Me había pasado la vida encerrada y, en ese momento en el que las puertas estaban abiertas de par en par, tenía la intención de darme un atracón.

Una sonrisa ansiosa reveló sus dientes afilados.

—Quédate ahí —me pidió—. Enseguida vuelvo.

Desapareció, y la ausencia de sus brazos me dejó helada. Volvió con algo en la mano.

Un látigo de cuero con muchas borlas suaves.

Abrí los ojos de par en par cuando arrastró las tiras de cuero marrón entre sus dedos.

—Hay todo un mundo de sensaciones esperándote. —Me pasó el látigo por los hombros—. Un espectro entre el placer y el dolor que ni siquiera puedes imaginar. Tengo la intención de mostrártelo todo. Guiarte en un viaje hacia lo que desees.

Me indicó que me arrodillase y apoyara la espalda en sus piernas. Despacio y burlón, me acarició las tetas con las borlas, poniéndome la piel de gallina. Me estremecí cuando el cuero me rozó los pezones, que se endurecieron enseguida.

Colocándome una mano en la nuca con suavidad, Callum me empujó hacia delante.

—Apoya las manos en el marco del espejo —me ordenó—. Observa cómo te azoto. Observa qué guapa estás. Observa cómo cada cara que pones es una obra maestra.

Una parte de mí quería derretirse en el suelo de la vergüenza. No podía decirlo en serio, no de verdad, porque yo era…

—Everly. —Tenía la voz más aguda cuando se inclinó sobre mí—. Quítate esos pensamientos de la cabeza. No está permitido que te menosprecies.

Me puse roja, pero me obligué a no apartar la vista cuando retrocedió un paso.

Al principio utilizó el látigo con delicadeza, dándome golpecitos en la espalda y subiéndomelo por la columna. Cuando lo bajó con un poco más de fuerza, jadeé.

—¿Qué tal? —tanteó, balanceándolo en la mano mientras esperaba a que le respondiera.

—Increíble —contesté, mirándole a los ojos a través del espejo—. Es una sensación increíble.

Perdí la noción del tiempo. Las suaves cuerdas del látigo me picaban en la espalda, en ocasiones las notaba afiladas, a veces pesadas y otras, tentadoramente suaves. Callum manejaba la herramienta como si fuera una prolongación de su brazo. Cada vez que apartaba la vista de mi propio reflejo y volvía a observarlo, descubría que tenía la mirada clavada en mi cara.

Contemplándome, aprendiéndose mis reacciones.

Bajaba el látigo y luego se movía sin apartar los ojos. El suave sonido de sus pies rozando el suelo de madera hizo que mi espalda se estremeciera con anticipación.

Ya tenía la piel de los hombros al rojo vivo.

Caliente y tierna, como un festín, preparada para que me devorasen.

El látigo cayó, provocando que me escociera la piel como si me hubieran dado un millón de pinchacitos. Chillé, aunque fue más un gemido que un grito.

Callum tiró el artefacto a un lado, me pasó los dedos por el pelo y me lo apartó de la cara para poder tocarme la mejilla. Me temblaban los brazos, todavía apoyados en el marco del espejo.

—Ahí, cariño —me dijo. Me cogió por la barbilla y me levantó la cara, agachándose detrás de mí. Sus alas me enmarcaban como si fueran mías—. Mírate. Mira tus ojos, lo dulces que son. Mira tu boca. —Me pasó el pulgar por los labios. Sin pensarlo, los abrí para su dedo y dejé que me presionara la lengua mientras se lo chupaba con delicadeza—. Todas tus preocupaciones, todos tus miedos no pueden retenerte para siempre. Pero yo sí puedo. Y tengo toda la intención de hacerlo.

Apenas reconocí mi propio rostro. Así, tan cerca del espejo, mis ojos parecían más negros que azules, más demoniacos que humanos.

Bajé los brazos temblorosos, los apoyé en el suelo y arqueé la espalda, apretándome contra su dura longitud. Aún tenía los dedos en mi boca y los acaricié con la lengua, sosteniéndole la mirada.

La luz de sus ojos se convirtió en un fuego infernal. Con movimientos rápidos y repentinos, me agarró por la nuca y me dobló hacia delante, de modo que mi mejilla quedó apoyada contra la mullida alfombra. Me levantó las caderas, poniéndome de rodillas, doblada con el culo apretado contra él. Estaba tan inclinada que aún podía verme en el espejo, retorciéndome contra él con desesperación.

—Sé una buena chica —me advirtió—. Pide bien lo que quieres.

—Me has hecho sentir dolor —afirmé—. Ahora, quiero placer.

Me arañó la espalda enrojecida.

—Quiero que te mires mientras te follo, Everly. Si apartas la vista… —su sonrisa se volvió perversa—, te castigaré.

Me estaba poniendo tan cachonda con lo que decía que quería gemir, retorcerme, suplicar… Sin embargo, ya me había dejado sin fuerzas para pelear.

Cuando entró en mí, mis pupilas se dilataron y unos charcos oscuros consumieron el azul de mis iris hasta convertirlos en un anillo apenas visible. Fui incapaz de contener el gemido que me arrancó cuando me penetró por completo.

Dios, era… Eso era…

—Joder, me… me encanta. —Me tembló la voz, y mi tono se volvió más agudo.

Estaba tan dentro de mí que el dolor debería haber sido mucho peor. Pero estaba empapada, sentía el hormigueo de la magia, mi cuerpo estaba tan relajado que la molestia de que me llenara era increíble.

Me observaba en el espejo mientras salía de mí antes de volver a entrar en mí poco a poco. Una y otra vez, esas embestidas lentas me estaban volviendo loca.

—Callum, eso… Oh, Dios mío, vas a hacer que…

—Aún no vas a correrte —Se rio entre dientes, con las caderas apretadas contra mí, metido en mi interior—. No hasta que yo lo diga. No hasta que te haya sacado hasta el último gemido. Cuando acabe contigo, no serás capaz de pensar en nada.

Como si conociera cada nervio y cada debilidad de mi cuerpo, cumplió con su palabra. Siempre que creía que iba a llegar al orgasmo, me hacía retroceder, pero muy poco. Solo lo suficiente como para que me tambaleara en el límite, gimiendo desesperada. Me ardía todo el cuerpo, y cada caricia, cada movimiento, cada palabra era una delicia.

—Así me gusta. Ningún pensamiento detrás de esos ojos aparte de lo jodidamente bien que te sientes —murmuró, complacido. Me apartó el pelo de la cara y me acarició la mejilla con ternura—. Juré cuidar de ti, Everly. En todo lo que necesites que te cuiden.

Estaba temblando de placer, al límite, desesperada por liberarme, aunque demasiado cansada como para luchar por hacerlo realidad. Me tocó el cuerpo con la misma facilidad con la que había tocado el piano y mi placer alcanzó un *crescendo* imposible. Me levantó, me rodeó el pecho con el brazo y me agarró por la garganta. El verme abrazada contra él me superó. Tenía sus garras clavadas en mi piel, y mi abdomen se abultaba un poco con cada embestida.

—Eres mía —habló con una voz muy profunda que me hizo estremecer—. Siempre has sido mía. Incluso cuando este mundo no sea más que ceniza y polvo, tu alma será mía. —Sus ojos negros se clavaron en los míos y yo caí más y más adentro de aquel vacío infinito—. Otros humanos se doblegarían por tenerme de esta forma. Es como si estuvieras hecha para mí, creada por el propio destino.

Me asió de la barbilla y me mantuvo con la cabeza erguida. Perdida en la necesidad, abrí la boca y gemí, callándome solo cuando me presionó la lengua con dos dedos. Cerré la boca en torno a ellos y disfruté del sabor primitivo de la piel y el sudor. La vista se me nubló.

Movió la mano entre mis piernas. Bastó con que me rozase mientras me penetraba. Retorcí todo el cuerpo, jadeando y gimoteando por lo abrumadora que era la sensación. Noté cómo su gruesa polla se agitó en mi interior al correrse, llenándome hasta que su semen me chorreó por los muslos.

25

Everly

La cabaña de Raelynn Lawson estaba en las afueras del pueblo, al final de un camino de tierra, escondida entre pinos frondosos. No nos había costado mucho encontrar su dirección. Después de enseñarle a Callum a utilizar un móvil, hizo una llamada rápida a la universidad y consiguió sonsacarles la dirección de la chica en diez minutos.

Me resultó un poco desconcertante lo humano que podía parecer cuando quería.

A pesar de que no notó a nadie cuando nos acercamos, me quedé oculta entre los árboles mientras registraba el patio y el interior de la vivienda. No era que pudiera verlo con claridad. Incluso en circunstancias normales, se movía demasiado rápido. Aunque, cuando intentaba ser escurridizo, como en ese momento, era casi invisible. Era como una sombra en movimiento constante.

Después de unos cuantos minutos de espera en tensión, Callum se teletransportó a mi lado haciendo el ruido de una burbuja al explotar que me sobresaltó.

—Otro demonio ha estado aquí —comentó, acercándose demasiado a mí. Muy cerca, pero no lo suficiente. Me rodeó de forma posesiva con un brazo y sus garras se clavaron en mi chaqueta vaquera de una forma muy peligrosa—. Huele igual que el diablillo que tu padre tiene cautivo.

—¿Leon? ¿Ha estado aquí? —Callum asintió y negué con la cabeza, incrédula—. Pensé que habría vuelto directamente al Infierno.

—¿Escapó de tu padre?

Le expliqué rápidamente lo sucedido.

—Quizá le haya cogido cariño a la chica —sugirió—. Mejor para nosotros si decide perseguirla. Tener a un demonio vigilándola podría disuadir a los libiri de intentar capturarla.

—Eso nos dará algo de tiempo —añadí, seria.

Había roto la puerta corredera de la cabaña para que yo pudiera entrar, dejando cristales rotos sobre el porche. Al entrar, me quedé helada ante la mirada de desaprobación del único inquilino que quedaba en la casa. Un peludo gato calicó me miró fijamente con sus brillantes ojos amarillos. Luego emitió un sonoro maullido y saltó de su posición en la encimera de la cocina para restregarse contra las piernas de Callum.

—Veo que ya te has hecho amigo de la guardia —observé.

Mi demonio sonrió satisfecho, cogiendo al felino y rascándole la barbilla con una garra.

—El Infierno está plagado de gatos —me informó—. Aunque allí viven más tiempo y, por lo tanto, se vuelven mucho más listos. Son unas pequeñas bestias peligrosas.

Mientras Callum se hacía amigo del gato, fui directa al dormitorio a rebuscar entre las cosas de Raelynn. No obstante, mi registro resultó un fracaso. No había rastro del grimorio por ninguna parte.

—Mierda, ¡aquí no está! —exclamé.

Callum apareció en la puerta; el gato seguía restregándose contra sus tobillos.

—Cálmate. Ya has sentido el grimorio antes; quizá puedas hacerlo otra vez. Deja que tu magia te ayude.

Me costaba acercarme a lo que me habían enseñado a no hacer, aunque lo intenté. Volví al salón principal de la cabaña y cerré los ojos. Dejé que mis extremidades se aflojaran y moví la cabeza para estirar el cuello. A pesar de que nunca se me había dado bien relajarme, tenía que despejar la mente.

—Aquí hay magia —dijo Callum cerca de mí—. Es débil, pero no dejo de olerla. La magia humana huele dulce, como la miel o el azúcar. —Apoyó su pecho contra mi espalda, me puso una mano bajo la barbilla y la alzó—. Respira hondo. ¿La hueles?

Apenas podía pensar en otra cosa que no fuera el tacto de su mano. La forma en que me sujetaba con un poco de fuerza, sus dedos clavándose en mi piel, su cuerpo cerniéndose sobre el mío. Solo podía oler su rico y cálido aroma.

Callum se rio por lo bajo.

—Te distraes con una facilidad… —comentó, rozándome la mejilla con los labios.

Se alejó de mí y me quedé sin aliento. Sin embargo, tenía razón. En el aire flotaba un aroma dulce y azucarado y, cuando abrí los ojos, habría jurado que vi algo parecido a humo dorado alrededor de una estantería.

Me arrodillé ante ella y rebusqué entre el montón desordenado de libros y papeles apilados que había allí. Al final, cogí un librito encuadernado en cuero.

Cuando lo tomé, fue como si el mundo se detuviera. Rocé con la mano la cubierta, que ya me resultaba familiar. Sentí un hormigueo en los dedos al abrirlo. La letra de la gran maestra Sybil llenaba las páginas con elegantes textos en latín, y sus dibujos y diagramas estaban hechos con una atención cuidada al detalle.

Papá se había quejado varias veces de que llevar el grimorio era como sostener una placa de hielo. Aunque, cuando lo tuve cerca, me pareció que el libro latía al ritmo de mi corazón.

Como si se alegrara de que lo hubieran encontrado.

Empecé a hojear el grimorio cuando seguí a Callum hacia la puerta de la casa. Mi latín estaba un poco oxidado, así que leí despacio pero con entusiasmo. Tenía entre mis manos todo sobre lo que tanto había querido aprender.

Me detuve al salir del porche. Callum dio solo unos pasos antes de darse cuenta de mi vacilación y se giró.

—¿Qué pasa?

—Aquí hay un hechizo protector —señalé, leyendo poco a poco mientras traducía el latín en mi cabeza—. Está hecho para disuadir la presencia o la entrada de seres con malas intenciones. —Después de leerlo detenidamente varias veces, me dirigí a la cabaña—. Voy a lanzarlo. O a intentarlo…

Pese a que no había conjurado un hechizo de verdad en mi vida, no había un momento mejor para tratar de hacerlo. Aunque mi último intento de usar magia había sido agonizante, no tuve miedo cuando extendí los brazos, concentrándome en el objetivo.

«Protege esta casa. Protege a sus habitantes. Evita que entre aquí cualquiera que pueda hacerles daño».

—*Lanua cunctis hostibus clausa est* —articulé. Mi pronunciación no era perfecta, ni de lejos. Aunque las palabras eran importantes, no lo eran tanto como la intención que había detrás de ellas—. *Hostes huc intrare non possunt.*

Me invadió una sensación de alivio y coloqué las manos en dirección a la cabaña. El aire que rodeaba mis dedos extendidos tembló un poco.

No había ningún cambio visible en ella, aunque la sensación era distinta. Guardé el grimorio en la mochila.

—No sé si ha funcionado, pero quizá la ayude —dije.

Cuando me giré, Callum estaba mirándome.

—¿Qué se siente, mi señora? —me preguntó—. ¿Qué se siente al lanzar tu primer hechizo?

El orgullo me invadió, tan denso y dulce que me escocieron los ojos. El torrente de emociones fue inesperado y bajé la cabeza para que no lo viera en mi cara.

—Es como respirar por primera vez —respondí.

No se parecía a nada que hubiese experimentado antes y, aun así, me resultaba familiar. Como algo que habías sentido en sueños y se hacía realidad.

Callum me dedicó una sonrisa pícara.

—Bueno, pues vamos a lanzar unos cuantos más, ¿vale?

26

Everly

Detrás de la Casa Laverne, al final de un camino de adoquines que serpenteaba entre la arboleda, se alzaba un hermoso mausoleo de piedra tallada. Lo rodeaba un cementerio antiguo que estaba lleno de vegetación, lápidas y elegantes estatuas repartidas bajo los árboles.

El mausoleo era grande en comparación con el pequeño cementerio que custodiaba. La piedra era clara, tenía vetas en bronce y su estructura cuadrada estaba rematada por una cúpula con vidrieras muy elaboradas. Unos ángeles llorones se reclinaban entre los pilares de los muros exteriores, con los brazos extendidos en un gesto de desesperación y sus hermosos rostros cubiertos por un velo.

Callum tenía el aspecto de poder haber sido uno de ellos si alguien les hubiera dado vida, si dichos ángeles fueran traviesos en lugar de suplicantes, si estuvieran llenos de picardía en lugar de estar luto.

Con los dedos entrelazados, nos abrimos paso por el camino empedrado.

—¿La abuela está enterrada aquí? —pregunté, deteniéndome para quitar la suciedad y las enredaderas de una lápida inclinada.

El año de la muerte era 1902 y prácticamente se me salieron los ojos de las órbitas al ver lo antigua que era.

—Sí. La enterré yo mismo —respondió Callum—. En cuanto murió, su fantasma estuvo dando porrazos por toda la casa exigiendo que se le diera sepultura. ¿Tienes idea de lo quisquillosa que fue? —La verdad era que no—. Quería cánticos, que yo cantase. ¡Yo! ¡Un demonio! ¡Cantando cánticos! —Negó con la cabeza, resoplando con tal incredulidad que uno pensaría que le habían pedido que se paseara desnudo por entre las lápidas—. Sin embargo, accedí. No entiendo las costumbres humanas con la muerte, pero hizo que dejara de darme la lata.

Se volvió para mirarme fijamente cuando solté una risita, intentando no carcajearme al pensar en Callum ahí fuera con el cadáver amortajado de mi abuela, cantando cánticos helenísticos.

Él se cruzó de brazos y se golpeó los bíceps con las garras.

—Ya veo que mi sufrimiento te divierte. Lo justo sería que tú me hicieras pasármelo bien a cambio.

—¿Ah, sí? —Dejé de admirar la elaborada lápida que tenía ante mí y le dirigí una mirada inocente—. ¿Has traído el látigo hasta aquí? Eso sí que parecía entretenerte.

Intentó mantener su gesto malhumorado, aunque la comisura de sus labios se alzó.

—Nunca debí darte a probar eso. Te doy la mano y coges hasta…

—Era mucho más grande que una mano, Callum.

Un momento estaba de pie junto a la puerta del cementerio y al siguiente me había agarrado y me había arrinconado contra la pared del mausoleo.

—Vaya, vaya, te has vuelto atrevida, ¿eh, cariño? ¿Olvidas qué cuellecito de los dos es más vulnerable al estrangulamiento?

Para demostrarlo, me sujetó por el cuello con los dedos llenos de garras. No me impidió respirar, pero me apretó un poco hasta que empecé a marearme y a respirar entrecortadamente.

—Puede que sea más débil que tú —me atreví a decir—, pero me suplicarías que te estrangulara y te pondrías a lloriquear si no accediera. —Sus ojos brillaron de una forma peligrosa—. Entonces, ¿quién es el más vulnerable aquí en realidad? ¿La bruja o el demonio cachondo y desesperado?

—Seguro que intentas provocarme. —Bajó la voz en señal de advertencia—. Una brujita tan obstinada haría bien en recordar su palabra de seguridad si quiere seguir adelante.

—Piedad —respondí—, aunque no es algo que vaya a pedir.

—Eso es justo lo que quería oír. —Me dejó sobre mis pies y dio un paso atrás—. Entonces, al lío, bruja. Hay una horda de espectros esperándote ahí dentro. Es hora de que los despaches.

Me cambió la cara. El miedo se deslizó por mi columna vertebral.

—Un momento, ¿quieres que entre ahí... sola?

—Claro. Una bruja tan audaz y segura de sí misma como tú no debería tener problemas para acabar con ellos.

Hizo un gesto despreocupado con la mano, y yo lo fulminé con la mirada al darme cuenta de lo que estaba haciendo.

Si se creía que iba a salir ganando haciéndome suplicar su ayuda estaba muy equivocado.

—Vale —acepté, con el estómago revuelto por la inquietud. Respiré hondo y añadí—: No hay problema.

Caminé hacia las puertas encadenadas del mausoleo y me obligué a no tener miedo. Cuanto antes empezara a practicar con mi magia, mejor. ¿Y qué mejor ocasión que esa? Matar espectros gritones y armados con espadas... en un cementerio... no me daba ningún miedo, para nada.

Me detuve frente a las puertas y miré a Callum. Se cruzó de brazos e hizo un gesto con la cabeza hacia la puerta como diciendo: «Adelante».

Capullo.

Agarré la cerradura y se abrió en mis dedos. Después lo hicieron las puertas, crujiendo sobre las bisagras. Una ráfaga de aire viciado y polvoriento salió a recibirme. Las paredes estaban cubiertas de estatuas situadas en nichos circulares, con unas ventanas altas y estrechas que las iluminaban desde atrás. Unas brillantes vigas de cobre sostenían el techo abovedado, eran como hileras de cruces que bordeaban el caminito, largo y estrecho.

En la penumbra, las sombras se movían en silencio. Aún no se habían percatado de mi presencia.

Tragué saliva al verlas, saqué a tientas el grimorio de mi bolso y le eché un vistazo rápido.

Había un montón de conjuros que sonaban desagradables: hechizos de flagelación, de desolladura, para desgarrar y para quemar. Pero ¿se suponía que eran letales? ¿O solo iban a irritar a los monstruos, alentándolos a atacar?

Por desgracia, no tuve tiempo de darle más vueltas. Callum golpeó con fuerza la pared del mausoleo con la mano, casi haciéndome saltar y atrayendo al instante la atención de todos los espectros presentes. Un montón de brillantes ojos plateados se volvieron hacia mí y sus gritos resonaron en el aire cuando se dieron cuenta de que había una intrusa entre ellos.

—¡Eres un imbécil! —espeté.

Cuando levanté los brazos, presa del pánico, se formó ante mí un muro de llamas gigantescas y ardientes que me obligó a retroceder y provocó que la barrera se disipara al instante.

Había perdido la concentración cuando salí corriendo del camino de aquellos seres invasores, mas me vi rodeada. Utilicé una de las columnas de cobre como escudo entre ellos y yo e intenté leer uno de los hechizos del grimorio lo más rápido que pude.

—¡*Convertat ossa… ossa sua ad… ad pulvis*!

¡¿Por qué coño no pasaba nada?!

—Qué hechizo más peculiar —comentó Callum. Estaba apoyado en el marco de la puerta, observando absorto cómo huía por todo el interior con las sombras pisándome los talones—. Convertir los huesos en polvo sería una forma muy desagradable de morir. Si uno tuviera huesos, claro.

—¡Déjate de sarcasmos! —gruñí.

Me tropecé y estuve a punto de caerme de culo cuando dos espectros se acercaron volando, con sus harapientas túnicas ondeando a su alrededor a medida que intentaban darme con sus espadas. Sin tiempo para pensar, levanté los brazos a la defensiva y una oleada de poder me envolvió. Los seres retrocedieron, pero por poco.

Eso no estaba saliendo bien. No podía concentrarme lo suficiente en ninguno de los hechizos que intentaba lanzar y no podía leer mientras me perseguían.

Callum estaba mirándose las garras, examinándolas con extrema concentración.

—Te vas a agotar correteando en círculos.

—¡Cállate! ¡La! ¡Boca!

Lancé dos inútiles bolas de fuego hacia los monstruos que me perseguían, sin embargo, el fuego se disipó en una humareda inofensiva. Una espada mortal se balanceó hacia abajo, estaba a pocos centímetros de mi cara…

Pero la mano de Callum la detuvo.

Se encontraba sobre mí, con el brazo extendido, agarrando el arma como si fuera de madera.

—Cuando luchas con magia, es esencial que entiendas a tus enemigos —explicó. Apretó los dedos y las venas de sus brazos se ennegrecieron—. Los espectros apenas tienen cuerpo. Sus formas son extremadamente frágiles, por lo tanto, usar el elemento del aire sería lo más sensato.

Hizo retroceder al espectro y luego agarró a otro. Sus garras atravesaron sus cuerpos con facilidad, desgarrándolos en pedazos de tela harapienta que chillaban al desaparecer.

—O podría hacerme con unas garras —contesté. El sarcasmo no era la opción más adecuada.

Uno de los espectros pasó por su lado y vino hacia mí. Con un chillido aterrorizado, le lancé todo lo que se me ocurrió: ráfagas de aire, llamaradas de fuego, incluso una extraña bola de agua helada que no sabía muy bien cómo había manifestado. El grimorio se me escapó de las manos y corrí a por él, cogiéndolo del suelo justo cuando el espectro se lanzó sobre mí y me di cuenta de que había cometido un grave error.

Callum se percató de lo mismo. Cruzó la estancia en una milésima de segundo, agarró al monstruo por la parte de atrás de su capa y me lo arrancó de encima de un tirón. Levantándolo en el aire con una mano, lo golpeó continuamente contra el suelo de piedra.

En pocos segundos, había acabado con todos los espectros. Ni siquiera habían supuesto una amenaza para él.

Sin embargo, con nuestros enemigos fuera de combate, la oscura atención del demonio se volvió a recaer en mí.

—Qué desgracia —exclamó. Tenía la cara en penumbra, aunque podía notar sus ojos clavados en mí—. La bruja audaz pero mal preparada cayó víctima de sus enemigos. Impactante.

—¡Me dijiste que fuera a por ellos! —resoplé, hundida en la vergüenza, mientras volvía a guardarme el grimorio en el bolso.

—La arrogancia puede ser más letal que el miedo —afirmó, rodeándome despacio. A cada paso, sus garras chasqueaban contra el suelo, un sonido que resultaba siniestro en aquel espacio cerrado y con eco—. Te dije que los despacharas, no cómo. Podrías haber preguntado. Decidiste no hacerlo.

—Bueno, ¡no sabía que se suponía que tenía que preguntar!

En ese momento era pura chulería y le replicaba sin más motivo que el de tener la última palabra. Me volví hacia la puerta, y apenas había dado unos pasos cuando algo me sujetó la muñeca y tiró de mí hacia atrás.

Había una cuerda negra enrollada alrededor de ella, amarrándome con fuerza. El otro extremo estaba en la mano de Callum, que se la enrolló en la palma y me arrastró hacia él.

—¿Adónde te crees que vas, bruja? La lección no ha terminado.

Volvió a enrollarse en la cuerda, obligándome a dar unos cuantos pasos más en su dirección. Cualquier intento de tirar de mi brazo era inútil; ni él ni la cuerda se movían.

—Dejarte llevar por el pánico y distraerte tanto antes de luchar no solo es una estupidez, sino que es letal —comentó, arrastrándome aún más hacia él—. Eres una mujer inteligente con una mente poderosa. Estás por encima de decisiones así de precipitadas.

Su reprimenda estaba teniendo un efecto que no esperaba. Me ponía.

¿Me había dado un golpe en la cabeza la noche que me rescató del bosque? Siempre había sido la definición de niña buena, desesperada por seguir las reglas, dispuesta a arrepentirme a la menor sugerencia de que había hecho algo mal. No obstante, aquel tono severo de desaprobación en su voz hacía estallar fuegos artificiales en mi cabeza.

—Suéltame —le pedí.

Con las piernas clavadas en el suelo, pensé que podría resistirme a que me acercase más a él. Me equivoqué.

Retorció la cuerda en la mano de nuevo. Enarcó una ceja en señal de desafío cuando me dirigí hacia él a trompicones, insultándole todo el rato.

—Suéltate —contestó.

Agarré la cuerda con los ojos entrecerrados, furiosa, y luego los cerré para concentrarme. Sin embargo, no sirvió de nada; lo único que conseguí fue que mi mente se llenara de imágenes de la sonrisa socarrona de Callum, de fantasías en las que me regañaba antes de idear alguna forma diabólica de castigarme.

Unos azotes, tal vez.

Abrí los ojos de golpe cuando me imaginé ese escenario con una claridad demasiado vívida.

—¿Perdida en tus pensamientos? —se burló Callum—. Es demasiado fácil distraerte. Eso les da a tus enemigos tiempo más que suficiente para sacarte ventaja.

Esa vez, tiró de la cuerda muy rápido, instándome a avanzar hasta que tuve que agarrarme a su pecho. Me sujetó la cara cuando forcejeé contra él.

—¿Piedad? —preguntó en voz baja.

—No.

No estaba preparada cuando sus garras me apretaron la mandíbula y me obligaron a quedarme quieta.

—El orgullo no tiene cabida en tu entrenamiento. —Tenía la voz firme e impregnada de autoridad—. Si uno de mis guerreros permitiera que el orgullo se interpusiera continuamente en su aprendizaje, me aseguraría de que no le quedara ninguno al que recurrir. —Me apretó y me forzó a ponerme de puntillas mientras me aferraba a su antebrazo—. Tal vez debería hacer lo mismo contigo.

Un miedo delicioso me recorrió el vientre. Todos esos libros eróticos que había leído durante años para alimentar mis fantasías me estaban poniendo a cien en ese instante que tenía ante mí una real. Pero mi cabeza, nerviosa y torpe, estaba decidida a joderme aún más, y me entraron ganas de reír.

Mi cerebro había decidido fallar y la risa fue la única respuesta que logré darle.

Los ojos de Callum se abrieron de par en par al oír mi risita repentina y nerviosa, y luego se entrecerraron cuando me tapé la boca con la mano, sorprendida.

—¿Te divierte? Si quieres disciplina, estaré encantado de complacerte.

Aparecieron más cuerdas, deslizándose por el suelo y enroscándose en mis extremidades. En cuestión de segundos, quedé atrapada y suspendida en el aire. Estas se comportaban como si tuvieran voluntad propia, aunque yo sabía que todo era obra de Callum. Las dirigía con delicadeza, con pequeños movimientos que hacía con los dedos o con un simple vistazo. Se deslizaron bajo mi ropa en una exploración invasiva que me hizo fulminarlo con la mirada.

Con mis extremidades indefensamente extendidas, solo podía observar cómo deslizaba la uña por mi blusa, abriendo los botones de uno en uno.

Como miembro del comité de las tetas pequeñas, rara vez llevaba sujetador a menos que fuera estrictamente necesario. Así que, cuando apartó la tela, hizo una pausa larga para contemplarme.

—Preciosa… —murmuró la palabra como una plegaria y me apretó los pechos con las manos antes de pellizcarme los pezones con los dedos.

Las cuerdas se tensaron. Tiraron de mí hacia atrás y me ataron a una de las columnas de cobre, dejándome en forma de T con las muñecas atadas a la viga horizontal. Una de ellas se enrolló alrededor de mi pecho, caderas y piernas con una precisión milimétrica, aguantando mi peso sin aplastarme.

—Qué imagen más bonita. Una virgen en una cruz. —Me observó como un crítico de arte, con los ojos entrecerrados y acariciándose la cara con las garras—. ¿Es algo profético? ¿O quizás simbólico? ¿Llorarás por Dios?

—Nunca. Y ya no soy virgen. Te aseguraste de que así fuera.

—No lo eres, pero casi. —Recorrió el contorno de mi cuerpo con los dedos, se tomó su tiempo, explorándome, y se detuvo cuando notó una reacción física en mí—. Sigues sonrojándote como una. Solo hay que mirar esas mejillas rositas tan monas.

Acercó su boca peligrosamente a la mía. Creía que me besaría. No lo hizo. En su lugar, se quedó allí, con una sonrisa dibujada en el rostro, presionando un muslo entre mis piernas, separándolas a la fuerza. Las cuerdas volvieron a estirarse, apretándome en el clítoris hasta que vi las estrellas. Tensé los músculos e intenté elevarme un poco para aliviar de algún modo la presión de la cuerda; sin embargo, no funcionó.

—¿Estás lloriqueándome? —Deslizó dos dedos por debajo de la cuerda y tiró de ella varias veces, haciendo que me saliera un grito bastante vergonzoso—. Lo siento, pero si no aprendes ahora, me temo que no tendrás tanta suerte la próxima vez. Entonces, ¿qué hemos aprendido, Everly?

—Que eres un imbécil.

Jadeé, y él negó con la cabeza.

—Respuesta incorrecta.

A pesar de que las cuerdas que tenía entre las piernas se aflojaron, no desaparecieron. Se me enrollaron más en las piernas y me ataron los tobillos detrás de la columna. Aquello me obligaba a mantener las piernas separadas y mis músculos no tardaron en notar la tensión de la posición. Mientras estaba allí colgada, resoplando, Callum levantó dos dedos para que pudiera ver cómo desaparecían las garras.

—¿Dónde crees que voy a meterlos? —me preguntó, jugueteando con ellos frente a mi cara—. Me apuesto lo que quieras a que quieres que te los meta en el coño, ¿no? Para hacerte chorrear por toda mi mano.

Sin más opciones que utilizar la palabra de seguridad (cosa que no quería hacer), asentí, con la esperanza de que mi cooperación lo animase a darme placer en lugar de castigarme.

Era un juego retorcido que iba a perder, aunque quería jugar igualmente.

—Por favor… —supliqué, con voz suave y desesperada.

Sin embargo, en lugar de mirarme con lástima, Callum se puso aún más cachondo.

—Me temo que suplicar ya no va a ayudarte.

Se pasó la lengua por los labios, como si yo fuera un trozo de carne colgando delante de él.

Hundió los dedos en mi excitación y me acarició con ellos. Me arrancó unos gemidos cuando intensificó el placer que estaba sintiendo hasta alcanzar una intensidad frenética.

En el último momento, cuando estaba segura de que iba a caer rendida por el éxtasis de un orgasmo, dejó de acariciarme. Grité desesperada y luché contra las cuerdas hasta que se me clavaron en la piel y tuve que parar, jadeando para recuperar el aliento.

—¿Qué has aprendido? —repitió, dolorosamente tranquilo y con una paciencia desmesurada.

Se me había olvidado por completo el hecho de que se suponía que tenía que aprender algo de aquello. Solo podía pensar en todas las sensaciones que me invadían: el peso de mi cuerpo contra las cuerdas, el refrescante dolor del aire llenándome los pulmones, el calor que me palpitaba entre las piernas.

—He aprendido que la magia no es lo mío.

Callum se quedó muy, muy quieto.

—¿Te importaría repetir lo que has dicho? —Su voz grave me indicó que no debería haber dicho eso.

—He aprendido, eh…, he aprendido que…

No podía pensar en las palabras correctas cuando tenía mi cuerpo así de dividido entre el dolor y el placer.

Aunque de eso se trataba, ¿no? Cuando el dios se metió en mi cabeza, sembró la confusión. Terror, dolor, felicidad… usaba esos sentimientos como un arma.

—No puedo dejar que me distraigan —solté, aferrándome a mi repentina comprensión—. He aprendido que no puedo distraerme, y tengo que… Ahhh…

Volvió a meterme los dedos entre las piernas, pero iban hacia mi vagina. Dirigió su mano más atrás, tanteando mi agujero más apretado. Gimoteé cuando introdujo un dedo ahí.

—No hay disciplina si no se sufre —se burló.

Tenía los dedos resbaladizos por mi humedad y, al principio, la penetración me resultó extraña. No obstante, a medida que los metía y sacaba, perdí la capacidad de hablar. Me obligó a emitir sonidos lascivos que no sabía que era capaz de soltar.

—No permitiré que utilices tu error para faltarte al respeto —aseguró—. Te falta habilidad en la magia porque nunca has practicado. No te falta potencial ni poder; no pienses que sí ni por un segundo.

—Va-vale, tienes razón. Yo… Joder… —Se me quebró la voz cuando me introdujo un segundo dedo en el culo.

Estaba lo bastante apretado como para resultar incómodo, pero también lo bastante resbaladizo como para no doler. Iba a cortocircuitar.

—Tu control sobre la magia mejorará con el tiempo. —Estaba tan tranquilo y sereno como si estuviéramos dando un paseo por el jardín—. Tu falta de experiencia no es en absoluto la lección que quiero que saques de esto. Escúchame. —Me agarró la cara, moviendo los dedos dentro de mí mientras me obligaba a sostenerle la mirada—. ¿Qué has aprendido, Everly?

Apartó los dedos y gemí cuando se los escupió, lubricándolos antes de volver a penetrarme.

—He aprendido… No puedo… He…

—Respira hondo, cariño. —Tenía la voz ronca y no había ni un atisbo de piedad en ella—. Respira hondo y tranquilízate. Sé que es difícil de soportar. —Acercó su cuerpo, moviendo las caderas contra mí para que pudiera notar su dureza. La presión de sus dedos en mi culo era casi demasiado abrumadora para ser placentera; el resultado fue un ascenso brutal hacia el orgasmo, del que estaba cada vez más cerca con cada asalto de sus dedos.

—Tengo que aprender sobre mis enemigos —balbuceé, soltando las palabras lo más rápido que pude antes de volver a dejar de pensar—. Tengo que ser paciente y no precipitarme… Joder… —La forma en que apretaba las caderas contra mí ejercía presión en mi clítoris, y la vista se me nubló.

—Eso es, ya lo tienes. Buena chica. Lo recordarás para la próxima vez, ¿verdad? Nada de precipitarte sobre tus enemigos, nada de meterte en una batalla sin tener ni puta idea de lo que estás haciendo. Eres demasiado valiosa para eso, ¿lo entiendes?

—S-sí, sí, lo entiendo…

—Vas a ir más despacio y vas a pensar. Vas a confiar en la magia que posees. Vas a usar ese cerebro inteligente que tienes y, cuando lo domines, te prometo que no habrá nada en el mundo que pueda detenerte.

Me estaba desarmando, mas no se detuvo, no bajó el ritmo ni lo más mínimo mientras me llevaba al límite.

—Chasquea los dedos para mí —me ordenó Callum, sujetándome la cara, a medida que bajaba del éxtasis, temblando y gimoteando—. Demuéstrame que puedes hacerlo.

Obedecí, chasqueando los dedos varias veces hasta que me dijo que parara.

—Ahora quiero que no hagas ruido porque vas a correrte otra vez y, mientras lo haces, quiero que solo pienses en grabarte esta lección en el cerebro. Nada de lloriquear, nada de gimotear, nada de suplicar. ¿Entendido? —Cuando asentí con impaciencia, aún en medio de ese subidón de placer, añadió—: Si quieres que pare, chasquea los dedos.

Cerré la boca de golpe. Tensé los músculos de la mandíbula, apreté los dientes y mantuve los sonidos prisioneros tras mis labios sellados. Era magia psíquica; el demonio manipulaba mi cerebro para que mi cuerpo obedeciera.

Callum se arrodilló y, con los dos dedos palpándome el culo, me pasó la lengua por el clítoris. Un chillido me subió a la garganta, pero no llegó a salir de mis labios cuando cerró la boca sobre mí.

El mausoleo estaba sorprendentemente silencioso. Solo se escuchaban los lascivos sonidos de la lengua y los dedos de Callum. Me estremecí, con los miembros temblorosos y las firmes cuerdas sujetándome con fuerza. Lo único que podía hacer era gritar su nombre sin hacer ruido mientras volvía a llevarme al orgasmo.

Había anochecido cuando mi demonio me llevó de vuelta a casa. Aferrada a su espalda, atrapada entre sus alas, con todos los músculos inertes y débiles, lo escuché hablar mientras dormitaba. Me estaba contando todo lo que sabía sobre los espectros: sus puntos fuertes, sus debilidades. Conseguí retener la mitad de las palabras en mi cerebro para más tarde.

La otra mitad me entraba por un oído y me salía por el otro.

Me gustaba escucharlo hablar. El timbre de su voz era relajante, profundo y ronco. Al principio no estaba del todo segura de lo que significaba la sensación de calor y de hinchazón que sentía en el pecho. Era agradable, como las raras noches en las que el resto de mi familia me dejaba sola en casa y yo me limitaba a escuchar música, tumbada en el suelo y mirando al techo durante horas que se me antojaban de felicidad.

Esa sensación, ¿era seguridad? Sí, en parte.

Pero también era más que eso. Estaba medio dormida cuando me llevó en brazos hasta la puerta principal y su voz se suavizó, aunque me alegré de que no dejara de hablar.

¿Cuántos años había pasado haciéndolo solo consigo mismo antes de encontrar a alguien que quisiera escucharlo?

—Deberías comer algo —sugirió. Mis ojos cansados se abrieron un segundo y me quejé, escondiendo la cara en el hueco de su cuello—. ¿Qué necesitas de mí, mi señora?

—Que toques —susurré, y él se rio entre dientes.

—Creo que ya no tienes energía para que te toque —respondió, pero yo negué con la cabeza.

—No, quiero que toques —dije adormilada—. El piano.

Me sorprendió la ternura de su voz.

—Por supuesto. Lo que tú quieras.

Me tumbó en la *chaise longue* de la sala donde se encontraba aquel instrumento, dejando las cortinas abiertas para que pudiera contemplar el cielo estrellado. El fuego se encendió solo y me acurruqué entre las mantas. Callum se sentó en la banqueta y acarició las teclas, moviendo la cabeza de un lado a otro como si imaginara una melodía.

Cuando tocó, fue como si estuviera soñando despierta. Pese a que la melodía no me resultaba familiar, me mecí en ella como si la conociera de toda la vida.

27

Everly

Ese día la enorme puerta de la cámara acorazada me parecía aún más intimidante que la primera vez que la vi. Del mecanismo salían unas nubecillas de vapor y unas chispas al azar, como si todo el aparato supiera que el grimorio estaba cerca y se alegrara de reunirse con él.

Callum había ido al bosque a comprobar algo que Darragh le había mencionado y todavía no había regresado. El espíritu del bosque había estado desplegando un escudo mágico entre los árboles que rodeaban la casa para evitar que los eld se acercaran demasiado. No obstante, algo en la zona noroeste seguía traspasando la barrera, así que Callum había ido a ver qué pasaba.

Tampoco es que le hiciera mucha gracia. Se había pasado toda la mañana refunfuñando, discutiendo con la abuela sobre si se debía abrir o no la cámara acorazada cuando él no iba a estar allí.

—No hay más que un montón de libros y papelorios —insistió la abuela—. No hay nada que temer. Tu preciosa bruja no sufrirá ningún daño si está fuera de tu vista unas horas.

Cuando se fue, seguía sin estar convencido. No sabía si me halagaba que estuviera tan preocupado o me avergonzaba que pensara que no podía defenderme sin él.

Tampoco andaba desencaminado. El rato que pasé el día anterior en el mausoleo había aumentado mi confianza en el uso de la magia, pero distaba mucho de ser una experta. Aún no tenía la técnica para usarla con confianza.

Sin embargo, como había dicho la abuela, no esperaba encontrar nada especialmente amenazador en aquella biblioteca. En el peor de los casos, tal vez había otro espectro allí dentro. Como precaución, me enseñó un hechizo para conjurar vientos huracanados, lo bastante fuertes como para despedazar a uno de esos seres. Practicamos en el vestíbulo antes de dirigirnos allí, y la abuela no se quedó satisfecha hasta que pude manifestar el hechizo sin siquiera pronunciar las palabras.

No fue sencillo y mi técnica era chapucera. La magia que conjuraba era demasiado intensa y perdía el control con facilidad. El viento que invocaba solía convertirse en una tormenta de fuego que se arremolinaba en llamaradas ardientes que me chamuscaban las manos.

—Hay guantes de cuero en esta casa, en alguna parte —comentó la abuela, mientras hacía una mueca de dolor por otra ampolla que me había salido en la palma—. Tu tía abuela Cynthia era una bruja experta en fuego. Seguro que te sirven sus cosas.

—Si tuviera un mejor control, esto no pasaría —refunfuñé, aplicándome en las manos una pomada que había en uno de los tarros de la cocina.

La abuela se mofó.

—El fuego es el elemento más peligroso y difícil de conjurar. Incluso las brujas más experimentadas utilizan ropa protectora para usarlo. Independientemente de la edad y la habilidad, se cometen errores. Así es la vida.

Cuando llegué frente a la cámara acorazada, estaba segura de que podría lanzar el hechizo si lo necesitaba. Con el grimorio en una mano y la radio de la abuela bajo el brazo, me planté ante las enormes puertas selladas y respiré hondo para tranquilizarme.

Con suerte, detrás de ellas estaría el secreto para destruir al dios. No disponíamos del lujo del tiempo para perfeccionar mis habilidades;

necesitábamos un as en la manga, algo que me diera ventaja a pesar de mi limitada experiencia.

Dentro me recibió la oscuridad. No obstante, cuando entré, dos lámparas que colgaban a ambos lados de la puerta se encendieron y me rodearon con su titilante resplandor. Estaba de pie sobre una plataforma metálica, mirando por encima de la barandilla hacia el mar de tinieblas que había a mi alrededor. A mi izquierda había unas escaleras metálicas que descendían y las seguí a medida que se curvaban a lo largo de la pared de piedra. A mi paso, se prendieron más lucecitas, alumbrando poco a poco la estancia.

El espacio tenía forma de cilindro, con estanterías incrustadas en las paredes. Había libros amontonados en todos los rincones, junto con pilas de documentos y mapas dibujados a mano. Las motas de polvo se deslizaban a través de la luz de los faroles, y cuando mi pie abandonó el último escalón, una gran lámpara de araña cobró vida. En el centro de la sala había dos escritorios en forma de medialuna, uno frente al otro, como un anillo partido por la mitad.

—Es como si alguien acabase de estar aquí —comenté, echando un vistazo a las notas y a los libros que había abiertos sobre el escritorio.

Había una pluma tirada sobre una enorme hoja de papel amarillenta, con una frase en latín a medio escribir. Convoqué una pequeña llama con la palma de la mano y la utilicé para iluminar el texto descolorido.

—Se ha demostrado que el éter causa daños significativos a… a una… —fruncí el ceño, desconocía el término garabateado ante mí— bestia del averno…

—Es un término antiguo para referirse a las criaturas que ahora llamamos dioses —me explicó la abuela, y su voz resonó en el espacio extrañamente silencioso—. Durante mucho tiempo se creyó que los dioses procedían del mismísimo Infierno, como los segadores. Ahora se sabe que provienen de otro lugar. Lo más probable es que vinieran de otra dimensión.

—Pero ¿cómo? —Había un olor peculiar allí dentro; bajo el suave olor a polvo y a papel antiguo, noté un aroma que se me metió en la garganta, tenue pero desagradable. Como a pescado podrido y a agua estancada—. ¿Cómo es posible que las criaturas atraviesen dimensiones?

—Por desgracia, no lo sé. —Mi abuela suspiró y yo dejé la radio sobre el escritorio—. Quizá encontremos la respuesta en este lugar.

De la sala principal salía un amplio pasillo con un techo de piedra bajo, aunque no podía ver nada por lo oscuro que estaba. Invoqué otra llama e intenté hacerla flotar por él para iluminar el camino, sin embargo, esta se apagaba cuando se alejaba unos metros de mí.

—¡Mierda! —siseé, quemándome los dedos sin querer. Llevándomelos a la boca, pregunté—: ¿Sabes lo que hay ahí abajo?

—Creo que hay otra sala de estudio —respondió la abuela.

A medida que avanzaba por el pasillo, en las paredes se fueron encendiendo faroles. Tal vez fuera mi imaginación, pero su luz no llegaba tan lejos como las de la primera estancia. El olor a agua estancada se volvió más intenso.

Me detuve allí en medio. Había una habitación delante de mí, mas no conseguía ver nada del interior, la lobreguez lo envolvía todo.

Sin embargo, oía algo: un ruido raro y estridente. Mis pasos también sonaban distintos, y me di cuenta de que era porque había agua en el suelo. Cuando entré en la habitación más grande, chapoteé en un charco poco profundo.

Los candiles se prendieron, alumbrando una estructura extraña en el centro de la sala. Era redonda, de piedra y tenía un metro de altura. Había una tapa de bronce sujeta a la parte superior con una sola bisagra de gran grosor. Estaba entreabierta, revelando la profunda negrura de un estrecho túnel que conducía hacia las profundidades. Unos gruesos peldaños de metal se adentraban en la oscuridad y me estremecí al mirar hacia abajo.

—¿Qué demonios es esto? —susurré.

Cogí uno de los candiles de la pared y lo sostuve en alto sobre el túnel. Pero la luz no llegaba al fondo. Si había algún lugar en esa cámara donde esconder algo muy importante, sería allí abajo.

—¡Abuela! ¡Hay un sótano aquí detrás! —grité, sujetándome un farol al cinturón—. Voy a echar un vistazo. —La radio crepitó un poco y una brisa fresca corrió a mi alrededor mientras tiraba de la tapa de bronce y la abría del todo. Los peldaños de metal estaban resbaladizos cuando bajé, cubiertos de una sustancia marrón verdosa que parecían algas.

El aire se volvió húmedo y fresco a medida que avanzaba. Después de descender unos seis metros, llegué al fondo y volví a pisar tierra firme. Levanté el farol y alenté la llama con un poco de magia.

Era una caverna. Había un túnel estrecho en la pared del fondo que conducía más abajo, aunque por el momento lo ignoré. Había tres mesas sencillas de madera, sucias y deterioradas por el paso del tiempo, ante una pizarra cubierta de letras minúsculas. En ellas había vasos de precipitados, frascos con tapones de corcho y todo tipo de extraños utensilios de laboratorio de cristal, así como hojas de texto antiguas y descoloridas esparcidas por todas partes.

Acercándome, levanté el farol para examinar las muestras que flotaban en los turbios frascos. Algunas no parecían más que bultos de carne mutada, bulbosos y descoloridos y cubiertos de bultitos que parecían… globos oculares.

Otro frasco contenía el familiar cráneo de un eld, con su espeso pelaje y los dientes irregulares aún intactos. Otros, tiras de algas cubiertas de pústulas verde fluorescente y peces igual de afectados. Al llegar al final de la mesa, me encontré con un terrario, sellado con un corcho cubierto de lacre rojo, que albergaba un racimo de champiñones de un color claro. Una maraña de hilos blanquecinos se extendía alrededor del cristal como una telaraña y los hilos se enredaban alrededor del interior del corcho, cubriéndolo por completo.

Como si buscaran una salida.

Tuve que entrecerrar los ojos y acercarme para poder leer lo que había escrito. No todo estaba escrito en latín, sino en la extraña escritura rúnica que había visto por primera vez en el invernadero. Había listas de plantas y minerales, algunas tachadas y otras marcadas con un círculo. Recorrí las palabras con la mirada, y mi emoción aumentó a pesar de que me costaba traducir la confusa escritura.

«…rompe la barrera de la piel… infunde… veneno a la fuerza vital de la bestia del averno…».

Sybil había estado buscando una manera de envenenar al dios. Y en algún lugar de ahí abajo, entre toda su investigación, estaba segura de que la había encontrado.

Corrí hacia la escalera y estuve a punto de resbalarme varias veces por el ansia de llegar a la superficie.

—¡Abuela! —grité cuando salí del túnel—. ¡No te vas a creer lo que he encontrado…!

Pum.

El sonido venía de detrás de mí, de algún rincón del interior de la habitación. Al oírlo, me imaginé un trozo de carne mojada golpeando el suelo de piedra.

Luego vino el arañazo. Un roce lento y húmedo. Como si algo empapado y pesado se arrastrara por el suelo.

Me giré y eché un vistazo a las altas estanterías, rebuscando entre la penumbra. Una fría sensación de terror me recorrió la nuca y enseguida tuve la certeza de que tenía que salir de la cámara acorazada.

Pero ya era demasiado tarde.

De entre los estantes surgió una criatura que nunca había visto. Era grande, medía unos tres metros de largo y era tan alta como yo. Tenía un cuerpo alargado, como el de una foca, y se movía por el suelo como una serpiente. Utilizaba las garras de sus extremidades delanteras para arrastrarse hacia delante, y su piel de color rosa pálido estaba cubierta de una baba que se adhería a las piedras. Tenía una cabeza bulbosa coronada por un grupo de globos oculares que parecían uvas peladas y la boca abierta. Parecía incapaz de cerrarla del todo debido a los enormes dientes en forma de aguja que sobresalían de su mandíbula superior e inferior.

Estaba entre el pasillo y yo. Movió la cabeza y emitió unos sonidos que me revolvieron el estómago. Al retroceder, paso a paso, me di cuenta de que la criatura parecía estar ciega. Ninguno de sus ojos grises me miraba…

Al menos, no hasta que mi pie se enganchó en el borde de una mesa, empujándola y haciendo caer varios libros al suelo.

Entonces aquel ser se abalanzó hacia delante.

Se movía mucho más rápido de lo que jamás hubiera imaginado. Se abalanzó sobre mí y una de sus extremidades delanteras me golpeó las costillas, tirándome al suelo. Siguió avanzando, con la boca lo bastante abierta como para tragarme entera. Agarré todo lo que tenía a mano para arrojárselo: libros, frascos de tinta vacíos, velas viejas. Agitó su enorme cuerpo y utilizó la cola como un mazo para estrellarme contra la pared.

A lo lejos, oí a mi abuela llamándome desde la radio, la estática aguda ahogaba lo que decía. Estaba de espaldas a la pared y no podía correr hacia ninguna parte. Levanté las manos, presa del pánico, y de las yemas de mis dedos brotaron unas chispas a la vez que unas llamaradas patéticas se alejaban de mí.

La criatura estaba bajando la boca y no había escapatoria.

Necesitaba un arma. Necesitaba colmillos, tan enormes como los dientes de la bestia.

No iba a morir en mi puta casa.

Durante un segundo, sentí como si la cabeza se me partiera en dos: mi mandíbula inferior intentaba separarse de mi cuerpo. Grité y lo vi todo rojo.

En medio de la mancha roja, me lancé hacia delante, actuando por puro instinto. Chasqueé la mandíbula dolorida una y otra vez, empapándome de más rojo espeso y húmedo. Fui consciente de un horrible chillido y de un olor tan penetrante como el metal fundido. Se me llenó la boca de algo caliente y la misma sustancia me empapó la frente. Saboreé la podredumbre y algo dulce. Unos tendones elásticos se desgarraron entre mis dientes…

De repente, unos brazos me rodearon. Una fuerza que no podía superar me sujetó mientras me agitaba, abriendo y cerrando la boca sin sentido a medida que el mundo de color de rojo se desvanecía. Mis jadeos se convirtieron en sollozos llenos de confusión. La furia y el terror que me exigían seguir luchando se desvanecieron, dejándome débil y sin fuerzas, como un pajarillo.

Reconocí los brazos, duros como piedras, que se aferraban a mí y la voz de Callum hablándome al oído con desesperación.

—Cálmate, Everly, tranquilízate, ya está. Está muerto, lo has matado. Ya está.

28

Callum

—Era un eld —declaró Winona—. A juzgar por su aspecto, se creó a partir de cadáveres alterados de peces de las profundidades marinas. Un asunto bastante desagradable. Pero en verdad es una forma extraordinaria de descubrir que puedes cambiar, querida. Nuestra magia provee, incluso cuando menos lo esperamos.

Winona estaba manejando la situación con una calma extraordinaria y, para ser sincero, eso me enfurecía. Seguía teniendo la vista nublada. Everly seguía intentando levantarse de donde estaba sentada y caminar, y yo quería atarla a la silla para terminar de curarle el tajo que tenía en el brazo.

El corte en la mejilla. Los moratones en la espalda. El labio partido. Todas las heriditas se mofaban de mí, mostrándome sin vacilar lo cerca que había estado mi bruja de la muerte.

Otra vez.

Tenía la parte de delante de la camiseta empapada de sangre y la boca manchada. Era la sangre de la bestia que había matado, destrozándola después de transformar por arte de magia su propia mandíbula en la de su enemigo.

Incluso a pesar de que mordisqueaba una galletita de limón glaseado y se tomaba una taza de té caliente a sorbos, seguía temblando.

Mientras yo le limpiaba la herida del brazo, no dejaba de moverse, levantando la mano para frotarse la mandíbula y, de vez en cuando, metiéndosela en la boca para pasarse un dedo por los dientes.

Había oído leyendas de brujas que podían cambiar su aspecto físico, metamorfoseándose igual que podíamos hacer los demonios. Era algo inusual. Nunca lo había visto con mis propios ojos.

Hasta ese día.

Su asombro y curiosidad se habían convertido en terror, y yo lo había sentido. A pesar de encontrarme a kilómetros de distancia, en el extremo norte del bosque, lo había notado. Y ese cambio repentino en sus emociones me había hecho volver al instante.

Llegar volando a la cámara acorazada y encontrármela allí agazapada sobre la bestia, empapada de sangre y con la boca llena de colmillos, me había sorprendido. De no ser por eso, estaría muerta. Habría llegado demasiado tarde. Habría roto mi promesa de protegerla, y aunque su alma seguiría viva, ¿cómo iba a perdonarme algo así?

—No puedo seguir dependiendo de que mi magia provea —determinó con voz temblorosa cuando le puse una venda en el brazo. Gracias al material médico hechizado, se curaría rápido—. Tengo que ser capaz de usarla cuando la necesite, no limitarme a esperar que ocurra un milagro cuando esté desesperada.

—Lo harás —afirmé—, pero llevará tiempo y paciencia.

—El primero escasea —respondió. Miró hacia la radio mientras le limpiaba la sangre de la boca y preguntó—: ¿Adónde conduce ese túnel de la cámara?

—No estoy muy segura —dijo Winona, pensativa—. Este sitio lleva mucho tiempo sellado, creo que nadie en esta casa sabía muy bien qué había ahí dentro. No obstante, si tuviese que adivinarlo, a juzgar por la fascinación de Sybil con estudiar al dios, podría ser una entrada a las minas.

—Eso explicaría por qué una criatura tan poderosa como un eld pudo colarse en la cámara —comenté—. Una bestia así necesita una gran cantidad de magia corrompida para formarse.

—¿El túnel le da al dios acceso a la casa? —quiso saber Everly.

Durante un momento, Winona guardó silencio.

—No lo creo. Los hechizos protectores que rodean este lugar abarcan tanto la tierra como el cielo. El dios tendría que forzar su energía al máximo para traspasarlos. Sin poder mover con facilidad su forma física, le costaría atravesar la barrera solo con energía psíquica.

Everly tenía los ojos desencajados por la sorpresa. El corazón aún le latía con fuerza. ¿Cómo había podido ser tan tonto como para dejarla sola? Sabía que había riesgo y, aun así, me había marchado.

Me odiaba por ello.

—No sé cómo pasó —explicó—. Solo recuerdo pensar: «Si tuviera unos dientes como esos, podría defenderme».

—No tendrías que haber tenido que defenderte. —Le aparté la mano de la boca para poder limpiarle las rozaduras de los nudillos—. Hice mal en irme y dejarte entrar sola. Tendría que haber estado allí.

—No podías saberlo.

—Tendría que haberlo sabido. —Las palabras me salieron con un gruñido y me observó fijamente, haciendo que se me pusieran los pelos de punta bajo su mirada—. Te he fallado. No está bien. He faltado al juramento que te hice.

Era una sensación realmente horrible. Pensar que había estado tan cerca de la muerte, por algo tan ridículo. Morir en la seguridad de su propia casa, abandonada por el único ser que debería haberla protegido por encima de todo.

—Deberías castigarme. Nunca tendrías que haber estado sola.

Negó con la cabeza y suavizó su expresión. Aunque no quería que me tratase con delicadeza. No me hacía falta que me tranquilizaran.

Quería que me recordaran que las consecuencias no tenían piedad. Me había atrevido a relajarme y eso era simplemente inaceptable.

—Ay, ¡déjate de lloriqueos, Callum! —exclamó Winona—. Vivimos en un mundo peligroso, y Everly se defendió bien. Fue increíble, de verdad que fue impresionante… —siguió murmurando para sí misma.

Mi energía había aumentado muchísimo. Apenas podía quedarme quieto, y no podía obligar a mi mente a que se tranquilizase. Quería estar a solas con mi bruja. Necesitaba su voz, su tacto.

—No es culpa tuya, Callum. —Everly me agarró del brazo y me quedé helado. Notó mi tensión y se ablandó aún más, dulcificando su voz como si yo fuera un animal salvaje que pudiera huir de ella en cualquier momento—. No pasa nada.

Esas palabras eran una tortura.

«No podía haberlo sabido. No podía haber hecho nada. Di todo de mí».

Mentira. El destino me lo había arrancado todo y, sin embargo, eso no parecía ser suficiente para que aprendiera la lección.

—Si ese túnel lleva a la mina, nos convendría tener un mapa antes de intentar seguir explorando —intervino Winona, ajena a mi sufrimiento—. Esos pasadizos inundados parecen un laberinto.

—Podemos echar un vistazo en la biblioteca de la universidad —opinó Everly—. Seguro que tienen planos de la mina original en algún rincón del almacén.

Todavía tenía una mano sobre mí, manteniéndome cerca. Eso me reconfortó e intensificó mi culpabilidad. Su afecto, que anhelaba más que nada, no era algo que mereciera.

—Tengo que volver a bajar al laboratorio cuanto antes. Sybil encontró algo, estoy segura. Una forma de envenenar al dios. —Hizo una pausa, mordisqueándose la uña del dedo pulgar—. Pero… la mayoría de sus notas están en un idioma que no entiendo, un idioma que no he visto fuera de esta casa.

—Sybil tenía la costumbre de escribir en código, sobre todo en los últimos años de vida, cuando se volvió más paranoica —reveló Winona—. Sin embargo, si podemos descifrar lo que escribió…

—Entonces, puede que encontremos la forma de ir un paso por delante —terminó Everly por ella.

La determinación en su rostro me habría hecho sentir orgulloso si no estuviera tan absorto en mi propia culpa.

No obstante, podía volver a ver aquel campo. Podía oler la tierra empapada de sangre, el humo, el hedor de la podredumbre. Los gritos de los moribundos.

Everly me observaba. Aunque no podía mirarla a los ojos, esperaba que entendiera la vergüenza que sentía. Mi arrepentimiento. Lo desesperadamente que necesitaba una vía de escape para esa ira que hervía a fuego lento antes de que se desbordara.

—Abuela, ¿podríamos quedarnos un rato a solas, por favor? Tengo que hablar con Callum.

Al fin, por fin, tendría lo que me merecía. Everly no sabía suficientes hechizos para hacerme sufrir, pero yo podía guiarla, podía decirle cómo hacerlo.

Cuando el fantasma se fue, la temperatura de la habitación había subido. Everly había dejado de temblar y sus ojos habían recuperado la claridad. Aunque esta vino acompañada de preocupación.

—Callum, mírame.

Estaba manchada de sangre. Herida. Magullada. Con la mirada clavada en el corte de su labio, me quedé con las manos a la espalda y no dije ni una palabra.

—Estás enfadado —comentó.

Quería quitarle esa ropa y vestirla con otra limpia para que la muerte no pudiera tocarla.

—Conmigo mismo —confesé—. No tendría que haberte dejado sola.

—Estabas cumpliendo con tu deber de proteger la casa.

—No…

—Deja de discutirme. —La autoridad de su voz me sobresaltó. Se cruzó de brazos y se puso en pie—. ¿No soy tu señora?

Chasqueé los dedos, la energía ansiosa que había en mí buscaba una salida.

—Sí. Sí, mi señora, lo eres.

—Solo me parece bien jugar a esos juegos nuestros si no los utilizamos para hacernos daño a nosotros mismos o para causar daño de verdad a los demás —señaló—. Te sientes culpable. Te sientes responsable. Quieres que esa culpa desaparezca y la única forma que se te ocurre es con dolor.

—No podrías hacerme daño de verdad. No es más que una…

—Sí, podría —afirmó—. Y lo sabes. No permitiré que me utilices para hacerte daño. No quiero.

Cruzó la habitación y se sentó en la silla con respaldo alto que había junto al fuego, frente a mí. Se había quitado las botas llenas de barro, pero el ajustado corsé de la camiseta blanca estaba manchado de rojo carmesí.

Levantó la barbilla y cruzó las piernas.

—Estás exigiendo lo que quieres. No es mucho castigo si lo deseas, ¿no? —soltó, cada centímetro de ella encarnaba a la dueña de esa casa.

No sabía qué contestar. No tenía respuesta para ella. Un angustioso cóctel de emociones se arremolinó en mi pecho. Las quejas y los reproches intentaron salir de mi garganta.

—Si quieres compensarme por tu ausencia, de la que no te culpo, entonces harás lo que te digo.

Gruñendo de frustración, apreté los puños.

—Everly, no lo entiendes. Cuando un guerrero falla…

—Un guerrero escucha a su comandante. —No levantó la voz; la bajó. Aquello fue mucho más intimidante.

¿Cuándo había encontrado por última vez un ser capaz de hacerme temblar hasta la médula? ¿Que fuera capaz de hacerme cuestionármelo todo? Quería ser fuerte y, sin embargo, con sus ojos azules clavados en mí, quería doblegarme. Ser débil por un momento.

La tempestad en mi interior era implacable.

«Desafía. Obedece. Huye».

En su lugar, me quedé allí de pie y aguardé, mirándola a ella y solo a ella.

—Como desees, mi señora. Obedeceré.

Chasqueó la lengua, negando con la cabeza. Yo estaba hecho un lío, buscaba respuestas, algo que la satisficiera tanto a ella como a mi cabezonería.

—No te alejes de mí. —Sonaba triste, como si me tuviera lástima. Joder, no quería su compasión, aunque no se trataba de lo que yo quisiera—. Escúchame e intenta entender por qué. Si no, no hay comunicación.

Tenía razón. A pesar de que mi mente estaba en guerra consigo misma, aún podía ver la sabiduría que había en sus palabras.

Me clavé las uñas en las palmas de las manos; el dolor me mantenía con los pies en la tierra.

—Te escucho, mi señora. Estoy enfadado. Me siento miserable y un puto inútil. Como si te hubiera fallado de la misma forma que a tantos otros. —Las siguientes palabras que pronuncié me supusieron un gran esfuerzo—: Quiero obedecerte. Quiero que hagas que vuelva a ser yo, independientemente de cómo elijas hacerlo.

Me aterrorizaba ser vulnerable, ser débil, incluso con ella. Pero ella era la única que podía llevarme de vuelta a la calma.

—Estoy contigo, Callum —dijo—. No voy a dejarte. No estás solo.

Estuve a punto de rogarle que parara. Que dejara de darme consuelo, que dejara de ser tan buena. Que se detuviera antes de que me dejara al desnudo. En lugar de eso, incliné la cabeza, aceptando sus palabras como si fueran los azotes de un látigo.

Se enroscó los dedos bajo el mentón y formó un delicioso mohín que me hizo querer besarla.

—Quítate la ropa —me ordenó.

No había mucha que quitarme, ya que odiaba llevar prendas ajustadas. Me quité los pantalones y me quedé desnudo delante de ella, con las manos en la espalda otra vez.

Clavó la mirada en mi polla. El deseo se apoderó de ella como una tormenta repentina y apretó las piernas que tenía cruzadas.

—¿Siempre estás empalmado?

—Me costaría mucho no estarlo —respondí—. Sobre todo, en tu presencia.

Ansiaba arrancarle aquella ropa mugrienta, besar cada una de sus magulladuras, hacer que se olvidara del miedo entre mis brazos. Sin embargo, acatar sus órdenes era sufrir, y eso era lo que me merecía.

Levantó la mano, señalando el suelo de madera brillante frente a donde estaba sentada.

—Arrodíllate y sujétate con algo.

De rodillas ante ella, me detuve.

—¿Cómo prefieres que me sujete?

Sonrió y mi polla palpitó al verla.

—Con una cuerda, desde luego. Átate. Las manos en la espalda y las piernas abiertas.

Manifesté unas cuerdas y las enrollé alrededor de mi cuerpo. Tenía los brazos amarrados a la espalda, unidos a una cuerda que me rodeaba el cuello. Si movía demasiado los brazos, me quedaría sin aire y me vería obligado a quedarme quieto. Con unos nudos complejos, me até los muslos a las pantorrillas, impidiéndome ponerme de rodillas.

Me encorvé, esperando el primer indicio de dolor, deseando que la agonía disipara el sentimiento de culpa. Aunque no llegó. En su lugar, Everly se levantó de la silla y se agachó frente a mí. Me acarició la barbilla con sus delicados dedos y me estremecí cuando me levantó la cabeza.

—No puedes vigilarme cada segundo de cada día, Callum. Yo también quiero poder hacer cosas sola.

—Pero puedo intentarlo —insistí—. Eres demasiado valiosa como para correr riesgos.

—Cada día es un riesgo —dijo—. Vivir siempre es arriesgarse a morir. Tienes mi alma. Mi vida después de la muerte ya es tuya.

—No si el dios te aleja de mí.

Tenía una mirada suave pero radiante. Me atraía, incluso cuando quería apartar la mía, avergonzado.

Me rodeó el pene con los dedos. Aún había inseguridad en sus movimientos, torpeza por la falta de experiencia; sin embargo, eso solo hizo que me gustara más cómo me tocaba. Las gruesas venas de mi miembro palpitaron contra su mano.

—Esto no es un castigo por no protegerme. —Se inclinó hacia delante y gemí en voz alta cuando me escupió en la polla, extendiendo la saliva sobre mí con la mano—. Esto es un castigo por intentar hacerte daño.

Siguió acariciándome, con movimientos lentos y constantes, aumentando el placer, pero tomándose su tiempo. Me dedicó una sonrisa burlona cuando me doblé y solté un jadeo al ahogarme por la cuerda que me apretaba la garganta.

—Siéntate recto —me pidió—. Me gusta verte bien sentado.

—Joder, Everly, no entiendes lo que me haces…

—No te he dicho que hables.

Siguió acariciándome, ralentizando el ritmo cada vez que mis hombros se encorvaban hacia delante con desesperación. Cuando me atreví a empujarle la mano con las caderas, exigiendo más en un momento de debilidad, me estampó la palma contra la polla.

El escozor me hizo gemir y se me empezó a salir el líquido preseminal. Se me entrecortó la respiración cuando volvió a acariciarme, moviendo la mano con una calma que resultaba insoportable.

Se me escaparon algunas palabras suplicantes. Aparecieron en forma de gemidos furiosos y entrecortados que le hicieron soltar una risita.

—¿No te gusta? —me provocó. Me rozó con suavidad la punta del pene, haciéndome estremecer—. ¿Quieres más?

Asentí con rapidez. Sin embargo, me sonrió de una forma demasiado malévola como para tranquilizarme.

Se acercó tanto que sentí el calor de su aliento. Apartó la mano, resbaladiza por su saliva y mi propio líquido preseminal, y se acercó para tocarme el agujero del culo con esa lubricación.

—Fóllate —me ordenó—. Métete dos dedos en el culo y gime para mí.

Al obedecer, el movimiento de mis brazos hizo que la cuerda que tenía alrededor del cuello se estirara. Tenía los músculos en tensión y la penetración me escocía, pero saboreé el dolor. Me metí los dedos más allá de los nudillos y se me escapó un sonido estrangulado.

Everly me miraba con los ojos muy abiertos. Se le aceleró la respiración cuando gemí y me tocó el rostro con las manos con delicadeza.

—Qué chico más bueno —murmuró.

Negué con la cabeza, casi rabioso por el deseo, el dolor y el anhelo.

—No. Te he fallado, joder.

—Lo estás haciendo muy bien, Callum —hablaba con mucha ternura, con tanta gentileza que, joder…—. Obedeciéndome aunque te duela. Mmm, me gusta esa cara que pones. Como si fuera demasiado… y no suficiente.

Me incliné hacia su mano, estremeciéndome al meterme y sacarme los dedos. Se levantó y se me escapó otro sonido ahogado cuando me sujetó la cabeza. Animándome. Elogiándome.

—Eso es. Métetelos más adentro. Ahora sácatelos del todo… y vuelve a metértelos. Muy bien.

Mi polla estaba mojando el suelo y cada embestida de mis dedos lo empeoraba. Estaba deseando que me tocara. No obstante, ella retrocedió y volvió a sentarse en la silla, como una reina triunfante en su trono, empapada de sangre. Abrió las piernas y apoyó la rodilla en los reposabrazos mientras se subía la falda.

Se apartó las bragas. Su coño rosita estaba húmedo por la excitación y cubierto por unos suaves ricitos rubios. Joder, qué delicia. El gemido que emití, hambriento por el deseo, fue humillante. Era el gemido de un perro al que se le había negado la comida.

Me señaló con el dedo.

—Arrástrate hasta mí, demonio.

Cada movimiento tiraba de la cuerda que me rodeaba la garganta, manteniéndola tensa. Me postré a sus pies y ella me acercó la cabeza hasta apoyarla en su muslo.

—Sigue follándote.

Me iba a volver loco. La sangre que manchaba su ropa, el sudor de su piel, la dulzura de su deseo… Podía olerlo todo. Sentí un cosquilleo, como si hubiera inhalado una droga, y sentí que las venas se me hinchaban tanto que se me nubló la vista.

Giré la cabeza y clavé mis afilados dientes en su muslo. Jadeó, se retorció en la silla y apretó los reposabrazos con las manos. Sin embargo, su jadeo de dolor se convirtió en un gemido de placer cuando atravesé la piel suave.

La magia que había en su sangre era muy dulce. Era como miel llenándome la boca.

—Cuidado…

Me agarró del pelo y me acercó al centro de sus piernas. Me acerqué a ella como si me muriera de hambre, haciendo presión contra la cuerda que me rodeaba el cuello. Le lamí el clítoris con la lengua, saboreándolo. Cada gemido que me regalaba me motivaba más.

Ella jadeaba, con la mano enredada en mi cabello.

—Mantén los dedos dentro de ti, bien adentro —ordenó, con la voz débil por el goce—. No pares hasta que hagas que me corra.

Su control me tranquilizó. La bestia que llevaba dentro y que quería enfurecerse y destruir necesitaba un amo que la calmara, la contuviera, la domara. Todos los fracasos que pesaban sobre mí, todos los recuerdos que intentaba olvidar, quedaron enterrados al instante a causa de un deseo.

Obedecerla. Complacerla. Servirla.

Se estremeció bajo mi lengua, con los ojos cerrados. Movió las caderas y gemí contra ella, haciéndola retorcerse de placer.

Cuando se corrió, me oprimió la cabeza con los muslos. Le temblaban los músculos y me agarraba el pelo con tanta fuerza que me dolía.

Tenía la cara empapada y me lamí su sabor de los labios y la barbilla. Se quedó un rato en silencio mientras se recuperaba, respirando lenta y profundamente, con una pequeña sonrisa en la cara.

Se incorporó despacio y se apartó el cabello rebelde de la cara.

—Eres un buen chico —murmuró, poniéndome la mano sobre la mejilla un segundo—. Sabes usar muy bien esa lengua. ¿Sigues follándote para mí?

Asentí, con la polla dolorida.

—Vuelve a atarte las muñecas, pero delante de ti —añadió, después.

Me recoloqué los brazos. El pene me sobresalía entre los dedos, con las garras agitándose por la necesidad de masturbarme.

—Date placer para mí —me pidió—. Pero no te corras hasta que yo te lo diga.

Obedecí, me agarré el miembro con las manos atadas y me lo acaricié. Los pensamientos rebeldes de romper las cuerdas y agarrarla, tirarla sobre la cama y follármela sin piedad hicieron que las manos empezaran a temblarme.

—Pórtate bien —me mandó, y yo volví a sentir debilidad por ella.

Me clavé las garras en la piel y gemí por el escozor, pero me ayudó a mantener el control. Había tenido innumerables amantes, tanto dominantes como sumisos, seres capaces de tocar mi cuerpo como si fuese un instrumento, aunque Everly me hacía sentir cosas que no había experimentado en siglos.

Era demasiado pura, demasiado auténtica en sus intenciones. Su rostro era un libro abierto: vi la fascinación, el deseo, el placer. Apretó los reposabrazos y deseé que siguiera agarrada a mí.

Estaba al borde del orgasmo, a punto de perder el control sin piedad, lo único que me retenía era mi determinación por obedecer. Tenía los ojos clavados en ella, esperando, suplicando en silencio que moviera los labios y me diera permiso para correrme.

—Mi señora…, por favor.

Sonrió, con una expresión tan repentina y desmesurada que gimoteé y eché la cabeza hacia atrás mientras seguía masturbándome. Me había clavado las garras tantas veces que tenía la mano manchada de sangre; sin embargo, eso solo me hizo más feroz. Una bestia consumida por una necesidad voraz.

—Córrete para mí, Callum —pronunció por fin, como si fuese la bendición de una diosa.

Mi mente se quebró; el gruñido que salió de mí fue puramente animal. Mi semilla se derramó por el suelo, perlada a la luz del fuego. Por un momento, me quedé paralizado, en un éxtasis perfecto, encorvado hacia delante, incapaz de mantenerme erguido. Apoyé la frente en su pie desnudo, que colgaba del sillón.

—Gracias, ama —dije, besándoselo; tenía la piel cálida.

—Todavía no has terminado. Limpia este desastre.

Cada rincón de esa habitación olía a ella. La moqueta, las cortinas, los muebles y, sí, cuando bajé la cabeza para obedecer su orden, incluso el suelo. Las cuerdas, aún apretadas, se me clavaron cuando me moví y me incliné sobre las rodillas para lamer mi propio semen del suelo. Su pie me presionó un poco la nuca y pasé la lengua por la madera para recoger hasta la última gota.

Por un momento, apoyé la mejilla en la superficie, con su pie todavía haciendo presión. Como un barco tras la brutal tormenta de un océano, me quedé a la deriva, tranquilo pero cansado, aliviado.

Habían pasado décadas desde la última vez que me sentí así de relajado; siglos, tal vez. Había olvidado la sensación, cómo se derretía por mi cuerpo, calmando la energía que se retorcía en mi interior.

Everly movió el pie y me llamó. Alcé la cabeza y dejé que sus brazos me guiaran hacia ella para que descansara en su regazo. Mientras me acariciaba el pelo, me quedé arrodillado a sus pies con las alas inertes a los lados y la cara pegada a sus muslos.

—¿Te he complacido? —Me dolía oírme así de vulnerable.

—Sí, Callum. —Su voz se introdujo en mi ser, rodeándome el corazón como si unas manos lo acunaran—. Lo has hecho muy bien.

Por primera vez en casi dos mil años, sentí una emoción que juré no volver a sentir. Intenté reprimirla, intenté sofocarla con miedo, aunque fue inútil.

Hacía tiempo que había aprendido que el amor no se podía matar de verdad.

29

Everly

Por muchas ganas que tuviera de volver al laboratorio de Sybil y echar un vistazo a sus notas, Callum insistió en que no podía hacerlo hasta que confiara en mi capacidad para protegerme. Tenía que entrenarme, absorber años de conocimientos mágicos y muy poco tiempo.

La abuela me advirtió que el entrenamiento sería agotador; aún no estaba del todo preparada.

Hacía buen tiempo, así que me llevé la radio fuera, a la rosaleda detrás del invernadero. Había una fuente cerca, coronada por la estatua de un fauno que echaba agua por la boca. Las rosas estaban en flor, los árboles frutales también, incluso las verduras empezaban a crecer. La estación del año no importaba para esas plantas; la magia las mantenía y Darragh las cuidaba.

Callum nos acompañó, sin hacer ruido durante las clases, pero observándome atentamente y, de vez en cuando, aportando su granito de arena para ajustar la técnica o corregir mi postura.

—Clava los pies en el suelo —me indicó mientras intentaba hacer añicos una hilera de copas de cristal colocadas en lo alto del murete del jardín—. Cuando lances el hechizo, inclina el peso del cuerpo hacia delante y exhala.

Hacía que pareciera facilísimo.

Al menos entonces tenía guantes de cuero; los había encontrado bajo llave en un cofre en otra de las habitaciones, junto a un grimorio escrito por la tía Cynthia, la hermana de mi abuelo. A pesar de que nunca había sabido de la existencia de esa mujer, en ese momento su libro, lleno de sus anotaciones y experiencias con la magia de fuego, estaba en mi mesita de noche.

—Deja que el calor se acumule en tu pecho —me enseñó mi abuela, con la radio al volumen lo más alto posible—. Concéntralo ahí mientras inspiras y luego suéltalo.

Enderecé la postura y respiré hondo. El calor se acumuló en mi interior, palpitando en mi pecho como una bomba de relojería. Me temblaban las manos y las piernas.

Cuando dejé que el peso del cuerpo cayese en la pierna de delante, perdí el equilibrio. Unas ráfagas de fuego salieron disparadas por encima de la pared y explotaron en el cielo, con un estruendo lo bastante fuerte como para hacerme daño en los oídos.

—Otra vez —ordenó la abuela—. Mantén el equilibrio.

Lo intenté una y otra vez, y fallé. A veces las explosiones eran gigantescas y abrasadoras; otras, apenas algo más que chispas. Quemé varios rosales. Chamusqué la hierba que rodeaba mis pies hasta ennegrecerla.

Estuvimos así unas cuantas horas y mi entusiasmo se convirtió en frustración.

Luego en furia.

¿Qué coño me pasaba? ¿Por qué no podía controlarlo? ¿Por qué me costaba tanto?

—Tienes los hombros muy tensos —señaló mi abuela—. Relájalos. Fluye con el movimiento.

—¡Lo intento! —espeté.

Cerré los puños. Cada bocanada de aire era rápida y superficial mientras la ira me invadía y, con ella, el pánico.

¿Y si mi padre tenía razón? Mi magia era salvaje y yo no era lo bastante fuerte para dominarla.

Era débil… Una estúpida… Una ignorante…

Lancé las manos hacia delante con un grito. Salieron de mí llamaradas de fuego abrasadoras como si fueran flechas y las copas estallaron en brillantes trozos de cristal. El corazón me latía con fuerza y jadeaba. Las llamas me envolvían, lamiéndome la cara como si estuviera en medio de una hoguera. El fuego era cada vez más caliente y feroz, y sentía una presión tan fuerte en el pecho que apenas podía respirar. De repente, el agua fría me salpicó el rostro. Maldije, el fuego se apagó al instante y mi pelo y mi ropa quedaron empapados. Callum estaba de pie junto a la fuente que había cerca de donde estaba, sacudiéndose el agua de la mano.

—Puede que te haga falta un descanso —comentó, cruzándose de brazos.

Me limpié el agua, mordiéndome el labio. Tenía las puntas del pelo chamuscadas y la ropa sucia por el hollín. La sorpresa de que me salpicase agua al menos había frenado mi ataque de pánico, aunque la ansiedad aún me oprimía el pecho.

Mi abuela se rio.

—Sí que eres una bruja de fuego, sí. ¡Menudo carácter! La ira es más productiva que el miedo, pero igual de difícil de controlar. Tu mente es tu mayor arma, Everly. Sin embargo, también puede ser tu mayor debilidad.

—¿Y qué narices se supone que tengo que hacer al respecto?

Una oleada de cansancio me hizo cerrar los ojos. Quería sentarme en algún lugar tranquilo, antes de que se me escaparan más palabras furiosas. Tal vez lo mejor sería meter la cabeza entera en la fuente y no volver a salir.

La abuela solo intentaba enseñarme. Era yo la que fallaba.

Se quedó callada un rato y sentí tanta vergüenza que me entraron ganas de llorar.

—Callum, ¿podrías enseñarle la sala de meditación? —pidió al final—. Es imprescindible que aprenda a controlar su mente y a calmar sus pensamientos si queremos progresar.

Callum me llevó a una zona de la casa que aún no había explorado. Los muros de piedra estaban cubiertos de enredaderas; la hierba y las flores brotaban a través del suelo antiguo. Se respiraba un aire fresco y olía a polvo. Era como si nadie hubiera estado allí en mucho tiempo.

Los dos estábamos callados. Mis preocupaciones me asfixiaban. ¿Cómo pretendía luchar contra un ser tan poderoso como el Profundo si no podía mantener la calma lo suficiente como para practicar? Estaba atrapada en un ciclo sin fin de rabia y miedo: miedo a fracasar, rabia por ese miedo y más miedo a la rabia que sentía.

Era un remolino que me absorbía y me ahogaba, demasiado poderoso como para luchar contra él.

Delante de nosotros, al bajar unos escalones, me encontré con una imagen que me resultaba familiar: una puerta sellada con una cuerda negra que se disipó a medida que nos acercábamos. Esta se abrió y, con el chirrido de las antiguas bisagras, entramos en una gran sala abierta. No había ventanas, pero de las paredes cóncavas de piedra colgaban unos tapices elaborados y enredaderas.

—Quítate los zapatos y la chaqueta —me indicó Callum.

El suelo estaba frío bajo mis pies descalzos. Pisé una alfombra grande y colorida, hundí los dedos en su superficie mullida y suspiré.

Encima había un enorme prototipo mecánico del sistema solar. Los planetas eran de latón, con brillantes brazos de cobre que los movían despacio a lo largo de sus rotaciones. El techo estaba cubierto por un fondo de constelaciones pintadas de una forma impresionante.

—Esta es la sala de meditación —anunció Callum mientras yo la observaba con asombro—. Aunque puedes meditar en cualquier parte de la casa, este lugar se construyó precisamente para eso. Los hechizos que hay entre estas paredes están pensados para fomentar la paz, la calma y la concentración. Todos los días, antes de empezar tus lecciones, ven aquí primero.

A pesar de que el efecto fue sutil, me tranquilicé. La ansiedad que me atormentaba se había desvanecido, dejándome agotada. Me dolían los músculos y la cara me escocía como si me hubiera quemado con el sol.

—¿Por qué no me miras?

Me sobresalté y al final lo hice.

—¡Perdón! Es que… —Apreté los dientes, pero fui incapaz de encontrar algo más que otra excusa poco convincente—. Siento haber perdido los nervios. Siento no haber podido acabar la lección de hoy. No he podido hacerlo.

Frunció el ceño, inclinando la cabeza hacia un lado con curiosidad.

—La terminaste. Rompiste las copas. Invocaste el fuego. En cuanto a tu temperamento… —Se rio y se cruzó de brazos—. Me gusta verte furiosa. Es sexi. La forma en que tu poder inunda el aire es divina. Pero discúlpate con tu abuela. Comprenderá la frustración que sientes. Estoy seguro de que toda bruja joven pasa por algo parecido.

Se me saltaron las lágrimas e inmediatamente volví a apartar la vista. En un abrir y cerrar de ojos, Callum estuvo a mi lado, acariciándome las mejillas y levantándome la cabeza.

—Shhh, no pasa nada. No apartes la mirada. Everly. —Lo miré, esforzándome por no dejar escapar ni una sola lágrima—. El entrenamiento te agotará. Te llevará al límite. No te avergüences del trabajo que has hecho hoy.

—Ojalá supiera lo que es conocer a otras brujas. Entrenar con ellas. Estar rodeada de ellas. Sin embargo, siempre… siempre… he estado sola. ¡Uf! —conseguí decir a pesar del nudo que tenía en la garganta. Me pasé las manos por la cara, frustrada—. No debería sentir lástima de mí misma. Esto es una tontería. Tengo trabajo que hacer, tengo que estudiar…

—Hoy no. —Callum me agarró de los brazos, impidiendo que me marchara enfadada—. Ya basta por hoy. Estás agotada. Has hecho todo lo que has podido. Para. —Me puso un dedo sobre los labios, acallando mis protestas—. Ponte cómoda. Tienes que relajarte.

Dio un paso atrás, dejándome espacio mientras me dirigía al centro de la habitación y me sentaba con las piernas cruzadas sobre la alfombra redonda de color verde. Con la espalda recta, cerré los ojos y respiré hondo y despacio.

Aquello era todo lo contrario a relajarse. No tenía tiempo para eso. Me encantaba mantenerme ocupada; era la única forma de mantener a raya la ansiedad. Si no estudiaba, salía a correr. Si no salía a correr, leía o pintaba.

Tenía que ir al laboratorio de Sybil. Tenía que salir al jardín a practicar, o ir a la biblioteca a estudiar, o subir y bajar escaleras hasta que me ardieran los pulmones y estuviera tan agotada mentalmente que ya no pudiera seguir preocupándome por nada.

—Cuánta tensión. —Callum me agarró por los hombros y me dio un apretón. Noté su aliento cálido en el cuello y su mejilla rozando la mía con suavidad—. Relájate. Relaja cada músculo del cuerpo. Deja los huesos caer en peso muerto.

Me arañó ligeramente el cuero cabelludo con las garras y, agarrándome del pelo, me echó hacia atrás hasta que me tumbé en el suelo. Con los brazos y las piernas extendidos y los ojos cerrados, solté un gran suspiro. Mi cerebro se aferró a mis preocupaciones, decidido a no dejarlas escapar.

Callum recorrió mi cuerpo, frotándome los brazos y masajeándome los músculos. Bajó por mis piernas hasta llegar a los pies y luego volvió a subir, trabajando a un ritmo lento y hablándome en voz baja.

—Deja que tu mente se calme. No hace falta que no pienses. Basta con que dejes ir tus pensamientos. Permíteles ir y venir.

Era más fácil decirlo que hacerlo.

Su tacto era muy relajante. Mis pensamientos se paralizaron y empecé a sentirme como si flotara.

—Eso es, cariño. Déjate llevar.

Mis preocupaciones ya no me parecían tan importantes. Me dolía demasiado moverme; el cansancio me agobiaba. Callum seguía masajeándome y hablándome con dulzura, sus palabras eran como una nana.

Abrí los ojos lo suficiente para ver los planetas girando sobre mí. El mecanismo rotaba con un tictac lento y constante, adormilándome.

A la deriva…

Casi soñando.

Los pensamientos que flotaban en mi mente tomaron más forma: imágenes de personas, voces familiares, olores fuertes que habría jurado que eran reales. Se reproducían como una película, tanto si me concentraba en ellos como si no. Pero cuando por fin dejé que mi atención se centrara en aquellas visiones, me encontré con una cara que no esperaba ver.

Juniper Kynes.

La chica que huyó en ese momento era una mujer, cubierta de cicatrices y tatuajes, con los ojos oscuros llenos de ira. Llevaba una escopeta a la espalda, y a su lado estaba un demonio extraño con los ojos dorados.

Abrí los míos de golpe, aunque ni siquiera me había dado cuenta de que los había vuelto a cerrar. Me quedé tendida, con la respiración entrecortada, y el rostro de Callum apareció cuando se inclinó hacia a mí.

—He… he visto algo —me atraganté—. Algo real.

30

Everly

A partir de ese día, pasé todas las mañanas en la sala de meditación. Callum se unía a mí con su voz y sus manos para llevarme a ese estado onírico de relajación.

A veces, tenía visiones. Otras, no veía nada. Mi abuela me había advertido que, independientemente de lo que viera, tenía que recordar que esas apariciones eran meras posibilidades, no eran una garantía de nada.

—Incluso yo he caído en la trampa de intentar cambiar el futuro basándome en cosas que veía —me explicó—. No obstante, hay que resistir la tentación. Lo que ves y lo que tal vez llegue a pasar al final pueden ser cosas muy distintas.

La mayoría de mis visiones eran confusas, tan solo imágenes congeladas o fragmentos de conversaciones. Una vez vi a Raelynn, con Leon a su lado, y eso me hizo albergar esperanzas de que viviría.

Mi padre y sus libiri ya habían hecho daño a demasiada gente. No podía perderse ni una vida más.

Además de mantenerme relajada, mi abuela me dejó claro que la meditación también servía para otra cosa: tenía que aprender a proteger mi mente, a levantar barreras por si el dios volvía a intentar atacarme. Pese a que en esa casa sería difícil que su influencia mental llegase hasta mí, aun así, mi encuentro con él en St. Thaddeus me había hecho vulnerable.

—La criatura sabe cómo entrar en tu cabeza, cómo asustarte y cómo engañarte —comentó la abuela—. Aunque esta casa está bien protegida, una mente desprotegida todavía puede ser vulnerable ante cualquier influencia. Si encuentra la forma de hacerte daño, Everly, lo hará.

Qué tranquilizador.

A pesar de ello, después de varios días de meditación constante, cada vez lo hacía mejor. El simple hecho de respirar no calmaba mis pensamientos ansiosos, pero me ayudaba a mantenerme firme hasta que se me pasaban. Mi abuela me sugirió que usara un metrónomo para ayudarme a concentrarme, y algunas mañanas me tumbaba en el suelo de mi habitación, perdiéndome en el lento y constante tictac.

Empecé a sentir que tenía más control. Como si, tal vez, por fin pudiera poner mi mente a salvo.

Al menos… me parecía segura cuando estaba despierta.

Las pesadillas habían vuelto.

Que Callum estuviera allí cuando me dormía ayudaba. Se sentaba en la cama conmigo o cerca de mí. No dormía y a menudo estaba demasiado inquieto como para tumbarse. Sin embargo, me canturreaba en voz baja o me acariciaba la espalda mientras sonaban discos viejos a un volumen bajito en el gramófono.

Quizá me daba una falsa sensación de seguridad.

Una noche se desató una tormenta que trajo consigo relámpagos y truenos. La lluvia golpeaba las ventanas. Callum había puesto uno de sus discos favoritos para que me quedara dormida, con la suave melodía de The Ink Spots llenando el dormitorio.

Cuando me desperté, horas después, seguía lloviendo a cántaros. El disco se había rayado, las mismas dos palabras sonaban una y otra vez: «Yo no… Yo no… Yo no…».

Salí a trompicones de la cama, crucé la sala y apagué el gramófono, frotándome los ojos.

En el silencio que quedó aún se escuchaba la música. Pero estaba muy lejos y se oía muy poco. Como si proviniera de otra parte de la casa.

Callum ya no estaba en la habitación. Por alguna razón, su ausencia me produjo un malestar de lo más extraño.

Debería haber vuelto a la cama. Aunque, ya que estaba levantada, esa sensación incómoda me llevó hacia la puerta sin que me diera cuenta. Al abrirla, asomé la cabeza al oscuro y desierto pasillo y miré arriba y abajo. Un relámpago lo iluminó.

—¿Callum?

Escuché música y, para mi sorpresa, sonaba exactamente el mismo disco que había en mi habitación. Salí al pasillo, dejando la puerta entreabierta a mi espalda.

—¿Callum? —Alcé la voz un poco más.

El demonio tenía un oído agudo; no cabía duda de que, si estaba en casa, me oiría.

¿Por qué no respondía?

Las tablas del suelo crujieron bajo mis pies descalzos cuando fui en dirección a la escalera.

La música no venía de arriba, sino de abajo. De la misma planta en la que estaba la biblioteca.

Una rara certeza de que debía guardar silencio se apoderó de mí al bajar los peldaños. Cuando llegué a la planta de abajo, un trueno retumbó acompañado de otro destello de luz. En la súbita iluminación, distinguí una figura que caminaba por el pasillo por delante de mí.

Me recorrió un escalofrío y me detuve. Sin luz ya no podía ver a la desconocida que tenía delante en la oscuridad. Me daba la espalda y tenía el pelo largo y rubio claro.

—¿Mamá? —susurré su nombre en la oscuridad.

Con otro relámpago, la vislumbré justo cuando se daba la vuelta y entraba en la biblioteca, cerrando la puerta tras de sí.

La música se escuchaba más cerca.

La puerta chirrió cuando la empujé para abrirla.

El viento y la lluvia provocaban que a mi alrededor se escucharan sonidos imperceptibles que emanaban de las sombras. Siguiendo la melodía, me dirigí a la planta superior de la biblioteca.

La cámara acorazada estaba abierta.

Solo había unas pocas velas encendidas. Reinaba un ambiente muy tranquilo. Algo me decía que no debería estar ahí, al menos no sola. Necesitaba tener a alguien conmigo, pero…

Pero no estaba sola. Mamá estaba allí.

Cogí una de las velas del escritorio y la levanté para iluminar el camino mientras me movía hacia el fondo de la cámara acorazada. La llama alumbró la compuerta que conducía al laboratorio de Sybil.

Alguien la sujetaba a duras penas y me miraba a través del hueco.

En cuanto iluminé sus ojos blancos, lechosos y muy abiertos, mamá huyó hacia la oscuridad.

Tenía que seguirla. Tenía que hacerlo.

Noté algo raro en la nuca. Como el arañazo de unas uñas. Como unas cucarachas reptando por debajo de mi piel.

Con la vela en una mano, abrí la compuerta. Me llegó un olor a polvo y a flores, como a rosas secas olvidadas en un cementerio antiguo.

Me incliné sobre el borde y escuché. La música venía de abajo. Sin embargo, por encima del sonido, se oía algo más. Me esforcé por escuchar y me acerqué un poco más.

Era un susurro.

Alguien estaba susurrando mi nombre.

No parecía mi madre.

De repente, algo me agarró del pelo con una fuerza invencible y tiró de mí. Caí gritando hasta que aterricé con fuerza en el suelo embarrado. Sin aire en los pulmones, me quedé tumbada, con la vela apagada, completamente a ciegas en medio de la oscuridad.

La música se detuvo. Aunque aún podía oír los susurros.

—Acércate, Everly. Ven, vamos, ven, mi querida y dulce niña. Mi pequeña.

—Tú no eres mi madre.

Me puse en pie. Extendí las manos y di una vuelta completa, buscando con desesperación la escalera para salir de allí. No obstante, cuando mis ojos se adaptaron a la oscuridad, me di cuenta de que no había ninguna.

Había desaparecido.

Con la espalda pegada a la pared mugrienta, vi algo agazapado cerca de la entrada de los túneles. Tenía la cara cubierta de pelo rubio, largo y húmedo. Las uñas, sucias y torcidas, repiqueteaban sobre sus rodillas.

—Acércate —murmuró—. Y lo verás.

Sacudí la cabeza e intenté invocar el fuego. Las chispas salían en cascada, mas, si no conseguía controlar mi mente, mis esfuerzos eran en vano.

Aquello era una pesadilla. Tenía que serlo. Todo estaba en mi cabeza. Tenía que hacer que parase.

Despacio, el ser que estaba encorvado y se parecía a mi madre se puso de pie. Sus proporciones no eran normales. Era demasiado alto, tenía las extremidades demasiado largas y la caja torácica demasiado ancha.

—A lo mejor es que no quieres a tu madre —dijo entre dientes. Seguía con la cabeza gacha, así que no podía verle la cara. Levantó las manos y se pasó unos dedos esperpénticos por el pelo. La larga cabellera rubia se desvaneció, dejando a la vista unos sedosos mechones negros.

Me quedé sin aliento.

Me miró con el rostro de Callum. Aunque no tenía los ojos negros. Eran blancos.

—Ven a mí, Everly —pidió—. Tengo algo que enseñarte.

Una vez más, negué enérgicamente con la cabeza. Tenía que tranquilizarme. Estaba respirando demasiado deprisa, presa del pánico, y mis pensamientos iban a mil por hora.

Callum levantó la mano, curvando un dedo en mi dirección.

—No me hagas ir a buscarte.

El terror me recorrió las venas. Inspiré hondo y me obligué a contener la respiración antes de soltar todo el aire. Lo hice una y otra vez, hasta que me mareé.

—No puedes tocarme —solté.

Hablé con demasiado miedo, con mucha inseguridad. Intenté pensar en el tictac del metrónomo, que me llenó la mente con su sonido repetitivo.

La cosa dio un paso hacia mí, inclinando la cabeza hacia un lado.

—Ni tú misma te lo crees. Tienes muchas dudas.

Aquello era un sueño. No era más que un sueño. Si me despertaba, todo eso desaparecería.

Callum se rio de una forma inquietante.

—¿De verdad estás soñando? ¿O solo te gustaría estar soñando?

A pesar de que el miedo me oprimía el pecho, podía mantenerlo a raya. Podía despertarme. El dios se había colado en mis pesadillas, pero estaba en mi cabeza y podía obligarlo a irse. No eran más que fantasías, productos de mi imaginación. Podía controlarlos, podía hacer que se detuvieran.

De repente, la criatura con la cara de Callum dejó de caminar. Curvó los labios, mostrando unos dientes manchados de negro.

—Ven aquí, Everly —gruñó—. Sabes quién soy.

—¡Sé exactamente quién eres! —respondí, levantando la voz—. ¡Eres un farsante! No eres Callum. No eres…

Hubo una ráfaga de movimientos y todo cambió. Ya no estaba bajo tierra, mirando a la cosa que tenía la cara de Callum. Estaba sentada en mi colchón, con las manos agarradas a las sábanas y la piel fría por el sudor.

Callum estaba a los pies de la cama, con la mano extendida hacia mí. Tenía los ojos muy abiertos por la preocupación y eran negros, tan oscuros como los confines más oscuros de la noche.

Me moví hasta allí y lo abracé. Me devolvió el abrazo con fuerza, me tranquilizó y me acarició el pelo con la mano. Se sentó en el colchón y me acercó a él.

—Estoy aquí, no pasa nada —me tranquilizó—. No me he ido, Everly. Nunca. No pasa nada.

Le rodeé el cuello con los brazos y enterré la cara en su pecho.

—Tenía tu cara, Callum. Pero hice que se fuera. Hice que se marchara.

—Claro que sí, cariño. —Me acarició el rostro y por fin pude volver a cerrar los ojos mientras me relajaba contra él—. Sabía que podías. Sabía que encontrarías la fuerza. Tranquila. No puede hacerte daño. Tú tienes el control.

Por fin, sentí que lo tenía.

31

Everly

Había llegado el momento de indagar en el laboratorio de Sybil y adentrarnos en los túneles que había debajo de la casa del aquelarre. Teníamos que prepararnos, y como no había constancia de esos túneles en los planos originales, teníamos que empezar a buscar por otra parte.

Eso significaba volver a Abelaum, a la biblioteca de la universidad. Allí, con suerte, encontraríamos los antiguos mapas de la Compañía Minera Leighman y quizá descubriéramos cómo se conectaban esos túneles con la mina más grande, si es que lo hacían.

Pero primero Callum tenía otra lección que enseñarme, una que consideraba imprescindible antes de aventurarnos a salir de la seguridad de la casa.

Nos reunimos en la sala de meditación a mediodía. El demonio me había dicho que fuese abrigada pero cómoda y que estuviese preparada para un poco de lluvia. «Un poco» era quedarse corto, ya que había estado diluviando durante día y noche. No obstante, la sala de meditación estaba a cubierto y seca, así que ¿por qué iba a preocuparme?

—Si dominas el teletransporte, dominarás cualquier tipo de magia —comentó Callum, paseándose frente a mí después de que me hubiera estirado y relajado un rato—. Es una de las habilidades más complejas y difíciles de aprender, tanto para los demonios como para las brujas.

Requiere desmontar y volver a montar por completo tu forma física, a la vez que mantienes la concentración durante la distancia que necesitas recorrer.

Asentí e intenté volver a situarme en la mentalidad de una estudiante universitaria. Perdida en lenguas antiguas, embelesada por la sabiduría de mi profesor…

En realidad, me embelesaba mucho más que su sabiduría, aunque, como él solía recordarme, no había tiempo para distracciones.

—Para empezar, tendrás que estar en sintonía con tu cuerpo —me explicó Callum—. A medida que practiques y te sientas más cómoda, te será igual de fácil que andar. —Para demostrarlo, dio un paso hacia mí, pero ese solo paso lo llevó a recorrer toda la distancia de la habitación, y yo me sobresalté al verlo de pie justo delante de mí. Sonrió y volvió a hacerlo, teletransportándose a mi alrededor; cada paso era otro salto en el espacio, hasta que volvió a situarse frente a mí.

—Te toca —dijo—. Concéntrate en tus extremidades, empezando por las puntas de los dedos de los pies y de las manos. Deja que tus músculos se relajen. Imagina que tu cuerpo físico no es más que partículas que vibran juntas, magnetizadas entre sí, pero que se pueden empujar, tirar de ellas, manipular. Fluyen como la arena.

Cerré los ojos para concentrarme e imaginé mis brazos y piernas flotando en el aire, como si fueran pétalos de flores de cerezo en primavera. Imaginé que el suelo desaparecía bajo mis pies, que mi cuerpo flotaba, ingrávido y libre como el viento…

—Muy bien.

En una fracción de segundo, sentí como si me succionaran con una pajita. Entonces abrí los ojos y me tambaleé hacia delante, arrastrada hacia el suelo por la pesadez de la gravedad.

Los brazos de Callum me rodearon y me mantuvieron en pie. Tumbada contra su pecho, parpadeando con rapidez, intenté no perderme en la forma en que me miraba.

Como si estuviera emocionado. Como si estuviera orgulloso.

—Ahora, intenta teletransportarte a distancia.

Dio un paso atrás, dejando que me balanceara un poco sobre mis pies mientras se alejaba unos diez pasos antes de volverse hacia mí de nuevo.

—Una vez más. Sin embargo, en esta ocasión, ven hacia mí. Mantén la concentración en el lugar en el que estoy. Debes imaginarlo con toda la claridad y el empeño que puedas reunir.

Sacudí los brazos y las piernas y volví a cerrar los ojos. Retuve la imagen de Callum en mi mente: la forma en que las piedras se interconectaban bajo sus pies, la forma en que la luz se proyectaba sobre su pecho y los tapices le enmarcaban la cara.

En ese momento volví a sentirme ligera; un poco sin aliento, un poco mareada. La sensación me hizo soltar una risita, pero entonces noté un cosquilleo por los nervios en la barriga, caí de pie y, una vez más, los brazos de Callum me rodearon, impidiendo que me diera de bruces contra el suelo.

Esbozó una sonrisita tan pequeña que me pregunté si intentaba ocultarla.

—Muy buen trabajo.

El orgullo se apoderó de mí. A partir de ese momento, como estaba nerviosa, mis siguientes intentos no salieron tan bien, aunque conseguí teletransportarme por toda la habitación y darme en la cabeza con la pared en el proceso.

—Una vez más, te distraes con mucha facilidad —comentó Callum, chasqueando los dedos y paseándose por la sala, y yo me froté la frente dolorida—. Inténtalo de nuevo. Si fallas, las consecuencias serán peores que un pequeño golpe en la cabeza.

Tenía la misma expresión seria de siempre, pero podía ver la picardía en sus ojos.

—¿Consecuencias? —pregunté—. ¿Qué clase de consecuencias?

Curvó una garra hacia mí.

—Ven, Everly. Vuelve a intentarlo.

En un abrir y cerrar de ojos, crucé la estancia. Me quedé sin aire en los pulmones y sentí un escalofrío recorriéndome la cabeza. Aunque no tropecé. No me caí. Me quedé a escasos centímetros de él, mirándolo a la cara con una sonrisa victoriosa.

—La amenaza de las consecuencias te ayuda, ¿eh? —Chasqueó los dedos otra vez y desapareció, reapareciendo al otro extremo de la habitación—. Otra vez, Everly.

Una y otra vez, me teletransporté a su encuentro. En cada ocasión que tropezaba, o perdía el equilibrio, o me alejaba más de la cuenta, contaba.

—Tres. Cuatro. Bueno, ya van cinco, ¿no? Seis.

—¿Qué narices estás contando? —pregunté al final.

Una sonrisa lenta y perversa se dibujó en su rostro.

—Estoy contando cuántos azotes te voy a dar sobre mis rodillas cuando termines —respondió, y yo me quedé con la boca abierta.

—¿Tú…? ¿Te crees que vas a azotarme? —Se limitó a esperar, con los ojos fijos en mí—. ¿Y qué te hace pensar que voy a dejar que lo hagas?

—Prácticamente ya te has caído varias veces sobre mis rodillas —contestó—. Creo que es la secuencia más lógica por tus chapuceros intentos.

—¿Chapuceros? —Jadeé y volví a teletransportarme hasta él.

Aunque me habría encantado hacerlo a la perfección, una vez más me excedí en mi empeño y aparecí a su espalda.

Me dio una palmada en el culo antes de alejarse de mí, teletransportándose al otro lado de la habitación. En ese instante comencé a ir tras él con determinación. A pesar de que me tropezaba cada dos por tres, al menos le seguía el ritmo. Cada vez que perdía el equilibrio, me movía demasiado o demasiado poco, me daba otra. Eran palmadas juguetonas, que me provocaban hasta tal punto que resoplaba de exasperación mientras lo perseguía.

—¡Esta vez ni siquiera me he tropezado! —exclamé, dando un pisotón después de que me diese otra palmadita.

Callum estaba al otro lado de la habitación, en cuclillas sobre las puntas de los pies, riéndose de mí.

—Te rebota el culo cuando te doy una palmada. ¿Cómo voy a resistirme a juguetear con él? —repuso, frotándose las manos.

Me aparté un mechón de pelo de los ojos y volví a teletransportarme hasta él. Como si nada, me atrapó en el aire. Juré que nuestros cuerpos se fusionaron. Calor y piel, carne y sangre. Callum me retuvo cerca de él estrechándome entre sus brazos. Cara a cara.

—¿Así es como entrenabas a tus guerreros? —susurré.

—Sí —respondió, con una expresión cuidadosamente controlada—. Salvo que usaba un látigo en lugar de la mano. —Solté una risita y luego una carcajada al ver la cara de ofendido que ponía—. Ah, ¿te parece gracioso? No lo será tanto cuando tengas el culo rojo, ¿a qué no?

Me colocó encima de su hombro y me dejó ahí colgada, azotándome el trasero una y otra vez. Me retorcí, pataleando y chillando. Era imposible zafarme de su agarre.

Pero sí que podía teletransportarme.

Desaparecí de sus brazos y reaparecí en el otro extremo de la habitación. Con la respiración entrecortada, me aparté el pelo suelto de la cara y le saqué la lengua mientras él abría un poco más los ojos, sorprendido.

—Bueno, bueno. Parece que aprendes rápido —comentó—. Muy bien. Probaremos algo más complicado. El árbol grande que hay en el invernadero. Desapareció antes de que pudiese responder y cerré los ojos para concentrarme.

El invernadero.

El árbol grande, con la corteza llena de marcas y las raíces enormes, cuyas ramas se curvaban a lo largo del interior transparente de la cúpula de cristal. Vislumbré a Callum de pie ante él, con los pájaros revoloteando junto a su cabeza mientras las abejas zumbaban en el aire, y contuve el aire un segundo.

Cuando volví a inspirar, el aroma de las flores, el follaje y la tierra húmeda me llegó a la nariz.

—¡Lo he conseguido! —exclamé, dando saltitos con el puño en alto—. ¡Joder, sí! No me lo puedo creer… No me lo puedo…

Me detuve cuando vi la forma en la que Callum estaba mirándome.

Me besó. Fue un beso lento, profundo y largo. Y cuando se apartó, la mano que me había tocado la mejilla con suavidad descendió para agarrarme la barbilla.

—No te atrevas a dudar de ti misma otra vez —advirtió—. O empezaré a usar el látigo. —Sonreí y él negó con la cabeza—. Eres insaciable, ¿verdad? Te doy una pequeña muestra de maldad y no tienes suficiente.

—Me diste a probar lo que me merezco —contesté, y sus ojos oscuros se iluminaron como un eclipse solar—. Y ahora quiero más.

—¡Deja de mirar, árbol pervertido! —gruñó Callum cuando las ramas que había sobre nosotros se movieron.

—¡Oye, que eso duele! —gimoteó Darragh, su voz emanaba de algún lugar entre ellas—. No me hagáis caso, seguid con lo que estuvierais haciendo.

—Dormitorio —susurró Callum, antes de teletransportarse otra vez.

Después de concentrarme un segundo, lo seguí y me teletransporté a mi habitación. Caí encima del colchón, que no estaba exactamente donde quería aparecer, aunque sí lo bastante cerca.

Al menos, se notaba lo que deseaba.

—Aún no puedo recompensarte —dijo mi demonio, de pie a los pies de la cama. Levantó mi bolso con una mano—. Necesitarás esto. Tu próximo teletransporte te llevará fuera de la casa.

Lo agarré y me lo colgué del hombro. Me levanté de la cama y me coloqué frente a él, sin dejar de mover el bolso porque mis manos nerviosas no podían quedarse quietas.

—No tengas miedo —me pidió Callum—. Tienes que estar segura de que puedes regresar aquí sin mí, si es necesario, y el teletransporte es la forma más segura de hacerlo. Intenta teletransportarte a Abelaum y volver. Pero recuerda, debes tener un lugar muy específico en la cabeza. Tienes que imaginártelo claramente, con todos los detalles que puedas. Tanto a la ida como a la vuelta.

—¿A Abelaum? Eh…, vale.

Los lugares que conocía más vívidamente en Abelaum no eran sitios en los que quisiera arriesgarme a aparecer por casualidad. Sin embargo, en ese momento se me ocurrió uno perfecto. Mi cafetería favorita: una tranquila que estaba escondida en una calle estrecha, con la fachada de ladrillo cubierta de enredaderas. La puerta principal tenía una campanilla que tintineaba al abrirla, y al pasar podías oler los pastelitos horneándose, mantequilla en abundancia y pan tostado, café calentito y nata…

Algo húmedo me cayó en la cara y, de repente, me encontré bajo un aguacero.

Me puse la capucha de la chaqueta a toda prisa, me metí el pelo por dentro y salí de las sombras del callejón al que me había teletransportado. La gente corría por la acera, intentando entrar en algún refugio y resguardarse de la lluvia.

Me asomé a la cafetería por la cristalera. Los camareros iban y venían detrás del mostrador y los clientes estaban sentados en las mesas leyendo y jugando a juegos de mesa mientras tomaban algo.

Pero entonces, allí, en la mesa que había justo al otro lado de la cristalera, las vi.

Victoria y Raelynn. Juntas. Tomándose un café y charlando con una gran sonrisa en la cara.

Casi me dio un ataque al corazón. Mi primer instinto fue huir, teletransportarme de inmediato con Callum. Sin embargo, era consciente de lo que era aquello. Sabía exactamente lo que Victoria estaba haciendo, porque la había visto hacerlo antes.

La había visto llamar a Juniper su mejor amiga. La había visto seguir con el juego a medida que se hacían más íntimas y Juniper confiaba más en ella.

Solo para clavarle un puñal por la espalda al final.

Iba a hacer con Raelynn lo mismo que había hecho con Juniper.

El viento me dio de lleno en la cara, atrapándome el pelo y sacándolo de la seguridad de la capucha. Al levantar la cabeza para volver a recogérmelo a toda prisa, me encontré con los ojos de la chica que estaba sentada en la mesa de la esquina, detrás de Victoria.

Las palmas de las manos se me pusieron frías y empezaron a sudarme.

Se me revolvió el estómago, el terror recorrió cada centímetro de mi cuerpo y la adrenalina empezó a aumentar en mi frenético corazón.

Aquella chica, que me observaba como si quisiera que me muriera, era Juniper.

Juniper, que me había mirado con tanta desesperación antes de que se la llevara una ambulancia. Que había gritado la verdad sin que nadie la escuchara. Que había visto la crueldad de mi madre. Que había sido testigo de mi cobardía.

Juniper, a la que habían arrojado a Dios y había vivido para contarlo.

Se levantó despacio de la silla, con los ojos clavados en mí con una intensidad despiadada, y yo me di la vuelta y eché a correr.

Avancé por la acera empapada, segura de haber oído el tintineo del timbre de la cafetería cuando abrieron la puerta de golpe. ¡Mierda, mierda, mierda! No me atreví a detenerme, estaba demasiado aturdida por la sorpresa y el miedo como para concentrarme en teletransportarme. Giré por todas las calles (derecha, izquierda, izquierda, derecha, izquierda) mirando constantemente por encima del hombro.

Pero con cada giro Juniper me pisaba los talones. Era rápida y se movía con facilidad entre la multitud, con la capucha puesta y los ojos clavados en mí.

Tenía una mirada asesina. Ya no era una adolescente atemorizada. Era una mujer que había mirado a la muerte a la cara y no tenía miedo de volver a hacerlo.

Cada parte de mí sabía con absoluta certeza que quería matarme.

Sin embargo, tras girar deprisa en otra esquina, me encontré con un estrecho callejón sin salida ubicado entre tres edificios. Las escaleras de incendios quedaban fuera de mi alcance, no había nada tras lo que pudiera esconderme. De espaldas a una pared de ladrillos, miré hacia la boca del callejón…

Y deseé desaparecer.

Me imaginé desvaneciéndome en el ladrillo, con el cuerpo transparente como el cristal y la respiración en absoluto silencio. Una sensación de frío se apoderó de mí, pero me negué a dejar que me hiciese estremecer. Mantuve la concentración mientras Juniper aparecía en la boca del callejón.

Se detuvo y, aunque me pareció que me observaba fijamente, frunció el ceño, desconcertada. Se acercó despacio, mirando de un lado a otro con cada paso que daba. Cada vez se acercaba más y más. Debajo de su chaqueta, pude ver el mango de un cuchillo que llevaba en el cinturón.

¿Por qué demonios había vuelto a Abelaum? Se había marchado hacía años. Sabía el verdadero peligro que acechaba en ese lugar. Y aun así había vuelto…

Claro. Su hermano. Marcus.

Lo habían matado y eso la invocó, como un ángel de la venganza.

Se detuvo a unos metros de mí. Frunció el ceño y extendió la mano.

—Ni de puta coña… —murmuró.

Mi magia se hizo añicos y abrió los ojos, asombrada, cuando volví a aparecer. Le di un empujón, golpeándola en el pecho con la magia como si fuera un bastón, para poder huir, pero alargó el brazo y se agarró a la correa de mi bolso. Era tan fuerte que me obligó a arrastrarme hacia ella, enseñándome los dientes.

Tiré con todas mis fuerzas, el bolso se abrió y mis pertenencias cayeron al suelo empapado por la lluvia. Eso me dio los segundos que necesitaba para escapar. Salí corriendo del callejón y me metí por la primera puerta que vi.

—Quiero volver a casa —susurré, desesperada—. A casa, a casa. Quiero volver con Callum. Por favor.

No estaba orgullosa de mí misma por haber rogado literalmente a mi magia que actuara, pero lo hizo, y lo siguiente que supe fue que estaba entrando a trompicones en el vestíbulo de la casa del aquelarre.

—¡Callum!

Apenas pronuncié su nombre, apareció ante mí y me abrazó con preocupación.

—¿Qué demonios está pasando ahí fuera? ¡Everly! ¡Ven, cuéntamelo ya! —gritó la abuela desde la radio, que estaba en la cocina.

Como era típico de una abuela, la mía no me dejó explicarle nada hasta que mi cuerpo empapado por la lluvia estuvo envuelto en una manta y me vi sentada frente a la chimenea de la cocina con una taza de té caliente entre las manos. Al menos, cuando estuve bien abrigada, pude contar la historia sin que las palabras me temblaran demasiado.

—Una mujer en busca de venganza es algo muy peligroso —comentó la abuela—. Y has tenido visiones de ella con un demonio… eso la convierte en una amenaza aún mayor.

—Da igual quién acompañe a esa chica —intervino Callum. Estaba apoyado en la encimera, con los brazos cruzados y las alas tensas—. Todo aquel que intente hacer daño a mi bruja morirá. Esta noche nos libraremos de ese problema. No tardaré mucho en encontrarla…

—¡No! —Callum me miró fijamente—. No vayas tras ella. No me hará daño, Juniper…

—Has dicho que te persiguió sin piedad. —Mi demonio se apartó de la encimera y se acercó a mí—. Es una amenaza para ti. ¿Por qué ignorar una amenaza cuando puedo deshacerme de ella?

—No sabe dónde estoy. —Los recuerdos de aquella noche en St. Thaddeus, cuando cortaron a Juniper y la marcaron para el dios, se repetían en mi mente. Los gritos… Joder, aquellos gritos horribles…—. Ahora mismo no es una amenaza para mí. No aquí. No tiene motivos para venir a por mí.

—La venganza es un motor poderoso —declaró Callum con calma. Estaba disgustado, y el aire a su alrededor brillaba con furia—. No permitas que la culpa te nuble el juicio.

Le sostuve la mirada.

—No vayas tras ella —ordené con toda la firmeza que pude—. Déjala en paz. Ya ha sufrido bastante.

Le temblaron los dedos y apartó la vista de mí, con la mandíbula apretada.

—Como ordenes —murmuró.

32

Everly

Era curioso volver a pisar el campus de la universidad. Incluso con la capucha puesta y las gafas de sol, me sentía demasiado expuesta.

Pero lo que era aún más curioso era ver a Callum con un aspecto muy humano. Se había disfrazado para nuestra salida: sin alas ni garras. Había reducido su imponente estatura a un modesto metro noventa. Sin embargo, sus ojos eran el cambio más impactante: las pupilas color caramelo hacían que su rostro juvenil pareciera todavía más joven.

Se había ofrecido a ir solo a la biblioteca, pero cuando le pregunté qué haría si la persona que estuviese de encargada se negaba a darle acceso a los archivos de la empresa Leighman, respondió: «Pues la persuadiré para que coopere».

Sabiendo que lo más seguro era que los métodos de persuasión de Callum implicasen la muerte y el desmembramiento, tomé la decisión de ir con él.

—Nunca dije que fuese a matar a tu amiguito bibliotecario, Everly —aseguró mientras cruzábamos el campus. Era la tercera vez que intentaba convencerme, y la tercera vez que no lo estaba consiguiendo en lo más mínimo—. La persuasión puede darse de muchas formas. La tortura leve es mucho más eficaz que la muerte.

Me detuve de golpe, me volví y lo miré, cruzándome de brazos.

—¡Nada de torturar tampoco! Por eso he venido contigo. Crees que puedes resolver cualquier situación con violencia.

Me observó, escéptico.

—Todas las situaciones se pueden resolver con violencia. No es una teoría, es un hecho.

—Nada de torturar. Nada de violencia. Compórtate —espeté después de acercarme a él para poder mantener el contacto visual.

Le brillaron los ojos y sus labios se curvaron en una sonrisa.

—Como desee mi señora. Seré un chico muy bueno.

No sabía por qué, pero lo dudaba.

A pesar de mis temores de ser descubierta por alguien que me conociera, entrar en la biblioteca seguía haciéndome vibrar de felicidad. Las vistas y los olores familiares, las estanterías de madera pulida bañadas por el sol de la tarde, el aroma a café tostado de la cafetería que había allí… Dios, lo había echado de menos.

—Ay, genial. Hoy solo está William —comenté mientras nos quedábamos en la entrada y echaba un vistazo a mi alrededor.

Callum levantó la cabeza hacia el mostrador del bibliotecario, sin mostrar la más mínima sutileza.

—¿Te refieres a ese chiquillo con gafas? —preguntó—. ¿Qué tiene de genial?

Chiquillo. Apenas pude reprimir una carcajada. Will tenía veintitrés años y era larguirucho, no tenía nada de chiquillo. Aunque fue bastante gratificante oír la hostilidad en la voz de Callum. En primer lugar, confirmaba mi decisión de acompañarlo. Pero también me subía el ego que aquel poderoso demonio con el aspecto de modelo de alta costura se pusiera celoso por mí.

—Es mi amigo —respondí, agarrándolo del brazo para que volviera a fijarse en mí. Estaba mirando a Will como si el chico lo hubiera insultado y alcé la mano para girar su cara hacia mí—. Deja de mirarlo, vas a asustarlo. —Cuando sus ojos se entrecerraron aún más, lo agarré de la mandíbula y le moví la cabeza mientras insistía—: Nada de torturar. Nada de matar a nadie. Compórtate.

—Tus reglas son una crueldad.

Sin embargo, hizo un esfuerzo obvio para no acribillarlo con la mirada a medida que nos acercábamos al mostrador y, al final, Will levantó la vista de sus papeles.

—¿Cómo puedo ayudar…? ¡Hostia puta! ¡¿Everly?! —Will saltó de la silla tan rápido que estuvo a punto de volcarla—. Estás… ¡Oh, gracias a Dios, estás viva! He estado muy preocupado, todo el mundo ha estado muy…

Me llevé un dedo a los labios y me incliné sobre el mostrador.

—Por favor, calla, Will —susurré—. Nadie puede saber que estoy aquí.

Will miró con cautela por todas partes y al final se fijó en Callum, que estaba a mi lado.

—Victoria dijo que desapareciste —me contó Will, bajando el tono de manera teatral e interrumpiendo poco a poco su duelo de miradas con Callum—. Dijo que tú… Bueno, que pensaba que estabas teniendo algún tipo de colapso mental.

—Victoria no sabe que estoy aquí y tengo que asegurarme de que tampoco se entere. Sea lo que sea lo que mi familia te ha dicho, por favor, confía en mí cuando te digo que están mintiendo.

Me miró a la cara, muy preocupado.

—Sabía que te trataban como una mierda. Lo siento mucho, Ev. Si hay algo… algo que pueda hacer para ayudarte…

Callum hizo un sonido que bien fue una burla o una risita, y Will alternó la mirada de uno al otro.

—¿Quién es este? —inquirió, con evidente aversión en la voz.

Me acerqué a Callum, interponiéndome entre los dos.

—Este es Callum —lo presenté—. Es mi…, eh…

—Prometido. —Callum pasó por mi lado, extendiendo el brazo hacia Will y envolviendo la mano del chico en la suya—. Un placer.

No sonaba como si lo fuera.

—Prometido —repitió Will, mirándonos a Callum y a mí—. Soy Will. Un placer, supongo.

Callum hizo que Will pareciera diminuto.

—Escucha, Will, no tengo mucho tiempo —intervine, interponiéndome de nuevo entre ellos antes de que pudieran empezar a escupirse como gatos enfurecidos—. Estoy buscando unos documentos antiguos de 1890. Planos de construcción de la Compañía Minera Leighman. ¿Hay algo así aquí guardado? ¿Tal vez en el depósito?

Por un momento, se quedó pensativo antes de volver a sentarse y teclear rápidamente en su ordenador.

—Tenemos documentos de la Compañía Minera Leighman —afirmó—. Sin embargo, no están ordenados según ninguna categoría. Quedan setenta y siete documentos conservados en un solo archivo, almacenados en… —frunció el ceño— el depósito de libros poco comunes. Qué raro. —Se mordió el labio inferior—. Mira, Ev… quiero ayudar, de verdad, pero podría perder mi trabajo dejándote entrar ahí.

—Lo sé. Odio ponerte en este aprieto, pero de verdad que necesito tu ayuda. La necesitamos.

Animándolo a portarse bien, le di a Callum un codazo.

Mi demonio suspiró.

—Sí, señor William, si pudiera ayudarnos, sería estupendo.

Me costó mucho no poner mala cara, igual que estaba segura de que a Callum le había costado un montón decir algo que fuera al menos medianamente educado.

Por suerte, no costó mucho convencerlo.

—Vale, vale. Ahora vengo. Voy a por la llave y a decirle a Sarah que voy a tomarme un descanso.

Se levantó de la silla y desapareció por una puerta en la que ponía SOLO EMPLEADOS, dejándonos a Callum y a mí uno al lado del otro frente al mostrador.

—¿Mi prometido? —pregunté en cuanto Will ya no podía oírnos—. Eso suena muy serio. Habría tenido más sentido decir que soy tu novia.

Él gruñó, irritado.

—Los humanos y todos vuestros diversos términos para referiros a vuestros amantes no tienen sentido. Llamarte mi novia implicaría una falta de certeza por mi parte, ¿no? ¿Una falta de compromiso?

—No tiene por qué. Algunas personas son novios para siempre y están totalmente comprometidos el uno con el otro.

—No importa. Prometido tiene el significado que yo buscaba. Deja claro lo que quiero decir.

—¿Y qué querías decir?

—Que eres mía. —Se apoderó de mi espacio personal, apretándome contra la pared y acariciándome la mejilla con el dorso de la mano—. ¿Te parece muy serio? Soy el dueño de tu alma, cariño. Y a diferencia de para otros de mi especie, para mí eso significa mucho. ¿Lo entiendes?

Asentí, sin aliento.

—Puede que no haya hecho un buen trabajo recordándotelo —añadió, cerniéndose sobre mí mientras mi mundo se encogía hasta que solo quedamos él y yo—. Después de todo, los humanos tenéis problemas con el concepto de eternidad. No encaja bien en vuestras cabecitas, ¿eh? Pero yo te lo dejaré claro. —Me dio un toquecito en la barbilla y sonrió cuando mis palabras no fueron más que un chillido.

Alguien se aclaró la garganta y nos giramos. Will estaba mirándonos fijamente.

—Ya tengo la llave —anunció, con la cara mucho más roja que antes. No dejaba de lanzarle miradas desconfiadas a Callum—. Seguidme. Cogeremos el ascensor del personal.

Estar en una cajita metálica encerrada con Callum no era nada fácil. Su voz retumbaba como el pulso del universo. Me rodeó los hombros con el brazo, estrechándome a su lado, lo que tan solo aumentó la intensidad. El corazón me latía con más fuerza, la boca me salivaba. El aire era pesado, aplastantemente caliente. Will estaba de espaldas a nosotros, y levanté la mirada con cuidado para mirar a Callum.

Tenía una sonrisa asquerosa dibujada en la cara y la vista clavada la nuca de Will. Lo estaba haciendo a propósito.

Cuando el corto trayecto en ascensor terminó, el chico se frotó las sienes con una mueca de dolor.

—Me duele un poco la cabeza —dijo cuando lo miré preocupada.

Estábamos en un pasillo estrecho de la tercera planta de la biblioteca. Pasamos por algunas puertas abiertas y, aunque los interiores no estaban iluminados, parecían oficinas: mesas de madera maciza, sillas de cuero, paredes llenas de libros.

Llegamos a una puerta de madera maciza al final del pasillo. Estaba cerrada con un candado y una gran cerradura de metal. Will se adelantó y se sacó una llave grande del bolsillo, la hizo girar en la cerradura y pulsó cuatro números en el teclado.

—Esta sala no recibe muchas visitas —explicó—. Hay muchos libros delicados, así que están en vitrinas.

La puerta crujió al abrirse. Las ventanas orientadas al norte dejaban entrar una luz tenue en el espacio, una sala ordenada con hileras de estanterías de exposición que contenían libros protegidos tras los cristales. En la pared del fondo había archivadores y una escalera que llevaba a un pequeño piso superior, cubierto de estanterías aún más grandes.

—Se supone que los planos están aquí —señaló Will—. Lo más probable es que se encuentren en una carpeta. A menos que los hayan plastificado y, en ese caso, seguramente estarán en un archivador. Por desgracia, el ordenador no indicaba el número de estantería.

—Gracias, Will. No tardaremos, te lo prometo. —Le estreché el brazo en señal de agradecimiento y vi cómo la expresión de Callum se ensombreció—. Agradecemos mucho la ayuda.

—No hay de qué. —Will miró fijamente a Callum mientras el demonio pasaba junto a él, dirigiéndose hacia los archivadores. Se inclinó hacia mí y susurró—: No es tu prometido de verdad, ¿no? No llevas ningún anillo.

—Es complicado —contesté. Cuanto menos supiera, mejor—. Me mantiene a salvo. No tienes que preocuparte por mí.

No parecía muy convencido, pero asintió de todos modos.

—Vale. Supongo que iré al comedor a comer algo. Vendré después. Vosotros solo tened cuidado con todo.

Cuando se marchó y cerró la puerta sin hacer ruido, me reuní con Callum junto a los archivadores. Ya tenía un cajón abierto y pasaba los dedos rápidamente por los numerosos papeles que había dentro.

—Ese chico te desea —comentó, cerrando el cajón con más fuerza de la necesaria.

Desde luego, el demonio no creía que Will supusiera ningún tipo de amenaza para nosotros, fuera lo que fuera lo que significara «nosotros». El afecto que Callum sentía por mí era alarmantemente obsesivo aunque a la vez muy dulce; no estaba segura de si me veía más como una mascota, un juguete o una compañera.

Ni siquiera estaba segura de cómo preguntárselo. Teniendo en cuenta que mi alma le pertenecía, literalmente, me parecía una estupidez intentar definir lo que éramos según los estándares humanos.

Estábamos unidos para la eternidad. La magnitud de aquello era difícil de contemplar. Pero entonces Callum hacía algo como presentarse como mi prometido, y de repente me preguntaba qué quería decir exactamente con eso.

¿Era solo que era posesivo? ¿O estaba intentando utilizar términos humanos que no conocía para expresar algo para lo que no tenía otras palabras?

—Will es un encanto —respondí—. Y solo es un amigo.

—No he dicho que no sea encantador. He dicho que te desea. Quiere follarte, cariño.

Le di un ligero manotazo en el brazo.

—No seas así de grosero —espeté—. Por dios, Callum.

—Oh, ¿así que ahora es «no seas grosero»? —Subió el tono a propósito. En aquel pequeño espacio, una voz normal era como un grito—. Eso no es lo que decías anoche.

—Estás gritando…

—Bien. Quiero que me oiga, joder.

De repente, me empujó contra la estantería. Colocó los brazos a ambos lados y la madera crujió bajo la fuerza de su agarre mientras me enjaulaba.

Me crucé de brazos y lo miré.

—¿Esto es una rabieta, Callum?

—Ni mucho menos. Esto es un recordatorio de a quién perteneces. Y no es al encantador y simpático William. —Acercó sus afilados dientes a mi oreja—. Es a mí. A mí, joder, yo soy el que está atado a ti. El que puede marcarte, el que puede tocarte.

Después posó los dientes en mi cuello, besándome, chupándome y luego mordiéndome. Mi determinación de guardar silencio se hizo añicos en un segundo cuando me arrancó un grito desesperado.

—Pensaba que no eras celoso.

—Oh, claro que no, amor. Soy muy hospitalario y generoso con los invitados. Es con los intrusos con los que tengo un problema.

—Will no es un intruso, él es… Es… Ay, Dios…

—Mmm, ¿qué ha sido eso? Me parece que no te escucho.

El muy cabrón me dedicó una sonrisa mordaz, metiendo el muslo entre mis piernas. La mera presión me hizo respirar entrecortadamente. Me apreté contra él, moviendo las caderas hacia delante y hacia atrás en un intento desesperado por conseguir más estímulo.

Él me había hecho ser así. Desesperada, perdida en la necesidad, ansiosa por más.

—Nos oirá, Callum —susurré con urgencia, negando con la cabeza mientras seguía restregándome contra él.

Apenas estaba tocándome y me estaba volviendo loca. Seguía teniendo los brazos plantados con firmeza a ambos lados de mi cabeza, pero agradecí esa jaula. Quería que me estrechara, que me aplastara, que me obligara a ceder.

—No tenemos mucho tiempo. —Jadeé.

Callum soltó una risita.

—Entonces, supongo que tendré que hacerlo rápido y sucio.

Unas manos fantasmales me rodearon la garganta. Mirando fijamente a los ojos del demonio, intenté mantener la compostura, al menos todo lo bien que podía mientras me retorcía contra su muslo. Mis intentos de controlarme solo consiguieron que se riera más.

—Mira qué miradita más mona —se burló a medida que aquellas manos fantasmales me apretaban por todas partes y me inmovilizaban contra las estanterías—. No culpo a William por desearte. Una mujer tan guapa como tú… La gente debería arrastrarse detrás de ti como si fueran perros.

—Eso es lo que hiciste para mí anoche —gemí.

Me levantó la barbilla y me dio un beso que hizo que me temblaran las rodillas.

—Así es, cariño —musitó—. Anoche me arrastré para ti y esta noche volveré a arrastrarme para ti. Me arrastraría por encima de cristales rotos con las manos y las rodillas si eso es lo que deseas. Sin importar el dolor. Sin importar la degradación. Cuanto más difícil sea complacerte, más intentaré conseguirlo.

Me dio la vuelta, poniéndome de cara a las estanterías, y me acarició el cuerpo con las manos antes de agarrarme por las caderas.

—Voy a follarte aquí mismo, en la biblioteca —afirmó—. Será mejor que reces a cualquier dios que nos escuche para que tu dulce amiguito no nos pille.

Me quitó los vaqueros y me descalzó. Besó cada centímetro de piel que dejaba al descubierto, sus dientes dejaban señales de mordiscos afilados y punzantes por todas partes. No pasó mucho tiempo antes de que me cubriera de marcas rojizas, de pequeños moratones que había dejado con la boca y las manos.

Me pegó en el culo y gimoteé, observándolo con los ojos muy abiertos.

—¿Te ha dolido? —Volvió a azotarme.

En lugar de gemir de dolor, emití uno lascivo y exagerado y arqueé la espalda hacia él. Sus ojos color caramelo se oscurecieron de inmediato y sacó las garras mientras me giraba a toda prisa para que volviera a mirarlo.

—¿De verdad crees que es prudente provocar a un demonio? —gruñó.

—Así me das lo que quiero —repuse, atreviéndome a ser descarada.

Me levantó de golpe, me apoyó la espalda contra las estanterías, me agarró de los muslos con las manos y me separó las piernas. Me clavó las garras en la piel de forma peligrosa cuando inclinó la polla, presionando la punta, gruesa, contra mi entrada. Lo hizo despacio, y cada vez que creía haberlo acogido por completo, me equivocaba. Cuando estuvo completamente dentro de mí, se me curvaron los dedos de los pies y cada bocanada de aire que daba se convirtió en un jadeo desesperado. Me hacía daño toda su longuitud y cada punto sensible me consumía en una tormenta de dolor exquisito.

—Eso es, buena chica—susurró. Movió las caderas hacia atrás, saliendo de mí, despacio—. Qué guapa estás con tu pobre coñito lleno. Recuerda chasquear los dedos si lo necesitas, cariño.

Una mano fantasmal me cubrió la boca, manteniendo mis labios juntos, y unos dedos invisibles se enroscaron en mi pelo, sujetándome la cabeza hacia atrás para que no pudiera apartar la mirada de los oscuros vacíos de sus ojos. Me penetró con la fuerza suficiente como para hacer que las estanterías de detrás crujieran y varios libros se tambalearan hacia delante. Amortiguó mi gemido agudo y me quedé paralizada cuando oí el chirrido de la puerta al abrirse.

—¡Solo me paso a ver cómo vais! ¿Habéis encontrado algo ya? —La voz de Will sonaba apagada, como si tuviera la boca llena de comida, y contuve la respiración presa del pánico.

Dios, si volvía a entrar allí y me veía de esa manera, me moriría. Haría que la tierra me tragara y no me recuperaría nunca.

Callum acercó sus labios peligrosamente a los míos, todavía dentro de mí por completo. La mano fantasma que me tapaba la boca se movió.

—Respóndele con amabilidad, Everly —me pidió—. Dile al querido William que todo va bien.

Tenía la cabeza hecha un lío y era incapaz de pensar con coherencia. No podía mirar a Callum a los ojos y hablar sin que me temblara la voz, así que cerré los míos con fuerza.

—¡Todavía no! —contesté—. Estamos… en ello.

—De acuerdo, bueno, os ayudaré a buscar cuando termine de comer.

La puerta volvió a cerrarse y la mano invisible me tapó la boca. Abrí los ojos y los volví a cerrar cuando Callum me penetró. Movimientos largos y lentos que me hacían temblar con cada centímetro que entraba y salía, provocando que unos gemidos me subieran por la garganta, pero se quedaran amortiguados por mis labios sellados.

—Estoy seguro de que no querrías que te viera así, ¿verdad? Con las piernas abiertas, las mejillas sonrosadas... Prácticamente estás empapando el suelo. —Acercó aún más su boca a mi oreja—. No voy a parar hasta que estés hecha un desastre en todos los sentidos posibles.

Otros dedos invisibles me agarraron por la garganta y me acariciaron por debajo de la camiseta, jugueteando con mi sujetador. Me estremecí cuando me apretaron el pezón y luego tiraron de él.

Gemí antes de poder contenerme. La mano que me cubría la boca se tensó.

—Shhh, shhh, ya. No hagas ruido. William podría oírte. Imagino que la cara del pobre chico se pondría tan roja como la tuya si viera esto. —Sus manos fantasmales me acariciaban el clítoris, su polla me tensaba con cada embestida—. Pero si nos viera, no podría dejarlo marchar. Puede que le hiciera lamerte el clítoris mientras te follo.

Sus labios me rozaron ligeramente el cuello y aumentó la velocidad.

—Te gustaría, ¿a que sí? Qué pensamientos tan retorcidos hay en esa mente falsamente inocente. Me encantaría asfixiarlo con tu coño. Dejar que se ahogue en él mientras veo cómo te deshaces. A lo mejor le dejo comerte después de haberte llenado con mi semen. Mientras él está ocupado con él, también te quitaré la virginidad anal.

La fantasía que sus palabras estaban construyendo era demasiado buena, demasiado sucia. Siempre había pensado que Will era muy dulce para hacer algo así, aunque ¿quién podría decirle que no a Callum? ¿Quién iba a resistirse a esos ojos?

Él siguió hablando, dándome aún más cuerda.

—Tendría que castigarlo por fisgonear. Tendría que azotar al pobre chaval mientras te come. Tendrías que sentir cada grito con su boca sobre ti.

Aquello me quebró. Gemí descaradamente mientras me corría, ni siquiera la mano fantasma bastó para amortiguar mis sonidos. Se echó a reír, follándome, y cada embestida llevó mi placer a un punto álgido que me robó el aliento.

Me quedé sin fuerzas a medida que me usaba, sus movimientos eran más urgentes en ese momento que estaba débil por el efecto del orgasmo.

—Joder, cada vez eres más exquisita. —Su voz era poco más que un suspiro mientras me bajaba de sus brazos.

Me recosté en él, con las piernas temblorosas y las bragas colgadas de un tobillo.

Callum se inclinó y me las sujetó para que me las pusiera.

—Me encanta pensar en ti, llena de mi semilla —dijo, subiéndome la prenda interior hasta las caderas—. Empapada de ella. —Me pasó la mano entre las piernas, acariciándome el clítoris, que estaba muy sensible. Me besó despacio y con ternura—. Démonos prisa y encontremos esos planos antes de que vuelva Will, o puede que decida hacer realidad esa pequeña fantasía tuya.

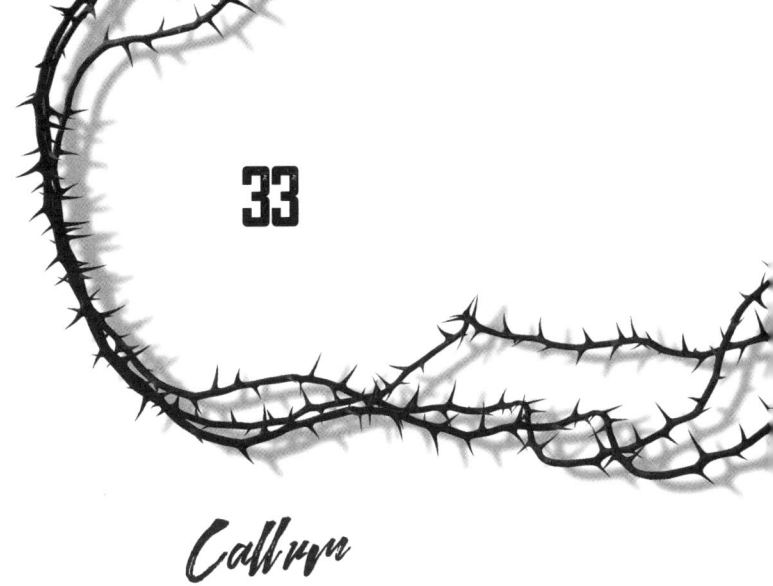

33

Callum

—Eso de ahí abajo parece un laberinto. No me extraña que tantos hombres se quedasen atrapados. Cuando el hueco del ascensor se derrumbó, no hubo otra salida.

Everly negó con la cabeza ante los planos del edificio y los antiguos mapas que se extendían ante ella. Había despejado los escritorios del interior de la cámara, organizando con cuidado todas las notas y los diarios, mientras yo arrastraba los restos del eld al exterior y los arrojaba al bosque. La cámara acorazada apestaba a pescado podrido cuando entramos, pero Everly encontró un libro con hechizos de belleza y estaba ansiosa por utilizarlos en cuanto tuviera la oportunidad.

En ese instante, la estancia olía a canela y vainilla. Siguiendo las atentas instrucciones de Winona, Everly había encantado una escoba y un trapo para que se pusieran manos a la obra y adecentasen el lugar entretanto ella y yo estudiábamos con atención los planos de construcción que habíamos encontrado en la biblioteca de la universidad.

Sin embargo, había un problema.

—Sea cual sea la parte de la mina que se encuentra debajo de la casa, no la cartografiaron —advirtió Everly después de escudriñar los mapas durante una hora con una frustración que iba en aumento—. Joder, ¿de verdad hemos perdido todo ese tiempo…?

—No creo que follar contigo en una biblioteca haya sido una pérdida de tiempo —comenté, apoyándole la mejilla en el cuello.

Estaba sumida en sus pensamientos, mordiéndose el labio y acercando su cuerpo al mío. Incluso distraída en otras cosas, reaccionó a mi toque, inclinándose hacia mí, pidiéndome más sin decir nada.

—Sybil tuvo que crear los túneles bajo la casa —consideró—. No formaban parte de la mina original, sino que se hicieron después. ¿Dónde estarán conectados? —Se golpeó la boca con la punta del bolígrafo. Al final, con una mirada decidida, marcó con él una sección de la mina—. Ahí. Tiene que ser ahí. Ese nivel superior es el único que tiene sentido que se comunique con alguna parte.

—Pronto lo averiguaremos —afirmé, jugueteando con su pelo en tanto que observaba los papeles—. Mientras tú indagas en las notas de Sybil, yo recorreré los túneles. No tardaremos en trazar un mapa.

Me miró por encima del hombro, con los ojos brillantes por la emoción.

—Hay algo especial en estas notas, Callum, lo sé. Sybil encontró algo importante, y si puedo traducir su código…

—Puedes. No me cabe duda de que tu inteligente cabeza es capaz de resolver cualquier enigma que se le ponga por delante.

Se ruborizó y le pasé los dedos por la mejilla para sentir el calor de su piel. Cada día tenía más ganas de mi bruja. Era un deseo permanente e insaciable de estar cerca de ella, de tocarla, de escucharla hablar.

Nada más podía satisfacerme. Su cuerpo era un canto de sirena y yo, su esclavo.

Everly se levantó entusiasmada de su asiento y recogió los mapas a toda prisa.

—¡Bajemos ahora mismo! Tú puedes explorar, yo empezaré a mirar sus apuntes…

Se detuvo cuando ladeé la cabeza con curiosidad hacia un lado, escuchando la voz que había oído que me llamaba.

—Es Darragh —dije con un suspiro pesado—. Iré a ver qué quiere.

Al teletransportarme al exterior del invernadero, encontré al espíritu descansando tranquilamente entre las ramas de su árbol.

—Hay intrusos en el bosque —informó antes de que pudiera preguntarle qué quería—. Una chica mortal y un demonio. —Abrió un ojo ámbar y me dedicó una sonrisa llena de espinas—. Los he puesto a caminar en círculos, y las flores harán que la chica se duerma pronto. ¿Hago que se vayan?

Una mortal y un demonio. Enseguida se me vino a la cabeza Juniper, la chica que había perseguido a Everly. Me había dicho que la dejara en paz, pero…

—¿Qué quieren?

—Oh, la verdad es que no lo sé —respondió Darragh con un dramático bostezo—. Pero la chica va armada.

La rabia me nubló el juicio. Entonces, siempre había tenido razón. Aquella chica quería hacerle daño a mi bruja; incluso había traído a un demonio para que la ayudara. Daba igual. Acabaría con los dos y Everly ya no tendría que temerlos.

—Yo me ocuparé de ellos —declaré, y regresé a la biblioteca antes de que el espíritu del bosque pudiera replicar.

Everly me estaba esperando, claramente ansiosa por bajar a los túneles. Sin embargo, al escucharme, le cambió la cara.

—Darragh ha encontrado intrusos en el bosque. Pero no temas, no llegarán hasta la casa. Volveré pronto.

—¿Intrusos? ¿Quiénes son? —Tragó saliva y abrió más los ojos por el miedo—. ¿Son humanos?

—No te preocupes —insistí—. Busca algo para leer mientras. Cuando vuelva, bajaremos al laboratorio.

Eso no la tranquilizó.

—Callum —murmuró, despacio—, ¿quién está en el bosque?

No le contesté. Desaparecí, reaparecí en el patio y me adentré entre el follaje. No tardé en captar el olor de los intrusos y me cubrí de sombras conforme los perseguía. Everly se enfadaría, pero tenía un corazón gentil.

Aún no entendía que a menudo la violencia era la única respuesta.

La chica y su demonio caminaban en círculos, confundidos y engañados por los trucos de Darragh. El aire estaba impregnado del aroma de la flora tóxica y, a medida que me acercaba, el demonio percibió mi presencia y advirtió a la chica que no sacase las armas.

Aunque ya era demasiado tarde.

Me acerqué y olfateé el aire, aspirando el aroma del demonio. No lo conocía; a pesar de que era más joven que yo, era fuerte, no estaba lejos de ascender a archidemonio.

No me gustaba matar a los de mi especie. Tal vez con su chica muerta, se limitaría a seguir con su vida.

Pero si tenía que acabar con él también, lo haría. Una intención asesina rodeaba a la joven y la ira la alimentaba.

No deberían haber llegado hasta ese lugar. No deberían haber venido a por mi bruja.

Envuelto en la oscuridad, agazapado mientras la lluvia caía a mi alrededor, esperé. Ni siquiera se dieron cuenta de que estaba allí hasta que estuvieron a pocos centímetros de mí.

Cuando me vio, el demonio consiguió pronunciar una sola palabra.

—Mierda.

Salté del sitio en el que estaba y, con un solo movimiento de mi brazo, lo mandé volando contra un árbol, que crujió bastante por el impacto. La chica corrió a sacar su pistola, pero la tiré al suelo y el arma salió despedida de sus manos. La sed de sangre se apoderó de mí cuando el demonio se levantó y cargó contra mí con las garras fuera, chasqueando los colmillos.

Con una carcajada, sumí el bosque en la oscuridad, rodeándonos a los tres en un remolino de sombras.

El demonio fue rápido, aunque no lo suficiente. Le desgarré la piel con mis garras y le rompí huesos. Se me aceleró la respiración por la emoción y me invadió una energía rabiosa. La joven seguía intentando coger su arma, así que la agarré del pelo y le rodeé la mandíbula con la otra mano.

Tendría una muerte rápida, aunque no del todo indolora. Casi podía saborear su sangre en mi boca. Qué bonito sería ver cómo se apagaba la luz de sus ojos.

Sin embargo, su demonio no se rendía. Se abalanzó sobre mí, apartándome de ella, y caímos al suelo del bosque. Me clavó las garras y me atacó con los dientes en la garganta.

—¿Por qué coño no te quedas quieto? —gruñí, apartándolo, y, en cuanto tocó el suelo, le golpeé la cara con el pie, haciendo crujir los huesos y salpicando de sangre la hierba verde.

El pobre creía que podía salvar a la chica.

Me crují la espalda y tarareé una alegre cancioncilla mientras me acercaba a la chica otra vez.

Me miró como si estuviera presenciando al mismísimo Lucifer: con los ojos y la boca muy abiertos. La certeza de una muerte inminente se posó con frialdad en su mirada. En un acto de piedad, la dejé inconsciente antes de echarle la cabeza hacia atrás, extendiendo mis garras para desgarrarle la garganta…

—¡Callum! Callum, ¡PARA!

La voz de Everly me paralizó.

Venía veloz hacia mí a través de los árboles, descalza, con el pelo alborotado y enmarañado de tanto correr por el bosque. Abrió los ojos horrorizada al ver la escena y soltó un grito ahogado al ver a la chica que tenía en mis manos.

—Déjala en el suelo.

No lo entendía.

—Vuelve a la casa, Everly —le pedí—. No es seguro que estés aquí.

—¡HE DICHO QUE LA DEJES EN EL SUELO!

La orden en su voz era innegable y me estremecí, enseñando los dientes con rabia y negándome a soltar a la chica.

—Quieren hacerte daño, Everly —masculló—. Han venido con armas. La chica se ha traído a un demonio con ella. Pretendían matarte.

—Eso no lo sabes.

Tenía los dientes apretados y los ojos llenos de lágrimas, inesperadas y furiosas. Al ver semejante emoción, me estremecí y solté un poco a la chica, cuya cabeza cayó hacia atrás, al suelo.

—Mi deber es protegerte —le recordé, lanzándole una mirada prudente al demonio que gemía y se retorcía.

Pasando por encima de mi víctima inconsciente, alargué la mano hacia Everly, con la esperanza de consolarla y aliviar sus temores.

No obstante, se apartó de mí y negó con la cabeza. La sangre espesa goteaba de mis dedos, empapándome las manos, los brazos. Podía saborearla en la boca, fuerte y deliciosa. Quería más.

La quería entre mis brazos. Quería su comprensión, su aceptación. Pero ella me miraba asustada.

—Everly… —hablé demasiado alto, demasiado fuerte—. Te estoy protegiendo.

—No —respondió con firmeza—. Me estás desobedeciendo.

Las palabras me dolieron. Se clavaron en mi pecho hasta el fondo, tirando de las cuerdas de nuestro vínculo. La ira y la confusión luchaban en mi interior mientras la observaba fijamente. Sus ojos siguieron recorriendo la escena.

Quería consolarla, tranquilizarla. Pero con cada paso que daba en su dirección, ella retrocedía.

—Para —me ordenó, y yo me quedé quieto—. No les hagas daño. Vamos a llevarlos a casa. Tengo que hablar con Juniper. Mantén a su demonio contenido mientras lo hago, pero no le hagas daño.

Sus órdenes eran un acertijo que no podía descifrar. Que lo contuviera, pero que no le hiciera daño. Que dejase entrar enemigos en nuestra casa, que dejase a una asesina acercarse a mi bruja.

Quería desafiarla.

—¿Por qué quieres hablar con ella?

—Porque creo que sé por qué ha vuelto a Abelaum —contestó. Esa vez no le tembló la voz—. Quiere vengarse de la gente que le hizo daño, de la gente que asesinó a su hermano. Si va tras el Libiri, si los mantiene distraídos, podríamos ganar un poco más de tiempo.

Al final, entendí lo que decía. Aunque seguía sin gustarme. No necesitábamos la ayuda de nadie más. Si necesitaba algo, lo haría yo. Solo tenía que mandármelo.

Sin embargo, allí estaba, resistiéndome a sus órdenes porque no estaba de acuerdo. Ella tampoco dio el brazo a torcer. Todavía le brillaban los ojos por las lágrimas no derramadas y la frustración me hizo caminar. Podría matarlos enseguida, acabar con eso de una vez, eliminar el problema.

Pero no podía desobedecerla. Pensar en hacerlo me echaba para atrás.

—Vale —cedí—. Los llevaré a la casa.

34

Everly

Callum cargó con los intrusos, siguiéndome al invernadero. Llevaba a Juniper colgada del hombro y al demonio a rastras detrás de él. Su ira me erizaba el vello de los brazos. Tenía los ojos clavados en mi nuca, como si pudiera escarbar en mi cerebro y encontrar las respuestas que buscaba.

Yo no tenía ninguna, al menos no una con la que él estuviera satisfecho. Juniper era una enemiga, una amenaza. En su mente, solo había una forma de enfrentarse a los enemigos.

Cuando llegué al pie del gran árbol, me volví hacia él.

—Déjalos aquí conmigo. Permíteme hablar con ellos.

Dejó a Juniper en el suelo poco a poco.

—No voy a dejarte sola con un demonio. Puedes castigarme después por desobedecerte, me la suda. No voy a dejarlo contigo.

—Vale. Pero no le hagas daño.

Parecía confuso, enfadado. Respiró más rápido y con más fuerza.

—Tampoco deberías quedarte a solas con ella. Ha venido a hacerte daño, Everly.

—Le hemos quitado las armas, Callum. Estoy a salvo en la casa y Darragh nos vigila.

Se mofó.

—Darragh. Como si eso… —Negó con la cabeza—. Por lo menos, averigua el nombre del demonio. Protégete un poco.

Parecía disgustado, y la culpa burbujeó en mi interior como una olla hirviendo. Una parte de mí quería disculparse, pero ¿por qué? Yo no había hecho nada malo, aunque eso lo frustrara, aunque no lo entendiera.

Pero me negaba a perpetuar el daño que mi padre ya le había causado a Juniper. No continuaría con su legado.

—No sé cómo hacerlo.

El rostro de Callum se suavizó y apartó la vista de mí antes de arrodillarse y agarrar las muñecas del demonio con las suyas.

—Acércate a él —indicó—. Pon las palmas de las manos contra su pecho, sobre el corazón.

Me agaché e hice lo que Callum me había dicho, aunque no podía soportar mirarlo mientras lo hacía. Odiaba ese sentimiento, esa tensión.

Casi había matado a Juniper delante de mí. No creí que fuera a detenerse, aunque se lo hubiera ordenado, aunque se lo hubiera suplicado. Me había sentido impotente. Otra vez. Indefensa ante las fuerzas que me rodeaban, incapaz de luchar contra la voluntad de los demás. Igual que cuando vi a mis padres hacerle aquellos cortes a Juniper, ignorando sus gritos en aquella iglesia oscura y fría.

Sentí un hormigueo en los dedos, entumecidos, mientras el pánico se extendía por mi estómago.

Callum posó la mano sobre la mía con suavidad.

—No tengas miedo —me dijo—. Estoy frustrado porque no lo entiendo. Y también siento que tú lo estás. Ahora no es el momento para una discusión más profunda, pero te aseguro que no soy menos tuyo que hace una hora.

Los ojos me escocían por las lágrimas. Sin embargo, su seguridad me dio la confianza para continuar. El corazón del demonio latía contra la palma de mi mano, lento y constante, y me concentré en él como si fuera el tictac de un metrónomo. Detrás de mis ojos cerrados aparecieron hilos brillantes de un sinfín de colores y los desenredé como un ovillo. Tomaron forma despacio, dibujando un símbolo de líneas irregulares.

—Zane —susurré, y el demonio se revolvió.

Al instante, Callum lo sujetó con más fuerza, pero él no abrió los ojos.

Su símbolo apareció nítidamente en mi cabeza. Una parte de mí estaba orgullosa de haber logrado algo nuevo. Pero la otra pensaba que había cruzado un límite. Había invadido un lugar donde no era bienvenida.

Callum se puso en pie, arrastrando al demonio por encima de su hombro.

—Si me necesitas, llámame —se despidió con voz tirante, y frunció la boca al mirar a Juniper—. Estaré escuchando.

Luego desapareció en una nube de humo.

Me quité el jersey, lo doblé y lo coloqué bajo la cabeza de la chica. Esta pesaba mucho y, cuando la aparté, la sangre me manchó los dedos.

Después de tantos años, se acordaba de mí. Tenía tanto odio dentro que había ido a buscarme hasta allí, con armas, un demonio…

Callum tenía razón. Quería hacerme daño, quería matarme.

—¿Por qué has venido? —Me retorcí las manos, caminando de un lado a otro, nerviosa—. ¿Por qué no podías dejarme en paz? —Se me formó un nudo en la garganta por el pánico y me atraganté con las palabras, hundiéndome en un sillón que había cerca—. No quiero hacerte daño. No quiero hacerle daño a nadie.

Un suave aroma llenó el aire. Cuando levanté la vista, una taza de porcelana había aparecido en la mesa a mi lado, llena de té humeante. Aunque no podía oírla sin una radio cerca, sentía la presencia de mi abuela, cálida y tranquilizadora.

—No sé qué hacer —susurré—. No sé qué decirle.

Juniper había vuelto a Abelaum para llevar a cabo su venganza. La ira la envolvía como una nube; incluso inconsciente, su sed de sangre se aferraba a ella con una ferocidad innegable. Mi familia le había destrozado la vida. La traición de mi madre al Libiri, cargada de culpa, fue lo único que la salvó. Sin embargo, eso no borraba lo que había pasado. No deshacía el daño.

Merecía tener su venganza. Tal vez eso significaba que yo merecía morir.

A Callum le habría dado un ataque si me hubiera oído pensar así.

Desde lo más profundo de la casa, oí un piano. Su melodía era ligera, relajante, y se entrelazaba con el canto de los pájaros que me rodeaban. La casa intentaba calmarme, ofreciéndome una canción serena que me guiara. La respuesta de Callum era la violencia y no lo culpaba por ello. Pero quizá yo pudiera elegir otro camino.

Juniper se revolvió y la tensión se apoderó de mí. Gimió, intentando levantar la cabeza.

—Ten cuidado. Fue duro contigo —me apresuré a decir.

Se quedó quieta, con los ojos muy abiertos mientras se volvía hacia mí, despacio. Tenía una expresión firme y cautelosa. Me observaba como un lobo acorralado, intentando decidir si podía atacarme o huir.

—¿Everly Hadleigh? —Tenía la voz ronca, más grave que la última vez que la oí hablar.

Me dio una visión repentina de las largas noches que había pasado en bares desolados, con el olor de los cigarrillos en el aire y el sabor del *whisky* en la lengua.

—Everly Laverne, por favor. —Me tembló la mano cuando le di un sorbo a mi té, luchando por mantener el contacto visual con ella—. De todos modos, mi padre nunca quiso que llevara su apellido.

—¿Dónde está mi demonio? ¿Dónde diablos está? —espetó, con la furia creciendo en su interior.

—Con Callum. Está vivo. Callum no quiere que se acerque a mí, así que…

—¿Qué cojones es un callum?

Se puso en pie, con la cara contraída por el dolor. Me arrepentí de haber echado a Callum y me quedé mirándola. No era tan alta como yo, aunque sí fuerte, y tenía las manos cerradas en puños.

Me hormiguearon las yemas de los dedos a medida que se calentaban, me picaban los brazos mientras el fuego corría por mis venas.

—Es… es… Es mi demonio —respondí—. Es el guardián de este lugar. Mi… guardián. No quería que fuera tan brusco contigo. Con ninguno de vosotros. Pero tu demonio…, Zane…, está bien. Quiero decir… Se curan rápido.

—No hables de él como si no fuera para tanto que tu demonio le haya partido la puta cara.

En mi pecho se desató un calor repentino.

—¿Has venido a matarme, Juniper Kynes?

Su respuesta era obvia antes de hablar. La rabia brillaba a su alrededor como una neblina roja. Había un latido en el aire que sentí en el pecho, golpeándome con su furia.

En rápidos e imprevistos destellos, vi fragmentos de su vida. Puñados de pastillas y botellas de licor. Tatuajes para cubrir las cicatrices de su pecho. El cadáver pálido de su hermano, envuelto en una sábana. Sangre en sus manos.

—Te acuerdas de mí —afirmó, evitando la pregunta—. Parecías aterrorizada cuando me viste en Abelaum. Parecía que hubieras visto un fantasma.

Un fantasma de mi pasado. El espectro de mi culpa.

—Los recuerdos son mucho más aterradores que los fantasmas —confesé, más para mí misma que para ella.

Su ira estaba justificada. La envidiaba por eso, por estar furiosa en lugar de asustada.

Me fulminó con la mirada.

—Recuerdos. Ah, sí, ya sé lo terroríficos que pueden llegar a ser. ¿Quieres hablar de recuerdos aterradores? Compartimos uno: tú, yo… y tu madre. ¿Está aquí? ¿Heidi Laverne está aquí?

Gritó, como si esperase que mi madre la escuchara.

La nube roja de ira que la rodeaba se intensificó, se volvió más oscura.

Quizá la verdad le proporcionase un poco de consuelo.

—Mi madre está muerta —dije—. Sus errores… No puedo pedir perdón en su nombre. Seguramente una disculpa ni siquiera es lo que quieres oír. Se arrepentía de todo. Intentó hacer las cosas bien.

—¿Intentó hacer las cosas bien? —Negó con la cabeza, curvando los labios con asco mientras arremetía contra mí con palabras—. ¿Qué has hecho tú para hacer las cosas bien, Everly? Tú también estabas allí, escondiéndote entre las sombras como una maldita cobarde.

Se abalanzó hacia mí, pero no llegó muy lejos. Unas lianas colgantes se movieron hacia ella, enroscándose en su brazo y tirando de ella hacia atrás. No era cosa mía; Darragh estaba observándonos.

Las plantas y el gran árbol crujieron. Este último incluso gimió. Una brisa me acarició el pelo.

—Pídemelo y la estrangulo, mi señora. No tienes que mover ni un dedo —susurró Darragh.

—Por favor, no seas violenta.

Me temblaron las manos al agarrar la taza de té, aunque no podía obligarme a beber. Tenía el estómago revuelto. Me ardía la piel.

—¿Que no sea violenta? *¿Que no sea violenta?* —gritó Juniper—. ¡Me escuchaste gritar pidiendo ayuda y no hiciste nada! ¿Te divirtió, Everly? ¿Te hizo feliz ver a una chica inocente sufrir por tu dios? ¿Te…?

—¡Yo no sirvo a ese dios!

Cuando alcé la voz, la magia estalló como una ola. Uno de los cristales del invernadero se hizo añicos y los fragmentos cayeron como una lluvia resplandeciente.

Cerré los ojos con fuerza e intenté controlar la respiración. De algún modo, tenía que convencer a Juniper de que no era su enemiga, y perder el control no iba a conseguirlo. Si tan solo dejara de hablar, dejara de culparme, dejara de culpar a mi madre…

Sin embargo, tenía razón.

No podía cambiar el pasado, no podía deshacer el daño que mi familia le había hecho. Pero tampoco podía darle la justicia que ella quería.

—No puedo corregirlo. —Mi voz me sonaba muy lejana—. Se suponía que aquello tenía que inspirarme, eso es lo que me dijeron. Se suponía que iba a presenciar algo hermoso y que me quedaría asombrada con el poder de Dios.

Me había quedado petrificada mientras observaba, con todas mis emociones de horror encerradas a cal y canto. Ese fue el día en que perdí la fe, el día en que la blasfemia echó raíces en mi corazón.

—Solo vi tortura. —Seguía sin poder mirarla a los ojos, aunque sentía su mirada clavada en mí—. No hubo un día en que pudiera mirar a mi madre después de aquello y no verlo. Pero está muerta. Y yo no soy mi madre.

—Pero eres la hija de tu padre.

Una parte de mí quería echarse a reír. Otra quería llorar. La vista se me nubló, la cabeza me palpitaba. La magia contenida en mi interior hacía que me picara la piel a medida que mis emociones se volvían más erráticas.

—No me crio como a ellos. Me crio, pero no como si fuera una de ellos. —No como a Victoria y a Jeremiah. No como la hija que quería. Yo era la niña que sobraba, el error.

—Siempre fue claro conmigo —añadí sin que me temblara la voz—: yo no era la hija que quería, solo era la que necesitaba. Ojalá pudiera cambiarlo. Ojalá no hubiera tenido miedo. Ojalá no me hubiera pasado tantos años teniéndolo.

La taza explotó. El ruido me sobresaltó, e incluso Juniper lo hizo, sorprendida. Las dos nos quedamos contemplando en silencio la porcelana rota hasta que, por fin, levanté la cabeza y me encontré con sus ojos.

En ese momento, me miraba de otra manera. Como si por fin viera algo que entendiera. Algo que nos unía.

—¿Qué vas a hacer, Everly? —preguntó—. ¿Volver a tu demonio contra mí? ¿O matarme tú misma?

No sabía qué decir. Una disculpa no era suficiente. Las excusas eran un desperdicio de saliva, y, de todos modos, se merecía algo mejor que eso.

—No te quiero muerta, Juniper —respondí despacio, desesperada—. Te necesito viva. Necesito que acabes lo que te has propuesto.

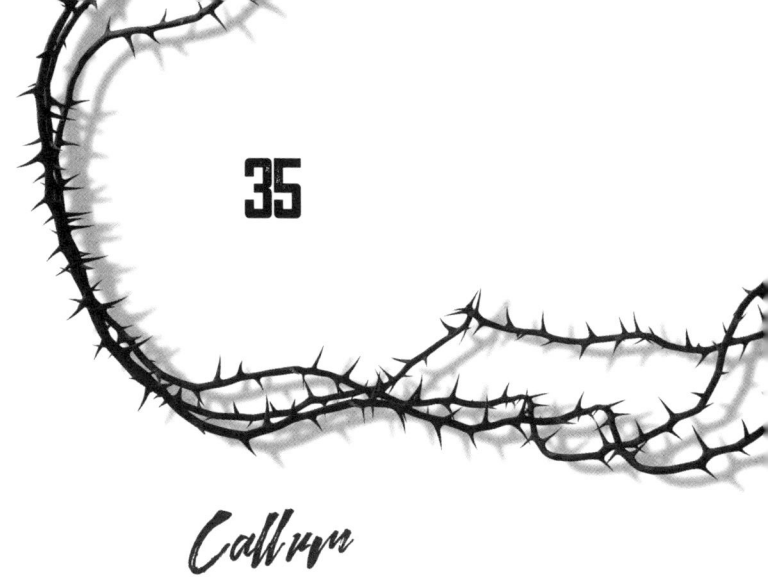

35

Callum

Mi paciencia pendía del más delgado de los hilos mientras esperaba, escuchando con atención la conversación que se desarrollaba en el invernadero.

No me habría costado mucho oírla si el puñetero demonio hubiera dejado de hablar. Uno pensaría que estar atado con cadenas y que te pateasen la cara inspiraría algo de silencio, pero ese diablillo no sabía cuándo cerrar el pico.

—¿Tienes un nombre? —preguntó. Seguía hablando incluso con mi pie aplastándole la cabeza contra el suelo de piedra—. Ya que vamos a estar aquí sentados y conocernos… he pensado que… una presentación estaría bien. Así que…, eh…, soy Zane.

Mi irritación aumentó. Al menos las voces del invernadero se habían tranquilizado; los tonos elevados que había oído hacía unos minutos habían desaparecido.

Por mucho que me costara admitirlo, quizá mi bruja había hecho bien en perdonarles la vida. Si esos dos podían hacer el trabajo sucio por nosotros, es decir, matar a Kent Hadleigh, mejor.

—¿Llevas mucho tiempo aquí? —siguió parloteando el demonio—. Un lugar extraño, Abelaum. Un poco infernal, ¿no? ¿Dónde está tu bruja? Asumo que es tuya. No creo que una brujita haya podido convocar a un ser tan encantador como tú… Habéis hecho un trato, ¿eh? Qué suerte, conseguir el alma de una bruja. He oído que son dulces como el Cielo…

Si Everly no me hubiera ordenado que no lo hiciera, le habría arrancado la lengua solo por un segundo de silencio.

—No sabes nada de brujas, diablillo —contesté, seco—. Hablas demasiado.

Everly y Juniper habían salido del invernadero; su olor estaba cada vez más cerca de allí. Era débil, pero incluso a esa distancia percibí algo que me alarmó: sangre.

La sangre de Everly.

Agarrando al demonio que tenía a mis pies, me teletransporté por los pasillos, siguiendo el olor de Everly. Cuando aparecimos ante ella, abrió los ojos de par en par y Juniper se puso en posición defensiva de inmediato, a pesar de no tener más armas que sus puños.

Mi bruja tenía un cortecito en el dedo y lo apretó contra la falda de su vestido enseguida para ocultármelo.

—Suéltalo, Callum —pidió—. No nos harán daño.

Ya me había olvidado del demonio que jadeaba a mi lado con dramatismo. Verse obligado a teletransportarse era un poco desconcertante; no obstante, ese bastardo estaba jugando con la empatía de su chica. Dejándolo en manos de una Juniper preocupada, me puse al lado de mi bruja.

Estaba incómoda. Inquieta. La tensión no disminuyó cuando la rodeé con mi brazo, interponiéndome entre los intrusos y ella. Me dieron ganas de abrazarla con más fuerza, de envolverla entre mis alas.

Observó a los intrusos mientras se abrazaban, su alivio por haberse reunido era demasiado obvio. La forma en que se aferraban el uno al otro y cómo la chica se colocaba de forma protectora frente a su demonio me llenaron de un extraño sentimiento de melancolía.

Para mi alivio, Everly apoyó la cabeza en mi costado.

—Entonces, tenemos un trato. ¿Verdad, Juniper? —preguntó.

Juniper nos miró con frialdad.

—Yo mato a los libiri, tú matas al dios —contestó—. Y no nos metemos en el camino de la otra.

A pesar de que no había perdón ni camaradería en su voz, aun así me impresionó. Tal vez había dudado demasiado de Everly. No conocía a esa chica, pero tenía un alma fuerte a pesar de estar muy herida.

El otro demonio también parecía impresionado y me miró con renovado interés.

—Matadioses, ¿eh? ¿Estuviste en las guerras?

—Estuve. He matado a muchos dioses —respondí, estrechando a Everly más cerca de mí.

—Pero con un ejército a tus espaldas —replicó. Parecía un poco engreído para mi gusto y eso volvió a irritarme—. ¿Sigues siendo igual de confiado cuando solo estáis la brujita y tú?

No sabía nada sobre las guerras. Como tantos demonios que nacieron después de aquella época, daba por sentada su libertad y seguridad. Para él, las vidas de aquellos que cayeron no eran más que historias contadas por cantantes y bardos, no seres de carne y hueso que habían sufrido para que el Infierno pudiera ser libre.

Everly movió el peso de su cuerpo, apretándose contra mí. Apoyó la palma de la mano en mi pecho. Fue una advertencia y un consuelo. Acalló la furia de mi cabeza y el inquieto hormigueo de mis brazos y piernas.

Le di un beso en la frente para tranquilizarla.

—No necesito un ejército, diablillo —repliqué. Luego, recostando mi cabeza sobre la suya, bajé la voz—. Haz que se vayan.

Se despidió de ellos y los vimos salir de la casa y adentrarse en el bosque. Incluso después de que desaparecieran de nuestra vista, nos quedamos en el patio, en silencio, con un temor tácito entre nosotros.

—Te he enfadado —dije, y ella me miró preocupada.

—No estoy enfadada —repuso, negando con la cabeza al oír esa palabra—. Es que… todo esto es… es demasiado. Le hice daño. Ella se acuerda… —Señaló hacia el bosque, hacia donde Juniper y su demonio habían desaparecido—. Va a matar a mi padre, Callum.

Su voz estaba extrañamente carente de emoción.

Tomó aire de forma lenta y profunda y no lo soltó.

—¿No es eso lo que quieres? —inquirí, con el ceño fruncido.

Aun así, contuvo la respiración. Como si fuera el último muro entre la batalla invisible que libraba y ella.

—Nunca quise ser la que decidiera si alguien vivía o moría —respondió.

—Es una guerra, Everly. Es cruel. Por muchos monstruos que destruya, también los crea.

Se dio la vuelta con una solemne inclinación de cabeza.

—Tienes razón. Es una guerra.

En los túneles bajo la casa del aquelarre, no se movía ni una mosca.

Detrás de mí se oía el lejano aullido del viento, pero delante nada. Solo el pausado y frío goteo del agua. El olor a podredumbre y a moho.

El túnel era estrecho, la tierra estaba blanda y cubierta de lodo. El camino estaba sellado, o eso habían intentado. Una pared de listones de madera cerraba el paso, con runas talladas en ellos para crear hechizos protectores.

Aunque no habían sido suficientes.

La madera estaba astillada y el muro, roto. Un líquido espeso se adhería a los listones rotos y de ellos crecían champiñones. Cogí un poco de baba entre los dedos y me la llevé a la nariz. Olía a pescado podrido y a sangre. Sin duda, era de un eld. Seguramente fue por ahí por donde se coló la bestia que había atacado a Everly.

Me incorporé y reuní magia a mi alrededor, fabricando trenzas de éter en forma de cuerda con la intención de proteger el lugar, creando una barrera formidable que los eld no podrían volver a traspasar con tanta facilidad.

Esos túneles eran como un laberinto, y llevaba horas explorándolos. Durante la última semana, Everly y yo habíamos bajado allí todos los días. Ella se quedaba en el laboratorio, repasando las notas de Sybil, y yo recorría aquellos pasajes.

Ya era hora de que regresara con ella.

Cuando volví al laboratorio, apenas podía ver a Everly por encima de los montones de volúmenes y papelorios que la rodeaban. Había conjurado varias llamas diminutas que flotaban a su alrededor, iluminando el libro manuscrito que estaba abierto sobre el escritorio. Tenía los ojos entrecerrados y se mordía el labio en señal de concentración.

Me asombraba que pudiera permanecer sentada en silencio durante horas, totalmente concentrada.

Se estiró cuando apoyé los brazos en el respaldo de su silla y me incliné para darle un beso en la frente.

—Llevas aquí todo el día —me quejé—. Estudiando. Leyendo. —Apoyé la cara en su nuca e inhalé despacio. Su aroma inundó mi nariz con el perfume más dulce.

La más leve mirada suya, un suspiro, una palabra, una maldita risita, y yo me empalmaba y me ponía a su servicio, dispuesto a servirla como me necesitara.

—¿Esa es tu forma de decir que me echas de menos? —preguntó con una sonrisa.

Asentí. Le pasé los dedos por encima de la tela de la blusa, justo por la columna vertebral.

—Te echo de menos —murmuré contra su cuello—. Te echo de menos cada segundo que no te toco. Cada instante que no puedo verte. —La acaricié, le agarré los pechos y los apreté hasta que se le cortó la respiración—. Te oigo constantemente, Everly. Te oigo suspirar cuando pasas las páginas... —Le recorrí el brazo con las uñas, hasta posarlas en su mano—. Oigo el movimiento de tu lengua sobre tus labios mientras piensas. El latido de tu corazón..., la silla crujiendo debajo de ti..., las tablas del suelo inclinándose cuando tus pies se mueven sobre ellas... Me persigues.

Cuando levanté la cabeza, me estaba sonriendo. Tenía los ojos enrojecidos por las largas noches de lectura a la luz del fuego.

Desde su conversación con Juniper, se había volcado en su trabajo. Me parecía que se estaba alejando de mí. Había una tensión entre nosotros que no sabía cómo abordar. En el pasado, si un compañero demonio y yo teníamos un desacuerdo, nos limitábamos a enfrentarlo.

O me marchaba. Huir de la incomodidad era una solución sencilla. Sin embargo, no podía huir de ella.

—¿Has comido ya? —Le tomé la mano y noté cómo temblaba—. ¿Qué te he dicho sobre descuidarte, eh? Es como si quisieras que te castigara.

Soltó una risita cuando le gruñí.

—¡Me tomaré un descanso! —cedió—. Me está entrando hambre. Pero me cuesta tanto parar... —Observó los libros esparcidos a su alrededor, sacudiendo la cabeza con asombro—. Las notas de Sybil están escritas en clave. Hay muchas cosas que no puedo descifrar. Aunque sus diarios que están en latín... —Agarró uno de ellos, lo levantó con entusiasmo y pasó las páginas—. Experimentaba con muestras de carne de eld y del propio dios. Sus investigaciones parecen indicar que los dioses no son formas de vida basadas en el carbono, al menos no lo eran en la dimensión de la que proceden. Por eso tienen tantas dificultades para sobrevivir en la Tierra, por eso necesitan tanta energía para formar cuerpos físicos y para desplazarse. Pero pueden imitar a los hongos. Sybil creía que el dios utilizaba redes miceliales para expandir la influencia de su energía psíquica. —Hizo una pausa y agachó la cabeza, tímida—. ¿Qué? ¿Por qué me miras?

—Porque me fascinas —respondí—. El sonido de tu voz. Tu entusiasmo por lo que estudias. Me relaja.

Se rio por lo bajo.

—Los niños solían burlarse de mí en el colegio por ser una sabelotodo. Supongo que les molestaba que siempre fuera la primera en levantar la mano para contestar a las preguntas del profesor o que pasara más tiempo leyendo que jugando al aire libre.

Volví a gruñir, pero esa vez no fue un gruñido juguetón.

—¿Y quiénes eran esos críos?

Negó con la cabeza.

—No tiene importancia. No vas a matarlos, Callum.

—No. —Me crucé de brazos—. Solo les arrancaría la lengua por haber sido malos contigo.

Se puso en pie y me rodeó el cuello con los brazos.

—¿Por qué no dejas que mi lengua te distraiga?

Se puso de puntillas para besarme. Sabía a té Earl Grey y a tarta de limón, un festín para mis sentidos. Era una auténtica blasfemia que una criatura como yo tocara a un ser tan celestial como ella, pero disfruté del pecado.

—¿Qué te parece un jueguecito antes de la hora de comer? —le propuse cuando se separó de mí—. Habrá una recompensa al final, si ganas.

—¿Y si pierdo?

—Esa es la mejor parte —susurré, conspirador—. No puedes perder, mi señora. Es imposible.

Parecía confundida cuando me alejé de ella de un salto y me dirigí bailando hacia uno de los túneles que se bifurcaban. Negó con la cabeza y se echó a reír cuando la cogí de la mano y le di una vuelta. Aunque no lo sabía, había estado leyendo sus libros de tapa blanda cuando se dormía. Las novelas románticas que leía en los pocos ratos en los que no estaba estudiando o practicando se habían convertido en mi nuevo material de estudio.

Esos héroes galantes sobre los que leía no eran como yo. Príncipes, duques y marqueses capaces de conquistar a una joven con su cortesía y encanto.

Encontraba mucho más de mí en los villanos, en las figuras sombrías que estaban decididas a causar muerte y destrucción dondequiera que fueran.

Pero si iba a ser un villano, sería el suyo. Su protector en las sombras, su herramienta para sembrar el caos. Si no podía seducirla con poesía y buenos modales, usaría las habilidades que tenía.

La tomé de la barbilla y miré con ella hacia la oscuridad. El túnel se extendía hacia delante, diluyéndose con rapidez en las tinieblas.

Everly tragó saliva contra mi mano.

—Encuentra el camino en medio de la negrura —le dije—. Hay velas, así que enciéndelas a medida que avances. Cuando des con el sol, ganarás.

—Parece muy fácil.

—¿Sí? Yo no estaría tan seguro.

Sus preciosos labios se curvaron en una sonrisa juguetona.

—¿Me perseguirás?

—Esta vez no, cariño. —La solté y me alejé de ella hacia el túnel—. Esta vez, tú me perseguirás a mí.

36

Everly

Era la primera vez que exploraba los túneles en profundidad.

La risa de Callum me llevó a avanzar más.

—No te pierdas en la oscuridad —me advirtió.

Luego se hizo el silencio. La luz del laboratorio de Sybil se veía a lo lejos detrás de mí, pero iluminaba poco. Pude distinguir un grupo de velas blancas, así que las encendí con un movimiento de muñeca. Seguí adelante, prendiendo más a medida que las encontraba, y pronto el laboratorio desapareció por completo, perdiéndose a mi espalda en el laberinto.

Aquella calma era desconcertante. Los túneles me resultaban pequeños y agobiantes, como si tuviera el peso de la tierra encima. No obstante, continué andando, guiándome con mis sentidos para descubrir qué camino había seguido mi demonio. No había huellas ni marcas de sus pasos. En su lugar, le seguí la pista utilizando las sutiles vibraciones del aire que había dejado tras él.

El fino hilo de plata que nos unía apenas era visible en la oscuridad. Cuando meditaba era cuando mejor lo veía, aunque en ese entonces lo percibía casi todo el tiempo. En el momento que Callum estaba lejos de mí, ese hilo se tensaba y tiraba, instándome a acercarme.

Al girar en una esquina, vislumbré un rayo de luz que atravesaba la negrura. El túnel ascendía en pendiente y alrededor de la boca de la cueva se amontonaban unas plantitas verdes. Trepé por la cuesta y salí al bosque, sin aliento.

—¡He ganado! ¡He ganado! ¿Cuál es mi recompensa? —grité, sonriendo de oreja a oreja.

Sin embargo, la visión que tenía ante mí me dejó sin aliento y me quedé mirándola, incrédula.

La estrecha abertura de la caverna estaba en medio de un prado entre los árboles. La hierba se inclinaba hacia un arroyo que corría sobre un lecho de piedras lisas, con la orilla cubierta de musgo verde oscuro. Las flores crecían en el césped, altas, y se mecían con la brisa, de cara al sol. Los insectos revoloteaban por el aire y el canto de los pájaros inundaba el bosque.

Mi demonio estaba ahí de pie, esperándome.

Tenía una expresión insegura, casi avergonzada.

A sus pies había una gran manta extendida sobre la hierba y, encima, una cesta abierta. Dentro había una botella de vino y platos llenos de comida.

—Tal vez tu idea de una recompensa era un poco diferente —comentó Callum, cuando mi silencio por la sorpresa se prolongó—. No sabía si te gustaba el vino tinto o el blanco, así que puede que el blanco no haya sido una buena elección.

—¿Esto ha sido idea tuya? —inquirí, y él asintió—. ¿Tú… has preparado un picnic? ¿Para mí? —Volvió a asentir.

Lo único que había hecho era un simple ejercicio de entrenamiento; igualmente, era el tipo de cosas que tenía que hacer todos los días.

Había sido demasiado fácil. ¿Qué había hecho para merecer eso?

—¿Por qué?

Mi pregunta lo pilló desprevenido y frunció el ceño. Pero aún tenía una respuesta para mí y, con cada palabra, se me iba haciendo un nudo más apretado en la garganta.

—No soy una criatura amable, Everly. Sé cuáles son mis defectos; llevo siglos viviendo con ellos. Soy consciente de dónde fallo y lo veo en tus ojos cuando lo hago. —Hizo una pausa, sus ojos se desviaron para escudriñar entre los árboles que nos rodeaban. Siempre buscando el peligro, siempre listo para luchar—. Te unirás a mí, ¿verdad?

La hierba era lo bastante alta como para rozarme la punta de los dedos cuando me acerqué a él y me senté con él sobre la manta. Me acarició la mejilla con las garras y su pulgar se posó en la comisura de mis labios mientras sonreía.

—Me mata decepcionarte —añadió—. Me cortaría las manos si eso me ablandara lo suficiente como para complacerte.

—Me complaces —susurré, observándolo con una repentina punzada en el pecho.

Pero no podía negar sus palabras. Había momentos en los que lo miraba con miedo, en los que me sentía abrumada por su enorme poder y experiencia. Yo no era más que una bruja de veintitrés años y él era un ser inmortal que había visto surgir y caer reinos, que había visto nacer a la humanidad moderna.

Sin embargo, quería complacerme, a mí.

—El otro día te asusté —señaló—. Cuando llegaron los intrusos y fui a por ellos, lo hice para defenderte. Aun así, actué sin pensar en lo que tú desearías y, por eso, lo siento mucho.

La conmoción me invadió, seguida de un pánico extraño e inesperado.

—No tienes por qué disculparte. Hiciste lo que creías que tenías que hacer, no pasa nada, no…

Me puso un dedo sobre los labios y me hizo callar.

—Te ofrezco poder y, sin embargo, cuando llega el momento de renunciar al mío, me cuesta hacerlo porque temo lo que pueda pasarte. Me preocupo por ti, Everly, a todas horas. No pasa un minuto sin que piense en ti. Y sacrificaría mi propia vida para protegerte, pero no puedo convertirme en la criatura que necesitas.

Me dolía verlo con esa expresión de inseguridad.

Posé mi mano sobre la suya y apoyé la cara en su palma. El contacto piel con piel con él era eléctrico, como si una corriente fluyera entre nosotros.

—Callum, eres justo lo que necesito. Cuando te encontré, eras lo que más necesitaba… —Se me cortó la respiración con una emoción repentina y me callé, avergonzada de mí misma.

—No pretendía ponerte triste. —Me acarició la mejilla con el pulgar—. Puedo protegerte del mal, pero no de lo que sientes. No obstante, sí puedo ser tu refugio para que experimentes las emociones que necesites. Si necesitas hablar, quiero escucharte. Quiero comprenderte.

Se arrodilló y me arrastró consigo. Me senté con las piernas cruzadas frente a él, tratando de encontrar las palabras. Estaba acostumbrada a mantener mis sentimientos bajo llave, ocultos. Si algo me molestaba, me limitaba a soportarlo y a seguir adelante porque no había otra opción. Admitir lo que sentía era algo demasiado íntimo, demasiado… honesto.

Aunque Callum parecía tan incómodo como yo. Se arrodilló ante mí como si estuviera esperando algo doloroso. Estaba tenso.

La última vez que había intentado disculparse, me había suplicado que le hiciera daño. Tal vez el dolor era la única forma que conocía para lidiar con su culpa. Sin embargo, esa vez había elegido otro camino y parecía perdido.

—Cuando te conocí, te temía —confesé—. Incluso ahora, todavía lo hago, y, sí, a veces me das miedo, Callum. Eres más grande que la propia vida. Eres más mayor y fuerte que la mayoría de los seres que he conocido, y he estado rodeada de monstruos todos los días de mi vida. Pero me diste la oportunidad de ser valiente y una razón para intentarlo. Si quería escapar de los monstruos, lo que necesitaba era que me salvara uno. Te necesito, Callum, tal y como eres —añadí, acercándome a él en la manta—. No quiero que cambies. Quiero que crezcas conmigo.

Nunca había tenido una visión clara de cómo debía ser un romance, una relación o el amor. Me aterrorizaba incluso pensar en esas cosas, atreverme a poner algún tipo de etiqueta a lo que quiera que fuera eso.

No obstante, eso, independientemente de cómo lo etiquetase, era especial. Era íntimo, puro. No era algo que quisiera cambiar; era algo que quería explorar, alimentar para ver cómo crecía.

—Pero no es suficiente —respondió—. No será suficiente hasta que tengas paz. Hallé mi esperanza en ti y no tengo intención de perderla. Así que, si te enfado, te asusto o te pongo triste, dímelo. Grítame si quieres, descarga tu ira si es necesario. Pero no huyas de mí. —Se inclinó hacia delante y apoyó la frente en mi hombro antes de girar la cara, apretándola contra mi cuello—. Enfréntate a mí. Enséñame. Déjame aprender a cuidarte.

Agradecí que tuviera la cara inclinada hacia abajo, para que no viera las lágrimas que me brotaban de los ojos.

Nunca nadie había querido cuidar de mí. Siempre había sido una carga para los que me rodeaban, una responsabilidad molesta, pero de la que no podían deshacerse. Cuando no estaba en medio de mis padres, intentaba convertirme en una sombra en casa de Meredith para evitar su ira.

Ese ser monstruoso decía que quería cuidarme…, protegerme…, ocuparse de mí. Pensar en permitir que otra persona se hiciera cargo de mi bienestar me aterrorizaba; no me extrañaba que Callum se hiciera un lío intentando complacerme. Veía el miedo constante en mis ojos, me veía arrastrándome por la vida como si fuese un conejo al que perseguían.

Era mi responsabilidad controlar mis reacciones. Por mucho que quisiera, él no podía quitarme el miedo de los ojos ni acabar con la desconfianza de mi corazón. Tenía que hacerlo yo misma. Yo también tenía que aprender a cuidar de él.

—Me parece que ya has aprendido mucho. —Le sonreí mientras levantaba la cabeza. Las lágrimas seguían en mis ojos, incapaz de contenerlas, pero él me pasó el pulgar por las mejillas y me las secó—. ¿De dónde ha salido la idea del picnic?

—Leí uno de tus libros —confesó, y acercó la cesta de picnic—. Hace muchos años, me dijeron que a las mujeres humanas les fascina el queso, así que, obviamente… —abrió la cesta y me dejó ver las delicias que contenía—, he traído varios.

Me quedé boquiabierta al ver la cantidad de comida que había traído. Podía alimentar a un ejército entero. Una enorme botella de vino sobresalía de la parte trasera de la cesta. Callum la sacó y utilizó una afilada garra para hacer saltar el corcho con facilidad.

—¿Dónde están los vasos? —pregunté, echando un vistazo en el interior de la canasta.

—El vino ya está en un recipiente de cristal. ¿Para qué queremos más?

Para qué, claro que sí.

Me pasó la botella y solté una risita al levantarla para darle un sorbo. Sacó la comida, cada plato estaba bien envuelto en un pañuelo. Había un pollo asado entero, una gran variedad de salchichas secas y queso y una barra de pan fresco que aún estaba caliente cuando la desenvolvió. Había bandejas con rodajas de fruta y nata, verduras asadas y una ensalada. Luego vinieron los postres, que Callum no se molestó en dejar para el final, sino que los extendió ante mí para que escogiera lo que quisiera.

Enseguida me di cuenta de que aquella monstruosa montaña de comida ni siquiera era para los dos; Callum no tocó nada, salvo una salchicha, que mordisqueó como si fuera un *whisky* caro que había que saborear a sorbitos, despacio.

—¿De verdad no tienes que comer? —lo interrogué mientras ponía pollo, queso y un poco de ensalada sobre una gruesa rebanada de pan.

—No me hace falta —respondió—. Sin embargo, disfruto del sabor de algunas cosas. La carne y el azúcar me resultan especialmente tentadores. —Cogió un trozo de pollo y otro de tarta de limón, se los metió en la boca y luego asintió, encantado. A pesar de que estaba segura de que no me gustaría, me atreví a probar la combinación de todos modos y me di la razón.

Callum sonrió ante mi cara de asco. Me estrechó contra su pecho, apoyando la espalda contra el enorme árbol bajo el que estábamos sentados. La posición me permitió recostarme en él, estirada entre sus piernas.

—Cierra los ojos —me pidió el demonio, y obedecí con un pequeño escalofrío de expectación—. Abre la boca.

Unas gotas de algo dulce y afrutado me cayeron sobre la lengua. Una rodaja de fruta tocó mis labios y la mordí, riéndome mientras me llenaba la boca con su jugo.

—Me encantan los melocotones —comenté, notando un cosquilleo de azúcar en la lengua al tragar.

Me pasó un dedo por el labio, siguiendo mi lengua a medida que lamía el sabor dulzón.

Me acercó otra cosa a la boca. Me llegó a la nariz el aroma de la fresa, y cuando me la llevé a los dientes, gemí con satisfacción al saborear la nata que había encima.

—¿Hay frutas en el Infierno que no existan en la Tierra?

—Sí. Muchas —contestó—. Hay especies completamente distintas a las de la Tierra. La evolución de nuestros mundos es muy parecida, pero el Infierno está impregnado de tanta magia que ha dado lugar a ciertas anomalías.

—Mmm, ¿qué tipo de anomalías?

—Es una pregunta muy amplia, cariño —dijo, aunque parecía contento de que se la hicieran, no molesto—. ¿Por dónde empezar? Tenemos criaturas enormes, algunas de las cuales son legendarias incluso en la Tierra. Tenemos especies de plantas tan inteligentes como los primates. Tenemos muchos humanos, pero después de unos años en el Infierno, apenas se les puede distinguir de los demonios, salvo por su falta de habilidades mágicas. Al menos, la mayoría carece de ellas.

—¿Hay otras brujas en el Infierno? —quise saber, abriendo más los ojos con una emoción inesperada.

Callum se echó a reír y tomó una galleta salada y un trozo de queso que yo le señalé con el dedo.

—Sí, claro. Las brujas y los demonios mantienen una larga y tensa relación. Entre los demonios, reclamar el alma de una bruja es el mayor de los premios. Una oleada de poder que la mayoría de demás solo sueñan con tener.

—Qué suerte la tuya —bromeé.

Me dio un beso en el cuello, jugueteando cerca de mi oreja con los dientes y la lengua.

—Tengo mucha suerte. Voy a ponerme de lo más insoportable cuando te lleve al Infierno. Te exhibiré a cada oportunidad.

Siempre que decía algo así, me sorprendía. Se me encendieron las mejillas cuando los brazos de Callum me rodearon en un abrazo posesivo y orgulloso que no quería que terminara nunca.

—Hay más recompensas —me explicó—. Pero antes debes prometerme que si no te parece bien, me lo dirás.

—Prometido —respondí, confundida pero intrigada.

Me tendió la mano para coger un paquete que había dentro de la cesta, envuelto en papel marrón y sujeto con un cordel. Me lo puso en el regazo, volvió a rodearme con los brazos y apoyó la barbilla en mi hombro, claramente ansioso por ver cómo lo abría.

Al rasgarlo, descubrí un cuaderno grande encuadernado en cuero. Pero eso no era todo. Había pinceles de distintas formas y tamaños y tubos de pintura de muchos colores.

—Dios mío… ¡Callum!

—Me he dado cuenta de que cuando te fuiste de casa de tu padre perdiste tus obras de arte y tus materiales —comentó—. Tus días no deberían ser solo para trabajar y estudiar. Estoy deseando ver tus obras.

Me giré para mirarlo y me acomodé en su regazo en lugar de sentarme entre sus piernas. Una máscara había cubierto su rostro, ocultando sus emociones a la perfección.

—Es perfecto —le aseguré—. Nunca me hubiera imaginado esto… Gracias.

—Continuaré desafiando tus expectativas encantado.

Abrió los ojos de par en par cuando le acuné el rostro entre las manos.

—Cierra los ojos —le pedí— y abre la boca.

Miró a su alrededor, recorriendo el claro, los árboles e incluso el cielo en busca de posibles amenazas. Con cuidado, le puse la palma de la mano sobre los ojos. Respiró hondo, con la columna recta y los orificios nasales abiertos. Sin embargo, no me apartó.

—Relájate —le indiqué, recordando cómo me había tranquilizado la mañana después de reclamar mi alma, guiándome en cada momento de ansiedad—. Conmigo estás a salvo.

Despacio, relajó las manos y arañó un poco la hierba. Sus muslos se destensaron debajo de mí y temblaron un poco al dejarse llevar. Soltó un suspiro que le desinfló el pecho, bajó un poco los hombros y volvió a apoyarse en el árbol.

—Así mejor —comenté, manteniendo la mano en su sitio.

Echando la otra hacia atrás, agarré un trozo de salchicha y una pequeña porción de tarta de cereza. La combinación no me pareció muy sabrosa, pero tenía la sospecha de que a Callum le gustaría.

Tal y como esperaba, sonrió cuando se lo puse en la boca. Arrugando la nariz ante aquella mezcla, cogí otro dúo de alimentos de lo más estrafalario.

Esa vez, mis dedos rozaron sus labios al dárselo. Mantuvo los ojos cerrados mientras yo bajaba la mano, con los brazos levantados para agarrarme por las caderas. Tomé un sorbo de la botella de vino y me acerqué más a él, juntando nuestros labios. Bebió de mi boca como si fuera una fuente sagrada, de una forma torpe y desesperada. El vino nos goteó por la barbilla cuando nos separamos, y yo me reí sin aliento.

Abrió los ojos y me recordaron a la calma y a la tranquilidad de los océanos más profundos.

—Gracias.

Estaba bastante segura de que debería haber sido yo quien le agradeciera por haberse tomado tantas molestias.

—¿Por qué? —le pregunté, curiosa.

Con un profundo suspiro, volvió a cerrar los ojos y se recostó. El sol le besó la piel, dorando un poco aquella tez pálida.

—Por darme paz —me respondió, con el tono suave y pausado de quien estaba a punto de dormirse.

37

Everly

—Vamos, cariño, ¿de verdad es tan duro? ¿Cómo sobreviviría a la tortura una cosita tan sensible como tú si una simple cuerda te hace lloriquear?

—Yo no he… lloriqueado —resoplé, haciendo fuerza con el pecho contra las cuerdas y contra la propia gravedad para poder respirar—. He gruñido. Es… es diferente…

Como si fuera un pajarraco de pelaje negro algo pervertido, Callum inclinó el cuerpo hacia un lado y movió la cabeza hacia abajo para mirarme. Estaba burlándose de cómo estaba: con la cara enrojecida, pendiendo hacia el suelo y con el cuerpo atado con cuerdas, colgada en el aire. Tenía una pierna estirada por detrás y la otra doblada para que el pie descansara cerca de la rodilla opuesta, los brazos maniatados a la espalda y el pelo recogido en una coleta.

—Tienes razón, es diferente —dijo Callum en tono sagaz—. La diferencia es que gruñirle a tu torturador es muy atrevido por tu parte.

Se enderezó, haciendo un sonido burlón con la lengua en señal de desaprobación y chasqueando los dedos al ritmo de la música. Estábamos en la sala del piano, el fuego mantenía caliente mi cuerpo desnudo mientras Frank Sinatra canturreaba en el gramófono y el instrumento tocaba como por arte de magia.

Callum me rozó la pierna extendida hasta llegar a la curva de mis nalgas. Me acarició el trasero como se acaricia a un caballo, antes de darme un manotazo agudo y punzante con la palma de la mano.

—¡No puedo resolver tu rompecabezas si sigues distrayéndome! —exclamé entre dientes mientras tomaba aire.

Me rodeó, y sus pies llenos de garras resonaban con fuerza a cada paso.

—Sí, cariño, eso es lo que hacemos los demonios malvados. Distraemos, reorientamos, engañamos, mentimos y corrompemos. Y me temo que, si no resuelves el juego, estás condenada a quedarte aquí colgada para siempre. Aunque eso no es un problema para mí. —Me arañó el muslo con las garras y besó las marcas enrojecidas que me dejó—. Estás preciosa con mis cuerdas.

Dios, cuánto deseaba caer rendida, suplicarle placer, gemir sin control. En lugar de eso, apreté los dientes e intenté concentrarme en el miserable acertijo que me había puesto debajo: una bola plateada dentro de una caja cerrada, que contenía un laberinto de túneles que no era capaz de ver. Tenía que sentirlo y concentrar toda mi magia para guiar la bola por él hasta el final.

Pero, con Callum tocándome, era casi imposible concentrarse.

—Nunca he visto una tentación tan deliciosa como tú —comentó. Me rozó el muslo con la nariz e inhaló con suavidad y parsimonia. Deslizó las manos entre mis piernas atadas. Cada centímetro de mí temblaba de tensión entretanto la bola rodaba sin rumbo dentro de la caja del rompecabezas—. Hueles a gloria.

—¡Callum…! —Cuando su lengua bífida me lamió el clítoris, mis palabras se perdieron en un sonido ahogado.

La bola resonó en el interior de la caja, mientras mi cerebro se desintegraba y el placer me impedía seguir guiándola.

—Mmm, estás suspendiendo la prueba, bruja. —Sus palabras se perdieron entre mis piernas con un gruñido—. Tendré que castigarte.

Conteniendo la respiración, esperé a ver qué hacía, aunque no pasó nada. De repente, se había quedado completamente quieto.

—No pares. —Jadeé, desesperada—. ¡Por favor, Callum!

Pero se lanzó hacia la puerta. Balanceándome un poco entre las cuerdas, intenté mirarlo de arriba a abajo.

—¿Qu-qué haces?

Esperó junto al marco, quieto como una estatua, atento.

—He oído algo —respondió.

En cuestión de segundos, las cuerdas desaparecieron de mi cuerpo, y Callum me agarró antes de que cayera al suelo y me puso en pie. Luego volvió a donde estaba, con la cabeza inclinada para escuchar y las fosas nasales abiertas, olfateando.

Mareada por tantos movimientos bruscos y todavía aturdida por todas las sensaciones que había experimentado, me hundí en un sillón.

—¿Qué has oído?

Levantó el dedo y se me aceleró el corazón. Aquella mirada me resultaba demasiado familiar: había algo peligroso cerca. Me agarré con fuerza a los brazos del asiento, la magia recorrió mis extremidades y enseguida recuperé la concentración, volviendo a ver el mundo con nitidez.

—¿Quién hay ahí fuera, Callum? —susurré.

—Un demonio —Giró la cabeza y me observó fijamente con sus ojos negros—. Quédate aquí. Espérame.

Salió por la puerta y la cerró en silencio. La música seguía sonando, aunque la melodía del piano se fue haciendo más suave a medida que aumentaba mi preocupación. Callum podía manejarse contra cualquier adversario; lo había visto acabar con el demonio de Juniper sin problemas. Pero también había sido un demonio (Lucifer) quien nos había separado, quien había sido lo bastante fuerte como para apartar a Callum de mí y mantenerlo cautivo.

¿Y si Lucifer había vuelto? ¿Y si algo lo había cabreado otra vez y estaba allí para llevarse a Callum?

Me levanté de un salto y me vestí a toda prisa. El grimorio de Sybil estaba en una mesilla que tenía cerca; siempre a mano. Me lo metí en el bolsillo y corrí hasta la puerta. Durante unos segundos, solo se oyeron los débiles crujidos típicos de la casa. Pero entonces…

¡CRAC!

El suelo tembló con fuerza por el ruido y un subidón de adrenalina me hizo correr por el pasillo. Mi magia no era perfecta ni mucho menos, aunque podía invocar suficiente poder para causar daño y no iba a permitir que me arrebataran a Callum otra vez.

Con solo pensarlo, me enfurecí cuando otro gran estruendo sacudió las paredes. Las puertas se abrieron ante mí y de mis dedos saltaron chispas. Hice una pausa para respirar hondo y recuperarme y me teletransporté a lo alto de la escalera del vestíbulo.

La entrada estaba hecha un auténtico desastre: las baldosas y las columnas estaban agrietadas, los cuadros se habían caído de las paredes, las mesas y las sillas estaban volcadas.

—Qué dientes más bonitos tienes, diablillo…

Se me cortó la respiración al ver a Callum desgarrándole la cara a Leon. La sangre salpicó el suelo, las paredes e incluso las columnas. Los dos demonios estaban aferrados, con los músculos en tensión y temblando, y Leon enseñaba los dientes ensangrentados en medio de un doloroso gruñido.

—¡Callum, para!

Ambos se quedaron quietos. Callum no se volvió, se negaba a que Leon se moviera ni un milímetro. No obstante, el demonio posó sus ojos dorados en mí y su gruñido se convirtió en una sonrisa.

—Hola de nuevo, Everly.

Lo primero que pensé fue que mi padre había enviado a Leon a por mí. Pero el furioso demonio no tardó en disipar esos temores. Había venido por voluntad propia y solo buscaba su marca, que estaba en el grimorio.

Su única vulnerabilidad, la que aún lo ataba al mundo humano.

Sin embargo, la última vez que me había visto, el grimorio no estaba en mi poder, sino en el de Raelynn.

Había pasado tiempo con ella. Lo admitió. Incluso se atrevió a reconocer que sentía algo por ella. Eso alivió algunos de mis temores, porque mi padre no estaría tan dispuesto a llevarse a Rae si tenía que enfrentarse a Leon.

Su símbolo no me servía de nada. Esclavizar otras vidas para obtener más poder me repugnaba; no me haría mejor que mi padre, ni mejor que todas las generaciones crueles que me habían precedido.

—Estoy dispuesta a darte tu marca, Leon. —Callum se colocó detrás de mí, protector, permitiéndome tomar la iniciativa, aunque sin apartar los ojos de él ni un segundo—. Pero tienes que prometerme algo.

—Los demonios no hacen promesas —se apresuró a decir Leon y, después, arqueó una ceja, sugerente—. A menos que estés tratando de hacer un trato.

El gruñido que Callum emitió en respuesta hizo que me recorriera la adrenalina. Echando la mano hacia atrás, lo agarré del brazo y me acerqué más a su cuerpo, concentrándome en él.

«Soy tuya y lo sabes. En cuerpo y alma, mi demonio. No tengas miedo».

La tensión que había en él desapareció.

—Necesito que mantengas a Raelynn con vida —pedí, hablando con Leon, pero acariciando el pecho de Callum para tranquilizarlo—. El tiempo apremia. El Profundo está nervioso y mi padre lo sabe. Si atrapa a Raelynn, entonces yo… Quizá no pueda matar al dios.

A Leon se le escapó una carcajada.

—¿Qué? ¿Intentas matar al dios? No puedes hablar…

—Lo dice en serio. He vivido lo suficiente para ver morir a los dioses, demonio —interrumpió Callum, mordaz—. No están por encima de la muerte.

Leon seguía mirándome como si hubiera anunciado que me iba a vivir a la luna.

Saqué el grimorio del bolsillo y pasé algunas páginas, buscando su marca.

—Voy a poner fin a todo esto —añadí—. El Profundo nunca debería haber sido despertado y nunca debería ser liberado.

Por fin, llegué a la página en la que aparecía su marca. Sybil lo había llamado el Asesino; un demonio que era conocido por destruir a todos los invocadores que habían intentado esclavizarlo.

Hasta que llegó Morpheus Leighman. Hasta que generaciones de mi familia lo mantuvieron atado en servidumbre, incapaz de marcharse, incapaz de defenderse.

Con cuidado, arranqué la página y se la mostré.

Había más cosas que quería decirle antes de que cogiera su nombre y echara a correr.

—Dices que crees que quieres a Raelynn, pero está claro que lo que sientes por ella es amor. Quedó claro en el momento en que Kent te ordenó que te la llevaras.

Leon apartó la mirada, pero había una suavidad en él que no había visto antes, una grieta en su crueldad.

—Haré lo que pueda —terminó contestando—. Pero no soy un perro guardián.

—No ocultas muy bien tus sentimientos por la humana —bromeó Callum. Suspiró, volviéndose hacia mí, como si la situación le resultara terriblemente aburrida y no quisiera molestarse en mirar a Leon ni un segundo más. Se acercó y me rodeó de forma posesiva con los brazos, bajando la voz—. La protegerá. Que se vaya. Quiero continuar con nuestro juego.

Nuestro juego.

Casi había olvidado lo que estábamos haciendo justo antes de que Leon apareciera sin avisar. Me apresuré a ofrecerle la página rasgada y Leon me la arrebató de las manos como si creyera que iba a quitársela en cualquier momento.

Durante un buen rato se quedó observándola, estrechando la hoja con las garras. Hasta ese momento, ¿cuánto tiempo había vivido con el miedo constante a ser invocado?

Sin decir nada más, dobló la hoja y se la metió en el bolsillo. Luego se dio la vuelta, caminó hacia la puerta principal y desapareció tras ella.

—Está obsesionado con esa chica —comentó Callum, y yo levanté la mirada hacia él, sorprendida—. Tu padre no lo va a tener fácil para sacrificarla con ese joven demonio de por medio.

Se crujió el cuello y se frotó la mejilla, donde minutos antes Leon le había abierto la piel en canal. La herida estaba completamente curada y apenas quedaba una pequeña marca rojiza.

—No había tenido una pelea así de buena en mucho tiempo —opinó—. Me ha puesto a cien.

De repente, me levantó y me colgó de su hombro, dirigiéndose a las escaleras a la vez que yo gritaba porque me había pillado desprevenida.

—Tengo que construir un muro alrededor de esta casa —resopló. Cuando alzó la voz, la vivienda tembló y me eché a reír—. ¡No más putos intrusos mientras me follo a mi bruja!

Vibraba por la energía no consumida. Ni siquiera habíamos llegado a la habitación cuando volvió a tener mi ropa como objetivo. Me pegó a la pared en lo alto del rellano y me la rasgó con tanta ansia que me dejó arañazos en el pecho.

—Ese diablillo se atrevió a sugerirte hacer un trato… —refunfuñó, y me agarró del pelo para echarme la cabeza hacia atrás, besándome.

Su lengua bífida se introdujo en mi boca hasta la campanilla y las rodillas me temblaron.

Se apartó de mí, apenas unos centímetros.

—Aún no he saciado mi sed de sangre, cariño. Quiero que te oiga gritar mi nombre mientras huye de este lugar. Quiero que no tenga ninguna duda de a quién perteneces.

Se detuvo, mirando los arañazos que me había dejado. Su sonrisa se ensanchó. Bajó la cabeza, me lamió la sangre y cerró los ojos en un gesto de placer cuando gemí.

Volvió a cogerme en brazos y me llevó al dormitorio tan rápido que me mareé. Me inmovilizó contra el suelo, con una mano alrededor de la garganta y la otra entre las piernas.

—¡Callum! Madre… mía…

—Eso es, cariño. —Me retorcí sobre sus dedos en tanto que los metía y los sacaba de mi interior, jadeando por una necesidad desenfrenada—. Eres mía. Mía para usarte. Para follarte. Para procrear a mi antojo.

Un hormigueo me recorrió todo el cuerpo.

Se levantó de repente, pero no tuve tiempo de reaccionar. Unas cuerdas se enroscaron a mi alrededor, atándome con fuerza y arrastrándome por el aire. Quedé colgada boca abajo, suspendida, dando vueltas despacio. Con cada giro, Callum estaba más cerca, aunque no llegué a verlo moverse.

Las sombras se fueron alargando y la habitación oscureciendo. El fuego se redujo a unas brasas humeantes. Callum estaba rodeado de sombras, envuelto por un manto de niebla negra. Me recordaba al aspecto que tenía en el bosque cuando había ido tras Juniper y Zane.

Al final, llegó a mi lado. Me apoyó la mano en la pierna para que dejase de dar vueltas y se me puso la piel de gallina. Cuando me miró, en sus ojos había un brillo peligroso.

—Debería dejar de darte ese horrible té —masculló. Se refería al brebaje anticonceptivo que me tomaba cada vez que se corría dentro de mí. Noté un cosquilleo en la barriga y el calor creció en mi interior—. Quiero llenarte de mi semilla y dejarte embarazada.

Me acarició el vientre, trazando las líneas cicatrizadas de su sello. Por un momento, me atreví a imaginarme embarazada. Las cicatrices de nuestro vínculo cubrirían mi vientre redondeado como un escudo, sin dejar lugar a dudas de que estaba protegida. Que era amada. Deseada.

No era más que una fantasía. Seguramente, imposible.

Callum me acarició el interior de los muslos, apretándomelos. Se me escapó un sonido ahogado. Las cuerdas me mantenían las piernas un poco separadas, así que no pude hacer nada cuando acercó su boca a mi clítoris. Sacó su lengua bífida, que se arremolinó alrededor de mi centro de una forma deliciosa hasta que me temblaron las piernas.

—¡Callum, por favor! Por favor, eso es… Me encanta… Voy a…

—¿Ya vas a correrte para mí? Mmm, no puedo dejar que lo hagas todavía.

Las cuerdas tiraron de mí, cambiándome de postura. Me echaron los brazos a la espalda y me levantaron el pecho para que mi barriga quedara hacia el suelo. Otra me rodeó la cabeza, haciéndome presión entre los dientes a modo de mordaza y tirando de ella hacia arriba; parecía una soga. Era una posición agotadora.

Seguía con las piernas abiertas y el coño a la altura perfecta para que él me metiera la polla si quería.

Me pasó las garras por el culo. Al principio lo hizo con suavidad, pero luego me las clavó. Estas se hundieron en mí mientras me separaba los cachetes y me metía la lengua. Lamió, chupó y palpó hasta que chillé, forcejeando indefensa. Tenía los dientes apretados alrededor de la cuerda y mis alaridos quedaban amortiguados.

—Grita para mí, cariño —pidió, y entonces me metió la lengua en el coño, hasta el fondo. Apreté los músculos a su alrededor, desesperada, con el abdomen palpitándome por el placer—. Deja que Leon oiga exactamente lo que ha interrumpido.

Una deliciosa humillación me inundó. Ni siquiera la vergüenza logró mantenerme callada. Grité su nombre, casi llorando por las ganas de correrme. Sin embargo, él se negaba a dejarme llegar al clímax. Me acercaba a él, luego me clavaba las garras y me arrastraba hacia atrás.

La habitación estaba en demasiada penumbra como para ver algo más que vagas formas. Incluso las brasas del fuego habían desaparecido. Las cuerdas no me permitían darme la vuelta, pero sabía que, si lo hacía, encontraría a Callum completamente envuelto en la oscuridad, como una sombra que había cobrado vida.

—Mmm, puedo saborear tu miedo —canturreó, arañándome la espalda—. Y es una maravilla.

De repente, me soltó las piernas, que cayeron colgadas hacia el suelo mientras seguía con el pecho enredado con una cuerda, me agarró por las caderas y la punta de su polla se hundió entre ellas. Se restregó por mi clítoris, provocándome. Las crestas de su pene hicieron que curvase los dedos de los pies por el placer.

—Te vas a correr en mi polla —afirmó. Grité cuando se metió en mi interior y mis músculos se contrajeron al sentir cómo me estiraba—. Te vas a correr, empapada, gritando y suplicando por más.

Retrocedió y se introdujo en mí de golpe, y vi las estrellas. La saliva se había acumulado alrededor de la cuerda que tenía en la boca y me chorreaba por la barbilla a la par que gemía. Estaba muy cerca del clímax, dolorosamente cerca. La forma en que la sacaba y el tirón que sentía cuando la volvía a meter me hacían jadear y aferrarme a él.

Intenté hablar con la mordaza, gritar su nombre y decirle que no podía contenerme más, pero lo único que me salían eran quejidos ahogados. El orgasmo me invadió y mi cuerpo palpitó a su alrededor mientras me corría. Me invadió un calor sofocante y vi las estrellas.

—Eres la única que me acoge a la perfección —aseveró.

Cada embestida era un castigo y yo me perdí en la sensación. Sin fuerzas y gimiendo de placer.

Su polla se hinchó cuando se corrió en mi interior, llenándome. Podía notar su calor.

Me la sacó con un gemido. Yo estaba flácida y temblorosa a medida que él me abría los labios y su semen goteaba desde dentro de mí. Tenía los muslos pegajosos.

—Qué preciosidad —murmuró. Me estremecí y gimoteé por la sobreestimulación al sentir que me metía los dedos—. Qué llena estás. Caliente y temblorosa. Tal y como me gustas.

Las cuerdas desaparecieron poco a poco, dejándome caer en sus brazos con suavidad. Se tumbó conmigo en el suelo, me acunó y me acarició. Me dio un beso en la cabeza cuando mi cuerpo dolorido se fundió con él y me susurró al oído palabras muy bonitas mientras flotaba en las secuelas del orgasmo.

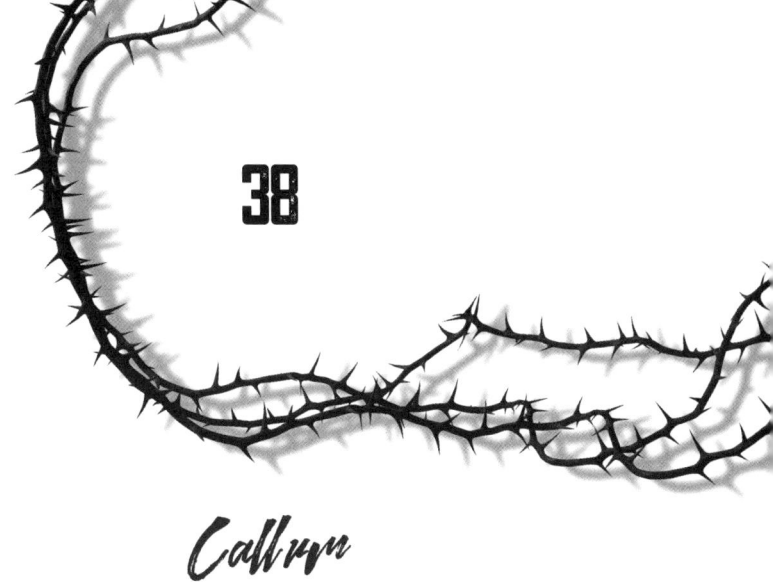

38

Callum

Everly estaba sentada entre mis piernas, encorvada sobre las notas en clave de Sybil como un gremlin. No era de extrañar que a la pobre chica siempre le doliera la espalda. Había guardado las garras para poder darle un masaje, pasando las palmas de las manos por sus hombros tensos y provocando algún que otro suspiro de satisfacción.

En realidad, no era más que una excusa para tocarla.

—Estás muy sexi cuando das rienda suelta a tu sadismo, ¿lo sabías? —comenté, y ella soltó una risita, devolviéndome la mirada.

—¿Por qué lo dices?

—Cuando amenazaste ayer a ese diablillo. Fue muy atrevido por tu parte, cariño. Pensé que le tendrías miedo.

—A ver, sí. O antes lo tenía —añadió enseguida—. La verdad es que no es culpa de Leon. Se merecía que le devolviera su sello.

Cambió de expresión y la culpa se filtró por sus venas. La cogí por la barbilla antes de que pudiera darse la vuelta.

—Tampoco es culpa tuya que tengas que protegerte.

Sonrió, asintiendo contra mi mano.

—Lo sé. Solía pensar que... bueno... —Esa vez se apartó de mí y su voz se apagó. Sin embargo, le di un empujoncito para que continuara—. Solía pensar que, si conseguía alejarme de mi familia, nunca tendría que volver a hacerle daño a nadie. Nunca volvería a ser… una amenaza… para nadie. —Apretó los labios, mordiéndoselos con fuerza—. Pero fui una ingenua. Aunque me esconda, la gente sigue pensando que soy una amenaza para ellos. Así que supongo que lo soy. Si quieren que sea peligrosa, lo seré.

—Eres peligrosa porque tienes que serlo. —Le di un beso en la nuca—. El peligro que emanas protege a tu humilde corazón. Y eso es algo de ti que me encanta.

Se dio la vuelta y me besó, apretando su cuerpo contra el mío. Me acarició la nuca con los dedos. Quise quitarle aquel maldito libro de las manos y quedarme con su atención.

Aunque, por supuesto, la siempre estudiosa Everly no se distraería durante mucho tiempo.

—Estoy intentando ser buena —dijo, separándose de mi boca y soltando una risita cuando la perseguí. Volvió a acomodarse entre mis piernas y se puso de nuevo las notas sobre el regazo—. Me distraes muchísimo. Me vuelve loca estar cerca de ti sin… —Se interrumpió, pero fue su cuerpo el que habló. Su trasero estaba firmemente apretado contra mí, así que cuando movió las caderas, lo sentí en lo más íntimo. La abracé con más fuerza, atenazándola, y ahogué un gruñido contra su cuello mientras empujaba contra ella.

—Sin tocarnos, lo sé —terminé por ella—. Es una tortura no follarte. ¿No puedes leer y follar al mismo tiempo?

Me dedicó una sonrisa que indicaba que en realidad no le importaba ver cómo me torturaba. Me hizo sentir como un animal, salivando y desesperado, un esclavo de mis instintos más primitivos.

Un esclavo suyo. De sus caprichos y deseos, fueran cuales fueran. Me daba igual si me tocaba dominarla o estar a su merced. Mi objetivo era complacerla.

—Pobrecito —se burló con dulzura burlona, sin dejar de mover el culo contra mí—. Pero tengo que concentrarme. Este idioma, este código… —Observó el cuaderno como si la hubiera ofendido—. Me dan ganas de arrancarme los pelos.

Miré por encima de su hombro las líneas de texto y entrecerré los ojos al ver las extrañas marcas. No me decían absolutamente nada.

—¿Los demonios no entienden todas las lenguas? —preguntó, y yo asentí.

—Podemos aprender cualquier idioma, y muy rápido —respondí—. Pero necesitamos un punto de referencia fluido. Ese diario me tiene tan confundido como a ti.

Soltó un quejido de desesperación, frotándose la cabeza. Estaba segura de que Sybil había descubierto algo importante; a juzgar por la información que habíamos conseguido reunir, hasta yo lo sospechaba. La vieja bruja había estado experimentando con las reacciones de varios venenos en la carne del dios. Había estado impregnando armas con hechizos experimentales, intentando averiguar cómo destruir a los dioses desde dentro.

En todos mis años de lucha contra esas criaturas, nunca había encontrado un arma oculta o un atajo para acabar con ellos. Morían como cualquier otra: desgastados, heridos, desangrados y despedazados de forma lenta e implacable. Aunque no podían moverse muy bien, su cuerpo era increíblemente fuerte y tenían la capacidad de curarse solos muy rápido.

Durante mis años de caza, solo había tenido la suerte de encontrarme con los más débiles.

Al menos, hasta que llegó el Profundo. Aun estando débil, era el dios más poderoso que me había encontrado en la Tierra.

No estaba seguro de si mi poder y el de Everly podrían acabar con él. Everly no tenía problemas para conjurar grandes cantidades de magia, y eso me daba esperanzas. Pero la realidad era que su abuela no tenía tiempo de darle una formación adecuada y completa, propia de una bruja como ella. Íbamos a contrarreloj, intentando enseñarle todo lo que podíamos antes de tener que enfrentarnos al dios.

Antes de que los libiri consiguieran hacer otro sacrificio.

Descubrir el arma secreta de Sybil podría darnos ventaja. El grabado en el gran árbol del invernadero era la única pista que tenía Everly, una piedra de Rosetta incompleta a la que se refería con frecuencia cuando intentaba traducirlo.

Suspiró con fuerza, poniéndose de pie.

—Esto no sirve de nada. Voy a ir un rato al invernadero a intentar meditar. Mi cerebro ya no quiere trabajar. —Hizo un mohín con el labio, mirándome suplicante—. ¿Me traes un té?

—¿Y tarta de melocotón? —le ofrecí y ella asintió, emocionada.

Me dirigí a la cocina y ella se teletransportó al invernadero. La radio estaba sobre la mesa, Winona tarareaba alegremente mientras una regadera se cernía sobre las hierbas de la jardinera.

—¿Ha habido suerte con el código de la antigua gran señora? —quiso saber.

Negué con la cabeza.

—Por desgracia, no. Everly ha ido al invernadero a despejar la mente. Está agotada.

Ya había una tetera humeando en el fuego; la casa había previsto a la perfección las necesidades de mi bruja. En la encimera, bajo una cúpula de cristal, había una tarta de melocotón y cogí un trozo para ella antes de bajar varias latas de té y hierbas. Sus preferencias en cuanto a esa infusión dependían de su estado de ánimo y del momento del día. Earl Gray con un poco de leche y azúcar por la mañana cuando llovía, té verde con limón si hacía sol. Té negro con canela y clavo si planeaba trasnochar en la biblioteca, manzanilla y lavanda con nata si quería dormir.

Ese día necesitaba algo suave pero dulce. Algo que despertara su mente pero calmara su cuerpo.

Winona estaba parloteando conmigo, aunque no oí ni una palabra de lo que había dicho hasta que soltó una pequeña carcajada.

—Bueno, la verdad es que nunca pensé que llegaría a ver esto.

Puse el té y la tarta de Everly en una bandeja y volví a mirar la radio.

—¿Ver el qué?

—A un archidemonio preparándole el té a una bruja. —Se rio entre dientes—. Mis antepasados nunca lo creerían.

—No eres el único fantasma de esta casa, solo la más escandalosa —respondí, después de hacerle un gesto con la mano para que se callase—. Las otras viejas miran en silencio, pero miran. No tienen más remedio que creérselo.

El olor de la lluvia me recibió cuando salí hacia el invernadero.

—¡Ah, ahí estás! —El espíritu del bosque apareció en su árbol, con cara de preocupación—. Tu bruja está rara.

—¿Qué quieres decir? —pregunté, fulminándolo con la mirada.

—Bueno, creía que se había dormido —explicó—. Pero está… hablando.

Alarmado, corrí al interior.

La mente de Everly a veces se distraía cuando meditaba y se acercaba demasiado al Velo. Sin embargo, ya la había visto meditar muchas veces, e incluso cuando había tenido visiones violentas, no había hablado en voz alta.

La oí antes de verla. Susurraba a toda velocidad, las palabras se sucedían unas a otras a un ritmo frenético. Al rodear una maceta, la encontré arrodillada ante el gran árbol, con una mano extendida y la palma apoyada en la inscripción rúnica del árbol.

No noté ninguna emoción en ella. Cuando busqué su mente, lo único que encontré fue un frío vacío, como una ráfaga de aire que pasa por una tumba abandonada.

Dejé la bandeja a un lado y me arrodillé a su lado. No tenía los ojos cerrados, sino entrecerrados y en blanco. Movía los labios.

—…llamarlo. Ofrécele dulces, licor y dolor… —murmuró.

—¿Everly?

Ni se inmutó. Siguió moviendo la boca, susurrando más deprisa.

—Sangre de un muerto, tomada con resentimiento. Sangre de un amante, sacrificada voluntariamente. Un lazo creado en la noche salvaje para llamarlo. Ofrécele dulces, licor y dolor.

Cada vez que lo decía, hablaba más rápido. El brazo que tenía apoyado contra el árbol le temblaba. En la mano opuesta, cerrada en un puño, estaban las notas cifradas de Sybil.

—Sangre de un amante —seguía musitando—, sacrificada voluntariamente...

—¡Everly! —Agarrándola por los hombros, la levanté de golpe y ella gritó, retorciéndose contra mí. El corazón le palpitaba con fuerza, a un ritmo peligrosamente frenético, y su temperatura corporal había bajado de forma alarmante—. Tranquila, no pasa nada, cariño. Ya estoy aquí. Shhh.

Forcejeó un poco más antes de quedarse sin fuerzas. El pecho le subía y le bajaba de manera acelerada, jadeaba y respiraba con dificultad.

—¿Callum? —le temblaba la voz, aterrorizada. Se agarró a mis brazos, apretados contra su pecho—. Lo leí, Callum. Lo he leído. La he visto escribirlo.

—Respira hondo —le pedí, acariciándole el pelo—. Despeja la mente antes de hablar.

Se aferró a mí sin dejar de tiritar. Cuando le froté los brazos, la espalda y el cuello, por fin dejó de hacerlo.

—Puedo leer el código —anunció con la voz ronca—. He tenido una visión de Sybil. La he escuchado hablar. Sé lo que tenemos que hacer.

39

Everly

—Sangre de un muerto, tomada con resentimiento. Sangre de un amante, sacrificada voluntariamente. Un lazo creado en la noche salvaje para llamarlo. Ofrécele dulces, licor y dolor. Mmm.

La abuela emitió un sonido como si chasqueara la lengua y luego la radio se quedó en silencio mientras seguía pensando. Callum y yo estábamos en el invernadero, sentados en el suelo delante del gran árbol, con la radio cerca de nosotros. Me había comido con ansia la tarta que me había traído y ya no me temblaba el cuerpo, pero seguía con la cabeza hecha un lío.

La visión que había tenido de Sybil me había parecido muy clara, muy real. Mis manos habían sido las suyas y había podido ver a través de sus ojos. Sin embargo, al mirar su lenguaje en clave, seguía sin entenderlo mejor que antes. Lo único que tenía era la firme certeza de que las palabras que se arremolinaban en mi mente eran las que necesitaba saber.

—En mi visión, vi un cuchillo —comenté—. Había magia en él y no reflejaba la luz.

Mi abuela volvió a murmurar algo. Si los fantasmas tuvieran pies, los suyos estarían deambulando de un lado para el otro.

—Ya veo. Parece que son instrucciones para un ritual, sin duda destinado a impregnar un arma con poder mágico. Es magia oscura y peligrosa; el uso de la sangre lo deja claro. Noche salvaje para llamarlo… ¿qué significa eso?

—Noche de luna llena, tal vez —sugirió Callum.

De repente, se oyeron risas a nuestro alrededor y las plantas temblaron y se agitaron cuando Darragh apareció de entre las hojas. Salió de la tierra, con las raíces retorciéndose a su alrededor.

—Es Halloween, demonio estúpido —dijo, a lo que Callum gruñó—. Así es como lo llamamos los fae. La Noche Salvaje. Cuando el Velo es más delgado, cuando todos los mundos extraños de esta dimensión se acercan lo suficiente como para rozarse. Y lo de para llamarlo…, esa parte también es obvia. ¿Quién más sería llamado con dulces, licor y dolor?

—¡Deja de hablar con acertijos!

Callum soltó un gruñido, pero en ese mismo momento, Winona emitió un grito ahogado.

—¡Claro! —exclamó—. Debería haberlo sabido. Sybil se refería al rey de los fae, ¡el señor del bosque! Ese tipo de ofrendas se hacían cuando se buscaba su bendición.

—El anciano en persona —rio Darragh, con un sonido parecido al de las hojas al crujir—. Las brujas jugáis a juegos peligrosos, haciendo tratos con demonios y faes.

—No es un trato —replicó mi abuela con firmeza mientras la radio crepitaba—. Eso debe quedar muy claro, Everly. No estás haciendo un trato; le estás suplicando una bendición. —Hubo otro crujido que sonó como a un suspiro—. En cuanto a la sangre de un muerto, tomada con resentimiento…

—Mi padre —solté, ignorando la forma en que se me formó un nudo en el estómago—. Juniper va a matarlo en Halloween. Le molestaría que su sangre se utilizara para esto. —Tragué con fuerza, con el sabor de la bilis en la garganta—. No debería morir nadie más.

Hubo un momento de silencio y agradecí la mano de Callum en mi espalda. Desde que Juniper se había marchado, había hecho todo lo posible por no pensar en lo que tenía que hacer. Mi padre se merecía lo que le esperaba.

Sin embargo, pensar en ello me hacía notar el pecho hueco y frío.

Darragh agitó sus ramas, rompiendo el silencio.

—¿Y la sangre de un amante, qué? —Enarcó sus frondosas cejas—. No tengo lo que viene siendo sangre en el sentido tradicional, pero me encantaría ofrecer…

—Darragh. —Callum habló en tono seco, con los labios apretados en una fina línea—. Cállate. —Su ala me envolvió de forma protectora—. Sacrificaré lo que necesites.

—Entonces, está decidido —sentenció Winona—. Esperaremos a la noche de Halloween y lo intentaremos. Necesitarás un arma con la que realizar ese ritual. Callum, tal vez podrías buscar en la vieja armería. Estoy segura de que todavía hay muchos cuchillos preciosos allí.

—¿Hay una armería en esta casa? —pregunté mirando la radio, sorprendida. En las últimas semanas había explorado muchos de los pasillos serpenteantes y las estancias cerradas, pero cada día que pasaba me quedaba aún más por descubrir.

—Por supuesto —respondió mi abuela—. El aquelarre necesitaba defenderse y algunos preferían la firmeza de un arma a la magia. Hay muy pocas criaturas que no se puedan matar con acero y hierro.

—Hay algo que sigo sin entender —comenté, con el ceño fruncido—. Una ofrenda de dulces y licor es obvia, pero ¿una ofrenda de dolor? ¿Qué significa eso?

—Es un ritual de apareamiento —explicó Callum, y su voz retumbó detrás de mí mientras tiraba de mí para acercarme a él—. El sexo puede conjurar una magia muy potente; cuanto más intensas sean las sensaciones, más poderosa será la magia. Y el placer y el dolor, como sabes, pueden serlo.

Me arañó la espalda, haciéndome estremecer, y mi abuela tosió con fuerza.

—¡Bueno, ya está! Me iré antes de que decidáis empezar a practicar. ¡Tú también, Darragh! Ven, podaremos los rosales del jardín juntos.

Darragh suspiró como si lo estuvieran fastidiando, pero antes de desaparecer, aceptó obedientemente.

—Sí, abuela.

Recostada contra el pecho de Callum, me quedé mirando las ramas del árbol, observando los coloridos pinzones revolotear. Me acarició el brazo con las garras y me rodeó con sus alas. Entre ellas, me sentía segura.

—¿Crees que funcionará?

—No lo sabremos hasta que lo intentemos —contestó—. Y siempre merece la pena intentarlo.

Me aferré con fuerza a su brazo, dándole vueltas y vueltas a todo lo que había aprendido.

—¿Y si no soy lo bastante fuerte? Sybil era una gran maestra cuando intentó hacer ese ritual. Yo no estoy ni cerca de serlo.

—Te ha confiado su conocimiento. Su espíritu permanece en esta casa, aunque no podamos oírla. ¿Te daría una gran maestra algo para lo que no estás preparada?

—No lo sé. Puede que piense que soy más fuerte de lo que soy.

Callum me arañó un poco el cuero cabelludo y luego me agarró del pelo, tirando con suavidad de él.

—Si ella no duda de ti, tú tampoco deberías dudar de ti misma. Independientemente de si el ritual funciona o no, de si vamos a la batalla con un arma bendecida o no, tu fuerza es una fuerza que el dios teme. No lo olvides. —Se acurrucó contra mi cuello y me besó con delicadeza antes de pellizcarme la piel de forma juguetona—. Un ser poderoso de otro mundo te teme. Ha intentado por todos los medios destruirte, mantenerte débil. Pero tú no eres débil, mi señora.

Un pequeño pájaro con el pelaje de color rojo se posó cerca de mi mano, piando. Agitó las alas y se alejó sin esfuerzo. Ojalá yo tuviera tanta confianza para elevarme, para volar sin pensármelo dos veces.

—Tienes que estar harto de mis quejas —comenté—. De repetirme lo mismo todos los días.

Mi demonio gruñó.

—¿Acaso me canso de abrazarte? ¿De sostenerte? ¿De follarte? —Negué con la cabeza, sonriendo al ver lo fuerte que me sujetaba—. Entonces, ¿por qué iba a cansarme de consolarte? Cuando puedo usar meras palabras para hacerte sonreír, para que seas feliz. ¿Por qué iba a cansarme de eso?

Noté un calor en el pecho. Me dolía de una forma que no quería que acabara nunca.

40

Everly

Olía a incienso quemado y a canela picante. El humo flotaba ante mis ojos entrecerrados mientras inhalaba, llenándome los pulmones hasta que me dolieron.

A lo lejos se escuchaba el tictac de un reloj. Era mi salvavidas, lo que me hacía saber que seguía viva y que no era un mero fantasma a la deriva por el Intermedio.

El Velo era delgado. La medianoche se acercaba.

Escuché susurros a mi alrededor. Algunos amables, otros crueles. No veía nada más que una neblina de humo blanco y notaba mis miembros borrosos, casi incorpóreos.

Tic, tac, tic, tac. Una cuenta atrás. Pero no tenía ni idea de dónde había empezado ni de cuándo terminaría.

El lobo se acercaba.

Cuando amplifiqué mi mente, pude percibir la energía de mi padre. Se me presentaba como un mal sabor de boca, un olor en las fosas nasales que me revolvía el estómago a causa de la ansiedad.

Callum estaba cerca. No me quitaba los ojos de encima ni un segundo en el mundo real, donde mi cuerpo permanecía quieto y en silencio como una cáscara vacía.

Si algo iba mal, él lo sabría. Me guiaría para que volviera.

Tic, tac, tic, tac.

Me llegó el olor de la sangre. El lobo había llegado.

La energía de mi padre se revolvió, como el aire antes de una tormenta. Detecté ira. Rabia. Burbujeaba dentro de mí, como una olla hirviendo. Odio. Clavó sus garras en mi piel, me rasgó y me desgarró el pecho como un depredador intentando escapar.

Con un jadeo agudo, abrí los ojos. El mundo daba vueltas y vueltas, y me tambaleé hacia un lado. Sin embargo, los brazos de Callum me rodearon por detrás enseguida, abrazándome con fuerza, estrechándome contra él mientras volvía a la realidad.

—Respira hondo, cariño. No pasa nada.

Trascurrieron unos minutos antes de que pudiera controlar mi lengua lo suficiente como para hablar.

—Está muerto —conseguí decir con voz ahogada cuando por fin pude hablar—. Lo ha hecho. Por fin está muerto.

Costaba reconocer a mi padre.

Su piel tenía una palidez cenicienta, con un brillo como de porcelana curtida. Estaba tumbado en un ángulo extraño en el pequeño cobertizo del jardín exterior de su casa, desplomado contra la pared, con el cuerpo destrozado. La sangre se había acumulado a sus pies, hundiéndose poco a poco en el suelo de cemento. Sus ojos vidriosos miraban a la nada.

Tenía una pistola en la mano. Un débil intento de que pareciera un suicidio. Un disparo en la cabeza no le partía a uno las piernas por varios sitios.

Mientras el hedor metálico de la sangre me llenaba la nariz, sentí como si hubiera salido de mi cuerpo y estuviera a la deriva por el Intermedio otra vez. Allí, pero sin estar allí. Tenía el cuerpo y la mente atontados.

Saqué una jeringuilla del bolsillo.

—Everly, ¿estás bien? La voz de Callum parecía lejana. Sacudió el silencio de la noche, aunque hablase en susurros.

En el aire, se oía el sonido de una fiesta en la casa de mi familia. Sin duda, Victoria y Jeremiah aún no sabían que nuestro padre había muerto.

No obstante, cuando lo supieran… Cuando lo descubrieran…

Se desataría el infierno. Sin el cuidadoso control de Kent, en el Libiri nadie estaba a salvo.

—Sí —respondí, aunque tuve la sensación de que estaba mintiendo y fruncí el ceño.

No era tristeza lo que me recorría, ni arrepentimiento. No tenía lágrimas en los ojos ni sentía una opresión en el pecho. Antes de que pudiera pensármelo dos veces, clavé la jeringuilla en la pierna de mi padre y tiré del émbolo hacia atrás, llenándola con su sangre.

—Me parece apropiado que el hombre que más quería liberar al dios ayude a fabricar el arma para matarlo —comenté.

Después de tapar la jeringuilla y guardarla en el bolso, dudé si marcharme. Si iba a despedirme, ese era el momento. Mi padre se había ido, pero su legado no. La cabeza me daba vueltas y vueltas como el agua yéndose por el desagüe. Pensé en todas las cosas crueles que me había dicho. En todas las veces que me había dado la espalda cuando supo cómo me trataba Meredith. En cómo manipulaba a mi madre, a sus hijos, a su mujer.

Seguro que había algo bueno. Un recuerdo al que pudiera aferrarme. Como el día en que, de pequeña, me había llevado al muelle del mercado de Pike's Place. Los dos solos. Cogimos el *ferry* que cruzaba el lago, compramos cucuruchos de helado y paseamos juntos por el animado mercado. Me hizo una foto sentada encima de Rachel, una hucha dorada con forma de cerdito, y hubo un breve periodo de tiempo en el que la foto estuvo enmarcada en su despacho.

Pero no había más fotos mías en la casa cuando me fui. Los recuerdos de la infancia, los bailes del instituto, los logros grandes y pequeños… Todo lo que hice quedó olvidado. Como si fuera algo intrascendente.

Quizá me quiso una vez. Tal vez lo intentó.

O a lo mejor solo había sido un medio para un fin.

Era casi un adiós. Si apenas había sido su hija, entonces él también apenas había sido mi padre.

Callum me esperaba fuera del cobertizo. Apoyé la cabeza en su hombro al llegar su lado y escuché la música que provenía de la casa a lo lejos. Victoria llevaba años organizando esas fiestas cada Halloween, pero yo había dejado de asistir después de la última vez que había aprovechado la ocasión para gastarme una broma pesada.

Ese año las cosas eran muy distintas. En tan solo unos meses, toda mi vida había dado un giro de trescientos sesenta grados. Todo había cambiado. Yo había cambiado.

—Deberíamos volver —sugerí—. Tenemos que terminar el ritual esta noche.

—Como mi señora desee.

Me rodeó los hombros con el brazo. Aunque no estábamos lejos de la casa, él no dejaba de vigilar que nadie estuviera husmeando por allí. Juniper y Zane ya se habían marchado, desapareciendo en la oscuridad de la noche en cuanto terminaron su misión.

—¿Te da pena? —me preguntó.

—No. He pasado la mayor parte de mi vida llorando por él. Preguntándome por qué no me quería. Por qué no era suficiente. Preguntándome cómo era posible que mirara a su familia, a sus hijos como si todos fuéramos simplemente recursos para su misión. —Una parte de mí quería llorar. Sin embargo, esas lágrimas estaban detrás de un muro que no podía derribar—. Aunque creo que mi abuelo lo trataba de la misma forma. Y mi bisabuelo antes que él.

Al respirar hondo el aire fresco de la noche, me invadió una sensación extraña pero reconfortante. La magia que había en él había cambiado y la podredumbre que infectaba aquel lugar se había reducido, aunque solo fuera un poco. Estábamos ante un precipicio, con los dedos de los pies cada vez más cerca del borde.

O el borde se desmoronaba bajo ellos o saltábamos hacia lo desconocido. No obstante, las cosas ya se habían puesto en marcha, y eso no podía deshacerse.

—Esta familia lleva maldita seis generaciones —dije—. Una maldición que ha pasado de padres a hijos. Y cada una ha sembrado las mismas semillas podridas. Pero yo acabaré con ella. Esto se termina conmigo.

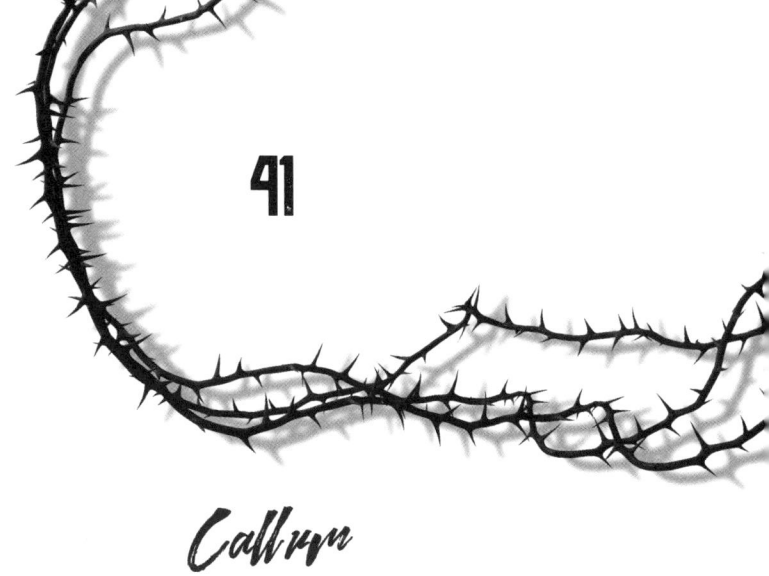

41

Callum

En mitad de la noche, mi bruja brillaba más que la luna. Su magia resplandecía a su alrededor como si fuesen estrellas caídas sobre la Tierra; un aura de poder que se hacía cada día más fuerte.

Me guio a través del bosque, iluminando el camino con una llama que parpadeaba en la palma de su mano, siguiendo las flores que Darragh hacía brotar para enseñarnos por dónde teníamos que ir.

—No hay nada que nos garantice que el anciano vaya a aparecer —nos había advertido antes el espíritu del bosque—. Yo no estaba aquí cuando Sybil le suplicó ayuda y nunca he hablado con él. Pero te ha estado observando, Everly. Eso lo sé. Te llevaré a una de sus guaridas, pero a partir de ahí, depende de ti.

Si hubiera sido un demonio más joven, habría rechazado la idea de suplicar a un fae que nos ayudara. Uno no podía confiar en esos embaucadores salvo para echarlos. Sin embargo, cualquier poder que pudiéramos obtener sobre el dios, independientemente de su origen, merecía la pena.

A lo largo del sendero brotaron flores blancas que relucían ligeramente en medio de la oscuridad. Las telarañas brillaban con gotitas de rocío, esparcidas por la fauna como hilos de joyas. Las ranas croaban, los grillos entonaban su canto. Los eld nos observaban desde la distancia, sus ojos blancos eran diminutas lunas pálidas entre los árboles. No se atrevían a acercarse.

Durante las últimas semanas, con la ayuda de su abuela, Everly se había centrado casi por completo en el estudio de la magia ritual para prepararse. Había pasado horas meditando, perfeccionando su concentración, leyendo libros de hechizos hasta altas horas de la madrugada. Se estaba esforzando mucho, estaba decidida a que nuestro intento no fracasara.

Iba descalza y dejaba suaves huellas en el suelo, siguiendo el camino de Darragh. Decía que así sentía mejor el bosque, con la piel desnuda en contacto con la tierra. La senda descendía en pendiente y las ramas tiraban de su ropa mientras ella se abría paso entre las zarzas frondosas y apartaba las ramas bajas.

Salimos a un barranco estrecho cuyas paredes estaban completamente cubiertas de helechos y enredaderas. El suelo era mullido y un riachuelo se deslizaba por las rocas. Arriba, había un claro entre los árboles que permitía que la poca luz de la luna brillara a través de las nubes que se movían a la deriva. Las flores de Darragh nos rodearon antes de marchitarse, y los ojos de Everly se encontraron con los míos.

Sus pupilas captaron la débil luz de la luna, un brillo opalescente las iluminó cuando habló.

—Necesitamos una hoguera lo más grande posible.

A medida que preparaba un sitio en la tierra, yo recogía leña de los árboles caídos, arrancando ramas y trozos de madera de los troncos. Hicimos una pira y Everly sacó un cuchillo de su mochila. Era una hoja muy buena, lo bastante ligera para que pudiera manejarla, pero sólida y mortalmente afilada.

Sacó la jeringuilla con la sangre de su padre. Sacó el émbolo y vertió con cuidado el líquido sobre el cuchillo.

—Las llamas limpiarán la hoja —susurró. No me lo decía a mí; estaba preparando su magia, dándole vida, convirtiendo la intención y el poder en acción—. Cualquier energía negativa ligada a esta arma arderá. Cualquier maldición que haya caído sobre ella quedará destruida.

Depositó el cuchillo ensangrentado sobre la pira y se alejó. Yo me puse detrás de ella, rodeándole la cintura con las manos. Sostenerla era como acunar una chispa, impactante y engañosamente delicada. Podía desaparecer en un instante o cobrar vida y desatar un incendio.

La abracé con reverencia, con cuidado, como quien sostiene un artefacto sagrado, sutil, aunque con un poder impresionante.

Abrió los brazos y prendió fuego a la pira. Las llamas rugieron por encima de nuestras cabezas, rozando el cielo, con el chasquido de las ramas y el crepitar de la salvia. Rodeó la hoguera y se sacó del bolso un puñadito de hierbas que arrojó al fuego. El humo soltó un aroma amargo y terroso cuando murmuró, describiendo una hoja irrompible, cuyo filo nunca se desvanecería. Una hoja que impregnaría a su portador de sed de sangre, de crueldad y de una valentía inquebrantable. Un arma que podía atravesar cualquier sustancia, que causaría dolor y destrucción a cualquier ser contra el que se dirigiera.

Los ojos de Everly aún mantenían ese brillo opalescente, estaba concentrada pero distante. Había estado meditando casi todo el día. Incluso en ese momento, solo tenía un pie en el reino de los vivos.

Entretanto la hoja se enrojecía en las llamas, Everly le dio la espalda al calor y se volvió hacia el bosque. Se arrodilló en el suelo y, mientras yo la custodiaba como un centinela, sacó de su bolso un paquete envuelto en cuerda y papel encerado.

Dentro había un pastelito empapado en miel. Lo colocó sobre una piedra plana y luego sacó un tarro de nata y otro de hidromiel. Los abrió y los dejó ahí.

—Una invitación —murmuró.

Saboreó la dulce crema, y yo me quedé hipnotizado por el espeso líquido blanco que le caía del labio. Arrodillado a su lado, atrapé las gotas con la lengua.

Me respondió al instante, inclinando la cabeza hacia atrás para que pudiera seguir besándola y lamiéndole el cuello. Utilizando el afilado borde interior de mis garras, corté uno a uno los botones de su blusa, dejándola desnuda.

—Una ofrenda —dijo, y se llevó la jarra de hidromiel a los labios antes de acercarla a los míos.

Era dulce y algo espumoso, como flores y miel bañándome la lengua.

Se arrodilló y acercó nuestras bocas. Me besó, su lengua se enredó con la mía mientras gemía en mi boca saboreando, probando, consumiendo con generosidad. La sujeté con fuerza, resistiendo a duras penas el deseo de arrancarle el resto de la ropa.

Las dulces ofrendas no bastaban para atraer al señor de los fae. Necesitaba que se mostrara algo aún más delicioso.

Algo tan delicioso como mi bruja, que se quitó la blusa suelta de los hombros y la dejó caer al suelo. Tenía los pechos al descubierto y los pezones se le pusieron duros por el aire frío de la noche. Se desató el lazo de la falda, dejando que la tela suave le cayera hasta los tobillos.

Al tenerla desnuda ante mí, parecía aún más arrebatadora, más poderosa. Recorrí con la mirada las líneas de sus cicatrices, tanto las que yo le había hecho como las que me habían precedido. Bajé la cabeza y apoyé la mejilla en su muslo, lo bastante cerca del vértice entre sus piernas como para que el suave vello rizado que cubría su pubis me rozara la nariz. Su aroma me consumía y empecé a salivar por lo mucho que la deseaba.

El hidromiel estaba encantado, elaborado específicamente para una embriaguez rápida. Everly bebió otro pequeño sorbo en un equilibrio delicado, caminando por la línea entre mantenerse sobria y emborracharse lo suficiente como para caer rendida al placer del jolgorio.

A los faes había pocas cosas que les gustase más que la fiesta. ¿Por qué iba a aparecer uno si no se consumía alcohol y no se cometían excesos?

Everly se balanceó, tomando otro sorbo. Inclinó el tarro y dejó que el licor dulzón se deslizara por su cuerpo. Lo atrapé con la lengua y seguí el rastro azucarado por su muslo, su vientre, sus senos, hasta que capturé su boca con la mía.

Me acarició el pecho con los dedos, y sus uñas dejaron líneas enrojecidas al recorrerme la piel. Quería asegurarme de que todo el bosque oyera su orgasmo. Si el anciano fae no aparecería a menos que le diéramos un espectáculo, le daríamos una puta función que estuviera a la altura.

Los pies de Everly abandonaron el suelo cuando la cogí en brazos. Me rodeó con las piernas y los brazos, posesiva y ansiosa. Me arañó las alas y me estremecí de pies a cabeza, con un gruñido bajo retumbándome en el pecho. Enterró la cara en mi cuello y sus labios me acariciaron la piel con ternura. Después, deslizó la lengua por mi mandíbula y se detuvo en mi oído.

—Arrodíllate, demonio. Déjame ver lo que es mío —susurró.

Joder, adoraba ese tono de voz. Me bajé los pantalones, los aparté y me arrodillé, mirándola. La polla me palpitaba y se me puso tiesa cuando do me tocó la cara. Me acercó el hidromiel a los labios para que bebiera y colocó el resto junto al pastel y al tarro de nata.

Me rodeó y me pasó los dedos por el hombro y la espalda antes de posarlos en la nuca. Se inclinó hacia mí, con una mano apoyada en mi cuello y la otra alrededor de mi polla.

—Escúpete —me pidió—. Deja tu polla bien resbaladiza para mí. —Obedecí y me dio un beso en la mejilla—. Buen chico.

Me acarició despacio. Moví las caderas, empujándome contra su mano y ella me soltó el pene para agarrarme de los huevos.

—Joder, eres malvada —gemí, prácticamente doblándome cuando me apretó con más fuerza.

—Túmbate —ordenó, su voz por sí sola casi hizo que volviera a gemir—. Haz que me corra en tu lengua.

Era lo bastante flexible como para permanecer con las rodillas dobladas a la vez que me tumbaba, arqueando la espalda para adaptarme a la postura. Tensé los músculos abdominales, con la respiración acelerada y superficial, mientras Everly se sentaba a horcajadas sobre mi cara. Aquel culo y coño perfectos llenaron por completo mi campo de visión antes de asfixiarme, y puse los ojos en blanco cuando hundí la lengua bífida en su interior. Al mismo tiempo, volvió a agarrarme la polla y me acarició, rozando con los dedos las sensibles crestas cerca de la punta.

—¿Qué tal sabe, diablillo? —Su voz resonó en mis oídos, cargada de magia, pero no pude responder con la lengua dentro de ella.

En lugar de eso, murmuré las palabras, y cada movimiento de mis labios hizo que se estremeciera y temblara.

Le rodeé los muslos con los brazos para mantenerla en su sitio y extendí ambos lados de la lengua en su interior, tanteando dentro y fuera. Cerré la boca sobre su clítoris, succionándolo mientras ella me acariciaba y su mano temblaba un poco al llevarme aún más cerca de la locura.

—Córrete para mí, cariño —gemí.

Cuando su cuerpo se estremeció por la fuerza producida por su éxtasis, un temblor de poder recorrió el aire. Se me puso la piel de los brazos de gallina, una reacción que rara vez experimentaba, salvo en presencia de seres extremadamente poderosos.

Mi primer impulso fue levantarme, escudar a Everly y actuar como su guardián. Aunque, aquella noche, ese no era mi deber. El poder de mi bruja estaba en plena exhibición, ¿y quién era yo para interponerme en su camino?

El anciano venía.

Ya estaba cerca.

No concedería su bendición a alguien incapaz de manejar su propio poder, y mucho menos el poder de los fae. Everly tenía que probarse a sí misma. Demostrar que era impasible, una fuerza de la naturaleza tan grande como las olas, la Tierra que retumbaba, el fuego que se agitaba en su centro.

Su piel palpitaba contra mis labios, contra mi lengua. Su esencia inundó mi cabeza: su sabor, su aroma, su magia retorcida.

Levanté las caderas mientras ella me tocaba, persiguiendo su mano. Me acarició sin piedad, persiguiendo mi placer hasta el borde del éxtasis antes de retroceder. Se balanceó contra mi lengua, gimiendo con frenesí, perdiéndose en la sensación. Las palabras quedaron amortiguadas contra ella mientras suplicaba, sin control, por más y más y más…

Se levantó, dejándome aturdido y agitado por la sobreestimulación. Con un gesto que hizo con la mano, el fuego que había encendido se desvaneció alrededor del cuchillo y lo sacó de la pila de leña carbonizada. La hoja estaba al rojo vivo, pero se enfrió al sostenerla, sin que el calor la molestara en absoluto.

Se sentó a horcajadas sobre mi regazo, colocándose sobre mi polla antes de caer y embestirse con ella. Parpadeó y entornó los ojos a medida que se penetraba. Emitió un sonido como el de una gata salvaje en celo cuando la llené por completo y me recorrió el pecho con la punta de la hoja, aún caliente.

—¿Listo para sangrar para mí? —preguntó, con una voz que me habría hecho caer de rodillas si no estuviera ya de espaldas.

Apretó el cuchillo contra mi barbilla y me dedicó una sonrisa de una belleza deslumbrante.

—Solo para ti —respondí.

Se rio con suavidad mientras me pinchaba la piel, el mínimo dolor me hizo temblar de anticipación.

—Suplícamelo —susurró.

Su parte más amable lo necesitaba. Necesitaba asegurarse de que quería eso, de que estaba dispuesto, de que deseaba darle mi sangre y mi cuerpo de verdad.

—Por favor, mi señora —supliqué. El cuchillo se alzó amenazador sobre mi pecho—. Hazme daño. Usa mi cuerpo, usa mi piel, hazme sangrar. —Mi pene se estremeció dentro de ella, tan desesperadamente encendido que ansiaba la dulce descarga que me proporcionaría el arma: la plenitud del dolor, la embriagadora sensación de perder sangre y el subidón mágico que vendría después—. Córtame, por favor. Haz que me duela. Hazme sentir cada gota que te doy.

Me hizo un corte largo y profundo en el hombro y casi se me pusieron los ojos en blanco. Movió la mano para agarrarme por la garganta, sin dejar de mirarme a los ojos. Hizo otro corte, esa vez aún más profundo, asegurándose de que mi sangre cubriera ambos lados de la hoja.

Me estaba asfixiando y ni siquiera me importaba. Pasó los dedos por la sangre, jugueteando con ella, creando diseños llenos de placer y dolor en mi pecho antes de volver a cortarme.

Cuatro cortes en total, dos a cada lado del pecho, justo debajo de las clavículas. Ya estaban cicatrizando, pero me gustaba donde estaban y pensé en conservar las cicatrices como recuerdo. Todos esos pensamientos pasaron flotando por mi cerebro salvaje mientras la niebla se espesaba a nuestro alrededor, agitándose sobre el suelo como si fuera un mar.

Se inclinó para besarme y, mientras lo hacíamos, la cogí de la muñeca y la presioné, animándola a que me clavara la hoja una vez más.

Lo hizo, y gemí en voz alta al sentir cómo mi cuerpo se abría para ella. Un murmullo desesperado salió de mis labios, cambiando con rapidez de un idioma a otro porque no sabía ni dónde me encontraba ni cuándo estaba sucediendo aquello. Pese a que la magia que nos rodeaba era una droga y mi mente estaba envuelta en una neblina, había una cosa que tenía perfectamente clara.

—Joder, te quiero —solté sin aliento cuando volvió a cortarme, atravesándome el pecho con una brutalidad de lo más dulce.

Se detuvo. Me observó. Me había prometido a mí mismo que nunca se me volverían a escapar aquellas palabras y, sin embargo, había pasado.

Tampoco me arrepentía. Ni lo más mínimo. En todo caso, mientras yacía ebrio de magia y flotando en el placer, quise haberlas dicho antes.

Aunque lo compensaría. Me esperaba la eternidad y la pasaría reiterando aquellas palabras de todas las formas posibles.

—Repítelo —murmuró, con la cara todavía muy cerca de la mía.

Manchándome la mano con mi propia sangre, levanté el brazo y le pasé los dedos por el pecho, escribiendo las palabras.

—Te quiero —repetí—. Te quiero más que a la vida misma, más que a mi propia libertad. Por ti y solo por ti he seguido vivo, Everly.

Por ti, me enfrentaría a todo lo que alguna vez temí. He vivido mil vidas y te juro que te he amado en cada una de ellas.

Se le humedecieron los ojos al mirarme. No sabía por qué esas palabras se me habían escapado justo en ese momento. No obstante, cuando la vi empapada de sangre, iluminada por la luz de la luna, volví a enamorarme de ella y no pude quedarme callado.

—¿Lo dices en serio? —preguntó, vacilante y a punto de quebrarse.

Se esforzaba por mantener la compostura. Esa clase de palabras asustaban, y yo lo sabía muy bien, pero le había dicho la verdad: por ella, me enfrentaría a todo lo que temía.

Incluso a eso.

—Te lo juro —insistí, acariciándole el rostro.

Ella se inclinó hacia mi mano.

—Oh, Callum. —Jadeó, recuperando el aliento—. Te quiero muchísimo.

Desde las oscuras profundidades del bosque, se escuchó un tambor. A medida que el redoble continuaba, unas formas vagas se movían entre la niebla que nos rodeaba. El aire se llenó de susurros y risas suaves, acompañadas de un sonido que solo podía describirse como el tintineo de unas campanas a lo lejos.

Despacio, Everly se puso en pie, con la mirada perdida en la niebla. Tenía las manos ensangrentadas, inertes a los lados, con el cuchillo aún entre los dedos. Me puse en pie y la seguí de cerca. Observando, esperando.

Poco a poco, una figura surgió de la niebla.

Era alto y delgado, con las extremidades tan alargadas y desgarbadas como las ramas de un árbol. Sus ropajes podían ser de cuero, aunque era casi imposible saberlo debido a la cantidad de musgo y líquenes que los cubrían. La calavera de un caballo le cubría el rostro, revestida de un complejo diseño pintado de un color plateado brillante. Llevaba un bastón intrincado y tenía la barba blanca tan larga que tenía que echársela por encima del hombro para evitar que le cayera hasta el suelo.

El anciano. El rey de las hadas.

Las flores crecían alrededor de sus pies descalzos a medida que caminaba. Cuando por fin se detuvo y se echó la máscara hacia atrás, sentí el impulso de apartar la mirada.

Los fae controlaban una magia que ni las brujas ni los demonios podían tocar. El aire que rodeaba al anciano vibraba con una energía desconocida y su aroma era penetrante y terrenal, como la pimienta recién molida. La longitud y el color pálido de su barba lo hacían parecer mayor, pero al mirarlo a la cara era imposible adivinar su edad.

Sin duda, era incluso mayor que yo.

—Durante mucho tiempo las brujas Laverne han vivido en paz en mi bosque —pronunció, y su voz retumbó en el suelo—. Varias generaciones de tu familia han nacido y muerto bajo estos árboles. Pero hace mucho tiempo que ninguna de vosotras me llama. ¿Qué es lo que buscas?

—Una bendición —respondió Everly, atreviéndose a dar un paso adelante. Extendió el cuchillo y el anciano lo miró con sus ojos blancos entrecerrados—. Si es tan generoso de concedérmela.

El anciano agarró el arma y la examinó, sopesándola en su mano.

—La sangre de un muerto resentido y la sangre de tu amado. —Olfateó, con las fosas nasales dilatadas—. La sangre de un demonio. Me has regalado un aroma de lo más inusual, bruja Laverne.

Se acercó a la botella de hidromiel, la cogió y bebió un largo trago, dejando el recipiente vacío. Los fae rara vez se dejaban ver, Darragh era una excepción de lo más peculiar. Solo los había visto un puñado de veces en toda mi vida y nunca me había topado con un hada de la realeza como esa.

—Voy a aceptar tu petición —terminó diciendo—. Por la misma razón que accedí a la de Sybil cuando acudió a mí. No es porque me hayas halagado con ofrendas o tentado con tu disfrute. Es porque sé cuál es tu propósito. Sé cuáles son tus intenciones. —Se volvió hacia nosotros, asintiendo con la cabeza—. Pretendes matar al Profundo. La bestia del averno venenosa que duerme en la mina, que ha intentado

destruir mi poder durante décadas. Lo he contenido, pero los árboles…
—Apoyó la mano en el tronco de un roble retorcido, con una expresión
repentinamente triste—. Están cansados, y yo también. A medida que
crece el poder del Profundo, cada vez resulta más difícil contenerlo.
—Volvió a observar a Everly con intensidad—. Quiere consumirte.
Susurra tu nombre.

—Lo sé —contestó Everly con fiereza—. Pero lo mataré antes de
que lo haga.

Los ojos del anciano se movieron hacia mí. No dijo ni una palabra,
aunque me miró lenta y cuidadosamente. Como si la respuesta que buscaba estuviera escrita en mi cuerpo, pero de mi lengua solo salieran
mentiras.

Entonces cogió la hoja y se la clavó poco a poco en el pecho. No
se inmutó; no mostró ningún signo de dolor. Cuando la retiró, estaba
empapada de su sangre. La sostuvo sobre las rugientes llamas hasta
que la hoja volvió a ponerse al rojo vivo. Un olor peculiar llenó el aire,
era parecido al de la hierba quemada y la tierra húmeda.

—Esta hoja puede atravesar la carne de una bestia del averno. Tienes que quemar a la bestia desde dentro. —Sacó el cuchillo y lo sujetó
en alto. En cuestión de segundos, la hoja enrojecida volvió a ser plateada. La sangre había desaparecido, pero en el metal se quedaron unos
remolinos de color rojo oscuro.

Se lo tendió, y cuando Everly lo agarró, el aire palpitó.

—Los fae quieren que triunfes, joven bruja —añadió, cubriéndose el
rostro una vez más—. Estaremos observando. Si todo lo demás falla y
la esperanza queda perdida, recuerda esto: el bosque siempre escucha.

Dio un paso atrás, con la niebla arremolinándose a su alrededor. Las
hojas crujieron y los susurros y las risitas volvieron a resonar cerca de
nosotros. Con una última ráfaga de viento, el anciano se esfumó y los
susurros desaparecieron.

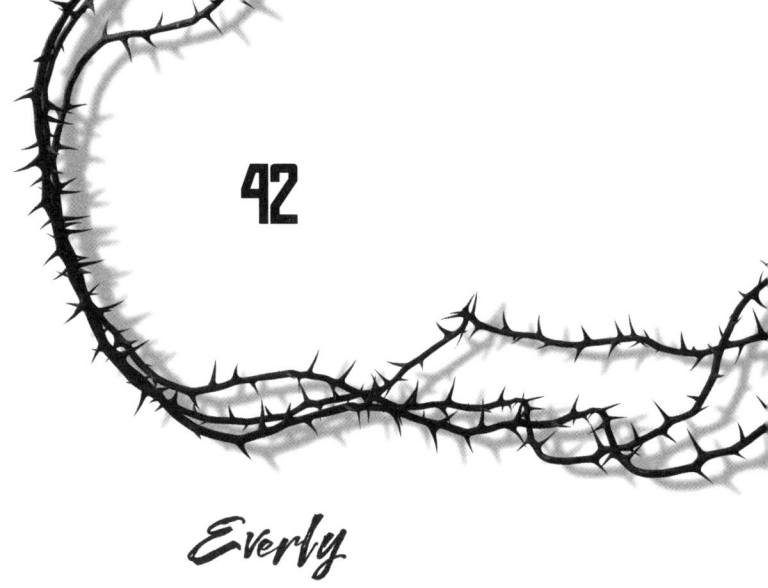

42

Everly

Esa noche no dormí, no de verdad. Cuando el agotamiento de la magia acabó conmigo y no fui capaz de mantenerme en pie, Callum me llevó en brazos hasta la casa. Al regresar, el alba ya se vislumbraba en el horizonte, pero cerré los ojos ante la inminencia del día.

La oscuridad seguía apoderándose de mí, y la luz que iba en aumento me generaba angustia. Callum cerró todas las cortinas, sumiendo mi dormitorio en una hermosa y reconfortante penumbra. Sin fuerzas y exhausta, dejé que me lavara la cara con una toalla, y luego las manos, los brazos y los pies. Me quedé quieta y en silencio todo el rato, renunciando a todo control para limitarme a confiar en sus cuidados.

Me cantaba mientras me dormía, en un idioma que nunca había oído. O tal vez solo imaginaba las palabras, los sonidos. Era difícil distinguir entre lo que soñaba y lo que ocurría a mi alrededor.

Me abrazó y me tumbé desnuda sobre su pecho, con los ojos tan pesados que, aunque quisiera, no podría abrirlos. El humo de la hoguera aún se arremolinaba a mi alrededor y podía oír el eco del bosque: los grillos, el murmullo de las hojas, el goteo del agua.

Durante horas, entré y salí de mis sueños. A medida que mi cuerpo descansaba, mi mente vagaba entre los árboles. Corrí... Corrí hasta que me ardieron los pulmones, hasta que tuve los pies llenos de cortes y los brazos cubiertos de arañazos por las ramas que me azotaban. Me fui adentrando en la arboleda cada vez más, hacia la oscuridad.

Aunque no tenía miedo. La oscuridad era mi manto, mi protección. La oscuridad era el principio. La oscuridad era el final.

Sin embargo, yo no era lo único que acechaba en ella.

Cuando por fin me desperté del sueño, tuve una persistente sensación de inquietud. Me levanté del pecho de Callum, me froté los ojos doloridos y me detuve, frunciendo el ceño mientras intentaba recordar por qué me sentía así.

—¿Has soñado? —me preguntó, pasándome la mano por la espalda—. ¿Qué has visto?

—Oscuridad. Solo oscuridad. Estaba corriendo y... —Hice una pausa, intentando recordar—. Algo me observaba. Pero no podía alcanzarme.

Asintió. No objetó nada. Escuchó mis preocupaciones y mis miedos y no me juzgó. Y...

Me quería.

De repente, el recuerdo de él diciendo aquellas palabras ocupó todos mis pensamientos, haciendo que mi corazón latiera más rápido y que me sintiera como si hubiera mil mariposas revoloteando en mi estómago. Volví a tumbarme sobre él y giré el cuello para darle un beso en la boca.

—Te quiero —susurré.

Sus ojos oscuros se clavaron en los míos. Me acarició el pelo enmarañado y los dos nos reímos por lo bajo cuando se enredó con los nudos y tuvo que tirar de ellos.

—Yo también te quiero —contestó—. Anoche estuviste divina. No solo por tu magia. También por tu confianza. Tu valentía. Te has enfrentado a muchas cosas, cariño. —Se detuvo un momento, estrechándome entre sus brazos—. Quiero llevarte lejos de aquí.

—¿Adónde me llevarías? —lo interrogué con una sonrisa.

Dudó antes de responder, y abrió y cerró los labios varias veces antes de hacerlo.

—Al Infierno. A Dantalion, la Gran Ciudad. La sede del Consejo.

—Pero eso no es posible, ¿no? Al menos no hasta que esté… Bueno, no hasta que esté muerta, ¿verdad?

—Las brujas pueden atravesar el Velo y el Intermedio. Pueden entrar en el Infierno, si tienen a alguien que se lo permita. Y tú lo tienes.

Sonrió y se me escapó una risa nerviosa. Mi sonrisa se desvaneció, luego reapareció y volvió a esfumarse.

—¿De verdad crees que puedo hacerlo? ¿Que podría llegar hasta allí?

—No me cabe la menor duda. Han pasado siglos desde la última vez que estuve en el Infierno. Al menos, desde que estuve allí por voluntad propia. No he querido regresar. Sin embargo, cuando estoy contigo, me haces pensar en casa. En todos los sitios bonitos y mágicos que no he visto en mucho tiempo. Haces que quiera compartir contigo una parte de mi vida a la que pensé que nunca volvería.

—Quiero verlo —musité, aunque la declaración me hizo temblar de los nervios.

Los cortes que le había hecho la noche anterior estaban completamente curados, aunque aún le quedaban unas cicatrices muy finas bajo las clavículas y las tracé con los dedos.

—Hubo una época en el que no quería volver nunca —me confesó—. Cada lugar que me resultaba familiar me dolía. Había recuerdos por todas partes, recordatorios inevitables de aquellos a los que había perdido. Sigue doliéndome. No creo que el duelo termine nunca de verdad. Pero, durante mucho tiempo, el Infierno era lo único que conocía. Es parte de mí. Y ahora también forma parte de ti. —Extendió la mano y tocó las cicatrices de mi barriga—. El Infierno considera que matar a un dios es sinónimo de guerra. Cuando expulsaron a los dioses del Infierno, el Consejo exigió que, si encontraban a uno y decidían matarlo, el cazador que pretendiera hacerlo acudiera primero a ellos y pidiera su bendición. Nunca lo hice. —Sonrió, aunque su expresión no era alegre—. En mi cabeza, la guerra nunca había terminado. Mi ejército había desaparecido, pero yo seguía siendo un guerrero. Sin embargo, ahora… las cosas han cambiado.

Él había cambiado, y yo también. Cosas que antes había creído imposibles en ese momento estaban al alcance de mi mano. Había un futuro sin el terror del dios cerniéndose sobre nosotros, más cerca que nunca y, al mismo tiempo, muy lejos.

—Cuando el Profundo muera, mi guerra habrá terminado —afirmó—. Ha pasado mucho tiempo. Ya no quiero huir del dolor. Quiero vivir en paz. Quiero saber qué se siente al descansar. Quiero pasarme la eternidad aprendiendo a amarte.

Pensarlo me llenó de calidez.

Una vida sin Dios, sin el Libiri. Podíamos quedarnos a salvo en esa casa o viajar como quisiéramos.

Podía tener una vida que había creído imposible.

No obstante, entre nosotros y esa vida, el dios seguía ahí, interponiéndose.

—Debemos conseguir la bendición del Consejo —comentó Callum—. Nos darán una audiencia, y quiero que la realeza del Infierno vea a la bruja que lucha en su nombre. Si por una vez hago algo bien, servirá para poner fin a la amargura que hay entre Lucifer y yo. Y mientras estemos allí, podrás descansar unos días. Has estado trabajando duro.

—Estaría bien descansar un poco —admití con un fuerte suspiro—. Tengo el cerebro frito. Pero un solo día sin practicar ya es demasiado.

—En el Infierno, el tiempo pasa de manera distinta —me explicó—. Un día en la Tierra son casi tres días allí. No te perderás nada. Tu cuerpo puede descansar mientras tu espíritu vaga conmigo. ¿Qué te parece?

Había tanto entusiasmo en sus ojos oscuros que asentí enseguida, a pesar de mis temores.

—Suena increíble y aterrador. ¡Claro que quiero ir!

A la mañana siguiente, al levantarme, solo tenía un pensamiento en mente. Yo, un ser humano que respiraba, iba a cruzar las puertas del Infierno. Una bruja que acababa de aprender a controlar su poder iba a enfrentarse a seres que llevaban miles de años manejando la magia e insistir en que se podía confiar en mí.

Durante unos minutos, me quedé tumbada en la cama con la barriga revuelta. ¿Qué se ponía una para presentarse ante la realeza del Infierno? ¿Una falda de tubo y una americana? ¿Un vestido? ¿Tacones? ¿Tenía que inclinarme? ¿Ofrecerles la mano? ¿Mantener la cabeza alta?

No estaba preparada para eso.

Sin embargo, también estaba más preparada de lo que nunca estaría.

Callum había salido de mi habitación cuando yo dormía, lo cual no me sorprendió. La noche anterior había estado inquieto, apenas capaz de quedarse tumbado en la cama mientras yo me quedaba dormida. Nos trasmitíamos nuestros nervios el uno al otro y solo se quedó quieto, por fin, en el momento que me puse encima de él, recostándome sobre su pecho.

El aroma de la comida emanaba de debajo de la tapa del plato que había sobre la mesa, aunque no podía comer teniendo el estómago hecho un manojo de nervios. Me enfrentaba a la tarea de abandonar la Tierra, lanzando a mi yo espiritual tan lejos de mi cuerpo como para poder caminar por el Infierno. No era algo fácil de hacer, ni siquiera para las brujas experimentadas.

Pero Callum estaría a mi lado. Él me enseñaría cómo hacerlo.

—¿Estás buscando al demonio? —me preguntó la abuela cuando pasé por la biblioteca—. Está en su habitación. ¡Lleva horas ahí metido!

Había una pregunta implícita en su tono de voz, pero no sabía qué responderle. Callum no había pisado aquella habitación desde la primera vez que crucé la puerta, así que no podía imaginarme por qué había vuelto allí.

A medida que avancé por el pasillo, vi que las grandes puertas estaban entreabiertas. Se me dibujó una sonrisa en la cara al recordar el instante en el que corrí por ese mismo lugar, tropezando aterrorizada, segura de que estaba a punto de morir a manos de la bestia monstruosa que había liberado por accidente.

Ahora ese monstruo era mi príncipe. La bestia era igual de cariñosa que despiadada, igual de leal que peligrosa.

—¿Callum? —lo llamé al entrar.

Mi demonio estaba al otro lado de la habitación, pero había algo diferente en él.

Al principio pensé que otro demonio había entrado en casa. Callum estaba de espaldas a mí, desnudo frente a un gran espejo enmarcado. Sin embargo, casi cada centímetro de su piel estaba tatuado. Eran obras de arte elaboradas y detalladas, como nunca había visto en un ser humano. Los colores iban variando a medida que me acercaba; incluso las propias líneas cambiaban, como si el arte estuviera vivo.

Aunque no se trataba solo de eso. En el reflejo, vi cómo deslizaba un fino anillo de plata por su labio inferior, ajustándolo hasta que quedó a la vista una diminuta joya de color rojo carmesí. Como una gota de sangre en el centro de su boca.

Desvió la mirada hacia mí en el espejo.

—Callum, estás… hermoso.

Era la única palabra que de verdad podía abarcar mi asombro, mi incredulidad.

La expresión de Callum era dura pero frágil. Ablandada, aunque muy poco, por el reconocimiento visual de todo el amor que había sentido. Todo el amor que le habían dado.

Las joyas, la tinta y el metal le cubrían como un tapiz. Toda una vida de amor y devoción. Pero ver todo aquello, por precioso que fuera, también me llenó de tristeza. Cuando me acerqué por detrás y le rodeé la cintura con los brazos para apoyar la cabeza en su espalda, sentí que se estremecía.

Cada marca, cada joya era una vida que había perdido. Un alma que nunca volvería a encontrar, una voz que nunca volvería a oír, una caricia que nunca volvería a sentir.

—Esto es por ti, Everly —dijo. A pesar de que controlaba cuidadosamente su voz, percibí el dolor que le recorría—. Solo volvería a ir a la guerra por ti. Solo por ti. Pero si voy a ir, los llevaré conmigo. Merecen ver la venganza. Merecen volver a probar la sangre de los dioses.

—Lo merecen. Y lo harán.

Se giró para mirarme y levanté la mano para posarla sobre su mejilla. Parecía más humano; ya no se parecía tanto a un ser tallado en mármol, sino a una criatura de carne y hueso. Una criatura que podía sentir, con tanta intensidad y pasión que lo había guardado todo bajo llave para poder seguir viviendo.

—Es por esto, ¿no? —pregunté—. Vamos a la guerra.

Me acarició la cara con cariño.

—Sí, mi amor. Vamos a la guerra y tú nos guiarás.

—No creo estar preparada.

—Yo tampoco estaba preparado. Pero a veces estamos preparados para mucho más de lo que creemos.

Nos besamos. Fue un beso suave y desesperado, profundo y hambriento. Nos besamos para ahogar el miedo, para silenciar las dudas, para sofocar el dolor.

Cuando estuvimos listos, fuimos a la sala de meditación.

Tenía las manos húmedas por el sudor cuando la puerta se cerró tras nosotros y Callum puso el metrónomo en marcha. El sonido hizo que mi cerebro se relajase y lo sintiese vulnerable incluso antes de encender el incienso. A medida que el humo aromático recorría la habitación, la luz se iba atenuando. Pronto la única iluminación que quedó fueron las centelleantes estrellas del cielo, esparcidas por el techo como diamantes sobre terciopelo.

Callum me dio la mano y, juntos, nos pusimos de pie en el centro de la sala. La ansiedad me subió a la garganta, amenazando con ahogarme.

—No creo que pueda hacerlo, Callum —dije de repente—. No creo que pueda salir de mi cuerpo. No puedo.

—Olvídate de las mentiras que te han dicho, Everly. —Me levantó las manos para besarme los nudillos—. Olvida todo lo que te ha hecho dudar de lo que sabes que puedes hacer. Yo te mostraré el camino. Estaré a tu lado en todo momento. Has aprendido a proteger tu mente, a bloquearla bien y a no dejar que nada entre en ella. Ahora tienes que aprender a dejar que vague de nuevo.

Respirando hondo, intenté convencerme de que no era una de las cosas más estúpidas y peligrosas que había hecho nunca. Sin embargo, ya no era la misma chica atemorizada que había estado en St. Thaddeus y había sentido cómo el Profundo se colaba en su cabeza. Ya no era la bruja inexperta que temía su propio poder.

Entraría en el Infierno con la cabeza bien alta. Sería una bruja a la que respetar y temer.

Callum me tapó los ojos con la palma de la mano, animándome a cerrarlos antes de volver a cogerme las manos.

—Cuando atravieses las puertas del Infierno, no habrá un solo demonio que no perciba tus pasos. Temblarán, cariño. Ahora relájate. No te soltaré. Baja la guardia, querida. Deja vagar tu mente.

Me parecía mal. Me parecía que era peligroso. Como tocar unos fogones calientes o meterse en medio del tráfico; el instinto me exigía que me detuviera, que diera marcha atrás.

Relajé los músculos uno a uno. Incluso mis ojos, que se movían nerviosos a pesar de estar cerrados, eran un punto de tensión que tenía que obligarme a distender. Al exhalar, imaginé que el malestar me abandonaba y se disipaba en el aire como un vapor inofensivo.

Podía despojarme de mi cuerpo como de la ropa, entrar y salir de él a mi antojo. Pero debía tener cuidado con él, como con un vestido de seda muy caro. Si no lo hacía, quizá nunca encontraría el camino de vuelta. Las brujas ya se habían perdido antes en el Intermedio, vagando en esa vasta extensión para siempre. Incapaces de vivir de verdad… Incapaces de morir…

—Ev —la voz de Callum era amable—, estás retrocediendo. Pesas más que un ancla. Relájate. —Sus dedos rozaron los míos, presionándome con más fuerza la palma de la mano—. Suéltate. Entra en el Velo. Abandona el peso.

Me concentré. Dejé que los nervios y el miedo me recorrieran como el agua fría recorría una piedra hasta que desaparecieron. Y al hacerlo, me sentí más ligera. Más suave. En mi mente, me veía como un sauce que se inclinaba y se dejaba llevar por una suave brisa, aunque estaba tan enraizado que ni siquiera un huracán podría obligarme a romperme.

A cada segundo que pasaba, me sentía más flotante, menos corpórea y con la piel extrañamente entumecida.

Algo frío y húmedo me rozó la cara, como si hubiera atravesado un muro de niebla. Cuando abrí los ojos, me encontré exactamente con eso: un mar de niebla blanca y espesa en el que Callum y yo estábamos codo con codo.

El Velo.

Seguimos caminando, en silencio. La niebla se hizo más fina; se retorcía y se arremolinaba como el humo atrapado por un viento feroz. A nuestro alrededor se aglomeraban rayas de colores que parecían pintura flotando en el agua.

—Ahora mismo estamos en medio y entre todas las realidades —me explicó Callum—. Todos los mundos. Todos los universos. Si caminas lo suficiente, ni siquiera el tiempo es una barrera. Aquí puedes acceder a todos ellos, tal y como son, tal y como fueron y tal y como serán.

Los colores seguían concentrándose y si los miraba fijamente el tiempo suficiente, podía ver aún más detalles entre la niebla. Me vinieron a la mente paisajes que se desvanecían como el polvo en el viento. Desiertos inmensos y escarpados. Bosques tupidos y frondosos. Flora y fauna desconocidas, estructuras que a todas luces no habían sido diseñadas por el hombre.

La curiosidad exigía que siguiera persiguiendo esas visiones, que las adentrara aún más en la niebla. Sin embargo, así era exactamente como las brujas errantes se perdían. Tenía que concentrarme.

—¿Qué debería buscar?

—Unas puertas enormes, de metal negro forjado, que se elevan lo bastante como para tocar las nubes —respondió Callum. Su mano, que me rodeaba con fuerza, fue mi mayor apoyo—. Están enmarcadas por unos grandes guerreros tallados en piedra, con alas que proyectan sombras tan grandes que pueden hacer que parezca de noche en los campos. ¿Te las imaginas? ¿Las ves?

—Sí. Las veo.

Mantuve la imagen en mi mente. Con la mirada fija en la niebla arremolinada, pude vislumbrar las barras de hierro elevándose hacia el cielo. Los campos se perdían en la distancia y, por encima de todo, había una ciudad resplandeciente con torres que atravesaban el cielo.

—Esas puertas se abrirán para ti, Everly. Camina hacia ellas con confianza. Sin miedo. Mantén la cabeza alta. Estate segura de que te dejarán pasar.

Aunque todavía no podía verlas con claridad, estaba segura de que las puertas estaban allí. Caminé en su dirección, llevando a Callum de la mano. Al principio lo hice despacio, pero luego fui más deprisa a cada paso. Estaban allí de verdad. Se alzaban tan altas que no podía ver dónde terminaban. Los guerreros demonios se erguían a ambos lados, con las manos apoyadas en ellas.

La niebla se disipó. La hierba me rozó la mano mientras se mecía a mi lado, y al mirar hacia abajo descubrí que las briznas eran tan claras como las perlas. Daba la impresión de ser un mar de hierba blanca, curvándose despacio al compás de la brisa.

No me detuve, no descansé. Las puertas parecían estar selladas, pero nadie las vigilaba y tampoco había una valla a cada lado.

—¿Una puerta sin valla? —pregunté—. ¿Por qué?

—La valla está ahí —contestó Callum—. Concéntrate. ¿Sientes el crepitar del aire, el calor? Si alguien intentara rodear la entrada, nunca entraría en el Infierno. Vagarían por los páramos para siempre, sin forma de regresar.

—¿Y las puertas se abren para alguien?

—No. Las puertas se abren para el poder. Que ese poder sea malo o bueno es irrelevante. El Infierno ansía poder, ansía fuerza. Este mundo contiene mucha más magia que el reino humano y está muy hambrienta.

La magia era palpable, espesa en el aire y dulce en mi lengua.

Cuando las grandes puertas se abrieron ante nosotros, oscilando sobre unas bisagras que rechinaban y aullaban como las criaturas más malvadas del Infierno, una sonrisa se dibujó en mi rostro.

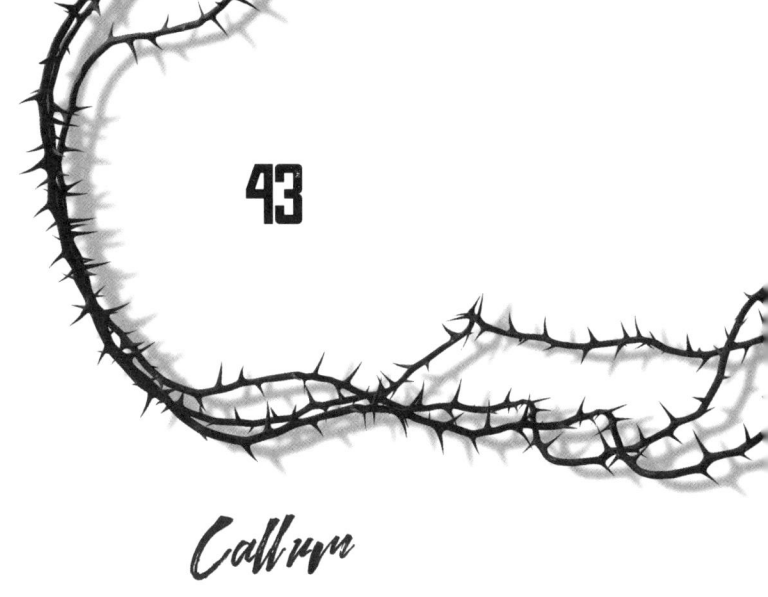

43

Callum

Estaba en casa porque quería y me apetecía. Por fin había vuelto.

Me sentía ligero, sin la carga del cuerpo y la sangre del mundo humano. Impulsado por la magia y liberado del peso de la gravedad de la Tierra.

El Infierno era libertad; al menos, siempre se pretendió que lo fuera. Por eso habíamos luchado. Los dioses no nos gobernarían, no estaríamos subyugados a las normas y caprichos de ninguna deidad. Las reglas que teníamos allí (y eran muy pocas) eran sagradas pero austeras.

El aire se agitó cuando atravesamos las puertas, vibrando como la cuerda pulsada de un arpa. La hierba blanca se movía y me rozaba las yemas de los dedos como las plumas más suaves. Everly jadeó cuando las cruzamos y el nuevo mundo que la rodeaba cobró nitidez. Ante nosotros se extendía un bosque de árboles retorcidos, con largas ramas nudosas que llegaban hasta el suelo. Su corteza era del color del hielo y por los troncos trepaban enredaderas de un verde intenso de las que brotaban bayas transparentes en racimos muy pequeños.

Everly redujo la velocidad de sus pasos, con los ojos muy abiertos por el asombro, observando a su alrededor.

—Vaya… Madre mía…

Se detuvo del todo cuando vio a una criaturilla peluda trepando por uno de los árboles. Tenía los ojos alineados en pequeños tallos en la espalda y miraba en todas direcciones mientras se escondía entre las hojas a toda prisa.

Dejé que la nerviosa criatura se subiera a mi mano. Tenía unas patitas que se me pegaban a la piel y la acerqué para que Everly pudiera verla. Tenía los ojos brillantes por el asombro y una sonrisa tan amplia que parecía haber olvidado por completo por qué estábamos ahí.

La verdad era que esperaba que así fuera. Atesoraba cada pequeño momento de felicidad sin límites que veía en ella. Una felicidad que le habían negado durante demasiado tiempo.

—Las llamamos pepitas —le comenté mientras observaba a la pequeña criatura arrastrarse por mi brazo—. Ten cuidado de no asustarla, porque si no…

Pero Everly alargó la mano para acariciar a la criatura demasiado rápido. Esta desapareció, dejando tras de sí una brillante nube dorada que hizo que mi bruja comenzara a estornudar sin parar.

—Intenté advertirte.

Me reí mientras ella se doblaba, apoyando la mano contra un árbol sin parar de estornudar.

—Agárrate fuerte —advertí cuando se recuperó, dándole la mano.

Me la apretó con fuerza y me teletransporté, arrastrándola conmigo. Cuando volvimos a tocar tierra, el cielo estaba nublado y el sonido de las olas llenaba el aire. El suelo bajo nuestros pies era una roca negra brillante, con grandes estructuras cristalinas del color de las esmeraldas.

Everly se quedó boquiabierta al contemplar el acantilado, donde las olas del mar Negro se agitaban y rompían mucho más abajo.

Unos árboles gigantescos surgían del agua, con sus troncos cubiertos de cristales verdes del mismo color oscuro que sus enormes hojas. Las raíces llegaban hasta el fondo, creando un hogar para las numerosas criaturas que vivían bajo las olas.

—Callum, es precioso. —Everly tenía la voz entrecortada por el asombro.

Había pasado tanto tiempo que casi lo había olvidado, pero lo cierto es que lo era. A medida que observábamos las olas, una aleta con espinas iridiscentes se elevó por encima del agua, brillando al sol, antes de que la enorme serpiente que había debajo volviera a sumergirse en las profundidades. Everly se quedó sin aliento, callada, asimilándolo todo.

Seguía esperando que volviera el sufrimiento. Los recuerdos, la pena. Sin embargo, cuando la miraba, el dolor de mi interior no podía convertirse en agonía.

—Date la vuelta —le pedí—. Hay más.

Abrió los ojos de par en par cuando se giró y vio Dantalion por primera vez. La Gran Ciudad se alzaba sobre las llanuras rocosas, con sus torres de piedra negra cubiertas de enredaderas de color verde oscuro. La ciudadela de ónice se elevaba por encima de todo, envuelta en nubes y niebla, y sus ventanas brillaban con luz cálida.

—¿Podemos acercarnos? —Jadeó—. ¿Podemos entrar en la ciudad?

Con una sonrisa, volví a cogerla de la mano y nos teletransporté al bulevar principal.

El camino estaba pavimentado con piedras de color gris pálido y bordeado de altos sauces que florecían con flores rojas como la sangre. Demonios y espíritus humanos se relajaban fuera de las cafeterías bebiendo alcohol y brebajes de hierbas, mientras las risas y las conversaciones bulliciosas resonaban entre los altos edificios. Las tiendas ofrecían numerosas mercancías: plantas raras y poco comunes, gemas y joyas, ropa, muebles, arte e incluso bestias.

Allí el dinero no tenía ningún propósito. Solo lo utilizábamos para nuestras expediciones al mundo humano. Entre los nuestros, no había motivo para que ninguno se quedara sin algo que necesitaba. El Infierno era un lugar enorme y pródigo, y estábamos mejor cuando nos cuidábamos los unos a los otros. ¿De qué servía la libertad si solo la tenían aquellos que eran lo bastante privilegiados como para alcanzarla?

La cabeza de Everly se movía sin parar, intentando asimilarlo todo a la vez. Caminamos tomándonos nuestro tiempo, y no pasó mucho rato antes de que otros demonios se fijaran en nosotros. Un alma humana en el Infierno no era nada inusual: había muchas almas mortales allí, viviendo su eternidad junto a nosotros. Pero que fuera el alma de una bruja era poco común, y el aroma de Everly resplandecía con vida.

No tardó en despertar interés.

Las garras se agitaron y las alas se levantaron. Cabezas con cuernos se alzaron curiosas para vernos pasar. Los murmullos circulaban por la calle.

—¿Una bruja en el Infierno?

—¿Una bruja viva?

—¿Quién es ese que está con ella?

—Es uno de los antiguos, ¿no?

—Callum. Ese es Callum.

Me detuve al oír una voz familiar y tiré de Everly con la mano para que ella también lo hiciera. Había un demonio en la cavernosa abertura de una taberna cerca, mirándome fijamente con unos ojos negros que brillaban con destellos dorados. Tenía un aspecto diferente; claro que sí, había pasado mucho tiempo. Le habían salido cuernos, pero no alas; su pelo oscuro había crecido lo suficiente como para rozar el suelo y sus tatuajes eran brillantes y coloridos, aunque una vez habían sido solo negros y grises.

—Kimaris. —Mi voz luchó por formar su nombre.

Ella se acercó vacilante, dando unos pasos cada vez.

—Has vuelto a casa. —Se rio con suavidad y miró a Everly—. No me lo puedo creer. De verdad… encontraste a tu bruja.

—Juré que lo haría —repliqué.

Y entonces, en un abrir y cerrar de ojos, cruzó la distancia que nos separaba y me abrazó.

Los recuerdos dolorosos florecieron antes de marchitarse. Kimaris me agarró de la nuca y yo la sujeté de la suya; nuestras garras se clavaron lo suficiente como para hacernos sangrar mientras juntábamos nuestras frentes.

—Pensé que habías muerto —confesó—. Que habías muerto en una de tus cacerías.

—Si los dioses no pudieron matarme en el Infierno, Kim, tampoco podrían hacerlo en la Tierra —repuse a medida que nos alejábamos el uno del otro.

Everly me observó, sonriendo con amabilidad, pero también con evidente confusión.

Kimaris se volvió hacia ella y abrió los brazos para abrazarla, pero enseguida se contuvo.

—Ay, es verdad. Humana. —Se echó a reír y le tendió la mano. Everly le estrechó la mano y sonrió con timidez antes de abrir los brazos para aceptar un abrazo. Kimaris la rodeó con los brazos y la levantó por completo, diciendo emocionada—: ¡Todos pensábamos que estaba loco por perseguirte! ¡Pero eres real! ¡Ja! —Volvió a ponerla sobre sus pies, aunque se detuvo un momento, con los ojos clavados en mi bruja mientras olisqueaba el aire—. Tu olor es… —Kimaris me contempló, con una pregunta que no pude leer en su mirada. No obstante, enseguida volvió a apartar la vista, negando con la cabeza y riéndose—. Tienes mucha magia, amor. Abruma un poco.

—Dímelo a mí —comentó Everly con un suspiro dramático y bromista.

Kim volvió a reírse, haciéndonos señas para que la siguiéramos.

—Venid, por favor, tomad algo conmigo. Ha pasado demasiado tiempo.

—¿Un dios adorado? Por las pelotas de Lucifer, es muy atrevido perseguir algo así, Callum. Hasta con una bruja a tu lado.

Kimaris bebió un largo trago de su vaso, dejándolo vacío antes de levantarlo en el aire para que el camarero pudiera verlo. El humano que estaba detrás de la barra asintió antes de mezclar algunas hierbas en otro vaso y verter un líquido rojo rubí encima.

—Gracias, Willi —dijo cuando le trajo el brebaje a nuestra mesa.

La taberna estaba poco iluminada, era cómoda y fresca. De día o de noche, los sitios así estaban llenos de demonios bebiendo, socializando y fornicando.

Everly no dejaba de distraerse con el hecho de que a los demonios les gustara follar abiertamente, como a los tres que estaban divirtiéndose en la esquina opuesta a la nuestra. Se esforzaba mucho por no observarlos, pero sus mejillas enrojecidas y su ritmo cardíaco acelerado me decían que seguía lanzando miradas furtivas en su dirección.

—Así que por fin te has decidido a hacer las cosas bien, ¿eh? —prosiguió Kimaris—. ¿Vas a pedir la bendición del Consejo?

—Ya es hora de enterrar el rencor —respondí, dándole un trago a mi bebida. El alcohol del Infierno era mucho más potente que cualquier otro que pudiera encontrarse en la Tierra y saboreé el ardor al beber. Había advertido a Everly que bebiera despacio, pero hipó y soltó una risita después de dar otro trago.

—¿Lucifer sabe lo de ella? —inquirió Kimaris, mirando fijamente a Everly. Cuando asentí, frunció el ceño—. ¿Pero sabe que ella está…? —Alternó la mirada del uno al otro.

—¿Desentrenada? —sugirió Everly, terminando la frase por Kim—. No estaba muy contento conmigo, pero estoy segura de que lo sabe. ¿No es así, Callum?

Kimaris bajó la mirada y tuve la extraña sensación de que esa no era la palabra que iba a decir. Pero no la presioné.

—Lucifer estará bien —intervine—. Sé que Paimon y Bael apoyarán nuestra causa. Y Lucifer no irá en contra de ambos.

Kimaris se recostó en su silla, asintiendo. Me alegraba verla después de tanto tiempo, sana y feliz. Cuando dejé el Infierno, apenas hablaba.

La guerra les pasó factura a todos los que sobrevivieron a ella.

—Bueno, te deseo suerte —añadió, levantando su copa—. Personalmente, no hay precio en el mundo que me haga enfrentarme de nuevo a uno de esos malditos dioses. Ni siquiera por mil almas de bruja.

—No es por un trato —le aseguré. Mi mano subió por el muslo de Everly y ella me sonrió. Se le habían dilatado las pupilas, la tristeza ya se había apoderado de ella—. Esta es mi última cacería. Cuando el dios esté muerto, quiero paz.

Kimaris se acercó y apartó el vaso de Everly del borde de la mesa mientras mi bruja apoyaba la cabeza en mi hombro.

—Creo que es suficiente para ti, amor. No querrás pasarte. —Le guiñó un ojo y se bebió el resto que quedaba.

Tenía razón, desde luego. El crepúsculo apenas comenzaba a caer y el Infierno cobraba vida por la noche. Everly no podría disfrutarlo si se desmayaba, borracha.

—Bueno, ¿cuál es el plan para esta noche? —preguntó Kimaris—. Seguro que un poco de juerga está bien antes de ir a charlar con el Consejo. Aunque me imagino que causaréis revuelo allá donde vayáis.

—Algún sitio donde podamos tener un poco de intimidad para divertirnos —indiqué, y Everly asintió con entusiasmo. Incluso conmigo acompañándola, la presencia de una bruja ponía nerviosos a los demonios. Los que estaban en la taberna hacían bien en no meterse en lo que no les importaba, pero llevarla a un lugar concurrido podría llamar su atención mucho más de lo que estaba preparada para soportar.

—Deberíais ir a las fuentes termales —sugirió Kimaris—. Solía ser uno de tus sitios favoritos, ¿no? Han cambiado desde la última vez que estuviste allí; ahora son bastante lujosas. —Se dirigió a Everly y le guiñó un ojo—. El paseo por el acantilado puede dar un poco de miedo, pero merece la pena.

—No me asusta —respondió—. Bañarse en una terma suena increíble.

Incluso sentada a mi lado, estaba demasiado lejos para mi gusto. La subí a mi regazo y enterré mi cara en su cuello posesivamente, dejándoles claro a todos los demonios que la rodeaban que me pertenecía.

—Haremos algo más que bañarnos —gruñí en un susurro—. Eso te lo aseguro, cariño.

44

Everly

Kimaris tenía razón. El camino hasta las termas era aterrador, pero hice todo lo que pude para que no se me notara.

De vuelta al acantilado, cerca del mar, una escalera estrecha nos condujo a una fisura. Las olas chocaban muy por debajo, rugiendo al resonar en la roca, con la espuma agitándose en el agua como la boca de una bestia rabiosa. La escalera no estaba tan mal al principio, flanqueada con piedras negras y lisas a ambos lados. Pero entonces la grieta se ensanchó y esta se aferró solo a un lado de la roca escarpada. No había barandilla, ni siquiera una cuerda. Avanzamos a tientas por los empinados escalones, con piedras a un lado y una caída en picado hacia el mar al otro.

A Callum no le molestaba lo más mínimo. Me llevaba de la mano, me observaba de vez en cuando y se reía.

—¿Te crees que te dejaría caer?

—No —respondí, sin dejar de mirarlo para no dirigir la vista a la enorme caída que había a mi lado—. Aunque podríamos habernos tele-transportado hasta allí, tal vez.

Volvió a reírse y me dio un apretón en la mano.

—Podríamos haberlo hecho. Pero me gusta pasear.

Claro que sí.

Por suerte, aquel alcohol demoníaco seguía corriendo por mis venas, adormeciendo la mayor parte de mi miedo. Nunca había bebido mucho, ni siquiera en el mundo humano, porque tenía el estómago demasiado sensible. Pero la bebida que Callum había pedido para mí estaba deliciosa. Con sabor a fruta y hierbas, con una quemazón que aún sentía en el pecho.

Era surrealista estar en presencia de tantos demonios. Caminar por las calles de la Gran Ciudad y ver tanta variedad de alas, garras, cuernos y colmillos a mi alrededor era como caminar por un sueño. Incluso los humanos parecían demoníacos. Tenían un brillo sobrenatural en los ojos y rostros juveniles y se movían con tanta soltura que parecían felinos.

Todo lo que había creído sobre el Infierno era erróneo. Allí podía tener un futuro. Una eternidad.

Si el Profundo no me consumía primero.

Sacudí la cabeza para deshacerme de esos pensamientos negativos y me centré en el camino. Por fin, la escalera llegó a su fin y pisamos una sección plana de roca que sobresalía del acantilado. Había orbes resplandecientes suspendidos por unos finos cables plateados que parecían flotar en el aire. Una hamaca colgaba entre dos escarpadas columnas de cristal y en ella yacía un demonio que levantó la mano perezosamente para saludarnos, pero no se molestó en abrir los ojos.

Hasta que sus fosas nasales se encendieron y olisqueó el aire. Entonces sus ojos se abrieron de par en par y sus iris dorados se dirigieron hacia mí, alarmados.

—¡La puta madre de Bael! —exclamó—. Vaya olor tienes, bruja. Me has asustado. Creía que iban a robarme mi marca. —Se estiró al sentarse, con las largas piernas colgando a ambos lados de la hamaca. Era difícil darse cuenta al principio debido a la extensión de sus tatuajes, pero estaba completamente desnudo. Miró a Callum fijamente durante un buen rato antes de inclinar la cabeza—. Bienvenido a las termas, dux. ¿Puedo hacer algo por ti?

—¿Hay alguna caverna libre? —preguntó Callum.

Por primera vez, me di cuenta de que había una cueva abierta en la roca; el camino estaba iluminado con más de esos orbes resplandecientes.

El demonio asintió.

—Debería haber una piscina grande libre cerca de la parte trasera. Sigue caminando hacia la derecha, busca las piedras de zafiro. La cata está a la izquierda. —Sus ojos seguían deslizándose con curiosidad de Callum a mí, como si hubiera una pregunta que deseara hacer, pero no se atreviera. Luego volvió a tumbarse, despacio—. Si necesitáis algo, estaré aquí toda la noche. Me llamo Silas.

Nada más entrar en el túnel, el aire se volvió húmedo y cálido. La humedad goteaba de las piedras lisas a medida que nos adentrábamos en la montaña. Había voces más adelante, débiles aunque bulliciosas, amortiguadas por la distancia. El aroma de la roca mojada impregnaba la atmósfera, aunque también percibía el olor de la marihuana, la hierba de limón y algo dulce, como el azúcar, en la parte posterior de mi lengua.

—Te ha llamado dux —comenté, observando a Callum con curiosidad—. Es latín, ¿verdad?

—Más o menos. Es un título honorífico. El equivalente a maestro o capitán.

—¿Te conocía? ¿De antes?

Callum negó con la cabeza.

—Es joven. Es posible que ni siquiera estuviera vivo la última vez que viví en el Infierno. Pero ciertos rasgos demoníacos, alas y cuernos, por ejemplo, no se manifiestan hasta que somos bastante mayores.

—Así que lo que está haciendo en realidad es llamarte viejo —solté, lanzándole una mirada burlona.

Se rio, me acercó a su lado y me apretó el culo.

—Mmm, sigue provocándome, cariño, a ver qué pasa. Hay muchos demonios a los que les encantaría ver cómo azotan a una bruja.

—¡No te atreverías! —exclamé, golpeándole el pecho, ofendida—. ¿Así es como tratas a tu señora?

—Por supuesto, cuando mi señora se porta mal. Además, castigarte te inspiraría a hacer lo mismo conmigo más tarde.

El túnel se abrió, y me habría detenido en seco de no ser por el brazo de Callum que estaba rodeándome. La caverna en la que entramos era enorme y se elevaba hacia un techo alto cubierto de estalactitas. Alrededor había piscinas con aguas termales. Las nubes de vapor flotaban en el aire, con un fuerte olor a minerales y un vago aroma a sal. Las piedras bajo mis pies descalzos estaban calientes, cubiertas de una fina capa de agua que hacía que chapotease al seguir caminando.

Había unas gigantescas estructuras de cristal (brotando del techo, de las paredes, del suelo) por toda la caverna. La mayoría eran claras y poco opacas, como fragmentos de hielo, mientras que otras eran de color violeta, rosa o azul. Se habían abierto senderos entre ellas para llegar a las distintas piscinas. Sin embargo, el tamaño y grosor de las agrupaciones permitía que cada fuente termal tuviera un poco de intimidad, ocultándolas de la vista.

Había muchos demonios bañándose en las piscinas o tumbados en las rocas junto a ellas. En el aire se oían risas y sonidos de placer. Callum me adentró en la gruta, siguiendo un camino serpenteante hacia la derecha que ascendía hacia una habitación más pequeña.

Los cristales que crecían ahí eran transparentes en la base, aunque sus puntas afiladas eran de un azul vibrante. Había un sutil resplandor en su interior que iluminaba la cueva, bañándola en una luz fría y relajante. La piscina era grande y estaba rodeada de piedras lisas que prácticamente invitaban a estirar el cuerpo y descansar.

—La caverna es para nosotros solos —aclaró Callum, caminando hacia el otro lado de la piscina a la vez que yo observaba maravillada a mi alrededor—. Las piscinas compartidas están bien, pero prefiero tenerte para mí solo.

Como de costumbre, Callum no llevaba mucho puesto encima. Solo unos pantalones sueltos de un suave y sedoso material negro, que se quitó enseguida. Bajo la tenue luz parecía etéreo, con la piel teñida de azul por los cristales que lo rodeaban y los vacíos de sus ojos sumidos en la oscuridad. Desde que había vuelto a lucir sus tatuajes y sus *piercings*, me resultaba imposible no mirarlo. Siempre había sido hermoso, pero verlo en ese momento era como contemplar una obra maestra clásica con incrustaciones de oro y joyas.

—Este siempre fue uno de mis sitios favoritos de la Gran Ciudad —comentó. Había estantes tallados en la pared de piedra, y pasó los dedos por la miríada de botellas de vidrio, de colores brillantes y con formas extrañas que había sobre ellos—. Tanto si quería compañía como si quería estar solo. Podía venir aquí y no tener que pensar en el resto del mundo durante un rato.

Escogió un tarro de cristal y desenroscó la tapa; al romper el precinto brotó un aroma acre. Junto al recipiente había una variedad de pipas de piedra colgadas de pequeños ganchos, y seleccionó una que llenó con una hierba parecida a la marihuana. Se sentó en el borde de la piscina, dejando que sus piernas colgaran en el agua.

—Vamos, mi amor —me apremió—. Quítate esa ropa.

Me gustó hacerlo. El aire me refrescó la piel desnuda y me metí en la piscina hasta la cintura, sonriendo por lo agradable que resultaba el calor.

—Se dice que el agua de este sitio tiene propiedades curativas —me contó mientras me hundía todavía más y dejaba que el agua me llegara a los hombros. Mis pies aún podían tocar el suelo, pero si seguía andando hasta el final, el fondo era demasiado profundo como para poder ver—. Los guerreros solían venir aquí después del entrenamiento, para aliviar los músculos doloridos y acelerar la curación de las heridas. ¿Me das fuego?

Me tendió la pipa y, chasqueando los dedos, convoqué una pequeña llama que acerqué a la hierba. Inspiró, contuvo el aire un momento, se echó hacia atrás y cerró los ojos al exhalar, y un pequeño escalofrío le recorrió la piel.

Se metió en el agua a mi lado. Me acercó la pipa a los labios para que pudiera fumar y me acunó mientras tosía al exhalar, con mis inexpertos pulmones esforzándose por tragar el humo.

Mis extremidades flotaron hacia la superficie a medida que él me llevaba a aguas más profundas. Podría haber dormido en sus brazos, perfectamente segura y sin temor.

Ese era el mayor regalo que me había hecho: una existencia sin miedo, liberarme de la constante ansiedad que adormecía mi mente en mi vida anterior. Eso no significaba que nunca tuviera miedo. No significaba que el terror nunca se apoderase de mí o que la preocupación nunca me atormentara. Pero esas cosas ya no me dominaban, no me controlaban.

Sus alas surcaban el agua, manteniéndonos a flote. Nos pasábamos la pipa de un lado a otro, perdidos en las sensaciones físicas sin necesidad de conversación.

—Quiero pedirte algo —dijo cerca de mi oído, en voz baja.

Me volví hacia él, pecho contra pecho y le rodeé el cuello con los brazos.

—Lo que quieras.

Parecía más grande que la misma vida y, a la vez, diminuto. La luz azulada teñía sus ojos, el agua se reflejaba en sus charcos de obsidiana.

—Ayer tomé la decisión de volver a llevar mis *piercings*. Para recordar la alegría de los que perdí… y el dolor. —Me acarició la mejilla—. Pero falta una marca y no puedo ir a la guerra sin ella.

Se me paró el corazón. Sin embargo, cuando siguió hablando, volvió a latir con fuerza, como un tambor en mi pecho.

—Quiero que me marques, Everly. Quiero que me marquen tus manos.

Me quedé mirándolo un buen rato, sin saber qué decir. Las joyas que lo adornaban llevaban recuerdos muy dolorosos; sabía lo duro que debía de ser para él elegir volver a ponérselas.

No obstante, aceptar una nueva marca después de tanto tiempo era algo totalmente distinto.

Callum tenía una expresión vulnerable, sin reservas.

—Me juré a mí mismo que nunca volvería a aceptar una marca —confesó con la más absoluta sinceridad—. Pero también creí que nunca volvería a amar. Me demostraste que me equivocaba en ambas cosas.

Me acunó la cara y apretó su frente contra la mía. Aquella cercanía decía más de lo que podían decir sus palabras.

—Me aterroriza perderte cada segundo de cada día —manifestó con la voz entrecortada—. Pienso en la tarea que tienes por delante y quiero rabiar. Quiero quitarte esa carga de encima y cargarla yo solo. Pero no soy suficiente sin ti. Con o sin un *piercing* tuyo, has dejado huella en mí. Te amo con locura. —Me agarró, respirando entrecortadamente como si le doliera físicamente no poder tenerme más cerca.

—Te marcaré —le juré. Emitió un sonido suave, no estaba segura del todo de si era una risa o un suspiro de alivio—. Pero tendrás que enseñarme cómo hacerlo.

Sonrió al salir del agua. Me quedé sin aliento al admirar cada centímetro de su cuerpo desnudo.

—Me encantaría. No te pongas nerviosa, nos tomaremos nuestro tiempo. Ahora ven conmigo. Tiene que haber un joyero por aquí.

45

Everly

Al principio, mientras Callum me llevaba desnuda por las cavernas, me sentí muy cohibida. Pero a los demonios con los que nos cruzábamos les daba igual. Ninguno de ellos me dedicó una segunda mirada, al menos hasta que olfateaban el aire y percibían el aroma de mi magia.

Entonces, se quedaban observando.

—Siempre hay un joyero en alguna parte —comentó Callum cuando entramos en otra gran gruta. Había fuentes termales repartidas por todo el lugar y un bar situado en un amplio saliente donde servía bebidas el demonio más alto que jamás había visto. Algunos otros descansaban en hamacas colgadas alrededor y fue a uno de esos seres a quien se acercó Callum.

Si a él no le importaba estar desnudo, yo estaba decidida a que a mí tampoco me importase. Pero fue más fácil decirlo que hacerlo cuando la mujer demonio que estaba tumbada en la hamaca abrió los ojos y nos miró a los dos de arriba abajo.

Luego sonrió.

—Vaya, vaya, pero si es nuestro príncipe fugitivo. ¿Cuánto tiempo ha pasado, Cal?

—Al menos unos cuantos siglos —contestó Callum, estrechándole la mano con una camaradería familiar.

La mujer no se molestó en levantarse de la hamaca. Tan solo llevaba una falda transparente, abierta a la altura de las caderas para que sus largas piernas pudieran extenderse sin problemas. Estaba cubierta de elaborados tatuajes coloridos; los colores cambiaban y se movían con ella.

—Debí imaginarme que volverías dando la nota —dijo mirándome de arriba abajo otra vez mientras yo intentaba evitar sonrojarme por todos los medios—. Trayéndote a una bruja viva directamente al Infierno, ¿eh? Qué atrevido. —Me dedicó una sonrisa mordaz—. Perdona que no te dé la mano, amor, pero no puedo arriesgarme a que mi símbolo acabe en la Tierra. No he tenido buenas experiencias con las brujas.

No había reproche en su voz cuando me habló, ni desagrado en sus ojos.

—Lo entiendo. Me llamo Everly. Un placer —respondí, aunque mi primer instinto fue asegurarle que no era una amenaza para ella.

—Oh, el placer es mío —me garantizó, reacomodándose para que sus piernas quedaran bien abiertas—. Llámame Niamh. Qué marcas para atar tu alma a él más bonitas tienes. —Se incorporó con los ojos entrecerrados, observando de cerca las cicatrices de mi vientre. Mirando de reojo a Callum, añadió—: Nunca pensé que este soldado tuviera una mano tan delicada; casi destroza sus antiguos reclamos. ¿Acaso tú eres especial?

Mi demonio suspiró con fuerza, chasqueando los dedos varias veces detrás de la espalda.

—Niamh, por favor. Eso fue hace mucho tiempo.

—A otros hábitos irritantes sí que sigues aferrado —se burló ella, y los dedos de él empezaron a chasquear un poco más fuerte—. Joder, eso me está poniendo de los nervios. Bueno, dispara, no me has buscado porque sí. —Soltó un gemido perezoso y volvió a cerrar los ojos—. Dime qué necesitas para que pueda irme a por otra copa.

—Te traeré dos si permites que mi bruja escoja una pieza de metal de tu colección —propuso Callum.

Sin abrir los ojos, Niamh levantó las cejas, sorprendida.

—Un *piercing*, ¿eh? La última noticia que tuve es que Callum ya no llevaba *piercings*.

—Una vez más, eso fue hace mucho tiempo.

Lo miró con atención durante un rato. Algo cambió en su rostro y se incorporó, apoyándose en la cuerda que sostenía la hamaca mientras balanceaba las piernas.

—Quiero aguardiente y vino de higo. ¡Y extrafuerte! —gritó la última parte, torciendo el cuello para observar al camarero y asegurarse de que la oía.

Callum puso los ojos en blanco y se inclinó para darme un beso en la sien.

—Elige el que quieras. Pero ten en cuenta la ubicación a la hora de escoger.

Apenas logré esbozar una sonrisa abrumada, con la cabeza en otra parte, antes de que se marchara hacia la barra. Niamh metió la mano debajo de la hamaca, cogió una bolsita de cuero de color rojo y me la tendió.

—No están ordenados, así que tendrás que rebuscar —comentó antes de añadir orgullosa—: Los he hecho yo. Hay algunos muy especiales, como las gemas raras de los páramos. No me resultó fácil conseguirlas. Hay hasta cristal de dragón.

Al abrir la bolsa, me quedé estupefacta. Había muchas piezas de joyería: tachuelas, anillos, barras… Todas brillaban bajo la luz. Algunas eran plateadas, otras doradas o negras. Las decoraban joyas de todos los tamaños y colores.

—¿Has dicho cristal de dragón? —conseguí balbucear al final.

Niamh se echó a reír.

—¿Nunca has visto un dragón? Supongo que en la Tierra ya no hay, ¿verdad? —Cuando negué con la cabeza, absolutamente desconcertada, se encogió de hombros—. Es bonito. Como cristal lechoso con fragmentos de carbón dentro.

Como si mis dedos me llamaran a ir a por ellas, enseguida encontré varias piezas engastadas con las gemas de las que hablaba. Había una gran variedad de tamaños y formas, algunas gruesas y pesadas, mientras que otras eran diminutas y delicadas.

—Mmm, ¿dónde vas a hacérselo? —inquirió Niamh, moviendo las cejas de forma sugerente—. Ya tiene muchos. No quedan muchas zonas de su cuerpo que estén sin marcar.

—La verdad es que no estoy segura.

El hecho de que estuviera a punto de hacer un *piercing* con mis propias manos era más que suficiente para tener el cerebro ocupado, por no hablar de elegir dónde ponérselo. No sabía mucho sobre modificaciones corporales, ya que mi experiencia se limitaba a dos *piercings* en cada oreja. Pero el tono evidentemente sugerente de Niamh me dio una idea.

—Niamh, ¿se puede perforar el…? Eh… ¿El pene?

Se echó a reír de inmediato, balanceándose tan fuerte que casi se cayó de la hamaca.

—¡Qué brujita más inocente! Qué adorable. Nunca me lo habría esperado, pero… supongo que ese viejo soldado se merece un poco de dulzura —consideró cuando por fin se tranquilizó.

Me indicó las joyas que podrían ser adecuadas para un *piercing* así e incluso me explicó rápida pero minuciosamente cómo hacerlo.

—Es casi imposible que le hagas daño, amor, créeme. Tómate tu tiempo y se curará sin problemas. Pero ¿qué hay de ti? ¿Qué te va a hacer él a ti?

—¿A… mí? —pregunté, todavía intentando acordarme de las instrucciones que me acababa de dar.

—Sí, los *piercings* suelen ser algo recíproco.

Eso me abrió la mente a un abanico completamente nuevo de posibilidades y comencé a rebuscar de nuevo entre las joyas. Callum regresó justo cuando había elegido y le entregó las bebidas a Niamh antes de rodearme con sus brazos.

—Es un poco pegajoso, ¿no? —comentó Niamh, antes de dar un largo trago a una de ellas, clara y helada salpicada de pequeños pétalos rojos—. Joder, qué bueno está. ¡Eres la leche, Ro! —Levantó el vaso para brindar por el camarero antes de tumbarse en la hamaca y volver a cerrar los ojos—. Disfruta de tu nuevo juguete, Everly.

—¿Nuevo juguete?

Callum nos miró con evidente sospecha en los ojos.

—Olvídalo —respondí, tomándole la mano. La joya que había elegido estaba escondida en la palma opuesta y estaba deseando que la viera. Aunque no allí—. Volvamos.

Me dejó guiarlo de vuelta a la caverna, serpenteando por las relucientes cuevas hasta que llegamos de nuevo a nuestra piscina privada. Había pequeños recovecos tallados en la roca lisa que rodeaba la gruta y Callum se tumbó en uno de ellos, con los dedos de los pies metidos en el agua.

Por un momento, me quedé inmóvil y lo admiré. Contemplé cómo se extendía sobre la piedra húmeda, con el cuerpo desnudo brillante por el agua y las gotas pegadas a las puntas de las alas. Tenía su enorme polla apoyada en el muslo e imaginé la punta con las crestas y con el *piercing* que había elegido.

La idea hizo que una sonrisa se dibujara en mi rostro y Callum se preparó de inmediato, impaciente.

—Sabes que amo esa sonrisa, cariño —dijo—. Parece que se te ha pasado por la cabeza una travesura.

—Se me ha pasado por la cabeza algo muy sucio —confirmé, acercándome a él despacio. Alzando la aguja en un frasco de cristal que Niamh me había dado, continué—: De hecho, he pensado en algo muy perverso.

—No me hagas esperar —pidió, moviéndose inquieto mientras me ponía a su lado.

Me senté sobre la piedra, entre sus piernas extendidas, y le mostré la joya que había seleccionado: una barra curva de metal negro, engastada con cristal de dragón. La gema era verdaderamente impresionante, tal y como Niamh la había descrito.

De algún modo, Callum reconoció lo que era enseguida.

—¿Cristal de dragón? ¿Cómo ha podido…? —Sonrió con satisfacción y negó con la cabeza—. Niamh se va a meter en un lío por coleccionar cosas así. A los dragones no les gustan los intrusos. De hecho, no les gusta nadie.

—No me puedo creer que nunca me dijeras que los dragones son reales —le reproché, mirándolo con cara de pocos amigos y haciendo un mohín.

—Lo siento muchísimo. —Cruzó los brazos detrás de la cabeza, sin parecer nada arrepentido—. Bueno, supongo que tendrás que castigarme.

—Serás idiota.

Le di un golpe en el muslo, me cogió de las muñecas y me acercó a él para darme un beso.

—¿Dónde vas a marcarme? —quiso saber.

Le puse la mano en el pecho y lo empujé contra la roca.

—He decidido marcarte donde estamos más íntimamente conectados. En la polla.

Parpadeó con rapidez y, por un momento, pareció sorprendido. La parte de su cuerpo que acababa de mencionar se movió, empalmándose, como si la idea de que algo la atravesara le resultara de lo más atractiva.

—Te quiero, joder. —Exhaló—. ¿Quieres que te guíe?

—Niamh me ha dicho qué hacer —respondí, poniéndome un poco más cómoda—. Pero, sí, por favor, hazlo. Solo para no meter la pata.

—No lo harás —me aseguró.

—Supongo que no habrá guantes esterilizados para que me los ponga —comenté medio en broma.

No sabía mucho sobre *piercings*, pero sí lo suficiente sobre bacterias como para temer hacerlo con las manos desnudas.

—No, pero te prometo que no pasa nada —me tranquilizó—. Incluso si fuese susceptible a las infecciones, sería muy raro que cogiese alguna aquí.

Cuando saqué la aguja del frasco, su polla, que estaba visiblemente más gruesa, volvió a palpitar.

—¿Cómo se supone que voy a perforarte si estás empalmado? —lo regañé.

Sonrió como un gato con un canario en la boca.

—Quizá tengas que ser brusca —sugirió—. O, puede que tengas que obligarme a… Ahhh, mierda.

Le agarré los huevos y se los apreté lo suficiente como para que enseñara los dientes. Los chasqueó, flexionando los brazos y encogiéndose con los músculos en tensión.

—Me cago en todo, eres muy cruel, mi señora. No tienes compasión, joder —gruñó, apretando la mandíbula.

Sonreí con dulzura.

—Es por tu bien.

Por supuesto, no le bajó la erección tanto como debería, aunque se desempalmó un poco. En cuanto le agarré el pene con la mano, volvió a estremecerse, igual de ansioso que antes por estar a la altura de las circunstancias.

—Supongo que tendré que ser dura contigo —me lamenté con un fuerte suspiro, burlona pero exasperada.

Gimió y, de repente, empujó las caderas contra mi mano. Volví a darle un manotazo en el muslo y le dije que se quedara quieto mientras marcaba con cuidado el lugar por donde iba a clavarle la aguja. Las agujas no me daban miedo, pero la idea de clavar una en un punto tan sensible me mareaba un poco.

Sin embargo, Callum estaba desesperado. Estaba tan tenso que temblaba, todo su cuerpo era preso de una excitación insoportable.

Acerqué la aguja y levanté la mirada para encontrarme con sus ojos.

—¿Estás seguro, Callum?

—Nunca he estado más seguro de nada en mi vida, Everly.

Le clavé la aguja, pero no fue dolor lo que se dibujó en su cara. Fue una felicidad pura, que se extendió por él mientras cerraba los ojos y respiraba hondo. Me temblaron las manos al colocar la joya y un poco de sangre empañó la herida. Mas no sangró mucho y abrió los ojos para mirarme mientras le colocaba el *piercing*.

—Dios, Callum, ¿es en serio?

Me reí cuando su miembro volvió a latir en mi mano, había pasado de estar medio flácido a estar duro como una piedra en cuestión de segundos.

—¿Cómo voy a evitarlo con tus manos sobre mí?

Bajé la cabeza y le di un beso en la punta de la polla, quedándome con los labios pegados a él un segundo.

—Te queda muy sexi —comenté, y en su mirada se encendió un fuego que amenazaba con consumirme—. Me muero por tenerlo dentro de mí.

Se movió rápido, más rápido de lo que era capaz de ver. Un segundo estaba recostado contra la piedra, devorándome con la mirada; al siguiente me había agarrado, me había metido en el agua y me sujetaba con fuerza mientras reclamaba mi boca con la suya.

—Si fuese por mí, no nos iríamos nunca de este lugar. —pronunció las palabras con besos sobre mi piel, recorriéndome el cuello—. Te mantendría aquí para siempre. Como un tesoro, toda para mí. Mi santa diosa cautiva. Dejaría morir a la humanidad, vería arder el mundo, aunque solo fuera para mantenerte a salvo. Aunque solo fuera para salvaguardarte. Para protegerte. ¿Pero quién soy yo para interponerme en tu camino? —Las palabras estaban tan llenas de dolor que mi corazón estuvo a punto de romperse—. ¿Quién soy yo para ahogar tu poder? Soy tu eterno servidor. No te negaré nada. Ni siquiera el peligro. Ni siquiera…

—Ni siquiera la muerte —susurré.

Le puse las manos en la cara y recorrí el contorno de sus orejas y la firme línea de su mandíbula antes de besarlo. Por un momento, no tuve ni idea de cómo podían separarse nuestras bocas. Lo necesitaba para respirar, para vivir.

Y, por un momento, el instante más breve, quise rogarle que lo hiciera. Que me retuviera allí para siempre. Que me mantuviera cautiva, que no me diera otra opción que ocultarme y no volver nunca más al mundo humano. Podíamos quedarnos en ese lugar, donde estábamos a salvo, a salvo en nuestro pequeño mundo.

Pero ¿por cuánto tiempo seguiría siendo nuestro? Si un dios se alzaba con el poder, ¿qué le impediría ir a por más y más? Un mundo nunca sería suficiente. No podíamos escondernos en ningún sitio, no cuando el equilibrio de toda nuestra dimensión estaba en peligro.

Lo único que podíamos hacer era hacerle frente. Lo único que podíamos hacer era luchar.

Me dolía apartarme de él, aunque solo fuera un poco, pero me obligué a hacerlo para poder contemplar aquellos ojos negros. El vacío me devolvió la mirada y estaba lleno de anhelo, de amor. Sin embargo, también había miedo, acechando en las profundidades de aquel abismo infinito. Un miedo que quería arrastrarme y ahogarme, aunque solo fuera para quedarse conmigo.

Quería permitírselo. Quería ahogarme en su oscuridad para siempre.

Pero no podía.

Joder, no podía.

—Márcame —le pedí. Me miró, con los labios entreabiertos, en señal de sorpresa—. Lo digo en serio. Quiero que me marques. Quiero llevar tu metal, igual que tú llevas el mío.

Me recorrió el vientre con los dedos, acariciando las cicatrices que me había hecho. La sangre y el dolor nos habían unido, así como la necesidad y el miedo. Pero yo quería una marca suya, hecha por puro amor, devoción y felicidad.

—¿Dónde quieres el *piercing*?

Se me revolvió el estómago y se me formó un nudo que parecía una serpiente enroscada. No tenía dudas, era lo que quería. Me acerqué a él otra vez y abrí las piernas alrededor de sus caderas, a horcajadas sobre su cuerpo en el agua.

—Justo donde te he marcado yo —respondí.

La sonrisa que se dibujó en su rostro fue deliciosamente sádica, llena de incredulidad.

—Me honras. —Me quedé atónita al verle agachar la cabeza, haciendo una pequeña reverencia antes de besarme. Era adictivo tener sus manos sobre mí; no quería que terminara nunca—. Te curarás rápido, sobre todo en el Infierno. Pero dolerá.

Sonrió cuando le enseñé la joya que había elegido. Hacía juego con la suya, aunque era un poco más pequeña y estaba diseñada para encajar a la perfección en mi clítoris. Buscó una almohada suave y me la puso debajo de la cabeza cuando me tumbé junto a la piscina, de repente nerviosa en aquel momento que estaba entre mis piernas con una aguja.

No obstante, era el mejor tipo de nervios. De los que me revolvían el estómago, me oprimían el pecho, hacían que me temblaran las manos y me zumbara la cabeza.

—¿Nerviosa?

Asentí enseguida. Estaba excitada, intrigada, temblando por la anticipación… y, sí, aterrorizada.

—Sé que puedes hacerlo, por mí.

Cerré los ojos y exhalé despacio. Sus palabras me hicieron recordar aquella noche en que me salvó la vida y reclamó mi alma; cuánto le había destrozado hacerlo, cuánto se había roto el corazón a sí mismo para protegerme.

Habíamos avanzado tanto desde entonces que parecía que había pasado una eternidad.

Me abrió con los dedos y gimió en voz baja, con admiración.

—Eres jodidamente preciosa, Everly. Si pudiera adorar algo, sería a ti.

Se inclinó y yo prácticamente levité sobre la piedra cuando cerró su boca sobre mí. Manteniéndome los labios separados con los dedos, me succionó el clítoris mientras me lo acariciaba con la lengua, haciendo que se me estremecieran las piernas con cada caricia.

—Sé valiente para mí ahora, cariño. Respira hondo…

Tomar aire no detuvo el gemido que solté cuando me clavó la aguja. El pinchazo fue rápido y lacerante, pero el dolor se disipó mucho más rápido de lo que esperaba.

—Eso es, buena chica.

Me colocó la joya y me estremecí por la incomodidad, aunque no podía negar el calor que sentía en el abdomen. Cada pequeño roce de sus dedos era una provocación que me incitaba.

—Joyas dignas de una diosa —comentó, admirándome antes de volver a bajar la cabeza para besarme en los muslos—. Estarás sensible durante un tiempo. Pero aquí tu magia es más fuerte; sanarás rápido.

Me levantó de la roca y me abrazó mientras nos hundíamos de nuevo en la piscina.

—Me gustaría ver lo fuerte que te corres con esa bonita joya que llevas. Brillando como un tesoro… —añadió mientras me dejaba caer contra él, sin fuerzas y con las extremidades como si fuesen gelatina.

—Deberías averiguarlo. —Le rodeé las caderas con las piernas y su polla empalmada rozó mi entrada.

Sin embargo, me asió de las caderas, con fuerza, impidiendo que me penetrase.

—Estás demasiado sensible para eso —me riñó con una sonrisa socarrona. Solté un ruidito cuando me rozó mi nuevo *piercing* con el dedo—. Tendrás que ser paciente y esperar.

—No. —Hice un mohín, moviendo mis caderas hacia él de una manera que era sin lugar a dudas exigente a la vez que le deslizaba los dedos por la garganta—. No quiero ser paciente. Te. Quiero. A. Ti.

Antes de que pudiera pronunciar otra palabra, me agarró de la cara, apretándome la mandíbula, y me empujó contra el borde de la piscina con una sonrisa hambrienta.

—¿Tanto lo deseas? —habló en un tono peligrosamente bajo—. Demuéstralo. Suplícalo.

Se me cortó la respiración.

—Por favor…

Apretó hasta que gemí.

—*Suplica*. Enséñame lo mucho que quieres esto, cariño. Convénceme.

Me coloqué entre sus piernas y lo miré con los ojos muy abiertos y suplicantes.

—Por favor, Callum. —Le acaricié los muslos y bajé hasta que mi boca quedó a escasos centímetros de su pene—. Por favor, fóllame.

—Le rocé con los labios, pasando la lengua por la gema brillante que tenía en la punta—. Trátame como a tu puta.

Se le cortó la respiración y la contuvo.

Sonreí.

—Sé que lo quieres.

Recorrí su polla con la lengua desde la base, subiendo por el tronco y acariciándole los huevos con la mano. Los tenía suaves como el terciopelo, y se tensaron cuando le rodeé la punta con los labios, haciendo girar la lengua a su alrededor.

—Eres una pequeña súcubo de lo más tentadora… —dijo, conteniendo la respiración. Luchando por controlarse.

Aparté la boca de su pene y me chupé el dedo, dejándolo resbaladizo.

—Si te preocupa hacerme daño por el *piercing*, tengo otro agujero por el que puedes follarme. —Le pasé el dedo por la entrepierna, haciendo un poco de presión. Se echó hacia atrás, apoyándose sobre los codos para poder mirarme—. Quiero que me folles por el culo. —Le metí el dedo y separó los labios con un suave sonido—. Quiero que me abras con esa polla enorme y gruesa y me llenes con tu semen.

Bajé la cabeza y pasé la lengua por donde tenía enterrado el dedo, tanteando el apretado esfínter. Gruñó y me puso la mano en la nuca para agarrarme con fuerza del pelo. Me sujetó la cabeza mientras yo lamía, metiendo y sacando el dedo. Tenía las alas desplegadas y se le movían cada vez que le metía el dedo más adentro, haciendo desaparecer el nudillo.

—Te destruiría, cariño —aseguró con una voz tan sombría que me estremecí—. ¿Eso es lo que realmente quieres? ¿Que te destroce el culo con la polla?

Incapaz de levantar la cabeza, hice un ruidito de afirmación. Sonrió voraz, arqueando la espalda para meterme un dedo más adentro.

—No sé si creerte.

Supliqué, pero mis palabras quedaron amortiguadas cuando le di placer con la lengua.

—Mmm, eso es. ¿Vas a ser una buena puta para mí? Me tomaré mi tiempo, te abriré poco a poco. Haré mío ese culo estrecho y perfecto.

Me arrastró hacia atrás tirándome ligeramente del pelo, me metió en el agua y luego me empujó hacia el borde de la piscina. Me apoyó las rodillas en la pequeña repisa que había en el bordillo y me bajó la cabeza para que me inclinara sobre el borde. Me clavó las garras mientras se encorvaba sobre mi espalda, recorriéndome la columna vertebral con la lengua de forma posesiva hasta que me mordió el hombro.

—Voy a reclamar tu virginidad una vez más.

Me acarició el apretado orificio con la lengua antes de escupir.

—Qué apretado lo tienes —comentó, apenas presionando en mi interior. Gimiendo, me concentré en mantener los músculos relajados a medida que me penetraba. Trabajó con sus dedos, metiéndolos y sacándolos, abriéndome.

—Te sentirás todavía mejor con mi polla dentro. —Introdujo y sacó los dedos, dejando caer saliva de su lengua para mantenerme lubricada—. Deja que tu magia te ayude. La vas a necesitar.

Añadió un tercer dedo, provocándome con suavidad mientras yo gemía y me retorcía. Siguió así durante varios minutos, estirándome.

—Ahí está mi preciosa zorra —me elogió cuando me relajé para él—. Tan estrecha para mí. Vas a acogerla bien adentro…

Sacó los dedos y me quedé sin aliento al notar la punta de su polla haciendo presión. Miré hacia atrás, con la mejilla apoyada en la piedra, y vi cómo se acariciaba, admirándome. Me agarró del culo con una mano, manteniéndome abierta mientras se daba placer.

La imagen de aquella gema nacarada en la punta de su pene me hizo temblar de emoción. Me miró a los ojos y se escupió en la polla.

—Voy a arruinarte —dijo—. En la condena, no hay vuelta atrás.

—¿Por qué querría dar marcha atrás? —repliqué, y mi voz se quebró cuando se introdujo dentro de mí. Vi las estrellas por el dolor tan repentino y agudo—. Joder, espera… espera…

Se detuvo enseguida, recorriéndome la columna vertebral con las garras de un modo que me hipnotizó.

—Respira hondo para mí —me pidió—. Deja que la magia invada tus músculos y te relaje.

No fue fácil hacer lo que me demandaba. No paraba de darle vueltas a las cosas y los pensamientos parecían abejas saliendo de su nido dentro de mi cabeza. Pero cada vez que respiraba hondo, destensaba los músculos. Callum movió la punta de su pene dentro de mí, feliz de tomarse su tiempo. A medida que me relajé, moví las caderas, empujándome hacia atrás y metiéndomelo más adentro.

—Eso es. No puedes resistirte, ¿verdad? —me elogió Callum mientras me movía, con una mano todavía frotándome la espalda con delicadeza—. Qué chica más obediente. ¿Qué tal?

—Muy… muy bien, Callum. —Me sentía borracha y mareada. Pese a que fue introduciéndose aún más hondo, no me dolía, aunque el estirón era alucinante—. Mierda, eres enorme.

—O quizá tú eres muy pequeñita —respondió, arqueándose sobre mi espalda como un depredador y penetrándome hasta el fondo.

Grité, abrumada, aturdida por lo increíblemente llena que me sentía. Si no fuera por el cosquilleo mágico que notaba en cada nervio, no me cabía duda de que su tamaño me habría causado dolor. Pero en lugar de eso, me quedé inmóvil y temblorosa, meciéndome contra él con movimientos perezosos.

Demasiado perezosos para su gusto.

Me levantó y me rodeó el cuello con el brazo, apretándome contra él mientras me embestía. El gemido que me arrancó fue obsceno y mi cuerpo se estremeció cuando me penetró. Tenía el clítoris tan hinchado que me dolía, pero no tanto como debería.

—Tu cuerpo es una obra de arte —murmuró—. Debería exhibirte y no dejarte ir nunca.

«No dejarte ir nunca». Cada vez que decía esas palabras, mi corazón se aceleraba. La abrumadora sensación de tenerlo dentro de mí y el hecho de que me usara para obtener placer hizo que se me pusieran los ojos en blanco.

—Diciendo eso vas a hacer que me corra, Callum. —Jadeé.

Gruñó, golpeándome con las caderas con fuerza contra la piel húmeda.

—Joder, eres maravillosa. Debería ser un pecado, un puto pecado sentirse así de bien, tener un aspecto tan irresistiblemente perfecto. Cada centímetro de ti… —Me acarició, posesivo. Mi cabeza cayó contra su hombro y perdí el control de mi cuerpo—. Mía. Mi bruja, mi diosa, mi zorra. En la salud y en la enfermedad, en la vida y más allá de la muerte. Por y para siempre.

Mi felicidad estalló en éxtasis. Lo único que pude hacer fue respirar, envuelta entre sus brazos, arrasada por la intensidad de su cuerpo. Se movió cada vez con más urgencia, más torpe, más brusco, hasta que se corrió dentro de mí con un gruñido. Su piel húmeda se pegó a la mía y sus palabras siguieron resonando en mi oído.

—Te amaré para siempre, cariño.

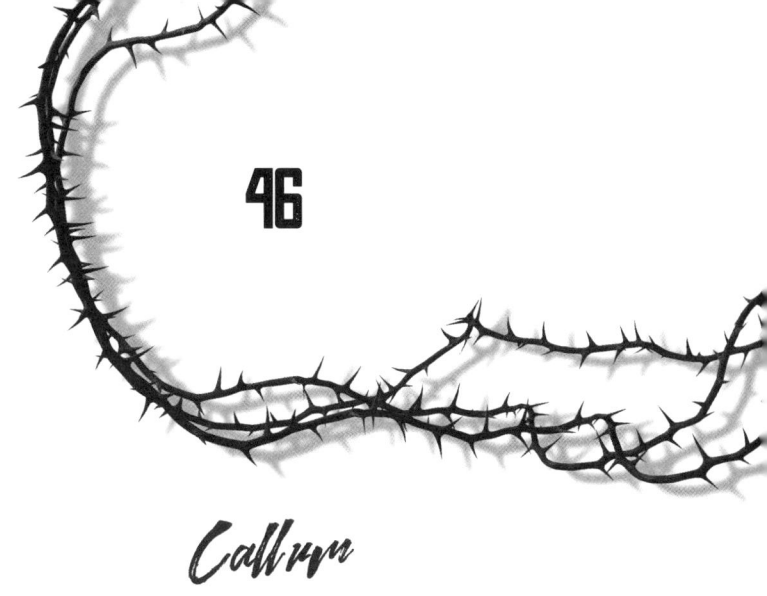

46

Callum

No había nada que pudiese compararse con el amanecer del Infierno. Mientras Everly dormía con placidez entre mis brazos, observé cómo se elevaba aquella enorme bola de fuego, directamente desde el mar revuelto, bañando la ciudad con su luz. Me calentó la cara, besándome la piel mientras entraba por las ventanas abiertas.

Hacía mucho que no pisaba esa casa y que no me tumbaba en esa cama… Sin embargo, seguía igual, como si nunca me hubiera ido. A ningún demonio del Infierno le faltaba cobijo, así que, si se abandonaba una casa, normalmente permanecía intacta. Pero había pasado tanto tiempo en la Tierra que aún me sorprendía entrar por la puerta abierta y encontrarla tal y como la había dejado.

Algunos demonios preferían viviendas enormes. Yo no. El apartamento era sencillo, ocupaba una planta de una gran torre con vistas al mar. Había demonios viviendo tanto arriba como abajo, aunque yo no los podía oír. Las paredes estaban bien aisladas, incluso para alguien con un oído tan agudo como yo.

Hacía mil años, dejé ese sitio porque no podía soportar el dolor. Dondequiera que fuese, todos los lugares, los olores, los recuerdos conmovedores estaban llenos de una agonía que no podía soportar recordar. Lo abandoné, lo dejé atrás. El trabajo de un guerrero nunca concluía y a eso me aferraba: puede que la guerra en el Infierno hubiera terminado, pero la guerra contra los dioses no había hecho más que empezar. ¿Qué otra cosa podía hacer aparte de luchar? Era lo único que sabía hacer.

No obstante, en ese momento las cosas eran diferentes. Los recuerdos seguían ahí, y, joder, seguían doliendo. Pero eran como preciosas reliquias antiguas, podía manejarlas con cuidado, dándoles vueltas en la cabeza, recordándolas con toda la delicadeza que podía. La felicidad estaba escondida en esos recuerdos, enterrada en ellos como semillas que esperaban a que se derritiera la escarcha del invierno.

Tal vez el dolor nunca desapareció del todo. Tal vez solo cambió, creciendo conmigo. Ya no marcaba el camino, sino que se limitaba a existir a mi lado. A veces, en momentos como ese, podía olvidarme de él por completo. Los recuerdos de los que había amado y perdido eran tan tenues y agradables como el sol del amanecer.

Y ese bien podía ser el último que presenciara. Ese viaje al Infierno podía ser la última vez que pusiera un pie allí. La muerte no me daba miedo y el dolor y el sufrimiento, tampoco.

Temía el vacío. Temía la soledad de un futuro sin la persona a la que amaba. Cuando miré a mi bruja, que dormía tranquilamente entre mis brazos, me invadió una emoción que no era rabia, terror o desesperación, sino las tres cosas a la vez.

Quería atesorarla como si fuera oro puro, encerrarla como una obra de arte a la que proteger.

Sin embargo, ninguna galería de arte, museo o jaula de oro sería digna de ella. Ninguna de esas cosas podría contenerla. Una vida en la que estuviera guarecida y escondida sería como veneno para su hermosa mente. Necesitaba libertad. Necesitaba desplegar las alas de su poder y volar tan alto como pudiera.

No iba a detenerla. Arriesgaría mi propia vida con mucho gusto, aunque solo fuese para estar a su lado en cada paso del camino.

Se revolvió mientras el sol le dio en la cara. La protegí con mi ala durante un rato, para darle unos minutos más de descanso, antes de dejar que la luz la despertara. Levantó la cabeza y movió el brazo perezosamente para cubrirme el pecho, acurrucándose a mi lado.

Me sorprendió cuando emitió un gran gemido y maldijo en voz baja.

—Me duele mucho el culo, Callum. Es todo culpa tuya.

—¿Todo culpa mía? No me digas que mi bruja traviesa no va a aceptar parte de la culpa. —Gimió aún más y yo me reí—. Me parece recordar que me lo suplicaste descaradamente.

—Oh, cállate. —Me dio un manotazo en el pecho y se inclinó para besarme despacio—. Como si tú estuvieras por encima de las súplicas.

Se agachó y me rodeó la polla con la mano. Una vez se bajó de la cama y se puso de rodillas, demostró que no estaba por encima de las súplicas.

Nadie, ni siquiera el más antiguo de los demonios, sabía cómo se construyó la ciudadela de ónice. Estaba en la cima de una montaña de piedra negra; sus torres brillantes eran tan altas que desaparecían entre las nubes en días nublados.

Había una escalera larga y empinada tallada en la ladera, rodeada por un bosque de árboles lunares con cortezas de un blanco nacarado y las hojas verde esmeralda. Por sus raíces corrían finas corrientes de agua que manaban sin cesar de los manantiales subterráneos. El agua fluía por la ciudad, alimentando nuestras plantas y haciendo girar las grandes ruedas hidráulicas hasta llegar al mar.

Pararse al pie de esa escalera debía intimidar, ser una experiencia que impresionase y asombrase por el tamaño del castillo. Era imposible mirar aquellas torres y no sentir algo: miedo o asombro, alegría o consuelo.

La primera vez que subí aquellos peldaños fue cuando me nombraron líder del ejército del Infierno. Cuando Lucifer me prometió un puesto en el Consejo si volvía con la victoria.

La última vez que hice ese arduo ascenso, había regresado victorioso. Pero fue una victoria envenenada, tóxica y podrida. Los elogios que me habían ofrecido no significaron nada. Los elogios a mi fuerza y valentía fueron palabras vacías.

Nada de eso resucitó a los muertos. La gloria que creía desear carecía de sentido y era fría.

Everly me dio un apretón en la mano, devolviéndome al presente. Iba vestida con una falda transparente que le rozaba los tobillos y una camiseta corta que iba atada al cuello y dejaba al descubierto su vientre algo redondeado. Era difícil no fijarse en mi símbolo, grabado con belleza en él.

Comía más desde que vivía en la Casa Laverne y por fin tenía acceso a suficiente comida cuándo y cómo quería. Su olor también había cambiado desde que llegó allí, volviéndose aún más dulce y brillante.

—¿Lista? —pregunté.

—¿Y tú?

Levanté la mano y le di un beso en los nudillos.

—Contigo a mi lado, estoy preparado para cualquier cosa.

En cuanto pisamos la escalera, el Consejo se percató de nuestra presencia. No hubo ningún cambio visible, ni campanadas, ni alarmas. Pero en lo alto, los archidemonios que vigilaban el Infierno se reunieron, preparándose para nuestra llegada.

A medida que nos acercábamos al patio, en la cima de la escalera, las nubes nos rodearon. El aire frío envolvió a Everly en una neblina que la hacía parecer un fantasma conforme avanzaba delante de mí, todavía agarrada a mi mano. Pasamos por debajo de un arco de piedra, con enredaderas de color rojo oscuro serpenteando por la superficie, y entramos en el patio de la ciudadela.

En el lado opuesto, se distinguían seis siluetas entre la niebla. El Consejo del Infierno estaba compuesto por algunos de los demonios más antiguos y poderosos jamás conocidos; me empequeñecían por su edad y por la magia que controlaban. Bael y Paimon, los más ancestrales de los seis, ocultaban sus rostros con velos rojos, fijados a sus melenas con aros metálicos llenos de joyas. En todos mis años de existencia, no había visto ni una sola vez el rostro de ninguno de ellos. Luego estaba Caim, con su largo pelo azabache y su capa de plumas oscuras. Murmur era su opuesto, con el cabello blanco como la nieve recién caída y tan largo que rozaba el suelo como si fuera una capa.

Lucifer y Leaina estaban de pie en el centro, ambos vestidos de rojo de la cabeza a los pies. Leaina tenía una mirada tan aguda y observadora como siempre, aunque la expresión de Lucifer era ilegible.

Si ese dramático bastardo seguía enfadado conmigo, íbamos a tenerla, ahí y en ese mismo instante.

Nos quedamos un rato en silencio, frente a frente en el patio. Entonces Everly dio un paso adelante, sin soltar mi mano, e inclinó la cabeza.

—Consejo, es un honor que me concedan una audiencia. Soy Everly Laverne, hija de Heidi, nieta de Winona, gran maestra del aquelarre Laverne. —Levantó la barbilla, con el aspecto tranquilo y seguro de una bruja muy superior a su edad—. Vengo a pedir vuestro consentimiento para ejecutar a un enemigo del Infierno.

No fue Lucifer quien habló, sino Caim.

—Hacía mucho tiempo que una bruja no pisaba este patio —comentó. Los demás miembros del Consejo asintieron—. Eso ya es raro de por sí. Sin embargo, lo es aún más que no vengas sola y que te acompañe un demonio que no está bajo tu yugo. Un demonio que todos nosotros apreciamos mucho.

—Una bruja poco común —dijo Murmur, con una voz dulce y suave. Dio un paso adelante, aunque mantuvo la distancia, y nos rodeó mientras se daba golpecitos en la barbilla con una larga garra blanca—. Callum, nuestro Magni Deicide. Cuánto tiempo ha pasado desde la última vez que tuve el placer de verte. Me alegra que hayas regresado así de sano. Así de fuerte.

La diferencia en mi fuerza desde que reclamé a Everly era obvia para ellos. Lo sentían al mirarme, lo percibían al olerme.

En silencio, Bael se adelantó un paso, inclinándose hacia Paimon. Susurró al oído del otro demonio, en voz demasiado baja para que yo pudiera oírlo.

Paimon asintió.

—¿Por qué una bruja mortal quiere destruir a uno de los enemigos del Infierno? —inquirió sin quitarse el velo—. Dada la turbulenta historia entre nuestras especies, señora bruja, podría decirse que tú misma eres enemiga del Infierno.

—Estoy condenada a este lugar —respondió. Se puso la mano sobre la barriga, llena de cicatrices—. Mi alma descansará aquí eternamente. Cuando mi vida en la Tierra haya terminado, el Infierno se quedará conmigo, y tengo la intención de proteger mi segundo hogar.

Leaina hizo un leve gesto con la cabeza, mirando a Lucifer, que suspiró con fuerza. Murmur se acercó de improviso, extendiendo la mano hacia Everly.

—Qué valiente eres —comentó, estrechándosela. Lucifer parecía disgustado y Caim, intrigado—. Una mujer mortal, enfrentándose a un dios… y en circunstancias tan inusuales. Estás arriesgando mucho. —Sus ojos negros se entrecerraron un poco y le soltó la mano. Cuando volvió a tocar a mi bruja, fue para pasar los dedos por las cicatrices de su cuerpo con mucha suavidad—. Un archidemonio te dio su sello y no lo usaste contra él. Por las elecciones que has hecho, te has atado aún más fuertemente a nuestro mundo. Eres una bruja del Infierno. —Murmur dio un paso atrás, juntando las manos y dirigió la mirada a los otros miembros del Consejo—. Pero tal vez no comprendas lo grave que se ha vuelto la situación, señora bruja.

La advertencia en su voz me alarmó.

—¿Qué quieres decir? —pregunté.

Lucifer había dejado de observarme, pero volvió a posar sus ojos sobre mí cuando di un paso hacia él.

—Anoche, un segador atravesó el Velo y llegó a la Tierra. Lo invocaron —explicó.

—¿Quién lo invocó? —Fue Everly la que hizo la pregunta.

—El dios —contestó Leaina—. Ha infectado a un huésped. Se ha hecho un segundo sacrificio y el tercero está en manos de aquellos que se hacen llamar libiri. A ella también la ofrecerán pronto.

Everly jadeó y se agarró el pecho, alarmada. Una oleada de ansiedad la invadió, aunque se esforzó por mantener una expresión neutra.

—Raelynn —soltó—. ¿La han…?

—Esa chica aún vive —anunció Paimon con voz grave—. El dios consumió a una de tu linaje y ahora tu hermano lleva parte de él en su interior. Su cuerpo no podrá soportarlo durante mucho tiempo.

—El dios está desesperado —añadió Caim, acariciando su túnica de plumas—. Sabe que está amenazado. Se ha vuelto más agresivo por eso.

Everly se quedó muda. Tenía las manos aferradas a los costados.

—Mi linaje… Te refieres a mi hermana. Victoria. ¿La han matado?

Aunque habló con firmeza, el corazón le latía con fuerza. Lucifer inclinó levemente la cabeza hacia ella.

—Sí. Tu hermana Victoria fue asesinada, el dios la ha consumido.

Por un momento, Everly cerró los ojos. El calor la envolvió y el aire que había a su alrededor brilló un poco hasta que respiró hondo y volvió a abrirlos.

—¿Los libiri tienen a Raelynn? —se interesó, y Lucifer asintió—. Entonces, no hay tiempo que perder. Una vez más, os ruego permiso para matar a nuestro enemigo.

—¿Y si me niego? —repuso Lucifer.

Everly unió las manos frente a ella.

—Tengo libre albedrío —contestó con calma—. Pido permiso como un gesto de respeto. Pero con o sin vuestro consentimiento, Consejo, este dios morirá por mi mano.

Durante unos segundos, el único sonido en la fría cima de la montaña fue el aullido del viento.

—Apruebo su petición —dijo Murmur después de un rato.

—Si Murmur lo aprueba, yo también —añadió Caim.

—Yo también —intervino Leaina.

—Aún no hemos oído hablar a su demonio —señaló Lucifer, haciendo un gesto hacia mí—. ¿Por qué crees que perseguir esta ejecución vale la pena?

Leaina hizo una mueca mientras se volvía hacia él.

—Callum está unido a ella. Hicieron un trato, tal y como tú pediste.

Por un momento, Lucifer la miró como si quisiera arrancarle la cabeza. No era que tuviera muchas posibilidades de hacerlo, Leaina no era alguien con quien meterse. Ninguno de ellos lo era.

Pero si Lucifer quería que hablara, bien. Hablaría, joder.

—Estoy atado a ella —empecé a decir, hablando lo bastante alto como para que todos me oyeran, aunque con la mirada puesta solo en Lucifer—. Juré mi servicio, mi protección, mi guía. Por ese juramento, y solo por ese juramento, estoy obligado a matar al dios que la está aterrorizando. Sin embargo, también hice otro, hace mucho tiempo. Me presenté ante vosotros en este mismo patio y juré defender el Infierno de todos sus enemigos, acabar con quienes quisieran destruirnos. Los dioses pretendían aniquilarnos y consiguieron matar a muchos, muchos más de los que deberían.

Everly se acercó a mi lado y entrelazó sus dedos con los míos.

—Tal vez temas que pueda morir, Lucifer —proseguí—. Tal vez lo temas tanto que desearías llevarme lejos, que intentas quitarme mi libre albedrío. Ambos hemos perdido a muchas personas y una vez pensé que no tenías corazón ni alma por intentar olvidar todo aquello. Pero tu dolor es tan grande como el mío. Si muero como los otros, entonces moriré en sus nombres. Por todos los que perdimos.

Bael volvió a susurrarle algo al oído a Paimon.

—Lucifer haría bien en no permitir que sus emociones le nublen el juicio —declaró Paimon, y Bael asintió.

Lucifer hizo una mueca, apartando la vista al ver su orgullo herido. Me había amado una vez. Quizá aún lo hiciera. No obstante, el final de la guerra nos había separado. Cuando rechacé su marca y me fui del Infierno, se tomó el rechazo como algo personal.

Escondió sus miedos detrás del control y la crueldad, pero no era tonto. Sabía que no había otra opción.

—Doy mi consentimiento —cedió.

Los miembros del Consejo levantaron las manos todos a la vez y se cortaron las palmas con sus afiladas garras, dejando que la sangre manara y corriera hasta sus muñecas. Everly y yo hicimos lo mismo; ella utilizó un pequeño cuchillo que llevaba en el cinturón.

—La sangre ha sido derramada —proclamó Paimon con una voz en la que retumbaba la inmensidad del tiempo—. Ahora, id a la guerra.

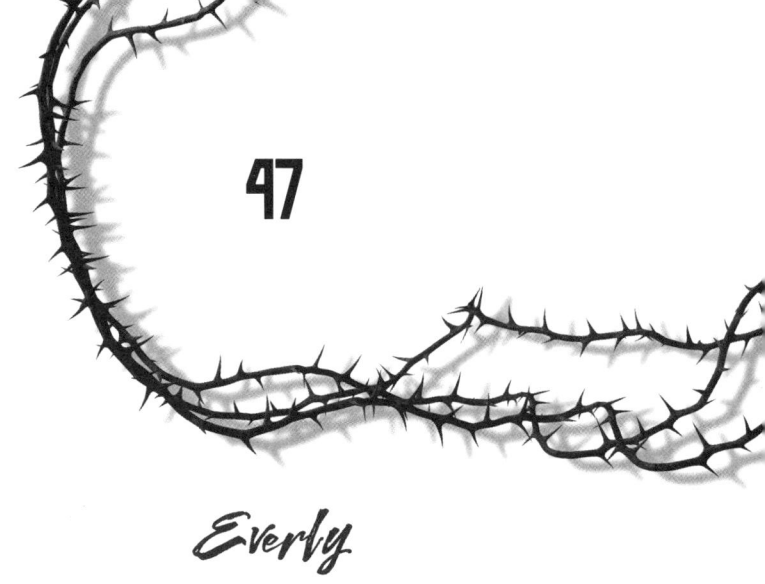

47

Everly

En cuanto Callum y yo nos teletransportamos de vuelta a la casa, supe que algo iba mal.

Las enredaderas de las paredes estaban marchitas y grisáceas; el aire era tan frío que podía ver mi propio aliento.

Callum gruñó, enseñando los dientes.

—Hay algo dentro.

—Tenemos que encontrar a mi abuela —dije—. ¡Ahora!

Cuando volví a teletransportarme, me siguió. En la cocina, encontré la vieja radio sobre la mesa y me apresuré a subir el volumen.

—¡Abuela! Abuela, ¿estás ahí?

Ruido. Solo se oía estática.

—¡Winona! —La voz de Callum hizo temblar las paredes y otra oleada de ruido salió de la radio.

Entre el zumbido, pude oír una voz muy débil.

—… ¡Infestación! Entró… noche. Él… Darragh no puede contenerlo…

—Hay mucha interferencia.

Girando con rapidez el dial, intenté encontrar una emisora que tuviera una señal más clara, pero todas emitían la misma estática. Excepto una.

De repente, la radio se sumió en un silencio sepulcral. Se oyó un sonido débil, tan suave que tuve que subir el volumen al máximo y acercar la cabeza a los altavoces.

Gotas. Un goteo sin descanso.

Un escalofrío me recorrió los brazos y miré a Callum, alarmada. Sin embargo, él tenía la vista puesta en el aparato.

—Apágala —pidió en voz baja.

Entonces del altavoz salió una voz rasgada por el dolor y aguda por la histeria.

—Everlyyyy… —me llamó, en un susurró chirriante—. Te echo de menos, hermana…

Se me revolvió el estómago.

—¿Victoria?

—Hace mucho frío aquí… —canturreó con la voz entrecortada y temblorosa—. ¿No quieres venir… abajo… abajo… abajo… a la oscuridad?

Callum se abalanzó hacia delante y apagó la radio. Me quedé atónita, con la mirada perdida y el estómago revuelto.

—Tenemos que hablar con Darragh —conseguí balbucear al final.

Me llevé la radio conmigo y Callum voló por delante de mí a través de la casa hacia el invernadero y llegó al espíritu del bosque antes que yo. Cuando oí su grito, eché a correr. En cuanto atravesé las puertas que daban al exterior, mis pies aplastaron la hierba húmeda y los champiñones que habían crecido en la tierra. Pero una vez llegué al árbol que protegía el invernadero, me detuve de golpe y jadeé.

La corteza se había vuelto cenicienta y las hojas estaban marrones y marchitas. Las ramas más altas aún parecían estar sanas: tenían un color normal y sus hojas se veían gruesas y verdes. Darragh reclinaba la cabeza en el vértice de las ramas extendidas, con los ojos color miel apagados y entornados.

—Mi señora —me saludó en un susurro cuando me acerqué.

Le acuné la cabeza flácida y la dejé caer contra mí. La madera estaba áspera y seca; la corteza se desprendía.

—¡Oh, no, no, Darragh! —Intenté levantarle la cabeza. Ni siquiera podía mantener los ojos abiertos—. ¿Qué puedo hacer? ¿Qué necesitas? ¡Callum! ¿Qué puedo hacer?

El demonio negó con la cabeza.

—No lo sé. Tenemos que encontrar una forma de mantenerlo con vida. Sus raíces protegen esta casa. Sin él, seremos muy vulnerables.

Desesperada, volví a coger la radio y subí el volumen.

—Por favor, por favor, por favor… —murmuré.

Para mi alivio, la voz de mi abuela llegó, débil.

—… Necesita néctar… Ve a mis armarios cerca de… mesas de macetas… tarros grandes… sellos de cera verde.

Callum desapareció en el invernadero. Todavía podía notar la presencia de la abuela cerca. Concentré mi magia en ella e intenté fortalecerla para que pudiera hablarnos con más claridad.

—¿Qué ha pasado, Darragh? —le pregunté.

En ese momento, pude distinguir el contorno de sus piernas dentro del tronco, como si estuvieran expulsándolo del árbol que ocupaba.

—Una infección —respondió—. Un hongo… parasitario… llegó a mis raíces.

Callum regresó con un tarro de cristal que contenía un líquido viscoso de color dorado pálido.

Se lo acercó a Darragh a la boca, y por una vez este no tuvo ningún comentario mordaz que hacer. Bebió con ganas, desesperado, y el néctar le cayó por la barbilla al hacerlo.

Le devolvió un poco de luz a los ojos.

—Vino de abajo —explicó—. El hongo. Hay podredumbre esparcida por toda la casa. Puedo soportarlo… por ahora. Aunque si mata al resto de árboles, no podré proteger la casa.

—Es el dios —afirmó Callum.

Darragh asintió.

—Lleva el hedor del agua del océano —comentó con dificultad—. Es demasiada sal. El suelo está envenenado. —Se estremeció, soltando una cascada de hojas marrones.

—Agua del océano… —repetí—. Pero ¿cómo? ¿Cómo ha podido entrar? ¿Atravesando todos los árboles…?

—Por debajo —aclaró Darragh. Mostró todos sus dientes de espina, dolorido—. Entró… por debajo…

Volvió a hundirse en el árbol y no tardó en desvanecerse por completo. Cuando apoyé la mano contra la madera, estaba helada.

—Lo está matando —señaló Callum.

—Tienes que hacer algo rápido —me apremió la abuela. Aunque la estática seguía distorsionando su voz, en ese momento hablaba con más fuerza—. La podredumbre del dios debe tener una fuente de poder cerca, un recipiente que transporte parte de su esencia. Si no no podría haber superado a Darragh así de rápido.

—¿Un recipiente? —Jadeé—. Jeremiah. Tiene que ser eso. El Consejo dijo que lo había infectado. Pero ¿cómo ha podido encontrarnos?

—Puede que no sea él —intervino Callum, sombrío—. El dios solo podría contener un pequeño fragmento de su esencia en un humano como él. Su cuerpo se deteriorará enseguida. Aunque si ha dividido su esencia en varios contenedores…

No hizo falta que terminara su explicación. El pavor se apoderó de mí al sentir un cosquilleo familiar en la nuca. Tenía la sensación de que me observaban.

—Tiene que estar en los túneles —aseguré—. En la cámara acorazada. —Me puse en pie y le pasé la radio a Callum—. Nos vemos en la cocina. Necesito unas cosas.

Me teletransporté primero a mi habitación y abrí el baúl a los pies de mi cama a toda prisa. Allí guardaba mis cosas más importantes: los grimorios que había encontrado en la biblioteca y por la casa, incluido el de Sybil, así como el cuchillo encantado. Me guardé el libro de mi antepasada en una bolsita en el cinturón y me enfundé el cuchillo en la cadera izquierda, antes de teletransportarme a la cocina.

Callum ya me esperaba allí. Recogí hierbas, fluorita en polvo, fragmentos de cuarzo y ramitas de laurel negro de los diversos frascos que había en los estantes.

—Ten cuidado, Everly —me pidió mi abuela. Cuando volvió a hablar, parecía cansada—. No sabemos lo que te espera ahí abajo. Incluso con Callum a tu lado.

—Da igual lo que haya ahí abajo —respondí—. Esta es mi casa y la defenderé. Nada puede entrar aquí sin mi permiso. —Me giré hacia Callum y se me hinchó el pecho al ver el orgullo en sus ojos cuando me miró—. Nos ocuparemos de lo que haya ahí abajo. Esto termina esta noche.

48

Everly

Los hongos habían invadido la biblioteca. De los lomos de los libros brotaban champiñones que atravesaban hasta el suelo de madera. Cuando abrí la cámara acorazada, el silencio que nos envolvió fue espeluznante y me recibió un penetrante olor a podredumbre. Percibí las motas de polvo flotando en el aire gracias a la poca luz que había cuando extendí la mano y encendí las velas para iluminar la estancia. Sin embargo, la luz del fuego era tenue y la oscuridad, demasiado densa.

—Esto no es una buena señal —comentó Callum. Se quedó mirando una sustancia parecida a una telaraña que cubría los libros, los escritorios y las sillas—. Está creciendo muy rápido.

—Entonces, estamos en el lugar correcto —respondí, observando un charco de agua que se filtraba poco a poco por el suelo.

La escotilla que conducía a los túneles crujió en el momento que Callum tiró de ella para abrirla. Él fue primero en bajar y saltó antes de que yo me subiera a la escalera. Cuando llegué al fondo, mis pies se hundieron en el barro y me recibió un olor muy desagradable a moho y pescado podrido.

El laboratorio de Sybil estaba hecho un desastre. Sobre las mesas habían crecido más telarañas pálidas, los frascos de especímenes estaban abiertos y el olor a amoníaco flotaba en el aire. El suelo estaba empapado y el fango me cubría las botas a medida que Callum y yo nos acercábamos a los túneles.

Notaba el aire frío y viciado. A lo lejos, oía gotear el agua. Respiré hondo y di un paso adelante, pero Callum me agarró del brazo.

—Deberías dejar que vaya yo primero —me dijo.

Me negué.

—Tú eres el guardián de esta casa, pero yo soy su señora. Una invasión como esta es un desafío directo hacia mi persona. Es a mí a quien quiere llegar el Profundo, así que seré yo quien se enfrente a él. —No parecía muy conforme, por lo que levanté la mano para acariciarle la mejilla—. Confía en mí, Callum. Sabes de lo que soy capaz.

Por un momento, parecía que quería seguir discutiendo. No obstante, apretó los labios en una fina línea y asintió una vez, soltándome el brazo.

Me siguió de cerca mientras avanzaba por los túneles. Él los había explorado mucho más que yo, aunque no fue difícil averiguar por dónde ir. Lo único que tenía que hacer era seguir el barro y los charcos de agua estancada.

—¡Mierda…!

Tropecé con algo en el suelo embarrado y me habría caído de bruces si Callum no me hubiera agarrado de la chaqueta. Tiré de mi bota con un sonido húmedo y lancé varias bolas de luz hacia el túnel, iluminando lo que había delante.

Unos tablones rotos sobresalían del barro como si fueran dientes irregulares. El lugar estaba completamente inundado y la madera y los escombros flotaban en la superficie. El agua estaba turbia y en calma. Era imposible saber qué había debajo.

—Aquí había una barrera —me informó Callum. Aunque habló en voz baja, esta sonó muy fuerte en medio de aquel extraño silencio—. Se ha roto.

Atreviéndome a dar otro paso adelante, concentré mi magia en mis botas.

«Ligeras como una pluma, sin el peso del barro, resistentes al agua que las cubre...».

El hechizo distaba mucho de ser perfecto y cada pocos pasos volvía a hundirme en el barro. Pero era mejor que nada y cuanto más tiempo me aferraba al hechizo, más fuerte se hacía. A pesar de que el agua me llegaba a los tobillos, mi magia impedía que me frenara demasiado. Mientras tanto, mantuve la luz en constante movimiento delante de nosotros, con la mente abierta pero alerta, buscando a tientas cualquier poder inusual cerca.

Sin embargo, todo me parecía demasiado frío.

Mi luz apenas podía penetrar en la oscuridad. Pese a esforzarme por mantenerlos, uno a uno, los orbes de luz se apagaron.

Entonces una voz me llamó desde la oscuridad.

—Everlyyy... Oh, Eeeverlyyy...

La voz me resultaba familiar. Al darme cuenta, el aire se me escapó de los pulmones y me dejó helada y con los ojos muy abiertos. En ese instante, dejé de moverme.

—¿Por qué no hablas con tu hermana, Everly?

La voz sonaba a lo lejos y se diluyó en una carcajada que me produjo náuseas. Era la voz de Victoria, pero algo no cuadraba. Era demasiado aguda. Las palabras de mi hermana resonaban en los túneles como un sonsonete.

—¡Te he echado de menooos! ¡Everlyyy!

—No tengas miedo —me alentó Callum—. Eres fuerte. Sabes el poder que tienes. Esta es tu casa. Recuérdalo.

Ahí el agua era más profunda, me llegaba prácticamente a las rodillas. Cada pocos metros, la sensación de que algo me rozaba las piernas me hacía estremecer, pero no podía ver nada debajo de mí en aquellas aguas tenebrosas. Se oía un goteo a lo lejos, y cuando me paré a escuchar...

Pude oír la respiración entrecortada y gorgoteante de alguien.

Conjuré una llama con la palma de mi mano y la avivé hasta que la iluminación llegó a lo más profundo del túnel. Allí de pie, encorvada y balanceándose dentro de la luz parpadeante, estaba Victoria.

Estaba manchada de barro. Tenía la ropa empapada y le colgaba, húmeda y pesada, de las extremidades. Tenía la cabeza gacha y el pelo mojado y sucio le caía por la cara. Iba descalza y desprendía un extraño olor ligeramente metálico y a carne, pero de una forma que resultaba singular. Parecía carne cruda que acababa de empezar a cocerse.

—No eres bienvenida aquí —le dije.

Se parecía a mi hermana en todo, aunque era imposible. Victoria no vendría a buscarme a esos túneles. Victoria nunca diría que me echaba de menos, jamás.

Me despreciaba. Siempre lo había hecho y siempre lo haría.

Y como sabía eso, era consciente de que era imposible que fuese mi hermana.

Aquello era lo que quedaba de ella.

—¿No soy bienvenida? —Una risa, ahogada y espesa, brotó de su garganta. Todavía no había levantado la cabeza—. No seas tan cruel, hermana. ¿Por qué? Ay, ¿por quééé no quieres recibirme?

La mano de Callum se aferró a mi hombro mientras me acercaba a ella.

—No sabemos lo que es. El hedor del Profundo está por todas partes. No es seguro.

—Nadie puede entrar aquí sin mi permiso —declaré frente a su cuerpo tembloroso—. No. Eres. Bienvenida.

Victoria se quedó muy, muy quieta.

Aparté la mano de Callum, extendí los brazos y sostuve una llama encendida en cada palma a medida que me aproximaba a ella. Cuanto más me acercaba, más la alumbraba. Fue entonces cuando vi la sangre, un torrente de color carmesí que manaba de su cuello abierto de un tajo.

Jeremiah había conseguido lo que siempre quiso. Había matado a nuestra hermana, la había asesinado y había arrojado su cadáver al Profundo. Su esencia se había metido en su cuerpo como un parásito, usándolo como una marioneta. El fuerte y adormecedor murmullo de su poder vibraba en el aire.

Me detuve a unos tres metros de ella, lo bastante cerca como para ver sus ojos saltones e inyectados en sangre y la podredumbre ennegrecida que brotaba de entre sus dientes cuando me los enseñó.

—¡Qué despiadada eres, hermana! —exclamó, pero su voz había cambiado. Ya no era aguda y burlona. No era en absoluto la de Victoria. Resonaba con un timbre imposible—. Me rechazas cuando más lo necesito. La traición es algo que te viene de serie, ¿no?

Alzó la cabeza y la ladeó de una forma antinatural a la vez que una amplia sonrisa se dibujaba en su rostro. Todas las emociones que despertó en mí (el asco, el horror y, sí, la tristeza) se vieron rápidamente reprimidas. Lloraría por mi hermana cuando mi casa volviera a estar a salvo.

—Traicionaste a toda tu familia —recriminó—. Traicionaste a tu fe, a tu dios…

—¡Cómo te atreves a hablar de fe! —Mis llamas estallaron con una lluvia de chispas furiosas que se reflejaron en sus ojos apagados—. He conocido a personas buenas con una gran fe en su dios, pero tú… tú eres un embustero. Un manipulador. Un parásito. —Se estremeció, como si mis palabras le resultasen molestas—. Sin la gente a la que engañas, no eres nada.

Su amplia sonrisa seguía inmóvil. Una sensación viscosa me recorrió la espalda, pero fortalecí las defensas de mi mente y desapareció.

Victoria se echó a reír.

—Oh, pero verás, solo os requiero un ratito más, patéticos humanos —dijo—. Necesito un sacrificio más. Solo uno. Mi poder ya está creciendo. Puedes notar la diferencia, bruja. Sé que puedes. Puede que este cuerpo podrido no me sirva durante mucho tiempo, pero no me hace falta. —Sus ojos me recorrieron despacio—. Eres una estúpida por pensar que eres valiente, que estás por encima del miedo. Siempre tendrás miedo, Everly. Siempre. Después de todo, tú me invitaste a entrar en tu cabeza. Nunca me fui, y lo sabes.

—Está mintiendo —intervino Callum, y Victoria inclinó la cabeza hacia él.

—Silencio, vil desecho salvaje —siseó—. Los demonios solo sois buenos cuando estáis muertos.

—Pues igual que los tuyos —respondió él, chasqueando los dientes.

—Los míos... —Se echó a reír—. Ah, sí. Los míos. Creadores y destructores de mundos. Consumidores de almas. Seres mucho más grandes que cualquier otro en esta dimensión.

—Creadores... —Negué con la cabeza—. No. Tú no has creado nada. Pero te encantaría que la gente a la que engañas creyera que sí. Necesitas que creamos en tu poder. Tu poder robado. —Me acerqué, mis llamas iban en aumento—. Cientos de miles de almas te alimentaron, su poder se fundió dentro de ti. No eres poderoso. Eres débil. No eres nada. Y estás en mi casa.

Una enorme llamarada hizo retroceder a Victoria, dando tumbos. Cuando el fuego se extinguió, sus ojos se abrieron de par en par.

Mi sonrisa se ensanchó.

—Oh, ¿no te esperabas esto? ¿Pensabas que vendrías aquí y te encontrarías con una cría asustada escondida en el bosque? ¿Dónde están ahora tus conocimientos divinos? Creía que vivías en mi cabeza.

Victoria retrocedía con rapidez a medida que yo avanzaba. Me gruñó, trastabillando y luego arrastrándose hacia atrás por el barro mientras su cuerpo se retorcía, abultándose y contorsionándose como si algo en su interior intentase escapar.

—Si vivieras en mi cabeza, entonces sabrías muy bien el poder que tengo. Aunque no es así. No tienes ni puta idea de lo que soy capaz. —Con cada palabra, enviaba otra ráfaga de llamas hacia él. Sin embargo, en el último ataque lancé un rayo. Fuerte, crepitante, un pulso azul que latía dentro de las brillantes llamas naranjas.

Le dio de lleno, destrozándole el cuerpo como si fuese una ballena en descomposición. Una espesa sangre negra brotó de Victoria, manchando el agua a su alrededor, como si fuera tinta. El olor era horrible, me llegó a la garganta. Pero seguí atacando incluso cuando se le rompieron los huesos, las articulaciones se le salieron de su sitio al hinchársele el cuerpo y de su boca abierta salió un rugido que hizo retumbar el suelo.

—¡No puedes matarme, bruja! —Las paredes temblaron, la tierra y los guijarros se desprendieron por la fuerza de la voz del dios. Con cada movimiento de mis manos, dirigí el fuego y los relámpagos hacia él, carbonizando la piel de Victoria—. ¡Ya es demasiado tarde! ¡Raelynn Lawson es mía!

No podía permitir que sus palabras me hicieran estremecer. No podía permitir que la visión del rostro deformado de mi hermana me hiciera dudar, ni siquiera durante un segundo. Callum me seguió de cerca, pero no interfirió en mi pelea, empujando a Victoria cada vez más adentro de los túneles.

—Me la han traído —cacareó con el cuerpo retorciéndose, incapaz de arrastrarse más. Siguió hablando, incluso cuando desaté una tormenta de fuego que se arremolinó a su alrededor, arrancándole la carne de los huesos—. Su precioso demonio morirá, igual que el tuyo. Llegas demasiado tarde, bruja. ¡LLEGAS DEMASIADO TARDE, JODER! La tengo… y su sufrimiento… es muy… dulce…

Mis llamas acabaron por extinguirse y me quedé jadeando, balanceándome sobre mis pies. Lo único que quedaba de Victoria eran unos cuantos huesos ennegrecidos que sobresalían del agua.

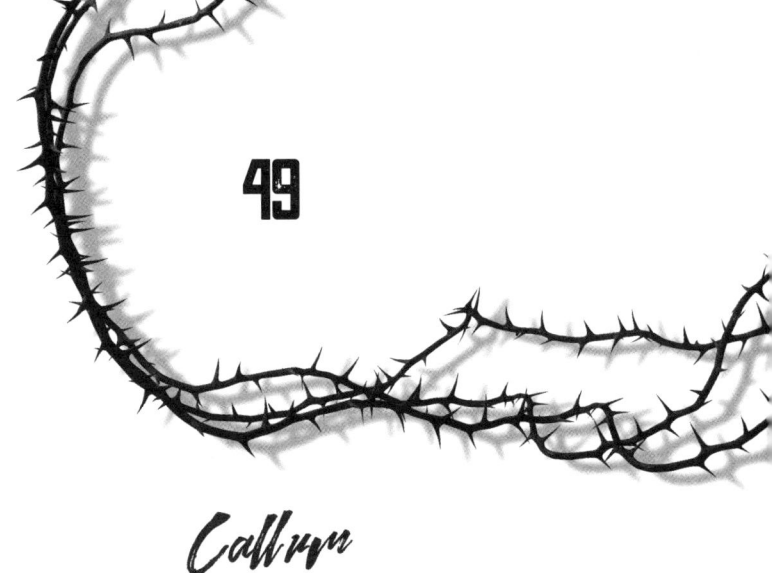

49

Callum

La electricidad crepitó en la oscuridad cuando Everly bajó los brazos, despacio. Los restos carbonizados de su hermana se hundieron en el barro y el olor a carne quemada flotaba en el aire mientras el humo se iba disipando poco a poco.

—La tiene —dijo—. El dios tiene a Raelynn.

No había miedo en sus ojos. Ni desesperación. Solo una sombría resignación.

—No hay tiempo —añadió—. Tenemos que luchar. Tenemos que matarlo.

El aire que la rodeaba brillaba y de ella emanaban ondas de calor. Cuando me acerqué, me abrazó y, por un momento, sentí el miedo en su corazón. El amargo reconocimiento de que, después de todo, eso podía ser el final.

El final de nuestro viaje. Nuestro final.

Todo mi ser me pedía que me la llevase de ahí. Que la salvara. Que la protegiera. Aunque la cabrease, terminaría por perdonarme. Veía que no tenía otra opción.

Un gruñido brotó de mí cuando le devolví el abrazo y ella levantó la vista, encontrándose con mis ojos.

—Lo afrontaremos juntos, Callum —aseveró—. Siempre hemos estado destinados a hacerlo. Has esperado dos mil años para esto.

—No —la contradije—, te he esperado dos mil años a ti. Esperé para oír tu voz de nuevo. Para ver tu cara. Para tocarte. —Le acaricié la mejilla, apartando un mechón de su larga melena. Su olor me envolvía y a pesar de que era diferente al de antes, no podía determinar por qué. Parte de mi propio olor se había fundido con el suyo, convirtiéndose en uno solo—. Durante mucho tiempo, me has perseguido. El rostro familiar de una extraña en un centenar de vidas. Como si siempre hubiéramos estado dando vueltas el uno alrededor del otro, dos planetas en alineación cósmica, sumidos en un bucle continuo por el poder del otro. Te esperé, incluso antes de saber que era a ti a quien estaba esperando. Lucharé por ti hasta mi último aliento —le juré después de darle un beso en la frente—. Más allá de esta vida, más allá de la muerte, siempre te querré.

—Te quiero. Mi guardián. Mi demonio. Mi guerrero. Encontraremos la forma de salir de la oscuridad. Tu guerra acabará. Dejarás las armas. Viviremos en paz.

Nos adentramos en las sombrías profundidades de la mina.

Los estrechos túneles se sostenían con unos viejos armazones de madera cubiertos de champiñones. Había huesos antiguos y descoloridos, algunos aún con las ropas harapientas con las que aquellas personas murieron. Mineros, que se quedaron atrapados ahí hace más de cien años. El fuego de Everly iluminaba nuestro camino, pero ni siquiera mi aguda vista era capaz de ver muy lejos en esta oscuridad agobiante.

En ese lugar se oían unos gritos extraños. Los aullidos, chasquidos y gruñidos de varios eld. La magia podrida del dios hacía que existieran y se reunieran en su guarida como buitres ansiosos por las sobras. La llama de Everly brillaba de vez en cuando en los ojos de alguna bestia al acecho, pero enseguida huían de nosotros.

El suelo retumbó y los temblores recorrieron las paredes. Everly se detuvo, mirando al techo con los ojos muy abiertos mientras caían guijarros a nuestro alrededor.

—¿Cómo de estables crees que son estos viejos túneles? —preguntó.

—No lo suficiente. Tenemos que seguir avanzando.

Aquellos pasadizos parecían no tener fin. El camino se torcía, giraba, subía y bajaba. Por fin llegamos a un pozo enorme reforzado con una estructura de madera. Unas escaleras desgastadas y desvencijadas nos condujeron a la oscuridad. De abajo provenía un hedor a sal del agua del mar.

Bajé con mi bruja detrás de mí. El agua goteaba a nuestro paso, filtrándose hacia unas profundidades desconocidas. Everly aspiró con fuerza y me agarró con más fuerza aún, y yo me detuve.

—¿Qué pasa?

—Puedo sentir al dios —susurró—. Está cerca. Es como si tuviera unas uñas rascando en el interior de mi cráneo. —Siguió respirando hondo y despacio a medida que fortalecía sus defensas mentales—. Sabe que estoy aquí.

Llegamos al siguiente nivel de la mina, y en cuanto Everly volvió a pisar tierra firme, apoyó la mano en la pared del túnel, sosteniéndose la barriga y cerrando los ojos.

—Son solo náuseas —explicó—. Me vibra la cabeza. Estamos cerca, Callum. Muy cerca.

Se incorporó despacio y tragó saliva. Cogió el cuchillo encantado que llevaba en el cinturón, lo sacó de la funda y continuó avanzando con determinación por el oscuro túnel que tenía delante.

El camino descendía y la luz de Everly se extendía delante de nosotros, alumbrando un callejón sin salida. El techo se había derrumbado y unas rocas enormes nos bloqueaban el paso. Everly frunció el ceño y se adelantó para apoyar la mano en las piedras.

—Hay algo al otro lado —me informó, cerrando los ojos.

Después de unos segundos, volvió a abrirlos y dio un paso atrás. Se puso recta y respiró hondo.

Empujó las manos contra el montón de rocas. La fuerza de su magia apartó todas de nuestra ruta, haciendo que salieran disparadas, excepto las más grandes. Yo mismo me encargué de retirar estas últimas, apoyando el hombro contra ellas para empujarlas y abrir el paso hacia la cueva que había más allá.

La caverna en la que nos adentramos era enorme y la iluminaba una extraña luz gris que no parecía tener una fuente. Un gran estanque de agua negra como el carbón se alzaba ante nosotros, con la superficie inmóvil y lisa como el cristal. Había viejos equipos de minería oxidados y en mal estado y cajas de madera apiladas, manchadas por el tiempo y cubiertas de hongos.

—Aquí había alguien más —comentó—. ¿Lo hueles?

Lo hacía. El aroma del miedo humano flotaba en el aire, junto con el sutil olor de la sangre. Al rodear el charco, Everly se agachó junto a un pequeño par de botas y unos pantalones mojados y manchados de sangre. Parcialmente enterrado en el barro junto a ellos había un viejo trozo de papel doblado y lo cogió con cuidado.

—El símbolo de Leon —reveló—. Del grimorio. —Se lo llevó al pecho, con los ojos cerrados, y negó lentamente con la cabeza—. Raelynn ha estado aquí… Ha estado aquí… —Se puso de pie, mirando por toda la caverna—. ¿Adónde ha podido ir? Tiene que haber… Joder, Callum, tiene que habérsela llevado ya.

—Mantén la calma —le pedí—. Y baja la voz.

Todo ese sitio me parecía espeluznante, como si fuera irreal. Cuanto más observaba a mi alrededor, más seguro estaba de que algo iba muy mal. El aire estaba demasiado quieto, el silencio era raro. Incluso los olores que deberían haber estado presentes (tierra mojada, agua estancada, rocas húmedas) brillaban por su ausencia.

Ese lugar era una burla, un escenario sin atrezo.

Everly caminó hasta el borde de la charca y se arrodilló, contemplando fijamente el fondo. Giró la cabeza, inclinándose hacia abajo, y frunció el ceño, escuchando.

—¿Qué pasa? —le pregunté. No me gustaba que estuviera tan cerca del agua. No me gustaba nada estar allí. Me había enfrentado a muchos dioses, pero no me había sentido así desde la última vez que luché contra ellos en el Infierno—. Ten cuidado, Everly.

—Puedo oír algo. Es…

Se inclinó más cerca del agua y una alarma se activó dentro de mí.

—Everly…

Clavó las uñas en el suelo, apretó los dedos y abrió mucho los ojos.

—Gritos. Oigo gritos.

Con un chillido como el del metal desgarrándose, la inmaculada superficie de la charca se rompió. Unos tentáculos gigantescos brotaron del agua mientras una enorme forma llenaba la caverna. Las paredes se agrietaron y a nuestro alrededor la realidad se rompió. Salté hacia delante, agarrando a mi bruja antes de que la golpearan y la rodeé con las alas cuando caímos al suelo y patinamos por el barro.

Un rugido, lo bastante fuerte como para sentir que me partiría la cabeza en dos, hizo temblar el suelo. Encima de nosotros, el cuerpo del dios mutado se movía. Los tentáculos se retorcían y arañaban la piedra a la vez que cientos de ojos parpadeaban y daban vueltas sobre su repulsiva forma. Con cada aullido, el tejido de esa dimensión se estremecía, rasgándose como si fuera papel mojado y dejando al descubierto unos remolinos iridiscentes que ondulaban con una especie de hilos microscópicos.

—¡Prepárate, Everly! —exclamé, aunque mi voz apenas se oyó por encima del rugido del dios mientras nos poníamos en pie.

El cuerpo de aquella criatura cambiaba sin parar, transformándose; su ser interdimensional era incapaz de manifestarse por completo.

Everly levantó el brazo y la roca que tenía al lado se levantó, protegiéndonos a duras penas de uno de los tentáculos que se dirigía hacia nosotros. Este rompió la piedra, lanzando por los aires los fragmentos.

—¡Por fin has venido a mí, bruja! —La voz del dios se distorsionó, como si cientos de voces gritaran a la vez—. ¡Cuando tu alma se consuma, serás un buen recipiente!

Abrió la boca de par en par, revelando un espectáculo horripilante: un bulbo dentro de su garganta, formado por cuerpos que se retorcían y chillaban. Rostros deformados que aullaban, manos podridas que se aferraban al aire y miembros destrozados que sobresalían en todos los ángulos.

Everly echó a correr, esquivando los tentáculos que se movían, en tanto que yo alzaba el vuelo y manifestaba dos grandes dagas de éter, una en cada mano. Primero lancé una y luego la otra, apuntando hacia la masa de su garganta abierta. Los cuchillos dieron en el blanco y el dios se dobló y rugió de dolor.

Everly corrió alrededor de la charca, manteniendo una mano extendida hacia la superficie y murmurando rápido y en voz baja. El agua se empezó a congelar rápidamente y la escarcha trepaba por la viscosa piel grisácea del dios. A medida que esquivaba los tentáculos en movimiento, los atacaba con el cuchillo, abriendo heridas con saña, pero poco profundas.

—¡Puto insolente! —rugió el Profundo—. ¡Te unirás a tu familia en mi barriga, demonio! Incluso tus guerreros más valientes suplican que los libere de su sufrimiento.

Se echó a reír y el sonido resonó en la cámara al mismo tiempo que yo me lanzaba hacia abajo, atravesando el aire. Una extremidad deforme se abalanzó sobre mí, con unas garras del tamaño de los troncos de un árbol.

Sentí un dolor abrasador en el ala y, de repente, caí al suelo mientras mi sangre salpicaba el suelo. Tenía el ala desgarrada y, a pesar de que la piel estaba volviendo a unirse con rapidez, las garras del dios siguieron descendiendo.

De repente, noté un calor tan intenso cerca de mi cabeza que tuve que girar la cara. La carne se chamuscó, fundiéndose en un pútrido líquido negro que cayó a mi alrededor como si fuera alquitrán. Everly estaba a unos metros de mí, con los brazos extendidos y los dientes al descubierto, invocando su fuego. Lo mantuvo hasta que me levanté de un salto y me aparté, poniéndome a salvo detrás de una roca cuando la atención del dios se centró en ella.

—¡Niñata estúpida! —Su voz reverberó por la caverna—. Tu magia insignificante no puede hacerme daño.

Aunque su cuerpo se regeneraba con rapidez, la piel seguía enrojecida y en carne viva.

Era un mentiroso.

A pesar de mi ala dolorida, volví a alzar el vuelo, decidido a distraer a la criatura para que Everly pudiera tener su oportunidad.

—Canaliza tu magia a través del cuchillo —le dije, abalanzándome sobre su cabeza mientras esquivaba otro ataque.

Las paredes temblaron y del techo se desprendieron piedras enormes. Everly tuvo que moverse con rapidez, teletransportándose a través de la cámara antes de que una de ellas pudiera aplastarla.

Pero se teletransportó justo en el camino de uno de los tentáculos de la criatura.

No pudo apartarse lo suficientemente rápido.

Ni yo tampoco.

El tentáculo la golpeó, emitiendo un crujido que sonó a huesos rotos. Mi bruja voló hacia atrás, precipitándose por el aire hasta impactar contra la pared, y cayó al suelo sin fuerzas. La hoja encantada salió disparada de su mano, girando sobre sí misma hasta que chocó contra el suelo rocoso y se deslizó hasta el borde del estanque para después desaparecer en el agua negra.

—¡Everly!

Volé a su lado y la arrastré antes de que otro tentáculo pudiera acabar con ella.

Estaba… fría.

—¡Everly!

Su cabeza se inclinó hacia mis brazos. Sus ojos azules estaban apagados, vidriosos, y miraban fijamente a la nada.

La risa del dios fue como unas garras desgarrándome los oídos.

—¡Su alma ha volado, demonio! Se reutilizará su cuerpo para mis propios fines. ¿Puedes olerlo? ¿Lo notas? —El dios se dobló, con sus fauces abiertas, carcajeándose en mi cara, haciendo que me llegara su cálido aliento—. ¿Puedes notar cómo tu engendro muere dentro de ella?

—¡Eres un mentiroso!

Sentí que el mundo se me venía abajo. Eso no podía ser cierto.

No.

¡No, no, joder, no!

El enorme tentáculo del dios descendió y tuve que moverme demasiado rápido como para llevarme a Everly conmigo. Volé por los aires, soltando un grito agónico que me desgarró por dentro mientras mis colmillos se alargaban y mis venas se ennegrecían a medida que mi cuerpo se consumía en sombras.

No podía ser verdad. No podía ser verdad.

No podía ser…

El alarido que salió de mí sacudió las paredes de la caverna. Me dejó la garganta en carne viva. No podía soportar el dolor, quería arrancarme el corazón del pecho para que parase. Perdí el sentido común y mi instinto de supervivencia.

Lo único que me quedaba la furia. La agonía. Un odio más profundo que el cosmos.

Me encaramé a una enorme columna de piedra, de cara al dios, y conjuré una espada en mi mano, el doble de larga que de alta. Sentí como si me partiera en dos, con la mente y el cuerpo alterados. Lo único que veía eran los ojos de Everly, sin luz, con los labios manchados de sangre.

El dios se carcajeaba conforme las paredes de la cueva se disolvían. Colores sin nombre se arremolinaron a nuestro alrededor, brillando con largos relámpagos. En medio del caos, vi el destello de unas siluetas de arquitecturas imposibles: formas inefables, extensiones imperceptibles.

No me importaba sobrevivir. Mi vida ya se había ido.

La muerte me llamaba y había llegado el momento de responder.

Pero no me iría solo.

50

Everly

Todo había pasado muy rápido. Un instante estaba de pie, recuperando el aliento después de teletransportarme, con las piernas tensas para volver a correr, y entonces…

Dolor, aferrándose a mí como si algo me clavase las uñas en la piel.

Luego, oscuridad.

Un vacío.

No sentí miedo; no sentí nada en absoluto. Podría haberme quedado así para siempre. Fría. Muerta. Impasible.

Poco a poco, una sensación de urgencia creció en mi interior. Incómoda, arañándome el pecho, resonando en mi cabeza como una alarma.

«Levántate, levántate, levántate».

Recordé quién era.

Me puse en pie de un salto, presa del pánico, y me giré confundida, intentando averiguar dónde estaba. Eso no era la mina. No había paredes a mi alrededor ni tierra bajo mis pies. Estaba a oscuras, como cuando Callum me guio más allá del Velo. El olor a tierra húmeda y a moho había desaparecido, el hedor a podredumbre y agua de mar también.

—¿Callum? —Mi voz no hizo eco. Sonaba mitigada, como si estuviera rodeada por un amortiguador invisible que se tragaba mis palabras en cuanto salían de mis labios—. ¡Callum!

Con un jadeo repentino, me agarré el pecho mientras un dolor abrasador se apoderaba de mí. Cuando me atreví a mirar hacia abajo, había una mancha roja cada vez más grande en mi camiseta. La sangre cubrió la palma de mi mano cuando la aparté de mi costado, revelando una herida abierta y profunda.

Sin embargo, seguía sintiéndome rara, fuera de mí, como un globo que se soltaba de su cuerda. Estaba herida. Seguía lo bastante viva para notar el dolor, aunque estaba más allá del Velo, con el alma lejos de mi cuerpo.

Me senté en el suelo con las piernas cruzadas y cerré los ojos. Imaginando la caverna en la que había estado, busqué el calor y el peso familiares de mi cuerpo… pero no los encontré.

Se me aceleró la respiración.

¿Me estaba desangrando? ¿Me estaba muriendo? Callum estaba solo contra el dios y si…

Si moría…

No, no. No podía pensar en eso. No podía considerar la posibilidad de que el Profundo lo consumiera, cortando nuestro vínculo.

No era demasiado tarde. Era la única esperanza a la que podía aferrarme. Estaba viva, podía moverme, podía sentir mi magia aún cerca.

Tenía que encontrar la forma de volver a mi cuerpo.

Me puse en pie y empecé a caminar. Mantuve mis intenciones firmes en la cabeza: volver a la mina, regresar a mi cuerpo, encontrar a Callum.

Tenía que encontrar a Callum.

Mi sentido del tiempo se había deformado. Puede que solo hubieran pasado segundos, pero me parecieron horas de oscuridad. Horas de caminar sin ningún signo visible de progreso.

Los latidos de mi corazón eran cada vez más débiles y mi respiración, más agitada.

Con un horror cada vez mayor, me di cuenta de que era consciente de cómo me moría.

Entonces percibí que unas formas vagas se movían a mi alrededor. Se balanceaban como los largos tallos de las algas con una ligera corriente marina. Tenía la piel húmeda y el aire era fresco. No había estrellas en lo alto, ni el soplo de una brisa. El silencio era sobrecogedor.

Tragué saliva por el nudo que se me había hecho en la garganta y bajé la vista para ver el hilo plateado que colgaba de mi pecho. Se alejaba de mí a través de la extraña hierba y desaparecía en la oscuridad. Sin otra opción, lo seguí.

A cada paso que daba, los latidos de mi corazón se volvían más débiles. Cada vez me resultaba más difícil recordar qué hacía, por qué lo hacía, a quién buscaba.

¿A quién buscaba?

Me detuve.

Había luces tenues a mi alrededor que brillaban con un centelleo dorado, flotando en la oscuridad como si fueran un montón de luciérnagas.

El olor allí me era muy familiar. Olía a pachulí y vainilla, a café recién molido.

—¿Mamá? —Tenía la voz muy cansada y sonaba diminuta. Como si volviera a ser una cría, perdida en la oscuridad—. ¿Estás ahí? Por favor…

Tropecé y caí sobre mis manos y rodillas. El suelo estaba húmedo bajo mis palmas y me di cuenta de que estaba arrodillada junto a un pequeño estanque en calma.

Era uno de los muchos que había. Los estanques, que parecían cristal, salpicaban el paisaje, parcialmente ocultos por la hierba que se mecía. Las luces resplandecientes se reflejaban en ellos, y me incliné hacia delante, mirando hacia el agua.

—No sé qué hacer —murmuré—. Estoy muy perdida. —Las lágrimas cayeron en la superficie prístina y las ondas se deslizaron por ella—. No soy lo bastante fuerte, mamá.

Tuve la sensación de que una mano se posaba sobre mi hombro y miré hacia atrás, alarmada. No obstante, seguía sola. Me volví hacia el agua y observé mi propio reflejo, pero apenas me reconocí. Me veía débil y difusa, un mero fantasma en medio de la niebla.

—Dime lo que tengo que hacer —susurré, desesperada—. Muéstrame el camino.

Mi reflejo desapareció. El agua se oscureció, las sombras se arremolinaron bajo la superficie como anguilas reptantes y una visión apareció dentro del estanque. Al principio, no tenía ni idea de lo que estaba viendo: una carne grotesca que se retorcía, muchos ojos que parpadeaban, unas fauces abiertas. Se me revolvió el estómago al darme cuenta de que estaba contemplando al dios. Tenía a alguien atrapado entre sus tentáculos que se agitaba y gritaba.

—¡Raelynn! —Jadeé, mientras la chica luchaba por escapar de las garras del Profundo.

De repente, levantó la mano con una daga entre los dedos. La hoja brillaba con una magia familiar; el diseño del arma era diferente, aunque llevaba el mismo encantamiento que la que yo había creado. Raelynn se la clavó y atravesó uno de los numerosos ojos del dios. Retrocedió y volvió a bajar el cuchillo, desgarrando profundamente el tentáculo que la sujetaba.

El dios aflojó su agarre y ella quedó libre, pero sus labios se estaban poniendo azules por la falta de aire.

La visión se desvaneció.

—No, no, no. —Me incliné desesperada sobre el agua—. ¡Por favor! Necesito volver a casa, ¡necesito saber cómo volver!

Me concentré en lo que recordaba de la caverna: la charca del centro, las escarpadas paredes de roca, la maquinaria destartalada de la mina.

Y Callum. Mi demonio, mi amor. Sostuve su rostro en mi mente, dirigiendo toda mi magia hacia él.

El agua se arremolinó y apareció una nueva visión. Sin embargo, no era la mina, y tampoco era Callum. Era yo.

Estaba sentada en el jardín trasero de la casa del aquelarre, con un pincel entre los dedos. La escena era tranquila, serena. Giré la cabeza, sonriendo mientras abría los brazos y una niña rubia se abalanzaba hacia mí, abrazándome. La pequeña levantó la cabeza, sonriéndome, y tenía los ojos dorados.

Eso… eso no era posible. No podía ser. Había tomado todos los días el té que preparaba mi abuela, que se suponía que prevenía…

Pero aquella noche en el bosque, cuando Callum y yo fuimos juntos a llamar al rey de los fae… No me había tomado el té ese día, ni a la mañana siguiente, ni ningún día después de ese. Me había notado un poco rara desde entonces, pero había estado estresada, trabajando mucho.

Una repentina sensación punzante en el abdomen me hizo jadear. Parecía casi… ¿una patada? Pero no podía ser. No podía ser. Solo habían pasado unos días. No tenía ningún signo físico.

Aunque esa no era una niña humana. No del todo.

Mi cuerpo se estremeció con fuerza. ¿Por qué había visto a nuestra hija en aquella visión y no a Callum? Busqué en el agua, esforzándome por ver algo en las oscuras profundidades.

—Sé que todavía estás ahí fuera —susurré—. No puede ser demasiado tarde, por favor, no puede serlo.

El agua seguía en calma. Las sombras que había dentro dejaron de moverse. Con furia, cerré el puño de golpe, salpicando agua fría por todas partes.

—¡No! ¡Enséñamelo! Sigue vivo, sé que sigue vivo, él… —Me quedé callada, temblando entre sollozos—. Todavía está luchando. Sé que sigue luchando. Por favor, Callum.

Me doblé hasta apoyar la frente en el suelo, temblando y con los ojos ardiendo por las lágrimas. Debajo de mí, el hilo plateado que unía mi alma a mi demonio aún brillaba con una luz tenue. Me agarré a él y me puse en pie. Tenía los brazos y las piernas entumecidos por el frío, pero me obligué a avanzar, paso a paso.

—Sigue luchando, Callum. Por favor. Voy a volver. Volveré a encontrarte.

La niebla era tan espesa que me resultaba imposible ver mi propia mano delante de mi cara. Se arremolinaba en torno a mis pies, y la sensación de frío y humedad en la piel me hacía caminar a trompicones, siguiendo el rastro resplandeciente del hilo.

Estaba quedándome sin fuerzas. A pesar de mis intentos por no hacer caso, esa sensación de entumecimiento se fue extendiendo por mis piernas y brazos. Cuando me miraba de cerca los dedos, podía ver una negrura bajo las uñas.

La muerte estaba llevándome despacio, trocito a trocito.

Era imposible saber si andaba en línea recta o en círculos. Todo me parecía igual: la misma niebla blanca, la misma luz gris apagada, el mismo frío húmedo. La herida del costado me palpitaba al compás de los débiles latidos de mi corazón.

—Vamos a volver, pequeña —prometí.

No estaba segura de por qué sentía la necesidad de dirigirme a la diminuta chispa de vida en potencia que llevaba dentro. Ni siquiera había sido consciente de ella hasta hacía una hora, ¿o había sido un día? ¿Cuánto tiempo llevaba deambulando en medio de la niebla?

¿Y por qué vagaba? Estaba muy cansada. Me dolía todo. Tal vez podría tumbarme. Solo un rato. Descansar un poquito.

De repente, me detuve, sacudiendo la cabeza como para ahuyentar el desconcierto. Sujetando con fuerza el hilo plateado que tenía en las manos, tiré de él mientras seguía caminando. Aferrarme a aquel recuerdo medio sólido de lo que buscaba me ayudaba a concentrarme, pero la confusión seguía afectándome. Mis pensamientos eran como pájaros asustados, revoloteando lejos de su nido sin un lugar donde posarse.

—Vamos a volver, Callum —dije—. Vamos a volver. Sigue luchando. Por favor, sigue luchando. Te encontraremos.

Volví a detenerme y miré hacia abajo, incrédula. Porque allí, a mis pies, vagamente visibles a través de la niebla, había largos tallos de hierba seca y marrón.

Era un campo muy extenso. La hierba se mecía despacio a mi alrededor, como un mar revuelto que se agitaba cuando los tallos chocaban entre sí. La luz plateada del hilo era en ese momento más brillante y lo sentí más pesado entre mis manos. Envalentonada, caminé más deprisa y luego corrí. Aunque no tenía ni idea de dónde me encontraba, sentía que Callum estaba cerca. Mucho más de lo que había estado antes.

Tropecé con un enorme bulto oscuro que había aparecido entre la niebla. Conseguí detener la caída con las manos apoyadas en aquella enorme cosa e inmediatamente retrocedí horrorizada.

Era una masa de carne trémula, putrefacta y ennegrecida. Estaba rajada por partes, dejando ver músculos rosados y enroscados, como el exterior de un cerebro. Este parecía arrastrarse, temblar y crisparse, como si estuviera formado por miles de gusanos que se retorcían. El cuerpo era del tamaño de una ballena y olía tan mal que tuve que taparme la boca y la nariz con la camiseta antes de que me dieran arcadas.

Pero entonces, en medio del frío, la confusión y el horrible hedor, lo sentí. Callum estaba allí.

Salió de la niebla cuando levanté la vista. Estaba a unos cincuenta metros de mí y, en cuanto me vio, se quedó inmóvil. Las alas, desgarradas e inertes, se arrastraban por el suelo y sangraban; tenía el cuerpo magullado y hecho polvo.

—¡Callum! —Intenté llamarlo, pero tenía la boca muy seca y la voz débil. Me costaba hablar—. Ayúdame… —El dolor estalló, más agudo y profundo que antes—. ¡Ayúdame, por favor!

Sin embargo, no dio ni un paso hacia mí. Me miró como si fuera una extraña, como si… como si fuera una enemiga.

Rodeé la enorme cosa muerta y me acerqué a él a trompicones.

—No sé qué ha pasado. ¿Dónde estamos? ¿Dónde está el…?

Retrocedió de golpe, con los colmillos al descubierto, las alas desplegadas y las garras preparadas. Lanzó un gruñido feroz.

—¡Atrás, bruja! ¡No te acerques ni un paso más!

Sus palabras fueron como una bofetada. Me quedé mirándolo, sin entender nada.

—¿Callum? Soy yo, soy…

—¿Por qué sabes mi nombre? —siseó—. Respóndeme con la verdad, humana, o te golpearé hasta la muerte. ¿Cómo cojones sabes mi nombre?

Sus palabras destilaban veneno, un odio indiscutible. Mi corazón, que latía con dificultad, palpitaba a medida que el dolor de mi costado empeoraba. Eso tenía que ser una pesadilla. ¿Por qué no me reconocía?

—Callum, me reclamaste. —No me atreví a acercarme ni un paso más—. ¡Por favor, nos marcamos el uno al otro! ¡Nos hemos acostado, hemos luchado juntos!

Abrió los ojos de par en par y me sorprendí al darme cuenta de que sus iris no eran negros. Eran dorados, tan brillantes e intensos que era como mirar al sol. Aunque unas venas negras atravesaban el color, como grietas ennegrecidas en la superficie.

Miré el bulto de carne putrefacta que tenía a mi lado, la monstruosidad a la que habían matado hacía poco. Y, de repente, supe dónde estaba.

No solo dónde. Sino cuándo.

—Callum, por favor, escúchame…

Se estremeció cuando me llevé la mano a los cordones de la camiseta y los aflojé despacio, con dolor. Se despegó de mi costado, pegajosa por la sangre, y los ojos del demonio se fijaron en la herida. Sus fosas nasales se dilataron y me pregunté si podría oler la verdad de lo que le había dicho. ¿Podría olerse a sí mismo en mí?

—No debería estar aquí —añadí—. Estoy en el sitio equivocado, en el momento… equivocado. Te he encontrado demasiado pronto. Pero sé tu nombre porque tú me lo diste. Me lo grabaste.

Me encogí de hombros, desnudándome ante él. Incluso en ese momento, incluso en ese lugar, siglos antes de que me conociera, confiaba en que no me haría daño. No reaccionó cuando le mostré las cicatrices que tenía en la barriga, pero vi las emociones contradictorias en su rostro.

Horror, confusión, sospecha.

—¿Cómo? —musitó.

El silencio en aquel vasto campo parecía muy pesado, lleno de dolor. Allí lo había perdido todo. Allí, en ese sitio empapado de sangre, había visto morir a innumerables personas. Y allí, a mi lado, pudriéndose al aire libre, había un dios muerto.

Uno de tantos. Uno de los cientos desperdigados a nuestro alrededor. Sin embargo, de alguna manera, en medio de toda esa muerte, mi frenética búsqueda de la vida me había llevado hasta ahí.

—Las brujas vagan por donde quieren —expliqué—. Y yo he viajado muy lejos. Necesito… necesito tu fuerza, Callum. Para seguir adelante. Para volver a ti. Por favor.

—Volver a mí… —Se acercó, con todo su cuerpo encorvado como si fuera a saltar en cualquier momento. Era muy raro darse cuenta de que me tenía miedo—. ¿Y dónde, exactamente, crees que me encontrarás si no es aquí?

—En el futuro —respondí, esperando con desesperación que lo entendiese—. Por favor, Callum, tienes que acordarte de esto, por favor. Volveré. Te prometo que volveré. No dejes de luchar, no… no te rindas. —Me aproximé a él, y no se inmutó cuando mis dedos le rozaron el pecho—. Por favor, no te rindas. Voy a volver contigo. No se ha acabado, por favor…

Dios, quería que me abrazara. Quería hundirme en sus brazos, quería sentirme segura con él y saber que él también lo estaba conmigo. Quería decirle la verdad, que el futuro que teníamos juntos ya era mejor de lo que ninguno de los dos hubiera imaginado.

Me acerqué y se estremeció, pero algo lo hizo quedarse. Olfateó el aire y su expresión pasó de la ira a la confusión y luego a la sorpresa.

En ese instante, me miraba como si le hubiera revelado los secretos del universo. Pero no lo entendía de verdad, aún no. Pasarían siglos antes de que lo hiciera.

«Durante mucho tiempo, me has perseguido. El rostro familiar de una extraña en un centenar de vidas. Como si siempre estuviéramos dando vueltas el uno alrededor del otro, dos planetas en alineación cósmica, sumidos en un bucle continuo por el poder del otro. Te esperé, incluso antes de saber que era a ti a quien estaba esperando».

Su mirada se suavizó.

Las lágrimas cayeron por mi cara, aunque no podía llegar hasta él, no podía quedarme.

Retrocedí.

—Espera. —Me tendió la mano, su crueldad desapareció—. ¿Cómo te llamas?

—Everly —contesté—. Everly Laverne. Un día me encontrarás, Callum. Y yo volveré a encontrarte a ti. Por favor, no lo olvides. Volveré a ti. Volveré. Lo haré. Por favor…

No quería dejarlo. Dolía, me aterraba. Era como alejarme del ser que más amaba, sin saber si volvería a hallar el camino de regreso hacia él.

Sin embargo, tenía que hacerlo. No importaba lo lejos o lo mucho que tuviera que vagar, lo encontraría de nuevo.

Me llamó cuando volví a adentrarme en la niebla. Pero tenía que seguir ese hilo, palpitante y pálido, que serpenteaba delante de mí.

Volvería a encontrar el camino hacia él.

La niebla era interminable. Llevaba una eternidad andando. El tiempo y el espacio no significaban nada.

¿Había muerto ya? Los latidos de mi corazón, que habían sido irregulares, se habían detenido. O se habían vuelto tan débiles que ya no los notaba.

De vez en cuando, el entorno cambiaba. Las ciudades se cernían sobre mí, antiguas y extrañas, llenas de rostros sombríos. No obstante, había una cara que siempre aparecía nítida: Callum. Lo veía entre la multitud, un vistazo fugaz antes de seguir caminando. Lo hice durante décadas, durante siglos, y lo encontré, una y otra vez.

Pero ir y venir a través del Velo, entrar y salir del tiempo, no estaba bien. Cada vez estaba más ida. La visión de la caverna que tanto intentaba retener en mi mente se desvanecía. Los recuerdos de quién era y adónde intentaba llegar me resultaban confusos.

Sin embargo, el dolor punzante en el costado me recordaba que estaba viva. No pertenecía a ese lugar; no era otro rostro en blanco entre la niebla.

—Lo encontraremos, pequeña. —Mi voz era débil; me sonaba muy poco familiar—. Tu padre está luchando para salvarnos. No se rendirá. Sé que no lo hará. Nos esperará. Le encantará conocerte. Te protegerá, siempre, igual que me protegió a mí. —Se me nubló la vista—. Será muy bueno contigo. No se parecerá en nada a mi padre. Te amará para toda la eternidad, los dos te amaremos.

No había más niebla. No había más luz. Solo oscuridad y mi débil hilo plateado.

—Podrás ver muchas cosas. Tendrás mucho que aprender. No… no tengas miedo de tu padre. Él es bueno. Es amable. Él nunca… nunca te haría daño…

El aire apestaba a moho y a pescado podrido.

El dolor era tan intenso que me balanceaba sobre los pies y sentía un extraño y tenue zumbido en los oídos. Estaba cansada. Exhausta. Necesitaba descansar, aunque solo fuera un ratito. Cerrar los ojos y ya está.

Me tumbé y apoyé la mejilla en el suelo frío y embarrado.

—Él nos protegerá, pequeña —susurré—. Hasta que volvamos… hasta que lo encontremos… nos protegerá. Para que cuando… cuando lo encontremos… podamos protegerlo a él también…

Me dolía todo. Me sentía mal y desfallecida y muy, muy pesada.

Abrí los ojos.

51

Everly

La realidad se quebró. La luz y el sonido, la forma y la distancia se entremezclaban en un caos en forma de remolino. Los relámpagos estallaban con unos colores indescriptibles. Había rocas y columnas de piedra cayendo a mi alrededor, y yo yacía sobre un trozo de tierra que flotaba sin apoyo en medio del caos.

Seguía entumecida, tenía mucho frío.

Pero podía recordar lo que había visto.

A mi hija.

A nuestra hija.

Se oyó un sonido horrible, como el grito de mil voces agonizantes. Una sombra se cernió sobre mí con unos tentáculos que se retorcían. Apenas pude girar la cabeza cuando vi al dios, enorme y grotesco. Su mano en forma de garra sujetaba algo y vi unas alas inertes, pálidas y con las venas negras.

—Callum…

Me pesaba tanto el brazo que ni siquiera podía levantarlo del suelo. La mandíbula del dios se abrió de par en par y los gritos se hicieron más fuertes.

Iba a consumirlo, y yo ni siquiera podía alzar la cabeza. No podía llamarlo.

A pocos centímetros de mi mano, la raíz de un árbol sobresalía del barro. Me pareció uno de los últimos faros de realidad en medio de aquel caótico lugar, y mis dedos se acercaron a ella hasta que la agarré, agotada. La sentí caliente al tacto y tuve una visión intermitente que fluctuaba a gran velocidad entre el pandemónium y el mundo real.

El anciano dijo que el bosque siempre escuchaba. Si eso era cierto, incluso allí, incluso en ese momento, quizá me oyeran.

—Ayúdame —susurré.

Apreté los dedos en torno a la pequeña raíz; notaba la madera áspera contra mi palma. Mi arma había desaparecido, aunque había visto a Raelynn dejar otra hoja enterrada en la carne del Profundo. Si tan solo pudiera alcanzarla… Si tuviera fuerzas para levantarme y llegar hasta Callum…

—*Ayúdame* —gruñí, virtiendo hasta la última pizca de magia que pude en mi petición—. Préstame la fuerza del bosque. Ayúdame a destruir a esa cosa. Ayúdame, antes de que sea demasiado tarde. Por favor. Si puedes oírme, por favor.

Tal vez fue mi imaginación, pero la raíz se volvió más cálida en mi mano.

Y, de pronto, todo se hizo añicos. Piedra, roca y agua chocaron a mi alrededor y los remolinos de colores desaparecieron cuando la caverna volvió a aparecer. El dios rugió y su enorme cuerpo se desplomó un instante, como si lo sorprendiera su propio peso. Callum se soltó de sus garras y quedó tendido en el lugar donde había caído, con los ojos cerrados y las extremidades extendidas por el suelo embarrado.

—¿Qué es eso? —rugió el Profundo, retorciendo los tentáculos.

En torno a él, brotaron y crecieron raíces del suelo. Las arrancó como si fueran hilos, mirando confuso a su alrededor.

Entonces sus ojos se posaron en mí.

—¡¿La bruja vive?! —exclamó—. ¡Estabas más allá del Velo, maldita zorra! ¿Cómo has…?

Brotaron más raíces en torno a mí, y también en torno al dios, más gruesas que las anteriores. Me sirvieron de asidero para ponerme en pie mientras el calor volvía a entrar en mi cuerpo, y me coloqué frente a él en tanto que este seguía arrancando las raíces que se enroscaban en su cuerpo. Un infierno estaba creciendo en mi pecho. Veía todo rojo. Necesitaba armas. Garras y colmillos. Necesitaba un cuerpo que pudiera moverse con velocidad, que pudiera saltar e impulsarse. Noté cómo se hinchaban mis músculos, cómo se alargaban mis tendones, cómo crecían mis dientes a medida que el bosque me alimentaba con su fuerza. No tenía ni idea de en qué me convertiría. En realidad, daba igual. Reuní toda la magia que pude. Me llené de ella, mi propio poder amenazaba con abrumarme.

—¿De verdad crees que llamar a las puñeteras hadas te ayudará? —bramó. Unas raíces gruesas que brotaron del suelo y de las paredes, tan grandes como sus propios tentáculos, estaban cubriéndolo, sujetándolo—. ¡Se inclinarán ante mí como todos los demás! ¡Tus bosques se pudrirán y tu mundo se ahogará en su propia decadencia, bruja!

—No —respondí en voz baja. Tenía los dientes demasiado largos y afilados como para cerrar la boca. Cuando me miré las manos, había hundido unas garras afiladas en la raíz que aún sujetaba. Me había convertido en un arma y solo sentía sed de sangre—. Te crees que puedes devastar todo a tu paso sin consecuencias. Arrasarías incluso con los mismos seres que necesitas para sobrevivir. ¡Solo estás vivo por el poder que has robado! Demonios, humanos. Incontables vidas. No eres ningún dios. Lo único que haces es destruir. Pero yo... —Levanté las manos, las llamas salían de mis palmas—. Puedo crear. Puedo destruir. Soy mucho más diosa de lo que tú nunca serás.

El Profundo se abalanzó sobre mí, pero fui rápida. El viento me revolvió el pelo a medida que corría y mis garras se clavaban en el suelo. Me coloqué entre Callum y él, encorvada sobre mi demonio como un animal mientras el dios descendía.

—¡Tu poder es mío! —Las rocas se desprendieron del techo con el ímpetu de su gruñido—. ¡Eres débil! ¡Débil! ¡Una vergüenza para tu propio linaje, bastarda!

—Mentiroso. —La voz de Callum era un mero susurro debajo de mí—. Es un mentiroso, Everly.

Estaba vivo. Todavía estaba vivo, y yo... me reí. Reí con la fuerza de la alegría que me invadía, pura euforia, mientras el poder y la esperanza colisionaban en mi interior. De entre mis afilados dientes brotó fuego, convirtiéndose en una tormenta que se arremolinó alrededor de la caverna.

De repente, el techo de la cueva cedió y cayeron barro, rocas y una lluvia torrencial. Sin embargo, mi fuego no permitió que nada de eso me tocara.

Más raíces gruesas brotaron del suelo y se enroscaron alrededor del dios, constriñendo y perforando su carne.

Mientras este rugía, desgarrándolas, arrastré a Callum a un lado. Pesaba mucho; los músculos me temblaron con violencia cuando lo moví haciendo uso de todas mis fuerzas. La magia era lo único que me mantenía en pie. Un dolor alarmante me recorrió el pecho y las costillas destrozadas.

Tenía que mantenerme en pie. Temía que si me permitía flaquear un segundo, me desplomaría y no volvería a levantarme.

Callum se agarró a mí, con una energía sorprendente a pesar de que apenas podía abrir los ojos. Intentó hablar, aunque no podía oírlo.

Tenía que moverme. Tenía que mantener la atención del dios lejos de él.

Lo besé antes de huir, corriendo hacia el lado opuesto de la caverna. Los tentáculos me perseguían, rompiendo las piedras y agrietando las paredes. Salté sobre raíces y trepé por las rocas a una velocidad antinatural.

—¡Este mundo es mío! ¡Mío! —El grito del Profundo estuvo a punto de reventarme los tímpanos.

Un tentáculo se abalanzó hacia mí, bloqueándome el paso, y el agua me salpicó los zapatos y subió con rapidez hacia mis rodillas.

Había llegado el momento. Ya no podía correr más.

El dios se cernió sobre mí.

El dolor me atravesó la cabeza, pero apreté los dientes y me enfrenté a la bestia. Se inclinó y me enseñó sus monstruosos dientes soltando una carcajada resonante.

—Disfrutaré de tu eterno sufrimiento, bruja —me aseguró—. Deberías haberte quedado más allá del Velo. Deberías haberte escondido en la oscuridad para siempre. En lugar de eso, has vuelto corriendo a los brazos de tu destino: ser mía.

—¡Nunca fui tuya!

Las palabras brotaron junto a mi fuego y me precipité hacia delante. Salté sobre uno de los tentáculos del dios y trepé por la superficie viscosa gracias a mis garras, que me permitieron agarrarme a él. Lancé oleadas de llamas hacia su rostro. El Profundo se agitó y estuvo a punto de derribarme.

—El destino no me dice qué hacer —gruñí. Las raíces retorcidas de los árboles lo mantenían cautivo, haciendo que apenas pudiera moverse—. ¡No me pasaré la vida escondiéndome por miedo!

Allí, sobresaliendo de la carne, estaba el cuchillo que Raelynn le había clavado. La hoja me llamó, con unos retorcidos hilos de luz enredados a su alrededor. Corrí hacia el arma, con las garras clavadas en su piel para evitar caer en picado sobre las rocas.

—¡Todas las almas que has robado quedarán libres para que puedan descansar! Y tú… —Agarré el mango del cuchillo con todas mis fuerzas mientras el dios forcejeaba y me golpeaba con furia con sus extremidades—. ¡Te pudrirás y quedarás en el olvido!

Cuando canalicé mi fuego hacia la hoja, el arma se aferró a él como si fuera un ser vivo y estuviese hambriento. Atrajo mi magia como un conducto, tan rápido y con tanta intensidad que la cabeza me empezó a dar vueltas. Sin embargo, seguí aguantando, y mantuve la concentración incluso en el momento que unas oleadas de vértigo hicieron que se me nublase la vista.

Un relámpago crepitó a mi alrededor y el Profundo emitió un sonido miserable y agónico. Su piel se abrió, revelando un río de fuego ardiendo en su interior. Mis garras se retrajeron, mis dientes se encogieron y mi cuerpo volvió a la normalidad mientras todo mi poder se volcaba en quemar a aquel ser desde dentro.

Se oyó un estruendo intenso y ensordecedor. Fue tan fuerte que me arrojó al suelo y caí sobre las piedras. El dios se estaba convirtiendo en cenizas y sus restos carbonizados se estaban fundiendo con el barro. Lanzó un grito horrible y gutural conforme su cuerpo se desplomaba y el agua se agitaba alrededor de sus miembros retorcidos.

Muy por encima, rodeando los bordes del techo de la caverna, los eld aullaban y chillaban mientras se arrojaban al suelo, presas del pánico, enloquecidos por las enormes cantidades de magia. Quedaron reducidos a gusanos y huesos antes de tocar la tierra.

Los enormes tentáculos yacían inmóviles, con llamas ardiendo en su superficie. Lo único que quedaba del dios era carne en descomposición, temblorosa y convulsa. Se ennegrecía mientras mi fuego seguía ardiendo, incluso bajo la lluvia que caía desde arriba.

Débil, me arrastré hasta llegar a Callum y me tumbé a su lado, frente a él. Tenía los ojos cerrados, aunque cuando le puse la mano en la cara, noté su piel caliente. Demasiado cansada para hablar, me quedé junto a él, en silencio, empapada por la lluvia, quieta y fría bajo el cielo gris de la noche.

No sabía muy bien cuánto tiempo había pasado. Minutos u horas. Días o una eternidad.

El tiempo había cambiado o lo había hecho mi percepción del mismo.

Unos pasos suaves me hicieron abrir los ojos. Por encima del hombro de Callum estaba el anciano, con una calavera de caballo cubriéndole la cara y flores rojas brotándole en el bastón. Caminó a nuestro derredor, y dondequiera que sus pies descalzos tocaban, crecían hierba y flores a gran velocidad.

—Quedarán cicatrices, pero incluso las heridas más profundas sanarán, señora bruja —anunció, pasando por detrás de mí para acercarse al dios—. Gracias. Los fae no olvidarán.

Cuando conseguí darme la vuelta, se había ido.

En torno a Callum y a mí crecía vida en forma de hierba, flores, musgo y líquenes. Los árboles jóvenes surgían de la tierra y se alzaban ansiosos hacia el cielo. El cuerpo del dios se pudría con rapidez, los champiñones se apoderaban de él y lo consumían. Lo observé todo, agarrando la mano flácida de Callum, con una pequeña sonrisa en la cara a pesar de la lluvia.

Poco a poco, mi demonio se despertó. Se acercó y me rodeó con los brazos, enterrando la cara contra mí. Ninguno de los dos habló; abrazarnos el uno al otro decía todo lo que teníamos que decirnos.

—Has vuelto. Tenía la esperanza… —murmuró—. Recordé lo que me dijiste…

Abrió los ojos y vi el vacío. Le llevé la mano hacia abajo y le puse la palma sobre mi barriga.

—¿Lo notas? —susurré.

Me miró y sonrió, con una expresión llena de angustia y de felicidad a la vez.

—Nuestro futuro. —Su voz estaba llena del más dulce dolor. Se arrastró hasta ponerse de rodillas y me ayudó a levantarme. Cuando se arrodilló, me sujeté a sus hombros para equilibrarme y me besó el vientre antes de apoyar la mejilla contra mí—. Nuestra eternidad, cariño. Nuestra paz. —Se rio por lo bajo—. O nuestro nuevo horror.

Me reí con él. Mis manos se enredaron en su pelo y estreché su cabeza contra mí.

—La guerra ha terminado, mi amor —dije—. Por fin ha terminado.

EPÍLOGO

Everly

Era la última hora antes de la puesta de sol y el jardín estaba bañado en oro. La luz se colaba entre las rosas en flor y se extendía sobre la suave hierba de la primavera. Sus rayos me calentaban las manos mientras yo trazaba líneas con el pincel bañado en pintura de color verde oscuro, añadiendo con cuidado hojitas a las enredaderas que bordeaban el lienzo.

Me eché hacia atrás en el taburete, mordiendo la punta del utensilio, pensativa. Llevaba tanto tiempo encorvada que me dolía la espalda, pero no podía resistirme a quedarme fuera todo el tiempo que pudiera. Hacía un día demasiado bonito como para perderse un solo segundo.

Incluso después de la puesta de sol, cuando ya no había luz, me sentaba allí a escuchar a los grillos y a las ranas, el ulular de los búhos y el ruido de los murciélagos. Puede que le pidiera a Callum que se tumbara conmigo bajo las estrellas hasta que me durmiera; después me llevaría a la cama, me arroparía con las mantas y se quedaría a mi lado hasta el amanecer.

No había nada que temer en la oscuridad. Ya no.

O eso creía yo.

Algo se arrastraba por el jardín con pasos casi silenciosos. Sin embargo, se anunciaba de una forma sutil, con respiraciones rápidas y risitas apenas reprimidas. Aunque mis ojos estaban clavados en el lienzo, era perfectamente consciente de dónde estaba el pequeño monstruo que se me acercaba a hurtadillas por detrás.

También era consciente de que detrás de ese monstruito había otro aún más grande.

Escuché unos pasitos saltando sobre la hierba y luego un grito de guerra que atravesó el aire antes de terminar con un abrupto quejido.

—¡Eh! —Dejé el pincel y me giré para ver a Callum detrás de mí, sujetando por un tobillo a nuestra hija, que le arañaba las manos y gruñía—: ¡No es justo, papá! No es justo.

—¿Qué te he dicho sobre acercarte a hurtadillas a tu madre? —Aunque hablaba con severidad, la comisura de sus labios se curvó al mirarme y me guiñó un ojo.

Nuestra hija gimió, cruzándose de brazos y frunciendo el ceño.

—Que no asuste a mamá cuando está pintando —refunfuñó.

—¿Y qué estabas haciendo exactamente? —insistió Callum.

La niña volvió a revolverse, agarrándose a su brazo como un mono.

—¡Ella sabía que estaba aquí! ¿Verdad, mamá? —Volvió sus brillantes ojos dorados hacia mí, dedicándome una sonrisa nada inocente—. Así que no habría podido asustarla de verdad, ¿a qué no?

La agarré de las manos y la ayudé a incorporarse mientras Callum le soltaba el tobillo. Saltó a mis brazos y me dio una docena de besos en la mejilla como si eso fuera lo que había planeado desde el principio. Solo tenía tres años, pero su tamaño y madurez ya superaban con creces su corta edad. También su inteligencia.

—Sabía exactamente dónde estabas desde el momento en que pusiste un pie en el jardín, Heidi —afirmé—. Pero aun así tienes que respetar las normas.

—Las normas son aburridas. —Suspiró, retorciéndose para volver a bajar. Luego se encaramó a la espalda de su padre hasta posarse en sus hombros, entre sus alas—. ¿Verdad, papá?

—No son normas —objetó Callum—. Son pautas para que no te achicharres cuando asustes a tu madre. —Se echó hacia atrás y le revolvió la melena rubia y rizada—. ¿Por qué no vas a la cocina y ayudas a la abuela con la cena?

—¡Vale! —Saltó al suelo y corrió por la hierba, trepando directamente por el muro del jardín en lugar de rodearlo.

—Sabes que la abuela va a darle azúcar —protesté, sacudiendo la cabeza—. Se quedará toda la noche despierta.

Me acunó la cara entre las manos y me dio un profundo beso. Todas las preocupaciones de mi cabeza, los miedos no expresados se desvanecieron a medida que me flaqueaban las rodillas y sonreía como una tonta cuando se apartó de mí.

—¿Qué estaba diciendo? —bromeé.

Él asintió hacia mi lienzo.

—Estabas a punto de enseñarme tu última creación —respondió—. La luz es preciosa.

Había captado los rayos del sol justo cuando se hundían bajo la copa de los árboles. La silueta del bosque era oscura, pero la luz brillaba con tonos dorados, haciendo que los colores de las flores del jardín fueran aún más vibrantes.

—Te juro que tu habilidad mejora cada vez que coges el pincel —comentó—. ¿Es para el Festival de Arte de este año?

Negué con la cabeza.

—No. Este… bueno… —Me froté la nuca mirando hacia el sol poniente y susurré—. Anoche tuve una visión mientras meditaba. Supongo que fue una absurda.

—Ninguna de tus visiones es absurda —me regañó Callum. Se sentó en mi taburete y me atrajo hacia su regazo—. ¿Qué viste?

—A Raelynn.

Abrió los ojos, sorprendido.

—No la has visto desde…

—Desde que nos enfrentamos al Profundo —murmuré.

A ninguno de los dos nos gustaba hablar de aquella época.

Aunque habían pasado años desde la última vez que sentí los ojos de la malvada criatura sobre mí, todavía había días en los que me volvía paranoica, temiendo sentir su viscosa presencia en el fondo de mi mente.

No era más que una paranoia. Hacía tiempo que el dios había muerto.

—Ni siquiera sabía si estaba viva —dije—. Pero lo está. Leon y ella. Sigue con ella. Ahora están en Europa, en Francia. Al parecer, se han mudado a un viejo castillo encantado. —Me reí por lo bajo—. De todo lo que podía ver, vi a Raelynn quejándose de que no tenían obras de arte para las paredes. Así que creo que le enviaré este cuadro cuando esté terminado.

—Quizá podamos entregarlo en mano —propuso Callum—. Hace mucho que no te llevo de viaje. Kimaris puede ayudar a tu abuela a cuidar de Heidi.

—Estaría bien pasar un rato a solas contigo. —Me giré para sentarme a horcajadas en su regazo—. Tengo toda una lista de sitios que tenemos que visitar.

—¿La tienes? Dámela y me aseguraré de que los visitemos todos. Aunque nos llevará bastante tiempo. No bastará con ver y explorar esos lugares.

—¿Qué más tienes pensado?

Me estremecí mientras me besaba el cuello y me mordisqueaba el hombro.

—Voy a follarte en todos y cada uno de los lugares de tu lista. Adorarte. Darte placer. Haré del mundo tu templo.

Me observó fijamente con sus ojos oscuros cuando le rodeé el cuello con los brazos.

—¿A quién perteneces, mi demonio? —le pregunté en un susurro.

—A ti, cariño. Tú me tendrás en vida. Yo te tendré en muerte. Para toda la eternidad, yo soy tuyo y tú eres mía.

FIN

AGRADECIMIENTOS

Tengo un sentimiento muy agridulce por que esta trilogía se termine. A mi marido, gracias por estar siempre ahí para mí. Eres mi mayor apoyo, el que me da los mejores consejos y también mi mayor inspiración. El amor eterno de Callum por Everly está inspirado en ti, que me apoyaste en mis peores momentos y celebraste los mejores. Te quiero.

A Z, mi maravillosa editora: ¡qué viaje tan increíble hemos hecho! Has estado ahí en cada libro de esta trilogía y ha sido un placer conocerte y verte crecer tanto profesional como personalmente. Eres muy buena en lo que haces y te mereces el mayor de los éxitos. Gracias por el cariño y el cuidado que has demostrado por estas novelas; sin ti, no serían lo que son.

A Cassie, que diseñó todas las maravillosas portadas de esta trilogía, gracias por compartir tu talento, es mágico. ¡Convertiste estos libros en auténticas bellezas!

A Bethany, por ser una fuerza de la naturaleza y una compañera valiosísima en este disparatado mundo editorial.

A mis maravillosas chicas del JLCR Author Services, ¡gracias! Ha sido un placer trabajar con vosotras, desde la gestión de los equipos de las copias avanzadas y las solicitudes de inscripción hasta la campaña de promoción y el respaldo constante.

A todas las personas que formáis parte del club de lectura Wicked Dark Desires, ¡ya sabéis que os quiero! Gracias por todo vuestro apoyo y amor por estos libros.

A todos los lectores, blogueros y creadores de contenido que han compartido su entusiasmo por esta trilogía, que han hecho publicaciones maravillosas, que han escrito reseñas muy interesantes y que me han apoyado de todas las formas posibles: gracias. Sin vosotros no podría haber seguido escribiendo estos libros.

Hasta la próxima,
Harley